绣像私藏版

中国禁书文库

马松源◎主编

线装书局

图书在版编目(CIP)数据

中国禁书文库. 2/马松源主编.—北京:线装书

局,2010.3

　ISBN 978-7-5120-0092-6

　Ⅰ.①中… 　Ⅱ.①马… 　Ⅲ.①古典文学-作品综合集

-中国 　Ⅳ.①I212.01

中国版本图书馆 CIP 数据核字(2010)第 027200 号

中国禁书文库

主　　编：马松源

责任编辑：崔建伟　赵　鹰

封面设计：博雅圣轩工作室

出版发行：线装书局

地　　址：北京市鼓楼西大街 41 号(100009)

　　　　　电话：010-64045283

　　　　　网址：www.xzhbc.com

印　　刷：北京彩虹伟业印刷有限公司

字　　数：3600 千字

开　　本：787×1092 毫米　1/16

印　　张：336

彩　　插：8

版　　次：2010 年 3 月第 1 版 2010 年 3 月第 1 次印刷

印　　数：1-1000 套

书　　号：ISBN 978-7-5120-0092-6

定　　价：4680.00 元(全十二卷)

目　　录

第三篇　皇家藏绝世孤本

《双凤奇缘》

中国禁书文库

目录

一

二

中国禁书文库

目录

三

中国禁书文库

目录

五

六

第四篇　皇家藏古手抄真本

《春秋配》

《玉含珠》

八

中国禁书文库

目录

中国禁书文库

皇家藏禁书

马松源◎主编

线装书局

皇家藏绝世孤本

第三篇

双凤奇缘

[清]雪樵主人 撰

第一回 汉帝得梦选妃 奸相贪财逼美

诗曰：

> 月貌花容最可亲，汉宫曾说有佳人。
> 一生种下风流债，直使多情悟凤因。

话说自古及今，奇男子与奇女子，虽皆天地英灵之气所锺，奇处各有不同：奇男子重忠、孝二字，做一番掀天揭地的事业，名贯古今。奇女子重节、义二字，完一生冰清玉洁的坚贞，名重史册。

你道那奇女子是何人？就出在汉朝十一帝。相传元帝在位，其时天下太平，百姓安乐，文有宰相张文学、翰林院掌院学士苏武；武有元帅李广、总兵李陵、都督李虎，一班文武忠良辅佐汉主，治得国家盗贼不起，旱涝不兴，要算有道的气象。只因宠任一个奸臣毛延寿，其人狡猾异常，善迎主意，贪财爱宝，无所不为，这也不在话下。

且说越州地方，有一位太守，姓王名忠，乃本京人氏，一身清正，爱民如子。夫人姚氏，年俱半百，膝下无子，只生一女，取名皓月，又叫昭君，生得有沉鱼落雁之容，闭月羞花之貌。女工针指，自不必说，且精通翰墨，又善晓音律，父母爱如掌上珍珠，不肯轻于议婚，所以昭君年方十七，尚待字闺中。

那年八月中秋佳节，一家同坐饮酒赏月，但见一天月色，照得如同白昼，令人开怀畅饮。昭君多饮了两杯，有些醉意，告别双亲，先进香闺，和衣上牀，朦胧睡去。得一奇梦，兆她一生奇缘。就是当今汉天子，也于此夜睡在龙牀梦见芍药阶前、太湖

石畔，有一美貌女子冉冉而来，生得那：

比花花解语，比玉玉生香。

汉王见此美貌女子，就是三宫六院，也找不出这个绝色来，由不得浑身酥软，心中沉醉，急急抢步向前，把美人的袖子扯住，问道："美人住居何处，姓什名谁，青春多少，可曾婚聘？"那女子回道："奴住在越州，姓王名嫱，乳名皓月昭君，年方十七，尚未适人。"汉王听说大喜，叫声："美人，孤只有正宫林后、东宫张后，西宫尚缺妃子，孤欲把美人选进西宫，以伴寡人，不知美人意下如何？"那女子道："只怕奴家没福，若王爷不嫌奴容颜丑陋，可到越州召取奴家便了。"汉王见她依允，此刻春情难锁，便叫声："美人，既蒙你怜爱寡人，奈水远山遥，一时难以见面，今夜且赴佳期去罢。"说着要来搂抱美人。那女子被汉王纠缠不过，心生一计，便叫："陛下放手，后面有内侍来了。"哄得天子回头一看，她就用力把汉王一推，汉王叫声："不好！"一跤跌倒在地惊醒。

汉王南柯一梦，睡在龙牀，心中一想："此梦好奇遇也！美人明明说了名姓地方，等早朝时分，差官到越州访问，自有下落。"想罢，天色已明。汉王登殿，文武拜呼丹墀，汉王连呼平身，众臣口称万岁，站起分班侍立。汉王先召圆梦官，当殿诉说梦境。圆梦官回奏："梦是心头想，有是心必有是梦，有是梦必有是人。此梦上吉，吾主传旨召选，梦自遂心。"汉王闻奏大喜，打发圆梦官下殿，便问两班文武："哪位卿家，代孤到越州访取皓月昭君？"话言未了，班内闪出奸相毛延寿，俯伏金阶道："臣愿往越州走遭。"汉王大喜道："卿到越州，选取应梦美人，如选得来时，加官进爵外，赏黄金万两。只不许私受买嘱，有负寡人重托。"

延寿领旨谢恩，退出朝门，回了相府，料理家务一番，不敢耽搁，带了二十名长班跟随，上马出京。一路地方文武官员都来迎接馈送，好不十分畅意。又思："昏君得了此梦，认定将假作真，我往越州，此差乃是一件好买卖，哪管昭君真不真。"打算已定。

在路行程非只一日，到了越州，也不先行报程，就到金亭馆驿下马。入内坐定，便连唤驿丞，只吓得驿丞急忙出来迎接，双膝跪下，口称："相爷在上，小官叩见。"奸相假意喝道："好大胆狗官，明知钦差入境，不来远接，理当问不敬上之罪，法当取斩！"驿丞连叩响头道："相爷请休怒，容小官告禀：一来相爷未打报帖；二来驿丞官卑职小，不敢擅专；三来本府无文差委，故此得罪相爷，望乞海涵宽恕。"奸相点点头道："也罢，恕你罪名。速唤知府前来见我。"

驿丞连声答应，站起上马，离了馆驿，飞星来到府衙，下马入内，跪禀知府道："今朝廷差了毛延寿到来，选取后妃，未行报帖。现在馆驿，立请大老爷相见，作速便行。"这一报不打紧，只吓得王太守面皮失色，急急起身上马，带了驿丞，来到金亭馆驿。下马入内，投了禀帖，见了奸相口称："赵州知府王忠禀见相爷。"说着，跪将下去。奸相把脸一沉道："如此大胆！明知朝廷旨意，到你地方选取昭君娘娘，不来远接，该当何罪？"王忠道："因相爷未曾报帖，卑府有误公务，还望相爷宽宥。"毛相道："且饶不究。这里有告示一道，速拿至人烟杂处张挂，着地方总甲举保美貌女子，自十一二岁起至十七八岁止，尽行报名，要选取皓月昭君，如有隐匿，以欺君罔法论罪。"

王忠接了告示，退出馆驿，回到衙内，一面差人送席打扫馆驿，张灯结彩，一面将告示散布地方总甲，四门张挂。退到私衙，夫人接住，分宾主坐定，问道："相公有何心事不快，面带忧容？"王忠道："夫人有所不知，只是汉王差了毛丞相到此，要选取皓月昭君，此名乃是女儿乳名，眼见要来选取女儿了。你我夫妻只生此女，后来靠她收成，若选进宫，今生就不能见面了。"夫人道："我女名叫昭君，外人并不知晓，只吩咐家人不许泄漏。"王忠连声有理。

只说地方总甲，在外逐户细查，并无昭君。回报太守，太守即来禀知奸相。奸相因见王忠不曾有金银来打点，心中已是着恼，又见王忠回说没有昭君，不禁大怒道："哪里没有昭君？显见狗官不用心细查，违逆圣旨。左右与我将狗官拿下。"下面一声吆喝，好似鹰捉燕雀一般。未知王忠如何，且听下回分解。

第二回　太守被责献女
昭君用计辱奸

诗曰：

> 春有百花秋有月，夏有凉风冬有雪。
> 若还四季不饮酒，空负人间好时节。

话说太守王忠，见奸相发怒，吩咐左右动手拿他，急急叫声："相爷且慢，容卑职告禀。"奸相道："你做一个黄堂太守，管辖万民，连一个昭君没处找寻，怎么回复旨意？你还有什么分辩？"王忠道："非是卑府不用心细查，乃查了一月，在城在乡并无昭君名字，还望相爷原宥。"奸相听说，好不耐烦道："钦限紧急，任你慢腾腾的性儿，谁担此违背圣旨之罪？你这狗官不用追比，焉肯将昭君找寻出来！左右与我将狗官扯下去打。"下面一声吆喝答应，吓得王忠只叫："相爷开恩，容宽限三日，卑府好去细查。"奸相坐在上面，佯作不睬，左右虎狼动手，可怜王忠被捺在地，轮替四十荆条大棍，打得王忠哀声不止，肉绽皮开。打毕放起，奸相又叫声："王忠，再限三日，如有昭君，万事休提。三日外再无昭君，定取狗官首级，决不宽贷。"

王忠听说，吓得魂飞天外，魄散九霄，只得诺诺而退，连声答应，一步一拐，出了馆驿。有家丁扶着，也骑不得马，唤一乘小轿抬进衙门。可怜王太守，眼泪汪汪，下轿入内，有姚夫人接至房内坐定，见老爷这等狼狈，问起缘由。太守未曾开言，先叹了一口气，道："夫人，想我堂堂四品黄堂之职，今日撞见奸相，这个对头星，因我不将昭君查出，打了四十大棍，又限三日，若无昭君，定要典刑。夫人呀！看来女儿是要献出的了，若再隐匿，只怕我这条老性命就活不成了。"姚夫人见说，由不得目瞪口呆，暗想："女儿这等聪明伶俐，怎生舍得她远离他方！若把女儿前去应选，丢得我夫妻二人膝下冷清，日后倚靠何人收成结果；若不把女儿献出，又伯老爷受罪不起。"由不得一阵心酸，两眼泪如雨下。王太守也是含悲痛哭，且自慢表。

再言昭君，自从酒醉睡去，梦中与汉王相会，面约终身，她就痴心妄想，志不改更。到了次日，天明起来，梳洗已毕，不带丫环，出了香房，独自步进花园，对天双膝跪下，暗暗祷告："念信女王嫱，昨夜梦中相会汉王，汉王面许奴家选进西宫，若是奴家有后妃之福，但求天遂人愿；若是奴家福薄，汉王不来召取为妃，奴宁老死香闺，再不他适。"祝罢一番，将身站起，归了香房，每日只是闷闷沉沉，坐在房中思想汉王，痴心等守，茶饭顿减，容颜消瘦，毫无一点欢情。

那日因在房中闲会，取了一双大红绣鞋，用针刺绣双飞鸳鸯。正要绣成，忽然线断针折，因大吃一惊道："难道奴与汉王无缘，不能应三更之梦了吗？"说着扑籁籁地泪滴香腮，连声叹息，不禁心中有感，吟诗一首：

> 寂寞无聊坐绣房，尖尖十指绣鸳鸯。
>
> 鸳鸯绣到双飞处，线断针残泪两行。

吟诗方了，耳畔内忽听远远地上房一片嘈嚷之声，心中好不十分诧异，便叫丫环："你听，夫人房中为什事这等吵闹？速速前去，且看一看，回来报我知道。"丫环答应。去不多时，急忙回报小姐道："不知为什么事情，老爷和夫人坐在一处，痛哭不止。"昭君闻知大惊，即命丫环拿梳具过来，打扮一番，要到上房探问消息。你道昭君怎生打扮？但见她：

> 面对菱花挽乌云，手理青丝发万根。
>
> 高梳一个蟠龙髻，凤钗金簪鬓边横。
>
> 柳叶眉弯如新月，秋波秀眼黑白分。
>
> 脂粉不施生来媚，耳上金环左右分。
>
> 穿一件团花锦绣袄，系一条碧水波浪裙。
>
> 翠手镯双龙取宝，金戒指八宝装成。
>
> 红绣鞋刚刚三寸，白绫带裹住折根。
>
> 行一步裙不动人真爱惜，笑一笑齿不露价值千金。
>
> 远看她分明是广寒仙女，近看她好一似南海观音。

昭君打扮已毕，出了香闺，来到上房，见了爹娘，叫声万福。老爷、夫人齐道：

"吾儿少礼，一旁坐下。"昭君道："孩儿告坐。"坐定，便问爹娘："为什么事情这等伤心？可说与孩儿知晓。"王太守见问，料难隐瞒，便将朝廷钦差毛相来到越州，命为父的四门大张皇榜，要选昭君，因为父的舍不得将吾儿花名报去，回言越州没有此女，恼了奸相，把为父的打了四十棍，还限三日定要昭君，如再没有昭君，就要致死为父，所以与你母亲在此伤心的话说了一遍。

昭君听说，心中又恨又喜：恨的是奸相太不留情，喜的是梦真灵验。便叫声："爹娘，休要烦恼，事到其间，只管把孩儿报去充选，一可救爹爹性命，二使儿进皇宫，一家富贵。爹爹且去见奸相，只说昭君有了，要赦卑职无罪，方敢说明。他自然叫爹爹直说，爹爹回他，卑府一身无子，只生一女，名曰昭君，情愿入宫充选，他自然改容相待爹爹。"

王太守见女儿肯去充选，即刻出房，上马来到馆驿。见了毛相，毛相便问："昭君有了么？"王太守就照女儿的话回了一遍。毛相忙站起扶住知府，口称："恭喜知府"，并陪罪道："如今是国丈大人了，方才多多得罪，望乞国丈宽宥。"王忠连称："不敢。"毛相道："可用暖轿将令媛抬来一看。"王忠答应。回到府衙，说与夫人、女儿知晓。昭君道："既是天子选儿为妃，还怕奸相不来朝见，岂有君妃见小臣之礼？爹爹去对他说，一个不出闺门的绣女，怎肯轻于出去见人，请相爷到府衙一看，不怕他不来，等他来时，女儿也代爹爹出一口气。"太守听说，连称："有才女子胜于男儿！"便出了衙门，赶到馆驿，回明了毛相。毛相暗想："我原是假意试他一试，他若肯来，就失了贵人的身分，如今不来，方是正理。且住，难道我反求见于她么？"腹内沉吟。未知他肯去否，且听下回分解。

第三回 美人图奸臣点痣 鲁家庄金定掉包

诗曰：

休怪清官心滞涩，一生如水人忠直。

奸邪不识爱芳名，只顾贪财掩美色。

话说毛相虽然心下沉吟，到底奉旨而来，既有昭君，不得不亲去一看。没奈何，与太守来到府衙下马，太守道："请相爷迎宾馆稍坐，容卑官通报。"说罢进内。昭君道："毛延寿可来了么？"太守道："来了。"昭君道："不要叫他就进来，等女儿打扮完备，再着他进来，还要他拜这么几拜！"太守道："他是当朝太师，怎么拜起你来？"昭君道："可恨这厮，前日将爹爹打了四十棍，定要他拜奴八拜，只算服礼。"

说着起身，来到自己房中，吩咐一众丫环扮做宫娥采女，先将圣旨朝南供在厅中，面前摆了香案，但等奸相来到，使他下礼；他若不跪，喝骂欺君。众丫环答应，忙去打点。昭君也是宫妆打扮，带领丫环出了香闺，来到厅上，先拜圣旨，连呼万岁，拜毕起来，便叫声："爹爹，可请毛延寿到里面来相见。"太守依言，出来相请毛相。毛相同了太守，一路行来，心内暗想："这丫头仗西宫贵妃，我去见她，倘不低头下拜，定说我是欺君；若去拜她，我乃一品宰相，屈膝于女子，哎，都怪我前日不是，打了她父亲，她今记恨在心，分明作弄于我。"想着，已到厅上，但见中间供着圣旨，旁边坐着一位宫妆美人，两旁彩娥宫女二十余个，分为左右，已是吃惊。忽听上面一声吆喝道："圣旨在上，娘娘在下，还不下拜么？"只吓得奸相双膝跪下，先呼万岁，后称千岁，拜了八拜，上面唤了平身，方敢起来。站在一旁，偷眼把这位娘娘细看一看："果是画中人物！"昭君道："不敢久留，请大人外边坐罢。"毛相告别而出，昭君又叫父亲随他出去，看他说些什么？

太守点首出来，见了毛相，问道："小女可充得选么？"毛相道："令爱虽有几分姿

色，但未进皇上，未知中意，须要三张美人图：一张坐像，一张睡像，一张行像。将此图进呈皇上，若看中了，方做得西宫妃子。我现在带画工在此，你快收拾五百金，送与画工以作笔资，好代你画图。"说毕，起身回他的公馆。

太守送了毛相出去，转身入内，将毛相吩咐的话说了一遍。昭君听说，骂一声："大胆奸贼，分明贪财爱宝，借此图画为由，索诈金银，令人可恨！"便叫声："爹爹，他既要图画进呈，待女儿自己画罢，也不用费爹爹一文半钞。"太守笑道："你怎知画法？这是要进呈的，不可儿戏。"昭君道："孩儿自幼学的画法，且画了呈与爹爹看。"

说毕，进房坐下，叫丫环抬了一面穿衣镜对着自己，又取了文房四宝，将色料、画笔放到桌上，铺下粉绫，细细对镜将三张画图描成。不到半日，图已画成，画得笔路分明，真是高手。有诗三首，赞这画图的妙处：

美人坐图：

> 浑如大士坐莲池，瑞霭千层入定时。
> 毕现全身无色相，善财龙女两相随。

美人睡图：

> 总为春情暗自伤，销魂早入梦甜乡。
> 吴宫特宠巫山后，疲怯西施在象牀。

美人行图：

> 身躯袅娜下瑶台，疑是广寒谪降来。
> 步步莲钩虚着地，空阶踏月正徘徊。

昭君将这三张美人图描完折好，出房送与太守。太守展开一看，称羡不已，并道："女儿，你画虽画得好，只是毛丞相多少路程到此选你，又拜你八拜，也该略送他些薄敬，方尽地主之情。"昭君点头称是。太守便叫夫人进房，连首饰头面共凑成了二百两银子，交与太守，连三张画图，一并拿至迎宾馆。

见了毛相，呈上图画。毛相一见吃惊，忙接过展开一看，假意连声道好，便问：

"还是你自己画的，还是托人画的？"太守道："是小女画的。"毛相冷笑几声道："好个聪明娘娘，天上无双，地下少有。"说着，见桌上一包东西，又问道："这是什么意思？"太守陪笑道："这是卑职些须菲敬，送与相爷买茶果吃。"毛相不听犹可，一听时陡然怒从心上起，暗想："我许多路途到此选妃，又拜你女儿八拜，只有这点东西送我，还不够我赏人的。"想着，怒冲冲地拿了美人图，向后堂而去，口内不住骂着："你既轻人，我有主意，叫左右取笔砚过来，就在昭君每张图画眼下点了芝麻大一点黑痣，若圣上看见，待找启奏，此乃是伤夫滴泪痣，命主损三夫，圣上若娶此女，恐江山不利。那时圣上心疑，自然不用，使他父女分离，方泄我心头之恨。"想罢出来，假意堆笑，口称："盛情断不敢领。卜于九月十三日乃黄道吉日，请贵人动身。"太守答应，拿了礼物回府。昭君道："那毛相说些什么？"太守便将他见图称赞，礼物不收，已择日子起身的话说了一遍。昭君道："他不收此礼，想必嫌轻。爹爹，凡事皆由天定，岂为人谋？女儿进京，须要爹爹送女儿去，哪怕他奸计百出。"太守言称有理，便与夫人打点收拾不提。

且言毛奸相，暗恨王知府不知进退，自恃聪明，叫女儿画图，送我薄礼，只消在此生一妙计，另选美人，也画三图，胜似昭君，汉王一见，定然收用。嘱咐此女，哄奏君王，将昭君贬入冷宫，方知毛爷的手段利害。便唤二个心腹家丁，一叫孙龙，一叫赵保，叫到跟前，附耳悄悄吩咐道，如此如此，这般这般。孙龙、赵保听得吩咐，禀回："小的们知道了，相爷只管放心。"

说罢，二人出了馆驿，不敢怠慢，回路细访。访到第二日，打听出越州南乡有一个大财主，姓鲁，地名就叫鲁家庄，庄内这位有钱的鲁员外，娶妻赵氏，院君齐年四十以外。家中豪富，广有金银，只可恨膝下无子，单生一女，年方二九，十分伶俐聪明，虽貌减昭君，却也体态风流。孙、赵二人访着此女，心中大喜，急急找到鲁家庄要去掉包。且听下回分解。

中国禁书文库

双凤奇缘

第四回 使奸计太守被诳 苦分离昭君上路

诗曰：

> 昨夜阳台梦到家，醒来依旧在天涯。
>
> 思亲枕上流珠泪，两目昏花乱似麻。

话说孙龙、赵保访到南乡鲁家庄上，即问："门上有人么？"里面走出一个老门公，见他二人差官打扮，叫声："二位爷，到此有何贵干？"孙龙道："烦你通告员外一声，有件机密事要见。"门公道："爷们上姓大名，好待小的通报。"孙龙道："当面见了员外，自然分晓，你不必再三盘问。"门公入内，只得报知员外。

员外不知头脑，心中十分疑惑，急忙出来迎接，也认不得二人，遂请到厅上见礼，分宾主坐定，有家人送茶。茶毕，员外便问："二位光降寒舍，有何见教？"孙龙道："员外，我们话虽有一句，府上管家在此，不好说得。"员外吩咐家人外面伺候。孙龙道："今日我们造府，送一件大富贵与员外的：因当今天子差了毛丞相来到贵地，要选西宫妃子，已看定本府王忠之女，名叫昭君，才貌无双，已描三张画图，只为礼送菲了些，怠慢丞相。丞相大怒，将她画图改换，命我二人另访美女，抵换昭君。一路访求，闻知府上有一位美貌小姐，特来惊动。员外若肯将令媛充选，只要黄金千两送我丞相，丞相自将令媛画图呈于皇上，包管圣上选她入宫。那时，令媛做了贵人，员外还怕不是一位国丈皇帝？"这一席话，说得员外好不高兴，便道："二位请少坐，容去商量。"孙龙道："员外请便。"

员外笑吟吟地进来，对院君说知此事。院君听说，心也动火，吩咐丫环叫女儿出来。见礼已毕，一旁坐定。员外又向女儿说了一遍，金定道："爹娘说哪里话来，女儿婚姻应从父母之命，怎问女儿行与不行？"员外听说大喜，即到前厅吩咐家人，安摆酒席款待。又问了二人的姓名。用毕酒饭，员外取出黄金千两，"相烦送与相爷，外白银

四百两，送与二位，望乞丞相面前帮衬一声。"孙、赵二人心中甚是畅快，道："好个仁义的员外！只管放心，包在我二人身上。快请画师，将令暖的坐、行、睡画图，要画三张。"

员外即吩咐家人，在隔壁邻庄请了一位善丹青的画师到厅，大家见礼，送茶坐定。员外邀请画师到内室，说知画图进呈的话："先具花银十两，相送先生润笔，若是画图选中，再当重谢。"画师道："不消员外吩咐，快请令媛出来好动笔。"员外答应，忙叫女儿换了衣襟，一身鲜艳，叫了出来。一见画工，道过万福，画工回礼。即与金定对面坐定，细细将她上下一看，暗赞道："鲁老头好个标致有福气的女儿！"一面将颜料调好，动起笔来。细心留神，加意描写，不到半日，画已完成。金定起身回房，画工出厅告别，员外相送，回来拿了画图，与孙、赵二人一看，果然画得美貌超群。看毕，将图交代，又嘱咐一番，孙、赵二人连称知道。告辞起身，抬了黄金，银子揣在怀中，一同出了庄门。员外相送，把手一拱，迈步长行。

不到一刻，进城来至馆驿，打发抬人脚力去了，孙、赵二人自己抬了黄金入内，见了奸相，先将画图呈上。奸相将图一看，道："果然画得好，不知此是何人之女？"孙龙禀道："启相爷，南乡有一鲁员外，所生一女，名叫金定，年方十八，才貌超群。现送相爷黄金千两，小的们另送银四百两。"奸相听说，十分欢喜，道："这个员外，方是个知趣的。可将礼物、图画收了，尔等去备花船两只，快船、官船四只，以备伺侯应用。不必去向那知府说。"孙、赵二人答应下来。

奸相又暗想："将鲁金定掉包，怕的昭君上路，知府同行，到了京都，露出马脚，大有不便，不如再施小计，方得周密。"即差一心腹家人，扮了钦差，又带八名校尉，假传圣旨一道，赶到府衙。一声旨下，吓得太守忙披朝服，摆了香案，迎接圣旨进来。假钦差开读圣旨道："朕今差毛相到越州选取昭君，但有昭君，只将本女召选进京见驾，其父母等不用相送，如违圣旨，全家抄斩。"太守连称："愿吾皇万岁万岁！"站起来接过圣旨，送了钦差回去。

可怜太守不知真假，来到后厅，脱去朝服，夫人、小姐接住坐定，问道："圣旨到来，却为何事？"太守含着一包眼泪，诉说一遍。夫人听见不许父母相送，抱住小姐放声大哭道："姣儿呀！叫为娘的怎舍得你一个人前去呀！"小姐也是哀哀啼哭道："爹娘呀！此乃奸臣未得受贿行的毒计，不许父母同行。爹娘休生烦恼，且待孩儿进京见驾，自知圣旨真假，若是假的，奸贼不死，也叫他吃一大惊。"太守劝道："冤家宜解不宜结，我儿休要如此。"不表府衙之事。

且言奸相见吉期已到，差人送信鲁家："也不用亲丁相送，都有我照应，就是一般快些收拾，好上花船动身。"员外得信，忙命院君代女儿打扮。已毕，拜别父母，也不免洒了几点分离眼泪，上了花轿，员外亲送登船。到了花船下轿，另有选的一班绣女，接至舱中，员外嘱托几声，回他庄子不表。

再言府衙内见九月十三日已到，当不得奸相只是着人催促起身，太守夫人又代女儿打点收拾，由不得苦在心头。内厅饯行，酒席已摆列现成，只等小姐梳洗已毕，换了衣衫出来，先是珠泪纷纷，哭拜父母告别。太守夫妇一见，好似万箭攒心，苦哀哀叫声："姣儿少礼，且坐了少饮几杯。今日与儿分手，不知何年月日得见姣儿？"说着，放声大哭。昭君听说，，点酒不能下咽，只是含悲叫声："爹娘，且请宽心，孩儿进京，若侥幸得伴君主，少不得奏上当今，差官召迎双亲进京，同享荣华。那时骨肉自然聚会，爹娘且免忧悲。"又吩咐家中一切仆妇人等："自奴进京去后，尔等须要小心殷懃服侍主人、主母，不可因其宽厚，放胆行事。"众人答应。昭君又叫声："母亲，孩儿有句心腹之言，原不应说，女儿今日分别，故而向母亲说知。"未知说出什么，且听下回分解。

第五回　献图谎奏惑君　妒美追舟遇贬

诗曰：

> 淡淡光阴日日长，金银买嘱好时光。
>
> 鲜花埋没深闺内，秀气香风透小房。

话说夫人见女儿有句话要讲，便道："吾儿有话，但说何妨。"昭君道："爹娘在此，孩儿大胆，若日后生下弟妹，双亲休要取名，孩儿今日留下两个名，不知双亲意下如何？"太守夫妇道："吾儿只管留名，总依你便了。"昭君道："若靠天福庇生一兄弟，王氏有了后代，可名金虎，取长生之义；若生一妹子，可名王娉，称赛昭君，胜似姐姐之义。"

太守夫妇听说，正在点头赞好，忽见家人禀道："钦差毛相爷押了绣女花轿已到。"太守听说，连忙出来迎接，到厅见礼，分宾坐下，有家人送茶。茶毕，毛相道："令媛不必耽搁，快些收拾，上轿起身，错了良辰，反为不美。"太守道："小女即刻起身，相爷请少坐。"说罢，站起入内，叫声："我儿，钦差在外催促，不消耽搁，快些收拾起身罢。"昭君听说，此刻不免滚油煎心，珠泪纷纷，只得朝上拜别父母，大哭一场，没奈何来到前厅，上了花轿。夫人送到门口，见花轿抬去，夫人痛哭回后。外面三声大炮，太守陪了毛相上马，一路押着花轿到船。昭君下轿进舱。毛相吩咐一班绣女："好生服侍娘娘。"众绣女答应。太守对毛相打一躬："小女年轻，还望相爷照拂。"毛相点首道："贵府请回，只管放心。"太守告别而去。

且言毛相下了官船，吩咐一声，放炮起行，众水手答应，只听得大炮三声，解缆开船。前面鲁金定的花船，后面王昭君的花船，中间夹着毛相的座船。他坐在官舱内，微微冷笑道："可恨昭君自逞聪明，擅描画图，还要我拜她八拜；知府王忠，十分怠慢于我，今日到京，权在我手，管使昭君贬入冷宫，知府充军辽阳，方消我心头之恨。"

一路想着，船走得快。毛相又吩咐星夜赶到长安，将两只花船分泊东西两边码头，一叫孙龙监押，一叫赵保监押，使两下不许走漏风声。

毛相离船上马，来到午门外复旨，汉王业已退朝，只得托黄门官转奏。黄门官见毛相已回，不敢怠慢，径达穿宫内监。恰值汉王坐在正宫，思想三更美人，又不见毛相回朝复旨，心中正在纳闷，忽见内监跪下奏道："启万岁爷，今有黄门官奏道：'钦差丞相毛延寿，现自越州选召昭君娘娘到京，在午门外缴旨，不敢擅入，请旨定夺。'"汉王闻奏，心中大悦，即刻登殿宣召毛相。

毛相领旨，进殿拜倒，口称万岁。汉王道："毛卿到越州选召昭君，今在何处？"毛相奏道："臣奉旨到越州选召娘娘，十家一牌，逐户访寻，各将花名报来，选中两名，今有图像在此，共呈御览，便知分晓。"奏毕，将二图呈上。有内监接过，铺在龙案上面，打开画图。汉王细心留神，先看昭君图，后看金定图，便叫声："毛卿，据孤看来，梦中佳人一丝不错，二图却有几分姿色，远不及昭君端庄。"吓得毛延寿连忙奏道："吾主未曾细看，头图有点弊病：那昭君眼下有一点黑痣，名为伤夫滴泪痣，国家若用此女，恐于主上不利，主有刀兵不息、万民愁苦之患。伏乞吾主三思，不用此女，似觉为妙，不如第二图的好。"汉王闻奏，大吃一惊，暗想："梦中之约，还以头图为是。又听毛相一番利害之言，不用头图，用了二图，岂不辜负梦内昭君？若一概不用，费了几多心机，访得佳人，岂不可惜？也罢，江山为重，便依毛臣所奏，用了第二图罢！"乃将头图发还毛相。毛相见准了他的本，心中好不喜欢。又见汉王传旨，选召第二图鲁金定入朝见驾。

毛相谢恩遵旨，召进鲁金定进朝。当殿莺声呖呖、燕语喃喃，口呼万岁，跪倒丹墀。汉王龙目定睛一看，见金定姿容难及梦中王氏之女，却也生来风流俊俏，十分可人，便当殿封鲁氏为西宫。袍袖一展，散朝退殿，挽了鲁氏到了西宫。宫中喜筵摆列现成，汉王上坐，鲁妃一旁赐坐，宫娥斟酒相劝，吃得汉王十分大醉，同鲁妃同入罗衾不表。

再言毛相退朝，回到相府，独坐厅上，暗想："鲁妃虽立为西宫，花船上尚有昭君，怎生发落？将她发回原地，破了机关，我命休矣。须要与鲁妃暗暗商议，将昭君贬入冷宫，方得平安无事。"主意已定，一宿已过。次日早朝，天子登殿，毛相俯伏金阶奏道："臣启万岁，今越州选到娘娘两个，一人进宫入选，一人还在花船，请旨发落。"汉王道："卿奏昭君有痣，不利孤家，已纳鲁妃，把昭君发回不用。"毛相谢恩："愿吾皇万岁万万岁！"

天子退朝，回了西宫，鲁妃远接到了宫中，一同入席，鲁妃劝酒。天子在灯下细看鲁妃，虽然容貌生得难描难画，到底不及三更梦里佳人，心中甚丢不下去，酒也吃不下咽。鲁妃见汉王不肯饮酒，便问："陛下有何心事，推杯不饮？"天子见问，微微含笑道："爱卿有所不知，孤因传旨越州选召爱卿与昭君二人，姻缘大事皆有前定，孤今与卿成亲，丢下王氏昭君，孤很过意不去。"鲁妃乘机奏道："陛下如何发落昭君？"天子道："已命毛卿打发昭君回归。"鲁妃此刻生了妒心，怕的昭君放走，露出马脚，心中一想："昭君回家，她父母必然知情，倘泄漏风声，必要连累毛丞相吃罪不起。奴为西宫，全蒙毛相莫大之恩，奴在宫中不略施小计，害了昭君，连奴西宫之位也有些不稳。"眉头一皱，计上心来，便带笑叫声："陛下，想昭君既与臣妃同选到京，臣妃蒙恩收用，岂忍令她独自发回？宫中空房颇多，不如召她进宫居住，就是不利于陛下，只不许她相见，一日三餐、冬夏衣衫，俱照奴管待，也不枉同来入选一场。"天子听说，连声赞道："难得爱卿有此美意。明日可传孤旨出去，召收昭君入宫。"鲁妃大喜，又将天子灌得大醉，扶去龙牀，先去安寝，她这里连夜安排计策，要害昭君。且听下回分解。

中国禁书文库

双凤奇缘

第六回 真冷宫昭君受苦 假圣旨太守充军

诗曰：

> 垂杨深处晓莺啼，芳草青时乳燕迷。
> 杜鹃声哀偏远叫，玉楼入醉马声嘶。

话说鲁妃在灯下忙写了一道密书，交付一个心腹内监，送与毛丞相照旨行事，内监答应去了。又唤两个宫娥，吩咐道："来日有个昭君女，抬至后宰门，你二人可领她到冷宫锁禁。倘有人问你，只说昭君私画人图，献媚圣上，罪应赐死，西宫娘娘保奏，免其死罪，贬入冷宫。"两个宫娥领了鲁妃计策，自去等候不提。

且言毛相接到西宫密旨，打发内监去后，来到书房，将密旨拆开，从头细看，但见上写："哀家鲁氏拜上毛丞相：卿可将昭君追回，抬至后宰门，那里自有宫娥等候，将昭君送入冷宫，须要悄悄行事，不可泄漏风声。事成，免生后患。留心云云。"看毕大喜，暗想："鲁娘娘这道密旨正合吾意。事不宜迟，明日五更，照旨行事便了。"

一宿已过，次日就差孙龙假扮钦差，赍了一道假旨，备了一只快船，飞星赶追昭君的花船。花船走得慢，昭君暗想："汉王与奴有三生之约，召奴进京，怎么又将奴发回不用？奴好命苦呀！"想罢，珠泪纷纷。正在船中嗟叹，孙龙快船已到，高叫："花船慢行，有圣旨下来。"众水手听说，忙拢住船。孙龙命将快船拨近，跳上花船，高叫："报与昭君，快快接旨。"船上的人不敢怠慢，传知绣女，绣女报知昭君，昭君慌忙出舱跪接圣旨。孙龙捧着假旨高宣纶音："皇帝诏曰：'王氏昭君，不遵圣旨，私自画图，未进宫中，先有献媚惑君之意，着贬入冷宫，治以应得之罪，钦哉谢恩。'"昭君口称："万岁万万岁！"站起身来，由不得两泪交流，苦痛伤心。孙龙催着将花船拨回到岸押着，叫了轿子，抬了昭君登程，孙龙方复主命去了。

可怜昭君，坐在轿中，口内不语，心内暗想："人图虽画自奴手，汉王哪里得知？

一定又是毛贼使弄机关，暗箭伤人，且到宫中再作计较。"一路悲悲切切，到了后宰门，早有两个宫娥向前问道："轿内可是昭君娘娘？就在此歇轿。"轿夫听得，将轿歇下，昭君只得出轿。宫娥领着昭君到了冷宫门口，叫声："娘娘请进此宫。"昭君听说，抬头一看，见宫门上写着"冷宫"二字，止不住一阵心酸，泪流满面。没奈何，凄凄切切，向内而行。两个宫娥把冷宫锁了，回复西宫去了。

昭君进了冷宫，见那四壁凄凉，举目无亲，顿足捶胸大哭，骂一声："奸贼，奴与你何冤何仇，使这机谋，害奴到此地位？"又恨一声："汉王，你真负心人也！实指望践梦中之言，进京为妃，带挈父母增光，谁知反落冷宫受罪，红颜薄命，一至于此！可怜父母远在天涯，并不知晓，这也是奴家前世修的不到，该当今也受苦。但进此冷宫，不知竟要何年月日，方把冤伸？"昭君想到伤心之处，哭倒在地，惊动管宫张内监，扶了昭君，到房中相劝不提。

且言王太守，自从女儿进京，与夫人放心不下，差了王文、王武，暗自随了花船一路进京探信。到了京都，打听得圣上看人图一番，依旧不用，仍将小姐发回原地。走到半路，又有圣旨将花船追回，把小姐贬入冷宫，问以私画人图之罪。探访的确，不分星夜，赶回越州送信慢表。

又谈到毛相受到西宫的密旨，已将昭君送入冷宫，还怕斩草不除根，萌芽依旧生，差了恶奴赵保，扮做差官，假传一道圣旨，到越州问王太守之罪。可怜太守与夫人，并不知有人暗害，每日思想女儿，不住伤心，又兼探信两个家丁也不见回来，心内十分悬挂。那日太守夫妇正在房中闲谈，忽见丫环报道："京内王文、王武回来了，在厅上候见老爷。"太守即刻出来，朝南坐下。两个家人向前跪倒，太守叫他们起来，问道："我差你们进京打听小姐可曾进宫，怎么今日方回？可将京中事情细细说与我知。"两个家丁禀道："启老爷，小的们投了下处，每日探听小姐进宫的事情，细细察访，因此来迟，伏乞老爷恕罪。"太守道："小姐在宫中可好么？"家丁摇手道："小姐召进京中，并未西宫称尊，仍把小姐发回不用。船到半路，忽有一道圣旨赶来，说小姐私画人图，逆旨欺君，有应得之罪，追回贬入冷宫，此刻小姐已在冷宫受苦了。"太守听得，好比万箭穿心。夫人在后堂一闻此言，只叫："苦命娇儿，为娘怎舍得你受这般苦楚，叫为娘的心痛死也！"说着痛哭不止。太守含悲吩咐两个家丁："你们一路辛苦，每人赏银二两，外面歇息去。"家丁谢了老爷的赏，下去。

太守回后，又与夫人痛哭一场，夫人道："女儿德性温存，未见汉王，怎知图是女儿自画？只怕又是毛贼使的奸计，陷害吾儿。老爷不必耽搁，我和你快快收拾，赶上

双凤奇缘

京中，舍死亡生，面见汉王，哭诉此事，定要将女儿救出冷宫。若是奸臣暗中谋害，舍了性命，与他一拼。"太守连称有理。正要打点动身，忽家丁急急来报："启老爷，圣旨已下，钦差到了府门，快请迎接。"吓得太守忙整衣冠出来，一面吩咐家丁开了正门，摆香案迎接钦差到厅上。钦差取出圣旨在香案正中一站，太守朝着圣旨三拜九叩首，口呼万岁，俯伏尘埃。只听钦差道："圣旨已下，跪听宣读。"诏曰：越州知府王忠，有女昭君选为西宫之妃，奈昭君在宫，性非幽闲，作事不端，本当治以应得之罪，朕从宽典，贬入冷官。要知其女不贤，皆由尔父母平日在家教训不严，越州知府王忠，削去冠带免死，与家属俱发辽东充军。着地方官限日解去，即速起身，钦哉谢恩。

太守口称愿吾皇万岁万万岁，站起请过圣旨，送出钦差上路而去，含着一泡眼泪说知夫人。夫人听说，魂都吓掉，哭着说道："圣旨难逆，不能进京，真令我们有屈无伸，好不痛杀人也！"正在悲悲切切，忽见家人又进来通报，太守更吃一惊。未知所报何事，且听下回分解。

第七回 弹琵琶月洞相思
叹五更冷宫诉怨

诗曰：

> 佳人行到藕池边，想起君家去半年。
> 池内荷花单照影，何时方结并头莲。

话说王太守又见家人报说："外面解差伺侯，催促动身。"太守听说，不敢怠慢，一面将府库钱粮案卷写了一本册子，备了文书，呈与上司，交代清楚，一面叫夫人收拾，雇了一只浪船，将行李发入里面，带了家眷下了船中，直向辽东而去不表。

且言昭君受苦冷宫，并不知父母为她起的祸根，充军辽东。每日坐在冷宫，纷纷珠泪，暗自沉吟：一来思想父母，远在越州，只道女儿西宫称尊，并不知在冷宫受苦。二来恨那汉王十分薄幸待奴，既与奴无缘，就不该差人将奴召进京；既将奴召选入宫，又贬入冷宫，害得奴不上不下，汉王真好狠心！三来自叹奴家红颜薄命，一至于斯。四来恨煞奸臣毛延寿，使尽万般巧计，将奴暗害。奴好苦命也！昭君想到伤心之处，放声痛哭，惊动管院张内监，见昭君身进冷宫，朝朝掉泪，夜夜悲伤，苦得容颜十分黄瘦，已有几分病容，忙向前安慰，叫一声："娘娘且要宽怀，少不得主上自有回心之日，不久定要将娘娘赦出冷宫，何必过于悲伤？"昭君听说，叹了一口气道："今生休想！但不知这里可有散闷处否？"张内监道："启娘娘，有一张琴在此。"昭君道："可取来，待奴操一曲以消闷。"张内监答应，把琴上的灰尘揩抹干净，双手呈于昭君。昭君接过，把琴摆在膝上，用尖尖玉指笋向弦上一弹，好不凄惨，由不得两泪双流，操出一调如龙吟：

> 十指尖尖操七弦，孤鸾瘦鹤唳青天。
> 此时操出宫中怨，风飒松林古渡边。

操毕，把琴放下，道："琴音凄惨，助人悲伤，可有别样东西消遣么？"张内监道："还有一张琵琶在此。"昭君道："很好，快取来。"张内监又将琵琶递与昭君。昭君一见这琵琶，倒是紫檀香木造成的，连连称赞："好一件东西！"便问张内监："这是哪里来的？"张内监回道："启娘娘，说是三年前有一位张娘娘，也是贬入冷宫，习此琵琶，后来召出冷宫，只留下琵琶在此。"昭君十分叹息道："可惜这琵琶也是生不逢时，当初伴那张氏佳人解闷，她已出宫，忍心将你丢下，要算忘恩负义，奴若出宫，生死一定不肯放你。"就把灰尘吹去，弹了一曲，可爱声音嘹亮。弹毕放下，又无情绪，便问："外间如今什么天气了？"张内监道："正是小春天气。"昭君道："这里可有什么玩耍的所在？"张内监道："启娘娘，此地冷宫关闭，哪里有玩耍的所在？只是后面粉墙，有个月洞，洞门开了，外面就是御花园，娘娘倒不如去看看花园景致，以解愁闷。"昭君点首，言称有理，便叫张内监引路，开了月洞门，将身靠在粉墙，向洞外一看，好一座御花园，但见：

四时有不谢之花，八节有长春之景。

仙鹿对对，翠鸟双双。

虽是悦目，实是伤心。

暗想："无知物类尚且成双作对，奴偏苦命，独守孤灯。闻得正宫林皇后甚是贤德，奴若能见她一面，哭诉冤情，代奏汉王，将奴召出冷宫，得见汉王，死也甘心。昭君呀，你好痴想。"说着又是一阵伤心，放声大哭不止。张内监催促道："启娘娘，天色晚了，请娘娘回去，明日再来玩耍。"昭君含泪，没奈何转身回去。张内监将洞门关好，随着昭君入内，去备夜饭。

昭君归了房内，点起一盏孤灯，拿了夜饭来，也吃不下去，仍命张内监撤去。独自闭了房门。但见东方月色渐升，照得纱窗雪亮，可怜夜长难睡，只得将孤灯挑起，取过琵琶，弹出一段五更怨词：

一更里，王昭君苦痛心，爹娘爱我如宝珍，好光阴在家过，举世难寻：珍珠件件有，绫罗色色新，羊羔美酒多欢庆，合家个个喜称心。谁知道，遭媾陷，使女丫环四下里分。苍天呀！受用多，苦又临。

二更里，细思量，我二亲双双年迈靠何人？好伤情，家乡盼望没音信，在家呆呆

坐，每日想姣生，朝思暮想心不定，只望进京见朝廷。苍天呀！命多苦，屈杀人。

　　三更里，冷宫内，半夜多，忽然想起旧当初，好凄惨：阳台得梦到京都，进宫来游玩，汉王遇着奴，将奴调戏情无数，声声只叫俏娇娥，醒来阳台一南柯。苍天呀！命如此，虚度人。

四更里，又伤怀，苦难当，凄凄惨惨泪汪汪，好仓皇。奴命苦，真断肠。可恨毛延寿，谗言进君王，未到西宫去成双，贬入冷宫受凄凉，自悔奴家没主张。苍天呀！仗谁人，人谁仗。

五更里，梦初醒，天未明，宫门一带冷清清，痛伤心，奴家好苦命。嫁刘君，父母空想女，女也枉思亲，谁人代奴传书信？两地相思终无音，抛撇琵琶弹不成。苍天呀！奴命苦，无福分。

昭君弹毕，不觉身子困倦，将琵琶放下，和衣睡倒牙牀，哪里睡得着？又想："毛贼借画人图，贪爱金银，奴不该自逞聪明，破他机关。只怕奴今受苦，父母也要受些灾星。"想着，似梦非梦，正坐冷宫，忽见有旨来召到殿上，面见汉王，心中大喜，俯伏金阶，哭诉情怀。汉王带笑扶起昭君，叫声："美人，休要烦恼，是孤一时不明，误听奸臣一面之情，耽搁佳期，今日团圆前事。"昭君道："望吾王将毛贼正法，方消心头之恨。"汉王准奏，吩咐武士将毛延寿推出午门去斩。一声旨下，把延寿绑了。只见延寿怒冲冲骂声："无道昏君，为一女子杀一大臣，不仁极矣！"大喝一声，挣断绳索，抢了武士腰间一口刀，喊道："先杀妖妇，后除昏君。"举起刀来，认定昭君就是一刀砍来。昭君一见，顶失三魂，要躲也来不及，大叫一声："我命休矣！"未知昭君生死如何，且听下回分解。

卷二

第八回 王太守辽东受军棍
汉天子越州召皇亲

诗曰：

> 金风顿起夜更寒，惹得凄凉恨正长。
> 病体不支形瘦减，思君许久懒梳妆。

话说昭君梦中被毛延寿一刀砍来，昭君躲闪不及，刀到处，大叫，"哎哟"，一声："不好！"一个筋斗跌倒尘埃，惊醒南柯一梦，吓得浑身香汗。但见：

> 帷下昏昏灯一盏，梦中历历事千番。

昭君此刻又吓又苦，又是一阵伤心，骂声："毛贼，奴与你何冤何仇，你在梦中还放奴不过？若有日你这贼子犯在奴手，定将你这贼碎尸万段，方称奴心。"说着，把银牙一挫，心伤十分。等到天明，免不得起身，又懒去梳妆，不茶不饭，每日愁眉不展，泪痕未干，且自慢表。

再提王太守，率领家眷在船，一路行来，约来三个多月，幸无耽搁，早到辽东。镇守总兵官姓林名振枭，乃是毛贼心腹门生。自王太守充军辽东，毛相早有书信到林总兵衙门，教他摆布王太守。林总兵得了毛相密信，敢不遵命？那日正升堂发放公事，忽见越州解差投文，将王太守夫妇解到，跪在丹墀。林总兵看了解批，写了回文，打发解差去了，便问道："下面可是越州知府王忠么？"王忠道："犯官正是。"林总兵把

脸一沉，将惊堂木一拍，喝道："好大胆犯官，你的批上期限已过，不合在路故意迟延，误限到配，该当何罪？"王忠只是磕头道："请大老爷息怒，犯官有下情启禀。"林总兵道："你且讲来。"王忠道："一因越州来到辽东，将近万里路途，二因犯官在路受了风寒，有了几分病，因此在路上耽搁来迟，望大老爷原谅苦情，格外开恩，锦衣万代。"林总兵听说，冷笑几声道："这也情有可原，不来计较于你，但本镇衙内向有定例：凡军犯到配，要打一百杀威棍，你可知道么？"这句话只吓得王忠面如土色，魂不在身，苦苦哀求道："大老爷要开恩啊！念犯官年老，禁不住这刑法了！"林总兵道："本镇心也慈软，姑念你年纪大了，折责一半，只打五十。"王忠还要哀求，当不得林总兵喝叫："左右扯下去打。"下面一声答应，可怜把王忠横拖倒扯，拉将下去。只急得姚氏夫人一旁看见，嚎啕大哭，高叫："总爷，丈夫年迈血衰，怎受得住这般刑杖？望乞开恩，饶恕他罢！"任凭姚氏喊破喉咙，林总兵佯作不睬，只叫军士："快将这妇人拖下去。"军士答应，把姚氏夫人硬扯下去。就把王忠捺在地下，两边动手，如狼似虎，五板一换，打了五十。只打得王忠皮开肉绽，血腥难闻。打完放起，可怜王太守此刻死而复生，软瘫在地。还是姚夫人哭着向前，把太守扶将起来。林总兵吩咐军士："把王忠夫妇发到张千户第四队左营中调用。"军士领命，伺侯总兵退堂，押着王忠夫妇，哭哭啼啼，出了辕门，来见张千户。那千户又是一个贪财的官儿，但有军犯到来，见面礼银五十两，如分文没有馈送，就有许多摆布，令人十分难受。王忠知道，义不容辞，苦苦凑了些银两送与。张千户收了，将王忠夫妇安放在营住下不表。

又说到鲁妃，自进西宫，汉王十分宠幸，言听计从。那日天子回朝，退入西宫，有鲁妃接住，手挽手进宫坐下。早有宫娥摆上酒来，鲁妃殷勤劝酒，相敬汉王。正吃到酒酣之时，鲁妃叫一声："陛下，念小妃蒙恩收用，在宫富贵，越州还有父母，未受君王一点之恩，望陛下看小妃薄面，可将奴父母召进京都，与小妃一面，则感龙恩不浅。"汉王听说，点首道："孤于明日早朝，差官到越州去，召爱卿的父母便了。"鲁妃大喜谢恩，又劝了汉王一会，只吃得大醉而散。一宿阳台，不必细说。

到了次日，汉王登殿，文武朝参已毕，汉王便问："哪位卿家到越州召迎鲁氏皇亲？"早闪出毛延寿，俯伏金阶奏道："微臣愿走一遭。"汉王大喜，当殿写了一道诏书，付与毛相。汉王退朝，毛相领旨出了午门，回府收拾一番，即速起行。此去仍带着长班二十人，一路出得京城，先由头站到鲁家在，飞星报知员外。员外闻报，好不十分兴头，教家人收拾，四围厅上，张灯结彩，大排香案，插上了礼烛。厨下又备了许多筵席，等候圣旨。

那日只听外边三声响炮，毛相捧着圣旨进来。员外迎接到厅，朝着圣旨跪下。毛相开读圣旨："召取进京授职。"员外谢恩，请过圣旨，忙又跪谢毛相一向照拂之情。毛相哪里肯受员外大礼？一把扯住。大家入座，有家童送茶。茶毕，摆酒款待。毛相外面从人，也有酒赏。员外同席相陪毛相，十分殷勤，毛相心中欢喜，员外便将书房收拾干净，请毛相安寝。员外回后，说与院君知道，院君也是欢喜，忙开了库房门，打点黄金一千两，水礼十六色，送与毛相，外白银三百两，分赏从人。预备现成，过宿一宵。

次日，毛相起来，用过早汤，告辞起行。员外便命家人将干礼、水礼及赏赐银两抬出到厅，带笑叫声："丞相，多蒙贵步，不弃寒门，只是路远山遥，有劳丞相，于心不安。现有些须礼物，相送丞相，只算菲仪，望丞相笑纳。"毛相见了这等厚礼，满面堆下笑容道："老皇亲，昨日既承厚情，今又见赐重礼，何以克当！"员外道："一切事情全仗丞相照拂，些须薄礼，以表寸心，容进京之日，再当补报丞相高情。"毛相连称不敢道："多蒙老皇亲赏赐，只是愧领了。"又叫声："老皇亲，我为你令嫒的事，费了许多心机，就是老皇亲多花几两银子，也是值得的。你看王氏昭君，现在冷宫受苦，怎及令嫒十分宠幸西宫，今日带挈父母也增光呢！老皇亲，这是谁人代你使的力量？"说罢，哈哈大笑。员外只是连连称谢道："总蒙丞相天高地厚之恩。"毛丞相又扯住员外的手，说有一言奉告。未知说出什么话来，且听下回分解。

中国禁书文库

双凤奇缘

第九回 王嫱病缠冷宫 姚氏分娩辽东

诗曰：

送君一别桂花开，最苦伤心是裙钗。

不倚窗前来盼望，灯前月下总痴呆。

话说毛相叫声："老皇亲，我先进京，老皇亲速速收拾，随后就来。"员外答应。毛相告别动身，员外送出大门，毛相带领从人回京复旨去了。员外吩咐家人雇了两只大船，伺候动身，合城文武官员乡绅亲族都来相送，只喜得员外骨软筋酥，一齐答谢。到了次日，家眷上船，庄子交与老家人照管，他们解缆开船，离了越州，一路好不风光。员外催着船户赶路，非只一日到了京都，弃舟登岸，将家眷进了一个公馆，员外带领家人先去见毛相。相府官儿又是一个大门包，相烦他通报。门官见了采头，不敢怠慢，即报知毛相。毛相听见鲁皇亲到了，开了中门迎接，到厅见礼，分宾主坐下。因天色已晚，不能面圣，且在厅前备酒款待皇亲，席散留宿书房。

到了次日早朝，汉王登殿，文武朝参已毕，毛相出班奏道："臣毛延寿，奉诏到越州召迎鲁皇亲，现今在午门外候旨，请旨定夺。"汉王大喜："毛卿可将鲁皇亲召上殿来见朕。"毛相领旨下去，便把鲁皇亲召上金殿。见了汉王，俯伏金阶，口称万岁。汉王当殿封为国丈，妻姬氏封为郡君。饬工部发内帑钱粮，在云阳闹市起造皇亲府第，限一月完工。一声旨下，工部领旨。鲁皇亲谢了圣恩，退出午门。天子朝散回了西宫，说与鲁妃知道，鲁妃心中大喜，越发奉承汉王。只等皇亲府第造成，鲁府家眷搬进华堂。鲁妃不时将父母召进西宫赐宴，骨肉团聚，真是快意之事。

只可怜昭君贬在冷宫，朝思暮想，不茶不饭，面容消瘦，恹恹染成一病，皮寒骨热，心内发烧，口吐鲜血。也自知身上有几分病症，忙取菱花一照，但见自己柳眉细影，并无光彩；一双俏眼，顿减精神，便对着镜内影子叫声："王嫱呀，你空生十分容貌，有绝世聪明，只此冷宫，是你葬身之地，要想出头，今生是不能的了！"想罢，又是一阵伤心，两行珠泪，直流下来。

恰值张内监进来，一见昭君又在那里愁苦，便道："奴婢曾劝娘娘，须要解开些，不可苦坏了身子。"昭君道："奴岂不知将身子爱惜？只是心中无限愁肠，不由人一阵阵地心酸起来。就是目今残冬已过，该值春天，你看百花齐放，万物生新，粉蝶双双弄影，游蜂对对寻香，似奴这一般鲜花，无枝无叶，枯干亭亭，有谁来赏玩？岂不辜负多少青春？奴恨起来，欲寻一死，又恐死得不明不白。如今弄到病已临身，在此冷宫，又无太医可请，又无药开方，奴怎不凄凉悲痛！"张内监劝道："娘娘，想人生在世，荣辱无常，倘苦坏身子，容颜消减，或有出头之日，将来怎见圣上？"昭君道："蒙你好言相劝，奴岂不知，只是心内一股屈气难明，叫奴怎不悲苦？"张内监听了这番凄凉之话，只得叹息几声，走开去了，撇下昭君独坐房中悲叹不表。

且言王太守自充军辽东，将就赁了几间房子，把家眷住下。虽有一点宦囊，每日用度不少，用一文少一文，坐吃山空，便有些拮据起来。当不得林总兵要讨好趋奉毛相，指望升官进禄，把王太守百般凌辱，不时叫到衙门，非打即骂。王太守惧怕林总兵，只得凑些金银前去买命，不到半年，家私用尽，连房子也住不起了，退与房主。丫环小使都已散去，只剩他夫妻两口，日食难度。本官还要与他做对头，又把王太守配入火头军，日里代三军煮饭，夜间看守烟墩。可怜一个四品黄堂太守，遭人陷害，弄到这般地步。

那日，王忠正坐烟墩，便向姚夫人叫一声："贤妻，想女儿远在京都，身陷冷宫，你我夫妻又在辽东受此磨难，不知何年月日方得出头？难道这几根骨头，就抛落他乡么？"说着纷纷泪下。姚氏听说，也含悲叫声："老爷，这些苦楚，且挨着些，不必提他，只说我儿昭君临行嘱咐，说母亲怀胎七个多月，未知腹中是男是女，若是生下兄弟，取名金虎，生了妹子，取名赛昭君。可怜人去话留，牢记在心。如今妾已怀胎十四个月，不见腹中动弹，却是为何？"王太守道："常言瓜熟蒂落，总有一定时候，怎么勉强得来？夫人保重身子要紧，不必过于伤怀。"

夫妻正说之间，耳听谯楼已打二更，欲向那一旁草铺上前去安寝。姚夫人忽觉腹中有些疼痛，还不介意，渐渐一阵痛得紧似一阵，心中有些诧异："莫非要分娩了？"便叫声："老爷，如今妾身腹中十分疼痛得紧，想是要临盆了。"慌得王太守便叫："怎么好？"此刻又无稳婆服侍，只得跪在地下，祝告上苍："保佑妻子分娩易生易长，大小平安。"正祷告间，只疼得夫人在草上乱滚，昏晕过去，一时人事不知。只吓得王太守面如土色，急急抱住夫人坐起，低叫："夫人呀，当年分娩昭君，还有稳婆丫环使女在旁服侍，我在书房候信，并不吃惊。如今落难烟墩，牀前服侍，倚靠何人？叫我怎不伤心！"王太守正在叹息，只见夫人悠悠醒来，哼声不止，面如白纸，双眼微睁。可怜此刻半夜三更，又无灯火，又无汤水，这也是好人出世遭困，不到十分苦境，不肯降生。

夫人正痛得难解难分，已听得谯楼三鼓，早有天上皇母命众仙女将快乐仙官送下凡尘，只听姚夫人一声大喊，娃娃已离产门。可怜夫人一条绸裤鲜血染红，半晌醒将转来，娃娃生在草上，啼哭声音甚是洪亮，王太守心始放下，默默答谢神明。夫人急急起身，摸了一把剪刀，剪去脐带，坐在草上，黑暗暗地也不知何方，姑将娃娃裹住，睡在草上，倚着身子。可怜此刻汤水全无，只好定神养息。过了一会，王太守低低问道："是男是女？"夫人听说，在娃娃胯下一摸，只叫声："苦也！"王太守急问："何故？"未知夫人怎生对答，且听下回分解。

第十回 坐孤灯思想汉天子 开科选取中刘状元

诗曰：

阵阵朔风穿绣户，纷纷瑞雪下楼前；

红炉炭火无心向，斜倚孤衾懒去眠。

话说姚夫人见老相公问他是男是女，他便向娃娃胯下一摸，叫声："苦也！"王忠便问："夫人，为甚叫苦？"夫人道："又是一个女儿！"王忠听说，连卢叹息道："可怜王氏报仇无人了！"夫人也道："你我夫妻指望这十几个月生得一子，以接宗支，如今是枉费精神。"王忠又怕夫人生气，产后弄出别样病来，又安慰一番道："且喜夫人分娩后身体康健，就感谢天地不尽了，是男是女，免生忧烦。"说着到了天明，烧了些热水，倒在盆内，代娃娃将身血污洗净，用绸裙包好，交与夫人怀抱抚养。

正是光阴易过，二朝满月，虽是一个女儿，却见眉分八字，到是个贵相，未到三月，便会嬉笑，王忠夫妻一见，略解愁烦。就依女儿的话，取名王娉，又叫赛昭君不提。

且言冷宫昭君，长把琵琶细弹，弹到凄凉处，珠泪纷纷。日间悲苦，犹借琵琶消遣，到晚间孤单单对着一盏孤灯，十分凄凉。无奈日长夜短，也是睡不着，只得冷冷清清坐在孤灯之下，暗想："这般火热天气，池内荷花结影，蓬蓬莲肉包心，奴想荷花好比奴家，如花失叶，却少夫君。且住，慈鸦反哺，能行大孝；羔羊跪乳，为救双亲，岂有生来之人，反不思尽孝双亲么？想父母也是在生奴家，他那里得知女儿被禁冷宫，受的十分苦楚，只道女儿是个负心之人，并不思召取父母进京，同享荣华。爹娘呀！你若是这等想，却错怪女儿了！可怜女儿连汉王也不曾见面，就丢在冷宫受苦，爹娘那里得知呀！可恨奸贼毛延寿，害得奴家骨肉分离，奴与你一天二地之恨，三江四海之仇。奸贼呀！除非奴家身死，一笔勾销，不必提起，奴在一日，仇记一日，就是你

这奸贼的对头星，奴不将你万剐千刀，怎消奴恨！"

正在长吁短叹，忽见孤灯里面放起一朵大花，甚是光明，心中大喜道："莫不是汉王回心转意，要将奴家赦出冷宫？今晚有此喜兆，先来报信，也未可知。灯花呀！若是奴家得见汉王，忧变为喜，奴家定将你供奉长生，早晚烧香谢你。"说着，痴呆呆的望着灯花。那知灯焰中本是一朵红花，花忽平空一炸，炸出一个黑花来。昭君陡然看见，大吃一惊，由不得大哭连声，只叫："不好！奴是永无见汉王之日了，灯已现此怪兆，还有什么指望？"恨将起来，银牙一挫，把灯吹灭了。黑魆魆的坐在那里，哭一起，恨一起，说一起，想一起："奴只想汉王那夜三更梦中相遇，拉着奴家，要与奴成凤侣，说了许多温存的话，问明奴的住处，许奴定到越州召取进京，他满口应承，谁知是一场好梦，奴还痴心苦守闺中，要嫁汉王。汉王果有旨召奴，常言好事多磨折，奴进京来，未见汉王一面，无故贬入冷宫。昭君呀，你要脱此难星，今生是再不想了。"想罢，痛哭不止，且自慢表。

再言正宫这位林皇后，德性幽闲，宽洪大度，自汉王纳了鲁妃，不进正宫将有四个月，林后心内也生疑惑，不时差了嫔妃暗探消息。前来报知正宫，只说天子新纳越州王昭君为西宫妃子，日夜欢娱，宠幸无比。林后闻知，也不免暗恨于心，只错认昭君霸占西宫，骂一声："昏君，每日不理朝政，只迷恋西宫，全在酒色二字，怕只怕江山指日要败了。"又恨一声："西宫妖婢，迷惑天子，使天子不日日临朝，冷了朝中许多文武。这妖婢有日犯在哀家之手，且试试正宫的斩妃之剑可能容情。"此乃林后不知鲁妃一段原由，错怪昭君也。搁过一边。

又谈到汉天子久不临朝，心中也有些愧对文武百官，那日没奈何登殿设朝，两班文武参拜，口称万岁，上面连叫平身，众文武齐呼万万岁，站起分班侍立。当殿官高叫一声："有事出班启奏，无事卷帘退班。"话言未了，只见文班中闪出一位大臣，紫袍象笏，拜倒金阶，口称："臣礼部掌院官，启奏万岁：'今当科场大比之年，正我主取士得人，伏望钦点试官，以重科选大典，请旨定夺。'"天子闻奏，就在龙案上，命内侍取过文房四宝，铺下黄绫一幅，御笔钦点：

正主考官：太子太保内阁大学士军机房行走兼吏部尚书事务张文学。

副主考官：翰林院侍讲学士兼礼部尚书事务唐仁杰。

左春坊庶吉中允兼国子监祭酒代理内务府校书处康春。

提调官：礼部右侍郎江正林。

监临官：户部左侍郎周岱。

御笔钦点已毕，发与掌院官。掌院官领了旨意，退出朝门，写起皇榜，布告天下。那些天下举子一闻此信，无不纷纷进京，寻了客寓住下，只等三月初三头场，以及二场三场，各自用心做文，想占头名。三场已毕，各归下处听候揭榜佳音。这位张大主考，专意衡文，不留情面，选来选去，遵了定例，中了三百六十名进士，其余皆落孙山之外。有名者在京等候五月殿试。这一日，天子临朝，一班进士金殿对策，一个个各逞珠玑，夺魁多士。试策缴完，恭呈御览，以定三甲名次。好个圣明天子也不看策命，摆了香案在金殿当中，将试策供在上面，离了龙墩，对天一跪三叩首，暗自祝告："孤若有福者，得安邦定国之臣；孤若无福者，得败国亡家之子，好歹总由天意。"祝毕站起，随手在试策堆内先掣出三卷，以定状元、榜眼、探花，又掣传胪一卷，取定四卷，归了龙位，命内侍打开密封一看。是何名姓，且看下回分解。

第十一回　见西瓜吟诗散闷　踏夜月忆古伤情

诗曰：

罗扇轻摇两泪垂，不知何日是佳期。

园中好景无心看，恨煞蝶媒影太迟。

话说汉王命内侍拆开弥封一看，上写头名状元刘文龙，二名榜眼周必达，三名探花冯玉魁，传胪吴文贵，以下进士不必细看。当殿传下旨意，召见三甲进士。进殿山呼万岁，天子各赐三杯御酒，游街三日。众进士谢恩，退出朝门游街，好不光彩。个个看的称赞少年鼎甲。三日后复旨，天子当殿授职："封状元刘文龙为翰林院修撰，榜眼周必达、探花冯玉魁，俱授为翰林院编修，传胪吴文贵以下进士或授翰林院检讨庶吉士，或以部用，或以知县用，或以进士终身，钦哉谢恩。"

可恨毛相执掌朝政，但有金银馈送，高官美禄；无物相送，俱是苦缺。传胪吴文贵，一贫如洗，不曾打点，在吏部候缺等了半年，方补了越州王知府的缺。此缺又在边方，又是苦缺，文贵无奈，领凭上任不表。

且言王昭君受苦冷宫，过了夏天，又是秋来，但见阶前梧桐叶落，窗外金风送凉，寒虫叫得凄惨，孤雁唳在半空，一种凄凉景况，由不得独坐冷宫，悲悲切切。再是夜来牙牀一梦难成，翻来覆去总睡不着，眼巴巴盼到天明，抽身起来，懒去梳洗，闷沉沉坐在那里，只想："汉王在宫，何等欢乐，撇奴一人在此，不寒不暖，错把光阴虚度，好不闷煞人也。"昭君正想到伤心之处，忽见张内监进得房来，手捧一个西瓜，昭君便问："公公手内捧的是什么东西？"张内监道："启娘娘，奴婢捧的是西瓜。"昭君见了西瓜，不禁感动心事，暗想："西瓜乃土内所生，尚有团圆之日，偏是奴家受禁冷宫，不知可似西瓜，还有团圆之时？"就把西瓜为题，吟诗一首：

西瓜生自近秋天，一种团团圆又圆。

碧色沉沉知见爱，丹心耿耿剧堪怜。

满怀有子来年种，并蒂含香此日鲜。

更有几番争妒处，微尘不染叶田田。

吟诗已毕，张内监用银刀劈破西瓜，进与昭君道："愿娘娘指日赦出冷宫，早生贵子，瓜瓞绵绵，奴婢之幸也。"昭君听说，叹了一口气道："承你赞颂，奴哪里还想这个日子！"张内监道："娘娘不必悲伤，请尝一尝西瓜滋味如何？"昭君道："西瓜滋味与奴心一样，总冷如冰，奴哪里吃得下咽？你拿去吃罢。"张内监答应出去。昭君叹了一声道："可惜西瓜本是个团圆之物，被这蠢才劈破，也似奴家是分离了。"说罢，又将西瓜吟诗一首，自叹道：

西瓜本是团圆物，此日谁知两地分。

堪叹世间多少事，坚牢不及古今文。

昭君又将诗吟过，无情无绪，每日茶也不思，饭也不想，不时腮边落泪。

那日晚间，明月半窗，照得阶前如同白昼，耳听更鼓初起，又怕上牀难睡，只得出房散闷。缓步阶前，对着天上的明月，叫一声："月光菩萨，想奴生来这等命苦，何必当初生奴家！菩萨在月宫尚有玉兔，怎似奴在冷宫，孤单一人，好不凄凉。菩萨呀！你要与奴作主，保佑奴得见汉王，奴自当礼谢神明。"一面祝告着月光，一步步过了墙阴，到了百花台上。但见月光映着石墩上，雪亮如银。昭君将身坐下，又是呆呆地痴想了一会。想起当年列国时候，有一孟姜女，她与范杞梁成亲，只有三月夫妻，忽然杞梁一时不合吟诗，犯了时忌，捉到长城受苦当差，好好一对鸳鸯，平空拆散，丢下姜女在家，伴着孤灯，伤心流泪。到了寒天，手缝冬衣，要寄夫君，谁知杞梁已为长城之鬼。可怜姜女并不知道，等了三年五载，亲到长城找她夫君。一路上吃了许多辛苦，受了若干磨难，到了长城，不见夫君，就在城下放声大哭。哭了三日三夜，把一座长城哭倒，然后撞死城下，完她节操，至今犹传姜女美名。且住，若论姜女受的苦，不亚奴家，但姜女尚有三月夫妻，奴在冷宫一年，未见汉王，奴又比姜女苦十分了。姜女呀，非奴贪这性命，不能似你拼身。一则奴家尚有双亲，无兄无弟，望奴日后收成；二则汉王未曾见面，死难闭目；三则仇人毛延寿未曾报泄，焉肯甘心？故此苦守冷宫，且自忍辱偷生。姜女呀，奴虽愧对于你，你也要谅奴苦情呢！昭君赞叹姜女一回，又想在月下弹一回琵琶，诉诉心中的苦楚。站起身来，走进房内，取下琵琶出来，复在石墩上坐下，把琵琶对着月光弹出几句曲牌名来，一阵悲切之声，好不耐人细听：

> 日落西山生玉兔，月儿高照少人行。
> 粉蝶儿花心去宿，黄莺儿树底安身。
> 下山虎归山入洞，山坡羊到晚归林。
> 夜航船傍江儿水，杏花天布满前村。
> 牧童儿斜骑牛背，耍孩儿放学回程。
> 懒秀才回归书院，红娘子剔起银灯。
> 傍妆台除头脱脚，小桃红亲垫枕衾。
> 迎仙客吹弹歌舞，香柳娘把盏殷勤。
> 沽美酒且助诗兴，醉扶归寻觅佳人。
> 孤雁儿成群作伴，点绛唇色比桃杏。
> 太师引朝堂坐理，二郎神斩逐妖精。
> 红纳袄披在身上，皂罗袍织就飞金。
> 谒金门文官武将，朝天子万岁齐称。

昭君将琵琶弹得凄凄凉凉，十分苦楚，况已更深夜静，谁是知音？该因她灾星已满，冷宫外来一救命恩人，你道是谁？就是正宫林后。因用了晚膳，忽然眼跳耳热，身子坐卧不安，心中十分诧异，道："难道哀家坐在深宫，有什么祸事呢？"又只见外边明月当空，打点出宫一游，以消闷怀。便带了使女嫔妃，掌了宫灯，出得宫来。有管宫内监接驾道："娘娘深夜往哪里去？宜早些安寝罢！"未知林后怎生回答，且听下回分解。

第十二回 凤凰台林后听琵琶 望月楼昭君会皇后

诗曰：

> 远望襄阳一座楼，征南征北几时休。
>
> 少年子弟江湖老，红粉佳人白了头。

话说林后见内监相问，便回道："哀家夜深无事，打点踏月一游，以解闷怀，尔可引路。"内监答应，便向前一路而行。行了一回，林后问道："东边是哪里？西边是哪里？南边是哪里？北边是哪里？"内监道："启娘娘，南边去有座浆糊房，北边去有座铜雀台、朝阳宫、金银库，两边又有小高墙、万花园、秋千架，西边去有座望月台，东边去有座凤凰台、广寒宫，并三十六院，不知娘娘到哪一处游玩？"林后道："哀家要到凤凰台去走走。"内监忙回道："启娘娘，此处去不得。"林后吃惊道："怎么去不得？"内监道："这台上时常有鬼出现，况夜静更深，不当稳便，请娘娘别处去游玩罢。"林后道："因这几日坐卧不安，心惊肉跳，恐有受屈者在寒宫冷院，故此前去探听一番，不妨事的，尔可向前引路。"内监见说，不敢阻挡，只得向前引路。

娘娘踏着月色，一路缓缓行来，甚解愁烦。走的是紫微宫、逍遥宫、长乐宫、安乐宫、贵妃宫、望月楼、御书搂、铜雀台、三十六院、一十二宫，都已走到。到了凤凰台面前，远远望见一座高台，好不壮丽。怎见得？有诗为证：

> 屹立崇台百尺高，周围突兀势冲霄。
>
> 月光遥映玲珑石，一派精华谢玉飚。

娘娘慢慢上台来，见月白如昼，心中十分畅快，游玩一会，耳听谯楼鼓打二更，

正要下台回宫，忽听琵琶一种悲切之声，复转身来停步不走，斜倚台上栏杆边细听着，声声抱怨，不知她怨何人。林后双眸一开，静听琵琶，只听得琵琶声中弹出一种苦调：

> 昭君抱怨告苍天，幽禁冷宫受苦煎。
>
> 骨肉分离两处地，汉王何日得重圆。

林后细听声音，弹出昭君二字，心内十分诧异道："昭君现在西宫，汉王十分宠爱，怎么冷宫又监禁个昭君？好叫哀家难得明白。"到了此刻，忍不住下得台来，顺着琵琶之声，寻觅踪迹。到瞭望月楼前百花台下，只见双门紧闭，余音未歇，便叫一个宫娥走到门前，连叩几声，高声便问："里面叹气者何人？"昭君听见此刻有人询问，倒吃了一惊，只得把琵琶暂且丢下，回道："外面问奴者何人？"宫娥道："正宫娘娘游玩，在此问你。"昭君听说，心中大喜，连忙将身站起，高叫："娘娘救命！奴是越州王忠亲生之女，名叫昭君，汉王选奴进京，许立西宫为妃，不知奴犯了什么不公不法之事，贬入冷宫，将近一年，奴好苦也！望娘娘救出冷宫，万代洪恩。"林后听得十分疑惑，叫声："住口，西宫既是昭君，怎么你又是昭君？"昭君道："西宫那是假的，奴是真的。"林后道："快唤内监，速速开门，相见便了。"昭君听说，心中大喜，急急转身入内，唤醒张内监，说明原委。张内监听说，也代昭君心喜，不敢怠慢，拿了锁钥，同昭君到了百花台下，开了冷宫两扇大门。昭君出来接驾，俯伏阶前，拭着泪痕，口称："娘娘救命恩人，今日方见青天，愿娘娘千岁千千岁。"林后把昭君双手扶起，命宫娥将灯提起，照见昭君生得：

> 秋水为神玉为骨，芙蓉如面柳如眉。

心中暗暗称赞："好一个女子！"叫声："贤妹，早知你苦禁冷宫，久该救你出去，如今方知你这段冤情，哀家同贤妹必要面见君王，与你伸冤，查出哪个奸臣生心害你，定要将他万剐犹轻。"昭君听说，只是感谢国母。林后道："贤妹呀，哀家虽位正宫，也同你在冷宫一样，孤眠独宿。"昭君道："娘娘怎比奴家？"林后道："贤妹有所不知，只因汉王每日在西宫恋妖妃，朝欢暮乐，抛撇哀家，独坐正宫孤凄，将近一载，全无一点结发之情。哀家只恨西宫名叫昭君，谁知那个贱婢假充昭君，骗着天子，哄到如今。"昭君道："娘娘，非是妾身胆敢直言，娘娘也太无纲纪了。"林后道："妹妹，怎见奴家没有纲纪？"昭君道："娘娘休怪，听妾一言：想娘娘位居正宫，宫内宫外谁不是娘娘所管，西宫虽是得宠，无非下院，她既紊乱宫中规矩，难道娘娘的斩妃剑利森森就没有用的么？行起正宫威令，贬了西宫妃子。怕什么汉王？请娘娘思之。"林后听得，只是摇头道："贤妹所说的话虽是正理，但汉王既宠幸西宫，哀家把她责贬，岂不惹汉王嗔怪哀家生了妒心？如今贤妹冤情明白，待哀家到汉王面前奏知，也好查问昭君谁真谁假，那时水落石出，捉出西宫妖婢，看是何人冒名昭君，再去拿了通同作弊之人，勘问此案，必定两条性命活不成了。汉王到了那时，心中明白，自然来召贤妹，册立为西宫贵人，我和你同心并胆，襄助汉王，以理内治，可不两全齐美。"昭君道："娘娘高见，胜妾千倍。须怜念妾身年纪幼小，不知宫中规矩，倘礼貌有不到之处，还望娘娘宽恕。"林后道："贤妹休要过谦，你乃聪明之女，性格幽悯，知文达礼，有什么规矩不知？今夜已深了，贤妹权进冷宫，有屈一夜，待哀家急速去见汉王，只到天明，定有圣旨下来。"昭君含泪连连拜谢，告别林后，仍进冷宫不表。

且言林后自在冷宫查出昭君及有冤情，要代她在汉王面前申诉，吩咐宫娥掌灯引路，离了百花台，一直奔西宫而来。正是三更将尽，先命一个宫娥在西宫前去打探一番。宫娥去不多时，回报林后道："启娘娘，万岁爷还与西宫妃子在那里饮酒作乐呢。"林后不听犹可，一听直气得柳眉直竖，粉面通红，怒冲冲赶到西宫，早有西宫一班内侍迎接皇后。林后吩咐起去，一概禁声，宫门外伺候。又命宫娥将灯吹灭，暗暗潜听，正是：

欲知心腹事，但听口中言。

未知西宫说出什么话来，且听下回分解。

第十三回　唆天子正宫暗听　打西宫鲁妃吃惊

诗曰：

奴是巫山仙女身，襄王与我并无情。

是非落在凡人口，惹得凡人说不清。

话说林后在西宫外暗听，尽听得天子与鲁妃正在饮酒快乐，传杯弄盏。酒至半酣的时候，汉王叫声："爱妃，想寡人自越州召爱妃进京，每日在西宫伴你，朝朝快活，夜夜元霄，撇下昭阳林后，冷落将近一载，况皇后年尚幼小，必在宫中怨孤久不到正宫，未免雨露之恩太不匀了。孤打点明日退朝，要到正宫，且叙旧情，方合正理。"林后听了汉王这番言语，心肠软了好几分，暗想："奴只道天子迷恋西宫，谁知还念哀家，多是妖婢把持，不放天子出宫。可恨妖婢，自进西宫，也不到正宫朝见哀家。好个妖婢，仗着天子这般大胆。"

不言林后在外暗听，且说鲁妃听见天子的话，顿时脸上怒气生嗔，便道："圣上不提林后之事犹可，若提林后，小妃含忍到今，未曾明言，说将起来，令人毛发倒竖。"汉王大吃一惊，道："爱妃有话不妨说来。"鲁妃道："既是今晚圣上问及此事，小妃不得不说了：小妃久闻正宫林后因圣上每日在西宫快乐，不到昭阳，背后百般咒骂龙体。说圣上无道，将来江山不得太平，一定要送与别人了。自小妃看来，她身为正宫，理当静守妇道，如何背后咒骂皇上？大逆不道，论理该正大辟，还可居正宫么？望吾主不可不早为防备。"好一个聪明汉王，听见鲁妃之言，哈哈大笑道："爱妃所言差矣！若言正宫林后德性温存，虽朕不到昭阳，她非妒妇，断无怨朕之心。爱妃不必乱奏，恐漏消息，林后闻知，那时到来淘气，爱妃何苦害了自己。"鲁妃见汉王不准所奏，满面通红，恨恨连声道："小妃原是一片好意，奏知圣上，听与不听，但凭龙心。只怕明枪容易躲，暗箭最难防。"汉王道："且从容商议，不要耽误饮酒。"

天子与鲁妃在那里说话，并不防林后在外，句句听得明白，由不得心中大怒，咬定银牙暗恨，连声道："好大胆贱婢，这般无理，胆敢在汉王面前搬弄哀家是非！贱人呀，你不知谁家之女，假充昭君，只有汉王并不知道，被你勾诱，言听计从，你是心满意足，又思量想夺正宫之位，唆动天子，要害哀家。一个真昭君被你害到冷宫苦禁，心还不足，这个贱人，罪不容诛，如何容得下去！"喝叫手下宫娥："代哀家快快动手，打进西宫。"众内监口称："娘娘，奴婢不敢，恐惊圣驾，奴婢吃罪不起。"林后骂声："一班没用的东西，凡事有哀家承当，你们只管放心打进去。"

众人领了林后的旨，放胆动手，各执金瓜钺斧，乒乒乓乓一阵响亮打进西宫。林后随后跟进，也不朝拜汉王，只叫："打这贱人。"七手八脚，只打得金杯玉盏碎碎粉粉，乱掷在地。此刻鲁妃一见林后到来，大吃一吓，心下十分慌张，忙忙向前，双膝跪倒在地，只不动身。林后指着鲁妃骂道："你是何方贱婢，自进西宫，来伴圣上，该知礼、义二字，应当朝拜正宫，方是正理。你一点礼节全无，倒也罢了，你反将天子霸占西宫，不离你身，朝朝佳节，夜夜元宵。你方才在席上说的什么话？一派倚势欺人，良心丧尽！就是哀家执掌昭阳，只因未生太子，一任天子东西两宫，雨露常匀，只求苍天福庇，生一储君，好使汉家传位有人。奴非妒妇，不来较量你这贱人，你反出言无状，说哀家背后咒骂朝廷，有何凭据执证？今晚哀家与你这贱婢拼一拼。"说罢，怒气冲天，吩咐左右再打。一声答应，众人又将鲁妃打得哀嚎不止。

汉王此刻坐在上面，醉眼含糊，见鲁妃打得满地乱滚，头鬓蓬松，口口声声叫陛下救命，心中十分怜惜，欲待上前劝林后，怕的正宫着恼，事在两难，想了一会，忍不住抽身站起，走到林后面前，叫一声："御妻，今晚来到西宫，孤未曾远迎，多多有罪。说是鲁妃不知大礼，将御妻乱说，孤也不能听信。御妻乃宽宏大量，恕鲁妃年轻无知，待孤陪一个礼，御妻请息一息气，免她的罪责吧！"说罢，汉王带着笑拍着林后的肩膀相劝。林后见汉王句句言语祖护鲁妃，心中由不得火上加油，顿时杏眼圆睁，柳眉直竖，指定汉王，骂一声："无道昏君，你做了一朝人主，只知在西宫朝欢暮乐，沉迷酒色，全不想外边九州岛反了，只怕万里江山要送与别人。"一面吩咐嫔妃住打，押着鲁妃，一面忙用御手把汉王扯出西宫。汉王听了林后一番言语，心内也吓慌了，凭着林后扯去前行，慌得内侍点了宫灯引路。林后说："九州岛已反，陛下还不点将调兵，速救危困，等待何时？"汉王道："御妻，今日夜深了，且待明早临朝，自当点将征剿。"林后道："救兵如救火，早一个时辰，早救百万生灵。这等紧急军情，陛下还慢腾腾地，如何不连夜发兵，速去剿灭，保固江山，怎生迟延得去？"

汉王正要回答，早扯到分宫亭上，请汉王稳坐金交椅上，林后除下金冠，低头拜了八拜，叫声："陛下，恕妻方才莽撞之罪。"汉王双手扶起林后道："御妻且请息怒，有什紧急事情，可细奏寡人知晓。"林后又叫声："陛下呀，妾今晚闯进西宫，行此无礼，皆是前来报效。陛下素昔聪明，自当了然，独不记当初梦景，你却与谁家之女订下白头之盟，如何被人瞒哄，换此贱婢，充入西宫，妖娆百出，扰乱宫庭？陛下呀！你当初既不爱梦中昭君之女，何不开一线之恩，放她回去，另行匹配，也不负此女青春。"汉王听说，大吃一惊道："孤命丞相在越州选来二女，一是昭君，一是鲁妃，鲁妃现已备用，昭君不用，已命丞相发回越州去了，怎么今晚御妻又提起昭君二字？"不知林后怎生回答，且听下回分解。

第十四回 分宫亭皇后白冤 王昭君冷宫诉怨

诗曰：

> 一轮红日照西山，簇拥冰盘古树间。
>
> 暗尽更敲交夜半，帘钩影约月团圆。

话说林后回奏汉王道："妾今晚在宫无事，但见月明如昼，动了玩月之心，趁着月色闲游各宫，以消闷气，无心走到那冷宫门口，忽听里面有一抱怨裙钗，口口声声，只怨臣妾枉做掌印正宫，并无半分纲纪，料理宫中一切大事；又说我主胡涂，不知西宫昭君真假，只因专权奸臣毛延寿贪财爱宝，丧尽良心，西宫女子但有金银相送，便保本进与我主，昭君是贫家之女，一旦付之东流，可怜枉结三更梦里之情真，而贬入冷宫，假的反在西宫称尊。她句句抱怨，一丝不错，叫旁人听了也代她伤心。陛下呀，并非九州岛造反，要我立调兵点将，只因屈害了一个无罪昭君之女，臣妾不忍于心，要在我主面前代为伸冤。"汉王听罢，哈哈大笑道："御妻之言差矣！难道孤为一朝之主，一个昭君之女，都辨不出真假么？此中有个缘故！只因越州选的昭君，有一人图，为她眼堂下有一滴泪伤夫痣，恐害寡人，因此不用昭君，仍命原船送她回去，未曾将她问罪，却是何人，假传圣旨，把昭君贬入冷宫？"林后笑道："法度乃天子之法度，怎么任这些奸臣弄鬼，妄加无罪之人？陛下也该查出何人，理当治以欺君之罪。"汉王道："这个自然。"

林后又道："陛下说昭君眼堂有痣，怕得伤害陛下，陛下不可被人瞒过，还是亲眼见的，还是听人说的？"汉王道："孤实未曾面见昭君，只因见了人图，就是一样了。"林后笑道："却原来如此！陛下好不聪明，怎么轻信一纸人图，不分好坏？"汉王道："是朕一时误用奸臣，前事不必提起，但不知御妻今夜游到冷宫门首，可曾见得昭君？容貌生得如何？性格可还温存？"林后微微冷笑道："若说昭君的容貌，天上少有，不

亚姮娥降世；地下无双，恍如西子复生。若说昭君性格，举止温存，礼义大雅。她的脸上，是臣妾亲目所睹，何曾有什么伤夫泪痣？怎说她不公不法，私画人图，有什罪名？她人不曾见主一面，有何乱法宫中？显见人图是奸臣所改，串通鲁妃，伤害昭君。陛下若不相信，何不在冷宫召出昭君，当面盘问一番，就知昭君真假了。"汉王听说，连连点头道："御妻言之有理，孤也不用将她宣召，何不与御妻一同前去，赶到冷宫，当面会她一会，了却梦中一片之情。"说罢，汉王站起，挽住林后，离了分宫亭，前面对对宫灯引路，照得分明，一路行来甚快。到了冷宫门口，此刻正交三鼓，月色朗朗，天子与林后站在冷宫门口，也不进去。只听得昭君在内，高声啼哭，不住怨恨：一恨爹娘将奴抛撇天涯，误奴青春；二怨汉王薄幸，不念三更梦里之情，反害奴家在此冷宫受苦；三怨林后将奴家哄，原许奴到西宫奏知汉王，代奴伸冤，哄得奴家指星望月，痴盼着天子即传圣旨，将奴召出冷宫，见汉王一面，死也甘心。到了此刻，并无消息，眼见事多不就了，也是奴家生来命苦。罢罢罢！到了天明，不如寻一自尽，以了终身。说一会哭一会，真是十分凄惨，没奈何，吟绝命诗四句：

梦里相思不见踪，懒贪茶饭总成空。

冤家只在巫山上，知在巫山第几重。

汉王在外面听得多时，忍不住心内也自悲伤，吩咐宫娥问里面抱怨者何人。宫官领旨，高声问："里面抱怨者何人？"昭君也回道："外面问奴者，又是何人？"宫官道："皇爷御驾在此，特来问你。"昭君听说，已知林后申奏，汉王方得到来，故意高声哭叫道："汉王，你来了么？害得奴家好苦也！曾记得奴家身卧兰房，三更得梦，梦见神魂飘荡，到了宫中，遇见王爷，蒙王爷错爱，拉着奴家成就好事，是奴不依。原许奴差官到越州召取奴家，奴也遵旨动身，又不曾违背圣旨，可怜奴是离乡背井，抛撇爹娘，来到京中。实指望君无戏言，一定召奴进宫，伴着荣华。谁知好事多磨，未见君王，灾祸立生：陡有一道圣旨，赶至花船，说奴私画人图，犯了法度，把奴家贬入冷宫，将近一年。王爷呀！你可知冷宫内凄凄惨惨并无天日，可怜奴在内苦过光阴。一恨奴红颜薄命，难伴圣君；二恨奴三更得梦，四更依然只身。王爷把奴贬入冷宫，奴却罪犯何条？说得明白，奴就死也甘心。"汉王在外听了昭君一番怨恨之言，由不得龙心大怒道："有这等事？这还了得！多是欺君罔上的毛延寿弄鬼，暗把人图点破，蒙混孤王。又假传圣旨，妄把无罪之女贬入冷宫，此贼真罪不容诛了！御妃莫怪孤王，

孤王一向并不知情，就是御妃今夜责备孤王，孤王也难辞咎。孤王明日早朝，一定代御妃伸冤雪恨便了。"昭君在内听见汉王的言语，微微冷笑道："奴只笑王爷枉做一朝人主，一个枕边妻眷被人哄弄过去，还坐什么龙墩，管什么万民？倒不如丢了江山，撇了社稷，披剃入山，做一个世外之人，倒还藏拙些。奴与陛下梦里相思，也可付之流水。只求王爷将奴之仇报了，奴再也不踏红尘，情愿削发为尼，修一修来世，保佑姻缘不可错配，好事不要蹉跎，此身休要颠沛，得嫁一个贫家之子，夫妻偕老，奴愿足矣，从此再不想西宫富贵了。"汉王见昭君说得十分可怜，也不免两泪频倾，连叫："御妃，休要如此，是孤一时不明，误你青春，到今日水落石出，少不得将这欺君的贼子抄斩满门，以雪御妃心头之恨。孤自知不是，亲到冷宫，迎召御妃，也算代御妃陪罪了，御妃可快快开门相会孤王罢！"昭君道："王爷在此，不知娘娘可来了么？"林后道："哀家在此，一同前来迎接，快些开门。"未知昭君可肯开门，且听下回分解。

双凤奇缘

第十五回 真昭君亲见汉王 勇李陵锁捉奸臣

诗曰：

蜜蜂身小代头黄，到处花开我先尝。

彩得百花成蜜后，一生辛苦为谁忙。

话说昭君听得林后也叫开门，心中一想："汉王乃一朝天子，被奴家这般抱怨，并不回言，也就够了，又是林娘娘同来到此，亲自迎接，不用宣召，奴是何等的脸面！常言：人不知足，必取其辱，再不开门，于理不合。"吩咐张内监快些开门，迎接圣驾。内监答应，连忙把闩落下，开了冷宫。昭君移步出去，一见汉王、林后，撩衣俯伏跪倒尘埃，口称："王爷万岁，娘娘千岁。"林后用手拉起昭君，汉王也叫平身。偷眼细看昭君，喜欢十分，暗想："此女虽在冷宫受苦，未整姿容，天生一种仙姬之态，世上难寻，比花花解语，比玉玉生香。"再命内侍挑起银灯，细照昭君，但见她脸上如鸡蛋之嫩，毫无一点微尘。此刻汉王心中大悦，又把银牙挫了几挫，恨恨连声道："好大胆奸臣，愚弄孤王，害了美人，她眼堂下何曾有伤夫之痣？分明贪财不遂，诓奏寡人。今夜且自由他。想美人记得梦中一会，今夜如同梦景，真是梦非偶然。"不禁哈哈大笑。林后口称："陛下，此地风凉，不可久停，如今既有了昭君之女，可到昭阳，等至天明。"

汉王言称有理，吩咐内侍将灯引路照着，汉王、林后、昭君三人，缓缓地走着来到昭阳正院，一齐进入宫门，早有宫娥重烧花烛，照得光明。汉王居中坐下，林后坐在旁边，昭君又行朝礼，拜了二十四拜，汉王连呼平身。林后叫声："贤妹，快整乌云，再来伴驾。"昭君领了皇后的旨意，进了宫房，坐在牙牀，宫娥一旁伏侍梳妆。昭君坐了一会，走到妆台理发，可怜青丝久乱如麻，费尽心机，方把乱发梳通。面对鸾交宝镜，细细梳妆，打扮精工。金盆洗面，脂粉略施。衣服俱是林后的，脱去垢衣，

换了新衣。收拾已毕，轻移莲步，出了房门，来见汉王。汉王在灯下细看美人，越发好看，但见她：

> 青丝挽就蟠龙髻，两鬓梳来似吐云。
> 不搽香粉自然白，不点胭脂自然红。
> 一双杏眼生来俏，淡扫蛾眉自然清。
> 头戴翠花冠一顶，金钗十二按时辰。
> 上穿金线云光袄，腰束湘江水浪裙。
> 步下金莲恰三寸，大红花鞋爱杀人。
> 走过香风来一阵，浑似仙女降凡尘。

汉王在灯下将昭君细看一番，由不得骨软筋麻，心中好不快活，吩咐宫娥排筵，款待佳人。昭君一旁赐坐，连敬汉王三杯美酒，又敬林后的酒。酒过三巡已毕，林后道：“我主今夜已将昭君辨出真假，应当正位西宫。鲁妃用她不得，还当治罪才是。”汉王道：“鲁妃死罪可饶，活罪难免，烦御妻怎么办理便了。”林后口称领旨。

汉王此夜宿酒方醒，又多贪了几杯，饮到天明，醉上加醉，但听得金钟一响，又请登殿。汉王带醉出了宫，走到半路，难以站立，传旨免朝。回到正宫，权且坐下。早有宫娥将醒酒汤进与汉王吃了，略解醉意。林后又道：“陛下今日虽未登殿，可恨奸党毛贼，旦夕难容，陛下若不将毛延寿治罪，从此江山不太平矣。”汉王点首，便命内侍取过文房四宝，铺下龙笺，写了一道密旨，交与内侍，谕传御营总兵李陵办理。内侍接旨，不敢怠慢，离了宫门，赶到总兵李府。早有门官报知李陵，李陵听得圣旨已到，忙命家人摆下香案，即整衣冠迎接圣旨，四跪八拜，口呼万岁。天使走到香案前，朗诵圣旨道：奉天承运皇帝诏曰：朕闻为臣食君之禄，理应尽忠于君，不贪贿赂，似水居心，办事秉公，凤认匪僻，方无忝臣节而作朕股肱者也。乃有奸相毛延寿，身居首辅，位列三台，任越州之使，选妃忘廷训之言，陡起贪财之心，改图遂奸谋之汲汲，不独欺君生狂惑之言，且假传圣旨，害无罪之女。今已犀照一悬，水落石出。所谓有功不赏寡恩也，有罪不诛废法也，奸贼毛延寿，若再容留于朝，必为国家之大害。今着御营总兵李陵，带领三千人马，围住奸贼毛府，不论男女老幼，一概锁拿，并毛贼家属人等，即押赴市曹斩首示众，以为人臣不忠者戒；毋得走漏一人，致于未便。火速火速，钦哉谢恩。

宣旨已毕，李陵山呼万岁，谢恩站起，接过圣旨，请在上面供奉。送了天使回朝，实时换去朝服，顶盔贯甲，上了能行，带了家将，星夜赶到教场，真是人不知来鬼不晓。到了教场，三声大炮，惊动一班御林兵，弓上弦，刀出鞘，迎接李爷。到了将台坐定，即取卯簿，拣选精兵三千名，放炮起身。一个个人强马壮，盔甲鲜明，随着李爷，直奔毛奸相相府来不表。

且言毛相因这天临轩独坐书房，阅看官员本章，也好批发。先看荆州巡按曾岩劾奏临阳王私侵内帑，图害属员，请旨勘问一本。"曾岩这厮，平日又不曾敬重老夫，临阳王乃当今爱弟，此本如何上达？只好批个'该部知照。'"又看山西提督刘承业参奏标下总兵吴垣私扣军粮一本，"这个该批'斩'字，可将吴总兵正法，此本也不必上达了。"再看辽东林总制劾奏原任越州知府王忠充配此地，不安本分，请旨加罪一本。他将此本看了，不免哈哈大笑道："这林总制乃老夫得意门生，原是老夫曾吩咐他要摆布王忠的，今日他既上了此本，倒要细细斟酌批发，问王忠一个大大的罪名，以泄老夫从前心头之恨。林总制办了此事，倒要在吏、兵二部择一好地方，将他升迁，以酬他这一番情意。"正在磨得墨浓，濡得笔饱，欲待批发此本，忽听得大炮连天，喊声震地，只吓得毛相面如土色。未知此本可能批发，且听下回分解。

第十六回　毛相拐图逃走　鲁妃仇报自尽

诗曰：

> 花蚕身子最风流，三月成丝在山头。
> 绣阁手持龙凤剪，添妆助艳制绫绸。

话说毛相吃此一吓，将笔搁下，正在猜疑，忽见家人慌张来到面前，连叫："相爷不好了！今有钦差大将李陵，带领大队官兵，密密层层围住府地，不知为着何事，请相爷速速定夺。"

毛相大吃一惊，口中不言，暗里自思道："今有军兵无端围我府地，莫非西宫之事发动，鲁妃无谋，一定遭凶，怕只怕汉王知道，老夫一家性命就难保了。"吩咐家人再去打听。家人连忙答应，飞星出去一看，只见枪刀密布，人马呐喊，吓得屁滚尿流，又来报道："相爷不不不好了！总兵李爷已进府门，带领多少官兵，口口声声要斩满门。"毛相闻报，只急得魂飞天外，魄散巫山，连忙除去冠带，也不顾三妻四妾，也不问金银财宝，也不爱殿阁楼台，就是相位也做不成了，只为心中贪财爱宝，要害昭君，到今日事到临头，难免杀身之祸。想定主意，三十六着，走为上着。急急改换衣妆，带了人图，不敢迳出前门，悄悄溜到后花园内；又不敢开后花园门，只怕撞见官兵，不是当玩的，胆胆怯怯四处张望，见西边有个狗洞，可以容身出去，到了此刻，人急计生，毛相也顾不得洞内腌臜，将身趴在地下，慢慢钻这狗洞出去，要想逃生。引得洞内一群狗子汪汪乱叫，急得奸相冷汗长流，又不敢作声，怕的后面有人追赶。钻了半天，方出洞门。用泥一把将脸搽了一搽，成一个泥人，为的路上怕人认得，改头换面急急前行。只可惜汉朝今日走了奸相不要紧，从此外国引动刀兵，不知中国何日方可太平，且自慢表。

再言李陵不知奸相逃走，先将三千人马团团围住奸相府第，自带了家将人等，一

声呐喊，进了相府，吩咐捉人，众军士答应，不敢怠慢，不论男女老少，见一个来拿一个，见两个来捉一双，众家属不曾走脱一个，单不见奸相踪迹，李陵心中好不着急，又命军士前后细细搜捉。众军士领命，忙个不住，又到内宅左右上房细寻，挑起天花，拆动地板，厨房、柴房、花园、茅坑都已走到，哪里有奸相一个影子？急忙回报李爷。李爷此刻真正急杀，暗想："奸相乃朝廷钦犯，若是知风逃走，叫我如何回旨？"且到大厅坐下，家将两旁分立，先将奸相家私簿吊来一看，上写着黄金五万两，白银一千一百万两，有零制钱四十八万串，珍珠三斗，玛瑙、珊瑚、玉器、宝玩等件共四库，玉带十七条。蟒袍六十八件，象牙笏五十七根，头面三十二副，四季衣衫箱子一千一百只，陈设家伙、铜锡器皿不计其数，私宅本章信稿共七百八十五件，军器马匹将近三万。看毕，十分叹息道："这贼的家私啊，富堪敌国人间少，终使奸谋异志多，若非我主英明，早为发觉，这贼必有一番不轨。幸宗庙在天之灵早露奸迹，明正典刑，也算是国家之福了。且住，本帅捉拿奸贼满门，单走脱了此贼，这便如何是好？也罢，待本帅将他家属勘问一番，此贼必有下落。"

想定主意，吩咐家将带毛党家属。早有家将把毛相正夫人米氏带至厅前跪下。李陵道："你是毛相何人？"米氏道："犯妇是他的正室妻子。"李爷道："你丈夫毛延寿，是谁送信知风逃走？速速招来，好让本帅回复圣旨。"米氏道："大人所问差矣！想大人奉旨抄没犯妇一门，所谓迅雷不及掩耳，有谁来得及送信，放丈夫逃走呢？"李爷道："既非走漏消息，如今你丈夫往哪里去了呢？"米氏道："大人所问又差矣，大人带了许多兵将，把犯妇一门团团围住，虽鸦飞也不能过去，岂有一个人就逃去之理？"李爷道："莫非你藏在哪里？可招上来。"米氏哈哈大笑道："大人奉旨而来，犯妇内外俱可搜寻，怎么倒问起犯妇来了！"这一句话，反问得李爷无言回答。没奈何，又把毛府婢妾家人逐一细问，俱回不知。只得把他家私簿收起，吩咐家将，把毛府男男女女老老少少，七百余口，一一上了刑具，押出府门，用十字封条封了毛府大门，上马进朝。将人马仍发回教场驻扎，亲到午门外交旨，等候驾临不表。

且言林后遵了汉王旨意，忙写一道懿旨，差了一员心腹内侍，赶到西宫，报知鲁妃。鲁妃慌忙接旨，口称千岁千千岁，一面俯伏尘埃。只听内侍捧着懿旨，高声朗诵：皇后诏曰：位正中宫，独理阴阳，三十六宫，俱任调使，七十二院，照样施行。乃有越州鲁氏女，仗家内之金银，赂天使而充选，借他人之名色，假昭君以尊称，既害无辜之女，又生谋嫡之心，分明狐媚惑君。如今劣迹昭然，奉旨定罪。姑念无知，从今革去西宫，贬入冷院而受苦，永不入选，就此上刑，钦哉谢恩。

内臣宣旨已毕，两旁小内侍一齐动手，把鲁妃剥去衣冠，上了刑具，押出西宫，不往别处去，直到冷宫交与张内监收管领旨，内官回宫复旨去了。张内侍知是鲁妃，口中不住念佛道："苍天有眼睛，今日一报，还她一报，要害别人，反害自身，待咱慢慢消遣她便了。"可怜鲁妃进了冷宫，一见四壁凄凉，破屋两间，心中好不悲伤："想害昭君反害自身，昭君遭贬冷宫一年，尚有出头之日，奴与正宫犯了对头，遭此一贬，未必能够再想出冷宫了。想父母也是枉生奴家，十余年亲恩要报，只等来生，倒不如寻个自尽，以了终身。"想定主意。到了初更，打听张内侍已睡，拿了白汗巾，走到牀栏杆上，打了一结，只觉得阴风惨惨，鬼哭神号。鲁妃哭了一会，把心一横，要去投绳。未知生死如何，且听下回分解。

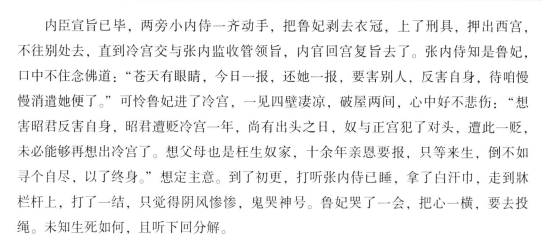

中国禁书文库

双凤奇缘

第十七回 东教场抄斩毛门 西宫里初整鸾衾

诗曰：

> 苍蝇出落黑悠悠，飞入长朝殿里头。
> 渴饮皇封真御酒，安眠枕簟伴绫绸。

话说鲁妃遭贬，受不住冷宫的苦楚，欲寻自尽，便把牙根一挫，恨了几声，颈向汗巾圈内投去，两足一蹬，悬空而起，霎时间悠悠顶上走了三魂，失去七魄。其年未到二十，该是鲁妃年轻享福太过，遭此枉死。张内侍直到次日知晓，慌忙报与正宫。林后即差了一员内官相验，舍她一口薄板棺木成殓，当时抬出冷宫。这是鲁妃的结果，不用细表。

且言金钟一响，汉王临轩。满朝文武参拜已毕，早有李总兵进朝缴旨，俯伏金阶，口称万岁。汉王便问："奸相可曾捉得否？"吓得李陵口称："主上，臣奉旨带领官兵围住奸党府第，臣到里面细细搜寻，不知何人走漏消息，单走了毛延寿一人，只将他满门家眷：男人五百十四口，妇人二百三十三口，一齐绑在午门外候旨。外有逆贼簿子一本，毛府已封，请旨定夺。"汉王先将他家产一看。一面看着，一面只是摇头吐舌道："好大胆奸贼，富堪敌国，狼藉赃银，犯禁之物不少，谋逆之意已显，今日露出奸谋，逃走毛延寿一人不打紧要，只怕纵虎归山，孤的江山从此不太平矣！"连叹几声，便吩咐："逆党家眷七百余口，押赴东教场，一概斩首。就命李卿临斩。"李陵谢恩，退出午门，即刻上马，吩咐众家将，把毛贼家属不论男女，俱上绑绳，押赴教场，男东女西，纷纷跪下。只等午时三刻，先是红旗三展，后是黑旗三展，当空三个狼烟大炮，一声呐喊，那些刽子手好似凶神，手执钢刀，一齐动手，好不怕人，可怜那些：

> 红粉佳人刀下死，多情美女也亡身。

三岁孩童饶不过，白头老汉命难存。

孀妇虽是多贞节，大数难逃命必倾。

男男女女怎脱命，老老少少俱倾生。

斩了七百几十口，尸首推入乱葬坑。

杀得天昏并地暗，走了漏网首恶人。

李陵监斩已毕，叩了圣恩，缴了旨意，退出朝门。汉王又传下旨意："鲁妃既已自尽，将她的父母一概削职，递解回籍为民。再将旨意颁行天下，画影图形，捉那逆贼毛延寿。若文官捉住者，平升三级，官上加官；武官捉住者，官封万户，管理三军；不论军民人等，捉住毛延寿，荣封三代，世受皇恩。"一道榜文，颁行天下。

散了满朝文武，退入宫中，早有林后接住，便请汉王归了正位，问问朝中事情。汉王从头至尾说了一遍，只走脱了一个奸臣毛延寿。林后道："毛贼一走，指日风波又起矣。"汉王道："孤已虑及于此，传旨天下，拿捉奸贼。"林后道："我主且免愁烦，这也是贼子恶贯未满，任他漏网几日，直到他运退时衰，也不怕他飞上天去。"说罢，吩咐嫔妃快排香案，伏侍西宫娘娘行礼。众嫔妃答应，排了香案，挽着昭君朝王二十四拜，山呼万岁。天子连唤平身，又命昭君拜见林后。林后扶起，口称："贤妹少礼，"又叫："陛下，且休耽搁，快进西宫去成亲。"汉王忙摇手，只说："使不得，为着鲁妃住在西宫一年，把御妻冷落昭阳，孤也算负心，若再到西宫，岂不是孤忘结发之情？"林后笑道："妾非妒妇，我主何必如此说？快去西宫成亲，了却三更梦里之缘。"汉王得趣，即便抽身，林后亲送汉王、昭君到了西宫。

里面一派笙管细乐，好不热闹，迎接汉王人席，上面坐定，林后旁坐，下面昭君赐坐。正值酒过三巡，昭君出席，又拜林后，尊一声："国母，你是奴的救命恩人，奴情愿代娘娘做个宫娥，铺牀迭被，奴也甘心，但求天子、国母同偕到老，早生太子，汉朝有后，接位传宗，奴焉肯又占西宫，分娘娘雨露。"林后急急扶起昭君，叫声："贤妹，休要如此，哀家虽正位中宫，未生男女，且又多病，今得贤妹，代哀家之劳，不必过谦，快与我主早成婚配，同赴阳台便了。"说着抽身便起，告别天子回宫。昭君一定要送，林后执意不肯，昭君只送出宫门外，见林后去远，这才回来。又伴天子重整杯盘，两旁宫娥手执金樽敬酒，桌上排的仙果异品，好不十分精雅，但只见：

珍馐百味多多少，嘉肴美品献来勤。

獐狼虎豹盘中列，羊羔鹿脯满盘盛。

海味时新件件有，鲜鱼鲜蟹共飞禽。

熊掌盘儿配兔肉，各处进贡各样珍。

桌上美品般般备，只少龙肝与凤心。

青州枣子甜如蜜，河北交梨重半斤。

江南栗子拳头大，山东柿饼雪如银。

洞庭柑子红如火，柑子橙子黄似金。

福建荔枝并圆眼，辽东松子去了心。

堆满盏盘稀希物，皇宫富贵世罕闻。

汉王此刻开怀畅饮，又加昭君劝酒，到了半酣时候，已有几分醉意，斜着眼在灯下观看昭君容貌，有诗两句赞她：

秋水为神玉为骨，芙蓉如面柳如眉。

汉王越看昭君，越见美貌十分，真是六院三宫无人匹敌，九州岛四海少有佳人。又被酒醉熏熏，拴不住心猿意马，一手搭在昭君肩上，叫声："西宫美人，可记那夜三更梦里，孤扯美人成亲，美人不肯，哄孤回头，美人脱身而去，使孤大失指望？今夜西宫方得鸳鸯配合，一梦之缘，信非偶然。"汉王这一席话，说得昭君不好意思，怕起羞来，通红了脸，只是低头无语，并不回答。却被汉王缠不过，拉进房门，要上牙牀，成其好事。昭君假意不肯道："皇爷放手。"汉王道："美人有何话说？"昭君道："皇爷有心看上鲁妃，还该去寻她取乐，哪里稀罕妾身！"汉王急道："美人，前事不必提起，可同孤共赶阳台去罢。"未知昭君肯与不肯，且听下回分解。

第十八回　出边关奸相装醉汉
到番邦延寿找门生

诗曰：

蛟儿一阵在荒郊，不住雷声风低飘。

只为伤人这张嘴，被人拍死命几条。

话说昭君被纠缠不过，只得共进罗帐，解带宽衣，同赴阳台。一夜山盟海誓，了却梦里相思，自不必说。次日汉王登殿，下诏册立王氏昭君为西宫，一众文武称贺不提。

且言毛相，自从狗洞内钻出，得了性命逃生，急急如丧家之狗，忙忙似漏网之鱼，日间怕人盘查，不敢出来，躲在古庙安身，忍饥受饿，好不烦难，只挨到黄昏时分，方敢溜出，混在人丛内闯出京城。那时，一来黑暗之地，无人查考；二来奸相改头换面，被他逃出城去，只叫一声惭愧。又听得人一路传说："好好一个毛相，不知犯了什么法，今日抄斩满门，共是七百余口，好不惨人。"奸相听见此说，又是伤心又是暗恨："恨汉王只为宠爱昭君贱婢，杀我满门，我与你天大冤仇，若不报泄，枉为一条汉子。"

一路想着到哪里去好，忽然想起番邦有一大臣，名叫卫律，乃老夫门生，何不去投他？想个机缘，唆哄番王，大动刀兵，来夺汉室江山，这叫作公报私仇。主意已定，忙赶路程。一路甚是耽心，逢人又不敢道出真姓真名，逢州过县，战战兢兢，只是装聋作哑，虚言哄骗。看见四路张挂皇榜拿他，心下甚是吃惊。

那日到了雁门关地方。出了此关，就是番邦地界。无奈此关比别关的盘诘更严，奸相插翅又飞不过去，心内千思万想，好不焦燥。眉头一皱，好计忽生，且住："待我到黄昏时分，假装一醉汉，混出关门便了。"想定主意，走到一个酒肆中坐下，高声："酒保拿酒来。"酒保答应："来了。"忙拿了一双杯箸、一壶烧酒、两碟菜放在桌上，叫声：“客官请用。”奸相自斟自酌，心中想道：“老夫身居相位，蒙天子宠用，一十二年，言无不依，计无不从，不论在朝及天下文武官员，谁不尊敬于我？只为昭君这个贱婢，弄得我家破人亡，故此将人图带来。混出边关，进与番王。番王见了此图，不怕他不起好色之心。那时哄动番王，兴动人马，一则定要昭君，二则就夺汉室江山，岂不泄我心头之恨？”想定，酒已吃了五分，怕的醉了误事，不好出关，便将饭吃了几碗，肚中饱了。看见天色已晚，打点动身，上柜会帐，出了店门，一路奔关上而来。

但见关上高挑几张灯笼，照得四处分明；又见画影图形的榜文，张挂在那里，那些来来往往的人，被关上兵卒盘问不清。此刻奸相虽有醉意，到了关上，把步略停。且怕人盘问，甚是担心，假装出十分醉状，跟跟跄跄走来，故意口内乱哼。一则此刻盘查的人大半吃晚饭去了，二则晚上盘查难以清楚，三则人多事多，混杂不分，哪知其中却有奸相？四则该因汉室有一番刀兵，放走了一条祸根。毛相又奸又滑，趁着人眼一错，一溜烟逃出关外，好比开笼放雀，插翅高飞，不辞辛苦赶路，到了关外，就是番邦地界，无人盘问，奸相才得放心宽怀，走到河边洗了泥脸，现出奸贼本来面目，一路放胆前行，只想门生卫律。问到单于国，才知门生在那里做官。

那日进了单于城，逢人便问。问到卫府，只见府门前好个势耀：一带白粉高墙，冲天照壁，司寇门第，偌大门楼，两边坐了几十个番儿。毛奸相走到府门前，早被门上番军喝住道：“你这汉子，不是我国打扮，莫非哪里奸细么？”奸相向前陪笑道：“番哥，我不是奸细，乃中国汉丞相毛延寿，与你家相爷却是师生，因有军机前来面言，烦番哥通报一声。”番军听见师生二字，不敢怠慢，转身入内，来到高厅。看见卫律坐在上面，双膝跪下，口称：“相爷在上，小番叩见，有事通报。”卫律道：“报什么事？”番军道：“启相爷，外面有一天朝汉子，小人说他是个奸细，百般盘问，他说是天朝汉丞相，姓毛名延寿，与相爷有师生之谊，故此小人通报，请令施行。”卫律听说，口内不言，心下暗想道：“老师毛丞相乃汉朝首辅之臣，不在中国享用荣华，因何来到北地？其中必有蹊跷事故。且接进里面一谈，便知分晓。”吩咐一声：“开中门迎接。”番军答应，忙去打点。对对番兵，分列左右，随了卫相起身，一直来到大门首。抬头一看，果是老师毛丞相，抢行几步，向前躬身施礼，口称：“老师到此，门生理当远迎，接待来迟，乞老师恕罪。”毛相连称不敢。说着师生携手而进，重新见礼，分宾主坐下。

茶献三巡，那卫相启口：“老师在天朝为丞相，乃一人之下，万人之上，富贵极矣，因何独自一人来到此地？有什事故，望乞见教。”毛相见问，叹了一口气，便把汉王无道，宠爱昭君，杀他满门，我是死里逃生的话说了一遍。"今打听得贤契在单于国身为公卿，赫赫威权，特来投奔，望贤契做主奏一本，得见番王，说我汉相毛某到此投诚，若果番王将我收用，并有人图献上番王，番王一看此图，定要起兵到中国逼取

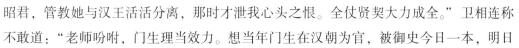
昭君，管教她与汉王活活分离，那时才泄我心头之恨。全仗贤契大力成全。"卫相连称不敢道："老师吩咐，门生理当效力。想当年门生在汉朝为官，被御史今日一本，明日

又一本，不保别的官儿和番，单保门生前来，幸喜门生并无家室带累在京，门生硬着头皮见了番王，番王十分优待，又劝门生归顺，门生也便依从，不几年也到宰辅，岂不比东京快活许多么？今日老师来得甚好，好与门生一同商量计较。来日门生便朝狼主，保奏老师，也做番邦大臣，大家斟酌起兵，杀进中原，好夺汉室江山。"说罢，吩咐大排筵宴，款待毛相。师生一面饮酒，说得投机，俱吃得大醉而散。归了书院，师生坐定，有小使奉茶，茶毕，卫律欲借人图一看。未知毛相肯否，且听下回分解。

卷三

第十九回 召王忠总兵趋炎附势 造相府太守进爵加官

中国禁书文库

双凤奇缘

诗曰：

> 蛛网生来弄巧多，芭蕉树上结丝萝。
>
> 虽然细细抽时影，满腹经纶可咏歌。

话说卫爷向毛相借看人图，毛相当有不肯的，就在身边黄绸袋内，取出两幅美人图，一幅坐的，一幅睡的，还有一幅进与汉王，故此不曾带来，只将两幅递与。卫律展开一看，连声喝采道："果然美人图画，名不虚传，若是进与狼主，狼主怎不梦魂颠倒，要想杀呢！"看毕收起，交与毛相道："老师一路劳顿辛苦，请安置罢，门生等次日早朝，好代老师办事。"毛相道："全仗大力。"卫律告别，回内安寝。毛相也就安身，等候次日早朝信息，且不言番邦之事。

再表汉王心爱昭君，每日在西宫取乐，行坐不离，恩爱异常，自不必说。那日昭君双膝在汉王面前跪下，口称："陛下，臣妾蒙恩收用，得享富贵，妾还有生身父母，远在越州，久未一面，望陛下开恩，降旨召妾双亲进京，共沾皇恩。"汉王带笑连忙扶起昭君，叫声："美人不必烦心，等孤明日早朝传旨差官到越州，召美人一双父母进京便了。"昭君谢恩站起，入席陪宴。

一宿已过，明早汉王临朝，降了一道旨意，便请赵学士到越州召取王氏皇亲。学士领旨，出了朝门，即上马，带了家丁，飞星到越州而来。越州早有京报先到，越州满城文武官员俱已预备。知府吴文贵，率领众官在南城十里外官亭伺候，钦差一到，张灯结彩，好不热闹。忽闻钦差已到，各官起身，远远迎接，迎着钦差，递了手本。钦差宣读圣旨。各官谢恩已毕，吴知府便启禀钦差大人："卑职是新任越州知府吴文贵，闻得前任王知府有女王昭君，入宫为妃，道她不公不法，贬入冷宫，其父亦有应得之罪，已奉旨削去官职，发配辽东充军去了，特此禀明。但圣旨又到越州，越州哪里有皇亲？"赵大人听说，怒气冲天道："有这等事！一定又是毛贼假传圣旨，屈害忠良。如今待本职赶上京都，面奏天子，再到辽东宣召皇亲便了。"说罢，也不耽搁，就此起身，大小文武官员一同相送，出了本境方回。

且言钦差离了越州地界，不分星夜，赶到京都，恰值汉王未曾退朝，连忙进了午门，俯伏金阶复旨。汉王见是赵学士，便问："卿到越州宣召皇亲，可曾来了么？"赵学士便将王皇亲已曾有罪充军的话回奏一番。汉王闻奏，十分大怒道："好大胆奸贼，假传圣旨，去害皇亲，若拿住这贼，万剐千刀不足尽其罪。"旨下，仍命赵学士到辽东去走一遭。学士谢恩出朝，不敢停留，随换骏马，离了长安，赶到辽东而去。

非止一日，到了辽东地方，早有人报知林总兵。总制闻报，带领合城文武迎接钦差。到了官厅上，开读圣旨，众官俯伏接旨。只吓得总制失落真魂，方知老师已问罪诛了满门，今日宣召王皇亲夫妇。自悔当初摆布王知府，怕的知府报仇，只等宣旨已毕，飞星同了张千户来到烟墩下面，见了知府，双膝跪倒。慌得王忠连忙扶起道："大老爷，这是为何？"总制道："总是我们该死，有眼不识泰山，一向多多得罪。"王忠摸头不着，便叫："大老爷说个明白，小人方才懂得。"总制道："你还不知么，令媛已正位西宫，皇上特旨打发钦差，前来召老皇亲夫妻进京，同享富贵。小官们无知冒犯，望乞王爷海涵。"王忠听说大喜道："二位老爷且免忧心，一概前事休提，但以后做事，总不要使尽一帆风。"说得二人满面通红。王忠一面回到墩旁，说与夫人得知，夫人心中好不喜欢。

忽听得赵钦差同合城文武官员来了，可怜王忠鹄面鸠形，迎接钦差。奈烟墩并无坐处，只得仍到官亭，又宣圣旨一番。王忠三呼万岁谢恩，接过圣旨，分宾坐定。总制吩咐摆酒款待钦差，钦差道："王皇亲受屈，圣上并不知情，多是奸臣毛延寿，假传圣旨，害了皇亲。如今忠奸已明，圣上、与娘娘日夜想念皇亲，皇亲就此收拾动身，不必耽搁了。"王忠连称知道。总制又命人拿了衣冠，与王忠更换，只等席散，便与钦差在官厅安身。姚夫人已接到总制衙门，百般奉承款待。一宿已过，不消再叙。

次早，钦差动身，封了大号坐船五六只，听差又忙送下程礼物，率领文武官员，送到码头。王皇亲与钦差及姚夫人俱下了船，放炮三声，鸣锣扯旗，好不热闹。各官回衙，钦差吩咐日夜兼程赶路。在路非止一日，到了京都，弃舟登岸，钦差便把皇帝家眷请到他衙门暂住，他与皇亲同到午门见驾。此时汉王尚未退朝，赵学士随班上殿复旨。汉王闻奏大喜，即召皇亲上殿。王忠随旨而入，到了殿上，三呼万岁。汉王先慰劳一番，又道："连累皇亲无罪充军，皆因毛贼所害。孤有日捉住此贼，碎尸万段，以正国法。今加封皇亲为国丈，妻姚氏一品夫人。传旨工部、户部，起造国丈相府，限期一月完工。国丈且权住馆驿，该部给俸支送。"王忠谢恩，退出午门。汉王又传旨宣召皇亲夫人进宫。一声旨下，早有内侍赶到学士府中，去召姚夫人。

夫人一见宣召，不敢延缓，将次女交与妈妈抱着，即刻打扮停妥，别了赵夫人，随着内侍进了午门。先见汉王谢恩，汉王赐下穿宫牌一面，命内侍引进西宫，去见娘娘。

内侍领旨，引着姚夫人到了西宫。早有内侍报知昭君知晓，昭君听得母亲到了，连忙出宫迎接。一见姚夫人，笑面相迎，迎至宫内，母女见礼，分宾坐定，叙说当年一段苦情，又悲又喜。旁有宫娥献茶。茶毕，昭君又把林后恩义说了一遍，"母亲今日到此，该到正宫一拜。"夫人连称有理，即同昭君起身，来到正宫，见了林后下礼。林后扶起姚氏，一旁赐坐，摆宴款待。酒过三巡，昭君便问母亲："还是生的妹子，生的兄弟？"姚氏见问，眉头一皱。不知怎生对答，且听下回分解。

第二十回　献昭君图挑番王　进哑谜诗难汉主

诗曰：

> 情牵久已欲销魂，暗掷金钱为卜君。
> 羞对芙蓉镜里貌，金莲空踏绿杨阴。

话说姚夫人见女儿问起前言，便问道："是个女人，已如娘娘之愿，取名赛昭君。"昭君道："今在何处？"姚夫人道："因进宫朝见，不便带来，暂寄赵学士府中。"昭君打发两个宫人，到赵府去接二小姐，好好地抱进宫来。宫人答应而去。又值汉王驾到，一齐接驾，汉王连呼平身，重新入席，欢呼畅饮。赛昭君又抱到了，姚夫人接过，先朝见天子、林后，又拜见姐姐。大家俱称人品甚好，不亚似姐姐仪容。便问："今天几岁了？"姚夫人道："三岁了。"席终，姚氏谢宴出宫，汉王叫声："少住，夫人权屈在御书房暂住几日，等待造完相府，再回衙门便了。"姚夫人又谢过恩，汉王恩赐内侍嫔妃各四名，服侍夫人，一面掌灯相送。好个汉王，打发昭君去伴母亲，驾回正宫安歇。一宿已过，次日登殿，摆宴款待皇亲，好个十分隆重。直到相府功成，又赐内侍嫔妃各十名，在府服侍。一众文武都来送皇亲夫妇进府，吃了几日喜酒。汉王又赐几多陈设古玩。只靠女儿有福，带挈王老夫妇好不风光，不表。

且言番王那日登殿，受文武山呼已毕，便问："众臣有事出班启奏，无事卷帘退朝。"话言未了，早见班部中闪出丞相卫律，俯伏金阶，口称："狼主在上，今有汉朝毛丞相来进美人图与我主，现在午门候旨，未敢擅入，请旨定夺。"番王闻奏，即传旨宣召毛相进见。毛相随旨而入，俯伏金阶，口称："远臣毛延寿，愿我主千岁千千岁。"番王连呼平身，便问："你在汉朝为相，好不尊荣，来到我国，是何缘故？"毛相奏道："只因天朝我主乃无义昏君，新得一昭君女，难描难画，被酒色昏迷，不理朝政，冷了众臣之心，所以古人云：'君不正，则臣投外国，父不正，则子奔他乡。'今远臣特来投顺大邦，望乞录用，感恩非浅。"番王道："你说昭君容貌，天上少有，地下无双，但不知孤王可得见一面否？"毛相道："这也不难，远臣带有人图在此，请王观看，便见分晓。"说毕，将人图呈上。早有内侍接来，展图与番王一看。不看犹可，一见时只见人图虽是笔描笔画，如同一个活美人站在上面一样，引得番王都看出了神，暗想："世上哪有这般女子？一定是仙女临凡！"看毕，将人图卷起，放在龙案上面，便叫声："毛卿，可有什么计策，使昭君来到我国，与孤一会，岂不胜如为王么？"番王此问，正中毛延寿报仇机会，忙回奏道："依臣愚见，只消遣一大臣，统兵去抢汉王天下，若得杀进汉城，不怕汉王不将昭君献出与国王。"番王道："未免兵出无名，且从容商议。今封毛卿为右丞相之职。"毛相谢恩，退在一旁。

有卫律出班献计道："我主若要昭君，又怕师出无名，何不着一异能之士，做一律哑谜诗，打发一大臣到天朝去进与汉王，若有能人破得此诗，我邦情愿年年进贡，岁岁来朝；如无人破得诗句，就要献出昭君，若有一字不肯，即统大兵夺取汉室乾坤，就不为师出无名了。"番王闻奏大喜，连忙做了哑谜诗一首，便问两班文武："哪位卿家代孤到天朝一走？"闪出番将都统土金浑，俯伏阶前奏道："臣愿往天朝献诗，讨取昭君便了。"番王闻奏大喜，当殿赏赐三杯御酒，将诗图交与土金浑道："若取得昭君回朝，定当官上加官。"金浑口称领旨，退出午门，到了教场，点起三千番兵，离了单于国，直奔汉朝大路而行。一路穿山过岭，行程来得甚快，但见雁门关已在面前，三声大炮，扎在营寨，过宿一宵。

次日，土金浑上马，带了三千兵将，行至雁门关前，高声大叫道："关上儿郎听着，俺乃单于国王所差，要到天朝公干，报与尔守将知道，快快开关。"关上儿郎听了，不敢怠慢，报与守将唐爷。唐爷问道："你见来将可是戒装？"军士回道："未见戒装，只有宝刀一口，后背包袱一个。跟着长随，俱是带腰刀一口。"唐爷听说，来得古怪，即刻换了盔甲，身罩锦袍，腰悬宝剑，带了家丁五十名，俱暗带弓箭利刀防身，一马冲到关前，吩咐开关。

关门一开，出得关来，高叫："单于来将，有多大的胆量，叫我开关。"土金浑道："俺乃单于国王驾前官拜哈番营都统土金浑，奉国王旨意，有高人画的人图一卷、天诗一首，进贡天朝。你朝中若有人知道人图是谁，能识天诗，那时我邦愿做下国，年年进贡，岁岁来朝；若无人识得，快献城池，称臣我邦。"唐爷在马上冷笑道："你那下邦敢犯天朝？若不放你进关，尔邦必小视天朝无能人，也罢，只容你一人，带几个长随进关，其余俱停在关外伺候信息。若不依我吩咐，我就与你排开队伍，大战一场，决个胜负。"土金浑道："俺奉国王之命而来，并非与天朝交锋打仗，何必多疑。"唐爷道："既如此，随我进关。"就把土金浑带进关来，送到南门。吩咐守关军士把关门紧闭，关外多备灰石火炮，滚木檑石，在关紧紧把守不提。

且说番官离了雁门关，一路马不停蹄，行程得快，早到长安大国城池，正是黄昏时候，落了公馆住下。一更鼓打瑶台月，二更鼓打上牀衾，鼓打三更交半夜，星移斗转子时辰。望谯楼上打四鼓，战马铃归到五更，正是汉王登殿，齐集两班文武。早有黄门官启奏道："今有单于国差了番官一名，现在午门，要见我主，请旨定夺。"汉王命宣他上来。番官随旨而入，拜倒金阶，口称万岁。汉王道："单于国差官，有什么奇珍进贡？"土金浑道："非也，某奉狼主之命，有天诗一卷、人图一幅，进与皇爷。闻得天朝才子甚多，高人亦广，有人认得人图，破得天诗，我邦情愿称臣天朝，如其不然，天朝就要称臣我国。"皇爷闻奏，龙心大怒。未知怎生打发来使，且听下回分解。

第二十一回　刘状元看破番诗 单于国大兴人马

诗曰：

> 春宵最苦梦难成，只为思君情更深。
> 斜倚窗前生别恨，愁怀怎不到三更。

话说汉王听见番使出言不逊，心中大怒，便命将诗取在龙案上。看见上面花花绿绿，不知说些什么；又命众文武拿下去看，个个不知，人人不晓，好似泥塑木雕一般，急得汉王满面通红。番使又奏道："天朝既无高人破得此诗，皇爷便要称臣我国。不要别物进贡，只要照人图上美女，知道是谁，速速进与我主，陪伴国王，以免两国相争。"这句话说得汉王气上加气，怒冲冲便问："人图今在哪里？快呈上来。"番官答应，把人图呈上。天子展天一看，不看犹可，一看时大吃一惊，暗想："这图是昭君容貌，如何到得番邦？"急将番官问其缘故。番官诉出真情："只因天朝毛丞相逃到我国，将人图献与狼主，狼主一见此图大喜，故差微臣到此。"汉王听说大怒，咬牙切齿恨毛贼。

番官又在殿上催促，急得汉王正无主意，来了文曲星状元刘文龙，销差回复圣旨。一见汉王满面愁容，问其缘故。汉王含怒说了一遍，将诗递与文龙。文龙接过细看，叫声："我主且免忧心，若论番诗，臣可立破。"汉王大喜："卿可将诗解来。"文龙领旨，将身站起，喝叫："番官，仔细听着，你的字迹虽然古怪，诗理机关，怎能瞒人？说什么天诗难破，你且听我念来，是也不是么：

> 天仙有意下瑶台，枉入深宫大不该。
> 若把琵琶来别抱，倚门好待美人来。

番官听得诗已识破，吓得魂胆俱消，跪在地下，冷汗长流。文龙念破番诗，奏道："臣启我主，番人诗中，取意分明，一派轻辱天朝之意，其罪不容诛了。"汉王闻奏，大怒道："可恨番邦无礼！"喝叫殿上金瓜武士："把番狗先问典刑，以正辱慢之罪。"一声旨下，谁敢怠慢？早把番官推出午门。正要处斩，忽见右班中闪出总兵李陵，叫声："刀下留人。"一边跪奏："臣有下情，冒奏天颜：今将番诗辱慢天朝，乃番王主意，来使不知；况两国相争，不斩来使，伏乞我主暂息雷霆，饶恕番官，着他回国，传知番王，速速进贡来朝，免他辱慢之罪，如敢抗违，只消我国提一支人马，将番邦踏为平地。"汉王准奏道："李卿言之有理，把番官赦免，宣上殿来。"番官先谢皇爷不斩之恩。汉王喝骂："番狗，若非李卿保尔，焉能留你狗命？今将头颅寄尔颈上，回番传谕尔主：若是来朝进贡，一笔勾销，若再抗违，两罪并发。"吓得番官诺诺连声，退出朝门，飞星回番。

汉王打发番官去后，重赏刘状元。退朝回了西宫，有昭君接驾。汉王扶起，一旁赐坐，便道："爱妃，今日朝中出一奇闻：只因放走毛贼，四处画形图影，未曾捉到，哪知此贼逃往外番单于国，惹起祸根，他将人图拐去，进与番王，番王听了毛贼的话，打发差官一名，前来进上番诗一首，来难我国君臣，还有美人图一幅，像貌却与爱妃一样。番官面奏寡人：有人识得番诗，他邦情愿来朝进贡；无人识得诗，就要爱妃去和番。"昭君大惊，连忙问说："朝中文武谁人认识得番诗？"汉王道："就是状元刘文龙，字字行行，破得分明。"昭君听说，恨杀毛贼："奴和你什么冤家对头，把奴人图带至番邦？可怜人在天朝，图落番地，现在奴的人与形影，两处分离，奴命好苦也！"由不住一阵心酸，泪流满面。汉王亲将龙袖代昭君拭泪，叫声："爱妃，且免愁烦，少不得拿到毛贼，剥皮剐骨，以泄爱妃之气。"正说间，林后来到西宫，昭君又把人图的话哭诉一番。林后也是深恨毛贼，又百般安慰昭君，吩咐宫中摆酒，代昭君解闷不表。

且言番宫土金浑一路走马，来得正快，已到雁门关，来叫："关上儿郎，报与典守将知道，俺乃番邦土金浑回来了，早早开关。"军士急忙通报总兵。总兵带领家将来至关头，就叫："番狗，你到天朝，怎生饶你回来？"土金浑道："实不相瞒，天朝却有能人，破了番诗，要将俺斩首，多亏李将军救俺性命，望将军放俺过关。"总兵听说，骂声："番狗，也是我主仁厚，饶你一死，快随本镇进关便了。"番官答应，随着马后进了雁门关，左右俱是兵卒管押，押着出了雁门关，番官得命，如飞而去，走到大营坐定，心中越想越恼："可恨汉王，将俺这般凌辱，回国奏知狼主，兴兵杀到天朝，不怕汉王不献昭君。"

吩咐班师回国，三声大炮，拔了营寨。在路行程非止一日，到了单于本地，便把三千人马扎在教场，单身去朝狼主。狼主便问天朝一段缘由，土金浑奏道："天诗已有刘状元破了，汉王不献昭君之女，小臣一命几乎送在中国。还要传知狼主，若再不进贡天朝，要将我邦国踏成平地呢！"番王闻奏，气得只翻白眼。一旁毛延寿跪下，叫声："狼主，且休烦恼，狼主不想昭君便罢，如要昭君，只须差一能臣，统领精兵，杀到天朝，抢关夺寨，不伯汉王不献出昭君。虽天朝有李氏父子，用兵如虎，我国何足惧哉？"番王闻奏，大喜道："卿所奏，言之有理，这叫做一不做，二不休。即日就统发大兵，杀到天朝便了。"遂问两班文武："哪位卿家前去领兵？"早有番营大将石庆真拜倒在地："微臣愿去领兵，不将天朝昭君取来，进与狼主，誓不回兵。"番王闻奏大喜，赐了三杯御酒，加封石庆真为征南大将军，统领十万人马，取讨昭君。庆真领旨谢恩，退出朝门，即刻到了教场，点了十万人马，放了三声瓜子炮，人马拔营，辞王别驾，好不威风。一路上中队催着前队，后军紧着前军。正走之间，来得甚快，已离关不远，石庆真吩咐扎下营盘。过了一宵，次日统领人马向雁门关讨战，只吓得守关军士一看番兵势如潮涌，只吓得屁滚尿流。未知为着何事，且听下回分解。

中国禁书文库

双凤奇缘

第二十二回 彭总兵失机败阵 李元帅奉旨征番

诗曰：

鹿吃山边草，鱼吞水底沙。

休笑江湖客，流落在天涯。

话说雁门关守兵见番兵势大，因何吃这一惊？其中有个缘故：只因守将唐总兵生来武艺超群，十分利害，所以镇守此关。番人闻他名儿，不敢侵犯雁门。只因唐总兵失察，一时盘查不紧，放走了毛延寿，逃往外邦，惹起祸根，汉王大怒，即将唐总兵问罪，取斩满门，换了彭殷镇守此关，其人武艺平常，远不及唐爷，所以兵士吃惊。只得急急报与彭爷："有番兵抵城讨战。"彭殷又是个妄动的人，也不计较一番，即刻披挂上马点兵，开关接战。三声炮响，带领三千儿郎，一马冲出关门，高叫："无理番奴，擅敢侵犯边界，今日遇到本镇，管叫个个断送残生。"庆真在马把来将一看，怎生打扮？但见他：

头戴银盔飘烈焰，斗大红缨盖顶门。

素白袍上花千朵，梨花罩甲玉装成。

护心宝镜同明月，丝鸾宝带紧一根。

坐下走阵银鬃马，丈八银枪手内抡。

看毕，喝声："来将少催坐马，快通上名来。"彭殷见敌将问他名子，便把长枪背住咽喉，防人暗算。叫声："番狗听着，俺乃大汉天朝官拜雁门关总兵彭殷是也。本镇刀下不斩无名之将，尔可通上名来。"庆真道："某乃单于国王驾前官拜征南大将军石庆真是也。你这将官，有多大本领，擅敢出关接战？只怕你颈上驴头，就长不稳了。"

彭殷大怒，把长枪刺将过来。早有左右先行，就是庆真二子，名叫庆龙、庆虎，一个举刀，一个举锤，双双齐出接住与彭殷交战。但见彭殷一枪刺来，好似盘龙盖顶，庆龙将刀架过，赛比流星，又是庆虎锤到，彭殷急急将枪逼过，庆龙刀来得快，又劈面来，慌得彭殷一杆枪，左右支持。杀了三十回合，只杀得浑身汗淋，枪法渐乱，有些抵敌不住。忽被刀伤左臂，叫声："不好。"连忙败下阵来。石氏兄弟放马追赶，庆真把旗一摇，催动后兵，只杀得官兵尸山血海。彭殷败进关去，高扯吊桥，紧闭关门把守。庆真一见二子得胜，就鸣金收兵，报捷番王，摆酒贺功不表。

且言彭殷失机一阵，只任石家父子在关外骂战，也不开兵，连忙写下一道紧急文书，差官马不停蹄，飞星进京。到了兵部投文，兵部见是紧急军情，不敢怠慢，即刻转奏汉王。汉王便问两班文武道："今日单于国无故擅进天诗，口出不逊之言，本当即日征讨，以正其罪。姑念小邦无知，不兴师问罪，他反起大兵来犯边关，敢伤守将彭殷，谁代孤家统领大兵灭寇？有功之日，定加升赏。"问了几声，两班文武并无人答应回奏。列位，你道是什么缘故？只因汉朝太平日久，不动干戈，所以这些文武俱怕出头，不敢领差。汉王问了一会，见无人回奏，不觉十分大怒，喝骂两班文武："尔等太平之时俱嫌官小禄薄，边庭有事，不能与孤分忧，要尔等在朝何用？一概罢职，朕的万里江山俱不要了！"吓得文武众官一个个面如土色，不敢出声。只见右班中闪出老将军李广，跪到金阶，叫声："我主休要发恼，微臣情愿领兵灭寇，只消李陵为前部先锋，包管杀他片甲不回。"汉王此刻改怒为喜，便道："老卿家到底是将门之种，可挂征番大元帅之印。"当殿赐了三杯御酒、两朵金花，"可到御教场挑选精兵十万，战将百员，任卿调用。"又加封李陵为前部先锋之职。

李氏叔侄谢恩，退出朝门，到了教场，三声大炮，李元帅坐了将台，未曾点兵，先施号令，只等众将打拱已毕，便道："诸位将军及大小三军听着，本帅今日奉旨征番，一秉至公，虽亲不讳，有功必赏，有罪必诛，尔等各宜听本帅吩咐。"下面一齐答应一声："哦。"又见李元帅取出十条号令，念道："点名不到者斩，闻鼓不进者斩，闻金不退者斩，私造谣言者斩，冒他人功者斩，临阵脱逃者斩，私通反寇者斩，解粮违误者斩，克减军需者斩，不遵号令者斩。令只十条，尔等各宜静听，休得以身试法。"下面又答应了一声："哦。"拔了一枝令箭，叫声："李陵听令。"李陵答应："有。"元帅道："尔可带领五千人马，充作前部先锋，逢山开路，遇水搭桥，俟本帅到关，再行开兵。"李陵接令在手，口称："遵令。"上马统兵先行。

李元帅打发李陵去后，随即放炮起兵，离了教场，出了帝京。一路上五色旗幡招展，人强马壮，盔甲鲜明，个个弓上弦，刀上鞘，好不威武。所到之处，自有地方官远远相迎，秋毫无犯，军令森严。在路行程非止一日，早到雁门。流星探子，已飞报守将。守将听见救兵已到，大开关门相迎。先接到李陵先锋一支人马，驻扎关中等候。过了几日，元帅大兵已到，彭殷、李陵一齐出关相迎。迎至帅府坐定，俱向前参见，递呈手本。彭殷一面备酒接待李氏叔侄，一面犒赏三军。元帅便问彭殷道："贵镇与番人战过几阵，如何被他杀得大败，他那里领兵何人，以后可曾前来讨战否？"彭殷道："末将只战过一阵，被他杀得大败。他那里领兵石家父子，十分厉害，是以进京求救。番将也来讨战几次，末将无奈，高悬免战牌。"元帅哈哈大笑道："雁门关乃中国咽喉要地，既知自己本事平常，理宜保守关门，飞本进京，请大兵征剿，不该轻敌致败。倘一时有失，番邦冲入此关，为祸不小，要尔等何用？"只吓得彭殷魂飞魄散。未知如何，且听下回分解。

第二十三回 李陵败石家父子 吴鸾差左右先锋

诗曰:

珠泪纷纷滴砚池,含羞忍写断肠诗。

自从那日君分手,直到如今懒画眉。

话说彭殷见元帅大怒,怕的性命不保,只吓得跪倒在地,连磕响头。元帅又道:
"尔头阵已被番兵杀败,免战高悬,早挫了天朝锐气,为将之道,并不知机,你还镇守
雁门关么?"元帅这一席话只说得彭总兵顶冒真魂,连连叩头:"末将该死,求元帅格
外开恩。"元帅道:"你年已迈,本帅不来罪你,姑且带罪立功。"总兵谢了元帅,站在
一旁。

元帅即刻写了一封战书,差了先锋,射进番营。番兵拾得战书,报与庆真。庆真
接了一看,方知天朝救兵已到,差了李广叔侄到此。"李氏素称英雄,不可轻敌,须用
妙计擒他便了。"即刻披挂整齐,带领二万番兵,并左右先锋,放炮三声,出了营盘,
直逼关门。一见免战牌已去,便高声骂阵。早有守关军士报知元帅,元帅令先锋李陵
去夺头功。李陵领令出营,上马提枪,你道怎生打扮:

头戴金盔似火烧,黄金甲罩大红袍。

身骑坐下胭脂马,丈八金枪手内拿。

八面威风生杀气,三声炮响贯冲霄。

开兵尽是凭韬略,方显英雄武艺高。

李陵一马冲出关门,杀到阵前,大叫一声:"番将,快来纳命。"庆真见关内来了
一将,甚是英雄,便命二子前去抵敌,小心在意。石氏二子得令,催动战马,到了阵

前，高叫："汉朝来将，快通名来。"李陵叫一声："番奴听着，俺乃大汉天子驾前官拜御营总兵之职，今加封扫北大元帅麾下前部先锋李陵是也。你这两个番奴，可报上名来。"石氏兄弟道："我父乃番王驾前征南大元帅姓石名庆真，某乃左右前行石氏龙、虎二位公子，今奉父命，特来擒你，你若知机，快快下马受缚，免尔一死，若不听良言，管教你性命顷刻莫保。"李陵大怒道："番奴休得猖狂，放马过来。"说着，举枪便刺。石龙、石虎齐举兵器架住，见枪来十分沉重，叫一声："好家伙。"两旁儿郎，擂得战鼓咚咚。一边是声名要上凌烟阁，一边是五凤楼前夺头功，你为汉朝争天下，我为番邦抢干绅。哪知李陵是员虎将，并不把石家二子放在心上，越杀越有精神，石姓二子，渐渐抵敌不住，大败逃走。李陵不舍，随后追来，追至营门。庆真见二子败下，心中大怒，放过二子进阵，举刀出马，大叫一声："来将少要逞能，有某来会你。"李陵勒马一看来将，生得好古怪，但见他：

金盔雉尾紫缨飘，凤翅双分扫凤毫，甲挂龙鳞金锁甲，袍披红艳牡丹袍。带悬丝革锦绣带，虎筋筋打虎筋緣。战靴靴踏描金镫，锁金袄上绣金销。青发发边生乱发，黄毛毛上长红毛。怪眼圆睁睁怪眼，眉如铁线铁眉梢。古怪中间真古怪，蹊跷里面有蹊跷。

李陵看毕，暗想："来将必是石庆真。"只见他拦住去路，高声大叫："南朝将官，快把昭君献出，免得两国刀兵，若有半言不肯，杀得南朝片甲不回。"李陵大怒，喝骂："番奴，休得无礼，早些退兵进贡，以免顷刻身亡，若再抗违，管教一个个做无头之鬼。"这一番话恼得庆真暴跳如雷，抢刀便砍，李陵举枪急架相迎，二将大战起来。这一场好杀，二人一来一往，斗到五十回合，不分胜败。恼得李陵性起，使动李氏花枪三十六路，一时间只见花枪不见人。又杀了十几回合，只杀得庆真难以抵敌，杀条去路逃生。李陵不舍，大叫道："番狗哪里走？爷来取你命也！"只可怜庆真，此刻十分心慌，没命地败逃，也不顾手下番兵，早被李陵抢起一枪，好比苍龙戏水，只杀得番兵四下没处投奔，人头犹如瓜滚，马头碎落尘埃。石氏弟兄在阵门前，一见父亲败下，急急吩咐拔寨奔走。众番兵只恨毛延寿为献人图，起了祸根，伤了无数生灵，从此再不要想昭君到我国了，快些逃命罢。李陵这一阵，只杀得番人并无敌手，鬼哭神号。追到番邦歇马亭，也怕身入重地，打了得胜鼓回关报功不表。

且言石家父子，被李陵一阵杀得大败，退到三十里外方扎下营寨，点点人马，三停去了一停，父子急忙商议，紧守营门，一面打发告急文书，到番邦去求取救兵，救兵到日方可开兵。表章非止一日到单于国，正值番王登殿，早有黄门官将庆真告急本章呈与番王。番王一看求救本章，大吃一惊，忙问两班文武："哪位卿家领兵去做二路元帅？"早闪出太尉吴銮，跪下道："臣愿往领兵，只要左先行雅里托，右先行土金浑，再带十万人马，杀到雁门，哪怕什么李陵，包管杀得南朝将官个个领死，汉王献出昭君。"番王大喜道："依卿所奏。俟得胜回朝，再加升赏。今封卿为征南二路元帅。"吴銮谢恩出朝。

到了教场，点了人马，放起号炮，拔寨起身。出了番城，一路马不停蹄，兼程而进。赶到庆真大营，庆真接进帐内。吴元帅吩咐将大兵编入队伍，庆真忙将帅印交上，在帐下听令。又摆了接风酒款待吴元帅，犒赏三军。吴元帅在席上问起交兵之事，庆真便把李陵十分英雄骁勇，父子兵败的话说了一遍。吴元帅哈哈大笑道："将军怎长他人之志气，灭自己威风？待本帅明日差一将前去探阵，诈败下来，两路埋伏冲出，截他的去路，任李陵三头六臂，必遭擒矣。"庆真道："元帅之计甚善。"说毕，不觉天色已晚，席终安歇。

次日黎明，又拔寨起兵，抵关下营，放了三声大炮，元帅升帐，便问："哪位将军前去讨战？"有监军大将哈虎，向前讨令。元帅道："将军可带三千人马，速取李陵首级，回营报功。"哈虎领令，带兵出营，一马冲到关前骂战。未知可曾得胜否，且听下回分解。

第二十四回 智困李陵遭活捉 急差都督起救兵

诗曰：

困顿由来不可知，英雄最苦折磨时。

龙游浅水遭虾戏，虎落平坑被犬欺。

话说哈虎在关前骂战，早有守关军士报知元帅，元帅即差先锋李陵会阵。李陵领令上马，带了儿郎，放炮出关，一马冲至阵前。先把来将一看，怎生打扮？但见他：

戴一顶亮银盔，身披银甲；左弯弓，右挥箭，好似天神；手执着点钢枪，威风凛凛；坐下骑了白龙驹，杀气腾腾。

看毕，骂一声："杀不尽的番狗，又来送死么？"哈虎道："你可叫李陵么？"李陵道："既知大名，还不下马领死。"哈虎大怒道："南蛮休要出言无礼，照枪罢。"就是一枪向李陵面上刺来。李陵举枪急架相迎，也是一花枪还去，早被哈虎挡住，两人枪来枪去，真是棋逢对手，一边好似哪吒降石女，一边好似元帝斩妖精。李陵越杀越见勇猛，哈虎越斗越有精神，二将战到百合，不分胜负。李陵在马上巧生一计，一枪刺去，大败而走，哈虎放马追来，高叫："李陵往哪里走？还不快快纳命。"李陵回头见番将追来，心中大喜，见他来得切近，故意把靴尖一踢马镫，左边落马，右边一起，打个玉龙三转身，急把飞枪暗藏在手，扭转身来，一枪赛似流星，喝叫一声："着。"好个哈虎，手疾眼快，自把马头提起，用枪一隔，"当啷"一声，飞枪落空，二将又战将起来。哈虎见不能取胜李陵，招动人马浑战一场，只杀得天昏地暗，李陵并不惧怯半分。杀到红日西沉，两边方鸣金收兵。

不言李陵回关。且表哈虎归营，缴令道："李陵勇猛十分，实在难以擒他，望元帅恕罪。"吴元帅道："且先歇息，明日本帅自有计擒他。"哈虎诺诺而退。一宿晚景不表。

次日，吴元帅升帐，先差雅里托带领五千番兵，东山埋伏；哈虎带领五千番兵，西山埋伏；孙云带领五千番兵，中路埋伏，静听号炮一响，一齐杀出，活捉李陵。三将领令而去。又差土金浑带领三千番兵，前去讨战，只许败不许胜。土金浑领令而去。正是：

    整顿窝弓擒猛虎，安排香饵钓金鳌。

土金浑带兵一马冲到关前，喊杀连天，吓得守关军士飞星报知李元帅。元帅又差李陵出阵。李陵杀到阵前，一见土金浑，大骂："番狗，天朝有什亏负于你，何得听信我国逃臣毛延寿一派胡言，无故擅动干戈，伤害生灵？若不将尔番邦踏成平地，誓不回兵。"土金浑大怒，高叫："南蛮休得夸口，快快放马前来纳命。"二将话不投机，交起手来，枪来枪去，不分胜负；一来一往，少定输赢。土金浑在马上心生一计，便叫声："李陵暂住，我有九股红绒索抛在空中，你有本事接着，方算你是个英雄。"李陵听说，哈哈大笑："这又何难，只管抛来。"土金浑高叫："看索！"一声喊叫，但见空中红绒一片如金，抛将下来。李陵不慌不忙，在马上一跃，腾空而起，把枪放在马鞍上面，忙把身边两把腰刀拔出一举，趁着绒索要来拖他，他便刀起得快，好象雁翅双飞，割断红绒九股绳，番将一个斛斗，跌落尘埃，两边兵卒无不喝采。羞得土金浑急上了马，举枪又来刺。李陵起枪相迎，一来一往，又战了二十回合，土金浑假意枪法散乱。诈败下去，李陵不知是计，追赶下去。到了五里之外，土金浑看得明白，十分大喜，叫声："李陵，赶人不要赶上，战尔不过，何必追来。"一面说着，一面跑着。李陵被番将诱哄，追下十几里来，但见远远一座高山，挡住去路，李陵大喜，高叫："番狗走到死路上来，还不下马领死，等待何时？"说着放马又追赶下来。

但见番将前面跑着，转过山坡，高叫救兵，只听得四面号炮齐起，一声呐喊，好不怕人。李陵连叫："不好。"自知中计，正要回马，来不及了。但见东山雅里托领兵杀出，西山哈虎领兵杀来，中路孙云领兵截住去路，土金浑又领兵杀回，四面八方，尽是番兵，团团围住李陵。李陵手下兵卒俱被人截住，不得上来，只剩一人一骑，困在核心，杀得冷汗淋漓，左冲右突，难出重围，前遮后掩，不能抵敌。李陵本事虽是英雄，此刻寡不敌众，暗叫一声："万岁皇爷，今日是不能逃也，只有一死，以报君恩。"打点拔出宝剑自刎，以了忠心，又被番人兵器乱砍，双手不得空闲，不容李陵自尽，只要活捉汉将。好个孙云，见捉不住李陵，忙在身边取出丝绦一根，就此趁李陵双眼一错，将绦一起，疾是流星，可怜李陵未曾防备，套住背脊，被孙云一拖，拖下马来，番军一拥向前，捉住李陵。

众将打了得胜鼓，回营缴令，各人献功，吴元帅大喜。又见捉住李陵，吩咐解进牛皮帐。李陵立而不跪。吴元帅道："李陵，你有十分本事，今日被擒，还不下跪求生么？"李陵喝声："番狗，误遭诡计，被尔擒捉，要杀便杀，何必多言！焉肯屈膝你这番狗。"吴元帅道："好个倔强汉子，且打在囚车，解回番邦，请旨发落。"一声令下，两旁番兵把李陵押往后营锁禁。帐内摆了庆功酒，款待诸将，不表。

且言李元帅正坐关中，等候李陵捷音，忽见探子慌慌张张来报道："启元帅，祸事不小，李先锋一马当先，杀败番将，后因追赶番将，深入重地，反被番人生擒活捉去了，未知存亡，我等逃回，请令定夺。"元帅闻报，大吃一惊，道："有这等事？"吩咐再去打探。探子得令去后，暗想："关中并无能将可以抵敌，须要急急写本，差人进京求救。"正在筹策，又见报道："番将讨战。"元帅吩咐："免战牌高挂。"番将一见免战牌，大笑回营去了。这里李元帅急忙写了告急本章，差官星夜进京，忙在兵部投递。兵部知是紧急军情，连忙奏知汉王。汉王一见，吃惊不小，急问文武："谁去领兵，急救雁门？"连问几声，依然无人答应。汉王正在烦恼，急见右班中闪出一臣。未知出班何人，且听下回分解。

第二十五回　百花女怒杀番将　石庆真暗箭伤人

诗曰：

妙药难医长夜恨，黄金怎买转乡时。

此情嘱咐天边鸟，飞到长安要报知。

话说右班中闪出后军都督李虎，乃李广之子，今见父亲被困、兄长遭擒，文武并不领旨，汉王正在发恼，由不得两太阳冒出火星，忙出班奏道："臣启我主，但放龙心，微臣情愿领兵去救雁门。"汉王闻奏，大喜道："赐卿十万人马，得胜回朝，再当加封。"李虎谢恩，退出朝门，回到府中。

入内，早有妻房百花夫人迎接，进房见礼，分宾坐定，李虎便把领旨出兵，要救父兄的话对妻子说了一遍。百花带笑叫声："相公，既是要去点人马，妾愿奉陪一行。"李虎摇手道："夫人乃一女流，怎能上阵行兵？"百花道："任他千军万马，怎敌得妾的双刀利害？相公但请放心。"李虎道："既是夫人执意要去，悄悄儿地，不要将兄长被捉的消息，使嫂嫂与侄儿知道，回来要闹不清呢！"百花道："这个自然。"

话言未了，只听得里面一声喊，好似响了一个霹雳，就是李陵之子，名叫李能，年方十五，生得面如锅底，使两柄银锤，本事还去得，今在屏风后听见李虎夫妻说的话，忍不住大叫一声："叔叔，婶婶，休要瞒我，快快说与侄儿知道！"李虎已知李能听得明白，料难隐瞒，只得将他父亲被番邦捉去的话说了一遍。李能不听犹可，一听时急得三尸暴跳，七窍生烟，哭哭啼啼，赶到上房，说与母亲知晓。张氏夫人也是号陶大哭，出来叫声："叔叔，此事如何是好？"李虎道："嫂嫂但请放心，愚叔已奉旨出征，包管救兄长回朝便了。"张氏夫人道："愚嫂与你侄儿一同叔叔前去。"李虎也知拦挡不住，只得依从，便把家园托与老家人管理。过宿一宵。

次日五更，男女各整戎装，下了教场，点了十万大兵，辞别王驾，放炮起行。离了东京，催动人马，不分星夜，急奔边关。在路上非止一日，早到雁门关，已有探子报知元帅。元帅纷纷开关，放进人马。李虎夫妻、张氏母子，进帐参见李广。李广在帐中摆了接风酒，席间，谈起交兵之事。李能救父心急，恨不得实时请令开兵，李广不肯，道："尔等一路鞍马劳顿，且自歇息一宵，明日再议开兵之事。"席散，各去安寝。

过了一宿，次日元帅升帐，李能又要请令开兵，李虎叫声："侄儿且慢，待为叔的试他一阵，再作道理。"李广道："我儿言之有理。"就命军士摘去免战牌，便差李虎领兵对阵。你道李虎怎生打扮？但见他：

> 头戴金盔光亮亮，身穿金甲气腾腾。
> 上罩红袍如血染，丝条带挽锦绒绫。
> 左持宝雕弓一把，右插狼牙箭几条。
> 坐下追风桃花马，丈八银枪手内擎。

李虎一马冲到阵前，高叫："小番奴，快把李陵送出营来，万事全体，若有一字不肯，某就踏进营来，杀你片甲不存。"小番听说，慌报知吴元帅。元帅便问："哪位将军出马？"土金浑向前领令，上马提枪，冲出营来，大叫："南朝将官听着，快把昭君送出，以免尔等生灵涂炭。"恼得李虎大骂，也不通名道姓，举起长枪便刺番将。土金浑举枪急架，一来一往，三十个回合，土金浑战不过李虎，败将下去。李虎乘势冲进营来，勇不可挡。众番兵一见汉将冲营，急忙报知吴元帅。元帅便差雅里托、孙云、哈虎、石庆真父子三人，一齐出马来战李虎。李虎哪里把六个人放在心上，使一条枪，杀得神出鬼没，但见番兵一个个遭此一阵，如掉真魂，人头马头，纷纷乱滚，且自慢表。

再言李元帅正坐中军，暗想："李虎带兵会阵，杀了一日，未见胜败，待本帅亲自出马，杀进番营，看看下落便了。"元帅即刻整顿戎装，上马端兵，放炮出关，一马冲进番营。他本是一员能征惯战的老将，被他杀进一条血路，勇不可当，一直杀到黄泥坡地前，也被番人用埋伏计，只听号炮一声，伏兵四起，围住李广。李广被困核心，十分慌张，暗想："侄儿未知生死，孩儿又被重围，我死一身，也不要紧，只是汉室江山，一旦休矣。"想毕，正要拔剑自刎，忽又听得大炮惊天，喊声震地，见一员少年将军杀进重围，把那些埋伏兵卒杀得纷纷四散。李元帅定睛一看，见是李虎，心中大喜，便问："我儿，怎得到此，将为父救出重围?"李虎便把杀退番兵的话先说一遍，又道："爹爹乃一关之主帅，怎么轻入重地?"李广道："为父的因你出兵一日未回，放心不下，是以出马看你下落，不料遭此诡计，幸你前来，救出重围。如今且杀条血路回关去罢。"说了，同儿一路合兵杀出，不表。

且言百花女见公公、丈夫出兵未回，放心不下，吩咐张氏母子，与彭殷一同众将紧守关门，"待奴领一支人马前去看看下落便了。"即刻披挂上马，统兵出关，杀到番营。营门早有番将闪出，敌住百花女，不到几合，怎敌得百花双刀厉害，早被百花一刀砍下马来，吓得众番将魂不在身，四散奔逃。好个百花夫人，使动双刀，只见刀来不见人，只杀得那些番将番兵，挡着刀顷刻殒命，碰着刀定见阎君。好一个百花女，如同黑煞天神，双刀起处，只听得咔嚓之声，不住的头滚尘埃，只杀得番人魂飞天外青云掩，血染沙场草色腥。但见那一匹碧龙马，助勇战场，也十分厉害，吼一声惊倒番驸马陈罔，踢一阵吓倒番太尉王金。哈虎刀伤左臂，早已逃命，雅里托刀下身亡。这一阵杀得番邦兵将丧胆寒心，见女将皆吃大惊，见双刀俱要逃命。惟有石庆真奸猾，拖着枪，带着马，死里逃生。百花不舍，还要追来，急急赶到拜月亭边，庆真马上加鞭，跑至山凹内躲着。百花只顾追赶，过了山林，不妨石庆真闪在背后，暗放一箭，叫声："着。"只听弓弦一响，赛过流星。未知百花可曾着箭否，且听下回分解。

第二十六回　报妻仇李虎阵亡　踹番营老将交兵

诗曰：

日去月来好似梭，少年夫妇莫蹉跎。

人生百岁恩情少，休到分离怨恨多。

话说百花夫人被庆真背后一箭，不曾防备，只叫一声："哎呀"，可怜从项后穿过咽喉，一员女将坐不稳雕鞍，跌下马来，化作南柯一梦。庆真一见大喜，正要催马向前，找取佳人首级，忽听得山后一声呐喊，到了李广父子一支兵马。因回关不见百花，父子二人又带兵杀进番营，来找百花。父子方到此地，恰值庆真一箭伤了百花，要取首级报功，李虎在马上远远看见，大喝一声："番将休得无礼！"庆真回头见是李虎，是被他杀怕的，吓得屁滚尿流，马上加鞭，如飞逃生去了。李虎也不追，下得马来，看见是个女将死在地上，心内大吃一惊；再把尸骸扶起，将面貌细细一看，认得自己妻房百花夫人，箭透咽喉而死，由不得浑身肉颤，放声大哭，连叫："妻呀，你死得好苦！"李广也急下马来，见是媳妇死于地上，双目流泪。又见李虎顿足捶胸，哭声不止："你今日为汉室乾坤死于非命，也完你一生节义，只可怜年老公公无人侍奉，青年丈夫谁伴枕衾？我若不踹番营，捉了射箭贼子，以报妻仇，誓不回兵。"哭毕，放下尸首，权命军士在荒郊挖一土坑，将百花草草葬下，掩了净土，插一树为记。便问百花手下败残军士道："射死夫人是何番将？"军士回道："就是石庆真。"李虎听得，叫声："爹爹且回关中，待孩儿杀进番营，若不将石贼砍为两段，誓不回兵。"

说毕，李虎悲愤要走。李广拉住李虎道："我儿不可造次，为臣子的，须要代皇家尽心出力，灭寇建功，方得名垂麟阁，功标千古。若为妻仇而去，倘若有失，叫你年迈父亲日后依靠何人？只怕你不忠不孝之名担受不起呢！"李虎被父亲一席话说得无言回答，哭啼啼叫声："爹爹，虽是父命不敢有违，叫孩儿怎生舍得？"说罢，又是放声大哭。李广含泪叫声："我儿且免悲伤，人死不能复生，快随为父回关，商议报仇之策，灭寇回朝便了。"李虎也没奈何，苦在心头，随了父亲，上马带兵，杀出山中。一直到关，离鞍下马，来到营中，有张氏夫人向前便问："姊姊杀进番营，因何不见回来？"李广见问，未曾开言，先自流泪道："侄妇不要说起，可怜儿媳深入重地，被石庆真贼子用暗箭射死在山后拜月亭下。"张氏听说，不免伤心滴泪，叫声："公公，待侄妇领兵杀进番营，一则代姊姊报仇，二则要救丈夫回营。"李广道："侄妇不要性急，且歇一夜，明日再议开兵。"

一宿已过。次日，李元帅升帐，正在帐中商议报仇之事，忽有军士报道："番将石庆真讨战。"李虎听见仇人到了，由不得心头火起，怒发冲冠，急急向前讨令。李广知道拦挡不住，吩咐小心在意。李虎上马带兵，放炮出关，怒冲冲一马冲到阵前，高叫："来将可是石庆真么？"庆真认得李虎，便叫："李虎，你既知大名，还不下马领死。"李虎大喝一声道："贼子休得夸口，今日要报一箭之仇，要来取你狗命。贼子放马过来，快快领死。"庆真听说，方知拜月亭射死的女子是李虎的妻子，心中有些胆怯，没奈何，两下对阵起来，大刀照李虎面门砍来。李虎举枪急架相还，恨不得一枪把庆真刺个穿心过，方泄心头之恨。但见两匹马团团奔走，烟尘抖乱。二员将如猛虎，力斗山根，点钢枪当心刺，老龙探爪，大砍刀迎面劈，锦豹翻身，眼底下花簇簇，梅花枪到头儿边，冷森森又是刀临，李虎见刀来，将身躲过，石庆真见枪至，镫里藏身。二将一来一往，大战五十回合，庆真非李虎敌手，渐渐有些抵敌不住，要败下阵来。李虎报仇心急，哪里肯放松了他，一枪紧似一枪，杀得石庆真人仰马翻，嘘嘘气喘，把马带转，叫声："杀尔不过，休要追来。"拖刀败将下去。李虎大喝一声："贼子往哪里走？今日代妻报仇，要来取你狗命。"说罢，把马一冲，追将下来。吓得庆真没路奔走，只奔营门，高叫："救命呀！"庆真二子一看父亲被李虎追得十分危急，忙命军士用绊马索，埋伏在两边地下，只等捉将。让过庆真马去，李虎不妨地下有人暗算，一马冲来，跑得甚急，早被绊马索一绊，连人带马倒在地下，抢过庆龙、庆虎两般兵器齐下，可怜一员虎将，死于非命。庆龙取了李虎首级，进营报功。庆真回马，率领石虎乱杀汉兵，只杀得尸山血海，方打得胜鼓回营，不表。

且言李虎败残兵卒逃进关中，报与李元帅道："李都督阵亡了。"这一声报不打紧，只吓得老将军气塞咽喉，昏死过去。慌得张氏母子急急扶住老将，叫声："公公苏醒。"叫了半日，老将方悠悠醒转，哭啼啼叫一声："我儿呀！你为国亡身，死于阵前，连尸首也不得回来，撇下你年迈父亲，好不凄惨人也！"说罢，放声大哭。众将上前劝解，

中国禁书文库

双凤奇缘

张氏也在一旁，十分伤心。李能忍不住向前叫声："公公，待孙儿杀进番营，一则报叔婶之仇，二则救爹爹回来。"李广听说，只是摇手，苦咽咽叫声："孙儿呀！李氏只有你这一条根，倘再有失，岂不绝了李氏一脉？不用你去出战，且同你母亲守关要紧，拼我老命不着，待我杀进番营，前去报仇，若是得胜，不必说了，倘你公公再有差误，尔须要设计入番，找寻你公公、父亲、叔叔、婶婶的骸骨，一并带回天朝，将来你好做报仇之人。"说罢，拖住李能，又是一番痛哭。哭毕，吩咐彭殷谨守关门，即刻披挂整齐，带领一万人马，三声大炮，一马冲出关来，直奔番营。此刻老将如一只猛虎，张牙舞爪，奋不顾身，杀进番营，杀得那些番兵头如瓜滚，不能抵挡。早有番兵报知吴元帅，元帅闻报，大吃一惊。未知怎生退敌，且听下回分解。

第二十七回 困番邦李陵不屈
说忠良番相受辱

诗曰：

滴水成冰真个冷，梅花映雪放林边。

古人踏雪寻梅饮，驴背吟诗有浩然。

话说吴元帅闻李广踹进番营，杀得势不可挡，急命石家父子、土金浑、孙云等统领十万人马出营，一声号炮，杀声四起，团团围住李广。李广只叫："不好，中了计也。"李广虽是一员虎将，怎敌得四面八方尽是兵将，如何招架得来？只杀得李广冷汗淋身。再看手下带来一万兵丁，只剩一停，把马左冲右突，难出重围，大叫一声："天亡我也！"正在危急十分，忽听得南面一阵呐喊，杀进一条血路，到了两个救星：正是关中俦妇铁花夫人张氏，同儿子李能。因见公公出阵，又不回兵，恐怕有失，便带了三万精兵，冲进营来，找寻公公。忽见前面一派杀声震耳，知道公公被困，母子二人领了一支生力军，杀进重围，果见老将困在核心。张氏高叫："公公还不快走，等待何时？"李广一见她母子救兵来到，举起钢枪乱刺番人。李氏三将一齐杀开一条血路，大败回关，急写本进京求救不表。

且言番将见李广杀出重围，也不追赶，回营缴令。吴元帅暗想："石家父子射死百花，刀劈李虎，孙云捉住李陵，现囚后营，老将李广又被众将一阵杀得大败亏输，已挫动天朝锐气，量边关并无能将，指日可破，何不将这些功劳并李陵押解到番，报捷狼主，有何不可？"想定主意，写了一道报捷本章，差了中营千总杨霸，挑选三百番兵，押解李陵到番。杨霸领令出营，对对长枪围绕，双双短剑防身，一路上番兵弓上弦、刀出鞘，押解李陵，十分防备，小心在意。行程非止一日，到了番城，正是天色已晚，权在馆驿住下，一宿已过。

次日早朝，番王升殿，有黄门官引着杨霸，俯伏金阶奏道："臣启狼主，今有征南

中国禁书文库

双凤奇缘

五一七

吴元帅差官报捷，并押解汉将李陵一名，请旨定夺。"番王闻奏，即命差官将本章一面呈上案头，展开细看，一看大喜，吩咐将李陵押进殿来。一声旨下，谁敢怠慢？早把李陵押进殿来。李陵一见番王，昂昂站立，并不下跪，反骂不绝口。番王一见李陵，生得一貌堂堂，是个英雄，心中已有几分喜欢，一见骂他，故做不知，反叫一声："李卿，孤闻你李氏，乃天朝将门之种，若能归顺孤王，亦当封卿高官厚爵。"李陵听说，恼得心头火起，大骂一声："番狗太想昏了，要知我李氏天朝忠良之将，要杀就杀，焉有二心？我李陵一死之后，原不打紧，只怕李氏还有一班虎将，不是省油灯盏，但听李陵一个死信，定来报仇泄恨，将尔番国踏为平地。"这一番话骂得番王大怒，喝叫两边武士："将李陵推出午门，斩讫报来。"一声旨下，殿前武士正要动手，右班中闪出番相卫律，叫声："刀下留人。"一面跪下启奏："我主息怒，若论李陵触犯我主，理当斩首，但念他文武双全，倒是一根擎天柱，望我主暂且宽恕，将他监禁白虎殿，只消遣一说客，说得他回心转意，归顺我主，要取汉室昭君，何难之有？"番主准奏，将李陵赦斩，命武士押至白虎殿软禁，每日好茶饭都是卫律送来。

那日番王升殿，因打发李陵锁禁几日，便问："哪位卿家领孤旨意去劝李陵？倘能归顺孤家，孤当格外加恩，还令御妹招李陵为驸马。"话言未了，跪倒左班首相娄里受奏道："臣愿去劝顺李陵。"番王大喜退朝。

娄相领了旨意，带了四个小番，迳入白虎殿，叫声："小番，开了殿门，快报与汉李将军知道，有俺相爷在此要见。"小番听说，不敢怠慢，走到里面，只见李陵朝南坐着，长吁短叹。小番上前，双膝跪下道："启天朝大人，外面有俺家相爷要见。"李陵心内很不耐烦，道："什么相爷不相爷，快把番狗唤进来就是了。"小番见说，心上甚是着恼，"这个人好不识抬举！"转到外面，口称："相爷，这蛮子昂昂坐着，亦不起身来迎相爷，倒叫小番把狗唤来，是个不知礼的蛮子，相爷不要睬他，快快请回罢。"娄相听说，暗暗喝采道："好个不怕死的李陵。"说着，向内而行，四个小番随后。

来到李陵面前，把手一拱道："李将军请了。"李陵也不起身答礼，只问道："番狗到此何干？"倒是小番过意不去，拿了一张椅子，请相爷坐下。娄相口称："李将军，俺到此非为别事，只有几句良言奉劝。"李陵道："你当言则言，不当言少要噜苏。"娄相道："想一个人既是英雄，又有十分本事，全要得事仁主，方遂生平，休恃己见，不察时务。如今日将军历事汉朝，位未必封侯，禄未必万钟，纵为王家出力，疆场死生未卜，岂易得荫子封妻？亦可见汉室薄待功臣矣！怎及我主英明，治国爱民，恤功臣、怜将士，赏罚分明，吏民无不颂德歌功。今将军若不弃我国，何不归顺我主，还怕不高封侯爵，食粟千种？岂不比在天朝有天渊之别？请将军三思之。事不见机，毋贻后悔。"李陵听说，勃然大怒："番狗，你口内说的什么不忠不孝之言？俺李陵生为汉朝人，死为汉朝鬼，怎蹈此禽兽之行？不要污耳，快些出去。"娄相道："将军不要执意，若肯归顺我国，眼下就是国戚了。现奉狼主之命，有同胞御妹金花公主，年登十九岁，生得有沉鱼落雁之容，闭月羞花之貌，女工针指，无所不精，琴棋书画，无所不晓，待字宫中，未招驸马。狼主因见将军乃盖世英雄，可称栋梁之才，十分爱慕，特来与将军作伐，要与将军连为秦晋，望乞将军俯允。"李陵听说，不由得怪睁圆眼，十分大怒，喝一声："番狗住口，想我李陵世受汉室高官厚禄，还有元配正室铁花夫人张氏，孩儿年纪幼小，俱在中国，一马一鞍，俺乃汉室忠良，怎与番狗结亲？要杀，李陵情愿一死，以了忠心，休道此不入耳之言。番狗你好好走出白虎殿，万事全休，若还再说，俺就是一顿靴尖，教你性命顷刻难存。"说着站起身来，迳奔番相，吓得番相急急站起。不知可曾躲过，且听下回分解。

第二十八回　美人计哄忠臣　李陵怎羞公主

诗曰：

> 恩爱夫妻非偶然，天生一对好姻缘。
> 情浓只怕又离别，往日相思别后牵。

话说娄相见李陵打来，急急起身，向外而行，仍命小番把殿门封锁。只听见李陵还在里面骂道："番狗，任你用尽千般计，难摇我铁石一片心。"娄相在外听得明白，并不嗔怪，反连连称赞道："好一个不怕死的李陵，真不愧为忠良也！待我奏知狼主，设一妙计，偏要劝转李陵。"

一宿已过。次日早朝，番王登殿，娄相复旨，便把李陵执意不从的话说了一遍。番王大怒，降下旨意，命殿前武士将李陵押出白虎殿开斩。众武士领旨，把李陵捆绑押至殿上。李陵一路骂不绝口，复叫道："番狗，快快杀我，以了我一片忠心。"番王叫声："将军，你好痴也，谁人不贪生？孤招你为驸马，也不薄待于你，你反和孤作起对来，出口骂人，似与礼上讲不去罢？"李陵喝一声："番狗住口，贪生怕死，不为良将；背主忘恩，岂是忠臣？今日就任你千刀万剐，俺李陵也留个清白之名于后世。"番王见说，微微冷笑道："你要孤杀了你，完你忠臣不怕死之美名，孤偏偏不杀你，仍命监禁白虎殿。"一声旨下，早有武士放绑，仍把李陵推人白虎殿去。

番王便问娄相道："孤爱天朝李陵这一员猛将，不忍杀他，似他这等心如铁石，不肯降顺，如之奈何？丞相可想一妙计，使他心转。"娄相奏道："臣启我主，有一短表，冒奏天庭，臣该万死，望我主赦臣之罪，臣方敢奏上。"番王道："恕卿之罪，只管奏来。"娄相道："常言：好色之心，人皆有之。臣奉命与李陵作伐，但李陵未见公主之面，是以不从，若使李陵见了公主容貌，任他铁石汉子，又怕他心不软了。"番王道："倘公主不肯前去会他，又当作何计较？"娄相道："这也不难，我主可进宫去，悄悄与娘娘商议，不要使公主知道，只消将公主哄至白虎殿一行，哪怕李陵不上钩。"番王点头称善。

急急退朝，到了正宫，早有娘娘接着。分宾坐定，番王便将要收伏李陵的话，又附娘娘耳边，如此如此，这般这般。娘娘道："我主之言差矣，虽李陵乃忠良之将，何能将嫡亲御妹用计哄她？况男女混杂，有失国体，也要坏了单于大国之名。"番王道："不妨事的，孤也陪她同行，娘娘不必过于梗阻。"便请番女去请公主。公主一见王兄相请，带了宫女，轻移莲步，出了宫门。

不多时，来到正宫，朝见王兄、王嫂，番王连叫平身，一旁赐坐。公主便问："王兄，宣召何事？"番王见问，含笑叫声："御妹，孤今日因退朝尚早，闷坐宫中，甚是无聊，相约御妹出宫，一同游玩，以散心情。"公主不知是计，便道："奉陪王兄。"番王站起，挽住公主的手，带了内侍、宫女，出了正宫。一路假意游玩一番，到了白虎殿前，番王故意问内监道："这是什么所在？里面可好玩耍吗？"内监知道番王意思，便回奏道："这是白虎殿，里面有水榭亭台，翡翠苑园可观。"番王吩咐开门进去。内监正在答应。公主叫一声："王兄且住，这白虎殿乃停丧之所，里面怎有花木亭台？没有什么游玩，且同王兄到御花园去散心罢。"番王哄公主道："御妹有所不知，此地旧是白虎殿，如今新改做万花楼，里面新造的孤还未曾游玩，御妹可同孤进去一看便了。"

说罢，吩咐内监开了殿门。内监答应，把门开了，番王携着公主的手，正要举步进去，公主见里面锁着一个面生汉子，吓得公主满面通红，叫声："王兄，奴不进去了。"正要退出，早被番王一把拉住道："御妹，不妨事的。"一面说着，一面吩咐小番进去报知。小番领旨，进去报知李陵道："大王御驾到了。"李陵依然坐着，佯作不睬，还是骂不绝口。番王在外听得，故作不知，到底忍耐，哄着公主进了白虎殿，李陵也不起身迎接。番王含笑叫声："将军，孤乃一国之主，御妹是金枝玉叶，皆念将军是一员忠良之将，几番辱孤，并不生恨，反亲自前来相劝。望将军速速回心，归顺于孤，孤将御妹另卜吉日，招你为驸马。"这一句话羞得公主满面通红，暗骂："王兄真不是人，你要此人归顺，怎么哄奴前来落此臭名？"公主要想脱身，又被番王拉住，恼得李陵心中大怒，指着番王大骂一声："无耻禽兽，想俺李陵宁死不从，也就罢了，怎么有此哄诱，将妹子带到此间，出乖露丑，公然地来用美人计诱惑李陵？番狗呀，任你妹子便有西施之貌，也难摇李陵这一片忠心呢！想你番狗，乃一邦之主，统率群臣，化导万民，外理朝纲，内理宫闱，方成治国齐家之道。俺李陵误被尔捉，屡次劝俺归顺，是叫俺背主忘恩、另事二主，此为不忠；李陵祖宗坟墓、骨肉子侄俱在汉朝，若降尔国，乃一叛臣，我朝闻之，定要掘墓，抄斩满门，此为不孝；公主乃尔胞妹，若李陵是好色之徒，必定将计就计，哄诱尔等，乘机逃回，公主年幼，不能久守孤灯，使其琴瑟别抱，此为不仁；李陵家有糟糠之妻张氏，若使停妻再娶，此为不义。尔今日所说的这番话，全没忠孝仁义四个字，还亏你做一国之主，羞也不羞？李陵虽是楚囚，断不做此禽兽之事，宁可做断头将军，不做贪生怕死之人。你今日怎么说我，奉劝可息了此念头罢。"这一番话说得番王顿口无言回答，呆呆站着；羞得公主无颜之至，红一回白一回，好不难过，急急用力把手一扯，脱身而去。番王见御妹已不在此，知道此计又不成功，仍命小番将殿门锁了，闷闷回他正宫不表。

且言公主回宫坐下，珠泪纷纷，抱怨番王道："奴与你胞兄胞妹，大不该哄诱妹子被李陵羞辱一番，这是哪里说起？又不知听了什么人计策，使这歹心，捉弄奴家。李陵既不降顺，何不令他受戮，完他忠心？奴看王兄意思还不忍杀他，若使李陵出去，传言四方，教奴终身怎么为人？罢罢！总是奴的命苦。"未知公主作何主意，且听下回分解。

第二十九回　公主含羞全节　忠臣尽义轻生

诗曰：

桃红柳绿如铺锦，粉黛寻香弄玉枝。
春宵如许人争看，正当赏月玩花时。

话说公主抱怨一回，又羞忿一回：“想奴自幼父王、母后俱丧，依了王兄、王嫂长大成人，年已十九，指望王兄代奴选一个好驸马，使奴终身有靠，谁知王兄不念骨肉之情，将妹子用美人计出乖露丑，成何体统？倒不如寻个自尽，以完终身结果便了。奴死之后，王兄必定要斩李陵，免得丑名落于外人之口。”想定主意，哀哀啼哭，不用夜饭，打发宫娥都去睡了，独自伴着银灯，闭上房门，朝外双膝跪倒，叫声：“父王、国母，想自幼丢下孩儿，虽然是王兄抚养成人，只为捉住汉将李陵，王兄勒逼此人降顺，满朝文武并无计策，反用妹子去哄汉臣，一点羞辱全然不顾，硬拉妹子到白虎殿内，见那面生汉子李陵，被他一番羞辱之言，教奴怎当受得起？奴一不恨李陵羞辱了奴。常言：忠臣不事二主，李陵不贪富贵，要算一个奇男子，这也难怪于他。二不恨王兄用计哄奴。他为江山社稷，爱惜李陵是个英雄，要想得一根擎天柱。三不恨皇嫂并不拦阻。王兄将奴哄诱，她与奴同是女流之辈，有何主见？四不恨满朝文武平时高官厚禄，不能代王分忧，只进一个无耻的计策，贻笑四方。恨只恨奴家生来苦命，枉在皇宫走一遭，满库金银，成何用处；满箱珠宝，留与别人，奴是一概都带不去，只落得羞辱之名。罢，罢，父王、母后俱在阴司，略等一等，女儿就来也。”祝告一番，抽身站起。耳听谯楼已交五更，不由地杏眼圆睁，银牙乱咬，怕的天明有人阻挡，恨了几声，忙拔出宝剑一口，照定项下就是一剑刎去，佳人双足顿了几顿，项下鲜血直流，尸骸倒于地下。可怜一个烈性女子，全节全义，一旦轻生。

转了五更，天已大明，外边宫女伺候开门，但见日高三丈，未见公主起来。大家十分诧异，忙推进房门，只见公主直躺躺睡在血泊里，宝剑横在一旁，只吓得众宫女真魂直冒，慌忙报知番王、番后，只叫："不好了，公主已在宫门自尽了。请旨定夺。"番王、番后听得，好似高山失足，大海崩舟，急急赶到宫门。番王一见公主死得好苦，不由地抱住尸骸，放声大哭道："御妹呀，千不是万不是，总是做王兄的不是，早知李陵不肯降顺，不该错行此计，带累我妹轻生。"说罢，又是一阵大哭。番后在旁也是十分伤心。番王吩咐宫女，将公主尸骨抬在牀上，开丧照礼行事。

公主的一个全节自尽的名，早已传到外边，沸沸扬扬。一众文武猜疑不定，只有李陵因在白虎殿，耳听此信，暗想："公主轻生，总因番王全无廉耻，不念同胞之情，将妹子用美人计哄俺，被俺羞辱一番。好个性烈女子，竟乃惨死。且住，公主一死，番王是容俺不得，定要将俺典刑，倒不如寻个自尽，以全忠义，羞杀北番一班无能之辈。"想定主意，站起身来，朝南拜上几拜，叫声："万岁皇爷，臣在番邦为忠而死，从此再不能回朝见圣君了。"又叫声："边关李老伯父，侄今身死番邦，弃下寡妇孤儿，全赖伯父照看，侄死黄泉之下，也要来报伯父大恩。张氏贤妻呀，从今你独守孤灯了，孩儿要你教训，可为国家建功立业，不可怕死贪生。"又叫声："李能，我的儿呀，你还不知父被番邦捉获，今日自尽，可怜父子不能见面。将来你要做个报仇之人，成个孝子。父今舍命，做个忠臣，正是李氏由来忠孝将，不愁千古不留名。万岁呀，臣今遥遥拜别了！"连叩几个头，将身站起，走到案边，提起羊毫，拂开花笺，吟成绝命诗二首。赞金花公主诗曰：

> 生来本是多娇女，凛凛冰霜烈性成。
>
> 能重礼义难枉己，克全廉耻不容情。
>
> 须眉展动称巾帼，肝胆高超淡死生。
>
> 从此芳魂归玉阙，贤哉不愧一时名。

又自叹一首诗曰：

> 本是昂藏七尺身，一腔热血向谁陈？
>
> 森森赤胆惊风雨，耿耿忠心泣鬼神。
>
> 死别羞辞我国主，生离忍绝故乡人。
>
> 此时悲惨惟吞泣，全始全终大义臣。

　　吟毕二诗，放在桌上。又想："番王被俺这等羞辱，并不发怒，回俺一言，也是他爱俺将才，想使归顺，俺岂不知？番王呀，你可晓得，常言道：忠臣不事二主，烈女不配二夫。无奈你把念头想错了。今日在此与你永别，留下一表，只算谢你便了。"说罢，写起辞表一道。上写着：

大汉天子驾前官拜征北大招讨李麾下，官拜御营总兵，今充前部先行李陵再拜：番王驾前，蒙恩优待，屡次相劝归顺，俺非草木，岂不知留一线之生，苟延性命？但臣心无二，忠于汉室，不能背主忘恩；若假意归顺，反复不常，又非大丈夫之所为也。蒙恩不加显戮，保全首领于牖下，斯亦幸矣！俺犹偷闲岁月，怕死贪生，生无以对世上，死无以对先灵。今将永诀，留表以谢，幸为谅之。死骨存亡，听君自便，臣亦不问。谨谢。

李陵写了一道辞表，一并放在桌上，折在一堆，离了案头，要寻短见。暗暗思量："想俺李陵哪里生来哪里死，北方留下汉人魂。呀呀啐！还要延挨什么时辰？"便把钢牙一挫，圆睁二目，见一块蛮石竖在阶心，"罢罢！这是俺毕命之物了！"说罢，退后几步，将头狠狠地就是一下，只听得"豁喇"一声响。未知李陵性命如何，且听下回分解。

卷四

第三十回　虎牙口忠臣立碑
雁门关苏武和番

诗曰：

> 芙蓉架上黄莺啭，梧桐树底子规啼。
> 花开池边游鱼戏，作伴鸳鸯路欲迷。

话说李陵认定蛮石上一头撞去，只听一声响亮，可怜一员忠良将官，脑分八片，头颅粉碎，死于非命。早有看白虎殿内监，一见李陵撞死，连忙报与番王知道。番王闻报。大吃一惊，连称："可惜！好一员忠良将官！且住，孤想御妹身死，李陵又亡，此事真羞杀孤王！李陵一定闻御妹的凶信，怕孤杀他，故而觅一自尽，完他不屈的忠心。李陵，你好痴呆，孤要杀你，怎到如今？总是孤王鲁莽，坑了两条性命。"

正在叹息不已，又见白虎殿的内监跪下，口称："王爷，适才在殿内桌上拾得李陵有遗诗两首、遗表一道，请上龙目观看。"双手呈上。番王接过，先将诗一看，一首是赞公主贞烈，一首是自叹英雄。将诗看毕，大赞李陵诗做得好："句句发于性情，御妹虽死九泉，得此一诗，亦可有光千古；自叹自写，英雄本色，不愧大汉忠良。且将诗句留以殉棺便了。"又看到遗表一道，拍案大叫道："孤王只认李陵不知孤一番爱惜之心，今日表上真情剖露，来清去白，也不负孤王一向敬他爱他，一片的诚意。李陵呀，孤与你三生石上，结来世之交。"看毕，折好收起，吩咐内监好好将李将军的尸躯安放牀上，"孤王这里自差人代他封殓。"内监领旨，答应而去。

番王一面传下旨意："先收公主尸灵。"宫中上下人等一齐放声大哭。又差礼部去

收李陵尸身殡殓。宣召一众番僧，追荐两屈死的鬼魂，做了七日七夜的善事，方将两口棺木出宫埋葬。满朝文武相送，于虎牙口地面安葬，好不十分热闹。把两座坟丘埋于东南二向。番王又传旨立庙，限工部一月完成。两边竖的石碑，写得明白，一边是"已故大汉忠臣李陵，"一边"北番贞烈金花公主"，两道碑立于庙外，传流不朽。番王率文武官员在两边祭奠，大哭一番，一面差官守庙，春秋二祭，番王方收泪回宫不表。

且言汉王正坐早朝，有黄门官呈上雁门关李广求救的本章。有内侍接过，铺在龙案上面，汉王从头细细一看此本，大吃一惊，由不住泪落纷纷道："李虎夫妻俱遭惨死，李陵被陷北番，生死未卜，李广又在雁门关被困，今日又来告急求救本章，哪位卿家代朕分忧，前去领兵，速救雁门？"但见那两班贪生怕死的文武，俱是面面相觑，并不回奏。汉王又在烦恼，左班中闪出丞相张文学，跪倒金阶，口称："我主，目下边庭紧急，我邦将寡兵稀，谁去出兵退敌？依臣愚见，不如差一老成练达之员，前到北番用良言安慰，好好解劝番君，使两国罢兵请和，免他进贡来朝，省得生灵遭涂炭之苦，国家有累卵之危，不知圣意若何？请旨定夺。"汉王道："卿家所奏之言是有理，但不知满朝文武，哪个可以去得？卿可保举一人上来。"张相奏道："这次和番息兵，乃是一件紧要大事，人不老成，才不练达，必又惹起干戈，以贻我国之羞，所谓画虎不成，反类于犬。依臣看来，倒是左班中文华殿大学士苏武，久在朝纲，中外素有重望，命他前去和番，可保全两国无事，永息干戈。"

汉上准奏，便叫声："苏卿听旨。"有老臣苏武，俯伏金阶道："臣在此候旨。"汉王道："卿可领孤旨意，去到北番，叫那番王休听毛贼一派乱言，致失两家和好，他若罢兵息战，免他进贡来朝。卿今休辞劳苦，代孤走一遭，若得两国相和，回朝自加升赏。"当殿赐了三杯御酒，外是一道旨意，交付苏武。

苏武接旨谢恩，退出朝门回府，略为料理家务，不敢耽搁，带了十数个家丁，背了圣旨，上马出京，不分星夜，一路兼程而进。来得甚快，早到雁门关前，高叫："守关军士听着，今有和番钦差苏大人到此，快快开关。"军士听说，不敢怠慢，忙报知李元帅。元帅一闻此信，急急开关，迎接钦差苏大人。入关见礼，分宾坐定，元帅一面摆了接风酒款待。席间，李元帅叫声："苏大人，此去奉旨和番，免动干戈，固是美事，倘番人执意不从，又当奈何？"苏大人见问，连叹几口气道："不瞒元帅说，小弟奉旨和番，也是拼命前去。无奈圣意如此，微臣只得依旨而行。"李元帅听说，称是，便道："小弟这里拨一千人马，护送大人前去便了。"苏武道谢，连声称呼："元帅，小

弟承情了。"只等席散，安歇一夜。

　　次早，李元帅挑选一千精兵，金银名色齐备，交代苏大人。大人起身告辞，带了兵丁，离了雁门关，一直向北地而行。来到番营，出马高叫道："我是汉朝苏丞相，奉旨和番，快报与你家元帅得知。"小番听说，报知吴元帅。元帅带了一班武将出营，便问："你可是汉朝来的差官，到此进贡昭君么？"苏武只是摇手道："尔等休得乱言。老夫奉旨和番，快快排开队伍，让老夫登程。"吴元帅听说，吩咐众小番让他一条去路。一声令下，谁敢不遵？放过苏大人一支人马，穿营而去。

　　在路无心观看景致。到了黄泥坡，番邦地脉生疏，一路甚是难行。那日到了李陵碑前，即刻下马一拜，不由得纷纷落泪道："李将军为国捐躯，尸陷北地，异日苏武也不久要来伴你的孤魂。"大哭一阵，上马而行。来到单于国，将人马扎在城外，单马进了番城。到馆驿，方知缘故，即刻报知番王说："有天朝天使到了，现在馆舍，要见我主，请旨定夺。"番王闻奏，即刻宣召天使到殿上相见。苏武见无人接他，便不十分欢喜；到了殿上，也不称呼，朝外站立。两班文武高叫："汉臣如何不拜我主？"苏大人回头也骂一声："一班番狗，你只知责人，不知责己，想老夫奉旨而来，乃是钦差，尔等君臣并不远接，也算无礼，倒叫老夫拜起小邦之君来了。"番王见说，哈哈大笑道："天朝蛮子，来一个，倔强一个，这个且自由他。"便问："你主差你到此，想必知孤王厉害，来进昭君的么？"未知苏大人怎生回答，且听下回分解。

第三十一回 大小逼卫律遭辱骂 风雪岭苏武牧羝羊

诗曰：

中秋月色景清奇，正是瑶琴拨理时。
寺远不闻钟鼓动，更深但见斗星移。

话说苏大人听得番王出言不逊，高声大喝道："番狗何出此不伦之言？昭君乃天朝妃后，是万民之母，怎么轻信奸贼毛延寿，痴心妄想！老夫到此，非为别事，奉旨和番，快将毛贼拿下，解至天朝，两下免动干戈，永为和好。我主宽恩，再免尔来朝进贡，只要你降书一道，让老夫带至天朝，进呈于当今。"番王听说，微微冷笑道："你这话儿，说得也太轻松了，要想我国和好，却也容易，快快把昭君献出，孤这里即刻退兵。若无昭君，不但兵不能退，且要夺了汉室江山，方肯罢休。"苏武大怒，指定上面骂声："番狗，你若要想昭君，除非海枯石烂，也是不能够的。"恼得番王骂声："大胆苏武，你敢冲犯孤家，管叫你性命不保，"吩咐两旁武士，将苏武枭首午门。

一声旨下，不敢怠慢，正要推出苏武去问典刑，忽见右班中闪出右丞相卫律，高叫："刀下留人！"一面跪下，口称："主公息怒。苏武今奉旨来到我国，只为言语冒犯主公，主公突然加刑，便说主公无容人之量，况两国相争，不斩来使，望主公暂将苏武赦斩，交与小臣，臣与他有一面之识，包管劝降此人。"番王闻奏，只是摇手道："卿不消费心。孤本爱天朝人物，何肯妄加典刑。怎奈个个倔强，卿虽保本不杀，恐又如李陵，受他羞辱。"卫律道："人有贤愚，岂可一律相看？李陵乃一武将，所以出言粗鲁，枉送性命。苏武乃一文臣，素明礼义，焉得又比李陵？主公放心，交与小臣，包管苏武归顺我国。"番王准奏，赦转苏武。苏武连声高叫道："要杀就杀，以了忠心，又推转来做什么！"番王叫："苏武，你今日到此，向孤这般大胆狂言，你的性命悬于孤手，若不是卫律保奏，杀你何难？吩咐将苏武交与卫丞相带去。"一声旨下，番王退

五三〇

朝，文武各散。

卫律退出朝门，迎着苏武，连忙双手一拱，叫声："苏大人违教了。"苏武定睛一看，认是卫律，即回一个礼道："原来是贤弟。贤弟今在此北番，官居何职？"卫律道："不瞒兄长说，小弟不才，官居番邦右相。且请到舍一谈。"苏大人道："还未进谒，怎敢造府？"卫律道："不必过谦。"说罢，邀了苏大人，一同进府见礼，分宾坐定。有家丁送茶。茶毕，又说几句朝政的话，即刻摆席，二人对面坐定饮酒，卫律只拿话打动苏大人，大人只是饮酒不睬。正当酒过三巡，菜添两道，卫相忍不住叫一声："苏兄呀，想李陵不是知机之士，枉把一条性命白送掉了，令人可惜！想我主乃仁厚之君，李陵死后，还代他立庙立碑，只不过前人留与后人看，可见我主并非薄待汉朝忠良。兄今到此，和番修好，免动干戈，固是美事，只怕不将昭君献出，我兄亦未必得回去了，倒不如你我弟兄共事一主，免劳跋涉，去受风尘。小弟句句金石之言，请吾兄思之。"

苏大人听了这一番话，不由得怒发冲冠，骂一声："背主忘恩的卫律，你为汉臣，贪生怕死，投顺番邦，一点忠心不顾，狗彘不如，反来劝我。你这衣冠禽兽，我就死番邦，亦是甘心，怎听你这不忠之言？从此你我割席绝交，不必认做弟兄了。"说罢，推酒不饮，脸朝上面，怒气冲冲。卫相冷笑几声道："吾兄不要执意如此，你今日不听良言犹可，只怕你来时有路，去时无门，插翅也难飞出番城去呢！不要到那时后悔，就没有救星了！"苏大人听说，好似火上添油，把桌子一拍，骂声："卫律贼子，你把我苏武当做什么人！你句句说的皆鸡鸣犬吠，总不入耳，还要在我耳边唠唠叨叨。"卫律也发恼，叫声："苏武，某乃是好意相劝，你若执迷不悟，只怕你性命就难保于旦夕了。"苏武哈哈大笑道："老夫自奉汉王旨意，出了雁门关，这几根精骨头，还想回去么！俺苏武就死在北番，也可留芳百世，不能似你背主忘恩的，难保不遗臭万年呢！"这几句话直刺了卫律的心，只气得满面通红，骂一声："老匹夫，不中抬举的东西！"吩咐小番："仍将苏武监押馆驿，明日奏闻狼主，请旨定夺。"小番答应。苏大人哈哈大笑而去，只羞得卫律逼降苏武一番，不得成功，闷闷安寝，过了一宵。

次日天明，番王登殿，文武朝拜已毕，卫相跪倒金阶奏道："臣今奉旨劝降苏武，奈他执意不从，总是微臣冒昧，望乞我主恕罪。"番王道："非关卿事，何罪之有？且把苏武带进午门见孤。"卫相谢恩领旨，把苏武召到殿上，仍是呆呆站立，并不则声。番王叫声："苏武，孤因你出言无状，本当斩首午门，多亏卫卿保奏，留你残生，你就该知恩报恩，听他良言，如何这般倔强？只怕性命活不成了。"苏武大笑道："想俺在

天朝，世代忠良，奉旨和番来到你国，久把性命置之度外，你要斩就斩，好叫老夫赶到阴司，伴李陵去也。"番王冷笑一声道："你说要死，偏不使你即死，还要叫你活活受些苦楚、折磨，你方有退悔之心。吩咐将苏武锁解牧羊城，每日放一百羝羊，只给三合糙米，如少一只羊，鞭背一百，该管官儿不得容情。"

一声旨下，早有武士押了苏武，出了朝门，到了牧羊城一座，交与城内该管官儿，名叫吴升。吴升一见番王发下牧羊奴一名苏武，他便大模大样装起官腔来了，叫声："苏武，你在汉朝为官，算你为尊，今我主免你死罪，发来为羊奴，如何见了本官，也不跪下行个礼儿?"苏武听说，大笑道："好个芝麻官儿，也来耀武扬威。"吴升道："好！我老爷量大不与你计较。这里有一百只羝羊，好好去牧养，每日是奉旨要来查数的，如少一只，定鞭一百，养肥了有赏，养瘦了也要打的。"还是不住口地道："这叫做，做此官行此礼。"说完，向后去了。苏武听了这些话，也不去睬他，只是连声叹气。未知说出什么话来，且听下回分解。

第三十二回　苏武软困飞来洞　番王病想王昭君

诗曰：

> 姻缘本是好姻缘，月下全凭一线牵。
>
> 千里赤绳如咫尺，无缘对面隔天渊。

话说苏武见吴升丢下一大群羝羊，叫他牧养，还说了许多厌气的话，心中很不耐烦，暗想："我苏武乃天朝一品宰相，怎做此卑污之事？且住，大舜尚耕畎亩，传说且为板筑，古来多少圣贤尚且如此，何况苏武。也罢！大丈夫能屈能伸，且把羊赶上山头牧养去罢！"想罢，只得折了一根长柳条，慢慢赶了那一百只羝羊，向山头而行。又想起家乡万里，骨肉分离，只恨奸贼毛延寿，挑动两国大动刀兵，带累民不聊生，关中又无能将，可以退敌，故差我到此和番。又恨卫律这贼子，百般唆动番君，害得老夫在此受苦，求生不得，求死不能。你看这一群羊，腥风阵阵，好不难闻。朔风凛凛，吹得人毛骨悚然。

一路想着，到了山下旷野之地，便把群羊四下分散，让它吃草，将身靠在石上，十分留神，又怕走了一个羊，回去查数淘气。那时正交数九冬寒，北风刮面，冷气森森，刮得天上日色无光，将有酿雪成阴之象。山高岭峻，风势越大，只可怜苏爷，还是早上吃的饭，在山放羊，大半天未曾进食，此时腹中又饥，身上又冷，又被大风刮得战兢兢，满脸生起寒栗子来。由不住一阵心酸，珠泪纷纷，暗叫一声："苏武，你怎不学李陵寻一个自尽，完你的忠心？暧！想我在此，偷生苟活，受苦牧羊，还指望天朝出了能人，杀到番邦，救我苏武回朝也未可知，只怕望梅止渴，空成画饼了。"

苏武正在山中想他的苦楚，但见北风更紧，雪花片片，又飘下来，山中乃旷野之地，怎能存立得住？苏武打点将羊赶回，怎奈风一阵紧似一阵，雪一阵大似一阵，阵阵鹅毛大片，被风刮将下来，刮得苏爷浑身雪白，好似个银人。怎见得，但见山中这

中国禁书文库 双凤奇缘

五三三

一场大风大雪，有诗为证：

> 巽二逞威在岭头，专随滕六冷悠悠。
>
> 银妆玉琢堆千里，惹起他乡客邸愁。

苏武一时心下甚是着慌，冒着大风大雪，站起身来，也不顾衣衫透湿，在山上四处赶拢羝羊。地下又滑，跌了好几个筋斗，那一群羊东赶西走，总不能拢在一堆，只急得苏武冷汗直流。可怜他年纪又大，平日未曾做过此事，又见天色已晚，苏爷心中只是叫苦。正在愁烦，忽见山中跳出一个怪物，直向苏爷奔来。苏爷见此怪物，浑身黑毛，眼似铜铃，牙如利剑，只吓得魂不附体，大叫一声："天亡我也！"一个筋斗，跌倒雪中，瞑目待死。列位，你道这怪物是个什么东西？乃此山中有一飞来洞，洞内有个母猩猩，它与苏武有三年姻缘之份，本奉山神之命，前来搭救汉朝忠臣。它见苏爷跌倒，急急扶起苏爷的身子，坐在地上，只等苏爷过了半会悠悠苏醒，睁开眼来，见旁边站着那怪物，由不得心中十分害怕。又见它将自己身子扶住，并无相害之心，便道："我苏武奉旨和番，遭此大难，你要吃我，我情愿就死，并不皱眉。"那猩猩只是摇首，还代他将身上的雪扫去。苏武道："你既不肯害我，怎么还不去呢？"那大猩猩指着天上大雪，此地不能存身，又指着山中有洞，带你洞中去躲雪的意思。苏武也会它之意，便道："我一则此刻被你将腿都吓软，不能走动；二则山上还有一百只羝羊，未曾赶拢，怕不见一只，回去吃鞭不起。"那猩猩点一点头，口内哼了几声，山后跑出一群小猩猩来，代苏爷把群羊赶拢。母猩猩代他查一查数，一只也不少，就命小猩猩先将羊赶入洞内，它把苏爷驮在背上，放开大步，飞奔洞内。苏爷见洞口有"飞来洞"三字。到了洞中，母猩猩把苏爷放在石牀上坐下，怕他饥饿，又取些果品与苏爷充饥。每日只叫小猩猩代他放羊，它与苏爷挨挨擦擦，免不得被逼在洞内成亲。后来苏氏生有一支，寄与中国，即是母猩猩所生的。我且慢表苏爷软困洞中之事。

且言番王，自受了汉臣两次气恼，又见吴鉴出师已久，未见攻破雁门，取得昭君，心中十分大怒，忙写一道申饬旨意，差官责备吴鉴："出师久而无功，明系观望不进，有负孤王重托！今旨到此，如再迟延，不上紧攻破雁门，讨取昭君，定当加等问罪。"这一道旨到了番营，吴元帅率领众将接旨，听得宣读，吓得魂不附体。谢了君恩，送出钦差升帐，与众将商议道："本帅非不上紧点将攻关，只因苏武和番，权且罢兵。今旨上申斥严明，谅和番一事未必成功，本帅只得要进兵攻关了。"

头一天，就令土金浑带兵攻关。喊叫一日，关中并无一将出阵对敌。第二日，哈虎带兵攻关，又是白叫半日，急得吴元帅趁夜差了石家父子，带了大炮攻关，又被关上用滚木擂石反打伤了无数番兵，只气得元帅没法进兵。又与众将商议道："李广老将，智勇双全，紧守此关，一时难破，本帅又在此虚延时日，并无寸功，多费钱粮，我主闻知，再加问罪，某等吃罪不起。依本帅愚见，不若将此实情，写一道待罪本章，请旨定夺。"

众将听得元帅吩咐，谁敢不遵？吴元帅急急写了本章，差官飞星到番，已是下午时候。番王早已退朝，正在御书房挂着昭君二幅人图，走来走去，细细玩看，摹想昭君的容貌："这等妖娆，若与孤王搂睡这么一夜，孤就不做番邦之主，也是甘心。"又叫声："昭君呀！孤在这里想你，你在那里可想孤王么？你一日不来，叫孤怎么一日不想你。"番王正在痴痴呆呆想昭君，忽见内监递上吴銮一本，番王接过细细一看，看道："雁门难破，昭君难取，恐费钱粮，请旨待罪。"这四句不看犹可，一看时只气得闷咽寸丝之气，病染七尺之身，一跤跌在地下。未知番王生死如何，且听下回分解。

第三十三回 延寿探病献计 番王临朝发兵

诗曰:

一段相思病已真,谁将心药用来神。

奸人也有聪明处,参透机关语自新。

话说番王因见吴銮本上昭君难取,一时气扼胸喉,闷倒在地,吓得两旁内侍急急扶起,扶到御榻睡下。早有内侍飞报番后,番后一闻此信,吓得魂飞天外,连忙赶到御书房看问番王,一面吩咐内侍取了参汤,亲向番王灌下。过了一会,番王悠悠苏醒,叫声:"美人,孤与你今生今世便无缘了么?"番王只说了这一句话,闭了双目,四肢动弹不得,口内不住乱叫昭君,竟有些木边之目,田下之心,染成一个相思病了。

慌得番后便问内侍王爷得病之由。内侍指着两幅人图,回说道:"启娘娘,这是天朝汉王妃子,名叫昭君,生得美貌无双。只因中国毛丞相带来二图,归顺我主,我主一见此图,心爱昭君,每日挂在御书房内,时时向着画儿出神想慕。不料王爷今日正玩此图,外面递进一本,不知本上说些什么,王爷将本一看,忽然晕倒在地。"番后道:"本在哪里,快取来一看。"内侍答应,将本取来,呈与番后。番后一看,乃是征南元帅吴銮请罪一折,内有"雁门难破,昭君难取"几句,便点头将本放下,暗叫一声:"王爷你忒痴情,想别人家妃后,怎肯擅让于人?何苦劳师动众,苦了生灵,费精伤神,苦了自己,这也是自作自受,休怪如此。"想毕,即叫内侍召取太医院进宫,与王爷诊脉。内侍答应,传旨出去,不多时太医院领旨进宫,王爷睡着,令其免礼,只拜见娘娘,口称千岁。番后连叫平身,赐绣墩在牀旁边坐下,令其诊脉。太医院谢坐。坐定,便把番王两手脉细细诊看。看了一会,回奏道:"王爷龙体欠安,这是七情六欲所伤,须要如王爷心中之愿,病即痊愈,不须服药,只要静养宫中,少生外感。"番后点头称是,打发太医院出宫。吩咐内侍传出旨来:"王爷有病,免朝三日,一概本章,俱候临朝批发，毋得混传。"

这一道传旨颁发朝臣，众文武都猜疑不定：也有说是天气太冷，冒感风寒也未可知；也有说是酒色过度，身子虚弱，宜有此疾；也有说是出兵已久，耗费钱粮，心中忧闷国内空虚；也有说是番王懒于临轩，荒废朝政，纷纷乱猜，总猜不着番王的心事。

只有丞相毛延寿，现掌兵部事务，知道吴銮的本章，出师无功，请旨待罪一本进与番王，番王一定更添忧闷，为的昭君不能见面，必有一番相思，此病不消用医，只需几句心腹之言，打动番王，其病立见痊愈。待我连夜草成一本，奏上探病的本章，递进宫中，只看圣意如何。想罢，走到书房，展开吟笺，挥动羊毫，片时草成一本，笼在袖内，急急进朝，也不用黄门转达，一直到了宫门口。有守宫太监便问："毛老先生，到此何干？"毛相道："有本一道，烦公公转达我主。"太监笑道："毛老先生难道不知娘娘旨意吩咐出来，一概本章，须候王爷病愈，临朝批发，咱若代老先生将此本传进宫中，不是去讨没趣么？老先生请回，忍耐两三天罢。"毛相见说，右袖内取出个银包来，叫声："公公，这个茶敬，送与公公买个茶点吃，好歹仗着公公大力，将本儿递进去，包管王爷一看，病就好了，明日就要临朝的。"太监接过银包，先掂一掂，说道："这是代老先生讨没脸面几个钱，只得从直收了。但不知老先生此本，又不是灵丹妙药，如何就医得王爷病？"毛相道："此本一上，包管手到病除。"内监笑道："老先生请少待宫门，快把本与咱家，代你进呈。"毛相听说，把袖内的本抽出，递与内监。内监接过，转身一直进宫。到了正宫门口，也有内监问道："我的哥哥，有什贵干到此？"内监听说，便把毛相进本的话说了一遍。那个内监摇手道："不要进去讨没趣，我的哥快些请回罢。"内监又把王爷之病，得此本一看，即可痊好的话说了一遍。那个内监笑道："我的哥，不要哄咱，不是当耍的！既如此，且请少待。"

说罢，把本接过，递进宫去。正是番王、王后在那里闲谈，内监向前跪下，将本呈上。番后一见，骂一声："没用的孩子，哀家因王爷有病，怕的烦心，吩咐一概本章不许传进宫来，怎么你今日大胆，又代谁递这本章，得了他许多银钱，不遵哀家的旨意么？"只吓得内监连连叩头，口称："娘娘，非是奴婢胆大违旨，只因进本官儿是毛丞相，口称此本一上，能医王爷的心病，奴婢方敢代他递本。"王后听说毛延寿的本，很不耐烦，哼了一声道："他又无事，上什么本章？且丢下，叫他候批罢。"内监答应，正要起来，番王听见是毛延寿上本，可医他的心病，心中忽然爽快几分，巴不得召进毛延寿，与他商议求取昭君之事。今日王后吩咐，是不喜他，便叫一声："住着，可取本来与孤一看。"王后道："王爷何必劳神，等贵体痊好，再看此本罢。"番王道："不

妨事。”便把本取过，展开一看，只见上写道：

右丞相兼理兵部事务臣毛延寿谨具鄙表，恭呈御览：窃以征南元帅吴銮，一介武夫，不知行兵进退之法，是以迁延时日，劳而无功，关亦难取，人亦难得，致我主有劳神思，病缠御体。以臣视之，主帅当知运筹帷幄，决胜千里，非徒好为征战，恃匹夫之勇也。我主若于朝中择一文武全才，督师南下，克日兴兵，不一载间，若不得城得人，臣愿纳首级于阙下，微臣待命，伏乞俯允，幸甚幸甚。

番王看了此本，拍案大叫道：“此卿知孤心也！”病即爽然，当命取了文房四宝过来，在本后批道：“明早临朝，遣师发兵。毛卿进本有功，加升三级。”打发内监出来。内监领旨，将本交与外面内监。内监接本转到宫门口，只见毛相在那里呆呆等候，假意玩他道：“本未曾发。”毛相一听，心内疑惑。未知怎生盘问，且听下回分解。

第三十四回 娄相挂帅操人马
甘奇比武夺先锋

诗曰：

由来妇口与奸言，舌剑唇枪软似绵。

最耐耳中听得去，兴王邦国恨愀然。

话说毛相见本不曾发，暗想："此本王爷不看便罢，若看此本，无不百发百中的。"心下十分筹算。内监笑道："毛老先生，咱同你玩的，本已批发在此，快取去看。"毛相接过本章一看，心中大喜，告辞了内监，一直出朝，传知众文武。

一宿已过，次日番王登殿，两班文武朝参请安已毕，分立两旁。番王道："昨接吴銮本章，关亦难得，人亦难取，待罪请旨，有负孤王重托，本当拘解来京，从重治罪，但念其斩李虎，射百花，提李陵，还有几件功劳，亦可将功折罪。且吴銮一武夫耳，只可听令麾下，斩将搴旗，勇则有余，运筹帷幄，才则不足。今将吴銮摘去元帅之印，降为监军。"便问："哪位卿家前去领兵，代朕分忧？"早有右相毛延寿出班奏道："臣愿保举娄里受，文武全才，足智多谋，可以征南挂帅，则雁门旦夕可破，昭君指日可取，望我主准奏。"番王点头称善，便叫声："娄相听旨。"娄里受出班跪倒："臣在此侍候。"番王道："今日毛卿保举卿家，征南挂帅，但得昭君回国，朕不惜裂土分封，酬卿之功。"娄里受奏道："只是臣老迈无能，难胜重任，望我主别选良将为是。"番王道："卿家不必过谦，为主分忧，乃臣子一点忠心，在朝文武，谁如卿之将才？"娄里受又奏道："蒙恩不嫌臣年迈，领此帅印，臣亦愿竭驽骀，以报我主，但历来将帅兴兵，须有前锋开路。非世家子弟，不谙戎行，即一介武夫，罔知韬略，以致躁进失机，轻退寡谋，大功不成，皆由前锋不力。蒙恩命臣为帅，臣要在教场考取先行，不论出身微贱，只要武艺超群，可助元帅一臂之力，自有破关斩将之能，包管旗开得胜，马到成功，不负我主之托。"番王听娄相一段话，心中大悦，道："卿家议论，足见胸中

韬略，虽古之孙吴，不能过也！依卿所奏。”当殿赐了三杯御酒、两朵金花，又道：“任卿下教场点兵调将，孤这里眼望捷旌旗，耳听好消息。”娄相谢恩，只等番王退朝，文武各散，出了朝门，回到府第，便写了一道牌出来，命家丁送至教场辕门下挂起。上写：

　　　　钦命征南大元帅娄，为奉旨出兵，考取先行，不论文武官员军民人等，
择于次日黎明当场比武，考夺先锋，毋得观望，须至牌者。

　　这一道牌传出去，早有番邦那一班已做官的英雄、未做官的豪杰，一见此牌传开出去，都是磨拳擦掌，要想麟阁题名。弄剑使刀，须向武场夺萃，一个个预备整齐，只等次日。黎明，娄元帅到了教场，升了将台坐定。左右营前后哨，一班武将，递了脚色手本，参见元帅已毕，分立两旁。元帅先将十万精兵花名簿点清，又宣令一番，才点到参谋官、监军官、军政官、督粮官、领阵官、左营右营官、前哨后哨官、监鼓官、鸣金官，一一点将已毕。点到前部先锋官，便命领旗官取了锦袍一件，高挂百步柳枝上，有人走马射落者；石鼎五百斤，有人举起绕场三匝者；当场比武，无人对敌者，可上将台插花饮酒，挂先锋之印。对着将台下面，高宣三遍。

　　只听得左队中闪出一员大将，黑脸黑须，坐下乌骓马，搭上雕翎，放在弓上，一马冲出，高叫：“俺来取这锦袍也。”一声喊叫未了，只听得弓弦“当”的一声响，那支箭不偏不斜，射在锦袍上面，未曾将锦袍射落，那员黑将羞惭而退。

　　又见右队中闪出一员白袍小将，放开银鬃马，左手挽弓，右手搭箭，一马冲出，对着锦袍，高叫一声：“着。”只见那一领锦袍悠悠才要坠下，忽被柳枝绊住。左队中冲出一员老将，趁着巧势，一马冲来，对着锦袍一箭，锦袍坠落。当场无不喝采。老将下马，赶上将台报功。那小将一见，心中不服，也上将台报功道：“启元帅，这锦袍是小将射落，堕在树枝上的，被这老将趁巧射下，非他之能，袍该小将取去。”那老将也不服道：“当着众人眼目，袍是被我射下的，你怎么前来争功？袍该我取。”那小将还要争辩，娄元帅叫声：“二将不必争能，可将此石鼎搬起，绕场三匝，面不改色，不独锦袍当取，还要挂先锋之印，插花饮酒。”

　　二将领令，下了将台，到了石鼎边，那小将走向前要端，那老将叫声：“住着，少年人不知世事，也有个长幼分别，怎么占起我的先来？”那小将气忿忿地站在一旁道：“让你先端，不要当场出丑。”那老将也不听他言语，把战袍一撩，走至鼎边，弯身下

去，将鼎摇了三摇，迸起一口气来，用手将鼎脚一起，要想举将起来。不想他用力太猛，鼎未举起，一个坐蹾跌在地下。那小将一见，哈哈大笑道："何苦争什命来，让我来也。"羞得那老将满面通红，急急爬起，站在一旁。但见那小将，右手撩袍，轻轻走到鼎旁，将身一蹲，用左手把鼎脚慢慢向上一提，提过头顶，走了几步，已觉气喘吁吁，万不能举鼎绕场，仍将鼎放原处。

忽见右队中闪出一将，红脸红须，身穿一件红战袍，腰系丝鸾锦带，大踏步抢出右队，高声大叫道："举鼎不能绕场，还算什么武艺？待俺举与你看。"说罢，撩袍蹲身，轻轻将鼎举起，大踏步绕场三匝，仍放原处，面不改色。走上将台跪倒，口称："元帅，请补射锦袍。"娄元帅道："这倒不用补射。你叫什么名字？"那将道："俺乃本番人氏，姓甘名奇。"娄元帅道："鼎倒举得好。上阵用何兵器？坐下什么马？"甘奇道："十八般武艺，件件都会，平日最喜用开山大斧，坐的是胭脂马。"娄元帅道："本帅已将你技勇填为第一，可挂先锋，但恐武艺未演，众将不服，尔可披挂整齐，对着左右队，连叫三声，无人出阵与你对敌，再上将台，插花饮酒。"甘奇领令下来。未知可有人与他比武否，且听下回分解。

诗曰：

　　祯祥发现国家兴，妖孽丛生祸患侵。

　　却是邪氛难胜正，相关气数总无凭。

　　话说甘奇领了娄元帅的将令，下了将台，走到了自己队中，取了开山大斧，上了胭脂马，好似天神一般，一马冲到阵心，向着两旁高声大叫道："某奉元帅将令，已取某的武艺第一，可挂先锋之印，但恐两队中尚有不服者，不妨在马上与某比一比武艺，若有人赢得某手中斧头者，某情愿将先锋印让他挂去，如力量低微者，休要当场出丑。"话言未了，就是那一员白袍小将，心中不服，手执方天戟，坐下银鬃马，冲到阵前，大叫："甘奇少要逞能，俺来与你决个胜负。"甘奇见是举鼎的白袍小将，不觉在马上大笑道："量你马下武艺不过如此，若论马上，也是平常，何苦自来送死？"小将听说，大怒道："少要夸口，照戟罢。"一戟向甘奇面门刺来，恨不得将他刺个穿心过。好个甘奇，不慌不忙，把开山大斧向上一挡，"当"的一声，小将的戟被他挡过，未免来得十分沉重，那身子在马上已晃了几晃，又被他一斧相还，急举戟用力架住，只叫声："好家伙！"一来一往，未及十合，只杀得小将马仰人翻，大叫一声："战尔不过，将先锋让你挂罢！"带转马头，败入队去。

　　甘奇在马上哈哈大笑道："这等武艺，也来比武，还有谁个敢来？"又听得左队中跳出一将，手执两把金刀，坐下白龙马，一马冲到，也不打话，举起双刀砍将下来。甘奇将斧向上一迎，双刀逼过，用斧砍去，那将把刀一起，碰在斧上，铮铮有声。二将战有五十个回合。甘奇知道来将是个劲敌，力难取胜，暗生一计，把马带转，诈败下去，那将大喝一声："甘奇往哪里走？某来取你的命也。"抡起双刀放马追将下来。甘奇回头一看，见他来得切近，心中大喜，把斧放在马头，用手掣出竹节钢鞭，猛回头高叫一声：“着!”只见那将放马追来，不及防备，一道亮光起处，"哎哟"一声，正打中脊背，打得口中吐血，伏鞍而逃。

甘奇见已取胜，收回钢鞭，举起大斧，放马回头，一路威风凛凛，大叫："有本领者，快下场与某交手。"喊到阵心，连叫数声，无人答应。将马催至将台下马，丢下大斧，跳上将台跪倒："启元帅，末将比武，已胜二将，以后俱无人会阵，请令定夺。"元帅大喜，赐了三杯酒，披上锦袍，插了金花，挂了先锋之印。元帅拔了令箭一枝，吩咐甘奇道："你可带兵一万，为前部先锋，逢山开路，遇水搭桥，兵抵大营，候本帅大兵到日，发令开兵。"甘奇接了将令上马，带兵先行，出了番城。

这里娄元帅已将先锋考定，人马点齐，放炮三声，拔寨起身。辞别王驾，出了番城，一路旗幡招展，军令严明，大非从前出兵气象。在路兼程而进，离了番城，有五百里下来，忽见正南上远远一座高山，长得十分险恶，挡住大兵的路径。列位，你道番兵番将来来往往，是由中国的大路，从不曾见有此山，如今这山是哪里来的？常言：国家将亡，必有妖孽。番邦该行败运。此山新到一个妖魔，修了千年道行，炼了许多异法，打扮一个头陀模样，自称为一无大师。本在海外修炼，因掐算到番邦有一番刀兵，故入番邦，移了一座恶山，挡住娄元帅的去路，要想他聘请下山，使弄一番妖术，扰动中原，好显他的能处。这都不在话下。

单表营中探子，一见此山险恶，怕的山中有剪径强人、弄术妖怪，飞星赶到大队，报知元帅。元帅闻报，一面吩咐再去打听，一面扎下营来，埋锅造饭已毕，娄元帅带了几员副将，五千人马，亲自出营，一马到了山前巡看。看见山有五丈多高，周围不知几百里，隐隐树木稀疏，山是平坦大路，并无什么怪异之事。正在打点吩咐回营起身，忽听山头上一阵雷鸣，隐隐约约又似战斗之声。元帅在马上大吃一惊，抬头举目一看，只见：

山头若云若雾，平空似火似烟，一对蛟龙舞爪，远远几道寒光，两只银弹飞天，森森万千利刃，不住地盘旋上下，无数的攻斗倒悬。刀光中坐了一位长老，短发披肩；龙影内盖着一个蒲团，彩毫射眼，浑似那万马军中争战伐，有如那一片祥蔼集云间。

娄元帅看毕，又惊又喜，知有异人在此山中，不可不前去一访。主意已定，吩咐将人马扎在山下，只带了几员副将，一同慢慢上得山来。整整地走有十几里之遥，但见山上光光荡荡，并无影迹，心下十分诧异道："这又奇了!"正要打马下山，忽见树林内走出一个异怪番僧，叫声："娄元帅且住行旌，贫僧来助你一臂之力。好去征南。"娄元帅听见此话蹊跷，把这番僧上下一看，怎生打扮？但见他：

头如笆斗，眼似铜铃，鼻如狮孔，口似血盆，耳带一对铜环。身穿烈火袈裟，不穿珠履，赤着双足，只用拂麈摇于右手。九天魔王初下界，一团妖气照番城。

娄元帅看毕番僧，不知好歹，滚鞍下马，急急向前笑脸相迎，叫声："师父何来？"那番僧道："元帅，此处不是说话之所，小庵不远，请去细细一谈，便见分晓。"娄元帅道："未曾进谒，何敢轻造？"番僧道："这又何妨！"一把拉住元帅手，向前便走。不几步，绕过松林，远见一座茅庵，约有三间地方大，娄元帅便问："这是仙师的宝刹了？"番僧道："不敢，就是荒庵。"元帅同了番僧，到得庵前，番僧轻轻叩门，里面开门，走出一个青面獠牙卷毛童子，叫声："师父回来了。"番僧点头，吩咐："拿几条板凳出来，与这位元帅跟来的将爷们坐坐。"那童子答应而去。元帅与番僧进了庵门，殿上也无佛像，大家见礼，分宾坐定，又有个卷毛白面童子献茶。茶毕，元帅问起番僧法号出迹。未知番僧怎生回答，且听下回分解。

第三十六回　攻雁门李广斩甘奇
　　　　　　　摆异阵妖术困汉将

诗曰：

　　北番队里逞英雄，自恃奇能立大功。

　　功业未曾标凤阁，梦魂早已返江东。

　　话说番僧见问，便道："贫僧乃西海人氏，因见此山名曰盘陀，且喜山中一片灵秀之气，故驻于此山，搭一茅庵，只带了两个小童，在此山修炼，已有千余年了。"元帅道："敝地番邦，从来不闻有此山名。"番僧道："此山原非番邦所管，随着贫僧到哪里，它就长在哪里，此乃贫僧随身之物，何能久载番邦？"元帅听说，吓得只是吐舌道："失敬了，原来是一位圣僧临凡，敢问圣僧法号？"番僧道："不敢，贫僧名叫一无，闻元帅奉命征南，特来进谒。雁门坚固难破，又有李广谨守不出，丞相虽抱孙武之能，用兵如神，奈何非李广敌手，怎能破关，取得昭君，报功番王？"这一席话说得娄元帅毛骨悚然，急急起身，向番僧跪下，早被番僧一把拉起道："元帅休得如此，有话请坐了好说。"娄元帅坐定，叫声："圣僧，若不嫌弃我国，恳请师父下山，帮助一臂之力，只等有日功成，我主定待以师礼，不卜师父意下何如？"番僧道："贫僧早算定，南朝当败，北地当兴，昭君有缘，亦应为番王妃后。久知元帅出兵，故移此山挡住元帅的去路，贫僧特来相助成功，任李广有三头六臂的凶勇，一见贫僧，不怕不成飞灰。"元帅听说，心中大喜，以手加额道："若得仙师出山，真我王之洪福也！但军情紧急，仙师何日起行？"番僧道："元帅人马请先行，贫僧随后就到，总在大营相会便了。"

　　元帅听说，告别番僧，番僧送出庵门。早有手下将官拉过元帅战马，请元帅上了马，拱手告别。番僧叫声："元帅且慢，省得又走好几里路到营，待贫僧先试一小法看。"便叫诸位将军都上了马，他对着马脚吹了一口气，口中念念有词，只见那些马脚平空而起，耳内呼呼风响，片刻已到山脚之下。睁眼一看，此山已看不见了，仍是一派平阳大路，元帅连声叫奇。吩咐拔寨起营，一路到了大寨，歇息一夜。

次日放炮，起马动身，直奔雁门关而来。非止一日，到了大寨，早有吴鸾、甘奇，率领众将等一齐出营迎接。元帅进营坐定，众将参见已毕。吴鸾已有谕旨降职，缴上元帅印，退居监军之职。元帅将带来十万人马一并编入队伍。吴鸾一面摆酒，代元帅接风，一面犒赏三军。元帅席间问吴鸾道："将军奉旨征南，起先还斩将建功报捷，怎么后来懈弛军务，关也不攻，观望不进，却是为何？"吴鸾道："启元帅，非末将敢于停兵不进，奈一则雁门关乃中国咽喉，城池坚固，急切难破；二则守将李广乃一员宿将，智勇双全，坚守关门，只不出战，任来将百般骂战，他只佯佯不睬，末将亦无可奈何。"元帅听说，点一点头道："这也怪你不得了。"说罢，眉头一皱，计上心来，便叫声："先锋听令。"甘奇上前打拱道："末将在此伺候。"元帅道："尔可带本部人马，于今夜三更时分，悄悄赶到关门，趁李广不及防备，架起云梯攻打，便宜行事，小心在意，本帅这里随后有兵接应。"甘奇领令而去。元帅又点孙云、哈虎、石庆龙、石庆虎，"各带兵三千，前往雁门接应甘奇，只要东西南北有一处可以破关而进，众将并力攻打，不得有误。"四将答应，领令而去。元帅发令已毕，命吴鸾、石庆真在帐内陪着饮酒，专候攻关捷音，这都不表。

且言李广，那晚正坐帐中，用过晚膳，想起苏武兄此去和番，若是靠天福庇，番狗依允，关外这支番兵方能退去。倘其执意不从，定要把苏武兄软拘北地，又要添兵前来攻关了。怎奈我主只依那些贪生怕死的文官，主和不战，并不发一支救兵前来，保护雁门，只怕雁门乃中国咽喉要地，此城一破，则中国难保矣！想李广只拼一死，以报我主，可惜我主万里江山，一旦付之流水了！罢罢，听谯楼正打二鼓，欲待倚桌打盹，猛听帐外一声响亮，如同天崩地裂之势，好不怕人。吓得李广毛发直竖，命帐下军士点了灯笼火把，出外一照，乃是一根大纛旗，无故折为两段，俱吃一惊。看毕，回报元帅。元帅闻报，好生诧异，暗想："此刻又无狂风，旗杆怎得吹折？此乃警兆，一定今夜有贼，用计攻关，不可不早为防备。"急急打起聚将鼓，添将添兵守城。一声鼓响，但见那些帐下众将，纷纷进帐，参见元帅请令。元帅便把帅旗无故自折，并无风的话宣令一遍，叫声："彭将军听令，尔可带领三千人马，巡视东城，张氏侄媳也带三千人马，巡视西城，李能也带三千人马巡视南城，俱各小心在意。"众人领令而去。

元帅又道："北城紧对番营，乃紧要之地，待本帅亲领人马，前去巡探便了。诸位将军，谨守帐门，毋得擅动。"众将答应。元帅即刻披挂整齐，出帐上马，一直来到北城。悄悄又吩咐军士一番。耳听谯鼓正是三更，恰值甘奇带了本部人马到了关下，一声呐喊，架起云梯，正对雁门北城。甘奇身先士卒，弃了大斧，手执遮牌利刃，从马上直窜上云梯，那些番兵，一个个随后上来，势不可当。好一员老将李广，在黑暗里看得清楚，手执短剑，只等甘奇一纵一纵，将纵到城垛上边，李广趁他不及防备，把剑一挥，砍得亲切，大叫一声："去罢!"只听甘奇"哎哟"一声，从城上滚于城下，眼见死于非命。这里又是一阵火炮火箭、滚木擂石，发于城下，烧着云梯，打死番兵无数。后面虽有几支番兵接应，见关中准备，不敢前进，只得大败回营，入帐缴令。

闹到天明，元帅查点人数，折了先锋甘奇一名，番兵三千有零。心中正在纳闷，忽见那番僧也不用人通报，带了两个童子进帐。元帅一见，便下帐相迎见礼，分宾坐定，说起昨晚攻关损兵折将之事。番僧道："这是元帅轻进，致有此失，且等今晚，贫僧摆一阵图破关，包管一战成功。"元帅大喜，一面吩咐备斋款待，过了一日，也不开兵讨战。到了晚间，也不知番僧怎生摆阵，且听下回分解。

第三十七回 现白虎大败李广 放火龙烧破雁门

诗曰：

老将何尝少智谋，只因星暗遇妖魔。

失机败阵关难保，闷然英雄待若何。

话说番僧到了晚间，用过晚斋，只听谯楼初更，便叫声："元帅，贫僧放肆了。元帅可点兵，五路破关，贫僧这里摆一异阵，助元帅成功。"元帅道："请问仙师，但不知要摆什么阵可以破关？"番僧道："贫僧此阵不在阵图，乃贫僧自己久炼成功，名曰'九龙抢珠阵'，只消贫僧作法念咒，这九条龙飞入此关，如一团烈火，遇石即钻，遇人即伤，哪怕雁门铜墙铁壁，有什么难破？破了此关，大兵长驱直入，焉有汉室江山不取之掌上？"元帅大喜道："全仗仙师法力。还是本帅先点兵调将，还是仙师先摆阵图？要用多少人马听用？"番僧道："元帅只管点将，发兵五路，等三更号炮一起，贫僧这里阵图摆起，人马自在贫僧葫芦中间，毫不用元帅的人马听用，不消五更，元帅可以稳坐关中了。"元帅道："一仗仙师妙用，二仗我主洪福，破关取城，本帅与众将等何幸如之。本帅依仙师吩咐，就此点兵了。"番僧道："元帅请便。"

元帅升了大帐，吩咐众将道："本帅奉狼主的旨意，前来征南，昨因轻进攻关，失机斩将，罪在本帅，今幸天赐圣僧，扶助狼主，全仗大法力，须要今夜一阵成功，诸将各宜努力前进，不得退后，如违者斩。"下面答应了一声："哦！"元帅便令土金浑带领三千人马，大炮一座，攻打东城；哈虎带领三千人马，大炮一座，攻打西城；孙云带领三千人马，大炮一座，攻打南城；吴銮带领三千人马，大炮一座，攻打北城；石庆真带领三千人马，大炮一座，并令二子石庆龙、石庆虎左右护卫，攻打中城。只听信炮一起，众将等用心并力，放炮攻关，总在关内聚会缴令，不得有误。众将一齐答应，领令上马出营。

元帅点将已毕，正交三鼓时候，番僧叫声："元帅，贫僧演阵去了。"元帅道："本帅奉陪。"番僧拉着元帅的手，带了两个童儿，到得营门，随即紧对雁门关北城，远远站定，吩咐众将不用张灯点火，只剩一线夜光。番僧在身旁取出一个红葫芦，执在左手，揭起盖儿，向着外边，右手在身背后抽出一柄木剑，不知喃喃念些什么咒语，用木剑在葫芦口边敲了三下，只听得一声响亮，迸出一阵黑云，从空而起，忽然黑云四散，旋又是一派火光，照得满天如同白日，但见天上九条龙，张牙舞爪，火焰焰地直奔雁门北城而来，好不怕人。一霎时半空中又是一个信炮，只见五路番兵番将，四下呐喊，齐来架炮攻关。

关上军士一见番人又来趁夜攻关，大炮打得声声不住，已吓得魂不附体，如飞报入帐内道："启元帅，不好了，番人统领大兵大炮，四面攻打，十分紧急，请令定夺。"元帅闻报，吃惊不小。正要添将防守，又见报道："北城紧对番营，忽然平空飞来九条火龙，烧着关门，关门要破了！"元帅连接两报，仰天大哭道："天亡我国也！"张氏母子一闻此信，急急前来，叫一声："公公，这便如何是好？"元帅道："此城一破只好拼此一命，以报君主。"李能道："我们何不也起兵杀出城，胜负俱未可知，何必坐以待毙！"元帅喝道："无知小子，不知这场厉害，妄谈军政，还不速速退下。"张氏哭哭啼啼叫声："公公，可怜丈夫困在番邦，未知生死，叔叔、婶婶俱遭惨亡，只剩下公公与我母子至亲三口，又陷此关中，若关一破，我等立成齑粉，眼见李氏一脉灭绝了，岂不令人伤心！"说罢，大放悲声。元帅道："贤侄媳不必伤心，可趁此关未破，速速收拾行李，同孙儿李能逃命去罢！拼我老命，莫管生死存亡，听天由命。"张氏道："我等怎舍得公公前去！依侄媳愚见，不如一齐走罢，待罪君前，凭圣上处分便了。"元帅道："侄媳之言差矣，你们可走得，我却走不得，我是奉旨前来征番的，擅离此地，该当何罪。"

正在商议不决，又见军士慌慌张张报道："启元帅，不、不、不好了，方才守将彭殷正走北城，被番炮将头颅打碎，城垛打倒十余丈，番兵一拥爬进城来，火龙不知多少，已烧进城了。雁门四城已破，元帅还不速走，等待何时！"这一报，只吓得李元帅魂都不知吊在哪里了，急急揣了帅印，坐马端兵，带领张氏母子，一齐闯出辕门。只见街上房屋被火龙烧着，军兵被番人乱杀，哭声震地，喊杀连天，惨不可言。元帅听见，心甚不忍，此刻也无可奈何，要弃关逃命，直奔城南，顶面正遇着孙云杀进城来，火光中一见李元帅，大叫："李广，往哪里走？"举起军器，盖将下来。李广不敢恋战，一面保着家眷，且战且走。若论孙云，原非李广敌手，但因李广因雁门已失，心怯十

分，孙云因攻关得胜，勇增百倍，一见李广要闯出关去，怎肯放松？放马追来，且自慢表。

再言番僧在营门外作法，用九条火龙将雁门关破了，便叫声："元帅，还不带领大队人马进关，等待何时？"元帅听得，大喜道："关门已破，仙师可收回法宝，恐其有害生灵。"番僧把手一招，九条火龙都入葫芦，顿时关中烟消火灭。这里三声大炮，拔寨起营，一齐进了雁门关。关中兵将俱已逃命去了，只苦坏了众百姓，伤了多少性命。元帅一面出榜安民，查点李广业已逃走。土金浑、哈虎、石庆真父子三人、吴銮等俱入帐缴令报功，单不见攻打南门的孙云，心下十分疑惑。番僧道："元帅不必忧疑，孙将军已向南城外追李广去了，但非李广对手，可令哈将军前去肋战，"元帅依言，吩咐哈虎带兵三千，速速前去。哈虎领命上马，带兵如飞出了南门，放开马头，催兵前进。赶到三十里外，远远见孙云放马追赶前面一员老将，知是李广，只是赶不上，哈虎心生一计道："待某助他一箭成功罢。"想定主意，认着李广背后，就是一箭射去，真是百步穿杨，发无不中。李广未及防备，叫声"哎哟"，箭中肩窝，一跤跌于马下。孙云一见老将落马，心中大喜，正要举刀来取老将性命。未知生死如何，且听下回分解。

第三十八回　金雀关赵英救李广　水晶球妖仙打汉将

诗曰：

　　多少道人看古庙，从来宰相用心机。

　　几时得到桃源洞，好与神仙下局棋。

　　话说李元帅被哈虎一暗箭射中肩窝，翻身落马，孙云一见大喜，正催马举刀，要来取李广的首级，忽见李广泥丸中现出一道白光，光内一只白虎，两只前爪抓住孙云的兵器，吓得孙云不敢下手，带转马头便走。遇见哈虎，哈虎道："某已助你一箭，怎不下手去伤李广？"孙云便把顶现白虎的话说了一遍。哈虎道："无凭之事，怎回去缴令？某现带兵在此，同你追下去，只要捉住李广，中原定无能将，则汉家天下可以唾手而得。"说得孙云无言回答，只得又把马勒回，又同哈虎带兵来追李广。但见前面落马的李广，已被一女将同一小将救了，上马如飞而去。哈虎一见大怒，拍马追来，高叫："李广，快来纳命，往哪里走！"孙云也随后大喊道："谁救去某的败将，快快放下，万事全休，若有半字不肯，某来取你命也。"两匹马豁喇喇如追风掣电一般，只吓得张氏夫人一见追兵来得切近，便叫声："我儿，保着公公前行，待为娘的挡他一阵。"李能答应而去。张氏夫人在马上把双刀一摆，便叫声："来将少要猖狂，有我来会你。"哈虎一见女将挡路，大喝道："某要去捉李广，你这女将因何挡某去路？想你也活得不耐烦了。"张氏夫人道："李广乃我的公公，被你等用此诡计破关败走，闪得他有家难归，也就罢了，怎么心还不足，尚要追来，只怕难出我一刀之手。"哈虎大怒，高叫："放马过来！"一时两下大战三十个回合。孙云见哈虎不能取胜女将，也放马助战。张氏夫人虽然武艺精通，双拳难敌四手，只杀得浑身香汗淋淋，抵敌不住，要败将下去，怎禁哈虎、孙云两般兵器逼住，不能分身。又是令旗一招，哈虎、孙云三千兵马齐围将上来，把张氏夫人困在核心，且自慢表。

再言李能保着李广前行，见母亲去退番兵，久不见回马，怕的有失，欲待回头找寻母亲，又不放心祖父；欲待保着祖父，又不放心母亲，正是事在两难，顶面遇见一支军兵，打的大汉旗帜，知是救兵到了，便高叫："来的人马可是汉朝的？"只见三军队里出来一将，头戴金抹额，身穿红战袍，面如靛花，颏下一部长须，手执大砍刀，坐下赤兔马，一马当先应声道："然也，前面马上可是李元帅么？"李能道："不敢，正是祖父，破关败走，受了箭伤，未能答礼，多多有罪。请问将军尊姓大名，是哪里来的人马？"那将回道，某乃金雀关镇守总兵赵英是也，因接得雁门关败残兵丁报道，关门已破，元帅败走，某是以急急领兵，前来救应。"叫声："小将军，可把令祖箭伤拔去，某军中带有金疮药在此，一敷即愈。"李能依言下马，轻轻在李广肩窝拔去箭，折为两段，即将疮药敷上，片刻止痛，谢了赵英上马，叫声："赵将军，恳护送家祖到金雀养息，俺好去退追兵，救我母亲。"赵英问其缘故，李能说了一遍，赵英道："小将军且慢去，你可护送令祖到金雀关去，待俺统这支人马，去救令堂便了。"李能道："只是有劳将军了。"说毕将手一拱，保着李元帅，到金雀关而去。

赵英也带了三千人马，催军前进。未及五里之遥，但见尘头四起，喊杀连天，一个战场围在那里厮杀，就知道是番人困住女将，他便把大砍刀一摆，领着三千生力军，冲进重围，高叫："女将休慌，俺来救你出重围也。"一声喊叫，钢刀一举，乱砍番兵，杀开一条血路，进了重围。但见两员番将，战住一员女将，只杀得那员女将只有招架之功，并无还手之力，气喘吁吁，面如白纸。此刻赵英在马上忍不住心头火起，提大砍刀照着哈虎背后砍来。哈虎忽听背后一阵冷风，恐有放暗箭之人，回头见是砍刀，大吃一惊，急急举刀架过，哈虎已杀了半日，业已减去五分气力，怎敌住赵英是一支生力军，不到三十回合，也有些抵敌不住。张氏夫人只与孙云一人招架，又见添一支军来接应，精神陡长，勇力倍增，两把双刀舞动起来，只见刀光，不见人影，反把孙云杀得马仰人翻。孙云此刻已是力怯，杀得大败而逃。哈虎一见孙云败走，也不敢恋战，败出围子。赵英与张夫人趁胜追杀番兵，只杀得血流成渠，头如瓜滚，才打得胜鼓，回金雀关去。

早有李能接了进关，一齐下马，到了总府，先来看视李元帅。元帅带令孙儿，谢了赵总兵搭救之恩。赵英一面摆酒，代元帅压惊。席间谈起番兵势大，须要请旨，发取大兵到来，才能破敌，一面知会银燕、铁鸦两关守将，带兵同来协守，方保无虞，不然雁门那等坚固，尚且破了，何况此关？赵将军请三思之。赵英因胜了番兵一阵，自认英雄无敌，一闻老将之言，心中不服道："元帅休长他人志气，灭自己威风。番人不来便罢，若来时，末将杀他一个片甲不留，还要复取雁门，方知某家的手段。"李元帅道："将军不可轻敌，须要斟酌而行。"赵英笑道："既是元帅这等害怕怯敌，俺这里先拨军兵，护送元帅家眷还京便了。"李元帅将计就计，点头依允。过了一宵，次日带了侄媳、孙儿，一同进京待罪不表。

且言赵英打发李元帅去后，也不进京请兵救应，也不知会银燕、铁鸦二关，只吩咐守关军士多备擂木炮石，怕的番人攻关，每日磨拳擦掌，只等番人到来会战。那日正坐关中，忽听关外三声震天大炮，已知番人抵关下寨，未及半日，早有军报道："番将讨战。"赵英闻报，即刻披挂整齐，提刀上马，带领一支人马，放炮出关，高叫："番将通名。"番将道："某乃土金浑是也，你可快通下名来。"赵英道："俺乃金雀关总兵赵英是也，番狗屡次犯边，今日难逃俺手。"说罢，将刀砍下，土金浑用枪急架相迎，一来一往，战了五十个回合，未分胜负。赵英在马上陡生一计，要胜敌将。且听下回分解。

中国禁书文库

双凤奇缘

第三十九回 张玉龙中计失银燕 黄崇虎被宝走铁鸦

诗曰：

行军要诀贵多谋，可笑无谋受网罗。

失地伤身真利害，莫将国运叹蹉跎。

话说赵英与土金浑大战五十个回合，不能取胜，暗生一计，用拖刀计，故意诈败下来，叫声："来将少要追赶！"说罢，放马回头便跑。土金浑不知是计，只道他认真败走，放马追来。赵英回头一看，见追将来得切近，心中大喜，猛将刀一举，向后砍下，大喝一声："看刀。"土金浑未及防备，叫声"不好"，把头一偏，只听得"咔嚓"一声，把右肩甲卸下半边，吓得土金浑带转马头，败进营去。赵英不舍，又放马追来。刚刚追到离营不远，恰值娄元帅与番僧在那里掠阵，一见土金浑败下，后面又有汉将追来，娄元帅急命吴銮出阵救应。吴銮领令，上马出营，让过土金浑，接着赵英，也不打话，交起手来。二将战有三十多回合，正杀得难解难分，娄元帅便问土金浑："来将因何这等凶勇？"土金浑道："启元帅，这是镇守金雀关总兵赵英，本事不弱于李广。"番僧笑道："待贫僧暗助吴将军一阵，除了敌将，元帅可速速催兵，取这金雀关。"元帅听说，大喜道："全仗仙师法力。"

番僧趁着二将杀在当场，忙在怀中取出一个水晶球子，托在掌上，口中念念有词，对着球儿吹了一口气，只见那球儿，从掌上如一道白毫，直冲上云霄，落将下来，好比一个磨盘大的东西，向赵英顶门上盖下来。赵英只顾与吴銮厮杀，未及防备上面有妖术暗算，只听"咕咚"一声，可怜赵英连人带马，打成肉酱。番僧见球已取胜，把手一招，球仍收回，便叫："元帅，还不点将取关，等待何时！"元帅听说，急命哈虎、石家父子三人，统领大兵一万，随吴銮去取金雀关。众将得令，上马如飞而去，趁势追杀汉兵，一直杀到关口。关中无主，军兵四散，俱已逃到银燕关去了。

关门大开，吴銮与众将等先在关中等候，急急去报元帅，远远迎接。元帅一闻金雀关已得，心中大喜，便领了大队人马动身，一路旗幡招展，好不威风。到了关口，众将迎接进关。入了总府坐定，先上众将功劳簿。一面出榜安民，一面摆酒庆功，款待番僧，又犒赏大小三军，歇马三日，就在灯下草成告捷本章，并将"天赐圣僧，助阵成功，请旨旌奖"的话也写在上面，差官带本到番，奏知狼主。这里元帅又要拔寨起身，催马前进，留将镇守金雀，一路直奔银燕而来。非只一日，正行之间，有探子报道："前面离银燕关不远，请令定夺。"元帅吩咐安营扎寨，一声令下，只听得三声大炮，扎下大营，便问："哪位将军前去抵关讨战？"有石庆真向前讨令，元帅吩咐小心在意。

庆真领令，上马带兵，放炮出营，一马冲至关前，高叫："关上有能事者，快来会战，若是武艺平常，早早献关，免得打破关门，杀得鸡犬不留。"守关军士闻之，飞报与关主。这位关主，姓张名玉龙，身长一丈有余，面如傅粉，年方二十以外，用一柄流金锤，有万夫不当之勇，而且足智多谋。先见李广破关进京待罪，说起赵英轻敌的话，只是跌足道："金雀关休矣！"不时着探子打听消息。忽见金雀关败残兵丁报来道："主将阵亡，大关已失。"只吓得魂不附体，知道番人指日就来攻关，一面打了告急求救的本章进京，一面知会铁鸦关守将，同来协守，一面添了守兵、擂木、炮石、灰瓶等件，准备守关，并不出战，每日早晚亲自巡视一番，正是：

一人挡关，万夫莫过。

这日正坐关中，思想铁鸦兵到，同来协守，此关就不妨事了。忽见军士急急前来报道："关下有番将讨战。"张总兵吩咐："免战高悬，任他叫骂，休要睬他，尔等小心防守要紧。"军士领令而去。张总兵见番兵已抵关外，不时亲自巡查，四面城头，十分严紧不表。

且言石庆真抵关讨战，并不见一人一骑出来。忽见挑出免战牌，心中大怒，将免战牌打碎，叫骂一日，仍无人出战，只得回营缴令。元帅一连三日，打发将官讨战，关中无将出来会阵，心下甚是焦燥。庆真道："此关非比雁门，元帅何不请圣僧使用法力，其关立破，省得有费时日。"元帅点头，便向番僧求计，番僧道："贫僧用法，不得已而用之，若不尽人力而为，专恃法术，恐怕有干天怒。贫僧算定，只须元帅用一妙计，立破此关。"元帅点头称善。土金浑向前献计道："末将那时曾走过中国这条路的，过了此关，便是铁鸦，铁鸦过去，就是黄河，黄河一渡，便到东京。只怕守将不肯出战，专候京中救兵；铁鸦兵到，用来协守，以老我师。元帅何不假作回兵之势？关上一见，自然把守松了，待末将偷进关中，放火为号，里应外合，则关可破矣。"

元帅依言，吩咐大小三军就此回兵，一声令下，大炮惊天，退营三十里下寨。早有金雀关军士，一见番兵退下，飞报张总兵。总兵心下十分疑惑，亲到城头一看，果见番兵退去，候了三日，不见动静，方命军士开关采樵。哪知土金浑改妆，混进关内，埋伏关中。采樵已毕，仍怕番兵到来攻打，急急将关门紧闭，把守甚严。不料到了三更时分，忽然番兵又到，架起大炮，四下攻打城池，张总兵心上甚是着忙。又见报道："西边草料上火起，烧得民房通天彻地的红光，满城哭声震耳，北城又被番人用炮打破。"吓得张总兵已知中计，急急上马，杀出城去逃命。正遇土金浑，大踏步冲将过来，在火光中见一马上将官，知是张总兵，趁其马跑得急，不及防备，顺手用刀砍倒马足，总兵连人带马撞将下来，土金浑当即过来，顺手取了首级。又杀到北城，砍倒十几个军士，那些军士都逃命去了。土金浑迎接元帅大队人马进关，入了总兵府坐定，出榜安民，扑灭城内余火。土金浑将首级献功，元帅上了功劳簿，摆酒庆功，过了一宿，正要打点催军前进，忽见番兵报来。未知所报何事，且听下回分解。

第四十回　渡黄河妖风吹战舰　围京城怪石冲汉兵

诗曰：

　　一团妖气逼东京，困住紫微暗吃惊。

　　媚主蛾眉先有兆，可怜倾国与倾城。

话说番兵报道："启元帅，今有铁鸦关的人马前来，要与张总兵报仇，抵关讨战，请令定夺。"元帅闻报，哈哈大笑道："本帅正要起兵，去打铁鸦，他反自来送死，正是天助俺成功也。"便问："哪位将军前去会阵？"有孙云向前讨令，元帅吩咐小心在意，孙云领令而去。去不多时，大败回关，帐前请罪。元帅又令哈虎出战，也败回关来。再令石庆真父子三人会阵，不到两顿饭时候，庆真父子俱带重伤败回关来。元帅大吃一惊道："这厮如何十分利害，连败我数员大将，这还了得！"番僧道："元帅不必焦躁，可再令吴銮将军出马诱敌，贫僧用法宝擒他便了。"元帅依言，命吴銮带兵出马，只许败不许胜，诱到阵前，好捉敌将。吴銮领令而去，元帅同番僧众将来到关前掠阵。只听炮响三声，吴銮一马当先，冲出关来，把来将一看，怎生打扮，但见他：

　　头戴镔铁盔，面如锅底灰，一双铜铃眼，

　　两道扫帚眉，鼻孔如狮子，簸箕两耳垂，

　　一张血盆口，长须乱一堆，穿件铁叶甲，

　　腰大有两围，身长一丈六，坐下马乌骓，

　　手执枣阳槊，当场有虎威。

吴銮看毕，大喝一声道："来将可通下名来。"黄总兵道："俺乃镇守铁鸦关总大老爷黄崇虎是也，天朝有何亏负于你，擅自兴兵犯边，夺关斩将，罪在不赦，今日本镇

前来，一个个还不下马领死，等待何时？本镇也不斩无名之将，可通下名来。"吴銮通："某乃单于国王驾前官拜征南娄元帅麾下左营都统吴銮是也。我国已取你二关，一路势如破竹，谅你这一孤关，保守尚且难支，还敢自来送死！"黄崇虎大怒道："本镇代同胞报仇，照椠罢！"一椠打来，吴銮举刀急架相还，二将一来一往，战不到二十个回合，吴銮把马一转，诈败下去，直奔关门而来。崇虎不舍，大喝一声："番将往哪里走？本镇来取你的命也。"放马追将下来。

番僧在关头上，一见汉将追来，正中机谋，心中大喜，便在袖内取出一块方砖在手，口中念念有词，喝声"起"，那块砖起在半空，如万道金光，射人眼目，直奔崇虎顶门落将下来。崇虎正赶间，忽见空中金光要落将下来，抬头一看，吓得魂不附体，连叫不好，正要带转马头败回，说时迟那时快，那块砖在空中已变万千块，如雨点一般打将下来，打得那些汉兵头破血流，折臂断腿，纷纷逃散，只剩了黄崇虎一人一骑，肩带重伤，大败下去。番僧收了法宝，便叫："元帅还不调将追赶，催兵取关，等待何时！"元帅听说，只留下一员副将，统领三千番兵在此守关，便率了大队人马，一直追将下来，真是马不停蹄，人不歇甲，只追得黄总兵并不敢回关，落荒而走，绕道往京都告急去了，不表。

且言娄元帅的大兵抵了铁鸦关外，但见关门大开，百姓纷纷乱窜，已知黄崇虎败走，不曾回关，一直驱大兵入城驻扎，出榜安民，摆酒庆功，犒赏三军。过宿一宵，忽见番王有旨到来，娄元帅就命摆下香案，率领众将跪接旨意，只见宣旨官高声诵道：单于国王诏曰：兹接娄卿捷报，已破雁门，直抵二关，又得天赐圣僧，法力高强，助朕成功，大兵到处，一路势如破竹，眼见昭君不难取，汉室不难得矣！朕心欣慰，加封圣僧为护国上师，外赐娄卿蟒袍一领，玉带一围，有功将士，叙功升赏，众军士各赏粮米三个月，钦哉谢恩。

娄元帅谢恩已毕，接过旨意，送了钦差回番，便商议要渡黄河，逼取东京之事。忽见探子报道："启禀元帅，黄河渡口对岸有千余只战船，排列森严，刀枪密布，这边岸下一只船影全无，请令定夺。"元帅闻报，吩咐再去打探。便皱着眉头，对众将道："本帅攻取东京，非渡黄河不可，大队人马须要许多战船，方渡得过去，若是打造，一则迁延时日，二则材料全无，若是抢他战船，又无赴水军兵，况他那里设备森严，也难下手，似此如何是好？"这一番话问得众将泥塑木雕，并无计策回答。番僧在旁大笑道："元帅何必忧心，只须贫僧两个指头，一口仙气，管教他那边战船，一只只吹将过来，让我们大兵上船，好渡黄河去也。"元帅大喜道："全仗仙师法力，只是我兵已深入重地，怕的勤王兵起，我兵腹背受敌，就了不得呢！望仙师事不宜迟，速速作法方妙。"番僧点头道："包管元帅明日有战船到岸，以渡我兵。"元帅道："仙师何以这等容易？"番僧道："仙机不可泄漏，做过便知。"元帅也是将信将疑，又在关中歇了一日，到了三更时分，外面好大狂风也，怎见得，有诗为证：

双凤奇缘

狂风阵阵起平空，拔木摇山势更凶。

卷起波涛腾万里，隔江船只影无踪。

这是番僧三更作起妖法，使动怪风，吹散了对岸千只战船，不知淹死多少汉将汉兵，那些船在河内飘荡，都奔这岸上泊着。

到了天明，早有探子报知元帅，元帅闻报大喜道："仙师真妙用也。"便留五千人马孙云镇守铁鸦关，自同番僧率领大队人马，催兵出关，一直向黄河渡口进发，但见几百号船只，摆列岸口，预备现成。元帅吩咐众将照着队伍上船，不可争先争后，如违者斩。众将得令而去。番兵也会弄船，扯起篷脚，摇动大橹，趁着顺风，如飞渡过黄河，一齐弃舟登岸，那些把守黄河兵将，被一夜狂风吹下河去，死的死，跑的跑，所以此刻并无一人在此把守，任番兵过来，无人阻挡。元帅只留兵一万，与哈虎看管船只，以作归路，这里率了大队人马，逼进京师。

未知可曾取得昭君否，且听下回分解。

卷五

第四十一回　汉帝吓倒金銮殿
张相献计假昭君

中国禁书文库

双凤奇缘

诗曰：

> 只为美人一点痴，奸邪献计欲分离。
> 任他巧献瞒天智，是假难真未许欺。

话说娄元帅率领大队人马渡过黄河，一路还有许多关隘，皆知不能抵敌，俱望风归顺。这是娄元帅军令严明，禁止三军，不许骚扰百姓，秋毫无犯，且自慢表。

再言李广，自雁门关失守，带了家眷，急急逃回京都，将家眷送回府第，独自进京，缴印待罪。汉王还未退朝，忽见黄门官启奏道："今有镇夺雁门关大将军李广，待罪午门，请旨定夺。"汉王闻奏，忙将李广召进。俯伏金阶，口称罪臣，便将番兵打破的话，奏了一遍。汉王大吃一惊，便道："李卿，你一门为国阵亡，情实可悯，纵雁门关失守，非尔之过，卿可带罪立功。"李广谢恩退下。如今失了雁门，好不忧心，正待要点将去救雁门关，奈朝无良将，一面着兵部用火牌行文各处关隘，紧防番人。此旨未下，又见黄门官启奏道："金雀、银燕、铁鸦三关，俱已失守，番兵已渡黄河过来了。只剩铁鸦守将黄崇虎，逃得性命来京，亦待罪午门，请旨定夺。"只吓得汉王连连跌足道："可恨奸贼毛延寿，逃到番邦，唆动兵锋，惹起祸根不小。且住，黄河非战船莫渡，隔岸船只俱无，这般设备甚严，怎任番兵渡河过来呢？"便把黄崇虎召进盘问。崇虎奏道："臣闻得番营有一妖僧，善使妖法，火烧雁门，宝伤守将，妖风吹散战船，淹死多少人马，将船吹到对岸，皆是妖僧使的邪术。"汉王连声叹气道："莫非天亡汉室，使妖人以乱中华耶！"

正下旨吩咐皇城守将，各门用心把守，未及多时，黄门官又急急启奏道："万岁，不好了！番人已直逼皇城，团团围住，架起火炮，四面攻打，还不住半空中有大顽石飞来，打得这些守城军士，头破血流，哭声连天。只听番人口中单要昭君娘娘，万事全休，若半字不肯，定要打破皇城。"只吓得汉王魂不在身，坐不稳交椅，几乎跌倒，幸有内侍扶住。但见汉王大叫道："孤的万里江山，大事去也！"忙问两班文武："番兵已临城下，破在旦夕，哪位卿家代朕分忧，能把番兵退了，保住山河，不但官上加官，且七岁孩童，加以显职，九岁女子，也受皇恩，孤不食言。"汉王朝下问了几声，但见文官好似泥塑，武将如同木雕，面面相视，并不回奏。恼得汉王心中大怒，拍着龙案，指着两班文武大骂道："常言：养军千日，用在一朝。你们这班没用臣子，一个个贪生怕死，难道叫孤把江山白白送与别人么？"问得两旁文武各翻眼睛，仍是束手无策。

汉王正烦恼，左班中闪出兵部尚书张元伯，跪倒金阶，口称："我主，臣有短表，冒奏天颜，臣该万死，望我主赦臣一死罪，方敢奏明。"汉王道："赦卿无罪，速速奏来。"张元伯奏道："现在番兵已临城下，事在危急，文不能展一破敌之策，武不能施一退兵之计，君臣何能坐视江山不保？"汉王道："张卿有何妙计，可退番兵？"元伯奏道："我主只消遣一能臣，可到城头，与番人打话，问他起兵到此，还是单为人图而来，还是不单为人图而来，看他怎样回答。"汉王道："卿家问他，是什么意思？"元伯道："他若单为人图而来，单要昭君便可退兵，臣自有瞒天之计，代主分忧，若不专为人图而来，既想得人，还要得地，那时便要费一番大手脚了。只看他如何对答，再作较量。"汉王道："一客不烦二主，就烦张卿代孤一行便了。"元伯不敢推却，领了汉王旨意，退出朝门，上了高头骏马，一马当先，到了城头，向下一看，番邦人马势如潮涌，好不利害！怎见得，但见那：旗分五色，数组八方，盔甲鲜明，刀枪密布。一个个番将，头上飘雉尾；一对对番卒，额前扎勇巾。战场上马蹄乱奔，炮架中轰声震耳，不住地唰唰吹上下，无数的金鼓响高低，扎住了一带万马营，排定了千层牛皮帐。

看毕，向城下大叫一声："番军听着，大汉天子差了张兵部，前来与尔主帅答话，快快通报。"番军听说，不敢怠慢，忙报知娄元帅。元帅闻报，同了番僧上马，带领众将，一马冲到城下，高叫："南朝有何话说？"元伯道："将军此来，还是专为人图，不专为人图，两事望乞见教。"元伯这一句话，倒问住了元帅。元帅在马上沉吟不答，回头便向番僧叫声："仙师，本帅若回他单为人图而来，他只献出昭君，便要退兵，只可惜中原地界，大兵难得到此，若不并取汉室天下，再要想到中原，便费力了，望仙师斟酌回复他的话。"番僧道："据贫僧捏指算来，汉室气数未终，江山不应为他人所有，元帅何不将计就计，只要献出昭君，归报狼主，以便班师归国，若要取汉室天下，只好待时而动。"娄元帅道："仙师所论，开我茅塞，如此回他便了。"一马当先，高叫："城上张兵部听着，本帅奉狼主旨意，统兵到此，只要献出昭君，并不取汉室寸土，即可退兵，如尔等再要抗拒，本帅即要发兵攻城了。"元伯道："将军且请息怒，我等已奏知天子，情愿将昭君献出，一则将军便要退兵五十里，以安百姓，二则雁门关以内地方，仍退回中国管辖，依此两件，即日献出昭君，进与尔狼主。"娄元帅道："如果献出昭君，两件事俱可相依，如不相信，折箭为誓。你不要用缓兵之计，哄诱本帅，那时翻转面皮，不但要人，而且要地了。且问你昭君何时送出？"元伯道："将军兵一退下，即刻将昭君亲送到营，断不食言。"娄元帅听说，便把令旗一展，将兵退至五十里，扎下营盘等候。元伯见番兵已退，急急催马下城，到了午门下马，进朝交旨，回奏："番人只要献出昭君，不要寸土，臣已依允，大兵已退远了，立候一信。"汉王便问："张卿，有何妙计？"未知元伯说出什么计来，且听下回分解。

第四十二回　番人班师归本国　大封功臣见美人

诗曰：

由来好色动干戈，折将损兵费许多。

此日功成归故国，琴瑟依旧未调和。

话说元伯见汉王问计，便回奏道："番人围城，非为别事，只因人图起的祸根，难道我主认真将昭君献与北番么？"汉王道："依卿便怎么样呢？"元伯道："只消我主传一道旨意，宫中去择其相似昭君容貌者，充做昭君，当面嘱咐此女，叫她休要泄漏，待臣送到番营，那边兵将怎知真假，只等番兵一退，他自然将侵占地方归还我主，我主速速点将增兵，把守各处关隘，以防番人，再等他归国，辨出昭君真假，我国防备甚严，也就不怕番人攻打了。"汉王点头称善，即刻传旨。正宫选一年轻女妃来到殿前，朝见汉王，汉王又当面嘱咐一番，命她改了北装，外赐嫔妃八名，三百儿郎护送，就差张元伯亲自送到番营交代。又叫声："张卿，到番营交代之时，一则要不失大国之礼，二则叫他将地方侵占过去的交割清楚，三则烦张卿明押暗解护送番人出了雁门关，以免一路官民骚扰，回朝之日，另当升赏。"张元伯谢恩领旨，将假昭君用香辇坐上出朝，元伯上马，带了三百御林军，护送假昭君出了皇城，一路奔番营而来，且自慢表。

再言汉王打发元伯去后，心才略放，又命李广添兵五万，战将二十员，远远随后，到雁门关镇守，待罪立功。铁鸦关仍命黄崇虎添兵镇守，待罪立功。金雀、银燕二关，着兵部速放能将去镇守。一声旨下，李广等谢恩出朝，急忙点兵选将，各自随后去奔关隘镇守。这是番人退出雁门的事情，书中先交代明白。

只言张元伯将假昭君一路送至五十里外，到了番营，早有小番报知娄元帅。元帅闻知昭君已到，率领众将等出迎。元伯也下马，大喝一声道："昭君娘娘既到尔等营中，即是尔等国母，尔等竟不摆香案跪接，大失君臣体统。"慌得娄元帅急命番军重将

香案摆下，率领众将跪接娘娘，一齐口称："愿娘娘千岁。"上面嫔妃一旁代呼平身。娄元帅等站起，请娘娘下辇进营。元帅与众将一见此女，端在美貌，不分真假，暗自称赞道："好一位美貌娘娘！怪不得狼主为了此女，费了许多钱粮，折了许多兵马，今日方得成功到手，也算天缘配合了。"

不言兵将心内赞赏，且表娄元帅将昭君接进后帐款待，又将张元伯邀至帐内见礼，分宾坐定，也不用茶，即摆酒款待张兵部，又犒赏三百护送儿郎，营中大吹大擂，好不十分热闹。席间，张兵部谈起奉旨送娘娘出雁门关一事，娄元帅大笑道："汉王非差大人护送娘娘，是要大人来取回关隘的。大丈夫一言既出，驷马难追，若要同行，何妨奉陪。"这一席话说得张兵部也哈哈大笑，只等席终，把兵部留在营中，过宿一宵。次日，元帅传令大小三军，吩咐放炮起行。一声令下，那些兵将好不欢天喜地，正是：

> 鞭敲金镫响，人唱凯歌回。

番兵在路归心似箭，巴不得兼程而进，渡过黄河，仍将战船交代张元伯清点；过了几处关隘，俱撤回守将，仍将地方退还中国。非止一日，早到雁门关，娄元帅扎住营盘，便对张元伯道："所有我国占过关隘，请大人查清册籍，不劳远送了。"元伯道："我告辞娘娘，好复旨去的。"说罢走到昭君面前，叫声："娘娘，一路须要保重，不必悲伤，臣是要回去了。"假昭君故意掩泪哭了几声道："汉王好狠心人也，你回朝代我上复汉王，叫他今生休想哀家见面了。"说罢，哀哀啼哭。元伯假意安慰一番，便道："老臣就此告别娘娘了。"说罢退出。娄元帅也将雁门交代明白，率领大队人马，放炮出关。元伯送至关外，看见番兵去远，回关将关门紧闭。住了几日，方见李广领了人马到关，元伯又交代清楚，告别李元帅，带了随身家将，回京复旨去了。这里李元帅重整关隘，修理城垣，添兵防守不表。

且言娄元帅自得昭君，建了大功，一路归国，心中好不兴头，带领大队番兵，离了雁门关，一直奔番邦而来。路上并无耽搁，早到番邦，将大兵扎在城外，便同番僧随着假昭君先进城来。番僧在馆驿住下，娄元帅来到午门，正值番王未曾退朝。有黄门官奏道："今有征南娄大元帅，取得昭君，奏凯回朝，现在午门候旨，请旨定夺。"番王闻奏大喜，召进娄元帅，俯伏金阶，先呈上功劳簿，番王取上，一一看过。又问："圣僧与昭君今在哪里？"娄元帅道："圣僧在馆驿暂住。昭君现在民房暂住，候旨定夺。"番王道："圣僧不敢令其朝见，可命卫丞相代朕恭请在伏龙寺居住，容日朕再诣寺谒见。"一声旨下，卫相领旨而去。番王又道："难为娄卿与众将等费尽心机，取得昭君回国，功劳甚大，卿等听朕加封：今封丞相娄里受为哈番一等伯，外赐黄金五百两、珍珠二粒、貂皮四张、团龙马褂一件。吴銮今已将功折罪，仍加封提督，并石庆真不避矢石，征战有功，封为兵部尚书，长子庆龙，封为左骧骑大将军。次子庆虎，封为右骧骑大将军，土金浑封为左营都督，哈虎封为右营都督，孙云封为中营都督，阵亡将士雅里托、甘奇等，俱照原职加封三级，荫一子世职，入功臣庙，配享春秋二祭，以下有功将士，俱给钱粮三月，免差一年，阵亡将士，着有司优恤其家。"

加封已毕，娄元帅等谢恩，站过一旁。番王又叫声："毛卿听旨。"毛延寿出班俯伏。番王道："卿举荐将帅有功，加升三级，外赐黄金百两、貂皮二张，以酬卿劳。"延寿谢恩退下。番王对着众文武道："孤为昭君，费尽许多心机，今日才能到手，可以晚年娱乐心情也。"旨下："召王昭君进见孤王。"娄元帅领旨，不敢怠慢，如飞将昭君召进午门，八个宫娥扶到金銮，袅娜身材，慢慢走到殿上，可笑一个如饥如渴的番王，眼巴巴朝下细看昭君。未知可曾看出破绽，且听下回分解。

第四十三回 对图画假美露破绽 指真形延寿进佞言

诗曰：

> 常言好事多磨折，欢喜十分又变忧。
> 花样情形成幻影，非关容貌不风流。

话说番王日夜思想昭君，今见昭君来到殿上，身子已酥了半边，把一双饿馋眼巴巴望着下面，见她轻移莲步上来，此刻也辨不出昭君真假，细细把昭君定睛一看，但见她：

> 一顶珠冠翠满头，双飘雉尾挂红袍。
> 八宝宫装穿身上，凤翅罗袖是绫绸。
> 步步莲花踏地下，不满三寸凤勾头。
> 粉脸好比瓜子样，淡扫蛾眉衬杏眸。
> 桃腮两颊红如许，小口一点用脂揉。
> 虽无昭君真面目，身材却也颇风流。

番王看毕，只见昭君走到殿上，轻拢凤袖，口露歌喉，叫声："狼主在上，汉女昭君愿我主千岁。"番王听得这一声称呼，心中已十分大喜，又见她拜倒金阶，连叫："美人平身，抬起头来。"假昭君领旨，口呼千千岁，把头抬起。番王伏在桌案上面，近前再把她细细一看，口内不言，心下暗想："孤看此女，虽也有几分容貌，不比人图上画的昭君，生得十分绝色，笔难描画，世上难寻，若论此女的容貌，就是昭君，也不稀罕了，且将毛卿一问便知。"叫声："毛卿何在？"延寿出班俯伏道："臣在此伺候。"番王指着下面假昭君问道："毛卿，你的画图献的昭君，不亚仙女下凡，如何此

女不似人图模样？卿且细细看来，明白回奏。"

延寿领旨，下来细细把假昭君一看，大吃一惊道："果不是王氏昭君，被汉君臣掉了包也。"暗叫一声道："汉王，你将假昭君搪塞，不过要退番兵，权救燃眉之急，你只哄得北地君臣，怎哄得俺毛延寿？难道你不把真昭君献出，就罢了不成！只消俺舌尖儿动动，汉王呀，叫你的愁帽子又戴将起来呢！且住，汉王无故杀俺满门，俺与他有血海之仇，怎么不报？常言道，一不做二不休，待俺用激将计激恼番王便了。"想定主意，回奏番王道："据臣细看，此女不是昭君，分明汉王不舍昭君，故将假的欺哄我主，我主可将假的锁禁冷宫，再提大兵到天朝去，定要汉王献出真昭君，方成国体，我主若是依样葫芦，未免遗笑他国。"番王闻奏，好似火上添油，由不得心头火起，吩咐："将假昭君并八个妃女，锁禁冷宫，三百护军，一概坑杀。"一声旨下，早已见殿前武士领旨行事去了。

番王在殿上怒犹未息，喝骂丞相娄里受："汝来欺哄寡人，分明侮君慢功，该当何罪！"吓得娄相魂不附体，俯伏金阶，不敢分辩，只是叩头，连称："臣该万死！"番王在殿上，越想越恼，喝叫两旁武士："将娄里受推出午门斩首。"一声旨下，武士近前，把娄相剥去冠带，正要推出午门典刑，吓得两旁文武俱皆失色。毛相在旁，暗想："不好了，这是我举荐不力，何能不出班保本？"连忙高叫："刀下留人。"一面跪下保本道："启我主，娄相虽因不辨昭君真假，擅自退兵，难免失察之罪，总是南蛮哄诱，一时失错，还望我主格外开恩。"番王闻奏，冷笑几声道："孤因吴銮出兵不力，是以革去元帅，蒙卿举荐娄里受以重任，挂帅征南，应当不负孤之所托，取得昭君回来，理应叙功升赏，今都是一派瞒天巧计，欺君冒功，罪不在赦，卿也是举荐不力，难保自身无罪，还要代他保本么？"这一席话，说得毛延寿无言回答，满面通红，不敢再奏，诺诺连声退下。两班文武见番王不准延寿的保，大家吓得面面相觑，又撇不过同朝情分，只得一齐跪下，代娄相保本，恼得番王十分大怒，把龙案一拍道："若再有人代娄里受保本者，一并问斩。"一声令下，吓得众文武面如土色，大家没趣，站起分立两旁。可怜娄丞相无辜加罪，可有一比，好似那：

灯尽五更刚入梦，谁来添火送油人。

午门外到了一个救星，乃是卫律，领了番王旨意，迎请番僧到伏龙寺供养，口宣圣谕，不敢当仙师朝见，容日番王到寺亲来谒见。到了寺中，自有寺内众僧款待。卫律告别，要去复旨，番僧叫声："且慢，贫僧到午门，要救一根擎天玉桩，不得不同你走一遭也。"卫律便问："仙师，是哪一个？"番僧道："到彼自知，不必下问。"卫律道："仙师用法驾去，还是坐骑去？"番僧道："走走好。"卫律也不敢坐骑，只得陪着同行。到了午门，一见娄相正要典刑，大吃一惊，问其缘故，才知为假昭君问罪。卫律便问："满朝文武，难道无人保本么？"黄门官代答道："谁不保本？无奈王爷不准，一定要斩。"卫律暗赞仙师真神人也。番僧便叫："刀下留人！卫相可前去通报尔主，说贫僧要见。"卫律答应，进了午门，俯伏金阶，先缴过旨意，便说："圣僧现在午门，要见我主，请旨定夺。"

番王闻奏，慌得下了龙牀，率领文武亲自出迎，将番僧迎到殿上见礼，分宾主殿两旁摆对坐坐定。番王又命众文武拜见圣僧已毕，便道："多蒙仙师法驾惠临，大施佛力，以助我国成功，孤之幸也！孤还未曾到寺进谒仙师，反劳仙师大驾，孤心何安！"番僧道："承蒙王爷奖谕，贫僧羞愧之至，只是劳而无功，王爷理应问罪，何敢称功。"番王连说不敢。番僧道："我主不可重女色而杀一大将，但缘分有迟有速，何可勉强得来？今日取得昭君是假的，被他一时哄诱，非主帅之过，虽贫僧捏算有准，尚且颠倒阴阳，还望我主看贫僧薄面，救了娄相之罪，令提一支人马，带罪立功，包在贫僧身上，定有真昭君与王爷会面便了。贫僧有偈语四句，奉赠王爷。"番王听了，连称请教。番僧道：

"意外姻缘容易得，调和琴瑟最难求。
洋洋白水皆天定，空惹相思一段愁。"

说毕，番王求问诗意，番僧道："天机不可泄漏，日后便知，我主可赦娄相之罪罢。"未知肯与不肯，且听下回分解。

第四十四回　二犯雁门惊魂胆　一纸战书逼美人

诗曰：

夺人玩好理非宜，逞己英雄事亦奇。

只为轻车就熟地，不谈事理便相欺。

话说番王见圣僧讨情，不好推却，只得旨下赦转娄丞相，还了他冠带进朝，先谢圣僧，后谢狼主不斩之恩，站立一旁。番王便吩咐安排素宴，就在殿上款待圣僧。席间，问起出兵之事，番僧道："兵贵神速，明日就是黄道良辰，便可出兵。"番王道："此去兵抵中国，不但要人，还想得地，圣僧代孤算一算，不知可有此福分否？"番僧听说，笑而不答。番王连问几声，番僧道："王爷不必痴心，大兵此去，不劳进雁门关，自有真昭君来到番邦了。"番王也是将信将疑，不好下问，只愿得了昭君，也就心满意足了，那得地的话，不过是额外要求。又叫声："仙师，此一番出兵，不劳仙师远涉风尘，只专责娄卿一人，带罪立功。"番僧道："贫僧发心既来帮助王爷，焉敢辞劳不去？也要去带罪立功呢。"番王道："圣僧言重了，只是屡劳仙驾，孤心何安！"番僧道："贫僧与王爷有缘，理当效劳。"说罢，番王陪着番僧，吃过素宴。撤去，番僧便请番王高登大宝点将，以便明日五鼓好起兵动身。番王道："仙师在此，孤怎敢擅居上座？"番僧道："朝仪不可失，王爷不必过谦，请登大宝便了。"番王道："仙师吩咐，孤王得罪了。"

说罢站起，居了正位，番僧坐列案旁。番王叫声："娄卿听旨。"娄里受俯伏金阶道："臣在此伺候。"番王道："卿可带罪立功，仍同仙师领了众将，带二十万大兵前去，直犯雁门，有了昭君，方可退兵。仍将人图带去对验，再不可大意，以误国家大事，取罪未便。"说罢，便命内监入宫，取原人图出来，交与娄相。娄相接过人图，谢恩退立一旁。番王命内侍撒金莲宝炬，送圣僧到寺。番僧告别番王出朝，回他伏龙寺安歇。番王退朝，文武各散。

一宿已过，次日五鼓，娄元帅下了教场，先点过二十万精兵，又点哈虎为前部先锋："带兵一万先抵雁门，候本帅大队到了开兵。"哈虎领令而去。仍点吴銮、土金浑、孙云、石庆真、庆龙、庆虎等，随军听用，忙打发差官到伏龙寺恭请圣僧，一同起马。不多时，番僧已到教场，娄元帅率领众将迎接，实时祭旗放炮，上马起兵，离了教场，也不用辞王别驾，一直出了番城。一路上旌旗浩荡，马壮人强，又奔雁门关而来。不表。

且言李元帅虽蒙圣恩，复守此关，添兵把守，刻刻忧虑："张元伯瞒天之计，只可哄诱一时，怕只怕毛贼在彼，是认得昭君的，倘看出破绽，番王未必甘心，又要动起一番大干戈呢！且住，若是英雄上将，某虽年迈，还可以力敌万夫，只是妖法十分利害，这便怎处？哎！总是国运将衰，妖气扰动，不很利于国家呢！"正在叹息，忽听关外冲天九声大炮，不觉大吃一惊。早见守城军士急急前来报道："启元帅，不好了，番人又领了大队人马，离关不远了，请令定夺。"李元帅本是惊弓之鸟，一闻此信，只吓得面如土色，即传令大小将官，小心紧守关门，以防番人攻打。自己顶盔贯甲，上了马，手执钢枪，率领众将等来到城头，远远向城下一望，见那些番兵如同蝼蚁一般，涌涌而来，好不利害，怎见得，有诗为证。诗曰：

　　一阵貔貅涌似潮，人强马壮战旗飘。

　　闻声振耳惊天炮，袅袅青烟透九霄。

李元帅看毕，即刻下了城头，回到帅府，与众将商议道："你看番人，这般兵涌将猛，若与对敌，只怕寡不敌众；若是坚守，又怕他使起妖术，来破此关，诸位将军，可出一奇计，保守关门。"众将未及回答，又见军士报道："启元帅，今有番人差了先锋抵关讨战，口称汉主欺人，将假昭君蒙混他主，甚是无礼，今复统大兵到此，来取真昭君，快快献出，即刻退兵，如再迟延，一定杀尽关中，鸡犬不留，请令定夺。"元帅闻报，吃惊不小："若差将会阵，也是劳而无功。且住，待本帅亲上城头，与番将答话，不如用缓兵之计，打本进京，请旨定夺便了。"主意已定，又上马端兵，带领众将等来到北城，向下面高叫一声："番人太不知足！尔等破关围城，斩将侵地，全无君臣之礼，我主仁慈，格外宽恩，并不加罪尔等，又把昭君赏赐尔国，也算心满意足了，如何今日又提兵到此猖狂，难道藐视中国绝无能人么？"哈虎大喝一声道："李广，你

只知责人，不知责己，我狼主以诚心待人，不施奸诈，尔主反一派诡计多端，舍不得真昭君献出，只将假昭君哄诱我等退兵。如今机关已破，谁是谁非，自有公论，反说我等屡次犯边么？"李元帅道："昭君真假，本帅并不知情，若昭君果是假的，屈在我主，也不必决战会阵，伤害生灵，待本帅急急打本进京，奏知我主，自当奉复，不卜将军意下如何？"哈虎见李广言之有理，便道："将军所论，理当遵命，奈本先行不能做主，且少待，容禀知我国元帅，请令定夺。"

说罢，带兵回营，下马进帐，便把李广的话一一禀知元帅，元帅便请问番僧，番僧道："李广所说之话，深合为将之道，很可依得，只消元帅打一纸战书进关，叫李广一并进与他主子，使汉王一看，若是知机，献出真昭君，不动干戈，也就罢了，若再支吾，那时也难怪我国破关斩将了。元帅只管放心，谅真昭君也不怕飞上天去，包在贫僧身上。"元帅点头称善，取过文房四宝，写了一封战书，交与哈虎。哈虎领令上马，一马冲到关前，高叫："李广听着，今奉元帅之令，准尔所请，且不攻关，现有战书一纸，叫尔带进京都，呈与尔主，速速献出真昭君，犹不失两家和好。"说罢，把战书搭在箭上，扯满雕弓，叫声："李广看箭！"射上城头。李广眼快接住，见哈虎在马上把手一拱，叫声："再会罢！"带兵回营去了。李元帅下城回了帅府，急急写书，并一纸战书，飞星差官进京，呈与汉王。未知汉王可能献出真昭君否，且听下回分解。

第四十五回　保江山苦舍昭君
　　　　　　和番邦哭别天子

中国禁书文库

双凤奇缘

诗曰：

　　月缺云浮不见踪，因何此夜减花容。

　　姮娥妒煞昭君怨，不恨奸臣只恨侬。

　　话说汉王那日正坐早朝，两班文武朝参已毕，忽见黄门官启奏道："今有镇守雁门关大元帅李广，差官打本进京，恭呈御览。"说罢，把本呈上。有内侍接过，在龙案上展开。汉王未曾看本，心上生疑道："李广又有什么本到来，莫非张元伯的瞒天之计，消息已露，又有番人攻关么？且将李广奏本一看，便见分晓。"想罢，定下龙睛，从头细细一看，只见上写：

　　钦命镇守雁门关大元帅，臣李广诚惶诚恐谨禀：从来古之立国，保民为先，土地次之，百姓不伤，土地不践，则根本永坚，江山永固矣！若云内作色荒，外作兵荒，有一于此，未或不亡。今我主立一心之爱，不舍昭君，以假为真，机关已露，番兵又至，以图为证，指名要人，关如危卵。臣用缓兵之计止住番人，恭呈紧急本章，但不知我主以江山为重乎？昭君重乎？重昭君而舍江山，臣惟决一死战，以报我主；重江山而舍昭君，割私爱以定太平，行止望乞圣裁，臣冒死直陈，待命斧钺。并附呈番人战书一纸，恭呈御览，候旨定夺。

　　汉王看毕李广表章，已知消息已露，吓得魂不在身。又见番人下了战书到来，越发心惊肉战，于是战抖抖地把番人战书打开一看，只见上写道：

　　钦命征南大无帅娄致书于大汉皇帝驾前：窃闻立国之君，全以真诚为主，从未有诡计百出，以诈待人者也。今瞒天之计已破，权宜之心不端，只可蒙混于旦夕，难免显露于目前。仰知我主日夜思想昭君，一日昭君不到我国，一日不肯罢兵者也。今又带兵二十万，战将百员，候于雁门关，若是知机，快将真昭君献出，我国即刻罢兵，永为和好；若再抵拒，大兵到日，得人得地，玉石俱焚。特具战书，附表投上，或和或战，立候一决，我国列兵以待。

汉王看罢战书，只吓得浑身汗淋，暗想："朝中又无能将，李广又难破敌，张元伯瞒天之计已成画饼，番人屡次兴兵，搅乱中国，便叫怎么好！"再看两旁文武，并无一个出班献计，汉王在殿上坐得没趣，散了朝中文武，退入西宫。有昭君接驾，到了宫中坐定，一见汉王眉头不展，面带忧容，便问道："陛下每日回宫，还有笑容，因何今日这等烦恼。"汉王见问，连叹了几口气，叫声："贤妃，孤不见你，倒也罢了，只见了你，如刀刺心。"昭君听说，吃了一惊，急问："陛下，却是为何？"汉王道："美人不知外边之事：只因放走了毛延寿，把你人图进与番王，番王屡次兴兵，来讨妃子，叫孤怎生割舍？故点了几次人马，到雁门关去退番兵。哪知番兵十分利害，李陵中他诡计，致被捉去，百花女遭箭丧身，李虎被困阵亡，又差苏武和番，一去并无音信。只剩了老将李广，把住雁门，又被番人用妖法破了雁门，李广逃走，到京待罪。番兵杀进关来，一路势如破竹，伤了许多兵马，折了若干钱粮，反将帝京团团围住。幸有张元伯献一瞒天之计，在宫中选一宫女，充着美人前去，倒也退了番兵。谁知奸人毛贼在彼，看出破绽，今又带了人图为证，统领大队人马，在雁门等候，一口一声定要真昭君，方肯罢兵。如今已将战书打入天朝，立候信息。美人呀！怕只怕南北江山，东西土地，不久要属番人了，怎叫寡人心内不焦？番人屡次兴兵，皆因美人起见，你我一对好鸳鸯，难保不活分离了！"

昭君听了汉王一番言语，只吓得千刀剐腹，万箭穿心，由不得一阵悲伤，腮边乱流珠泪，只叫一声："奴好命苦也！陛下呀，前朝后代，并不闻一朝人主，白白将妻子送与外邦，这是他要一个，就送一个，若要两个，就送一双么？陛下太忍心了，可怜奴与陛下梦里相思，未满一年，到今日就要抛弃奴家了。"

昭君说到伤心之处，抓住龙袍，放声大哭。汉王一见，也是龙泪频倾，心内暗想："三宫六院的妃子，总不及昭君的绝世姿容，叫孤怎生割舍？且住，番人不得昭君，不肯退兵，而且妖术十分利害，倘再哄诱，番人一时打破关门，杀到京城，孤的江山就有些不妙了！况李广本上劝孤以江山为重，不可溺爱私情而弃祖宗万年基业，老将句句金石良言，孤岂不知？只是见了美人，一时心有不能割舍，叫孤怎生说得出口？罢罢！到此刻，事在危急，也说得了。"便叫声："美人，休要悲伤，孤有个两全之计，美人休怪，说与你听。"昭君含悲便问："陛下，计将安出？"汉王道："番人犯边，非因别事，只要放出美人，便可退兵，美人权且应允和番，暂住雁门等候几日，孤这里急急调取天下百万雄兵，千员猛将，待孤御驾亲征，不分星夜，赶到北方来救美人，不知美人意下若何？总是大家商议，可行则行，可止则止，美人不要生气。"

汉王这一席话，虽说得婉婉款款，哪知昭君是个聪明女子，十分灵巧，一闻汉王有舍她之言，哭哭啼啼叫声："陛下，你今日把此话哄奴去和番，分明是线断风筝，往日恩情多丢在东洋大海去了。常言：烈女不配二夫。奴和陛下既结鸳鸯，焉肯留此臭名，又伴他人？罢！罢！奴晓得陛下既忍舍奴，还去统什么兵，点什么将？倒不如奴寻一个自尽，全奴名节，羞煞北番君臣，一向枉费奸心。"说罢，急站起身要扯壁上龙泉自刎，只吓得汉王向前一把抱住。未知可能救得昭君否，且听下回分解。

第四十六回 辞父母十分难舍 拜皇后万箭攒心

诗曰：

> 抬头吴越与秦楚，又见梁唐晋汉周。
> 世事只从忙里老，人生何日心才休。

话说汉王见昭君要拔剑自刎，只吓得魂飞天外，急急向前夺过宝剑，掷于地下，抱住昭君，叫声："美人，你若要完全名节，自尽倒也罢了，倘若番人到来，要索美人，岂不难为了孤王？孤的江山全靠于你，你若要寻短见，连孤性命也活不成了。"说罢，纷纷龙泪下流，昭君倒在汉王怀内，哭啼啼叫声："陛下呀，你竟是个负心汉，坐什九五，枉管万民！你为万里江山，不调兵遣将去退番人，倒把奴做个烟粉奴供献外邦；你不念枕上恩情，倒也罢了，只怕邻邦知道，羞也要羞死陛下了。既是陛下为了江山，肯舍奴家，奴也忍耻偷生，向北而行，妾在雁门等候陛下，陛下若是忍心，奴死九泉也不瞑目。奴虽一时救了陛下之急，断不失身他人，若是改口，毛孔出血，永坠寒冰。"说罢，又是一阵伤心，晕倒汉王怀内，吓得汉王连叫："美人醒来。"过了一会，方才苏醒，看看汉王，并不放声。汉王含悲叫声："美人，非怪孤王忍心舍你，只恨毛贼，挑唆番王，定要美人，孤被十分逼迫，硬着心肠舍你，撇得寡人好不孤凄也！"

汉王正在与昭君叙分别之苦，又见内侍报道："启万岁，今日兵部一连接了雁门紧急三报，十分紧迫，请旨定夺，众文武俱请圣上临朝，切不可溺爱私情，舍却江山。"汉王听说，只是跌足大哭道："怎么好！"又想一会："罢罢！也说不得了！"吩咐内侍："传旨与兵部知道，速速行火牌，飞递雁门关，谕知守将李广，叫番将退兵三十里外等候，准于二月二十七日午刻起程，送娘娘出塞和番，并召李广与番使来京商议。"一声旨下，内侍答应而去。

汉王又叫声："美人，少要悲伤，你须原谅孤的苦衷，出于无奈。"说罢，泪如雨下。昭君道："陛下呀，妾今和番，不比当年延寿到越州召奴为妃，名是香的；今虽为国家出力，名是臭的，徒使天下人耻笑。"说罢，放声大哭。汉王叫声："妃子，事已如此，且请开怀。"吩咐摆宴，代娘娘饯行。内侍领旨摆宴，汉王与昭君照席坐定，这杯分离酒，哪里吃得下去？昭君道："奴今在路，千山万水，受尽辛苦；陛下是三宫六院，心畅心情。奴好比一堆粪土，弃之不惜了。"汉王道："美人说哪里话来！多仗你这一根擎天玉柱，救孤万里江山，就是我朝历代祖宗，也感激不尽矣！"昭君道："妾今和番后，不知陛下可想妾么？"汉王道："美人为孤出力，孤焉敢忘恩，怎不把美人刻刻在心？只是今晚与美人吃杯分离酒，不知何年何月何日何时，才得面晤呢！"

昭君听说，只是苦在心头，与汉王说了一夜，不觉已是五更，汉王别了昭君，临朝聚集两班文武。朝参已毕，即下旨："令王昭君出塞和番。"文武听说，俱皆叹息。旨到西宫，召到昭君，不搽脂粉，也不打扮，一路哭啼啼出了宫门，到得殿上，拜见汉王道："妾今往北和番，乞恩与父母一别。"汉王准奏。旨下召到一双皇亲，上殿拜王二十四拜，口呼万岁，汉王连叫平身，一旁赐坐。国丈夫妇谢坐，坐定问道："我主召臣，有何见谕？"汉王便把延寿将人图献与番邦，挑动干戈，累得孤损兵折将，无可奈何，众臣保本，宁舍美人，要保江山，今日命你女儿前去和番，与父母当殿告别的话说了一遍。

国丈夫妇听说，苦在心头，免不得万分伤心。昭君见了父母，倒身下拜，俯伏地下，十分悲痛，昏死在地。国丈夫妇离坐，急急扶起昭君，连叫："娘娘苏醒。"过了一会，方醒过来，含着眼泪叫声："爹爹、母亲空养女儿一场，辜负两大人养育之恩，如今事到临头，不由自主了。"国丈道："娘娘前去和番，乃是赤心报国，万死难辞，若老臣可以替得娘娘，死也甘心。"昭君道："女儿被奸臣所害，若生一个兄弟，学成武艺，也可代国家报仇，无奈是个妹子！爹娘难为抚养，从今不要纪念女孩了。"说罢，至亲三口抱头大哭。汉王也是泪流不止。昭君又叫声："陛下，可怜苦命的二老，望陛下好好看待。"汉王道："这个自然，不消美人吩咐。"

昭君又要请正宫林后拜别，汉王传旨到正宫，召林后在殿后宫门内与昭君告别。昭君一见林后，哭倒在地，林后急急扶起，叫声："贤妹，少要悲伤，这是命里所招。想当初受苦冷宫，方脱灾难，封为西宫，才得姊妹相亲，谁知未满一载，又被奸贼献图北地，引起刀兵，杀害忠良，又害贤妹和番，去吃千辛万苦。为国忠良，皇天自然保佑，但你我姊妹今日分别，不知会面何时？"说罢，扯住昭君，放声大哭。昭君泪珠

纷纷，叫声："恩人，前在冷宫，多蒙搭救，在宫又承厚待，死当结草，报不尽娘娘的大恩。奴今为国和番，只算忍耻偷生，今与娘娘一别，要得会面，除非梦里相寻。"说罢，一阵伤悲，好似万箭钻心，愁肠莫能诉泣。林后不住地饮泣吞声，国丈夫妇心如刀割，汉王哭倒龙牀之上。昭君含悲又叫声："爹娘呀！妹妹抚养成人，长大择个平人匹配为婚，不要贪恋富贵，一入皇宫，又要担心了。似今日女儿与爹娘活活分离，譬如未养孩儿罢！爹娘须要保重。"又叫声："苍天呀！但愿国家早出英雄良将，杀得番将无路可投，奴方想有回头之日，再见皇爷、国母、爹爹、母亲，骨肉聚首。若是天不随人愿，怕只怕千个昭君，也活不成了。"说罢，又拜汉王、国母道："奴的双亲，总要看顾。"汉王叫声："妃子放心，你的父母，自当恩养，死后送老归山，俱在孤王。妃子只管在雁门等候，孤王一定点兵，不分昼夜前来搭救，若一旦不测，身死也要带兵到番，切齿报仇，定将美人骸骨取回中原，孤方甘心。"昭君道："但愿陛下不忘此仇。"又道："陛下，奴今往北和番，有一件事，乞我主准奏。"汉王问是何事。未知昭君说出什么事来，且听下回解。

第四十七回 收御弟文龙赐姓 哭西宫昭君换服

诗曰:

多言人怪少言痴，善不能言恶就欺。

富怕嫉妒穷怕笑，总知利口不相宜。

话说昭君奏道："妾今往北和番，望圣上差一忠义大臣，护送奴家一路前去，奴方放心。"汉王道："妃子之言极是，任凭两班文武在此，妃子择一个有德行的大臣，随往北番便了。"昭君领旨，站在金阶细看两班文武。那些文武也有愿到北番去的，就死在北地也甘心；也有不愿到北番去的，做个贪生怕死之辈。无奈奉旨，两班侍立，任凭昭君择取。好上聪明女子，一双惠眼认得忠臣，择来择去，并无一个中意的良臣，但见左班中一个少年官儿，生得一貌堂堂，很可去得，便俯伏金阶回奏汉王道："只有东班中这位年少官员可以去得。"汉王闻奏，向东班一看，原来是新科状元新授翰林院内阁教授刘文龙，即叫："刘卿听旨。"文龙俯伏金阶，口呼万岁。汉王道："烦卿代寡人护送和番娘娘到雁门关回旨。"只吓得文龙俯伏金阶，不敢回奏。汉王未及开口，昭君道："刘卿毋容推却，可遵旨送哀家出关。"刘文龙听说，只急得魂飞天外，忙奏道："念臣年幼，侥幸登科，乃是一个书生，一则不识武艺，一路怎生保护？二则娘娘与臣年纪不相上下，恐嫌疑不便，三则臣娶妻萧氏未满三宿，即到东京，实指望荣归故里，夫妻团聚。若伴娘娘北去和番，未知何日归程，望皇爷与娘娘格外开恩，另差一老臣前去，恕臣抗旨之罪。"昭君见文龙推却不去，柳眉直竖，杏眼圆睁，喝声："文龙，你太无礼！常言：君要臣死，臣不死乃为不忠。岂容你贪恋妻子，胆敢抗旨以违君命么？况你既读诗书，深明大义，得中新科状元，乃文章魁首，自有心谋远略，保哀家到番，哄骗番王，若得回朝，重见天日，那时叙功升赏，吃一杯太平宴，岂不是件美事？若计不成，奴拼一死以全名节，少不得设法送尔归国。若论你我年少，只以兄妹

忽见黄门官启奏道："今有边关李广送来番使二名、小番八名，口称奉番王之命，送娘娘和番的朝服到来，不敢擅入，午门候旨定夺。"汉王闻奏，传旨："令昭君暂入宫中收拾，召进番使。"番使一齐俯伏金阶，献上娘娘的番服一套。汉王便将番服打开一看，就问番使："是何名色？"番使回奏道："这是娘娘戴的鼓子绒帽一顶，锦绣妆成，上嵌珊瑚、琥珀、珍珠、玛瑙各八颗，中嵌冬珠一粒，绣成龙形；这是一件凤凰三点头的彩服，内有夜明珠二十四粒；这是山河地理图裙，此俱是无价之宝。若娘娘穿了这套衣服，在黑暗中行走如同白日，光华万道，瑞彩千条。"汉王含泪收了这套衣服，吩咐番使在馆驿伺候。番使领旨，退出朝门，不表。

再言汉王命内侍将番服送至西宫，内监领旨，送到西宫。正值林后相伴昭君诉说苦情，忽见内侍送进番服，昭君由不得心如刀割，放声大哭。林后没奈何，苦苦相劝，代昭君穿起番服。昭君苦咽咽叫声："娘娘呀！早间还是汉朝之女，顿时变做北番之人，从此君王龙心不要挂念奴家，奴的恩人，只是娘娘未报深恩，但愿娘娘扶佐我心上的汉王。奴有一言，娘娘切需记着：今日和番，有奴解围，保住江山，怕的别地干戈又起，再无别人犹似昭君。"说毕，嚎陶大哭。林后叫声："贤妹，不必伤心，想哀家亦未生男育女，虽居正宫，也似废人，倒不如贤妹脱下番服，待哀家穿了替你和番去罢。如贤妹伴住皇爷，生下男女，也使皇爷有后，传位有人。"昭君道："娘娘说哪里话来？堂堂天朝，把一个西宫送与外邦为妻，已难免天下耻笑。哪有正宫皇后再做下无耻之事，岂不遗笑千古么？娘娘若可代得奴家前去，还怕三宫六院之中没人代去么？"林后扯住昭君哭道："贤妹既如此说，哀家是替不得你了。你一路不必悲伤，身子须要保重。"昭君听说，连连点首。只得拜别林后，就要动身，三宫六院的妃子、贵嫔一齐随着林后哭送到禁门，林后还扯住昭君的手，十分不舍，当不得旨意催促，昭君哭别林后，叫声："恩人，奴去了，请回罢！"林后含悲回宫，不表。

且言昭君到了殿上，刀绞柔肠，剑刺心窝，口口声声只叫："陛下，一梦相思，从今休矣！"说罢，昭君眼中流出血泪。汉王只是跌足含悲，苦在心头，无言回答。外边番使又急急催促起程，昭君也无可奈何，当殿拜别汉王，又拜国丈、国母，总是抱头大哭，正是：

　　　　流泪眼观流泪眼，断肠人送断肠人。

　　拜毕站起，叫声："御弟王龙，随奴去也!"王龙领旨，汉王亲排銮驾，带领文武百官相送昭君，到了午门外，汉王亲自扶昭君上了银鬃马，昭君哭哭啼啼，哪里能行？心中不舍汉王，哭着吟诗一首留别：

　　　　昭君含悲手捶胸，梦里相思总是空。
　　　　恩义从今悲断绝，此身莫见汉朝容。

　　吟诗已毕，马上哭别汉王，王龙也辞主上马，一众番使随后跟着，又是三百兵丁护送，一路长行而去。可怜汉王，眼泪巴巴看昭君出城而去，一阵心苦，闷塞胸中，几乎跌倒尘埃，吓得两旁文武内侍急急扶住汉王。未知怎生劝转回宫，且听下回分解。

第四十八回 芙蓉岭王龙和新诗 太行山土地逐大虫

诗曰：

> 青山不管人间事，绿水何曾洗是非。
> 只望留下安身计，问事摇头三不知。

话说文武内侍见汉王晕倒，急急扶起，连叫："圣上快快醒来。"汉王过了一会，方才叹口气道："心爱的美人，活生生割断也!"说罢，龙泪如雨。众文武苦苦劝驾回宫，汉王只等看不见昭君的影儿，含着两行眼泪，闷闷回宫，文武各散，不表。

且言昭君出了东京，一路马上悲啼，时刻回头，只等看不见帝京城池，方含悲催马而行。路上暗想："梦里烟缘，不满一载，鸳鸯无故分离。汉王呀，可怜枕上的海誓山盟，俱付之流水了。"说罢，又是一番痛哭。王龙陪着流泪，叫声："娘娘呀，想娘娘与皇爷还有一载姻缘，可怜臣只三宿夫妇，即便分离!"昭君又叫："御弟呀，你的话儿很欠聪明，一载夫妻，不过如此，三宿夫妻，有什情义?"王龙道："娘娘，非是小臣用情太痴，常言：一夜夫妻百夜恩，何况三宿?"昭君道："你的痴情，还可得遂，只等送了哀家出关，指日回朝，夫妻便可相逢，怎似奴与汉王，永别终天，今世再不得相逢了。"说罢，二人相对掩泣。正在诉苦，可恨番使只是催着赶路，一路行程，心忙似箭。

那日到了芙蓉岭上，催马上去，勒马四下观瞧，但只见涧水滔滔，清水在上，浑水在下，心中一想，又是一阵伤心，不禁兀自暗想："岭下这水，好似奴家今日境况一般：想奴在家，蒙圣上召奴入宫为妃的时节，好比清水；如今逼着奴去和番，就是浑水了。还是清浊不分，两下交流。"因想起悲苦，在马上顺口吟诗一首：芙蓉岭上碧波泉，清浊不分左右旋。

昭君在马上只做了前面两句，后面两句一时未曾想起，便叫："御弟，代哀家凑成一绝，解奴忧闷。"王龙道："恕臣无罪，方敢续上。"昭君听说，连连摇头道："御弟伴奴一路，千山万水，受尽辛苦，还分什么君臣之礼？况到了异乡，又是兄妹相称，不必过谦，快快想来。"王龙道："既是娘娘吩咐，恕臣斗胆，后二句代娘娘续上，伏望娘娘改正。"昭君道："御弟且念与奴听。"王龙在马上，口念后二句道：

　　　　清水自古冲地下，浊水流来在目前。

　　昭君听见后二句续诗，又触动苦怀，两腮泪珠滚滚，叫声："御弟呀，你这两句诗，又未免惨煞哀家之心了。"王龙一听昭君此语，只吓得在马上欠身道："小臣是口中乱道，娘娘休得介怀。"昭君道："御弟不须害怕，谁来罪你？你是出于无心，待哀家明白说与你听罢。想你妻房在家，乃是清水，哀家今日和番，就是浊水了。"王龙在马上连称不敢道："臣妻性本愚拙，娘娘是天赋聪明，不敢与娘娘比较清浊之分。"昭君道："御弟又来客套了，哀家与你妻房，一样姑嫂相称，有什高下。"王龙道："这是蒙娘娘恩典抬举。"昭君又叫声："御弟，你看这岭名笑蓉，取的好名字，待哀家借芙蓉二字为题，吟诗一首，御弟可随题和韵，聊解闷怀。"王龙道："臣又恐吟诗，以助娘娘伤心，取罪未便。"昭君摇手道："不妨事的，哀家与御弟同是受苦之人，做出诗来，总是伤心之语，以助愁肠，诗中有什么兴头话？"王龙口称："领旨，恭请娘娘吟诗出韵。"昭君又借芙蓉二字，吟诗一首：

　　　　芙蓉根自种江中，水面浮沉有玉容。
　　　　妾与芙蓉同一体，如何人不看芙蓉。

　　昭君吟毕，叫声："御弟可依韵和一首。"王龙道："娘娘这诗，虽古来才子诗人也莫能及，臣恐和来，贻笑娘娘。"昭君道："御弟又来过谦！你既身中状元，本万言倚马之才，尚且学冠才子，文重当今，何况路途中，口占几句诗，有什么疑难？快些和韵。"王龙道："娘娘既不嫌臣句拙，臣只得献丑了。"也依昭君前韵，和诗一首：

　　　　含情不语此心中，总为风雨减芙蓉。
　　　　他日再从岭下过，谁人洒泪吊芙蓉。

昭君听见王龙吟这一首诗，又助哀思道："御弟诗中之意，大是作家，可惜你我会迟了，今日同患难，不知异日回乡，可能同富贵否？"说罢，又是纷纷泪下。王龙道："娘娘不必悲伤，岭上风大，望娘娘启驾。"昭君点首，催马而行，离了芙蓉岭，一路长行，马不停蹄，有几句诗说那行路的辛苦道：

> 一片荒郊无人迹，只见走兽与飞禽。
> 二月分明杨州路，此地难赏月咏轮。
> 三春花景都已过，草木森森尽凋零。
> 四面惟见旌旗展，马下保护有兵丁。
> 五老峰儿才过去，只听瀑布流水声。
> 六月炎天真难走，交过秋来好行程。
> 七里铺中开酒市，来往打尖在荒村。
> 八角叉儿古松树，遮天蔽日现龙形。
> 九日登高中国节，番邦只少好时辰。
> 十分千辛与万苦，闷煞马上汉昭君。

昭君马上，一路心中暗想，"不知汉王可念旧情，让奴在边关等守，果是去调天下之兵，御驾亲征，前来救奴回朝，汉王你方不是负心之人呢；若你只顾江山，不管一载恩情，哄奴和番，前来受苦，就不记临行嘱咐之言，奴就死在阴司。汉王呀，奴也是不能饶你。"又叫："御弟，奴既与你姐弟相称，奴之父母，即你之父母，想奴双亲年老，膝下无子，妹妹又小，无人侍奉，虽临行时嘱咐汉王，但不知汉王可能好好看承，御弟回朝之日，看奴薄面，照应奴的双亲，奴就死在番邦，来世也报你大恩。"王龙口称领旨。正在催马前行，到了太行山下，忽闻得一阵腥风过去，跳出一只斑毛大虎，直扑马上昭君。昭君大惊，几乎跌下马来。未知昭君如何，且听下回分解。

第四十九回 雪拥马蹄见学士心
眼盼雁门谱昭君曲

诗曰：

> 兽炭频烧佐酒觞，佳人醉倚象牙牀。
> 只因一夜阳台梦，闷杀巫山枕畔香。

话说昭君见虎来扑她，吓得几乎跌下马来，慌得王龙恐惊娘娘御驾，急命众军士速去捉虎。众军士领令，不敢怠慢，各执兵器，去捉那虎，番使也举兵器，在旁保护。昭君与王龙在马上浑身发抖，但见那些兵卒赶着这虎，右旋左跳，捉拿不住，虎又不退，弄得诸军无法，眼巴巴望着那虎，又不退，又不能过此山，只急得人人暴跳，个个心慌。但见日已西沉，又无宿处，昭君在马上仰天长叹道："不如死于虎口，完全名节，倒也罢了！"昭君一口气怨气冲天，就惊动本山土地，道："仙女有难！"急忙变了一个猎户，手执钢叉，雄赳赳奔上山来，大叫一声："畜生，休得无礼，俺来擒你。"那虎见猎户，识得是土地化身，把头摇了两摇，尾翘了三翘，窜过对山而去，猎户也举叉直奔对山而去。众军士一齐呐喊，也赶过山去，虎也不见，猎户也不见。大家都道诧异，只在空地拾得一个纸帖，拿回来禀知娘娘。昭君接过一看，只见上写道：

> 安排猛虎牢笼计，要脱身时费力气。
> 不是仙姬怨悲感，怎有救应灵土地。

看罢此帖，随风吹去。昭君知是本山土地显灵，便令王龙下马，对山拜谢已毕，仍催马起程，昭君在马上感谢皇天保佐，脱离虎口。过了太行山，晓行夜宿，赶着路程。

此刻正交冬令，但见朔风凛凛，树木凋零，池塘阴冰，沍结山涧，冻得尺深，狂风一阵紧似一阵，大雪飘来，好似鹅毛。一路雪光迷目，少见买卖，行人蓬户紧闭，并无荒村野店，只冻得马鞍绳硬如铁棒，马蹄寸步难行，众军士难伸出手，王龙御弟浑身战兢。又见娘娘脸上冻得或青或紫，十分狼狈。王龙一见娘娘这般光景，心中甚是不忍，找寻宿店，并无影形，取点汤水，又少人家，怕的冻坏娘娘，想了一个主意：并马靠背，借他阳气，以暖娘娘的阴气。走了几十里雪路，到了天明，但见日透冰消，王龙心方放下，放辔前行。

一路兼程而进，早到了雁门关，只听得一阵节锣振鼓，昭君便问："御弟，这是什么响？"王龙说道："此乃番人迎接娘娘。"话说未了，镇守雁门关大元帅李广，带领番将迎接娘娘，称："愿娘娘千岁。"昭君道："御弟可代哀家吩咐番兵，把军马扎在关外守候。"王龙答应，对番使说了，番使带了兵丁，穿关而过，往番营去了。这里昭君进关，叫声："李将军，你乃忠良之将，奈国家无有良将助你成功，所以哀家忍耻偷生，奉旨和番，捐躯报国，免动刀兵，救生民于涂炭。只可怜哀家离了京都，一路而来，吃不尽千辛万苦。"李广道："娘娘放心，吉人自有天相，少不得朝中自出能人，前来救娘娘回朝。"昭君道："哀家要在关内暂住几日，将军，可小心把守关门。"李广口称："领旨，请娘娘启驾进关。"娘娘点头。只听三声炮响，到了关中，一齐下马，入了帅府，李广摆酒，代娘娘洗尘。外面一席款待王龙，又将娘娘带来人马，扎在教场犒赏。娘娘在关内住了几日，王龙得便，向前告辞娘娘道："小臣送娘娘已到雁门关，恕臣不远送了，就此回去复旨。"昭君听说，两泪交流，叫声："御弟，还屈你送到北番，足见盛情。"王龙见娘娘苦苦相留，只得住下。

谁知番使十分催促，昭君吩咐李广道："非是哀家不肯出关，只为汉王临行，曾嘱咐哀家，指日御驾亲征，故此哀家在关，略等几日。将军可对番人说是哀家养病，病好即刻登程。"李广答应下来。这是昭君哄弄番人，一时权宜之计。哪知昭君盼想汉王，肝胆寸裂，望穿眼儿，一片痴心，等了半月，总不见汉王发兵音信。心中好不烦闷，只得将带来琵琶取出，弹了几句曲牌名儿，以解闷怀。弹的是：

相思情，多付你，江儿水去；红绣鞋，踢绽了，恼恨刘君；泣颜回，苦杀了，红粉佳人；怎能够，朝天子，御驾亲征；全不想，在西宫，醉扶归去；香房内，剔银灯，徒长精神；须忘了，桂香枝，兰麝熏透；锦被里，滚绣球，喷鼻生香；花心动，搂住奴，颠鸾倒凤；魂飞处，黄莺唤，惊醒佳人；爱惜奴，忆多娇，誓同生死；更忘了，香柳娘，枕上恩情；曾记得，集贤宾，金口亲许；心不思，意不想，不念前情；兵不到，将军令，行不下去；忘却了，祝英台，扯住肘衿；忽贬在，冷宫内，流滴双泪；

将宝镜，傍妆台，懒画蛾眉；奴好似，锦堂月，被云遮盖；多仗了，好姐姐，林后恩人；普天乐，合家欢，皇宫气象；各院内，园林好，游玩散心；召父母，来供养，沾恩食禄；御赐的，皇封酒，奉与双亲；正交欢，彩旗儿，送奴出塞；番邦的，红纳袄，穿在奴身；你赐我，红皂袍，至今还在；我赠你，金落索，留表奴心；送奴似，长安道，啄木儿戏；每日里，哭相思，不见征人；只听得，林中鸟，怨声齐唤；子规啼，节节高，句句伤神；醉翁子，采药草，闲游疏散；山和尚，松林叫，沉醉东风；山野内，石榴花，千红万绿；山坡羊，无人管，遍地羊行；惜奴姣，行不得，千山万水；就差了，金甲神，保奴长情。奴请得，二郎神，番兵杀退；救奴回，长安路，再整鸾衾；到如今，眼巴巴，高山难越；虎伤人，寻归路，要走无门；奴只待，月儿上，悬梁自尽；舍不得，要孩儿，锦绣京城。

　　昭君弹毕一曲，正在纳闷，忽听得关外三声大炮，好不吓人，只吓得昭君魂不在身。未知是什事，且听下回分解。

第五十回 出雁门昭君自恨
思乡里王龙吟诗

诗曰：

　　杜宇声声发柳芽，凄凉独语转悲加。

　　行人听罢心如醉，懒看王孙摘杏花。

　　话说昭君听见大炮惊人，便传话出来，问李广是何事情。李广道："这是番人等得不耐烦，请娘娘启驾。"昭君听说，吩咐："只在三日内启行，不必啰嗦。"李广领旨，对番人说了，关外方安静些。昭君日望汉王不到，又允了番人三日之限，就要长行，心中好不纳闷，忙与王龙商议道："想汉王半月已过，不见朝中发一将一兵到来，如之奈何？"王龙道："娘娘不必痴心，朝中若有能将，圣上久已发兵，到此退敌，怎舍娘娘出关？如今已过半月，不见好音，谅是不差兵来了。娘娘空费神思，不如保重贵体，和平两国罢！"昭君听说，由不得两泪交流，放声大哭。王龙再三相劝，昭君勉强收泪，叫声："御弟，哀家出了雁门，到了北番，今生再不得回朝了。"口占诗一首：

　　情牵春色欲飞魂，暗掷金钱为卜君。

　　羞对莲花双宝镜，倚栏空踏绿杨清。

又想起汉王，含悲吟诗一首：

　　一念不忘君主约，痴情盼望亦堪怜。

　　姻缘若是从今断，何必奴心又挂牵。

吟毕，又命王龙吟诗一首，以解愁闷，王龙领旨，吟诗一首：

年少寒儒入泮芹，锦袍恩宠得加身。

未蒙敕赐归乡里，好做披星戴月人。

昭君连声赞道："好诗，御弟所吟，偏合哀家之意，待哀家再吟一首：

良宵何苦梦难成，只为思君一片情。

风雨凄凉生别恨，愁怀怎不到三更。"

王龙道："娘娘吟诗，自是一段天才，臣不敢再作了，望娘娘仍将诗兴发泄，再续一首。"昭君点头，又含泪吟诗一首：

花香却在名园内，北地难栽瑞芷根。

犹恋西宫当日怒，芳魂早到帝王京。

吟毕，又叫："御弟，再吟一首。"王龙不好推辞，因见娘娘生悲，不觉感动自己思想之情："想父母早丧，为了功名，在寒窗下埋头读书十年，指望一举成名，讨得一官半职，衣锦荣归，也得光耀门庭，显荣祖宗。不料今随昭君娘娘到北和番，一路受尽风霜，千辛万苦，不知何年何月，何日何时，得还故乡？"因此心中无限愁闷，又吟诗一律：

功名两字最堪伤，为国亡家走北邦。

满地黄花愁正锁，几番苦雨恨偏长。

关山万里崎岖路，梦寐三更画锦堂。

骨肉生离今日事，未知何日返家乡。

昭君见王龙口内吟诗，说出一段思乡愁苦来，不觉惹她一阵心酸："想奴与汉王一别，去时有路，来时无路了！"又吟一首：

黄昏夜月苦忧煎，帐底孤单不忍眠。

自叹人生皆配合，堪怜薄命断姻缘。

忍抛恩义三千里，虚度青春十几年。

无限心中离别恨，想思二字未肯捐。

吟毕，大哭不止。王龙向前劝慰娘娘道："小臣有几句俚言奉上，以解娘娘愁怀。"昭君止住泪痕，叫声："御弟，且自吟来。"王龙只吟一绝：

休说故园花无信，东风遥寄在江滨。

相思虽隔天涯远，自有好音慰玉人。

昭君叹了一口气道："御弟呀，想哀家的愁怀，岂是一诗能解？但蒙御弟一番劝慰之意，哀家也作诗一首，回答御弟便了：

同携玉手并香肩，送别那堪泪满襟。

勒马未离金殿角，血光先已溅重泉。"

昭君吟这一首诗，自料不能还乡，仰天长叹，放声大哭。王龙道："娘娘不必悲伤，想古来多少贤媛淑女，烈妇贞姬，为国忘家，守节忘身，名留千秋，立庙享祀，传于史册，人人钦仰，娘娘今日为保汉室江山，免生民涂炭，向北和番，其功不小。娘娘何必儿女情长，英雄气短，徒作无益之悲，所谓顾小节而忘大义者也！"昭君含泪点首道："哀家非不知大义，但自越州进京，遭奸臣毛贼恶庇鲁妃，致害冷宫，受了许多苦难，多蒙正宫林娘娘，救出天罗地网，方得上达天庭，救出虎口，得与汉王相聚。未及一年，又是毛贼将哀家人图进与北番，兴动干戈，苦苦逼要哀家，方肯退兵，害得哀家，别天子、离皇后、抛父母、去乡关、来北地，眼见生为大汉之人，死为异域之鬼，叫哀家怎不伤心！毛贼呀！奴与你，有一天二地之恨，三江四海之仇，你只知道逼着哀家，到番邦去伴番狗，污辱哀家名节，遂你的奸计，怕只怕哀家不到番邦则已，一到番邦，定将你这贼，碎尸万段，方称奴心！管教你明枪容易躲，暗箭最难防。"又叫声："御弟，想哀家这段苦楚，你是知道的，怎能少解忧闷！"王龙道："娘娘，话虽如此，也要有一点精明之气，巾帼自成丈夫，拿定主意，何愁冤仇不报？怨气不伸？设或路中苦坏了身子，倘有不测，来到北地，岂不是劳而无功了？望娘娘请自三思。"昭君听说，点一点首道："御弟言之极是。"正在叙话，忽听半空中一阵响亮，昭君细细留一看。未知是何对象，且听下回分解。

第五十一回　写血书征鸿寄信　看雁翅天子伤情

诗曰：

由来娶妇怕重阳，枕冷衾单夜正凉。

隔巷砧敲惊好梦，依然辜负老空房。

话说昭君听见帐外一声响亮，抬头一看，见是一只孤雁飞鸣空中，急出帐门，王龙也随后出来，听着娘娘那一声声悲啼凄惨，哀告天上鸿雁道："你是羽族中灵禽，空中作伴，飞去飞来，尚成鸾侣，时刻不忍分离。若有一个失伴，领头而走，做了孤雁，你与奴家是一样，孤苦零丁。叫声孤雁，是停一停羽翅，哀家有几句离情，烦你带一佳音到京城去，不知你肯与不肯？"那雁儿也知人言，一翅飞下云端，站立尘埃。昭君一见孤雁下来，由不得纷纷下泪，暗自伤心，道："飞禽尚存仁义，奴枉将玉体去伴汉君。孤雁呀，你今要上长安，有一封书信，烦你寄与汉王。"雁儿便摆尾摇头，叫了几声，似有依允之意，昭君便扯下一幅白绫，咬破指头，写了一封血书，字字行行，写得分明，上写道：

辱爱西宫臣妾昭君王嫱致书于大汉天子驾前：忆自妾与主公作别，许多话言，甚是知心。哪知哄妾出塞，在雁门等候，半月有余，不见一兵一将前来救妾。君心一变，别抱琵琶，妾只恨姻缘分浅。不是当初入梦，妾若嫁一平等夫妻，也可百年偕老，不贪富贵，怎有祸害临身？孤雁之便，烦寄京都，我主若念枕上之恩，快快点将发兵，早来一刻，还可相见，迟来一刻，只吊孤魂。再拜上正宫林后娘娘，大恩未报，来世

犬马相偿。又拜年迈双亲，保重贵体，好生抚养妹子。书到之日，龙目电闪，伏乞我主不可付于东流，须怜念妾泪痕千点，血指十个。纸短情长，书不尽言。

昭君将血书写毕，用手折迭起来，上面定了红绒线，拴在雁翅上，又嘱咐几声道："烦你将书带上长安，不要走错了路途，一路上须要留神，日间防备射儿，夜间防备猫儿，吃食担心，过江仔细。你若差迟，不打紧要，只怕失了奴的书信，就不好了。"昭君吩咐已毕，王龙也咬破指头，取出一幅白罗，写在上面。上写道：

思书丈夫刘文龙拜上萧氏贤妻：自上京都，为求名显当世，遂使三日夫妻，一旦分别。幸占鳌头，职膺教授，指望荣归故里，骨肉团聚。不意朝廷特旨，召取愚夫伴送昭君娘娘往北和番，未知何日方得回程。你须在家静守，用心照管门户，切不可忧愁记念。常言：恩爱难分，情固有之，为国忘家，忠臣份内之事。书写泪下，伏乞鉴察。

写毕，也将书折起，用红绒线拴在右边雁翅，嘱咐孤雁道："左边家书，是娘娘带到长安，送与汉天子的；右边家书，是我烦你带到西京西阳府西阳县洗马池黑鱼村刘家凹，交与我贤妻萧氏的，千万不可失落，要紧！"嘱咐已毕，但见孤雁两翅飞起，到了九霄云内，昭君与王龙见雁儿去远，方归帐下不表。

且言孤雁，它本空中而来，仍向空中而去，长啸一声，赛吐流星。它在空中翱翔，不到片刻时辰，一翅已飞到东京。正值汉王早朝未散，见一孤雁，飞到金阶，叫了几声，又飞到墙儿上面，三番五次，向金阶旋绕。王见孤雁飞鸣上下，十分诧异，吩咐内侍取了弓弩，要将孤雁射了。正要放弓，雁又腾空飞起，总射不着它。汉王细看孤雁翅底，隐隐似有书文，口内不言，心下暗想道："这个雁儿飞来飞去，莫不是边关昭君，有书信托它带来，也未可知，待孤问雁一声，便明白了。"想毕，叫声："孤雁呀，你非无事来见孤王，若是边关有信，寄与孤王，你可快下殿来。"那雁也知皇主之意，一翅飞下金阶，向汉王点了三点头，如朝拜一般。

汉王留神细看，果真孤雁左右俱有书文，便命内侍轻轻解下呈上，见一封是昭君的书，一封是刘文龙家书。先将昭君书拆开，从头细细一看。不看便罢，一看只见血痕满绫，句句伤心，由不住龙泪频倾道："辜负美人了！想美人在雁门待孤半月有余，望孤不到，非孤有意失信于美人，奈朝无良将、外无精兵保驾亲征，若孤尽调天下之兵，前来救你，又恐国内空虚，倘有变动，岂不惹天下人说孤为一女子，不顾万里江山？今日本当写一回书，烦雁转达，只怕美人见了回书，又添一番忧闷，不如不写回书好。"吩咐孤雁："劳你一路万里寄书而来，孤也不用回书，免得昭君边关思想，不

如和平两国，割断愁肠，并将刘文龙家书留下，也不用通知他妻子，省得两地忧愁。"那孤雁见汉王吩咐已毕，点了几点头，如同谢恩一般，它就双翅腾空而去，正是：

梦里相思情已断，关中盼望恨尤深。

孤雁见汉王虽无书带去，它倒有信义二字，一路向北而行，回复昭君。到了边关，空中又叫将起来。昭君抬头一看，已知雁回，心中大喜，便叫："孤雁，劳你一路风尘，快快下来，好把回书交付与奴。"那雁在空中，也不落下，只将两翅抖得清清，见书已送到，并无回书。昭君已会其意，银牙一咬，心中暗恨道："汉王何太不仁，一至于此！万里寄书，飞鸟且通灵性，你今既不发兵，又无回书，割舍奴家北去，一梦之情，从此断矣！早知汉王这等薄幸，不如老死冷宫，倒也罢了，图什么欢娱，留了话柄。"说罢，哀哀痛哭。只听得雁儿在头上叫了几声，一阵悲鸣，腾空而去。可怜昭君，还恋着关上，不肯动身，忽见李广气喘吁吁进帐而来，只叫："娘娘，不好了。"昭君吓得面如土色，急问李广何事。未知怎生对答，且听下回分解。

第五十二回 黑水河谈诗矢名节
九姑庙得梦赠仙衣

中国禁书文库

双凤奇缘

诗曰:

磨不磷来涅不缁,此生名节是根基。

若非护体仙家宝,怎保无暇玉一枝。

话说李广回奏道:"启娘娘,今日番帅等了半日有余,又宽了三日之限,等得不耐烦了,带兵到城下,问汉王既差昭君和番,到了边关,如何不见出关? 若再刁难,就要架炮攻关了。娘娘呀,此关一破,可怜生民又遭涂炭,快请娘娘启程罢。"王龙也在旁相劝,昭君又听关外大炮连天,已知身不由主,只得快叫备马,李广一声答应下去,早已伺候。可怜昭君纷纷落泪,上了龙驹,关中也是三声大炮,送娘娘起行。王龙随即上马,带着三百伴送兵丁,随娘娘出了雁门关。李广送至关外,见娘娘去远,方才紧闭关门把守,一面表奏汉王不提。

且言昭君哭别雁门,一路马上几次回头,王龙也暗暗流泪。早已到了番营,娄元帅带领众将等一齐跪接。暗将人图比对,一丝不误,心下暗想道:"怪不得狼主十分爱慕,果是美貌无双。"昭君在马上吩咐道:"哀家怕的夜晚鸣锣,尔兵随后而行,哀家有兵护卫,另扎一营。"娄元帅回称领旨,先让昭君起身,一路马不停蹄,兼程而进,到了北地,越山过岭,好不难行。

那日到了一个去处,但见黑雾迷天,遮人眼目,昭君便问王龙:"这是哪里了?"王龙道:"启娘娘,这是黑水河。"昭君又问:"黑水河去番邦还有多远?"王龙道:"尚有一半多路。"列位,你道王龙也不曾走过此地路径,怎这等透熟? 只因他乃状元之才,无书不看,何况天下地理舆图? 闲话少叙。且言昭君因见黑水河名,与奴今日和番,如同黑水一般,不禁两泪交流,吟诗二首:

雁门关候杳无信，断决相思两地深。

梦里恩情情最厚，南柯一梦付流云。

往日恩深意更稠，双心同结正风流。

名花移向寒冰地，何日家乡慰别愁。

吟毕，叫声："御弟，你也吟诗二首，解奴闷怀。"王龙领旨，也吟诗道：

禁苑名花日日鲜，何日移向北边关。

他人哪识香滋味，两地栽花不似前。

故园卉草正鲜明，风雨最多不见晴。

可惜天长地久夜，乡山无限最关情。

昭君见王龙吟诗，又惹起心中烦闷，因吟成一律：

二九之年灾晦临，单于相见一番亲。

虽然身陷番邦地，方寸犹思汉帝城。

此日栽花香不吐，他日恐故泣无声。

惟知节操持松柏，奕细绵绵享令名。

王龙听见此诗，叫声："娘娘，只怕身属异地，由你不得了。"昭君道："异地虽由人主，但他为贪着奴家的美貌，逼勒和番，奴今忍耻偷生，一路而来，怎肯玷辱名节？就是今生不得与汉王相见，倘死在九泉，有何面目见汉王于地下乎？宁使汉王负奴，奴焉肯负汉王？此时不过哄那番人，奴就死在番邦，奴魂也要回汉朝的。"王龙听见娘娘一番贞烈的话，也带十分伤感。昭君道："御弟呀，若在此死后，少不得你回汉朝，须要在汉王面前，表白哀家一番苦楚，足见御弟忠心了。"王龙口称领旨，说罢，不免放马起行，离了黑水河地界，正是：

行程好似天边月，赶路浑如赛流星。

昭君在马上一路观看北番景致，但见山高林杂，道路崎岖，行了百里，并无人家，也无宿店，连路上往来行人，一个也没有，十分荒险，好不难过。那日正走之间，忽见天色已晚，王龙吩咐扎下营盘。有军士回道："此地荒险，难保夜间无歹人，护卫兵少，恐防备玉驾不严，若有失误，我等吃罪不起。"王龙道："依你们便怎么样？"军士答道："启王爷，你看隐隐山中有一带红墙，似一座古庙，离此约有一里之遥，不如赶到那庙里安歇，王爷也放心些。"王龙点头称是，吩咐催马赶行。不到片刻，已到庙门。王龙吩咐靠庙扎下营盘，点起银灯，埋锅造饭。大家用毕，俱各安寝。

　　只剩昭君独坐帐中，睡也睡不着，对着银灯，无计消遣，取了琵琶，弹一段思乡曲调，又伤心一回。耳听军中更鼓三敲，一时困倦起来，倚在桌上，手托香腮，似梦非梦，但见两个青衣女童走进帐来，口称："奉娘娘法旨，召见仙姬。"昭君便也起身，离了帐中，随着女童，一路弯弯曲曲，到了一个去处。但见八字红墙，冲霄旗杆。走进庙门，回廊曲榭，玉石金阶，瓦盖琉璃，窗分麂眼。上了九层月台，到得殿宇，殿外站着无数黄巾力士，殿内分立十余个仙女，供桌上香烟缥缈，灯烛辉煌，黄绫帐内坐着一位难描难画的天妃，头带十二冕旒，身穿赭黄袍，手捧碧玉珪璋，端坐正中。昭君看毕，只听得上面喝声："仙姬见娘娘，还不下拜。"慌得昭君倒身下拜，口称："信女王嫱，愿娘娘圣寿无疆。"那娘娘叫一声："昭君听着，今日召你，非为别事，哀家乃九天玄女之神，只因你姊妹有缘，召你前来，完你名节，日后还使你报仇有人。且将哀家鹤氅仙衣一件，赐你穿在身上，自使番王不敢近你。"说毕，便命女童将仙衣交与昭君。昭君接了在手，谢恩道："得全名节回朝，重叙旧缘，自当将仙衣缴上。"天妃娘娘道："大数不可逃也，何必痴心强求！仙衣自有人来收，不用你费心。"昭君还要再问，娘娘不答，叫声"去罢。"仍命女童将昭君领出殿去。下了月台，出得庙门，见额上有："九姑庙"三字，心内记着，但是不由山路而走，走上一座桥梁，见桥下碧波清水，十分可爱，在桥上贪看此水，不防女童把昭君向水内一推，吓得昭君大叫："我命休矣！"未知生死如何，且听下回分解。

第五十三回　单于城昭君约三事　银安殿番王宴天使

诗曰：

> 端阳佳节最堪游，邀奴寻欢泛水舟。
>
> 舟返月明如宝镜，通宵一醉已忘忧。

话说昭君在桥被女童一推，只认坠于水中，哪知惊醒南柯，吓得浑身香汗。见一件仙衣放在身旁，取在灯下一看，只见霞光万道，瑞彩千条，心中大喜，忙脱了宫装，将仙衣穿在里面，只有她一人知道，并未与王龙说知。耳听谯楼已转五鼓，暗想："娘娘梦里吩咐之言，句句还可记得，奴说回朝续缘，娘娘说是大数难逃，难道奴竟不能回天朝了？"想罢，又是一阵伤心，泪下如雨。苦了一刻，叫声："且住，娘娘说与奴姊妹有缘，赠奴仙衣，全奴名节，还使奴日后报仇有人，但奴姊妹，是一女流，又非男子，怎能习武，来杀番狗，代奴报仇呢？这句话儿，只好付于流水了。"

想罢，不觉打了一个盹。天已将明，众军士埋锅造饭。用毕，又要起行，昭君叫声："御弟，此庙何名？"王龙出帐一看，见是墙上匾额，写着"九姑庙"三个大字，忙回奏昭君。昭君暗暗称奇，便差王龙进庙烧香，代她礼谢神明。王龙领旨进香已毕，回奏昭君，昭君吩咐拔寨起行，放了三声大炮，一齐上马，赶路长行。可怜昭君，在马上一步懒似一步，怕到番城；军士一步紧似一步，要赶路程。正行之间，忽见探子报与王龙道："前面已离番城不远了。"王龙点一点首："知道了。"打发探子去后，就来禀知昭君。昭君一见要进番城，苦在心头，泪如雨点，叫声："昭君，你从此进了番城，如白染皂，再似璧玉无暇，今生再不能够了。"

一路想着，已到番邦城下，但见守城军官，一个个顶盔贯甲，弓上弦，刀出鞘，各挂腰刀，拿了手本，一排排跪接昭君娘娘。昭君勒住马头，不肯进城，对着番官吩咐道："尔等可代哀家奏知狼主，说昭君娘娘要请三件事，要狼主依行，方肯进城。"

番官道："请问娘娘是哪三件事，好待奴婢奏知狼主。"昭君道："第一件，要番国税簿；第二件，要你狼主输心服意，进贡天朝，第三件，要你狼主免生异念，速将降书降表进与天朝，永不反叛。依了哀家这三件大事，那时哀家方进城与狼主相见，如不依允，要想哀家进此番城，宁可拚命城下，情甘一死，决不从命。"

番官领旨，急急报与番王。番王问道："昭君娘娘如何还不进城？"番官启道："昭君娘娘不肯进城，要狼主依她三事。"番王听说，哈哈大笑道："孤得昭君，如获连城之宝，今日到了我国，平生之愿足矣！莫说三件事，就是她要孤家依三十、三百、三千件事，孤都一一依从，快请娘娘进城便了。"番官领旨出城，速速报知昭君道："娘娘吩咐三件事，奴婢已奏狼主，狼主一一依从，快请娘娘启驾进城，已排銮驾伺候。"昭君吩咐，先抬过钱粮、税簿、贡表一道，都亲自看过，一一查收，另日差官解往天朝。昭君到了此刻无可推托，没奈何，要进番城，总不免苦在心头，悲悲切切，进了番城。番王带了满朝文武，来接昭君。到了午门，有番女扶了娘娘下马，送至西宫。这些宫娥内侍都来参谒娘娘，一见昭君生得姿容绝世，都交头接耳，暗暗称羡道："好个美貌娘娘，真似天仙下凡，怪不得我主兴兵，讨取昭君，耗费钱粮，却也值得。"不言宫中议论之事。

且表王龙归了馆驿住下，三百护军扎营教场。番王进了朝门，升坐银安殿，文武朝贺，都道："我主不枉一番劳心，得了天朝昭君，皆是我主洪福不小。"番王闻奏大喜，文武各加一级。众臣谢恩已毕，番王方退殿，赶到西宫，去看昭君。忽见黄门官奏道："今有征南大元帅娄里受，同了圣僧，与众将一起奏凯回朝，请旨定夺。"番王下旨道："圣僧一路辛苦，不敢当其朝见，容日孤自到寺叩谢，娄里受等着召见。"孤王一声旨下，番僧归寺安歇，娄元帅带领众将到了金阶，俯伏地下，口称万岁。番王先慰劳一番，叫声："娄卿今已取到真昭君，以成不世之功，深慰孤怀，照卿原职加升三级，外赐黄金千两，荷包四对。以下有功将士，俱各加官进爵，偏殿赐宴。兵丁犒赏免差两月。毛延寿进美有功，赏赐黄金五百两，荷包两对。"

众臣谢恩已毕，娄元帅仍将人图缴上，番王吩咐内侍收起，又要退朝回宫，黄门官又奏道："天朝差的新科状元，又是娘娘御弟，名叫王龙，带领中国军兵三百，一路护送娘娘到此，现在午门，候旨定夺。"番王闻奏，即传旨，将天使召进金阶。见王龙是一个白面书生，大赞天朝人物，生得品格不凡。王龙见了番王，俯伏金阶，口称千岁千千岁，番王忙唤平身，赐绣墩旁坐。王龙谢恩坐定，番王道："有劳天使，一路鞍马劳顿，孤心何安！"吩咐殿上摆宴，代天使洗尘。一声旨下，殿中摆了一席，款待天

中国禁书文库

双凤奇缘

使。有内侍手执金樽敬酒，桌上珍馐，也不亚于中国庖治，怎见得，有诗为证：

> 山珍海味也相同，烧炸由来各用功。
> 浓淡调和烹饪手，百般巧妙有无穷。

王龙领了番王的酒宴，不敢过量，便出席，谢宴告退。番王命送至馆院安歇，番王袍袖一展退朝，文武各散不表。

且言昭君进了西宫，一见宫女穿的服色，不比中国样，口中声音不同，昭君越思越想，好不伤心，暗恨毛贼：奴是南朝恩爱夫妻，被你拆散，逼到北番，来日奏知狼主，将你这贼万刀千剐，粉身碎骨，好泄心头之恨。毛贼呀！你只知要害别人，如今反害自己了，这叫做：有恩不报非君子，有仇不报枉为人。又想番王进宫，须要如此这般，不出奴手掌心内。昭君正在沉吟，忽听一声驾到。未知昭君接驾否，且听下回分解。

第五十四回　昭君智哄番邦主　王龙计下蒙昏药

诗曰：

巧计安排太入神，一般欢喜哄痴人。

梦魂颠倒心迷惑，不辨假来不辨真。

话说昭君正在宫中十分悲苦，忽见番奴报道："启娘娘，狼主驾到西宫，请娘娘接驾。"昭君此刻听说，犹如万箭钻心，千刀戮肠，没奈何，点一点首，站起身来迎接番王，照着中国礼数，低低叫声千岁。番王一见，十分大喜，连忙用手扶起道："美人少礼。"说毕，携手进宫坐定。先把昭君细细一看，好一个难描难画的美人，怎见生得好？但见她：发是千根乌油黑，鬓分两处至耳根。

雁尾拖来垂脑后，中垂松鬓巧十分。

脸如瓜子弹得破，不施脂粉亮如银。

八字柳眉分左右，一双俏眼碧波生。

鼻孔端正多福分，两耳不小天生成。

樱桃小口没多大，一口银牙白森森。

身材柳腰多窈窕，玉笋尖尖十指痕。

步步金莲三寸小，红绣花鞋足下登。

好似姮娥离月殿，不亚仙女降凡尘。

番王看了昭君，不由身子都酥软了，恨不得即赴阳台，暗想："番邦美女不少，三宫六院亦复多人，总不及昭君一二，孤蒙天赐良缘，今得与她共枕同眠，也不枉为一国人君。"又心中疑惑起来，命将人图挂起，与昭君两下比对，果然一点不差，方才心

中畅快。即将人图挂在西宫，一面吩咐摆酒款待新人。番奴领旨，忙将红烛高烧，摆列二十四碟时新果品，一十八大碗海味山珍，番王上坐，昭君赐坐一旁，对对宫女斟酒，双双番奴上菜。昭君苦在心头，也没奈何，站起身来，劝敬番王几杯。正当酒过三巡，菜添五次，番王也有几分酒意，不禁快活起来，道："孤为美人，日日想念，夜夜挂怀，折了许多人马，费了多少钱粮，今方得美人来到我国，成就百年姻缘，孤也算遂了平生之愿！"说罢，哈哈大笑。又道："孤在北方，美人在南方，可谓风马牛不相及，不料缘份一到，千里如同咫尺，孤好不快活人也！"吩咐宫女："快敬娘娘一杯酒，算孤代美人洗尘。"宫女答应，斟了敬昭君，昭君也回敬番王一杯。彼此饮酒已毕，番王道："想美人在中华既称才女，必定色艺双全，孤要请教一二。"昭君道："妾本下愚陋质，多蒙大王错爱，费了许多心机，今日得侍箕帚，妾之幸也。但妾才不堪上达天庭，若冒昧直陈，恐贻笑大王。"番王笑道："美人不必过谦，孤一定要请教的。"昭君道："请问大王，还是即席吟诗，还是曲谱新声，愿求示题。"番王道："先请教美人佳作一二首，就以孤与美人今日合卺为题。"吩咐宫女取过文房四宝。昭君濡得墨浓，添得笔饱，展开锦笺，不假思索，一挥而就，成诗两首，呈与番王。番王接过一看，上写道：

其一：

本是南邦女，今来北帝城。
姻缘千里系，觌面两心倾。
细饮珍味酒，还聆箫管声。
人间多美事，雨露最关情。

其二：

蒙君多错爱，枕上未寻春。
今夜偕花烛，此心对鬼神。
不须思故国，自是可怜人。
再把人图比，曾知真未真。

昭君吟此二首，诗中大有喻意，好在番王酒后不解，只是赞好道："美人才堪倚

马，诗中句句不失《关雎》之体，孤得美人，宫中如得一良佐，孤之幸也。"说毕，哈哈大笑，吩咐宫女："快敬娘娘一大杯酒，以润诗肠。"昭君饮毕，又回敬番王一大杯。番王道："还要请教美人新声。"昭君道："新声不比诗词，恐其中有冒渎大王之言，有失大王清听，望乞大王恕罪，方敢唱来。"番王道："美人只管放口，孤断不来罪你。"昭君领旨，命宫女取过她的琵琶，弹出一曲：

自幼生来十九春，父母爱如掌上珍。
只因一梦成异事，越州召取女昭君。
有奸贼子爱金银，改了人图起贪心。
一时不合将才使，自画人图费精神。
未遂奸谋怀了恨，一路哄到帝王京。
点黑痣，奏圣君，将奴贬入冷宫门。
身受苦，冤莫伸，无心得遇姓林人。
救出冷宫偕连理，抄没奸党问典刑。
透消息，走奸臣，逃至北方起刀兵。
将奴人图来哄献，硬要奴家献番人。
可怜损兵与折将，苦坏天朝汉室君。
倘欲不舍昭君女，又怕江山不太平。
欲要舍了昭君女，好好夫妻两地分。
夫妻本是同林鸟，一旦各自奔前程。
夫在南来妻在北，要想见面万不能。
琵琶别抱真遗丑，只好千秋落骂名。
忍耻偷生来到此，保得汉室锦乾坤。
佑天子，救群生，怜兵将，恤万民。
干戈平靖四方定，总为区区一个人。
自古红颜多薄命，何心惜爱恋浮生。
可叹世人痴愚子，贪花只管逞凶横。
只利己，不顾人，何妨忍耐少烦心。
强中更有强中手，多少好汉付灰尘。

昭君弹毕，将琵琶递与宫女。番王此刻也有半醉，并不懂曲中之意，只是赞好。昭君怕番王醉后及乱，忙心生一计，便道："启大王，妾自南方一路到北，多蒙兄弟王龙保护，伏望大王召他进宫，赐他一杯酒，以酬他风霜之苦。"番王准奏，即将王龙召进宫内，赐他三杯御酒。王龙饮毕谢恩，也要回敬番王。宫娥正要上前斟酒，昭君叫声："住着，待哀家亲斟与大王吃。"一面向王龙丢个眼色，王龙会意，暗在袖中取出迷昏药，下在酒内。未知番王肯吃否，且听下回分解。

第五十五回 报冤仇怒斩延寿 仗仙衣吓住番王

诗曰：

舌剑唇枪利十分，只知平地起风云。

害人反使自身害，恶贯满盈受典刑。

话说王龙将迷昏药暗暗放在酒中，双手敬与番王。番王此刻酒已难下，又碍着昭君情面，不好不饮，只管端杯一饮而尽。此酒不吃犹可，一吃时，大叫一声："不好"，顿时昏迷过去，不省人事，几乎跌下椅来，吓得两旁宫女，只认番王大醉，急急扶王至牀睡下。王龙告别离宫，只剩了昭君，打发宫女撤去筵席，收拾安寝。没奈何，在牀边和衣而睡，去伴番王，一宿晚景休题。

次日五鼓，番王酒醒，一见昭君睡在牀边，很不过意，便搂住昭君道："昨日酒醉，不曾成亲，带累美人一夜未睡，孤心不安，今日孤家一定陪礼。"昭君趁机便奏道："启大王，成亲乃是小事，妾有大冤未伸，伸冤方能成亲，冤不伸则亲不能成。"番王闻奏，大吃一惊道："美人，仇人是哪个？今在何方？快说与孤知道，好代美人伸冤。"昭君道："妾的仇人不是别人，就是毛延寿这个奸贼，他与妾有一天二地三江四海之仇，大王不斩此人，要妾成亲，妾宁死不从。"番王一想："延寿虽是美人的仇人，乃孤的功臣，孤怎忍杀他？若不将他取斩，美人又不肯成亲，如之奈何！罢罢，也顾不得许多了。"便暗暗叫声："毛延寿，是你的对头到了，非怪孤情过薄，孤要美人成亲，也只好忍着心，将你取斩，等你死后，再把你加封便了。"想了一会，道："就依美人所奏。"昭君大喜谢恩。

早有番奴请番王临朝，番王梳洗已毕，整冠束带，别了美人，即刻登殿，受文武朝参。忽然心中大怒，便叫两旁武士："将误国奸贼毛延寿，推出午门取斩。"一声旨下，早闪出许多武士，上前动手，从左班中推出毛延寿，也不由他分辨，一个个揪袍

褪带，背剪牢栓，推推拥拥，朝外就走。只吓得两旁文武，面面失色，交头接耳，议论纷纷，不知狼主为什事故，要斩延寿。与他无交者，不肯出头，只有卫律，撇不过师生之情，出班奏本道："臣启狼主，不知毛丞相所犯何罪，该问典刑。"番主闻奏，说不出宫中的私事，只回道："毛延寿身为天朝大臣，既可献人图与我国，挑动两下刀兵，焉知将来不可又挑动他邦？此乃误国之贼，容他不得，故此取斩。"卫律道："毛丞相虽不忠于天朝，却忠于狼主，望狼主念他献美有功，将功折罪。"番王听说，把脸一沉道："毛延寿是一定要斩的，卿家不必多奏。"卫律见不准奏，已知是代昭君报仇，不敢多言，只得叹息，退在一旁。

番王当殿即命番奴请昭君娘娘出宫，监斩毛延寿。番奴领旨，去不多时，请了昭君上殿，见了番王。番王即下龙墩，携了昭君手，同至五凤楼前，并肩坐下。但见毛延寿背插斩旗，跪在下面，昭君一见，由不得怒从心起，指着毛延寿骂道："好大胆奸臣，身为首相，禄享千钟、富贵极矣，汉王有什亏负于你，奴也与你无冤无仇，千番百计，使奴活活夫妻，两地分开，贼呀，你只知日头在午，谁料也有今日？"昭君一席话，只说得毛延寿低头不能回答。番王一旁解劝道："美人不必烦心，只等午时三刻一到，开刀斩了奸臣，便消你心头之恨，何必说话劳神？"毛延寿在下面，听得番王一番言语，不由地三尸暴跳，七窍生烟，大叫一声："狼主，是何言也？臣乃娘娘的仇人，却是狼主的功臣。想臣来献美，使狼主得此美人，且想昨夜之欢娱，非臣不能有此。臣不曾犯法违条，无故遭刑，死难瞑目，望狼主开一线之恩，赦臣老命罢！"番王倒被他这一番话，心中说软了几分，反劝昭君道："美人且看孤薄面，饶他一命罢。"

昭君一闻此言，由不住心头焦躁起来，便叫："大王有所不知，只因这贼用计，将奴贬入冷宫，奴几丧命；又将奴老父母无罪充军，可怜也是死里逃生，奴本待饶他，奈他不肯饶人，大王呀，斩草不除根，萌芽依旧生。休信此贼一番哄诱言语。"番王听说，点一点首，连称："美人之言极是！"只吓得延寿高叫："娘娘，千不是万不是，总是小臣该死，一时昏迷，起了贪心。汉王已将臣满门取斩，也可消娘娘心头之恨。只剩老臣一人，望娘娘生恻隐之心，饶恕老臣，臣亦辞朝归山，保全朽骨。愿娘娘寿登大耋，与狼主同偕到老，臣死不忘恩。"昭君听了这句话，分外伤心，咬牙切齿喝叫："奸贼住口，你死到临头，说的话儿，尚是不清不白，常言：有仇不报非君子，你也不必痴心了。"说着，珠泪纷纷。番王见昭君悲苦，也不好苦苦相劝饶恕延寿，便叫声："美人，既不肯恕他之罪，午时三刻已到，可将毛延寿开刀取斩，何必伤心，苦坏身子。"昭君收泪，点一点头道："大王之言极是。"番王吩咐："将奸贼开刀罢。"

一声旨下，谁敢怠慢？刀斧手答应一声，只听平空三个狼烟大炮，又见黑旗一展，钢刀三亮，番兵动手，好不怕人，便把毛延寿三十六刀鱼鳞剐去，临后破腹剜心。可笑延寿在日，作恶多端，今日死于番邦，以昭恶报。昭君一见番王将奸臣正法，心中畅快，免不得假意殷懃，谢了番王，一同回了西宫。卫律悄悄向狼主请旨收尸，番王因却不过昭君情面，诛了延寿，今见卫律所奏，便准他的本章。卫律在法场上，把延寿零碎尸首收拾，用一木棺盛殓，送在荒郊埋葬，立一石碑文，尽他师生之情，不表。

　　且言番王诛了延寿，知道昭君不能再为推托，打点今晚成亲，吩咐宫中摆宴，与娘娘改恼添欢。宫女答应，摆下酒肴，番王上坐，昭君旁坐，你一杯我一杯，吃得番王十分大醉，按不住心头欲火如焚，要来勾搂昭君的香肩，拉去同赴阳台。幸得昭君知道不免，想起梦中仙女吩咐之言，一进宫门，便脱去上盖衣服，露出仙衣。番王正要动手来扯昭君，手碰衣上，只听番王大叫一声："疼死孤也！"但见十指鲜血淋淋，吓得魂不在身。未知是何缘故，且听下回分解。

第五十六回 欲全名节说假梦
要还心愿造浮桥

诗曰：

> 妇人所贵节兼名，能自己身永不更。
>
> 断臂毁容全白玉，此心肯让古田横。

话说番王因酒后去扯昭君同赴巫山，谁知拉在仙衣上，忽然如万根银针直刺，刺得番王十指鲜血淋淋，大叫一声："疼杀孤也！"又因昨日吃了迷昏药酒，心中一急，忽然发作起来，不觉鼻孔血出如流，吓得两旁宫女面如土色。昭君急急向前，叫声："大王身体欠安，不好过贪，还是静养为上，且消停几日，等大王病好，再成亲不迟。"番王点头道："美人之言极是，孤且回昭阳安歇，失陪美人了。"说罢，即起身。昭君送出西宫，且喜番王有病，脱了灾星，自此以后，皇天有眼，几次番王到了西宫，不是有病，即是不能近身，弄得番王心中好不焦躁。

那日番王吃得十分大醉，定要与昭君成亲，命一班宫女硬将昭君的上身衣服脱去，哪知挡着手的，谁不连声叫疼，番王十分诧异，便问昭君，是何缘故。昭君此刻又怕又喜，怕的番王硬勒，只管叫人动手，就有许多不好了；喜的仙衣有灵，保全身子，一见番王问她缘故，便扯个谎道："妾启狼主，只因龙体欠安，妾在宫中，许下香愿，等狼主病已痊好，妾亲去烧香了愿，如今狼主病已渐就痊，可未曾了愿，妾于昨夜三更，梦见金甲长人，口称此地白洋河神责备妾身道：'许愿不还，身受口头之罪，速向狼主奏明，到白洋河亲自烧香了愿，保佑你百事遂心，夫妻偕老，如其不然，赐你银针十三根，插你身上，使番王不能近身，教你活活守寡一世。'说毕，冉冉腾空而去，吓得妾浑身冷汗，惊醒过来，就是这个缘故，望大王准奏，或者神人收去神针，成亲有日，也未可知。"番王闻奏，心内一想："孤用许多金银买昭君之心，难道昭君没有一点情义与孤么？又要白洋河烧香，须搭浮桥，非十几个年头不能成功，叫孤如何等

得？且住，昭君既到我国，如入牢笼，终究难脱孤手，除非死了，恩情方断。"想毕，便叫声："美人所奏，孤无有不依。"昭君大喜，连忙谢恩道："启狼主，妾的心只此一件事了，还愿回来，与主成亲，誓同白首。"番王哈哈大笑道："难得美人一片好心。"又吩咐宫中摆酒，吃得尽欢而散。

一宿已过，次日早朝，番王登殿，文武朝参已毕，旨下吩咐工部拨帑，兴工搭造白洋河浮桥。工部闻旨，大吃一惊，急忙奏道："启狼主，白洋河口面广阔，难量丈尺，日用千人，仍要造船载人，次序搭造起来，要用铁环三千余斤，方可锁定浮桥，水才不能冲坍。依臣估来，需时十六七年，需银非费倾国之财，劳万民之苦，不能成功，望王停了此旨。"番王道："一言既出，驷马难追，卿只要催赶完工，不必为孤忧虑。"工部不敢违旨，只得退出朝门，兴工去了。番王打发工部去后，坐在殿上暗想："孤为昭君，日费万金，不怕昭君不得成亲。昭君呀，你可知孤王为你一片苦心么？"想罢退朝，仍归昭阳静养不表。

且言昭君，凭着三寸不烂之舌，说哄番王，苦费金银，痴想成亲，付之流水，每日闷坐宫中，心上有事，非弹琵琶，即是吟诗，或闲步花园，以散心情，但听得：

枝上子规啼不住，声声叫出断肠吟。
蝴蝶过去飞来燕，莺藏林外弄姣声。
桃红柳绿如铺锦，杏花初放墙角横。
过了春来到夏景，水面荷花香十分。
一对鸳鸯双戏水，鹭鸶常傍藕池根。
凉亭摇扇乘风坐，修竹根根被暑浸。
过了夏来秋又到，桂花香送沁人心。
好个八月中秋夜，佳节共赏月光明。
东篱又放陶家菊，门外白衣送酒人。
凛凛狂风交冬令，白雪纷纷亮如银。
泪滴成冰真个冷，寒鸦便共梅与争。
古人踏雪寻梅饮，雪拥蓝关马不行。
可惜日月如梭快，四季景致瞬息更。
十年妇女闺中老，悔不当初嫁夫君。

昭君观看园中景致，游玩一番，没情没趣，出了园林，仍回西宫纳闷。

这十六年中，番王有多少盼望，助他相思；昭君有无限离愁，增她的悲苦；该管工部官员，费许多手脚，发多少钱粮，用若干人夫，耗无限心血。正是十六年光阴，人生原不容易过去，书中不用片刻时辰，浮桥业已告成。工部上复朝命，番王心中大喜，忙进西宫，昭君接驾，将番王迎进宫中。行礼已毕，坐定，番王道："美人要搭浮桥了愿，今桥已告成，但凭美人择日前去烧香，回来好与孤王成其美事。"昭君听说，由不得苦在心头，暗叫一声："苦命的昭君呀，你的催命符到了。"反破涕为笑道："好快日子，倒也十六年了。"番王道："孤家度日如年，足足等了十六年，美人又不要别生枝节。"昭君道："这个自然，妾身若再推辞，岂不辜负狼主十六年等候的恩情了。"番王听说，哈哈大笑道："美人之言有理。"昭君道："启狼主，可命御弟同工部，到白洋河先去烧香谢神，收工回来复旨，妾自择日烧香便了。"番王准奏，一面将旨传出宫去，一面吩咐宫中摆酒，代娘娘贺喜，不表。

且言王龙在馆驿内接了番王旨意，虽是份无统率，却也不敢不遵，忙会同工部，备了祭礼香烛到浮桥，先把桥一看，好不高耸，怎见得，有诗为证：

> 建立全凭造化工，长桥高欲起平空。
> 虽由妙手人之巧，总在汪洋一派中。

王龙看毕，免不得与工部在桥上烧香行礼，化纸已毕。王龙到底生在中华，未曾领略过外国的风景，慢慢同工部下了浮桥，也不坐马，也不坐轿，一路步行，玩着野景：山虽不高而险峻，水虽不秀而长流。走有十余里下来，忽见山脚下站着一人，有些认得，王龙向前一看。未知此人是谁，且听下回分解。

第五十七回 救忠臣苏武回朝 找丈夫猩猩追舟

中国禁书文库

双凤奇缘

诗曰：

　　牢笼已脱苦忧愁，矢此忠贞到白头。

　　虽说姻缘非族类，好逑也自赋河舟。

　　话说王龙远远见山脚下站着一人，虽是风霜变色，却见他中国打扮。细细定睛一看，原来有些认得此人，忙抢几步向前，到了山脚，再细一看，不是别人，正是老臣苏武。王龙连忙打恭道："原来是苏老丞相，为什么在此受苦？"苏武也还礼道："原来是殿元公，说起老朽到此和番，十分悽惨，然卫律逼某投降不屈，命某在此牧羊，一十六年，多蒙山中猩娘收留洞中，生下一男一女。某日夜思想故国，今生是不能回转了！殿元公莫非也来和番的么？"王龙听说，十分悲叹道："原来如此！老丞相只管放心，包你指日回朝便了。"苏武大喜道："殿元公有什回天的手段，搭救老朽？"王龙道："老丞相有所不知：只因番王统兵打破雁门，已逼汉王无奈，将昭君娘娘献出，如今已到番邦。某是奉旨随娘娘驾到此地，也是十六年了。番王甚是敬重，言听计从，无奈娘娘只是不肯成亲，今又在这西北特搭一座浮桥，破费十六年功夫，方才告成。先命某等到此烧香看工，无意闲游，幸遇老丞相。等某回朝复旨，在娘娘面前求她方便一言，包管老丞相指日回朝。"苏武连声称谢道："使朽骨得还故乡，皆出殿元公之所赐也。"王龙连称不敢道："老丞相速速回洞，快些收拾，好打点动身，某也不敢久留，要复旨去了。"遂与苏武作别，同工部上马，一齐进朝。

　　到了午门下马，工部在午门守候。王龙进了西宫，当面见了昭君缴旨，便把老忠臣苏武留番受苦，要求娘娘搭救的话奏了一遍。昭君点一点头，打发王龙出宫去后，暗叫一声："苏武，你在番邦受苦多年，有哀家知道，还将你救出龙潭虎穴，但不知哀家在番十六年，有谁来救哀家呢！"说罢，纷纷珠泪。正在伤心，忽报驾到，昭君连忙

收泪，将番王接进宫中坐定。番王道："美人可曾择日烧香？"昭君道："只要黄道吉日，便可烧香。"番王传旨与礼部知道，卜日进呈。昭君道："但不知中国还有什人拘留此地？"番王道："汉将李陵不屈而死，只有一个苏武，因劝他归降不从，罚在牧羊城受苦。后来该管官儿报来，苏武连人连羊不知去向，多份葬于山兽腹中了。中国只有王御弟在此，并无别人了。"昭君道："只怕老苏武还在呢？"番王吃惊道："今在哪里？"昭君便把王龙在山中相会的话先说了一遍，又道："他既不肯降顺，留之何益？可怜他家乡万里，妻子不知存亡，望狼主开一线之恩，放他回去罢。"番王闻奏，无有不依，即刻传旨，着内侍随天使王龙来到飞来洞，赦苏武回朝。内侍领旨出宫，会了王龙，说明来意。

王龙想起苏武十分褴褛，不便朝见，又命家人打了一个衣包，与他更换，收拾停当，一齐上马出城。找至飞来洞，正是猩猩不在洞中，苏武在那里痴痴盼望，王龙与内侍一齐下马，宣读赦旨。苏武大喜，又见王龙取衣服与他更换，深感王龙之情，暗想："在洞多年，又蒙猩娘一番情义，生下一双儿女，不知今日带往哪处玩耍，不及与她作别，留下一字相谢。"遂同王龙下山，入朝见了番王。番王慰劳一番。又是昭君召进宫中，苏武拜谢救命之恩，昭君命内侍扶起赐坐，叫声："苏卿，回朝上复汉王，他原许奴御驾亲征，来救哀家，今已多年，并不见一兵一将到来，不但误奴一世青春，而且将奴身陷北地，求生不得，求死无门。奴今苦积如山，不及写书与你带去，烦你口传一信与汉王，教他明岁招奴魂回归。哀家那日曾将番邦税簿文凭降表进与汉王，不知吾王可曾收到否？正宫林后、哀家父母妹子，望老忠臣代哀家一声问候，御弟王龙家内，仍烦寄一信去，说他明年一定回来，使他家内放心。"

苏武只是连声答应，就此起身，拜别出宫而去。又见番王，番王便对苏武道："番王敬你乃天朝一个大忠臣，累你受苦一十六载，只因孤王一时不明，误听奸人谗言，简慢天使，孤之罪也。这是表书一道，贡物十扛，烦天使转达天子，聊表孤王之心，外有些须菲礼，相送天使，以做路程。天使带来兵丁一千名，今只剩五百名，各赏口粮，烦老忠臣带回中国。"苏武听了番王吩咐，连忙叩谢，退出午门。后又与王龙作别，并谢他搭救之情。王龙见苏武喜色匆匆，也不及写家书，托代口信，转寄家乡，不过是一番嘱咐。

苏武别了王龙，仍带五百兵丁，押着贡物，出了番城。苏武到底年高，不惯骑马，一路行来，甚是狼狈，便问土人："此地可有水路舟船否？"土人指明："西南山嘴下，有一座大海，海路直通雁门，路却远些，那里便有海船，雇了载人。"苏武听说大喜，谢了土人，一马放开走了二十里，来到山嘴，果见一座大海，海上列着许多大船。苏武便吩咐从人与海船讲明价银，雇了两只海船，甚是宽大，任你多人，亦可装载，只要顺风，瞬息便到，风若不顺，寸步难移。苏武见船雇妥，便下马上船，五百兵丁分在两船，正是顺风时候，舟人看定指南针，扯起两把大篷，一直望南进发，这且慢表。

再言猩猩，带了儿女一双出洞，因天气晴暖无事，一则出去玩耍散心。二则在满山中找些果品，与苏武充饥。三则苏武初到洞中，还教小猩猩防备，怕他溜走，今已来到了十六年，又生下儿女，以为绊住苏武，也不用防备了。老猩猩一出洞去，那一群小猩猩都跑出洞去，到满山寻果子吃，只剩苏武一人在洞，所以今日得脱身而去。哪知猩猩回洞，不见苏武，心中十分着急，吼地一声唤齐小猩猩，乱打一番，嗔怪他们贪玩放走，又命满山找寻，哪里有个影儿。只急得猩猩正在跌足捶胸，忽听空中叫一声："孽畜休慌，听我吩咐。"吓得猩猩向上一看。未知是何神仙，且听下回分解。

中国禁书文库

双凤奇缘

第五十八回 弹琵琶带病思乡 嘱御弟含悲生别

诗曰：

光阴又早小春天，几度相思也枉然。

不是春心能锁住，容颜易改被情牵。

话说猩猩向上一看，见是山神，忙跪下道："薄情苏武，不念小畜搭救之恩，竟自不别而去，可恨可恨！"山神道："你也休要怪他，他与你缘份已满，该他回朝之日，因钦命急迫，不及与你作别，非他过于薄情。现留一字相谢。你可从水路追去，还可会他一面，吾神去也。"猩娘见山神去远了，急忙站起身来，先将桌上字条一看，，点点头，折了收起，不敢耽误，背着女儿，抱了儿子，出得洞门，放开毛腿，一路顺着海边追将下来，行走如飞。虽是船趁风威，走得甚快，猩猩两腿，亦快于船，不消两顿饭工夫，早已赶到。苏武两只海船，船却离岸甚远，猩猩追来，在岸上乱跳乱叫，早惊动苏武。苏武在舱内，已知猩娘追来，急急站出船头，高叫一声："猩娘，多蒙你十六年恩情，又生下一双儿女，非是苏武薄情，不别而行，一则因猩娘不在洞中，二则圣命紧迫，若不回去复旨，是为不忠，故留一字相谢。你可略等几年，我自来看你。"那猩猩也揩着眼泪，指着一双儿女："还是带去不带去？"苏武也会过意来："一双儿女，权留猩娘身边抚养，少不得日后骨肉团圆，自有相逢之日。"说毕，只怕过于缠扰，催舟而行，直望中国而去。猩娘在岸上，痴痴望着苏武的船儿，不见影子，方才含泪带了一双儿女，回洞而去，后书自有交代。

再言昭君，虽仗身上仙衣，免了番王搅扰，但初进宫时，面似桃花，如今病体恹恹，身子瘦黄，每日痴坐出神，毫无一物以畅情思，忽然想起琵琶是奴知己，遂取过琵琶弹起，悽悽惨惨，苦成一调：

奴今正想宜春令，无心去看卖花人。

夏天懒见鸳鸯面，并头莲儿两地分。

思乡又恨秋天雁，寄书去了没回音。

冷天怕唱普天乐，心事怎诉汉王君？

泪珠好似湘江水，悲悲切切不成声。

泪痕湿透红衫袖，红绣鞋难穿脚跟。

怎得一朝升平乐，香柳难得救回程。

思君懒看十样景，夜宴羞尝百味珍。

孤悽怎带全落索，欲上小桥步难行。

院中怕忆红芍药，鬓边斜插桂枝根。

徘徊常靠西河柳，思王坐到月儿明。

可怜又增叨叨令，冷风吹落花后庭。

　　昭君弹罢一曲，将琵琶放过，正在闷坐，泪珠频倾，忽报驾到，昭君慌忙收泪，起身相迎。番王到了宫中，行礼已毕，坐定，番王带笑叫声："美人，如今苏武已放还乡，已遵美人之命，今值美人无辞，也该依从孤王成亲。"昭君道："这件事还依不得狼主呢！妾曾奏过狼主，要到浮桥烧过香、了过愿，方能成亲。"番王见说，一想："十六年倒等得，难道这几日就等不得了？"只等礼部择定日期，再催她去烧香，还有别个推托吗？"想毕，连声称赞："美人是个烈性之人，孤也拗你不过，还是陪孤王吃酒罢。"昭君答应，一面吩咐内侍摆酒，连忙假意虚情举杯，只管敬番王的酒，番王被昭君灌得十分大醉，仍回昭阳安寝不表。

　　且言昭君打发番王出宫去后，坐定，心中一想："浮桥已是成功，只差礼部卜定日子进来，那时奴要全名节，就不能顾性命了。汉王呀！奴在这里想你，你在那里未必想奴，常言：痴心女子负心汉。奴在番一十六载，全无片纸只字音信到来，汉王你狠心太过了！"说着，不觉二目双红，泪如泉涌，悲苦一番。又叫声："且住，御弟身陷番邦，一十六载，进宫日少，不能常常叙话，趁今日番王不在宫中，不免召他进来，嘱咐他几句分别的话。"一面叫内侍宣王龙进宫。

　　内侍领旨，去不多时，已把王龙召进宫内，朝见娘娘已毕，一旁赐坐。王龙道："娘娘召臣，有何吩咐？"昭君道："御弟，累你在番多年，使你少年夫妻活活分离，哀家之过了。哀家一路来，承你相伴到此，雪雪风霜，受尽千辛万苦，哀家没有一些好

处给你，于心何安!"王龙道:"此乃为臣份内之事，何劳娘娘挂念!"昭君道:"哀家今写下一封家书，恐日后御弟回朝，一时忘记，今日预先交付与你收下。"王龙道:"娘娘书今在何处，好让臣带出宫去。"昭君道:"书有三封，已写现成在此，还未曾封，你可细看上边情节，便明白了。"

王龙接过三封书，先将头一封抽出，乃是寄与汉王的，上写道:

> 临行分袂是何言，妾却痴心候边关。
> 云雁传书无音信，抛去相思十六年。
> 龙榻另贪宠爱者，当初恩义付流泉。
> 守贞不用图余乐，只有芳魂返故园。

又抽出第二封书，乃是寄与正宫林后的，上写道:

> 虽非同姓沐恩深，姊妹相称胜嫡亲。
> 贤后代奴筹万策，君王视如路旁人。
> 此心唯有存贞烈，芳体何能乱礼伦。
> 欲望相逢同聚首，除非一梦认全身。

再抽出第三封书，乃是寄与他父母的，上写道:

> 父母恩同天地高，此身未报意牢骚。
> 因贪富贵花添锦，陡起刀兵血染袍。
> 甘旨无人虔供奉，梦魂何处会儿曹?
> 椿萱未卜可康健，休想孤鸿唳碧霄。

王龙看了娘娘三封书信，俱是些断恨绝命的话，免不得暗暗悲伤。不便说明，一面代她黏好信口，口称:"娘娘书中字迹，一切句句关情，虽古之贤妇淑女，不及娘娘之笔力也。臣已收好书信，臣要告别出宫了。"昭君叫:"御弟且慢，哀家有句紧要之言嘱咐于你。"王龙道:"请娘娘吩咐。"未知昭君说出什么话来，且听下回分解。

第五十九回 深宫夜坐苦怨汉王
浮桥烧香悲诉求神

诗曰：

> 同携玉手并香肩，送别哪堪泪满天。
>
> 勒马未离金殿角，销魂先被美人颜。

话说昭君叫声："御弟，奴算起来，在世日少，终要别你。少不得番王打发你回朝之日，望将奴魂带归故土，奴在九泉断不忘恩。这句话儿切记在心。"说毕，放声大哭。王龙再三劝慰道："娘娘不必伤心悲苦，且保重御体要紧。"正在宫中叙话，忽见正宫差了内侍，送烧香日期到来，吓得王龙急急告别出宫。昭君吩咐御弟一声小心在意，王龙答应而去，不表。

且言昭君接到礼部择的烧香日期，上写："次日乃黄道吉期，请驾出行。"看毕，知道生机日短，死期将近，免不得暗暗伤心，假作笑容回言："知道了。"打发正宫内侍去后，独自进房坐下，仰天大哭道："奴的生路，只有今日一夜了，明日到了浮桥上面，番王呀，哪里为你烧香了愿，分明是奴的终身结果了，你还痴心想奴结成连理，只怕你还在梦中呢！实不是奴家过于无情，奈名节攸关，岂能失身番地？"正在闷想苦楚，忽听远远一声响亮，谯楼正打初更，昭君长嘘一声，吟诗一首：

> 月掩浮云少迹踪，因何此日不相同。
>
> 嫦娥若把昭君妒，羞对莲花宝镜中。

吟诗已毕，又想："奴与汉王若是无缘，如何梦里相逢，许了婚配？未满一年，好好鸳鸯拆散两地，有缘要算无缘了。且住，堂堂大国皇帝，尚且不能庇一妃子，何况民间？故出许多奇怪事，成为话柄。哎，汉王呀，这是要讨昭君，你就输心服意送与外邦，若是要你的江山，难道也让人不成么？这般庸弱，还做什么人君，管什么万民？总之，汉王你怎忍抛撇奴家，全无一点夫妻之情，奴还思想他做什么呢？"正在细想，又听鼓打二更，吟诗一首：

> 遥忆君王不动情，绸缪不减惜惺惺。
> 算来指望千年合，怎奈今朝独苦吟。

吟诗已毕，又想："父母俱已年老，膝下无子，还幸生奴姊妹二个，招个女婿，奉养终身，到老有靠。不料遇见对头，父母为奴遭刑，又遇假旨，为奴充军，受尽千般之苦。及一旦身为国戚，也算否极泰来，不知女儿又遭此不测之祸，害得父母终日思想，免不得要生出病来的呢。爹娘呀！譬如当日未曾生这个女儿，也可置之度外了。且喜眼前还有妹子，谅已成人，父母切不可又贪富贵，似奴这个女儿，分明送入火炕去了，今生今世要见女儿之面，是万不能了。"想毕，放声大哭。又听谯楼正打三更，已交半夜，只是跌足捶胸，连叫："罢了！"悲悲切切，又吟诗一首：

> 淹滞番邦十六春，朱颜易改白如银。
> 光阴久恋浮生地，怎辱奴家不坏身。

吟诗已毕，又想："御弟王龙，身陷番邦一十六年，受了许多苦楚，思了无限家乡，撇下三宿妻房。他在背后不知落了多少眼泪，他的苦楚，与奴一样，向谁人告诉？他见了奴，也是可怜；奴见他，也是伤心。"昭君正想之间，又听谯楼已交四更，昭君见光阴渐渐短了，心内犹如小鹿乱撞，因再吟诗一首：

> 叹息我生竟不辰，生平有志未曾伸。
> 随波好似浮萍草，雨雨风风傍海滨。

吟诗已毕，未免十分悲苦，大叫一声，昏迷在地，只吓得外面伺候的宫娥，急急进房救醒，叫声："娘娘休要悲伤，天已不早，请安置养些精神罢。"昭君苏醒过来，点一点首，吩咐宫娥们："且去睡吧！"宫娥答应出去。昭君打发宫娥去后，又听谯楼鼓打五更，只急得昭君魂不附体，因作断肠词一首：

千金体，都休说。傍妆台，镜光裂。两国兵戈不休歇，累得娇容葬鱼鳖。苦相思，心硬咽，满腹愁肠泪出血，无由一面吐衷情，忙把行李多打迭。忆汉王，苦抛撇，全无片甲一兵临，辜负青春好时节。

吟了断肠词已毕，忽然想了一会，后笑起来，又吟诗一首：

羞煞番君太冥顽，来朝空想结鸳鸯。

浑如江底捞明月，枉做三春梦一场。

吟诗已毕，两泪交流，痛哭不止。又听得钟鼓齐鸣，天色渐晓，只得对镜梳妆，心如刀割。可怜数年不曾对镜，但见镜内照见自己容颜不改，苦苦叫声：“昭君呀，多为这容貌丧身，好不痛杀人也！”又吟诗一首：

对镜梳妆似月圆，番王定计却无缘。

贞心一点人难识，怎免芳躯赴九泉。

吟诗已毕，正才梳妆完备，只见番王驾到西宫，叫声：“美人，烧香起驾罢。”昭君一面迎接番王，一面回说：“候驾多时了。”番王大喜，吩咐内侍摆驾，同娘娘烧香去者。内侍领旨。昭君此刻苦在心头，假陪笑容，同了番王坐上玉辇，出了宫门，早有众文武伺候午门，一路随行。出了番城，已到白洋河口，但见水势连天，波涛滚滚，昭君便同内侍道：“洋中可有什么景致？”内侍跪下奏道：“启娘娘，此地天连水、水连天，并无船只往来，又无庙宇创建，惟有汪洋大水，一望无际，今日新添一座浮桥，就是景致，别的景致一些儿也没有。此桥造的高而又险，上去有些害怕，娘娘走上去，很费力呢，何必定在此处烧香？”未知昭君听说，怎生回答，且听下回分解。

第六十回　断肠诗猿啼鹃喉　洋河水玉暗香沉

诗曰：

　　昭君含泪手捶胸，一片相思总是空。
　　往日恩情付流水，南柯梦里再重逢。

　　话说昭君听见内侍一片言语，由不住两泪交流，便问内侍："拦阻哀家何意？哀家既到此烧香，焉有不上浮桥之理？"内侍不敢再奏。昭君又对番王道："妾陪狼主一同上去走走。"番王点头，吩咐内侍将牲礼香烛摆到桥上伺候，内侍领旨而去。番王同昭君下了玉辇，慢慢缓行，王龙等后面跟随，走到浮桥上面。这桥造得十分险峻，下面白浪滔天，好不怕人，但见这座浮桥：

　　高有百丈透云霄，千里路长正迢迢。
　　一带栏杆横铁索，往来直费路几传。
　　多少人夫来造起，钱粮无限尽花销。
　　桥下水声响不住，冲天匹练浪滔滔。
　　波中一望失两岸，四处绵鳞影乱跳。
　　起造功夫非一载，苦死若干好儿曹。
　　十六年来功方竣，只为娘娘把香烧。

　　番王同昭君上了浮桥，昭君在桥上四面一看，只吓得魂飞天外，魄散九霄，暗叫一声："汉王呀！你可知昭君今日为你守节，在浮桥上面了结终身也。"想罢，免不得苦在心头。有内侍奏道："请娘娘烧香礼拜。"昭君听说，便点一点头，轻移莲步，走到浮桥，朝着水面，焚起一炷长香，暗暗苦诉水神道："念信女昭君，生于越州，嫁与皇宫，幼读诗书，颇明大义，不料为奸人播弄，遭此不测。今虽奸人授首，大仇已伸，而恶缘不了，贞烈要全，特到浮桥，祷告三清大帝、过往神祇，鉴奴之心，终不忘汉，全奴之节，死不恋番，望诸神虚空感应，能把奴身从波浪中带回天朝，奴虽死犹生也。"

祝告已毕，将香插在炉内，大拜八拜起身。番王叫声："美人，桥高风大，吹得面上冷森森地噤人，今日已烧过香、了过愿，快些打点回宫，不可又误了今日良辰。"昭君听说，好似万箭钻心，十分苦楚，又想道："番王好痴心也，件件事儿都依奴家，一心要买奴心，指望与他成亲，不知奴心铁石之坚，一心只想汉王，岂能将心向你？狼主呀！你也空自费心，只管用尽倾国之财，建造此桥，被奴哄骗到此，哪里为你烧香了愿，总因奴心中要全贞烈，以报汉王。"想毕，将身倚着桥上栏杆，痴痴望着潮水，也不动身。番王带笑叫声："美人，此桥无一点风景，何须游玩？不如快些回去取乐罢！"昭君听见番王催促，又暗叫一声："狼主，你只管这般逼迫，分明是奴的催命鬼到了，罢罢！奴还挨什么时辰呢？"昭君正打点将身来跳那水，忽叫一声："且住，想番王虽未曾与他成亲，遂他之愿，但蒙他许多恩情，眷恋于奴，奴今日在浮桥上面，永别终天，也不免留诗三首，答谢番王便了。"因信口占道：

一首

　　南国名门宰相家，香闺深锁玉无暇。
　　古今烈女天贞节，一马双鞍礼上差。

二首

　　非奴福薄来欺主，青史难标大节名。
　　从此别离成宿恨，但留孤冢在番城。

三首

　　二九之年别汉宫，片云掩月到熊京；
　　玉容不似尘一点，耽搁番王十六春。

昭君将这三首诗信口吟来，不致紧要，但是她一段愁肠，引出无限愁景来，怎见得？只听那：

断肠悲怨出声声，薄雾迷漫助悲吟。
山中野猿啼出血，叫得怪石狼峻峥。
树上杜鹃流血泪，林木响得格铮铮。
飞禽惊得翅不起，走兽吓得步难行。
渔人不敢来下钓，收了渔竿返柴门。
樵子斧柄都掉了，倚着树木只出神。
田中农人白瞪眼，忘却插秧想收成。
书斋伏案掩昼午，不闻里面读书声。
牧童横笛吹不响，牛背上面跌埃尘。
过客不敢贪赶路，旅店愁增思乡情。
佳人无故停针线，怕到妆台理乌云。
高山几座都变色，青障碧风现怪人。
河水滔滔千层浪，掀天簸地好惊人。
树木枝叶多零落，花枝抖战不肯停。
一众文武都酸足，多少观者赞钗裙。
内侍嫔妃总掉泪，惹起悲愁苦十分。

此刻只有王龙一人心中明白，知道娘娘不是来烧香了愿，乃是来断根绝命，可惜番王不悟，还要苦苦强逼成亲，某欲代向前说出真情，番王怎舍得娘娘寻死，岂不误了娘娘万世芳名？某只好袖手旁观，不言不语，看着船沉。娘娘呀！想当初和番之时，满朝文武都不中娘娘的意，单要王龙相伴，虽是微臣份当如此，只苦杀王龙陷在番邦，十六年不能回转天朝，这也罢了，只是王龙若有娘娘在世，或可回朝，得见汉君，使某夫妻团圆；从今与娘娘在浮桥一别，不独今生休想回朝，且流落此地，怕只怕王龙性命也活不成了。不言王龙一旁思想，十分忧闷。

再言昭君，正将三首诗吟咏已毕，忽见白洋河内狂风陡作，巨浪腾空，慌得两旁内侍急用掌扇来遮，番王又叫声："美人，桥上风大了，是不当耍的，快些回去罢！"昭君听得番王十分催促，已知命在旦夕，把眉头一皱，银牙一咬，叫声："内侍，将香拿来！"内侍答应，取香递与昭君。昭君接香在手，叫声："嫔妃内侍且退下些。"此刻心中一阵悲苦，怕的番王见疑，不好放出哭声，把两行眼泪向肚内咽将下去，便暗暗叫一声："薄幸汉天子，有仁有义的林皇后，一双年老的爹娘，奴从此要别你们去了，你们在中国也不知道哎？顾不得许多了！"心中一恨，就将身向白洋河中一跳。未知昭君生死如何，且听下回分解。

卷七

第六十一回　见凶兆哭倒番王　赐金银赠送天使

诗曰：

花香却在名园内，异地难栽碧蕊根。

尚有余情多眷想，芳魂久已到都门。

话说昭君要全她的贞节，趁着在浮桥上面，假意捨香，叫众人退后，不及防备，向波中一跳，随浪浮沉去了。番王一见，吓得面如土色，放声大哭，一时晕倒在地，慌得众内侍急急向前扶起，片刻方醒过来，扳住浮桥，哭哭啼啼，叫一声："美人，哄得孤好苦呀！美人今日一死不打紧，要知孤费许多心机，点将差兵，去犯汉室，用了钱粮若干，折了兵将多少，为的美人；不顾三宫六院，冷了多少裙钗，都怨孤王薄幸，也为美人；番邦税簿并降书降表，还有多少珍宝，进贡天朝，孤也为的美人；延寿是孤之功臣，忍心将他三十六刀剐杀报仇，也为美人；牧羊苏武，赠他金银，释放回朝，也依美人；要搭浮桥，为孤还愿，用了倾国之财，费了十六年工程，孤也依美人；美人说的话，孤无有不依，总不过要暖美人之心，谁知美人哄诱十余年来，到今日玉埋香沉，教孤好不痛心也！"说毕，又是放声大哭。

众文武向前相劝道："狼主休要悲伤，只因娘娘与狼主不是姻缘，还要保重龙体为是。"番王听说，方止住泪痕，吩咐众番军："打捞娘娘的尸首回来，重重有赏。"番军回言："河下并无船只，怎么打捞？"有娄丞相献计道："可将山上树木伐下，扎成筏子，漂于河内，随多随少，以作船用。"番王就命众番军一齐动手，将满山树木伐下，立刻扎成七八十只筏子。又命众番兵沿河周围随流而下，打捞昭君尸首。满河寻捞，并无影形，也不知尸首漂到何处去了，众番军只得复旨。番王听说，也无可奈何，只是哭个不住。

且说王龙一见昭君跳水，已是魂不在身，今见捞不着尸首，又是十分悲苦，走到浮桥栏杆边，对着水面，哭叫："娘娘呀！你今死在白洋河内，哪个招魂，谁人烧纸？汉王并不知道，林后哪里知情，老国丈又无人报信，可怜身陷番邦，虚度十六年光阴，今日连尸首也捞不着，莫非娘娘芳魂已返故乡么？"说毕，又痛哭一番。番王见打捞不着昭君尸首，心中十分悲痛，又大哭一场。众官看见番王目中出血，连忙劝住。

王龙还在那里痛哭，倒是番王相劝，叫声："天使，人死不能复生，都是孤王福份太浅，费了许多心机，不能与昭君匹配成婚，到今日玉暗香沉，连尸首也打捞不着，美人命也好苦呀！"王龙口称："狼主为了娘娘，钱粮不知用了多少，兵将不知折了多少，心机不知费了多少，光阴不知等了多少，谁知娘娘这般烈性，狼主要算劳而无功了。"这几句话是王龙暗讥番王的言语，番王非不明白，此刻敢怒而不敢言。即吩咐摆驾回朝，就传旨礼部，延请僧道，分在两处寺院，竖立幡柱，各做道场，七七四十九日，追荐烈女昭君。满朝文武，宫中嫔妃都来上祭。番王诚心斋戒，沐浴焚香，致祭昭君。但见两处寺院，鼓钹频敲，香烟缭绕，看的人男男女女、老老少少，人山人海，好不十分热闹，这话不表。

单言王龙因昭君娘娘死后，自知番邦难以存身，打点告辞番王回朝。只因番王代昭君娘娘做七七四十九日道场，未曾圆满，番王总在两处寺院伴灵焚香，未曾回宫设朝，只得又在番邦耽误两月，只等道场完满，番王方才无事。临朝升殿，聚集文武，朝参已毕，王龙向前告辞回朝，番王叫一声："天使，你为昭君娘娘羁留敝地一十六载，无物款待，甚是有慢。今日娘娘死了，难以久留，孤有菲礼相送，聊表寸心。"王龙口称："狼主，臣在此多多扰赐，如今又赠臣礼，何以克当？"番王道："天使不必过谦，敝地乃是小邦，没有什么出奇东西，又无珍宝相送。"吩咐内侍端出两大盘来，盘中盛的白银五百两，黄金二十锭，彩缎八匹，荷包六对，叫声："天使休要嫌菲，望乞笑纳，回朝上复汉王，孤这里情愿年年进贡、岁岁来朝，从此两国和好，分为上下，罢战息争，永不犯边，今烦天使转达天朝汉王。"王龙答应，收了礼物，谢恩拜辞番王。番王吩咐两班文武相送，又点番兵一千名，护送天使到京，一声旨下，番王退朝回宫。王龙别了番王，出了朝门，到得书院，收拾行李，带了从人，上了高头骏马，一直长行，出了番城。谢别众文武，带着护送兵丁向前赶路，正是：

蜻蜓不向钓竿立，怕惹游鱼吃一惊。

王龙一路有番兵相送，不用问路，只管长行。他在马上细想番王，又好笑，又可怜：笑他是一个痴呆汉子，用尽心机，费了精神，心想天鹅肉吃，颈项伸得多长，不能到口；怜他为了昭君，不过一个女子，梦魂颠倒，要想成亲，无故兴兵，害了自己多少生灵，浮桥搭起，也无用处，只落花暗柳垂，葬了美人。番王呀！纵把昭君弄到手，未能一宿成欢，只好眼饱肚饥。且住，我想此祸总因毛贼而起，他不知忠义，只爱金钱，挑动两下刀兵。忠良李陵，为了毛贼，命丧番邦；百花夫人，为李家媳妇，更算忠孝双全，也因毛贼，箭下身亡；李虎失机阵亡，苏武身陷番邦，总是毛贼起的大祸；就是我王龙丢了天朝好官不做，撇下三宿妻房，不因毛贼起的祸根，我怎身陷番邦一十六年，今日方得回朝，好侥幸也！毛贼呀，你算番王有功之臣，因何番王反斩起功臣来了？也可知善恶到头终有报，只争迟早便分明。你只知一心害人，如今反害自身，只落得人产俱绝，千古难免骂名。想罢一番，依然赶路。

正走之间，已到白洋河口，王龙在马上一见，泪珠双流，想起娘娘投水，业已三月，曾蒙吩咐，命我将芳魂带回中国，今日向前一别，以尽君臣之礼，不知魂其有知！说罢下马，吩咐军兵暂住，欲向浮桥一奠。未知娘娘的芳魂可能带去，且听下回分解。

第六十二回　教授哭祭白洋口　昭君魂返芙蓉岭

诗曰：

> 曾经同出雁门关，历尽崎岖几处山。
>
> 今日芳魂归渺渺，孤坟一座怎生还。

话说王龙在白洋河口浮桥上面，命军士摆下祭礼，点起香烛，铺下红毡，大拜八拜，跪在地下，口称："娘娘呀，微臣王龙今日回朝，特地到此祭奠，告别娘娘，愿娘娘芳魂早登仙界，莫负宫中嘱咐，特来带娘娘芳瑰同路回中国去者！"说着，用手拈香一炷："愿娘娘芳魂随臣而行，一路涉水登山，微臣叫你，不敢失约。"祝毕，将香放炉内。拜了四拜，又取香二炷："愿娘娘升于仙界，要显灵圣，你是生在南方，不愿在北方做鬼，今日尸沉北方水内，你要随水流于南方，不可使芳躯葬于异乡。"祝罢，将香放于炉内。又取三炷香："愿娘娘今世为国丧身，未享分毫富贵，可怜恩爱夫妻，又被拆散，但求来世再转皇宫，夫妻偕老，同到白头。"祝毕，将香放在炉内。又拜四拜，站起身来，但见冷风几阵，黑云迷漫，四野顿长愁云，长江掀起白浪，也是王龙一念之诚，娘娘阴魂暗来受享。

王龙上香已毕，又来奠酒，用手执着酒杯，大哭道："臣记得随娘娘一路出京，常命臣吟诗和韵，今日臣特具祭酒一樽，祭奠娘娘。未写祭章，一杯酒儿，吟诗一律，以作祭文。"说毕，先敬第一杯酒，口占道：

> 天地钟灵产越州，生来仙骨自风流。
>
> 关雎雅化应无愧，麟趾呈祥未许留。
>
> 苦别双亲思故土，悲深万里葬荒丘。
>
> 阴魂默默归何处，一旦无常事总休。

吟毕，将第一杯酒奠倒地下，打了一躬，哭了一会，又取第二杯酒敬上，叫声："娘娘，这是臣王龙敬第二杯酒了。"因口占一律道：

> 美人自古从来有，不及此心能苦守。
> 褒姒捐躯遗憾多，西施殉国留名丑。
> 若知巾帼胜须眉，怎料祸端生腋肘。
> 历尽关山受苦辛，惨伤一命不长久。

吟毕，又将第二杯酒奠倒地下，打了一躬，哭个不止，两旁三军听他一番祝告言语，一个个无不下泪。王龙又取第三杯酒敬上，叫声："娘娘，这是终献了，娘娘魂其有知，可来享有微臣一点情义。"说毕，又口占一律道：

> 满朝文武尽排班，独送小臣到北番。
> 怕惹嫌疑称骨肉，不污贞节显肠肝。
> 金蝉脱壳愚番主，孤雁传书报汉王。
> 自是芳名标万古，心同松柏一时香。

吟毕，将三杯酒奠过，打了一躬，哭叫："娘娘呀，想微臣今日在此敬你这三杯酒，但不知娘娘芳魂可来享受？想微臣来时相伴娘娘，今日只剩孤单一人归国，好不可怜！娘娘呀，你十余年在番，心如铁石，不染番家一点尘埃，今日芳魂脱胎换骨，不作天仙，应作水仙。"祝告一番，烧了褚帛，叫军士取过祭礼，王龙含泪上马，几遍回头，只望浮桥，等去远看不见，方才马上扬鞭，一路而行。饥餐渴饮，马不停蹄，早到黑水河口，王龙又下马焚纸，叫声："娘娘芳魂随臣到中国去者！"说毕，上马又行，离了黑水河地界，催马前进。

非止一日，已到雁门关，王龙命手下军士向前叫关，说和番王教授回朝，快快开关。关上守城军士听说，不敢怠慢，忙报知李元帅，元帅连忙出关迎接。王龙恐番兵进关不便，先在关外打发番兵回番，只带自己手下从人跟随，进关下马，与李广见礼，分宾主坐定。元帅道："殿元公十余年为国驰驱，可谓勤于王事了，但不知娘娘在番，目下怎样了？"王龙见问，不觉两泪交流，便把娘娘为汉王守节，投河身死的话细细说了一遍，李元帅也十分叹息。王龙又道："令侄李陵，不降番邦，尽忠而死。现在立庙立碑，以受千载香烟。苏老丞相，已释放回朝。番王倒是个贤主，只可惜手下一班臣子，皆非保国良臣。"李元帅听说，吩咐摆酒，代殿元公洗尘。二人坐下饮酒，只不过说的番邦言语，吃得尽欢而散，将王龙送至书院安歇，过了一宵。

次日起来，告别李元帅动身，李元帅另拨三百兵丁护送到京。王龙称谢不已，上马起行。出了雁门关，一路渡水登山，兼程而进，不敢迟延。那日到了芙蓉岭，忽见满天大雨，三军浑身俱已湿透，兵难前进，王龙吩咐，就在岭上扎下营盘躲雨，一面埋锅造饭。大家用过，已是初更，只得在岭过宿，次日再走。王龙独坐帐内，一对银烛高烧，只为回朝心急，又因雨阻耽搁，心中好不焦躁，不能成寐。耳听谯楼鼓打二更，旋转三更，一时身子转过，起来伏在案上，睡眼蒙眬，但见帐外，阴风惨惨，愁云漫漫，走进一个女魂，非是别人，就是昭君。

昭君乃上界九姑座下仙女，只因有罪，罚下世间，使她一女以配二夫，受尽千般苦楚，好姻缘反为恶姻缘，亏个一灵不昧，立志坚贞，自那日投河身死，尸骸随在浪里，颠来颠去，水族不敢惹她，因仗九姑赐的仙衣保护身体，而且天怜她贞节，不忍将她尸首撇在北方，故命众神将一路护送她尸首，到中原芙蓉岭上而来。昭君芳魂有灵，知道王龙到此，蒙他在白洋河设祭招魂，十分感激，他今雨阻在岭，要借梦中相谢一番。阴灵直到三更以后，随着一阵冷风，到了帐前，一见王龙打盹，轻轻走到桌边，叫声："御弟呀！你今在梦里可知哀家在此与你讲话？今上帝怜奴节义双全，仍将奴尸送回南方，要显灵于汉王，使得见奴尸一面，以便用礼埋葬。又蒙御弟设祭招瑰，奴在暗中领受，特来相谢，保佑你回朝，官上加官，夫妻偕老。"说罢，已交四鼓，昭君叫声："御弟，奴去也！"王龙似梦非梦，一见昭君要去，急急扯住，被昭君大喝一声："男女授受不亲，这如何使得？"将王龙推倒在地。未知可曾惊醒南柯，且听下回分解。

第六十三回 昭君魂怨失约事 王龙面诉和番情

诗曰：

黄昏黯黯苦忧煎，帐底孤单不忍眠。

自叹人生皆合配，堪怜薄命断姻缘。

话说王龙在睡梦中被昭君推倒在地，大叫一声："跌死我也！"便从梦中惊醒，吓出一身冷汗，连称："奇怪！分明昭君娘娘来到帐中，对我相谢一番，言语甚是凄凉，是我一时不合要扯娘娘，失了君臣之礼，被娘娘用手一推，跌倒在地，吓得我从梦中醒来。此刻正交四鼓，梦中之话，句句记得，娘娘要算有灵了。又说是尸回中国，不知真与不真？且到东京，便见分晓。"想罢，又打盹一会，天色已明，醒来见雨已住了，日光透出，吩咐军士埋锅造饭，就此起营。一声令下，谁敢怠慢？大家用饭已毕，就是三声大炮，拔寨起身，离了芙蓉岭，一路长行，也无心观玩途中景致，早赶到皇都地方。进得京城，天色已晚，把三百人马扎在教场，权在馆内住宿一宵，只候早朝复旨，不表。

且言汉王那日五鼓登殿，方受文武朝参已毕，忽打一个呵欠，倚在龙案上面，似梦非梦，听见云端内有人骂声骂着昏君，汉王听见声音很熟，急急离座下殿，抬头一看，不是别人，正是昭君，大吃一惊，暗想："昭君在番十六年，如何今日会腾起云来了？"只见昭君指着汉王，叫声："昏君，你好负义忘恩也！奴为保守江山，丢下父母，去和北番，为国忘家。你临行时携着奴手，何等嘱咐，说是挑选天下人马，御驾亲征，来救奴家，哄奴在雁门呆呆等候，杳无音信。奴为昏君，守此节义，不敢失身于番，只得投河而死。昏君呀！你忘了昭君恩义，不过是个女子，倒也罢了，还有许多功臣，汗马功劳，一个个为国捐躯，命丧沙场：如李陵不屈于番而死，百花中箭而死，李虎为妻报仇而死，彭殷中炮而死，死后不闻一点褒封，就是老将李广，苦守雁门，费了

许多心机；和番苏武，困番多年，不亏我怎得回朝？御弟王龙，丢下三宿妻房，伴奴和番，历尽千辛万苦，到番做了闲人，一十余年，毫无嗟怨，真是为国忠良。一个个有功之臣，也不加封。你做了一朝人主，赏罚全无，还称什么孤，道什么寡呢！"说一顿，埋怨一顿，恨几声，悲痛几声，把一个汉王说得哭哭啼啼，叫声："恩妻见责，丝毫不错，是孤忘恩负义，还望恩妻原谅。你今既会驾云，回了本国，快些下来，孤和你重整鸳衾，以全未了之情。"昭君冷笑一声道："人天路隔，怎得遂心！既是你犹记前情，多多拜上皇后林恩人，妾之父母，望乞照看一二。奴的苦楚、千言万语，都说不尽，自有人对你说，奴要去也。"汉王见留不住昭君，放声大哭，昭君叫声："汉王休哭，既是你与奴前情未断，奴还有妹子赛昭君，姻缘可以续成，切要牢牢记着，奴是当真去了。"

一阵阴风过处，昭君芳魂冉冉归天而去。汉王再向云端，看不见昭君的形影，大叫一声："痛杀孤也！"从梦中哭醒，几乎跌下龙牀，吓得两旁内监，急急扶住汉王。汉王醒来，连称奇怪，也不便与两班文武说明此事，只是痴呆呆坐在殿上思想。忽见黄门官奏道："今有随昭君娘娘和番去的御弟王龙，现在午门候旨。"汉王听说，将王龙宣上金殿。王龙拜了二十四拜，口称万岁之声。汉王叫平身，便问道："卿家和番因何去了十六载？今日方得回朝，不知娘娘怎么样了？"王龙见问，不觉扑簌簌两泪双垂，汉王道："卿家未言，先自流泪，是何缘故？可细细从头至尾奏与寡人知道。"王龙奏道："启我主，臣随娘娘往北和番，一路过芙蓉岭，岭上吟诗；太行山遇见猛虎，山神搭救；黑水河停兵半月，盼望我主，救兵不到，娘娘时常啼哭；雁门关内看见孤雁飞鸣，娘娘便唤孤雁，雁也知人意，落在地下，娘娘将血书写成，藏于雁翅，千言万语，嘱咐孤雁，转达我主，不知雁可将信寄来，我主可曾收到？"

汉王听见此话，便不觉满面通红，叫声："卿家，实是孤王失信于昭君。那日果有一只孤雁飞来，落于殿廷，左边带的是昭君书信，寄与孤王的；右边是卿家的书信，寄与家乡的。孤本当欲写回书，又怕添昭君一番愁苦，是以孤王一总留下未曾回书，此乃孤之罪也。"王龙道："我主不写回书，倒也罢了，只可怜娘娘在雁门关眼巴巴地盼望这回书，足有一月，不见到来，眼泪不知出了多少，又被关外番兵十分催促起身，那时娘娘好不焦闷人也！没奈何出了雁门，回头不住望着南方，哭哭啼啼，一路长行，非止一日，到了北方，逼要番王三件大事，方肯进城：一要税簿，二要宝珍，三要降书降表。番王一一依从，已曾差官送到中国，不知我主可收下么？"汉王道："已经收到，但不知娘娘进了番城，以后便怎么样了？"王龙道："娘娘到了番宫，第一夜召臣

进宫，劝番王饮酒，是臣用计，下了迷昏药，把番王吃得七孔流血，不能成亲。第二夜番王旧病复作，又是臣用计，教番王杀了毛贼，以报前仇。第三夜番王大醉，硬想娘娘成亲，娘娘又仗着九姑仙娘赐的仙衣，穿在身上，番王用手扯着衣裳，如十几根银针刺在指上，鲜血淋淋，吓得番王不敢近身。到后来，娘娘又推说番王有病，曾许下白洋河愿心，要搭浮桥，只等到十六年后，方能成功，可怜娘娘一心只为我主，守此冰霜节操，任番王百般依从，娘娘俱是付之流水。那日到烧香日期，到了浮桥上面，可怜娘娘那一种凄凉，真令人痛杀。番王只认烧香是为自己还愿，哪知娘娘是要全她的节操，一旦投河而死，好笑番王，一十六年，如在梦中。外有娘娘书信三封，嘱咐臣带回，呈上我主。"说着，将书呈上。汉王且不看书，叫声："卿家，孤方才登殿，有一异事，实骇听闻。"王龙便问："是什么事情？"未知汉王怎生说出，且听下回分解。

第六十四回 百鸟护尸收仙衣 满朝送葬遇国文

诗曰：

> 恩情割断三千里，异地羁留十六年。
> 为国忘身一女子，此心真可对苍天。

话说王龙请问汉王，早间是何异事，汉王便把正当早期，似梦非梦，见昭君身立云端，当面寡人，被她埋怨失约的话说了一遍，"孤只道昭君业已成仙，方能驾云，前来会孤，哪知她已为孤倾生，一点魂灵到此，可怜！可怜！"说毕，放声大哭，满朝文武，一众内侍，无不下泪。王龙道："我主少要悲伤，娘娘生前聪明正直，死后为神，理所当然。"汉王收泪点头道："卿言极是！卿家一路劳顿，免朝三月，另日加封。"

王龙正欲谢恩退下，忽见把守东华门官员跪下奏道："启万岁，今皇城外河内流一尸体，身体未曾损坏，不知是男是女；又有百鸟衔花盖面，香闻十里，请旨定夺。"汉王闻奏，好生诧异，便问王龙道："卿在北方，见娘娘死，死后可曾埋于什么地方？"王龙道："说起来也是一件奇事：那日娘娘将身跳河，河内之水比江海波浪更凶，番王命许多番兵下去打捞，总捞不着娘娘的尸首，他那里只得招魂设祭。臣闻娘娘生前曾说'生为南方人，死不愿为北方鬼'，皇城外流来的尸首，或者是娘娘到此，也未可知。"

汉王听说，传旨摆驾到御河一看，以辨真假。一声旨下，满朝文武随驾出朝。到了皇城外河边，汉王向前一看，果见水面上漂来一尸首，百花盖面，群鸟飞绕，身上霞光万道，云气千层，只看不出是男是女。汉王吩咐军士将群鸟逐开，见是一个女尸，面似观音，犹如活的一般。汉王又传令众军士将女尸捞起。众军士答应，正待动手下去捞那女尸，只听见一个个军士都叫手疼，血出来了。回复汉王，汉王又不肯叫军士用挠钩去搭那尸首，便问王龙："这是什么缘故？"王龙道："若果是娘娘尸首到此，

中国禁书文库

双凤奇缘

六三三

她身上有九姑娘娘赐的仙衣，衣上如银针直刺人手，碰着无不受伤，所以娘娘在番十六年，番王不敢近身，皆赖此仙衣之力保全玉体，今日我主祷告一香，包管尸首不难捞起来了。"

汉王听说，便对河边祝告道："贤妃既归，玉体光辉，白璧无瑕，何用仙衣！"说毕，一阵香风过处，只见群鸟飞去，霞光不见，仙衣已被九姑娘娘收去。汉王仍命军士动手，此刻手果然不伤，轻轻将河内女尸抬起，汉王近前一看，见她容貌未改，果是和番昭君，免不得抱住尸灵，放声大哭，只叫："苦命妃子呀！你今死后，尚且心向南方，不肯将尸灵抛于异域，怪只怪孤一时忍心，舍你前去，又屡次失信于你，教孤今日有何颜面对你芳魂！"说罢，痛哭不止，泪湿龙袍。王龙只是一旁流泪。众文武见汉王过于悲伤，向前相劝，汉王方才丢下尸灵，命内侍用暖衬将娘娘尸首抬进西宫。

一声旨下，众内侍领旨动手，汉王率领文武，一齐哭进午门，抬至西宫，安放牀上。早惊动正宫林后，一闻此信，带了嫔妃，赶到西宫，正见汉王在那里痛哭。走进房内，一见昭君面色如生，不暇问及缘由，也向前抱住昭君的尸灵，只哭叫："妹妹呀！你为国家和番，去了一十六载，哀家无日不思念妹妹，谁知今日只剩个尸灵，方回故国。"说罢，哭得喉咙都哑。汉王也是陪哭，哭得日月都昏，一众内侍宫娥向前劝住汉王、林后，林后便问："芳魂怎得回来的？"汉王细细对林后说了一遍，林后连声称赞道："此身虽死北方，此心犹恋故土，可谓巾帼之完人了！"说罢，林后也不用嫔妃动手，亲代昭君香汤沐浴，换了一身汉服，忙用棺木盛殓，停丧西宫，百日后出殡。汉王又旨下礼部，于各寺院延请僧道各一百名，在西宫虔诵经文，要做七七四十九日功德，超度亡灵。又许下一百根桂枝香，一百卷《金刚经》。道士打的罗天大醮，申表上朝；和尚拜的皇忏关灯，招魂灵前供养。设了许多奇珍果品，灵前铺陈，扎了许多纸扎烧化。

每日汉王伴灵烧香，哭祭一回，只到四十九日功德圆满，迎皇送佛各事已毕，都皆散去，汉王仍在西宫住着伴灵，只候日日已到，又传旨礼部，卜了吉日，出昭君娘娘灵柩，安葬芙蓉岭上。

这日，汉王与林后俱穿素服，文武百官尽皆带孝，三宫六院，采女嫔妃，以及内侍人等，俱穿孝衣，一路哀声不绝，送出朝门。满城百姓，家家户户，俱排香案，路祭昭君娘娘。此刻正是春天，不寒不暖，一众行人，奔芙蓉岭而来，正好走路，这且慢表。

再言王老皇亲夫妇，只因女儿和番，心中不舍，无奈为国驰驱，只得苦在心头。

虽蒙汉王看顾，到底朝中举目无亲，皇亲苦苦辞官，汉王准了他的本，赐他田地金银，还着地方官不时矜恤，皇亲就择于皇城百里外买了一所房子居住，虽是老夫妻，倒也安闲自在。只因膝下无子，常怀忧闷，虽有二个女儿，一个已去和番，如同死绝一样，一个年幼，取名赛昭君，尚未配婚，隐居乡间，又不出名，哪个知道？一日，皇亲正在门口闲望，忽听村中人喧嚷道："今日天子代和番的昭君娘娘出殡，安葬芙蓉岭，好不热闹，我们快去看呀！"皇亲一听，大吃一惊道："莫非我儿死了，番邦将尸首归于我国？汉王也该送信于我老夫妇，直到今日也不通知，好狠心呀！"入内，便说与夫人知道，夫人含泪叫声："老爷，你也休怪汉王，他怕通信来，使我年老二人又添一番痛哭。我和老爷办些祭礼，赶到笑蓉岭祭奠一番。"皇亲依允，忙去收拾，备了牲口，雇了轿子，命家丁挑了祭礼，皇亲三口，一路而来，不表。

且言汉王送丧到芙蓉岭，命地师卜了正穴，安葬昭君灵魂，一面盖土，一面摆列三牲，汉王与林后率领众文武正才祭奠已毕，转身向外，忽远远见皇亲一众家眷，来到坟上，大吃一惊。未知汉王相见，如何对答，且听下回分解。

第六十五回　汉天子初见赛昭君 长朝殿加封刘教授

诗曰：

> 二女昭君出一家，排关名字最堪夸。
>
> 姊能贞烈妹能武，好比莲生并蒂花。

话说汉王见昭君的父母到来，心中很不过意，为的昭君尸到中国，不曾送信与他，今见两位皇亲到来，汉王面前见驾，又朝见林后，汉王叫平身，含悲叫声："国丈，休怪孤不送信于你，只怕年老皇亲一闻凶信，又增悲苦，等丧葬已毕，方才召你说个明白。"皇亲夫妇听说，也不回言，忙将恩谢，齐到坟上摆了祭礼，祭奠昭君。老夫妇放声大哭道："你当初二九之年，大不该得此异梦，立誓要伴天子，谁知遂了心愿，其中颠颠倒倒，累及父母受了许多苦楚；你又为国亡身，今日只剩尸灵归国，叫我年老双亲，倚靠何人？亦是空养你这女儿一场。"说毕，一齐嚎啕大哭。哭了一会，林后命宫娥劝住皇亲老夫妇。见坟边袅袅娜娜走上一个女子，不亚昭君重生，汉王一见，吃惊不小。只见她到了昭君坟前，整理衣袖，拜倒尘埃，哭叫："姐姐呀！念妹子赛昭君，生来既晚，姊妹未曾见面，就两下分离，今日姊姊归阴，妹年又小，叫年老双亲并无香烟后代，日后倚靠何人？"说着，忍不住粉面泪流，如花喷水；双眉紧皱，似桃含春，哭拜一会，真令旁人心酥。林后见这女子，举止文雅，说话伶俐，方知是昭君之妹，暗暗称赞道："好个知文达礼的佳人，也不枉姊妹聪明，生在一家。"汉王在旁偷看赛昭君，眼都笑合了缝，心中暗想："昭君云端亲许寡人，寡人若不断前情，妹子赛昭君可以续婚，只怕此言今日有些应验了。且等回朝，再作计较。"便离座，携着国丈手，周围看一看坟中四面景致，以见殓葬昭君，礼上不为过薄，但见那：

坟堂上石牌楼高高耸耸，两旁栽松柏树千层万层。一枝梅，一枝李，梅李争开；一枝杏，一枝桃，桃杏生春。石牛羊，石人马，分列左右；石麒麟，石獬貌，头角狰狩；石豺狼，石虎豹，助威坟墓；石骆驼，石狮像，件件分形；石文官，石武将，排立两旁；石嫔妃，石采女，伺候坟茔。

汉王同国丈看了坟上造得十分齐整，国丈也放心得下，汉王叫声："国丈放心，妃子虽死，亲情未断，孤定奉养你终身便了。"国丈连称："皇恩浩荡，老臣何以克当！"说着已到坟前，汉王同林后又拜别昭君之墓，众文武也上来拜别，哭得悲悲切切，吹得热热闹闹，礼拜一番。汉王要摆驾回朝，国丈夫妻向前谢了天子，皇后移步也要告辞回去，汉王心中十分不舍，无奈国丈苦苦告别，汉王道："既是国丈执意要去，孤也不好强留，再令媛有遗书一封，寄与国丈的，孤今未及带来，且稍停几日，召国丈来朝，还有别事商议，再看遗书不迟。"国丈谢恩，率领家眷回他乡里去了，不表。

且言汉王、林后带领文武嫔妃内侍等，告别昭君坟墓，一路回朝，文武退出朝门。汉王与林后到了正宫坐定，有内侍献茶。茶毕，汉王想起了坟上之事，叫声："御妻，方才在坟上可曾见昭君的妹子，前来代姐姐上祭？容貌柔媚，举止温和，不亚昭君再生、王嫱复活，令人十分可爱。"林后听说，微微冷笑道："陛下好眼力也，妾非妒妇，焉肯作此没情义之谈，但一则天下多少妇人，陛下没有这些精神。召见这许多妖姬美妾，尽着自己受用；二则国丈的长女，被你断送番邦，难道又把第二个爱女送与君主，恐未必情愿了！我主请自三思，不要痴心妄想了。"

汉王听说，哈哈大笑道："御妻之言，虽是正理，孤非好色，慕爱美貌佳人，但因思想昭君许多情义，茶不思，饭不想，酒不饮，梦不成，惹出无限愁闷。今见昭君之妹，如见昭君，意欲续此新姻，以联旧义，不知御妻意下如何？"林后听说，叫声："陛下，你可谓见事不明了：想国丈无子，只靠二女收成结果。一女和番，已是心如刀割，只为要保江山，舍了身上一块肉。他二老致仕归闲，膝下只此一女，靠她收成结果，未必尚贪皇宫之福，肯续旧姻，人心如此一样，何必强求？"汉王道："御妻之言，太迂阔了，想寡人与昭君许多恩爱，怎舍她去和番，也是出于无奈，就是今日提起，好不痛杀孤心也！"林后笑道："陛下不必在此假慈悲，这是番人只要昭君，就献与他，若要正宫，也可献与他么？"汉王道："御妻何出此言！正宫乃结发夫妻，非西宫可比，就是寡人拼着江山不要，也不能软弱至此。"林后笑道："这是妾身戏言，陛下何必生嗔。妾闻苏武和番，一十六年，受了许多苦楚，如今方得回朝，也难为这老忠臣了。"汉王道："可怜那苏武回朝，两鬓皆白，长髯苍苍，不是声音听得明白，几乎认不得他是苏武了。"林后道："这样老忠臣，身陷番邦，劝降不辱，甘于牧羊，受苦风霜，令人可怜，陛下也当格外加恩，方是酬他一片赤胆忠心。不讲他别的苦楚，只闻他有诗

八句，写来也算苦不尽了。"汉王道："御妻可记得否？念与孤听。"林后点头念道：

> "自从一别天朝地，苦守忠心十六春。
> 嚼雪不嫌冰似水，吞毡肯让人污身。
> 衣冠虽敝犹怜旧，符节常依尚喜新。
> 两鬓苍苍嗟齿长，家乡何处拜丝纶。"

只此一诗，已见老臣忠心耿耿，贯于日月。

汉王道："孤于当日，赐宴在便殿上，代他接风。加封太子太师，上殿不拜，外赐黄金千两，彩缎百端，拐杖一根，玉带一围，荫袭一子三品职衔，又免朝三月。孤也不为薄待忠臣了。"林后笑道："陛下只说相待忠臣不薄，但坐也是昭君，立也是昭君，行也是昭君，卧也是昭君，未知同伴昭君去的这个功臣，如何发落？"汉王听说，忽然想起此人，大吃一惊。未知怎样回答，且听下回分解。

第六十六回 教授衣锦还乡 国文给养续婚

诗曰：

> 桑梓之间不肯忘，愁生万里为君王。
>
> 天涯海角飘流久，且幸于今返故乡。

话说汉王见林后提起还有相伴和番功臣，未曾加封，心中惶恐，叫一声："御妻，非是寡人忘却此人，只因昭君尸到，丧事忙了三月有零，只算得安葬已毕，打点召他前来，自然格外加恩，酬他十余年的辛苦。"林后点头称是。说毕，吩咐摆酒，代汉王解闷。一宿晚景已过，不必提他。

次日早朝，汉王登殿，两班文武朝参已毕，旨下将王龙召进。王龙见了汉王，拜倒金阶二十四拜，口呼万岁。汉王叫声："卿家，劳你伴送娘娘和番，一十六载，受了千辛万苦，久困异乡，今方回朝，卿之忠心，不减苏武。孤甚敬服卿家，怪不得昭君生前，眼力识人一丝不错。今且听孤加封卿家为天下都提调使，统制军兵，如朕亲临；外赐黄金印一颗，尚方宝剑一柄，不论皇亲国戚、文武军民，凡有不法者，任凭先斩后奏；彩缎百匹、黄金千两、红罗一对、金花两朵，追封三代，荫袭一子。尔妻萧氏，苦守多年，赐她凤冠霞帔，加封一品正夫人。并赐回乡祭祖，给假半年，使你夫妻完聚，并受皇恩，再行供职。"

王龙得旨，心中大喜，连忙在金阶叩谢皇恩，就此告辞汉王，退行百步，出了朝门，到五凤楼前上马，又拜别在朝文武，打点衣锦还乡。口中不语，心内暗想，叫声："且住，想我刘文龙乃一介书生，得中状元，多蒙昭君娘娘的错爱，认为兄妹，御赐姓王，今日特旨加恩，荣归故里，亏谁之力？还当前去拜见义父、义母，方是正理。"想罢，带了从人，备了礼物，出得皇城，约有百里之遥，就到了国丈府中。门前下马，有家人投帖进内，少刻，国丈出迎。迎至厅上，王龙便请夫人一齐相见，国丈命家人

传语入内，将姚氏夫人请到厅上。王龙把二位皇亲请在上面，口称："义父、义母两大人在上，义男王龙拜见。"说罢，正要将身下拜，国丈一把拉住道："殿元公，这个使不得，不要折坏老朽。"王龙又不肯依从，定要下拜，二人扯了一会，只拜了二拜，方分宾主坐下，香茗一道。

用毕，国丈便叫声："殿元公，不才小女奉旨和番，累及殿元公，一番辛苦跋涉，愚夫妇于心不安。"王龙道："义父说哪里话？这是为国驰驱，乃臣子份内之事，何言辛苦？慢讲是君王有命，不过跋涉万里，就是赴汤蹈火，亦在所难辞。"国丈连连称赞道："殿元公可谓勤于王事，足见忠心。请问殿元公身在番邦，亲见小女一番举动，不知可以见示否？"王龙道："义父母若不嫌絮烦，何妨上禀。"国丈道："倒要请教，老夫这里洗耳恭听。"王龙未曾开言，先已流泪、道："想娘娘别了汉王，出得东京，和番北地，自芙蓉岭到雁门关，走了许多路程，受了多少风霜雨雪，免不得爬山过岭，万苦千辛，才到番城，约了三事，等番王依允，方肯进城，也算长天朝志气。到了宫中，番王勒逼成亲，用计灌醉番王，下了迷昏药，使番王血流病倒，方脱此难。到后来，又仗九姑赐的仙衣，穿在身上，吓得番王不敢近身。又将奸贼毛延寿千刀万剐，报了仇恨。愚弄番王，许下白洋河口要还香愿，要搭浮桥，累及番王，费尽倾国货帑，一十六年，方才成功。番王催着娘娘烧香还愿，想要成亲，娘娘自知再难推却，将义男召进宫中，当面吩咐道：'哀家心存贞烈，为国和番，原非得已，若番王再逼哀家成亲，惟有一死，以报汉王。'只可恨汉王，过于薄幸，一点恩义全无，哄娘娘在关等候多时，并不见御驾亲征；娘娘又托孤雁寄书，天子亦无回信，可怜娘娘说，宁教汉王负我，不教我负汉王。那时到了浮桥，还他香愿，将身一纵，随波而去，吓得番王大哭一场。着人打捞娘娘尸首，毫无影形，番王只得回朝，做些佛事，超度娘娘的芳魂。又打发义男回南，出了番城，到了半路，雨阻芙蓉岭上，三更时分，娘娘又托梦于义男，说：'哀家有几句言语，嘱咐于你，回去休要忘怀：一拜上汉天子不必挂念，奴虽死，恩义未断，照顾双亲；二拜上正宫林后，蒙她情义，未曾报答，来世再报深恩；三拜上堂前父母，休要悲伤，儿今虽死，还有妹子可以续婚。'说已明白，魂出帐去。还有生前在宫遗书二封，着义男带回天朝，已呈与汉王，汉王还未曾与义父母看见。这就是娘娘和番始末，今提起，也令人伤心。"

国丈听见王龙一番言语，由不住心如刀割，放声大哭，姚夫人只是哭叫："苦命的亲儿呀！"王龙也在一旁，陪了许多眼泪。哭了一会，大家止住泪痕。王龙又请贤妹赛昭君见礼，国丈吩咐丫环："请二小姐出来，与殿元公见礼。"丫环去不多时，只听里面环佩声响，赛昭君稳稳重重，走出厅来，王龙抬头一看，大吃一惊，宛似当年昭君娘娘的模样，连忙起身，兄妹见礼。礼毕，国丈吩咐摆酒，款待王龙钱行。席终告别，国丈送出大门，王龙上马，带了从人，一路长行，衣锦还乡，好不热闹，少不得坟前祭祖，夫妻完聚，这且不表。

且言汉王，自在坟上见了赛昭君容貌，不亚于昭君，心中又惹起相思病来，打点续娶联姻，便与林后商议此事。林后不好过于阻挡，忙写了一道旨意，差了内侍出城，飞召国丈见驾。内侍领旨，不敢怠慢，出宫上马，如飞而去。离城百里，指日就到，内侍同了国丈，到得午门，下马候旨。内侍先人宫缴旨，汉王即传旨召进国丈，国丈见驾，山呼朝拜，汉王连叫平身，赐坐。国丈坐定，问道："我主相召老臣，有何吩咐?"汉王先命内侍取出昭君遗书，递与国丈看看。国丈未免见鞍思马，心中悲苦一番，当着汉王面前，不好哭出声来。将书看毕，笼于袖内，便要起身告别汉王，汉王带笑叫声："国丈且慢。"国丈便问："我主还有何事吩咐老臣?"未知汉王说出什么事情，且听下回分解。

第六十七回 痛王嫱皇亲思女 游花园九姑传法

诗曰：

先因多女不胜愁，身入皇宫慰白头。

到底门楣他自立，前人栽树后人留。

话说汉王见问，便对国丈道："令媛与孤恩深情重，为国驰驱，身丧异地，临死曾嘱咐孤家，照看双亲。今日相召，非为别事，听孤加封国丈食一品俸禄，妻姚氏封一品夫人，月给钱粮供养，不用在朝供职，仍居皇城外安闲之地，代代子孙，也受皇恩。令媛为国尽节，不独名标青史，且谥贞烈二字，配享太庙，永受香烟，乃立贞烈牌坊，不论皇亲国戚、在朝文武到了牌坊，俱要下马，如有违旨，即问典刑。国丈呀！孤要续娶二令媛，以接一脉姻亲，月给加俸银三百两，好生管养赛昭君；外赐宫娥二十四名，服侍二令媛；又加白银三千两，折与二位皇亲买果吃，孤也不下聘了，只算一言为定，候孤择定吉日，迎娶进宫。就是昭君屈死北方，这段血海冤仇，安得不报，孤自操练精兵，亲讨反叛，灭了番邦，代昭君报仇，慰她阴灵于地下。"

国丈听见汉王吩咐，不敢不依，只得受了许多赏赐，谢恩出朝。回到自家府第，入内，便有姚夫人率领女儿赛昭君迎接，到内室坐定，姚夫人便问："今日旨下召见，有何事情？这许多赏赐，是哪里来的？"国丈道："夫人有所不知，只因大女昭君，一点贞烈之情不泯，远到番邦，几千里外，将尸首送到中国，百鸟衔花盖体，花容未损分毫，敢是皇天保佑，未曾安葬之先，大显灵于汉王，一要汉王照管你我二老，是以皇上加封加禄，二要亲情不断，却叫妹子续婚，是以今日宣召进宫，当面言定亲事，赐了采女二十四名，服侍二女儿，又赐白银三千两，以作聘礼，月给俸银三百两，好生管养二女儿，俟汉王择日迎娶进宫。"姚夫人听说，把眉头一皱道："好笑汉王，太没正经，他尽有三宫六院，偏要缠扰我家则甚！想大女儿在世，百般聪明，活鲜鲜地

被汉王选去，断送性命，至今令人提起，好不伤心。如今又来想我二女儿，只怕此女未必贪皇家富贵，嫁个平人，夫妻偕老，你我日后也有收成结果，不要象大女儿，又去和番，坑了性命。"国丈听说，把脸一沉道："夫人之言差矣！常言：'君叫臣死，臣不敢不死，臣若怕死，不为忠臣。'大女儿虽死在番邦，如今配享太庙，永受香烟，留得芳名千古，各人自有各人之福，你我父母，何必代女儿愁烦？况皇爷当面续婚，谁敢逆旨忤君？"夫人听说，哀哀痛哭，叫声："老爷呀，妾怀二女在腹，十几个月，只认是一个怪胎。哪知生于辽东，容貌胜似姐姐，只为上坟，遇见汉王留心。非妾不愿女儿婚姻，只为你我年老，举目无亲，单有此女，怎舍得她又离身边呀！"

正值老夫妻议论，早有二十四名宫娥进来，一一磕头已毕。老夫妇吩咐拨在香闺二小姐手下伺候，众宫娥答应，侍立两旁。赛昭君叫声："爹娘不必争论，想姐姐身死番邦，大仇未伸，汉朝又无英雄能将去杀番兵。不是孩儿敢夸大口，纵番邦有许多妖术奇能，只消孩儿领兵前去，管叫番人一个不留，还要踏平番城，代我姐姐报仇，方泄心头之恨。今日皇爷肯将续婚，正是遂孩儿平生之志也。"国丈夫妇听了赛昭君一番言语，一齐哈哈大笑道："孩儿小小年纪，不知外边事体，随便夸言乱说，想天朝征番，勇如李陵，尚且被捉；猛如彭殷，不免死难；百花中箭，李虎亡身，苏武遭困。就是李广，年老宿将，也有万夫不当之勇，尚且折了许多人马，被番人杀得闭关不出。是以汉王无奈，将你姐姐前去和番。量你不过一个柔弱女子，手无缚鸡之力，焉知行兵之事？少要乱说，使外人闻知，岂不贻笑大方！"赛昭君道："爹娘休要小视孩儿，孩儿若不禀明与爹妈，爹妈也不知道其中有个缘故。"国丈道："有个什么缘故，可细细说与我们知道。"

赛昭君道："爹妈容禀，只因那一晚闺中闲坐无事，但见窗外月明如昼，一时心中想起游花园，未带丫环使女，独步而行。到得二更时分，凉风阵阵，正穿竹径，忽见两边陡起一朵祥云瑞霭，纷纷香烟绕扑，那云落在园中，到了一个仙女，身披鹤氅，执着云肩，手摇羽扇，自称九姑仙女，呼着孩儿姓名。孩儿听她呼唤，知非凡人，连忙跪在地下，听她吩咐。那仙女道：'赛昭君，你与我有缘，情同师弟，因尔姊屈死番邦，无人泄恨，汉朝又少英雄，谁去平番泄耻？非你不可！我特来教你诸般武艺，你且站在一旁细看，牢记在心。'仙女说罢，先传武勇，向空中一指，明亮亮的十八般兵器，自空中落于地下，但见那仙女：先使刀，分上下，背花乱落，一团雪，冷森森，别类分门；又使枪，梅花落，不离左右，刺劈面，到护心，件件皆精；方天戟，举在手，飞扬乱舞；铁楞锏，手双起，舞不见人；开山斧，迎面砍，三十六着；银瓜锤，

乱打去，碎碎纷纷；鎏金锏，轻飘飘，狂风几阵；碧燕抓，飞荡荡，映月光明；竹节鞭，单撒手，凤头三点；青竹竿，挑金钱，如虎翻身；风魔棍，打过去，离地尺许；枣阳槊，掷空中，一点无差；扯满弓，放羽箭，怀中抱月；跑劣马，快加鞭，稳坐鞍心。传武艺，已毕了，教奴学会。又传我，诸般咒，临阵记心；还教奴，行土遁，地下能走；更有那，会驾雾，亦可腾云；撒绿豆，成兵将，自可摆阵；传六韬，并三略，谨记留神；六丁将，六甲神，俱听号令；要移山，并倒海，顷刻施行；呼得风，唤得雨，天仙正法；除得妖，斩得怪，可逞奇能；临行时，又赠我，几件宝贝；叫孩儿，灭番邦，马到成功。

她又说孩儿前世本为皇后，今生又当入皇宫，这是前世姻缘注定，何能强求。"国丈夫妻听说，只吓得摇头吐舌。未知怎生回答，且听下回分解。

第六十八回　林皇后得病归天 赛昭君续姻为后

诗曰：

非因薄命叹红颜，数定此生总是天。

贵到人王强不得，前姻缘即后姻缘。

话说国丈夫妻听了赛昭君一番言语，共吃一惊，叫声："娇儿，想你又无兄无弟，姐姐又死了，倘你去征番邦，一旦有失，叫你双亲倚靠何人？"赛昭君叫声："爹妈只管放心，孩儿不进皇宫便罢，若皇爷召娶奴家，姐姐之仇一定要报，怎不领兵出征？"国丈道："且等旨意下来，再作商议。"不言国丈府中之事。

且表正宫林后，自从昭君死后，每日在宫思想，只是痴痴呆呆，似颠非颠，忽然染成一病，茶也不思，饭也不想，日夜里只叫："妹妹哪里去了？"脸上黄瘦不堪，慌得汉王忙召太医院来看林后，都说是七情六欲所伤，总看不出娘娘的病根。日复一日，林后病体十分沉重，汉王亲调汤药，无奈林后咽喉如锁，并不沾唇。可怜林后，只为思想昭君，弄得三魂散去，六魄无归。到了那日三更时分，喉中气绝，一命归阴，三宫六院，无不悲啼，只哭得汉王，死而复生者几次，口口声声哭叫："林后，撇得孤王好苦也！"不住地跌足捶胸，喉咙都哭哑了。到了天明，也不临朝，吩咐宫娥将娘娘香汤沐浴，内外细装大殓起来，然后用棺木装起，安停宫内。哀诏颁行天下，满朝文武，尽皆挂孝，百姓百日不许开荤，开丧举哀，七七道场，功德圆满，方命礼部选择日期出丧，安葬西山岭白云峰下。

丧事已毕，回朝归了正宫，冷冷清清，好不孤凄，汉王和衣哭倒龙牀，一则思想林后，二则思想昭君，从此汉王想成一病，久不临朝。文武百官知道汉王有病，俱入宫中问安，汉王也勉强撑持，见了众文武，吩咐均免朝参，众文武口称领旨，便问："我主因什事情，龙体不安？"汉王道："孤因昭君死后，未及一年，又把正宫林后死

了，层层苦楚，心甚不宽，是以忧闷成疾。"众文武齐奏道："我主若因宫中无人内助，何不颁诏天下，召选美女。"汉王闻奏，摇摇手道："天下佳人虽多，只怕难及旧时两个宫人。"旁边闪出张丞相，高叫："我主既说身伴无人，难道忘却昭君娘娘的妹子赛昭君么？当时在坟上，已亲眼见过，后又将国丈召来，当面亲许，不肯断这门亲，算来今年已十八岁，可做昭阳掌印，望主准奏。"汉王闻奏，心中大喜，不觉病体减半了，便道："孤因病中昏聩，忘却赛昭君，烦卿到国丈府内，传孤旨意，说是正宫娘娘驾崩，昭阳无人掌印，皇爷不负前言，召选赛昭君为正宫皇后。户部动支黄金千两，烦卿料理一切喜礼，代朕一行，回朝定当加恩。"

张丞相领旨，同众文武出宫，回了府第，不敢耽搁，就在户部支了帑项，备办喜礼。百端百羊百果，总已现成，张相骑马，押着礼物，一路出了皇城，不多时就到得国丈府内下马。国丈连忙迎接进厅，礼物摆列厅上，张相开读诏书，国丈俯伏厅阶，听宣圣旨，上面特来召赛昭君，即着二位皇亲护送进京。国丈闻旨谢恩，收了礼物，送至后边，一面与张相见礼，一面吩咐摆酒，款待钦差。张相酒至半酣，催促动身，国丈点首，传谕后面夫人知道。夫人见圣旨又到，召选二女，急急进房告知女儿。赛昭君听说，心中大喜，连忙收拾预备。夫人叫丫环出问，外边御辇可曾齐办，张相对国丈道："御辇已在外伺候多时了。请令媛就此登程。"国丈入内说了，免不得赛昭君向前拜别父母。又是一番悲苦，仍带了圣上前赐的二十四名宫女出来，厅前上辇，国丈吩咐家丁看守门户。同了张相上马。夫人坐轿，一众奴婢后面跟随御辇，两旁自有军士内侍护卫。一路不敢迟延，进得城来。汉王尚在宫中养病，未临朝政，国丈京中本有府第，同了夫人、女儿，仍归私宅住下候旨，不表。

且言张相进宫复旨，见了汉王，三呼万岁，口称："臣遵旨，召王国丈并家眷等，已随旨来京，未奉宣召，不敢擅入宫门，请旨定夺。"汉王闻奏，龙心大悦，忙叫："平身，劳卿作伐，赐御酒五十瓶，彩缎百匹，算孤谢媒，赛昭君俟钦天监择日进宫。"张相领旨谢恩，退出朝门。汉王又命内侍传旨出去，召钦天监进宫伺候。钦天监领旨，不敢怠慢，进得宫来，见了汉王，三呼万岁，汉王叫平身，一面吩咐谕旨道："孤今选封王皇后，非东西两院可比，烦卿要择吉日良辰，以成百年大事。"钦天监官领旨，取过历书，细细一看，便回奏道："据臣看来，明日乃黄道良辰，并无破犯，一定夫妻偕老，兴隆万年。"汉王闻奏大喜，登时脸上添光彩，十分病根除尽，打发钦天监出宫去后，一面吩咐宫娥，收拾昭阳正宫，一面传谕各宫嫔妃，伺候迎接皇后，一声旨下，谁不打点。

这一夜，汉王心急如火，并未安睡，只听谯楼三鼓，已交子时，即吩咐宫中，张灯结彩，点得如同白昼，亲排銮驾，候在宫门。张相早已知道，飞马报知国丈，国丈一闻此信，急急收拾，忙将女儿上辇，一路护送。进了午门，到了五凤楼前，只听得一片笙歌细乐齐奏，对对宫灯来接，接到娘娘，下了玉辇，汉王用手挽进昭阳正宫，先行私礼，后行朝礼，礼毕坐下。刚到五更，汉王出朝登殿，受文武朝贺，国丈亦随班见驾，汉王吩咐："众文武俱赴逍遥殿赐宴，张相陪国丈赐宴便殿。"一声旨下，众臣谢恩。汉王退朝，仍到昭阳正宫，新后连忙接驾，口呼："万岁，蒙恩抬举，召选入宫，念臣妾年幼，恐有不到之处，望皇爷恕罪。"汉王听这一阵燕语莺声，由不得心花放荡，连忙双手扶起，叫声："梓童休要如此客情，且赐锦墩坐下。"新后谢恩，站起告坐，汉王见她说话温存，身材窈窕，心中大喜。说着，不觉红日西沉，宫内点起灯来，汉王又在灯下观看佳人，越发十分出色，比在世昭君还要胜似几分。汉王正在赏玩新后，忽见内侍跪下启奏。未知所奏何事，且听下回分解。

第六十九回 掌昭阳哭祭芙蓉岭 想冤劝伐征单于国

诗曰:

> 不因身贵撇同胞，骨肉关情首自搔。
>
> 一座荒坟凭吊问，泪痕空把纸钱烧。

话说内侍禀汉王道："喜宴已曾齐备，请皇爷与娘娘入席。"汉王点头，同新后并肩而坐，宫娥敬酒，女乐吹弹，灯烛辉煌，饧馔错陈，好似八仙宫景，真是皇家富贵。汉王在灯下不住细看赛昭君，生得好一个模样，打扮得十分精工，怎见得，但见她：

戴一顶，翠珠冠，凤绕日月；凤头钗，分两下，压住乌云；柳眉边，分八字，不浓不淡；红绣鞋，刚三寸，锦口绒心；上穿件，八卦袄，西番莲绣；下穿着，地理裙，一色销金，似天仙，离月殿，霓裳夺目；如龙宫，有仙女，出了水晶；普天下，俊俏的，昭君为最；新皇后，比王嫱，更胜十分；脸一般，身一样，同胞共出；问一句，答一句，一样声音；却如在，梦魂里，昭君相会；今见了，赛昭君，两世美人。

汉王将新后看了一番，心中大悦，不觉吃得酒醉熏熏，已是谯楼二鼓，此刻按不住心猿意马，忙携了新后的手，同入寝宫，洞房花烛一夜鱼水，恩爱自不必说。

直至五更，汉王又起身登殿。文武朝参已毕，汉王又传旨道："朕今新立正宫，颁行榜文，大赦天下，广赐恩典，在朝文武各加一级，御弟王龙升授三边统制，修理国丈府第，月支俸银加倍给养。已故李陵、李虎、百花夫人、彭殷，俱追赠加封，入功臣庙配享。李广镇守雁门多年，可谓勤于王事，加封太子太傅。李陵之妻铁花女，封为二品正夫人，李陵之子李能，特授御前都指挥之职。"众文武谢恩已毕，俱皆退朝。汉王回宫，新后接进，坐定，吩咐内侍摆酒，召姚夫人进宫赐宴一日，吃得尽欢而散。

姚夫人告辞出宫回府，汉王仍与新后同归罗帐欢娱，自此百般恩爱，卧则交颈，坐则并肩。

光阴易过，不觉已是半年，次日恰值清明佳节，娘娘要上姐姐新坟，忙奏知汉王道："想臣妾姊妹，同侍我主箕帚，恩莫大焉。不幸姐姐早丧，臣妾入宫以来，未曾到坟瞻拜打点。来日清明，臣妾请旨前去拜扫一番，以尽臣妾之情。伏乞吾主准奏，一同臣妾父母走遭。"汉王闻奏，龙泪双流道："梓童所奏，极是正理，尔姊昭君，为孤亡身，何日心中将她放心？明日孤陪梓童一同扫墓，并召尔父母随驾前行。"新后谢恩。汉王一面吩咐内侍持诏谕国丈夫妇，一面传旨，着张丞相带领三千御林兵护驾。张相得旨，不敢迟延，忙在教场点了护驾兵丁，另外总旗牙将各百名，分排队伍，只等天明，候驾起程。

一宿已过，到了次日，汉王起身，也不临朝，候娘娘打扮已毕，同坐上凤辇，带了一众内侍宫娥，到了五凤楼前。遇见国丈夫妻也到，又有张丞相率领大小文武，在午门外伺候，一见驾到，向前迎接，汉王吩咐就此起程。一声旨下，只听得三声大炮，鸣金开道，上马的上马，坐车的坐车，纷纷护驾起程，一路旗幡招展，盔甲鲜明。

出了皇城，过得几个大乡村，方到芙蓉岭上，又是三声炮响，兵将团团围住坟茔，汉王与新后下了御车，同到坟前。早有内侍摆下祭礼，两旁细乐齐奏，汉王亲自行礼，祭奠昭君，文武百官亦皆下拜，国丈夫妻也来拜毕，方是娘娘向前进酒，跪倒尘埃，哀哀痛哭，叫声："姐姐，不幸你红颜早丧，抛下年轻妹子、年迈双亲，举目无亲，倚靠何人？在生未见姐姐之面，只好死后年年来上坟，以尽妹子之心。"说毕，拜而又拜，哭而又哭，众人在旁，无不下泪，汉王也不免苦在心头，反来劝解，亲把龙袍代新后拭泪，一面吩咐就此起驾回朝。旨下，又是三声炮响，众人候圣驾娘娘上辇，一起保驾起程，正是：

> 马啸平坡飞骥足，兵穿山岭似雷鸣。
> 旗开五色分前后，甲亮八方惊鬼神。

一路正行之间，早到东京皇城，兵扎教场，汉王与娘娘进了午门下辇，吩咐文武各回衙门理事，国丈夫妻告别，娘娘也不苦留，回他府第不表。

单言皇后陪着汉王，到了宫中，早已摆下酒筵，皇后陪了汉王坐定饮酒，正当酒

至三巡，汉王带笑叫声："梓童，孤看你身子何等软弱，因何上辇不用相扶，捷快如云？"皇后道："臣妾虽系女流，不但上辇如此，并且骑马更快，自幼从学仙女，习成十八般武艺，布阵行兵，件件皆能，臣妾要打点去征番呢！"汉王笑道："那番王久已归顺天朝，又不曾无故犯边，何必定要去征他？未免出师无名了。"皇后道："陛下怎说是出师无名？可恨番邦逼得姐姐残生丧命，不灭番邦，姐姐之仇不报，臣妾之心不甘！不是臣妾夸口，一任番邦百万雄兵，叫他来一个，死一个，杀他个片甲不回。陛下呀，这段冤仇，臣妾未进宫中，已恨如切齿，日日思想，要杀番人，上洗国家之耻，下报姐姐之仇，常言道：为人不把仇来报，枉在世间走一遭。明日臣妾就请旨起兵征番，望吾主准奏。"汉王听了皇后一番言语，只是摇头，反劝解道："梓童不要性急，想朝中多少英雄上将，平日食得大俸大禄，总怕出兵。似梓童一个柔弱女子，一路风霜雨雪，吃辛受苦，万里迢迢，孤怎舍得梓童前去？兵马一动，残害生灵，孤心不忍，况我国粮草未曾充足，难以出兵。梓童一心要报姐仇，且等候国库充盈，各处再调雄兵，任凭梓童挂帅征番，包管一举成功。如今兵微将寡，不要前去惹祸。不是寡人胆小，常言：识时务者，称为俊杰；能见机者，便是高人。梓童请三思之。"皇后听说，暗笑汉王这等软弱，还治什么天下，管什么万民，怪不得番王屡欺中国了。想罢，未知怎生回答，且听下回分解。

第七十回 汉王懒征北地 番王思夺国宝

诗曰：

> 不动干戈恤万民，当今天子正存仁。
> 怪他无故生嫌隙，逼动烽烟起战尘。

话说赛昭君见汉王劝她不要征番，便道："圣上既说兵少将稀，须要广积粮草，练习精兵，那时不用名人上将，等臣妾一人杀入番邦，不把番邦踏为平地，誓不回兵。"汉王又带笑相劝道："梓童，且将出兵的话丢过一边，等彼若犯边界，再领兵证讨不迟，若不犯边界也可恕他，孤和御妻且快活几年，不要将此事挂心。"吩咐宫娥："取酒来，快敬娘娘的酒。"宫娥答应，捧着金樽，斟上香醪。娘娘见汉王敬她的酒，连忙站起，接过酒来，只得曲从，不敢作声，将酒饮罢，又转敬汉王。汉王又吩咐女乐吹弹歌舞，以助酒兴，只吃得到更深尽欢而散，不表。

再表番丞相卫律，因番王为了昭君一个女子，不念有功之臣，杀了他老师毛延寿，久已怀恨在心，后见昭君投河而死，未曾报仇，只叫："便宜这贱人了！"又想："番王如此薄待功臣，也要播弄他一番，方出心头之气。"想了一会，计上心来："须要如此这般，好让某家坐观成败了。"想定主意。那日到了番王早朝，出班奏道："臣启狼主，想狼主九代相传，独霸北方，皆因误听毛相献图取美，以致损兵折将，耗费钱粮，又将国内税簿、库内珍宝，并降书降表，献与天朝。若昭君娘娘在世，得伴狼主，也还值得，谁知哄诱十余年来，用尽倾国之财，只顾完她节操，投河而死，反使狼主人财两空，岂不可恨！就是臣等，心亦不能甘服，吾主可速速点将兴兵，杀到汉朝，讨取国宝，以洗前耻，望主准奏。"

番王不知卫律公报私仇之计，反点头道："卿言是也。"便问两班文武："哪位卿家，代孤征南，讨取国宝？"语言未了，闪出土金浑，拜倒尘埃道："微臣愿往，狼主

可付臣十万大兵，百员战将，不将南方杀得并无敌手，使汉王年年进贡我国，并取国宝还朝，臣亦不再见狼主了。"番王闻奏大喜。正吩咐杀牛宰羊，大摆筵宴，代土卿饯行，忽见左班中闪出一员大臣，连叫："不可。"番王近前一看，乃丞相娄里受也，只见他俯伏金阶，口称："臣有短表，冒奏狼主：想我邦进贡天朝，业已有年，只因天朝逃臣毛延寿挟他私仇，来到我邦，一言唆动狼主，本是我邦惹起刀兵，天朝已将昭君娘娘献出，也算与我邦联和，只奈昭君娘娘秉性坚贞，不肯失节，哄我狼主一十六载，赴水身亡，却与天朝无干；况我邦连年征战，损兵折将，却也不少，国帑钱粮，又因浮桥一造，用去若干，国内空虚，何必又去再动干戈，结冤成仇，伤害生灵？望狼主暂停此旨罢。"

番王未及回答，土金浑大叫一声道："娄丞相何太怯也，长他邦志气，灭自己的威风。想我邦税簿珍宝，进贡天朝，为的昭君娘娘，在时恤情，今娘娘已死，还有什么情义？倘若不征讨国宝回朝，使他邦闻知，岂个笑狼主软弱了？臣若领兵前去，包管一战成功。"卫律也一旁奏道："土将军之言极是，狼主只管放心，休听娄丞相愚腐之言。"番王遂不听娄里受所奏，当殿赐了土金浑三杯皇封御酒、两朵金花，加封为征南大元帅，"任卿到教场挑选良将精兵，俟功成回国，再加升赏。"土金浑领旨谢恩，退下殿来，出得朝门，下了教场，点齐队伍，军令三申，放了九个狼烟，催兵起程，出了番城，一路好不威风，怎见得，但见那：

左一队，青旗号，先行哈虎；右一队，黄旗号，吴銮将军；中一队，红旗号，土大元帅；前一队，白旗号，大将孙云；后一队，黑旗号，乌龙杨霸。共五队，纷纷走，整肃严明；石庆真，督营哨，中军护佑；石庆龙、石庆虎，运粮先行；五色旗，来招展，光耀日月；兵十万，多雄猛，大小三军；左将摧，右将赶，如龙如水；后兵起，前兵走，似虎奔林；行一程，过一程，犹如风送；过一岭，又一岭，好比腾云；日夜赶，行得快，不辞辛苦；早来到，黑水河，夕阳西沉。

土元帅吩咐扎下营盘，三军埋锅造饭。金浑独坐帐中，谯楼正打三更，尚未安寝，点了两支大烛，放在桌上闲看兵书。只听得一阵狂风乱响，好不怕人，那风刮进帐中，把桌上两支大烛几乎吹息。此刻土元帅看书也辛苦了，伏在桌上，似睡非睡，但见狂风过处，忽然外边走进两个鬼魂，一男一女，土元帅梦中定睛一看，却皆认得，男的怎生打扮？但见他：

凛凛威风戴将巾，甲是黄金罩全身。

腰悬宝剑叮当响，汉室忠良叫李陵。

女的怎生打扮？但见她：

一顶珠冠头上戴，宫装着体美娇容。
看来却是昭君女，今夜因何到帐中。

女的前走，男的后走，随着一阵狂风，进了牛皮帐内，只见昭君杏眼圆睁，银牙乱咬，指着上面骂声："匹夫好多事呀！想当初你到天朝，妄献番诗，汉王仁厚，不曾斩你，你就该知恩报恩，反将狂言惑弄你主，无故兴动人马，逼取哀家，方才罢兵。只可怜李陵被捉，屈死于番邦；彭殷中炮，死于非命，百花中箭，李虎阵亡，以及老将失守雁门，中国多少英雄上将俱丧，你等平地惹起风波，死的死，伤的伤，岂不可恨！就是哀家，我约番王三事，取他税簿宝珍、降书降表等件，下邦也应奉上邦之税，这是君臣大礼，如何尔等又生歹念，起兵来寇雁门？一不思天朝既献哀家，也算输服尔邦，哀家全节而死，不与天朝相干；二不思汉王不曾兴问罪之师，尔等反逆理犯上，天亦难容；三不思生民涂炭之苦，又要起兵伤害生灵，怕只怕尔等恶贯满盈，少不得天朝自有能人，杀你片甲不回，今日仇人相见，哪肯相饶？"叫声："李将军，快将此贼分他两段。"李陵答应，拔出宝剑，喝声："番贼看剑。"吓得土金浑大叫："我命休矣！"一跤跌倒。未知死生如何，且听下回分解。

第七十一回　土金浑入寇雁门　汉李广大破番兵

诗曰：

番人忽又起干戈，只为兵骄可奈何。

一胜之中防一败，逞强自惹是非多。

话说土金浑梦中被李陵一剑砍来，躲闪不及，跌在地下，只叫："我命休矣！"吓出一身冷汗，惊醒南柯，连称奇梦。耳听谯楼正转四更，暗想："此梦乃不祥之兆，欲待退兵，又因王命在身，不能自主，欲待进兵，又怕于身不利，事出两难。"想了一会，道："生死皆由天定，梦境何足为凭？"仍在桌上打了一盹。未及片时，天色已明，土元帅也不对众将提起梦中之事，只吩咐众军起营。一声令下，炮响三声，众军呐喊，拔寨起行，离了黑水河地界，一路旗帜招展，马不停蹄，兼程而进。

那日正走之间，忽见探子报道："启禀元帅，前面已离雁门关不远了，兵不可前进，请令定夺。"土元帅闻报，传令大小三军，就此靠山扎营。一声令下，又是火炮三声，扎下营盘，埋锅造饭，歇军一日。次早升帐，便问："哪位将军前去打关？"有吴銮应声愿往，土元帅道："将军可带领五千人马，前去打关，小心在意。"吴銮口称得令，坐马端枪，带了番兵出营。一马冲至关前，大叫："守关军士听着，俺奉狼主之命，前来讨取税簿珍宝，还要尔主年年进贡我邦，方免尔等一死，如有半字不肯，俺就打破关门，管叫鸡犬不留。"守关军士听说，飞星报知李元帅，李元帅闻报，大吃一惊，道："这番狗又来犯边，怎生是好！"急忙添了兵丁，将各隘口牢牢坚守，任他叫骂，只不出战。吴銮骂战一日，不见关中一将一兵出来会阵，只得忍气吞声，回营缴令，不表。

且言李元帅，见兵临城下，连忙写表申奏汉王，请发救兵，打发差官飞马进京，投递表章，真是不分星夜，赶至京城，到了兵部挂号。兵部知道边关紧急军情，不敢迟延，一见汉王未曾临朝，就将本章送入宫内。有守宫太监接到本章，进宫呈与汉王。汉王接过，细细一看，吓得面如土色，骂声："番狗，真不是人，敢欺我朝缺少能人，又来犯边，何太无礼！"皇后道："既是番人无礼，不为师出无名，待哀家前去征番，杀他一个片甲不回，方知天朝的手段利害。"汉王叫声："御妻且馒，待寡人登殿，与众文武商议，再作道理。"

说罢起身，别了皇后出宫，即刻登殿，召宣一班文武。朝参已毕，便将番人入寇之事先宣一遍，后问："哪位卿家代朕领兵平番，得胜回朝，加封进爵。"问了三声，无人答应，恼得汉王心中大怒道："养兵千日，用在一朝，今日国家变乱，一个个袖手旁观，不能代朕分忧，要尔等何用！一概罢职出朝。"汉王正在发怒，右班闪出两个执殿大将军。一名陈希、一名郭武，一齐跪下奏道："圣驾不必忧心，可恨番王欺负我朝太甚，臣等不才，愿领兵前去，只要雄兵十万，各分五万，星夜赶到雁门，两路夹攻，杀他个片甲不回。"汉王闻奏大喜，各赐御酒三杯，金花两朵，加封为扫北左右大将军。陈希、郭武二人谢恩，汉王回宫，文武各散。

他二人到了教场，点起雄兵十万，放炮起身。出了皇城，一直来到芙蓉岭，陈希分兵五万，向东而去，郭武分兵五万，向西而去，总在雁门会齐。他们兵虽分在两路，限定时辰，以一月为期，俱在雁门，兵合一处。进了雁门，将人马扎下营盘，来见李元帅，元帅忙出来迎接。二将进帐见礼，分宾坐定，大家商议出战之策。李广道："番将攻打雁门，每日骂战，被我坚守不出，只等救兵到来，方好开兵。如今二位将军到此，天赐成功，只消我明日一军出战诱敌，诈败下来，二位将军两旁埋伏，突出夹攻，断他归路，不怕番人不授首战场。"陈、郭二将道："老将军之计甚妙，明早我等听令。"李广大喜，吩咐摆酒，与陈、郭二将接风，一面犒赏来军，不表。

且言番将，打关几日不下，心中甚是焦灼，忽见那一日清晨，关上扯旗放炮，开了关门，闪出一支人马，就是老将李广，催动行兵，抵营讨战。早有巡番报知土元帅，元帅见南朝李广久不出兵，今日讨战，暗暗生疑："一定关中救兵到了。"即刻升帐，令先锋哈虎，带领三千人马，出营割取李广首级缴命。哈虎答应上马，领兵出营，一马来到阵前，高叫："南朝有不怕死将官，快来会俺。"李广听说，横刀大骂："番狗屡犯雁门，甚是无礼，还不下马领死，等待何时？若有半字不肯，定杀你片甲不回。"哈虎听了李广一番言语，急得两太阳冒出火星，也不回言，提起长枪，恶狠狠直刺李广门面，李广用刀架过，一刀砍来相还，哈虎用枪架过，一来一往，战了五十回合，不分胜败。好个哈虎，枪法精妙，分出五花八门，刺上刺下，眼捷手快，李老将刀法也不弱于哈虎，只为心上有计，故意卖个破绽，大叫不好，带转马头，拖刀败走，高叫："番将休赶，本帅战尔不过，明日再决胜负，赶来不算英雄。"说着，催马败将下去。哈虎不知是计，大叫："败将还不下马授首，往哪里走？本先行来取你的命也。"

　　说罢，将枪一摆，把马一催，追将下来。可笑哈虎，被老将诱哄，一赶足有十几里下来，猛听得三声炮响，喊杀连天，伏兵齐起，吓得哈虎，情知中计，要回兵也不及了。左有陈希一支人马挡住哈虎去路，右边郭武一支人马，挡住哈虎归路，把三千番兵冲做两截，四面八方都是汉家兵将，围住哈虎。李广又将兵杀回，哈虎一人，纵有通天本事，怎敌三位英雄？只杀得马仰人翻，浑身冷汗淋淋，心内慌张，要杀出一条血路逃走，走到西边，撞见郭武，杀了一阵，难出重围；走到东边，遇见陈希，杀了一阵，又被杀回；赶到中央，拼命杀出，又遇见老将李广，那大刀砍下来，十分沉重，难以抵敌。再看看手下三千番兵，被汉将杀得七零八落，只叫："我命休矣！"话犹未了，心内一慌，手中枪一松，早被李广一刀砍下，只听"扑通"一声，未知哈虎性命如何，且听下回分解。

第七十二回　报宿仇老将施威　请救兵二王挂帅

诗曰：

> 有仇不报非君子，仇报一时是小人。
>
> 狭路相逢能等候，何愁宿恨却难伸。

话说番将哈虎被李广一刀，连肩带臂砍于马下，此刻汉将趁着得胜之兵，乱杀番兵，杀得血流成渠，尸横遍野，只剩了一千败残人马，急急败进营中，报与土元帅知道，祸事不小，元帅闻报，大吃一惊道："怎么说？"败兵禀道："启元帅，哈将军与李广交战多时，李广用诈败诱敌之计，被他前后埋伏，二将截住攻杀，我兵一时退后不及，哈将军被李广斩于阵前，折兵二千，请令定夺。"土金浑闻报，由不得气冲斗牛，便问："帐下哪位将军，前去与哈虎报仇？"只见一将挺身而出，口称："元帅，末将愿往。"元帅一看，乃是部将孙云，即令孙云带领三千番兵，出营交战，吩咐小心在意。孙云得令，上马出营，怎生打扮，但见他：

> 凤翅盔甲披锦袍，提刀上马逞英豪。
>
> 虎头燕颔多威武，曾斩海中出水蛟。

来到阵前，把马一催，大叫："南蛮快来领死。"李广在阵门下一见，就命郭武出马。两军对阵，并不答话，各持兵器交战，一来一往，斗了三十回合，两面越杀越有精神，不见胜负。好个郭武，暗暗使起花刀之法，前六路、后六路、左六路、右六路、上六路、下六路，共是六六三十六路，只见刀花，不见人影，杀得孙云双目俱花，只听郭武大吼一声，把个孙云太阳魁首一刀砍落在地，趁势招动本部人马，赶杀番兵，杀得天昏地黑，哭喊连声，只听得军中鸣金，方打得胜鼓回兵。李广迎接进关，一面

摆酒贺功，一面犒赏三军，不表。

且言番兵败回，见了元帅，道："启元帅，孙将军先胜后败，又被郭武斩了。"番帅闻报，心中好不焦躁，急聚帐前众将商议道："南朝将官这等英雄，连杀我邦二员大将，折兵数千，如何是好？"吴銮道："启元帅，皆因出兵日期不利，是以损兵折将，不如回兵，另择吉日，再行出兵，那时天运循环，我胜他败，岂不为美？"番帅道："说哪里话来？胜败乃兵家常事，岂在天时？只要运筹决胜。待本帅明日亲自出马，决一胜负。诸位将军须要为国出力，同心并胆，决一死战，不可各生退心，有功者赏，违令者斩。"一声令下，谁敢不依？

过了一宵，次日五鼓，大家饱餐，整束戎装，元帅率领众将、大小番兵，直抵关前。扎下营盘骂战，只叫："好好交还我邦税簿并进贡金银宝珍，一笔勾销，若有半字不肯，顷刻杀进关内，鸡犬不留。"李广在城头听说，不由暴跳如雷，即刻提刀上马，带了陈、郭二将，一马冲出关来，高叫："土番将快来领死。"土元帅一见李广出马，便问："哪位将军前去会他？"早有石庆真，高叫："末将愿往。"一马冲到阵前，高叫："俺来代哈、孙二将军报仇也。"李广叫声："来将少催战马，快通下名来。"庆真道："俺乃北番监军都统石庆真是也，你可就是老将李广么？"李元帅道："然也。"一面答话，一面想起石庆真二字，乃是射死我媳妇的仇人，今日相见，怎肯饶他？

想罢，不觉大怒，举起大砍刀，向庆真劈来，庆真个慌不忙，用枪架过，举枪相还，随手就刺，李广把刀隔过一边，一来一往，斗了百十多合，无分胜败。恼得李广，把马一转，诈败佯输，拖刀大败，口内只叫："番人休赶，饶恕我年老之人罢。"庆真不知是计，打马加鞭，追将下来。李广回头见他来得切近，心中大喜，把刀放倚马背，暗暗搭上弓弦，将身一转，喝声："中箭！"只听得弓弦响处，庆真马跑猛了，躲闪个及，一声"哎呀"！箭透咽喉，两脚腾空，一命呜呼。李广急急用刀找取首级，带回关门，也算代媳妇报了仇，满心大喜。庆龙、庆虎弟兄二人，一见父亲丧于阵前，不由地心中十分苦楚，也不等元帅将令，双马齐出，喝骂："李广老匹夫，伤我父亲，与你有不共戴天之仇，今日一定取你残生，以祭亡父之灵。老匹夫往哪里走，少爷来取你的命也！"

说罢，催马出阵。汉营中早有陈希接住庆龙交战，郭武接住庆虎交战，两下战鼓咚咚，不住地响，战了五十回合，顷刻见了胜负：庆龙敌不住陈希，被陈希一枪刺透心窝，死于马下；庆虎又见兄长阵亡，心中一慌，早被郭武一刀，劈为两段。一边汉兵得胜，将鞭梢一指，带领了一众汉兵，杀得番兵丧魂吊胆。番帅见汉兵势大，来得凶勇，只得带了败残兵将退了三十里，方扎住营寨。查点兵卒，折去石家父子三人、万余人马，自知损兵折将，难以抵敌，不如坚守不出，急忙写本回国，奏请救兵，连夜差官，飞星上马而去。

在路披星戴月，马不停蹄，非止一日，来到本国。下马赶至长朝殿，奏知番王，并将求救本章呈上。番王一看，见折了哈虎、孙云二将、石家父子三人，又折了几万番兵，看罢本章，心中甚是不悦，便问两班文武："哪位卿家，代孤领兵去救应？"话犹未了，闪出番王御弟二亲王，向前讨差道："臣愿领兵前去救应，不怕南朝有三头六臂之将，不将南蛮个个杀得束手归降，也不算十分武艺。"番王大喜道："御弟去领人马，掌督中军，孤也放心得下，只要将我国税簿取回，叫南朝年年进贡于孤，孤也可休兵罢战。"二王领旨。番王又赐金花两朵、御酒三杯，"任御弟点挑十万人马，战将五十员前去，灭敌兴番，在此一举。御弟小心在意。"二王正要领旨谢恩，旁又闪出丞相卫律，道："启奏狼主，二王挂帅征南，不愁指日功成，但军中尚少一参谋，帮助二王行兵布阵、捉将拿人，此去领兵救应，但军师不可少。"番王闻奏，沉吟半会道："卿举何人可以帮助御弟参赞军机？卿不妨从直奏来。"卫律道："狼主难道不记得，讨取昭君娘娘、大破雁门，亏了何人谋略？"番王一想，心中大喜。未知想起何人，且听下回分解。

第七十三回　番僧宝伤汉将
皇后劝驾亲征

诗曰：

> 文官把笔挂红袍，武将威风手执刀。
> 临事未能将国保，不如闺阁女英豪。

话说番王因卫律提起前事，忽想起伏龙寺的圣僧，神通广大，此次出兵，非请圣僧相助，不能成功。即命二王："代孤到伏龙寺去请圣僧。"二王领旨，退出朝门。去不多时，便来复旨道："蒙圣僧依允前去，命臣大兵先行，圣僧随后就到军营。"番王闻奏大喜，便叫："御弟，救兵如救火，就是今日起兵便了。"二王领旨，别主出朝，点了战将几十员、人马十万，放炮起行，出了番城，一路不分昼夜，兼程而进。

那日正走之间，已到大营，早有土金浑率领众将，迎接二王进帐。参见已毕，尚未坐稳，又见半空中吊下一个和尚来，正是圣僧。二王站起身来，迎接进帐见礼，分宾坐定，众将俱皆向前参见。二王道："有劳仙师大驾，孤心何安！"番僧道："贫僧与王爷昆仲有缘，特地下山相帮，此番出兵，不取汉室江山，誓不回山。"二王听说大喜，吩咐帐中摆酒，款待圣僧。席间，与圣僧商议来日出战之事，番僧道："既是汉将勇猛，只可智取，不可力敌。今日且着番兵打下一封战书前去，明日将大队人马仍抵关下寨，只差帐下一二员将官，前去诱敌，待贫僧暗暗掠阵，用法宝伤他，包管一阵成功。"二王听说，大喜道："全仗仙师法力。"二人说得投机，吃得尽欢而散，我且慢表。

且言李广，见陈、郭二将又斩将取胜，杀得番人败下三十里去，心中好不快活。明日打发陈、郭二将，轮流讨战，并不见番将一人出马，心中甚是焦躁。那日升帐，忽见番兵打下战书，说是番邦二大王亲身出阵，李广已知番营救兵已到，便叫陈、郭二将小心在意，二将口称知道。过宿一宵，次早起来，早有军士报道："启元帅，番兵又抵关下寨，前来讨战，请令定夺。"李元帅闻报，忙整束戎装出马，左军陈希，右军郭武，三将统兵，放炮出关，李广一马当先，喝道："杀不尽的番狗，又来纳命么！"言未了时，番邦二大王出马，怎生打扮，但见他：

　　戴一顶紫金冠，琉璃蓝顶；插两支孔雀尾，五尺余零；身穿着虎彪皮，销金盔甲；手提一根飞云枪，杀气腾腾；左挽弓，右插箭，鱼腹入口；坐下了，乌骓马，四足如云。

　　李广一见二王，十分古怪，那二王也不与李广打话，只把令旗一挥，先命左军吴銮出马，郭武用刀敌住；又命右军扬青出马，陈希用枪敌住；那二王直奔中军，与李广交起手来，三对将官，各寻对头厮杀，正是：

　　虎斗龙争各为主，天昏地暗不饶人。

　　两下里从早饭时候，混战到午刻，足有百十余合，不分胜负。哪知妖僧闪出阵门，口中喃喃念咒，在袖内取出一块铁板，向空中一撩，化作百千万无数铁板，打将下来，但见一片云遮雾黑，迷住敌将眼目，陈希被铁板打得脑浆流出，死于非命；郭武被铁板打下马来，吴銮一刀结果残生；打得汉兵头破血流，膀折腿断，哭喊连天，四散奔逃，只剩下李广，见事不谐，撇了二王，败将下去。二王不舍，追将下来，正离着李广不远，举枪就刺后心。李广知道后面有人暗算，叫声："不好"，把马一拎，跳出圈子，二王那枝枪正刺在树上，再等将枪拔出，李广已去远了，逃回雁门，把关紧闭。二王见追不上李广，只说："便宜这老匹夫了。"慢慢放马到了营中，治酒代番僧庆功。

　　一宿已过，次日又在关前讨战，不见李广出马，恼得二王，吩咐众将打关。一声令下，大炮轰天，将雁门关围得铁桶一般，不住攻打，二王又向关上大骂："李广老匹夫听着，限你十日，将我邦税簿、宝珍一一送出，万事全休，倘若迟延，少不得打破关门，管叫踏平尔国，斩草除根，萌芽不发，休生后悔。"只吓得守军飞来报知元帅。元帅因折了二员大将、无数汉兵，心中正在忧闷，又闻此报，愁上加愁，连夜写表申奏天子，发兵救护边庭，即差人马飞报进京，不表。

　　且言汉王同新后百般恩爱，行坐不离，那日正在选翠宫饮酒看花，有内侍投进边庭告急的本章，呈与汉王一看，见陈、郭二将被斩，又折了几万人马，雁门被困，十

分危急，不觉大吃一惊，几乎跌倒尘埃。幸有皇后坐在一旁，一把扶住，叫声："陛下仔细些，不必惊惶，常言：兵来将挡，水来土掩。不是妾今夸口，只消妾领一支人马，杀入番邦，不到几月，包管活捉番王，将番邦踏为平地，斩草除根。妾正为姐姐大仇未报，怀恨在心，他反来欺负我朝，妾若不杀番贼，枉做昭阳正院，宁可削发为尼，不恋红尘了。"汉王道："番兵势大，难以抵敌，多少有名上将，俱丧沙场，御妻贵体娇弱，怎能上阵交锋？就是江山不稳，也由孤家，孤怎忍御妻冒险出征？但愿夫妻时常聚首，管什么边关危急。"皇后正色相劝道："陛下之言差矣！想高祖皇帝，南征北战，东荡西除，挣下一统江山，传流至今，岂是容易？如霸王空有重瞳，不顾手下彭越、英布一班将官，一个弃楚归汉，他只恋着虞姬一人，后来逼得乌江自刎而死。陛下乃当今真命帝王，岂可溺于儿女之情，不顾江山大事，妾所不取也。"

汉王听得皇后一番言语，眉头一皱道："御妻未曾上阵，不知行兵的厉害：如番王二弟，六甲兵书，件件皆会；土金浑是神枪妙手；吴銮、杨霸等一班番将，本事十分了得；还有一个番僧，妖法十分厉害，御妻若要上阵，孤怎不担心？"皇后微微冷笑道："任他三头六臂的将官，呼风唤雨的妖僧，妾也有通天的手段，保着陛下亲征，只要点兵十万，先锋一员，赶到边庭，搭救解围，不怕番人见了哀家，不亡魂丧胆。"未知汉王听说，可能依从出征否，且听下回分解。

第七十四回　挂先锋铁花自请令
打头阵金浑落陷坑

诗曰：

> 天仇切齿恨闺中，无奈请令不肯从。
> 事到临头方报复，一团宿气泄心胸。

话说汉王见皇后执意要保驾亲征，不好过于阻拦，反带笑叫声："梓童，孤不知你深通武艺，善晓兵机，该应汉家有福，天生美人，为国家栋梁，保固江山，真愧杀朝中一班文武大臣，孤就拜梓童为帅，不知何日点将出兵？"皇后道："救兵如救火，况边庭军情紧急，何可久待？若雁门一失，则大事去矣！就是明日起兵。"汉王大喜，一面传旨出宫，着兵部提调各路人马，户部催趲粮草伺候，明日五鼓，御驾亲征。

这个信儿传到御营指挥李能耳中，回府禀知母亲铁花夫人，夫人一闻此言，便叫声："我儿，想你祖父年岁高大，又被困雁门，怎生抵敌得住？我们母子，何不趁皇爷出师，自请去做先锋，一则代皇家出力，求取功名，二则好去搭救你祖父，以解雁门之围，三则上阵杀些番将，也代尔父报仇。"李能道："母亲言之有理，母亲只管在家等候捷音，只消孩儿两柄铜锤，就够杀番人了。"铁花夫人骂声："畜生，说话又来莽撞，上阵打仗，非同儿戏，须待为娘同你前去，一同计议而行，方保无虞。"李能诺诺连声道："母亲既要同孩儿前去，不可迟延，就要今日请旨。"铁花夫人点一点头，取过笔砚，写了一道本章，自请去做先行。将本章写成，便付李能，入朝呈奏。

李能接本赶到宫门，烦守宫太监呈与皇爷，正值皇爷与皇后在那里饮酒，席间谈起明日五鼓点将提兵，谁可去做先行，非得一智勇双全之将，不可充此重任。汉王、皇后正在踌躇，忽见内监呈上一本，汉王一看，不觉哈哈大笑道："有了女元帅，须要有个女先行。"皇后便问："是谁人之本？"汉王道："此乃李陵之妻铁花夫人上本，代夫报仇，愿同儿子李能，去做先行。"皇后道："壮哉！此女明日先行，望吾主就点她

中
国
禁
书
文
库

双
凤
奇
缘

六
六
三

母子便了。"汉王依奏,吩咐李能母子,明日五鼓在教场伺候。内监传旨出来,说与李能知道,李能回府,禀知母亲,少不得收拾打点。

一宿已过,到了次日五鼓,李能母子早在教场伺候,只听三声大炮,汉王与娘娘驾到,大小三军一齐跪接汉王坐的御辇。娘娘是打扮戎装,好不威风,但见她:

> 日月珠冠头上戴,九宫八卦战红裙。
> 护心宝镜明如月,腰间聚束九绒绳。
> 坐下赤兔胭脂马,好似天降女仙真。

到了教场,汉王下辇,皇后下马,上了将台,并肩而坐,大小三军参见已毕,分列两旁听点,汉王便将朝政托与丞相张文学,扶佐亲王,执掌朝纲,又叫声:"梓童,好点将开兵了。"皇后即点铁花夫人与李能,带兵一万,充做开路先锋,李氏母子领令上马,带兵而去。又点十万精壮人马,老者不过五十岁,少者不过三十岁。汉王又开内库,预将饷银给赏三军安家,一个个欢声震地,无不愿效死力,去杀番兵。点将已毕,下了将台,汉王上辇,皇后上马,手执青铜宝刀,保定御驾,只听三声炮响,大兵动身,一众文武,送到郊外而回。皇后在马上,好不威风。离了东京,一路前遮后拥,人马精强,所过之地,秋毫无犯,在路行程非止一日,且自慢表。

再言李能母子,统兵一万,领了先锋的将令,一路逢山开路,遇水搭桥,真是马不停蹄,催赶兵马前进,正是:

> 前哨马催着后哨马,左营军赶着右营军。

那日到了雁门关,将人马扎在教场,进了辕门,下马进帐,来见李元帅,元帅便问:"你母子到此何干?"铁花夫人道:"闻得公公又困雁门,心中十分忧愁,正值皇爷与娘娘御驾亲征,我等自请来做先行,一代公公解围,二代丈夫报仇。"李元帅把眉头一皱,道:"你们不知番兵厉害,只管要来厮杀,如今番王御弟挂帅,用兵如神,又来一妖僧,妖法十分怕人,连执殿将军陈希、郭武俱死于非命,何况尔等?就是你公公也不敢出战,只是死守关门而已。"铁花夫人道:"公公休长他人志气,灭自己威风。此次元帅乃新后娘娘,神通广大,法力非常,哪怕什么番王御弟,哪怕什么妖僧,管叫他尽做无头之鬼。公公只管放心,不必代我们担忧。"李元帅听说大喜,吩咐帐中摆酒，代母子接风，着人收拾一所洁净内院，伺候皇爷、皇娘娘来到，这都不表。

再言那日李元帅正在升帐，忽见探子报道："番将土金浑讨战。"早闪出李能母子，向前讨令，李元帅叫声："且慢，等皇爷大兵到时，再开兵不迟，尔等不可妄动，取罪未便。"铁花夫人叫声："公公，闻得当年妄献天诗，即是土金浑。皆因皇爷仁慈，不曾斩他，放他回国。惹动干戈，致使两下干戈不息，皆因此贼而起。媳等今日出阵，若不除了此贼，誓不见公公面了。"李元帅拦挡不住，只吩咐小心在意。李能母子出了辕门，铁花夫人附李能耳道，如此如此，这般这般。

李能领了母亲之计，提锤上马，分兵五千，放炮开关，一马冲到阵前，高叫："来将可是土金浑么？"金浑道："既知本帅大名，还不下马领死，等待何时？汉将也通下名来。"李能道："某乃大汉天子驾前官拜御营指挥，今充前部先锋李能是也。我父亲李陵屈死尔邦，又来围困我祖父李广，今日阵前遇见少爷，还想活命么？照锤罢！"一锤打来，土金浑用枪轻轻架过，举枪相还，一来一往，战了五十回合，不分胜负。只听得关中一声鸣金，李能大叫："军令将兵收转，少爷明日来取你的命罢！"说着，把马头一转，要跑回关去，土金浑便叫："李能哪里走，今日不取你命，誓不回兵。"催马追来。李能一见，反不进关，落荒而走。土金浑大喜，暗想："小子不跑进关，今日性命难出我手。"说罢，一直追了十几里下来，马正跑得有势，只听"咕咚"一声响亮，如天崩地裂一般。未知是何缘原故，且听下回分解。

第七十五回 破妖法异兽现形 踹番营二王被捉

诗曰：

　　任你三头六臂将，天心不顺命空丧。

　　一朝势败身被擒，立正典刑看榜样。

　　话说土金浑被铁花夫人用陷坑计，假意鸣金，李能诱敌落荒而走，他只管放马追来，不防备连人带马，一跤跌入陷坑之内，铁花夫人五千军埋伏齐起，用挠钩搭上人马，将土金浑捉住。母子二人趁胜回马，乱杀番兵，只杀得尸山血海，番兵大败，方鸣金打得胜鼓回转关中，来见李元帅。元帅大喜，吩咐将捉来番将囚入后营，候旨发落，一面摆酒贺功。

　　过宿一宵，次日，天子大兵已到关前，李广率众将，吩咐焚香，开关接驾。进了雁门，也把大兵扎在教场，天子与娘娘同入行宫坐定。李广见驾，拜了二十四拜，口呼万岁三声，千岁三声，便把前事细奏一遍，汉王点首道："难得卿家死守关门，其功不小，少不得平番回朝，再当加封。"李广谢恩退下，又是李能母子参见，呈上活捉土金浑之功："现禁后营，请旨定夺。"皇后道："到底不愧将门之种，头阵捉将，已挫番家锐气，可上你头功。"李能母子谢恩退下。汉王道："当初妄献天诗，就是土金浑，孤未曾斩他，他反惹起两国干戈，至今不息，若将此人再留于世，又有后患，吩咐斩首号令。"一声旨下，早有军士将土金浑脱剥干净，推出营门，三声炮响，人头落地，将首级挂关前，李广一面摆酒行宫，款待天子、娘娘，一面犒赏三军不提。

　　且言番邦败残兵丁，先报二王道："土将军失机被捉，请令定夺。"二王闻报，吃惊不小。又见探子报道："汉王御驾亲征，早到雁门，已将土将军的首级号挂关头了。"二王闻报，只急得暴跳如雷，便差吴銮、杨霸领兵一万，前去探阵。二将领令，统兵放马，直抵关下，大叫："某等来代土将军报仇，南蛮快来纳命。"早有守城军士听说，

报知李元帅，元帅转禀汉王，汉王便问："哪位将军出马会阵？"早有李能向前讨令，皇后叫声："先行且慢，待哀家前去，出马会他。"

说罢，站起身来，别了汉王，整束戎装上马，带了一万精兵，放炮开关出阵。汉王带领众将，亲上城头掠阵。但见娘娘一马当先，冲到阵中。那二员番将，看见来的是一员女将，珠尾凤冠，点翠红簪，霞光万道，身穿战袄，五爪金龙，坐下胭脂马，手执大砍刀，一出阵时，莺声呖呖，喝骂番将，番将一见，只认是昭君显魂，由不得痴呆半会，心中暗想："拼着税簿不要，再把这佳人枪至我国，献与狼主，其功不少。"想毕，吴銮便高叫一声："南蛮男将都被我邦杀尽，又弄出女将来出丑。女将可通上名来。"娘娘道："番狗要问哀家，你且听着，哀家乃大汉天子昭阳正宫赛昭君娘娘是也。番狗也留下名来。"吴銮道："某乃单于国王驾前官拜前部大将军吴銮是也。某看你这女将，娇滴滴的身子，手无缚鸡之力，何必枉送性命？不如归顺我朝，与狼主做一个妃子，岂不胜似天朝快活么？"这一席话说得娘娘满面通红，喝骂："番狗，休得乱言，看家伙！"一言未了，刀已砍下，吴銮举枪相迎，一来一往，战有三四十个回合，恼得娘娘怒气生嗔，把头摇了三摇，一个如花似玉的女子，变作夜叉形状，青面獠牙，大刀砍去，重有千斤，吴銮渐渐抵敌不住。杨霸向前助阵，娘娘毫不惧怯，只是不见胜负，心内好不急燥，便在口中喃喃念咒，不多时，但见空中金盔金甲，六丁神将，落下战场，各执兵器，乱杀番兵，只吓得杨、吴二将，回马败走。娘娘追赶不舍，把飞刀抛起，吴銮躲闪不及，连肩带臂，砍于马下。杨霸一见心慌，想要脱逃，飞刀早到，首级已落。娘娘乘胜将刀头一摆，引着众将，乱杀番人，只杀得番兵片甲不留。

正要打得胜鼓回关，忽听见番阵旗门下高叫一声："野婆娘，休得撒野，俺来会你。"娘娘回头一看，见是一个和尚，也不坐马，走出阵来，就知是番国妖僧，便叫声："和尚，你既出家为僧，不去修行念佛，又来红尘，以开杀戒，未免逆天行事。"番僧道："你既是个女子，不在闺中刺绣，无故伤害我国两员大将，贫僧特来代他报仇的。"娘娘在马上冷笑道："番狗伤了天朝无数大将，难道不该报仇么？"番僧道："不必多言，看是谁胜谁败。"便就举起手中如意向空一晃，长有三丈，望娘娘身上打来，娘娘连忙把刀来架，觉得十分沉重，震得香汗淋漓，暗想："不如先下手为强。"未及三五个回合，发起飞刀，要伤番僧。番僧一见，不慌不忙，用手一指，飞刀坠落无用了，只急得娘娘，又遣六丁六甲神将，前来擒他，番僧只把如意左右一赶，赶得无影无踪，哈哈大笑道："些须小技，也来弄鬼，看贫僧法宝，来取你命。"说罢，取出身边铁板，向空中一镖，来打娘娘，娘娘自知难收他的法宝，回马败走，番僧迈步，比

马更快，追将下来，只急得汉王在城上，一见娘娘被妖僧追去，魂都吓掉，急命李广公孙，领兵三万，前去救应。李广公孙领旨而去，不表。

且言娘娘被妖僧追得十分紧急，心中甚是着慌，忽见前面站着九姑仙女，手拿佛塵，高叫："徒弟休慌，我来救你。"娘娘一见是师父到来，滚鞍下马，站在背后，妖僧正吆吆喝喝，走到面前，见娘娘站在道姑背后，大喝一声道："你这道姑，休想夺我上门买卖，若不将她献出，看法宝取你命也。"九姑仙叫声："孽畜，你有什么神通，使出来我看。"番僧又将铁板祭起，撩在空中，来打九姑仙，九姑仙把拂塵一展，其板不见。番僧见九姑仙破他法宝，心中大怒，又用火龙来烧，被九姑仙取出水晶球收去。番僧正要逃走，九姑仙取出捆仙索祭起，收住妖僧，现出原形，乃是一个角端。九姑仙便叫声："徒弟，你的人马前来迎你，快些踹营，一阵成功，我是去也。"九姑仙跨上角端，冉冉腾空而去。娘娘向空中拜谢一番，然后上马回来。正走之间，忽听一声呐喊。未知是何处兵马，且听下回分解。

第七十六回 破城番王哭求
显灵昭君讨情

诗曰：

> 只因好色犯天朝，自恃兵锋向敌骄。
> 不料当年一着错，可怜瓦解与冰消。

话说娘娘遇见一彪人马，乃是李广公孙，奉旨前来救应，彼此相见，俱各大喜，慢慢回至关中。汉王接进，行宫坐定，便道："今日梓童上阵，很费精神，好厉害妖僧，追赶梓童下去，孤十分耽心，如今这个妖僧怎么样了？"娘娘道："多蒙师父九姑仙女，用捆仙索收去，现出原形，乃是一个角端作怪。"汉王大喜，吩咐摆酒，代娘娘贺功。娘娘叫声："陛下且慢，待臣妾趁胜杀进番营，捉住二王，一战成功。"汉王道："梓童今日劳顿，且歇息一夜，明日再开兵罢。"娘娘道："倘被他知风逃回本国，又费一番手脚了。"说罢，叫声："老将军李广冲他左营，先锋李能冲他右营，各领兵一万，奋力向前，哀家随后带兵冲他中营，接应你们两支人马。"李氏公孙领令而去，娘娘整束戎装，领兵五万，去冲番兵，我且慢表。

再言番国败兵，逃回牛皮帐，报与二王道："不好了，杨、吴二将丧于阵中，圣僧不知逃到哪里去了，这员汉朝女将，十分厉害，请令定夺。"二王闻报，吓得魂不附体，咬牙切齿，大骂："贱婢，伤孤数员大将，待孤明日亲自出马，与众将报仇。"吩咐番军四更造饭，五更上阵。众军正答应前去预备，不防寨外一声炮响，如天崩地裂一般，大叫一声："哀家来踹营也。"娘娘一马当先，带领五万人马，冲进番营，见一个杀一个，见一对杀一双，那些番兵，人不及甲、马不及鞍，喊叫连天，四散逃命，只剩二王，吓得亡魂丧胆，急急上马端枪，要想奔向东营逃命，遇见李广冲进营来，大杀一阵，被他杀回；要冲西营，遇见李能挡住去路，又杀一阵，只得向后营逃生，娘娘眼快，大叫："奸王哪里走，哀家来擒你也。"一面放马追赶，一面暗想："此刻奸

王是个孤注，何不用法宝擒他，省得耽误了时辰。"想定主意，忙在身旁取出九龙帕，向空中一抛，叫声："奸王看宝。"二王听说，抬头一看，见天上一道霞光，从空落下，要想躲闪也来不及，被帕将身紧捆，不能转动。早被汉将拖下马来，解往娘娘马前，娘娘吩咐军士将奸王解往关中，军士答应而去。这里又杀回番营，只杀得番兵死的死，逃的逃，只剩一个空营，得了盔甲、器械、钱粮、马匹无数，当时火焚营盘，方打得胜鼓回关。关中汉王听见娘娘得胜，急忙迎接进帐，早排酒筵与娘娘贺功。李氏公孙缴令，又上了他二人功劳簿。一面犒赏三军，一面酒席筵前，将二王推进帐中，问了几句口供，即将二王斩首示众，号令关前。

过宿一宵，次日仍留李广守关，命李能母子去做先行，直抵番邦。李能等领令而去，汉王与娘娘随后领了大兵动身，只听三声炮响，出了雁门，李广送至关外而回。这里大兵一路排开队伍，向北而行，但见朔风频生，北地严寒，走了多少崎岖的山路，历尽千山荒险的树林，在路非止一日，早见先行李能进营禀道："已离番城不远了，请旨定夺。"娘娘恨番邦如切齿，也等不得汉王吩咐，即命军中大小将官："杀上前去，把番城团团围住，速速架炮攻打。"一声旨下，谁敢迟延？只听得三声大炮，把番城四面围得水泄不通，只急得守城番官，向城外一看，见汉兵势如潮涌，喊杀连天，好不厉害，急忙奏知番王道："今有汉天子同了正宫赛昭君娘娘，带领战将千员、雄兵百万，御驾亲征，捉去二王，未知生死，圣僧逃走，不知去向，土金浑等一班战将，俱已阵亡，前后共折兵三十余万，逃回者不满数千，今已兵临城下，四面围住，十分危急，请旨定夺。"

番王闻报，只吓得肝胆俱碎，魂魄全无，方知毛延寿惹这一场大祸不小，恨心切齿，便叫声："逆贼卫律何在？"卫律战兢兢俯伏金阶下道："臣在此伺候。"番王骂声："逆贼，举荐一位好凶星，又劝孤讨取国宝，累孤损兵折将，社稷不保，要你何用！"一声旨下，不由卫律分辩，众武士早把他推出午门枭首示众，一面抄没家私入公。番王又问娄里受道："孤悔不早听卿言，以至损兵折将，今兵临城下，怎生退敌？"娄里受奏道："只有再写降书降表，差官出城，面求天子，情愿年年进贡，岁岁来朝，再不敢侵犯疆界，或者汉天子宽宏大度，允和退兵，也未可知。"番王此刻没奈何，依了娄里受所奏，写了降书，差官奔出城去，到汉营上表投降。

天子倒有依允之意，无奈娘娘执意不从，举刀独马，传令三军，上紧攻打城池，不到半日，已将各门打破，汉兵一拥进城，不分老幼，逢着便砍，可怜尸横遍野，鬼哭神号。一直杀入番宫，番王没处去躲，只得跪接娘娘。娘娘传令："将番王绑了，俟汉王驾到发落。"一面迎接汉王进城。到了银安殿升座,先是娘娘来见汉王,一旁赐坐,后是李能母子报功。汉王吩咐众将,不许妄伤一人,文武百官,一面出榜安民。娘娘命将番王解见天子,候旨发落。下面一声吆喝,如狼似虎,把番王押至阶前跪下,苦苦哀求道:"圣主呀!兴兵犯上,非怪小臣,皆因天朝毛延寿、卫律二个逆贼逃臣,称怨兴兵,如今二贼已遭杀戮,后因臣弟不守分量,起兵犯界,已被娘娘斩了,望天子、娘娘仁慈,开一线之恩,饶恕小臣,感恩非浅。"娘娘发怒,指定番王骂声:"老贼反复无常,留你总为后患,不如斩草除根。"

　　番王还要哀求,娘娘恨终不解,也等不得汉王旨下,即命武士将番王拿至白洋河剖腹剜心,祭奠英灵。武士答应,押着番王去了。汉王同娘娘上了玉辇,一路来至白洋河下辇,上了浮桥,早已摆下祭礼,番王跪在桥顶上面,只候开刀。汉王想起昭君,由不得一阵心酸,龙泪双垂,不便行礼。娘娘哭叫声:"姐姐呀,愚妹今日代你捉住仇人,祭奠英灵斩首,以伸宿恨。"说罢,正痛哭申诉,要拜将下去,忽听半空中叫声:"贤妹!"吓得娘娘抬头一看,又惊又喜。未知喊叫者何人,且听下回分解。

第七十七回 收降书准救番王 看碑文亲祭忠臣

诗曰：

汉王犹念梦中情，格外开恩赦旨行。

从此单于存一线，兵戈不犯享升平。

话说娘娘见云雾中现出一位仙女，真却未曾与娘娘会过面，认不得是昭君，只听上面叫声："贤妹呀，蒙你续姻为后，带兵平番，今日破城，捉住仇人，足消前恨，愚姐感谢不尽！可笑没情义的汉王，一点用处没有，只仗贤妹代他争气。"娘娘听说，方知是姐姐昭君，不由得芳心如碎，哭叫："姐姐，快些下来，会会愚妹罢。"汉王见是昭君，免不得泪流满面，叫声："御妻下来，与孤说几句话儿。"昭君在空中摇手道："情缘已断，何能再落红尘。"又只见番王跪在地下，向空中苦苦哀求，叫声："救命娘娘，想娘娘在番多年，小臣从不曾有半点得罪娘娘，就是小臣费了倾国千万金银，娘娘全节而死，小臣亦无怨恨之心，望娘娘今日略开恻隐，饶恕残生，自当结草以报。"说罢，放声大哭。昭君在空中，见番王这等形状，倒有点不忍之心，叫声："汉王与贤妹听着：若论番邦逼奴和番，一番苦楚，本待将番奴杀尽，方称奴心，但念奴在番一十六载，蒙他以礼相待，未曾挫折些许，今日看奴面上，饶恕他罢！"汉王与娘娘撇不过昭君之情，俱一齐纷纷落泪道："谨遵台命，只是便宜这厮了。"昭君也在空中点头道："这便才是。"说罢，叫声："妹妹呀，我去也！"一朵祥云，向空而去，只哭得汉王、娘娘十分伤心。番王此刻见空中昭君已去，吓得浑身冷汗直淋，哭叫："娘娘救命呀！"语言未了，又见空中飘下一张字来，上写"留人"二字。汉王命人去取上来一看，便叫声："梓童，这番王还是准令姐之情，饶他一命，还是作何发落？"娘娘道："既是姐姐阴灵吩咐，妾岂敢违？"

汉王便吩咐放了番王的绑。番王得放，忙向前谢了汉王、娘娘不斩之恩，口称：

"小臣自知无理，冒犯天朝，罪该万死，蒙恩特赦，情愿年年进贡，岁岁来朝，再不敢侵犯边庭了。"汉王道："论你罪大恶极，该正典刑，今因去世娘娘再四说情，姑饶你命，若再生异心，断不宽容。"番王连称不敢。又请汉王与娘娘进城，到了长朝殿坐下，番王换了朝服参见。番王又命两班文武朝拜已毕，一面吩咐杀牛宰马，犒赏汉朝三军，一面摆了酒筵，款待汉王与娘娘。阶下一班番乐细奏侑酒，番王与他正宫娘娘，亲侍汉王、娘娘把盏。

正当酒过三巡，菜上两道，忽见铁花夫人带领儿子李能，哭到汉王面前，汉王大吃一惊，便问："是何事？"铁花夫人道："臣夫死于番邦，未知骸骨葬在何处，望我主问明番王，指示坟墓，使臣妾同孩儿坟前祭奠一番，找寻遗骨带回中国，使孤魂不落于异乡，求王准奏。"汉王闻奏，由不得一阵伤心，掉下几点龙泪，叫声："女先行，想尔夫不屈于番，为国尽忠而死，今日直抵番城，踏平巢穴，也算代尔夫报仇，尔就不提，孤岂忘之？且免悲伤，孤自有旨。"

李氏母子谢恩退下，汉王便问番王道："已故汉臣李陵坟墓，今在何处？"番王回奏道："现在西郊三十里外，已立庙宇，春秋二祭，但小臣有下情，不得不奏圣主。"汉王道："你可从直奏来。"番王奏道："当初李将军被捉到我国之时，小臣爱他才貌双全，是个英雄，劝降不从，又将臣妹金花公主招他为附马，无奈李将军忠心耿耿，坚如铁石，臣妹见不允亲事，含忿而亡，李将军亦撞阶而死，小臣怜他二人一忠一义，生未曾合卺，死亦可共墓，小臣不揣愚拙，将他二人合葬一处，各立两道碑文，今若将李将军骸骨搬回中原，则臣妹又含悲于地下矣！伏乞皇爷格外开恩。"汉王闻奏，哈哈大笑道："尔等争此朽骨，孤亦难于判断，一个寻夫骸骨归葬，理当如此，一个欲慰妹子贞魂于地下，亦是人情，梓童何以处之？"娘娘道："论情论理，各成一是，自妾看来，骸骨入土已久，不可擅动，况李将军生为忠臣，死为正神，又受番国多年香烟，番人十分敬重，何等不美！不如招魂而返，也是一样。我主再加敕封，酬他忠心，更是威灵。"汉王点头称赞道："梓童之言，甚是高见，吩咐明日驾到西郊，亲祭忠臣之墓。"一声旨下，早已伺候。汉王与娘娘，吃得尽欢而散，入了番宫。

过宿一宵，次日起来，梳洗已毕，用了正餐，天子与皇后起驾，上了玉辇，出了宫门，一直奔西郊而来。后随着李氏母子，及一班武将护佑，番王也骑马陪来。出了番城三十里路，不多时早已到了，但见远远一座庙宇，好不十分巍峨，怎见得，有诗为证：

冲天旗字贯青霄，古柏苍松十里遥。

一带红墙分八字，往来不断把香烧。

汉王同娘娘到了庙前下辇，吩咐先到墓前，然后入庙。一声旨下，早有人将祭礼摆在墓前伺候。汉王同娘娘到了墓前，先看路口两道碑文，分立左右，一边写的是："已故汉大将军忠臣李陵墓。"一边写的是"已故番贞女金花公主坟"。汉王看毕，落泪不止。正同皇后要向前下拜，有铁花夫人启奏止住道："君不拜臣。"汉王只得上了三炷香，道："也算孤家祭卿一番。"娘娘也是三炷香，叫声："李家忠良，为救愚姐和番，误被奸人捉住，不屈而死，今日到此，哀家代你报仇，藉慰忠魂于地下。"说罢，就是李氏母子拜谢天子、皇后。汉王与皇后又代金花公主上了三炷香，番王拜谢一番。然后就是李氏母子向着李陵之坟，哭拜于地下，一个哭叫："丈夫呀，你为国尽忠而死，丢下孤儿，抚养成人，今日代你报仇了。本欲将你骸骨送回故乡，又因你在此受了香烟，不便起墓，只得招魂而返。"一个哭叫："爹爹呀！孩儿生不能奉养，以尽孝心，死后报仇，慰父忠魂。"说罢，李氏母子放声大哭，只哭得顽铁点头，石人滴泪。汉王一见，便叫："女先行，少要悲伤，听孤吩咐。"李氏母子止了泪痕，走到汉王面前跪下。未知有何旨意，且听下回分解。

第七十八回　奏凯歌苦祭昭君
还天朝大封功臣

诗曰：

　　日日龙楼生瑞彩，层层凤阁吐金辉，
　　皇家富贵真无比，共颂嵩山拜紫微。

　　话说汉王见李氏母子过来跪下请旨，便道："尔夫李陵，为国尽忠，名留海外，加封为一等忠勇伯，世受此地香烟。"李氏母子谢恩退下。又叫声："番王听旨：尔妹全节而死，令人可怜，封为贞烈仙姑。"番王谢恩而退。汉王又命李氏母子进庙祭奠一番，御笔亲赐"忠贞庙"三字匾额，拨军中帑银三千两，交与番王，留为庙内修理之用。李氏母子同番王谢恩已毕，汉王方同娘娘上辇回驾，一路进了番城，到得长朝殿下辇，番王在殿上摆宴，款待皇爷、皇后，直到更深，方回宫安寝。

　　次日起来，汉王旨下，发兵回朝，番王忙将倾国宝贝，装了几百车子，并降书降表报上。汉王一一收下，吩咐番王："从此休生异心，以安臣职。"番王领旨，只得率领满朝文武、在宫嫔妃、满城百姓，满斗焚香相送汉王。只听三声大炮，汉王上辇起驾，娘娘上马，率领大小三军，一路出了番城。到得十里长亭，汉王吩咐番王等回国，番王领旨，洒泪而别。从此年年进贡，不敢犯边不表。

　　且言汉王的大兵奏凯而回，一个个归心似箭，恨不得插翅飞到家乡。在路欢声震地，穿山过岭，不觉其劳。那日到了雁门关，守关军士飞报李元帅道："天子同娘娘奏凯还朝，请元帅速速迎接。"元帅闻报，即吩咐关中大小三军、百姓俱摆香花，跪接圣驾，一声令下，谁敢不遵？霎时开关，家家结彩，户户焚香，伺候迎驾。李元帅不用戎装，只穿朝服，大开关门，迎接汉王。汉王驾到雁门，三声大炮，进了关门。汉王在辇上见百姓香花跪接，心中好不畅快。到了行宫下辇，娘娘下马，一齐入内坐定，李广朝参已毕，汉王吩咐兵扎教场。李广领旨，一面摆宴为天子与娘娘洗尘，一面杀

牛宰马，犒赏三军。娘娘在酒席筵前对汉王道："关中军民屡遭番人兵火，受困多年，不可不加矜恤；随军士卒，吃辛苦舍死忘身，总为汉家出力，今大功已成，不可不加奖赏。"汉王道："梓童之言是也，可将番邦贡物，分作三股，一股交与李广，派分关中军民，一股分给随征士卒，一股带回朝中，分给有功之臣，优恤阵亡之将。"娘娘听说，点头称善，当时在席前，就命将贡物取来打开，派作三股，照旨而行。分派已毕，在关歇马三日，到了第四日，又放炮起身。皇爷与娘娘才出行宫，军民及随征将士，俱叩头谢恩，齐呼万岁三声，又呼千岁三声，正是：

百姓不贫君亦富，一人有庆万民欢。

汉王起驾，大兵随后，李广送出雁门方回。此刻兵离雁门，到了南方，一路缓缓而行，也是晓行夜宿，渴饮饥餐，大兵经过地方，少不得有文武官员接送。汉王旨下，不许骚扰地方，官兵遵旨，秋毫无犯，在路行程非止一日。那日汉王在辇上问两旁军士："前面一座高岭，树木森森，这是哪里？"军士忙禀道："前面已是芙蓉岭了。"汉王听说，知道昭君墓不远了，由不得苦上心头，便叫声："梓童，孤今已到令姐姐坟前不远，现在大兵奏凯回来，孤同梓童前去祭奠一番，以慰芳魂。"娘娘道："陛下言之有理，妾当奉陪。"汉王传旨："各营军兵到芙蓉岭上，暂立营寨，待祭过娘娘之后，再行起马。"一声旨下，大小三军赴到芙蓉岭上，大炮连声，扎下营盘。汉王吩咐备了祭礼，同娘娘并将官，来到昭君娘娘坟前，汉王亲斟美酒，娘娘相陪上香，祭奠芳魂，一齐放声大哭道："今日代你报仇泄恨，奏凯回朝，总赖阴灵保佑，一洗国家之耻，二慰地下之灵。今日又到坟前，特来祭你，不知芳魂在天，可来领受么？"说罢又哭，汉王哭得双眼通红，娘娘哭得心如刀割，拜了四拜，方才止泪，洒酒化纸，祭奠已毕。

汉王又吩咐拔寨起营，众军士答应，只见人马前进，一路也无心观景，不几日到了皇城。有探子飞报进城，各位王公及文武大臣，俱知天子、皇后得胜回朝，一齐出城跪接。汉王与娘娘率领大兵进城，吩咐大小三军，各归队伍，另日犒赏；文武各归衙门，另日加封。一声旨下，纷纷而去。汉王与娘娘到了午门外，一个下辇，一个下马，进了正宫，多少内侍嫔妃跪接，汉王吩咐一概免参，众人领旨退下。

娘娘进宫，换去戎装，穿了宫袍，相陪汉王坐定，早有宫娥献茶。茶毕，汉王吩咐摆宴，款待娘娘，以酬鞍马之劳，娘娘道："妾乃为国驰驱，何敢言劳？"汉王道："说哪里话来？"不一时，酒筵摆下，汉王与娘娘并肩而坐。酒至三巡，汉王亲斟一杯酒，相敬娘娘道："仗梓童虎威，救了许多生灵涂炭，孤当恭敬一杯。"娘娘出席接杯道："非妾之能，皆仗吾主洪福，方得成功。"说毕，将酒饮干，也回敬汉王一杯，只吃得尽欢而散。

过宿一宵，次日五鼓，汉王登殿，受文武朝贺。先宣召皇亲上殿，一旁赐坐，又赐香茗，便叫声："老皇亲，汉室危而复安，全赖二令媛的大力，赛过满朝文武，如今大令媛的宿仇已报，大功告成，一十二邦进贡，七十四国投诚，皆是老皇亲亲生的好女儿，使番邦钦仰，畏威怀德，令媛功劳不小，真乃汉朝擎天玉柱，加封老国丈骑马进朝，上朝不拜，加升三级；妻姚氏加封郡君，又赐宫娥十六名，伺候郡君；御书'功臣府第'四字，立为大门匾额，不拘大小文武官员，俱要下马而过，如不遵旨，即以违旨问罪。"老皇亲听得许多恩典，叩首谢恩，口呼："万岁，老臣一家多蒙皇恩浩荡，虽碎骨粉身，难以报答，只愿主上早生太子，以立储君，使老臣得见一面，老臣之幸也！"汉王听说大喜，吩咐内侍将国丈送回府第，内侍领旨，挽着老皇亲下殿不表。

且言汉王，又在龙案上亲提御笔，写了一道旨意，大封功臣，令宣读官宣读。未知加封什么臣子，且听下回分解。

第七十九回　猩娘中国寄子　苏武早朝请封

诗曰：

情缘一点已消除，又到中华找丈夫。

儿女私心难割舍，怎教骨肉不归苏。

话说宣读官捧了皇爷大封功臣的旨意，走出桌案旁边，代宣纶音，高声朗读。众文武听得旨下，一齐伏在金阶。宣读官念道：

"文华殿大学士张文学，辅佐亲王，监国有功，进升三级，外赐黄金千两、蟒袍一袭、玉带一围；武英殿大学士苏武，和番不屈，忠心可嘉，进升三级，外赐黄金千两，妻周氏封一品夫人；三边统制，兼天下总管代巡，娘娘御弟王龙，在番辛苦多年，加封文渊阁大学士，妻萧氏封一品夫人，外赐金钱一万；镇守雁门关大将军李广，用心坚守关门，忠烈可敬，加封威武侯，外赐黄金千两，荫袭一子，以三品职叙用，已故妻郑氏，追赠为一品郡君；已故都督李陵，业已在番追赠外，其妻与子随驾平番，屡立功勋，不愧先行之任，铁花女封为二品夫人，李能封为中营总兵，外赐黄金百两，白银三万两，以酬汗马功劳；在朝文武，各升一级；以下从征大小三军，叙功升赏，免差三月；已故御营都统李虎，加封为忠义伯，妻百花女，加封忠义夫人，俱配享功臣庙；已故御营前部大将军陈希，加封为勇烈伯；已故御营后部大将军郭武，加封为武定伯。以上阵亡大将，俱遣官代朕致祭，各荫一子袭职；以下阵亡兵卒，着兵部一一厚恤其家。"

宣读已毕，除李广在雁门，王龙在三边，现在文武一齐谢恩。汉王又传旨光禄寺："在殿上摆下庆功宴，款待众臣。"汉王上坐，文武分列两旁，赐座饮宴，正是：

君臣同享普天乐，共进南山万寿杯。

只吃到半酣之后，文武怕失朝仪，离席谢恩，告别汉王，各出朝门。汉王排驾回宫，早有娘娘接至宫中坐定，又摆酒筵，皇爷和皇后畅饮一番，吃得十分大醉，方入帐安寝。

真是光阴易过，日月如梭，过了几个年头，那日皇爷正与皇后在宫中闲谈，忽见一内侍笑嘻嘻地进宫来报喜，汉王便问："喜从何来？"内侍奏道："老皇亲新娶一位如夫人，昨夜生了一位小国舅，特来与皇爷、娘娘报喜。"皇爷听说，喜动天颜，便道："老蚌生珠，真是难得！"娘娘以手加额道："天不绝王氏之后，感谢上苍不尽。"皇爷赐的金圈一副、金牌一面、御笔取名"天赐"、绫缎百匹；皇后赐的珠帽一顶、金镯一副、果品八端，打发内侍送到国丈府中，又代皇爷、娘娘称贺。皇亲夫妇接着御赐礼物，摆了香案，拜谢九五之恩，送出天使，回宫缴旨。自此，老夫妻爱惜此子，如同掌上之珠，直到长成，攻书上学，一十六岁就做了国舅，椒房之宠，王忠夫妇一生忠厚，命中该有一子，送老归山，这是书中交待，不用再叙。

且言苏丞相与周氏夫人虽蒙皇恩，十分隆重，但夫妇二人年俱齐眉六十，膝下无子无女，甚是忧心。苏丞相回了中国多年，不忘却番邦一段姻缘，夫人屡次劝苏相置妾，苏相只是不允道："一则老夫精神已衰，韶光有限，何能又坑人家少年女子？二则你我今世夫妻，年偕花甲，何能分爱于人？就是娶妾，有子无子尚未可定，何必又添罪过。"夫人见苏相不允，也就罢了。

那日八月十三，正是周夫人生日，苏相备了酒席，在花园内代夫人上寿。夫妻二人对坐饮酒，看见月明如昼，十分可爱，两下你进一杯，我劝一盏，只吃到半酣之际，忽听得阶下一声响亮，从半空中吊下两个人来，倒把苏爷夫妇酒都吓醒了，慌忙站起，连喊有贼。苏武一声喊叫，跑出许多家人，点了灯球火把，向阶下一照，乃是一男一女，精赤条条，只有腰间前后围了两片大树皮，遮盖下体，便一齐喝道："你这男女二人，半夜三更，跳到我们府中，是贼是妖，说得明白便罢，如含糊半点，即送官究治。"只见他二人也不回答，但见那男的手中拿了一封书，递与说话的家人，家人接过，在灯下一看，写在信皮上"烦交尔父苏大人开拆"。家人一见，不敢拆看，忙拿上来，呈与苏相。苏相接了，看见大吃一惊，再把信拆开一看，只见上写道：

> 辱爱海外妾猩氏，自追舟一别，又将三载，妾已修成正果，要升仙界，
> 儿女一双，本是尔生，妾已代你抚养成人，脱皮换骨。妾知尔无子，特送来

以接苏氏香烟后代，妾恐堕红尘，不及面别，如念前情，可在皇爷面前代妾讨一封号，则受惠多多矣！

苏爷看了书信，方知是海外猩娘，将他一双儿女送来，心中感激不尽，就对夫人说明，夫人正愁无子，今见送来一双儿女，是老爷亲骨肉，好不欢喜，便吩咐家人："在阶下男女一双，叫他上来。"苏武一见，非复兽形，却是礼数不知。因见他赤膊，便叫夫人带了进去，浑身沐浴，更换衣服。男的取名苏金，女的取名苏玉，俱是喜武不喜文。男的做到总兵，女的嫁与李能为妻，这都不在话下。

再言汉王那日早朝，文武朝参已毕，忽见武英殿大学士苏武，出班俯伏金阶。未知所奏何事，且听下回分解。

第八十回　得佳梦始终异兆
#　　　　　　生太子庆贺团圆

诗曰：

> 凤虎云龙气象清，民安国泰万方宁。
> 青宫有兆征昌运，从此君臣享太平。

话说汉王见苏武奏事，便问："苏老卿有何奏章？"苏武奏道："臣启陛下，臣当年和番北地，被困牧羊，陡遇大雪，冻在地下，蒙山中一个得道母猩猩，将臣救至洞中，活了性命，臣感她恩，成为夫妻一十六载，生了一双儿女。后又蒙番王放臣回朝，未曾将他们带来，今又三载，昨晚将儿女送至臣家，她已成了正果，升了仙班，伏求皇爷格外开恩，讨一封号。"汉王听说，连称怪异道："兽面人心，大是难事，怪不得修炼以成正果，今加封尔妻猩娘，为上品仙姬。"苏武谢恩，退出朝门。后来猩娘因得了人主的封号，果证仙班，又来拜谢一番，看看一双儿女，这都不用交代。

单言皇后那夜正伴天子，睡至三更时分，似梦非梦，忽见天上五色祥云，开千层瑞霭，不觉自己身子腾空而起，只见：

> 东方甲乙木飞来一条青龙，
> 西方庚辛金飞来一条白龙，
> 南方丙丁火飞来一条赤龙，
> 北方壬癸水飞来一条乌龙，
> 中央戊巳土飞来一条黄龙。

那五条龙飞在空中，张牙舞爪，左右盘旋，聚成一条五色金龙，直奔娘娘身上而来。只吓得娘娘魂不附体，从空中坠下，大叫一声："我命休矣！"梦中惊醒。汉王听

得娘娘喊叫，也醒了，便问："梓童何事，这等吃惊?"娘娘把梦中之事，细细奏与天子知道，天子听说，大喜道："此乃孤与御妻要生皇儿之兆，待孤明日早朝，召问司天监，便明白了。"

说毕，过了一会儿，不觉金鸡三唱，天已大明。汉王起身登殿，文武一齐拜倒丹墀，山呼万岁。礼毕，分列两旁，文东武西。"只听汉王有旨，宣召司天监上殿，司天监闻旨，俯伏金阶道："圣上有何旨意颁行?"汉王道："只为娘娘昨夜三更得一梦兆，不知吉凶若何，烦卿详解。"司天监道："臣启吾主，当日因梦而得娘娘，今因梦而生太子，始终异兆，亦来可知，但不知娘娘所得何梦? 请旨示臣，好待臣详解。"汉王道：娘娘昨夜梦见身子平空，起于天上，遇见五方五色飞龙，聚成一条金龙，直奔娘娘身上，吓得娘娘从空坠下，梦中惊醒，正是三更时分，不知吉凶若何?"司天监道："若论此梦，据臣详解，恭贺陛下，主生太子之兆。"汉王道："卿可细细详解明白。"司天监道："臣启我主，娘娘身子平空而起，主高一级，应为国母；金龙五色，主九五之尊；后又聚成一条金龙，罩定娘娘身子，主生太子，定是一统天下。吾主不必过虑，此梦大吉之兆，臣等敢不预贺?"汉王闻奏大喜，道："果应尔言，生了太子，少不得加官进禄。"司天监谢恩退下。

汉王把袖一展，散朝回宫，有娘娘接到宫中坐定，摆下酒筵，汉王在席上叫声："御妻，昨夜之梦，司天监详解，应主指日要产皇儿。"娘娘听说，心中欢喜道："想陛下前有正宫林皇后，并那三宫六院，俱未代陛下生一太子，若妾因梦而得喜，也不枉陛下当年一梦到越州，选召姐姐。妾姊因梦成婚，妾今因梦得子，妾之姊妹，始终归于梦兆，也算代陛下全始全终了。"汉王大喜道："御妻之言不错，孤与尔姊妹好似梦中姻眷。"说得娘娘忍不住大笑起来，一时席散，携手入帐安寝。

一日三，三日九，真是光阴易过，不到半载，娘娘已怀孕在身，汉王大喜，百般调护。娘娘腹内渐渐高大，不时思睡，懒吞茶饭，要吃酸甜，怀了一个真命帝王，直到了十个月，六甲临盆，忙坏送子娘娘，有许多过往神祇，护送下凡。到丁皇宫内，交了吉月吉日吉时，方才临盆，生下一位皇太子。早报与汉王知道，汉王大喜，即刻登殿，受文武朝贺，颁下旨来："大赦天下，一概免税三年，开仓赈济贫民，罢职官员，准其起复，在朝文武各加一级。"正是：

一人有福安天下，万民感仰受皇恩。

自从皇太子出世，生得方面大耳，虎步龙行，是个人君气度。四方宁静，各国来朝，汉王又将王龙召进京来，封为太子太师，做了太子先生。此刻王龙已生有二子，他见太子读书英敏，心内十分欢喜，直到汉王晏驾，太子登极，王龙方致仕回乡，只使二子在朝伴君。娘娘已尊为国母，年至九十，无疾而终。李广因出仕回来，后因无子，还是李能生的次子承继一脉宗桃。李广寿至百龄而终，李氏一门世受皇恩，绵绵不绝。此书已终，名为《双凤奇缘》。因前有昭君，后有赛昭君续姻报仇，始终异兆，总不外忠、孝、节、义四字，青史标名，人人钦仰，千古奇女子，出于一家姊妹，故云"双凤奇缘"。

赞昭君诗曰：

一梦姻缘寄汉家，如何马上弄琵琶。
冰心凛烈存千古，怎堕奸谋志或差。

赞赛昭君曰：

平定番邦立大功，报仇泄恨女英雄。
娇姿一段惊人处，尽在含情不语中。

赞李氏一门诗曰：

世代功名立战场，闺中也爱列戎行。
忠心报国皆如此，简册犹存姓氏香。

赞王龙诗曰：

三日妻房有别离，只因王事费驰驱。
孤忠坐困番邦地，十八年来会有期。

赞苏武诗曰：

不辱于番愿牧羊，此心无二重纲常。

吞毡嚼雪能坚忍，方见忠臣两字难。

赞猩娘诗曰：

异类无知宿远山，也将巨眼识忠良。

最令人兽分关处，脱换皮毛自改妆。

照世杯

［清］酌元亭主人　撰

第一回　七松园弄假成真

诗曰：

> 美人家住莫愁村，蓬头粗服朝与昏，
> 门前车马似流水，户内不惊鸳鸯魂。
> 座中一目识豪杰，无限相思少言说，
> 有情不遂莫若死，背灯独扣芙蓉结。

这首古风，是一个才子赠妓女的。

众人都知道妓女的情假，我道是妓女的情最直；众人都知道妓女的情滥，我道是妓女的情最专；众人都知道妓女的情薄，我道是妓女的情最厚。这等看起来，古今有情种子，不要在深闺少艾中留心注日，但在青楼罗绮内广揽博收罢了。只是，妓女一般民有情假、情滥、情薄的：试看眼前那些倚门卖笑之低娼，搽脂抹粉之歪货，但晓得亲嘴咂舌是情、拈酸吃醋是情，那班轻薄子弟初出世做嫖客的，也认做这便是情：眼挑脚勾是情、赔钱贴钞是情，轻打悄骂是情。更有一种假名士的妓女，倩人字画，居然诗伯词宗，遇客风云，满口盟翁社长；还有一种学闺秀的妓女，乔称小姐，入门先要多金，冒托宦姬，见面定需厚礼——局面虽大，取财更被窝浪态，较甚于娼家，而座上戏调，何减于土妓。可怜把一个情字，生生泯没了，还要想他情真、情专、情厚，此万万决不可得之理。

我却反说妓女有情，反说妓女情真、情专、情厚，这是甚么缘故？

盖为我辈要存天理、存良心，不去做那偷香窃玉，败坏闺门的事。便是闺门中有多情绝色美人，我们也不敢去领教。但天生下一个才子出来，他那种痴情，虽不肯浪用，也未必肯安于不用。只得去寄迹秦楼，陶情楚馆，或者遇得着一两个有心人，便可偿今生之情缘了。所以，情字必须亲身阅历，才知道个中的甘苦。惟有妓女们，他

阅人最多，那两只俏眼，一副俊心肠，不是挥金如土的俗子可以买得转。倘若看中了一个情种，便由你穷无立锥，少不得死心塌地，甘做荆钗裙布，决不像朱买臣的阿妻，中道弃夫，定要学霍小玉那冤家，从一而死。

看官们，听在下这回小说，便有许多人要将花柳径路从今决绝的；更有许多人，将风月工夫从今做起的。

话说苏州一个秀士，姓阮讳苣，号江兰，年方弱冠，生得潇洒俊逸，诗词歌赋，举笔惊人。只是性情高傲，避俗如仇。父母要为他择配，他自己忖量道："婚嫁之事，原该父母主张。但一日丝萝，即为百年琴瑟，比不得行云流水，易聚易散，这是要终日相对，终身相守的。倘配着一个村姬俗妇，可不憎嫌杀眉目，辱没杀枕席么！"遂立定主意，权辞父母道："孩儿待成名之后，再议室家。"父母见他志气高大，甚是欢喜。且阮江兰年纪还小，便迟得一两年，也还不叫做旷夫。

有一日，阮江兰的厚友张少伯约他去举社。这张少伯家私虽不十分富厚，爱走名场，做人还在慷慨一边。

是日举社，宾朋毕集，分散过诗题，便开筵饮酒，演了一本《浣纱记》。阮江兰喷喷羡慕道："好一位西施，看他乍见范蠡，即订终身，绝无儿女子气，岂是寻常脂粉？"

同席一友叫做乐多闻，接口道："西施不过一没廉耻女子耳！何足羡慕？"

阮江兰见言语不投，并不去回答。演完半本，众人道："浣纱"是旧戏，看得厌烦了，将下本换了杂出罢。

扮末的送戏单到阮江兰席上来，乐多闻道："不消扯开戏目，演一折《大江东》罢。"

阮江兰道："这一出戏不许做。"

乐多闻道："怎么不许做？"

阮江兰道："平日见了关夫子圣像，少不得要跪拜。若一样妆做傀儡，我们饮酒作乐，岂不亵渎圣贤？"

乐多闻大笑道："老阮，你是少年人，想被迂夫子过了气，这等道学起来。"对着扮末的道："你快分付戏房里妆扮。"

阮江兰冷笑一笑，便起身道："羞与汝辈为伍。"竟自洋洋拂袖而去了。

回到家里，独自掩房就枕，翻来覆去，忽然害了相思病，想起戏场上的假西施来，意中辗转道："死西施只好空想，不如去寻一个活跳的西施罢。闻得越地产名姝，我明日便治装出门，到山阴去寻访。难道我阮江兰的时运，就不如范大夫了？"算计已定，

一见窗格明亮，披着衣服下床，先叫醒书童焦绿，打点行囊，自家便去禀知父母。

才走出大门，正遇着张少伯。阮江兰道："兄长绝早往那里去？"

张少伯道："昨日得罪足下，不曾终席奉陪，特来请罪。"

阮江兰道："小弟逃席，实因乐多闻惹厌，不干吾兄事。"

张少伯道："乐多闻那个怪物，不过是小人之雌，一味犬吠正人，不知自家是井底蛙类，吾兄何必计较？"

阮江兰道："这种小人眼内也还容得，自然付之不论、不议之列。只是小弟匆匆往山阴去，不及话别。今日一晤，正惬予怀。"

张少伯道："吾兄何时言归？好翘首伫望。"

阮江兰道："丈夫游游山水，也定不得归期。大约严慈在堂，不久就要归省。"

张少伯握手相送出城。候他上了船，才挥泪而别。

阮江兰一路无事，在舟中不过焚一炉香，读几卷古诗。

到了杭州，要在西湖上赏玩，又止住道："西湖风景不是草草可以领会，且待山阴回棹，恣意受用一番。"遂渡过钱塘江，觉得行了一程，便换一种好境界。

船抵山阴，亲自去赁一所花园，安顿行李，便去登会稽山，游了阳明第十一洞天。又到宛委山眺望，心目怡爽。脚力有些告竭，徐徐步入城来。见一个所在，无数带儒巾穿红鞋子的相公，拥挤着眄望。阮江兰也挤进去，抬头看那宅第，上面是石刻的三个大字，写着"香兰社"。细问众人，知道是妇女做诗会。

阮江兰不觉呆了，痴痴的踱到里面去。早有两三个仆役看见，便骂到："你是何方野人？不知道规矩。许多夫人、小姐在内里举社，你竟自闯进来么？"有一个后生怒目张牙，起来喝叱道："这定是白日撞，锁去见官，敲断他脊梁筋！"

一派喧嚷，早惊动那些锦心绣口的美人，走出珠帘，见众人争打一位美貌郎君，遂喝住道："休得乱打。"仆役才远远散开。

阮江兰听得美人来解救，上前深躬唱喏，弯着腰再不起来，只管偷眼去看。众美人道："你大胆扰乱清社，是甚么意思？"

阮江兰道："不佞是苏州人，为慕山阴风景，特到此间。闻得夫人、小姐续兰亭雅集，偶想闺人风雅愧杀儒巾，不知不觉擅入华堂，望乞怜恕死罪。"

众美人见他谈吐清俊，因问道："你也想入社么？我们社规严肃，初次入社要饮三叵罗酒，才许分韵做诗。"

阮江兰听见许他入社，踊跃狂喜道："不佞还吃得几杯。"

美人忙唤侍儿道："可取一张小文儿放在此生面前，准备文房四宝。先斟上三叵罗入社酒过来。"

阮江兰接酒在手，见那叵罗是尖底巨腮小口，足足容得二斤多许，乘着高兴，一饮而尽。

众美人道："好量！"

阮江兰被美人赞得魂都掉了，愈加抖擞精神，忙取过第二叵罗来，勉强挣持下肚。还留下些残酒，不曾吃得干净。侍儿执着壶在旁边催道："吃完时，好重斟的。"阮江兰又咽下一口去，这一口便在腹肚内辘轳了。

原来阮江兰酒量，原未尝开垦过，平时吃肚脐眼的钟子，还作三四口打发，略略过度，便要害起酒病来。今日雄饮两叵罗，倒像樊哙撞鸿门宴，卮酒安足辞的吃法。也是他一种痴念，思想夹在明眸皓齿队里做个带柄的妇人，挨入朱颜翠袖丛中，假充个半雄的女子。拼着书生性命，结果这三大叵罗。那知到第三杯上，嘴唇虽然领命，腹中先写了避谢的贴子。早把樊哙吃鸿门宴的威风，换了毕吏部醉倒在酒瓮边的故事。

众美人还在那里赞他量好，阮江兰却没福分顶这个花盆，有如泰山石压在头上，一寸一寸缩短了身体，不觉蹲倒桌下去逃席。众美人大笑道："无礼狂生，不如此惩戒，他也不知桃花洞口原非渔郎可以问信。"随即唤侍女："涂他一个花脸。"侍女争各拿了朱笔、墨笔，不管横七竖八，把阮江兰清清白白赛安岳，似六郎的容颜，倏忽便要配享冷庙中的瘟神痘使。仆役们走来，抬头拽脚，直送到街上。那街道都是青石铺成的，阮江兰浓睡到日夕方醒，醉眼朦胧，只道眠在美人白玉床上。渐渐身子寒冷，揉一揉眼，周围一望，才知帐顶就是天面，席褥就是地皮。惊骇道："我如何拦街睡着？"立起身来，正要踏步归寓，早拥上无数顽皮孩童，拿着荆条，拾起瓦片，望着阮江兰打来。有几个喊道："疯子！疯子！"又有几个喊道："小鬼！小鬼！"

阮江兰不知他们是玩是笑，奈被打不过，只得抱头鼠窜。归到寓所，书童焦绿看见，掩嘴便笑。阮江兰道："你笑甚么？"焦绿道："相公想在那家串戏来？"阮江兰道："我从不会串戏。这话说得可笑。"焦绿道："若不曾串戏，因何开了小丑的花脸？"阮江兰也疑心起来，忙取镜子一照，自家笑道："可知娃童叫我是小鬼，又叫我是疯子。"焦绿取过水来净了面。阮江兰越思想越恨，道："那班蠢佳人，这等恶取笑，并不留一毫人情。辜负我老阮一片怜才之念。料想萱萝村也未必有接待的夷光。便有接待的夷光，不过也是蠢佳人慕名结社，摧残才子的行径罢了。再不要妄想了。不如回到吴门。留着我这干净面孔，晤对那些名窗净几，结识那些野鸟幽花，还不致出乖露丑。倘再不知进退，真要弄出话巴来。难道我面孔是铁打的？累上些瘢点，岂不是一生之玷？"遂唤焦绿收拾归装，接浙而行，连西湖上也只略眺望一番。正是：

　　乘兴而来，败兴而归。
　　前有子猷，后有小阮。

　　说话阮江兰回家之日，众社友齐来探望，独有张少伯请他接风。吃酒中间，因问阮江兰道："吾兄出游山阴，可曾访得一两个丽人？"阮江兰道："说来也好笑，小弟此行，莫说丽人访不着，便访着了，也只好供他们嬉笑之具。总是古今风气不同，妇女好尚迥别。古时妇女还晓得以貌取人，譬如遇着潘安貌美，就掷果，左思貌丑，就掷瓦。虽是他们一偏好恶，也还眼里识货。大约文人才子，有三分颜色，便有十分风流，有一种蕴藉，便有百种俏丽。若只靠面貌上用功夫，那做戏子的，一般也有俊优，做奴才的一般也有俊仆，只是他们面貌与俗气俗骨是上天一齐秉赋来的。任你风流俏丽杀，也只看得，吃不得，一吃便嚼蜡了。偏恨此辈惯会败坏人家闺门。这皆是下流妇女，天赋他许多俗气俗骨，好与那班下贱之人浃洽气脉，浸淫骨髓。倘闺门习上流的，不学贞姬节妇，便该学名媛侠女。如红拂之奔李靖，文君之奔相如，皆是第一等大名眼、大侠肠的裙钗。近来风气不同，千金国色定要拣公子王孙，才肯配合。闾阎之家，间有美女，又皆贪图厚赀，嫁作妾媵。问或几个能诗善画的闺秀，口中也讲择人，究竟所择的，也未必是才子。可见佳人心事原不肯将才子横在胸中。况小弟一介寒素，那里轮流得着，真辜负我这一腔痴情了。"张少伯笑道："吾兄要发泄痴情，何不到扬州青楼中一访？"阮江兰笑道："若说着青楼中，那得有人物？"张少伯道："从来多才多情的，皆出于青楼。如薛涛、真娘、素秋、亚仙、湘兰、素徽，难道不是妓家么？"阮江兰拍掌大叫："有理！有理！请问到处有妓，吾兄何故独称扬州？"张少伯道："扬州是隋皇歌舞、六朝佳丽之地，到今风流一脉，犹未零落。日前一友从彼处来，曾将花案诗句写在扇头，吾兄一看便知。"阮江兰接扇在手，读那上面的诗道：

　　畹客幽如空谷兰，镜怜好向月中看。
　　棠娇分外春酣雨，燕史催花片片扬。

　　阮江兰正在读罢神往之际，只见乐多闻跑进书房来，嚷道："反了！反了！我与老

张结盟在前，老张与小阮结盟在后，今日两个对面吃酒，便背着我了。"张少伯道："小弟这席酒因为江兰兄自山阴来，又要往扬州去。一来是洗尘，二来是送行。倘若邀过吾兄来，少不得也要出个分子，这倒是小弟不体谅了。"乐多闻道："扬州有个敝同社，在那里作官，小弟要去望他，同阮兄联舟何如？"阮江兰道："小弟还不就行，恐怕有误尊兄。"乐多闻道："是他推却。"酒也不吃，作别出门去了。阮江兰还宽坐一会才别。

且说乐多闻回家暗恼道："方才小阮可恶之极，我好意挈他同行，怎便一口推阻？待我明日到他家中一问。若是不曾起身便罢，倘若悄悄儿去了，决不与他干休。"那知阮江兰的心肠，恨不得有缩地之法，霎时到了扬州，那里管乐多闻来查谎？这乐多闻偏又多心，道是阮江兰轻薄，说谎骗他，忙忙唤船，也赶到扬州，遍问关上饭店，并不知阮江兰的踪迹。

原来阮江兰住在平山堂下七松园里。他道扬州名胜，只有个平山堂：那画船、箫鼓、游妓、歌郎皆集于此，每日吃过饭，便循着寒河一带，览芳寻胜。看来看去，都是世俗之妓，并不见有超尘出色的女子。正在园中纳闷，书童焦绿慌慌走来，道："园主人叫我们搬行李哩，说是新到一位公子，要我们出这间屋与他。"阮江兰骂道："我阮相公先住在此，那个敢来夺我的屋？"还不曾说完，那一位公子已踱到园里，听见阮江兰不肯出房，大怒道："众小厮可进去将这狗头的行李搬了出来！"阮江兰赶出书房门，正要发话，看见公子身边立着一位美貌丽人，只道是他家眷，便不开口，走了出来。园主人接着道："阮相公莫怪小人无礼，因这位公子是应大爷，住不多几日就要去的。相公且权在这竹阁上停下。候他起身，再移进去罢了。"阮江兰见那竹阁也还幽雅，便叫书童搬行李上去。心中只管想那丽人，道是："世间有这等绝色，反与蠢物受用。我辈枉有才貌，只好在画图中结交两个相知，眼皮上饱看几个尤物，那得能够沐浴脂香，亲承粉泽，做个一双两好？总之，天公不肯以全福予人。隔世若投人身，该投在富贵之家，平平常常学那享痴福的白丁，再不可做今世失时落运的才子了。"正是：

> 天莫生才子，才人会怨天。
> 牢骚如不作，早赐与婵娟。

阮江兰自此之后，时常在竹篱边偷望，有时见丽人在亭子中染画，有时见丽人凭栏对着流水长叹，有时见丽人蓬头焚香，有时见丽人在月下吟诗。阮江兰心魂荡漾，情不自持，走来走去，就像走马灯儿点上了火，不住团团转的一般。几番被应家下人呵斥，阮江兰再不理论。这些光景早落在公子眼里了。公子算计道："这个馋眼饿胚，且叫我受他一场屈气。"忙叫小厮研墨，自家取了一张红叶笺，杜撰几句偷情话儿，用上一颗鲜红的小图印，钤封好了，命一个后生小厮，叫他："送与竹阁上的阮相公。只说娘娘约到夜静相会，切不可露我的机关。"小厮笑了一笑，竟自持去。才走出竹篱门，只见阮江兰背剪着手，望着竹篱内叹气。小厮在他身后，轻轻拽一拽衣袖。阮江兰回头一看，只是应家的人，恐怕又惹他辱骂，慌忙跑回竹阁去。小厮跟到阁里，低低叫："阮相公，我来作成你好事的。"阮江兰还道是取笑。反严声厉色道："胡说！我阮相公是正经人，你辄敢来取笑么？"小厮叹道："好心认做驴肝肺，干折我娘娘一片雅情。"故意向袖中取出情书来，在阮江兰面前略晃一晃，依旧走了出去。阮江兰一时认真，上前扯注道："好兄弟，你向我说知就里，我买酒酬谢。"小厮道："相公既然疑心，扯我做甚？"阮江兰道："好兄弟，你不要怪我，快快取出书来。"小厮道："我这带柄的红娘，初次传书递柬，不是轻易打发的哩。"阮江兰忙在头上拔下一根金簪子来送他。小厮接在手里，将书交付阮江兰。又道："娘娘约你夜静相会，须放悄密些。"说罢，打阁外去了。阮江兰取书在鼻头上嗅了一阵，就如嗅出许多美人香来。拆开一看，书内写道：

　　　妾幽如敛衽拜，具书阮郎台下：素知足下钟情妾身，奈无缘相见。今夜
　　乘拙夫他出，足下可于月明人静之后，跳墙而来。妾在花阴深处，专候张
　　生也。

　　阮江兰手舞足蹈，狂喜起来。坐在阁上，呆等那日色落山，死盼那月轮降世，又出阁打听消息。只见应公子身穿着簇新衣服，乔模乔样的，后面跟着三四个家人，夹了毡包，一齐下小船里去了。又走回一个家人，大声说道："大爷分付道，早闭上园门，今夜不得回来。这四面旷野，须小心防贼要紧。"阮江兰听得，暗笑道："呆公子，你只好防园外的贼，那里防得我这园内的偷花贼？"

　　将次更阑，挨身到竹篱边，推一推门，那门是虚掩上的。阮江兰道："美人用意，何等周致！你看他先把门儿开在这里了。"跨进门槛，靠着花架走去。阮江兰原是熟路，便直达卧室。但第一次偷婆娘，未免有些胆怯，心欲前而足不前，趑趑趄趄，早

一块砖头绊倒。众家人齐喊道："甚么响？"走过来不问是贼不是贼，先打上一顿，拿条索子绑在柱上。阮江兰喊道："我是阮相公，你们也不认得么？"众家人道："那个管你软相公、硬相公，但黄夜入人家，非奸即贼，任你招成那一个罪名。"阮江兰又喊道："绑得麻木了，快些放我罢。"家人道："我们怎敢擅放？待大爷回来发落。"阮江兰道："我不怕甚么，现是你娘娘约我来的。"忽见里面开了房门，走出那位丽人来，骂道："何处狂生，平白冤我黄夜约你？"阮江兰道："现有亲笔书在此，难道我无因而至？你若果然是个情种，小生甘心为你而死。你既摈我于大门之外，毫不怜念，我岂轻生之浪子哉！"那丽人默然不语，暗地踌躇道："我看此生风流倜傥，磊落不羁，倒是可托终身之人。只是我并不曾写书约他，他这样孟浪而来，必定有个缘故。"叫家人搜他的身边。那些家人一齐动手，搜出一幅花笺来。丽人看了，却认得应公子笔迹，当时猜破机关，亲自替阮江兰解缚，送他出去，正是：

> 多情窈窕女，爱杀可怜人。
> 不信桃花落，渔郎犹问津。

你道这丽人是那一个？原来是扬州名妓，那花案上第一个，叫做畹容的便是。这畹娘性好雅淡，能工诗赋，虽在风尘中，极要拣择长短，留心数年，莫说郑元和是空谷足音，连卖油郎也是稀世活宝。择来择去，并无一毫着己的。畹娘镇日闭户，不肯招揽那些语言无味、面目可憎之人，且诙谐笑傲，时常弄出是非来。老鸨本意要女儿做个摇钱树，谁知倒做了惹祸胎，不情愿留他在身边。得了应公子五百余金，瞒神瞒鬼，将一乘轿子抬来，交付应公子。畹娘落在火坑，也无可奈何，不觉染成一病。应公子还觉知趣，便不去歪缠，借这七松园与他养病。那一夜放走阮生之时，众家人候公子到来，预先下石畹娘，说："是绑得端端正正的，被畹娘放了。"公子正要发作，畹娘反说出一篇道理来，道："妾身既入君门，便属君家妻妾，岂有冒名偷情、辱没自家闺阃之理？风闻自外，不说君家戏局，反使妾抱不白之名，即君家亦蒙不明之诮，岂是正人君子所为？"应公子目定口呆，羞惭满面。畹娘从此茶饭都减，病势转剧。应公子求神请医，慌个不了。那知畹娘起初害的还是厌恶公子、失身非偶的病痛，近来新害的却是爱上阮江兰、相思抑郁的症候。这相思抑郁的症候，不是药饵可以救得、针砭可以治得，必须一剂活人参汤，才能回生起死。畹娘千算万计，扶病写了一封书，寄与那有情的阮郎，指望阮郎做个医心病的卢扁，那知反做了误杀人的庸医。这是甚

么缘故?

原来阮江兰自幼父母爱之如宝,大气儿也不敢呵着他,便是上学读书,从不曾经过一下竹片,娇生娇养,比女儿还不同些。前番被山阴妇女涂了花脸,还心上懊悔不过,今番受这雨点的拳头脚尖,着肉的麻绳铁索,便由你顶尖好色的痴人,没奈何也要回头熬一熬火性。又接着畹娘这封性急的情书,便真正嫡笔,阮江兰也不敢认这个犯头。接书在手,反拿去出首,当面羞辱应公子一场。应公子疑心道:"我只假过一次书,难道这封书又是我假的?"拆开一看,书上写道:

> 足下月夜虚惊,皆奸谋预布之地,虽小受折挫,妾已心感深情。倘能出
> 我水火,生死以之,即白我怨也。

应公子不曾看完,勃然大发雷霆,赶进房内,痛挞畹娘。立刻唤了老鸨来,叫他领去。阮江兰目击这番光景,心如刀割,尾在畹娘轿后,直等轿子住了,才纳闷而归。迟了几日,阮江兰偷问应家下人,备知畹娘原委,放心不下,复进城到畹娘家去询视。老鸨回说:"女儿卧病在床,不便相见。"阮江兰取出三两一锭,递与老鸨。老鸨道:"银子我且收下,待女儿病好,相公再来罢。"阮江兰道:"小生原为看病而来,并无他念。但在畹娘卧榻边,容我另支一榻相伴,便当厚谢妈妈。"老鸨见这个雄儿是肯出手的,还有甚么作难?便一直引到床前。畹娘一见,但以手招阮江兰,含泪不语。阮江兰道:"玉体违和,该善自调摄。小生在此,欲侍奉汤药,未审尊意见许否?"畹娘点头作喜。从此阮江兰竟移了铺盖来,寓在畹娘家里,一应供给,尽出己赀。且喜畹娘病好,下床梳洗,艳妆浓饰,拜谢阮江兰。当夜自荐枕席,共欢鱼水。正是:

> 银釭照水簟,珀枕坠金钗。
> 云散雨方歇,佳人春满怀。

两个在被窝之中,订了百年厮守的姻缘,相亲相爱,起坐不离。但小娘爱俏,老鸨爱钞,是千百年铁板铸定的旧话。阮江兰初时还有几两孔方,热一热老鸨的手,亮一亮老鸨的眼,塞一塞老鸨的口,及至囊橐用尽,渐渐要拿衣服去编字号,老鸨手也光棍了,眼也势利了,口也零碎了。阮江兰平日极有性气,不知怎么到此地,任凭老鸨嘲笑怒骂,一毫不动声色,就像受过戒的禅和子。

有一日，扬州许多恶少，同着一位下路朋友，来闯寡门。老鸨正没处发挥，对着众人一五一十的告诉道："我的女儿已是从良过了，偏他骨头作痒，又要出来接客。应公子立逼取足身价，老身东借债、西借债，方得凑完。若是女儿有良心的，见我这般苦恼，便该用心赚钱。偏又恋着一个没来历的穷鬼，反要老娘拿闲饭养他。许多有意思的主客，被他关着房门，尽打断了。众位相公思想一想，可有这样道理么？"那班恶少裸袖挥拳道："老妈妈，你放心，我们替你赶他出门。"一齐拥进房里，正要动手，那一个下路朋友止住道："盟兄不须造次，这是敝同社江兰兄。"阮江兰认了一认，才知道是乐多闻。

众人坐下，乐多闻道："小弟谬托在声气中，当日相约同舟，何故拒绝达甚？莫不是小弟身上有俗人气习，怕过了吾兄么？"阮江兰道："不是吾兄有俗人气习，还是小弟自谅不敢奉陪。"乐多闻讥诮道："这样好娘娘，吾兄也该做个大老官，带挈我们领一领大教。为何闭门做嫖客？"阮江兰两眼看着畹娘，只当不曾听见。乐多闻又将手中一把扇子递与畹娘道："小弟久慕大笔，粗扇上，要求几笔兰花，幸即赐教。"畹娘并不做腔，取过一枝画笔，就用那砚池里残墨，任意画完了。众人称羡不已。乐多闻道："这一面是娘娘的画，那一面少不得江兰兄的诗，难道辞得小弟么？"江兰胡乱写完，乐多闻念道：

> 古木秋厚散落晖，王孙叩犊不能归。
> 骄人惭愧称贫贱，世路何妨骂布衣。

畹娘晓得是讥刺乐多闻，暗自含笑。乐多闻不解其中意思，欢欢喜喜，同着众人出门。那老鸨实指望劳动这些天神、天将，退送灾星出宫，那知求诗求画，反讲做一家，心上又添一番气恼。只得施展出调虎离山之法，另置一所房屋，将畹娘藏过，弄得阮江兰似香火无主，冷庙里的神鬼。正是：

> 累累丧家之狗，惶惶落汤之鸡。
> 前辈元和榜样，卑田院里堪栖。

不提阮江兰落寞，话说乐多闻回到苏州，将一把扇子到处卖弄。遇着一个明眼人，解说那阮江兰的诗句，道是："明明笑骂，怎还宝贝般拿在手里，出自己的丑态？"乐多闻衔恨，满城布散流言说："阮江兰在扬州嫖得精光，被老鸨赶出大门，亲眼见他在街上讨饭。"众朋友闻知，也有惋惜的，也有做笑话传播的，独有张少伯着急，向乐多闻处问了女客名姓，连夜叫船赶到扬州。

访的确了畹娘住居，敲进门去，深深向老鸨唱喏。老鸨问道："尊客要见我女儿么？"张少伯道："在下特地相访。"老鸨道："尊客莫怪老身，其实不能相会了。"张少伯询问来历，老鸨道："再莫要提起。只因我女儿爱上一个穷人，一心一念要嫁他，这几日那穷人不在面前，啼啼哭哭，不肯接客，叫老身也没奈何。"张少伯道："既然是你令爱不肯接客，你们行户人家可经得一日冷落的？他既看上一个情人，将来也须防他逃走。稍不遂他的意，寻起一条死路来，你老人家贴了棺材，还带累人命官司哩。不如趁早出脱这滞货，再讨一两个赚钱的，这便人财两得。"老鸨见他说得有理，沉吟一会，道："出脱是极妙的，但一时寻不出主客来。"张少伯道："你令爱多少身价？"老鸨道："是五百金。"张少伯道："若是减价求售，在下还娶得起，倘要索高价，便不敢担当。"老鸨急要推出大门，自家减价道："极少也须四百金。再少便挪移不去。"少伯道："你既说定四百金，我即取来兑与你，只是即日要过门的。"老鸨道："这不消说得。"张少伯叫仆从卸下背箱来。老鸨引到自家房里，配搭了银水，充足数目，正交赎身文契。忽听得外面敲门响，老鸨听一听，却是阮江兰声气，便不开门。张少伯道："敲门的是哪个？"老鸨道："就是我女儿嫁的那个穷鬼，叫做甚么阮江兰。"张少伯道："正是，我倒少算计了，虽将女儿嫁我，却不曾与你女儿讲通，设使一时不情愿出门，你如何勉强得？"老鸨道："不妨，你只消叫一乘轿子在门前，我自有法度，可令一位大叔远远跟着，不可露出行径来。"张少伯道："我晓得了。"忙开门送出来，老鸨四面一望，不见阮江兰在门外，放心大胆。回身进去，和颜悦色对女儿说道："我们搬在此处，地方太偏僻，相熟朋友不见有一个来走动，我想坐吃山空，不如还搬到旧地。你心下如何？"畹娘想一想道："我那心上人，久不得他音信，必是找不到此处，若重到旧居，或者可以相会。"遂点头应允。

老鸨故意收拾皮箱物件，畹娘又向镜前掠鬓梳头，满望牛郎一度。老鸨转一转身，向畹娘道："我在此发家伙，你先到那边去照管。现有轿子在门前哩。"畹娘并不疑心，莲步慢挪，湘裙微动上了轿。老鸨出来，与张家小厮做手势，打个照会。那轿夫如飞的抬了去，张家小厮也如飞的跟着轿子，后面又有一个人如飞的赶来，扯着张家小厮。原来这小厮叫做秋星，两只脚正跑得高兴，忽被人拽了衣服，急得口中乱骂。回过头来，只见后面那一个人破巾破服，好似乞食的王孙，不第的苏子，又觉有些面善。那

一个人也不等秋星开口，先自通名姓道："我是阮相公，你缘何忘了？"秋星"哎哟"道："小人眼花！连阮相公竟不认得。该死！该死！"阮江兰道："你匆忙跟这轿子那里去？"秋星道："我家相公新娶一个名妓，我跟着上船去哩。"阮江兰还要盘问，秋星解一解衣服，露出胸脯，撒脚的去了。

原来阮江兰因老鸨拆开之后，一心尚牵挂畹娘，住饭店里，到处访问消息。这一日正寻得着，又闭门不纳。阮江兰闷恹恹，在旁边寺院里闲踱，思想觑个方便好进去。虽一条肚肠放在门内，那一双饿眼远远射在门外，见了一乘轿子出来，便像王母云车，恨不得攀辕留驾。偏那两个轿夫比长兴脚了更跑得迅速。阮江兰却认得轿后的是秋星，扯着一问，才知他主人娶了畹娘。一时发怒，要赶到张少伯那边，拼个你死我活。争奈着了这一口气，下部尽软了，挪不上三两步，恰恰遇着冤家对头。那张少伯面带喜容，抢上前来，深躬大喏道："久别吾兄，渴想之极。"

阮江兰礼也不回，大声责备道："你这假谦恭哄那个？横竖不过有几两铜臭，便如此大胆，硬夺朋友妻妾！"张少伯道："我们相别许多时，不知你见教的那一件？"阮江兰道："人儿现已抬在船上，反佯推不知么？"张少伯哈哈大笑道："我只道那件事儿得罪，原来为这一个娼家。小弟虽是淡薄财主，也还亏这些铜臭换得美人来家受用。吾兄只好想天鹅肉吃罢了。"阮江兰道："你不要卖弄家私，只将你倒吊起来，腹中看可有半点墨水？"张少伯道："我的腹中固欠墨水，只怕你也是空好看哩。"阮江兰道："不敢夸口说，我这笔尖戳得死你这等白丁哩。"张少伯道："空口无准，你既自恃才高，便该中举、中进士，怎么像叫花子的形状，拿着赶狗棒儿骂皇帝——贵贱也不自量。"阮江兰冷笑道："待我中一个举人、进士，让你们小人来势利的。"说罢竟走去了。正是：

%话说阮江兰被老张一段激发，倒把思想畹娘之念，丢在东洋大海了，一时便振作起功名的心肠。连夜回去，闭关读书，一切诗词歌赋，置之高阁，平日相好朋友，概不接见。

父母见他潜心攻苦，竭力治办好饮食，伺前伺后，要他多吃得一口，心下便加倍快活。埋头三年，正逢大比，宗师秉公取士，录在一等。为没有盘缠动身，到了七月将尽，尚淹留家下。父母又因坐吃山空，无处借贷，低着头儿纳闷。忽然走一个小厮进来，夹着朱红拜匣。阮老者认得是张家的秋星，揭开拜匣一看，见封筒上写着"程仪十两"，连忙叫出儿子，说："张家送了盘费来。"阮江兰不见犹可，见了分外焦躁，道："是张少伯，分明来奚落。"他拿起拜匣，往阶墀上一掷。秋星捣鬼道："我相公送你盘费，又不希图甚么，如何妆这样嘴脸？"拾起拜匣，出门去了。

阮老者道："张少伯是你同窗好友，送来程仪，便该领谢才是，如何反去抵触他？"阮江兰切齿道："孩儿宁可沿路叫化进京，决不受小人无义之财。"阮老者不知就里，只管再三埋怨。又见学里门斗顾亦齐，走来催促道："众相公俱已进京，你家相公怎么还不动身？"阮老者道："不瞒你说，前日在县里领了盘费来，又籴米买柴用去，如今向那个开口。"顾亦齐道，"不妨不妨，我有十两银子，快拿去作速起身罢。"阮江兰感激了几句，别过父母，带领焦绿，上京应试。刚刚到得应天府，次日进头场，果然篇篇掷地作金石，笔笔临池散蕊花。

原来有意思的才人，再不肯留心举业。那知天公赋他的才分宁有多少，若将一分才用在诗上，举业内便少了一分精神；若将一分才用在画上，举业内便少了一分火候；若将一分才用在宾朋应酬上，举业内便少了一分工夫。所以才人终身博不得一第，都坐这个病痛。阮江兰天分既好，又加上三年苦功，还怕甚么广寒宫的桂花，没有上天梯子，去拿利斧折他么？正是：

　　为学如务农，粒粒验收成。
　　不勤则不获，质美宜加功。

阮江兰出场之后，看见监场御史告示写道：

　　放榜日近，生员毋得归家。如违，拿歇家重究。

阮江兰只得住下，寓中闲寂不过，走到街上去散闷。撞到应天府门前，只见搭棚挂彩，红缎扎就一座龙门；再走进去，又见一座亭子内供着那踢头的魁星。两廊排设的尽是风糖胶果，独有一张桌子上更觉加倍摆列齐整。只见：

　　颤巍巍的风糖，酷肖楼台殿阁；齐臻臻的胶果，恍如花鸟人禽。蜂蝶闻
　　香而绕座，中心好之；猿猴望影而垂涎，未尝饱也。颁自尚方称盛典，移来
　　南国宴春元。

阮江兰问那承值的军健，才知道明日放榜，预先端正下鹿鸣宴。那分外齐整的是

解元桌面。阮江兰一心羡慕，不知自己可有这样福分。又一心妒忌，不知那个有造化的吃他。早是出了神，往前一撞，摇倒了两碗风糖。走拢两三个军健，一把扯住，要捉拿见官。阮江兰慌了，情愿赔还。军健道："这都是一月前定做下的，那里去买？"阮江兰再三哀告，军健才许他跟到下处，逼取四两银子。又气又恼，一夜睡不着，略闭上睛，便梦见风糖、胶果排在前面，反惊得一身冷汗。叹口气道："别人中解元，我替他备桌面，真是晦气。侥幸中了还好，若是下第，何处措办盘费回家？"翻来覆去，辗转思量。忽听耳根边一派喧嚷，早有几个汉子从被窝里扶起来，替他穿了衣服、鞋袜，要他写喜钱。阮江兰此时如立在云端里，牙齿捉对儿的打交，浑身发疟儿的缩抖，不知是梦里，是醒里。看了试录，见自家是解无，才叫一声"惭愧"，慌忙打点去赴宴。

一走进应天府，只见地下跪着几个带红毡帽的磕头捣蒜，只求饶恕。阮江兰知道是昨日扯着要赔钱的军健，并不较论。吃宴了毕，回到寓所，同乡的没一个不送礼来贺。阮江兰要塞张少伯的口，急急回家，门前早已竖了四根旗竿。相见父母，各各欢喜。少顷，房中走出一个标致的丫环来，说道："娘娘要出来相见哩。"阮江兰只道是那个亲戚家的，呆呆的盘问。父母道："孩狼，你倒忘记了，当初在扬州时，可曾与一个畹娘订终身之约么？"阮江兰变色道："这话提他则甚？"父母道："孩儿，你这件事负不得心。张少伯特送他来与你成亲，岂可以一旦富贵，遂改前言？"阮江兰指着门外骂道："那张少伯小畜生，我决不与他干休。孩儿昔日在扬州，与畹娘订了同衾同穴之约，被张少伯挟富娶去，反辱骂孩儿一场。便是孩儿奋志读书，皆从他辱骂而起。若论畹娘，也只好算一个随波逐浪的女客，盟誓未冷，旋嫁他人。虽然是妓家本色，只是初时设盟设誓者何心？后来输情服意，荐他人枕席者又何心？既要如此，何苦在牝牡骊黄之外结交我这穷汉？可不辜负了他那双眼睛？如今张少伯见孩儿侥幸，便想送畹娘来赎罪。孩儿至愚不肖，决不肯收此失节之妇，以污清白之躯。"

正说得激烈，里面走出畹娘来，娇声婉气的说道："阮郎，你不要错怪了人。那张少伯分明是押衙一流人物。"阮江兰背着身体笑道："好个为自家娶老婆的古押衙！"畹娘道："你不要在梦里骂我，待奴家细细说出原委来。昔日郎君与妾相昵，有一个姓乐的撞来，郎君曾做诗讥诮他。他衔恨不过，便在苏州谎说郎君狎邪狼狈，仿了郑元和的行止。张少伯信以为真，变卖田产，带了银子星夜赶来，为妾赎身。妾为老鸨计赚，哄到他船上，一时间要寻死觅活。谁知张少伯不是要娶我，原是为郎君娶下的。"

阮江兰又笑道："既为我娶下，何不彼时就做一个现人情？"畹娘道："这又有个话说。他道是郎君是天生才子，只不肯沉潜读书，恐妾归君子之后，未免流连房闱，便致废弃本业。不是成就郎君，反是贻害郎君了。所以当面笑骂，总是激励郎君一片踊跃功名的念头。妾到他家里，另置一间房屋安顿妾身，以弟妇相待。便是张宅夫人，亦以妯娌相称。后来听得郎君闭关读书，私自庆幸。见郎君取了科举。晓得无力进京，又馈送路费。郎君乃掷之大门之外，只得转托顾门斗送来。难道郎君就不是解人，以精穷之门斗，那得有十金资助贫士？这件事上，不该省悟么？前日得了郎君发解之信，朝天四拜道是：'姻缘担子，此番才得卸肩。'如此周旋苦心，虽押衙亦不能及。若郎君疑妾有不白之行，妾亦无足惜，但埋没了热肠侠士，妾惟有立死君前，以表彰心迹而已。"阮江兰汗流浃背，如大梦方醒。两个老人家啧啧称道不绝。阮江兰才请过畹娘来，拜见公婆，又交拜了。随即叫两乘轿子，到张少伯家去，请他夫妇拜谢。从此两家世世往来，竟成了异姓兄弟。

第二回　百和坊将无作有

造化小儿强作宰，穷通切莫怨浮沉。
使心运智徒劳力，掘地偷天枉费心。
忙里寻闲真是乐，静口守拙有清音。
早知苟得原非得，须信机深祸亦深。

丈夫生在世上，伟然七尺，该在骨头上磨练出人品，心肝上呕吐出文章，胼胝上挣扎出财帛。若人品不在骨头上磨练，便是庸流；文章不在心肝上呕吐，便中浮论；财帛不在胼胝上挣扎，便是虚花。且莫提起人品、文章，只说那财帛一件，今人立地就想祖基父业，成人就想子禄妻财。我道这妄想心肠，虽有如来转世，说得天花乱坠，也不能斩绝世界上这一点病根。

且说明朝叔季年间，有一个积年在场外说嘴的童生，他姓欧，单名醉，自号滁山。少年时有些随机应变的聪明，道听途说的学问，每逢考较，府县一般高高的挂着，到了提前衙门，就像铁门槛，再爬不进这一层。自家虽在孙山之外，脾味却喜骂人，从案首直数到案末，说某小子一字不识，某富家多金夤缘，某乡绅自荐子弟，某官府开报神童。一时便有许多同类，你唱我和，竟成了大党。时人题他一个总名，叫做"童世界"，又起欧滁山绰号叫做"童妖"。他也居之不疑，俨然是童生队里的名士。但年近三十，在场外夸得口，在场内藏不得拙，那摘不尽的髭髯，渐渐连腮搭鬓，缩不小的身体，渐渐伟质魁形。还亏他总不服老，卷面上"未冠"两个字，像印板刻成的，再不改换。众人虽则晓得他功名淹蹇，却不晓得他功名愆期。他自父母亡后，留下一个未适人的老丫头，小名秋葵，做了应急妻室。家中还有一个小厮，一个苍头。那苍头耳是聋的，口好挑水烧锅，惟有那小厮叫做鹘浔，眼尖口快，举动刁钻，与秋葵有一手儿。欧滁山时常拈酸吃醋，亲戚们劝他娶亲，只是不肯。有的说："他志气高大，

或者待进学后才议婚姻。"不知欧滁山心事全不为此。他要做个现成财主女婿，思量老婆面上得些油水。横了这个见解，把岁月都跟着蹉跎过了。又见同社们也有进学，也有出贡的，再不得轮流到自己。且后进时髦，日盛一日，未免做了前辈童生。要告致仕，又恐冤屈了那满腹文章、十年灯火。忽然想起一个出贡的朋友姜天淳，现在北直真定作县，要去秋风。

他带了鹊渌出门，留苍头看家。朝行暮宿，换了几番舟车陆马，才抵真定。自家瞒去童生脚色，分付鹊渌在人前说是名士秀才。会过姜天淳，便拜本地乡室。乡宦们知道是父母官的同乡同社，又是名士，尽来送下程请酒。欧滁山倒应接不暇。一连说过几桩分上，得了七百余金。我道欧滁山族新做游客，那得如此获利？

原来他走的是衙门线索，一应书办快手，尽是眷社盟弟的贴子，到门亲拜。还抄窃时人的诗句，写在半金半白的扉子上，落款又写"拙作请教"，每人送一把，做见面人情。那班衙门里朋友，最好结交，他也不知道甚么是名士，但见扇子上有一首歪诗，你也称好，我也道妙，大家捡极肥的分上送来，奉承这诗伯。欧滁山也不管事之是非，理之屈直，一味拿出名士腔调来，强要凄天淳如何审断，如何注销。若有半点不依他，从清晨直累到黄昏，缠扰个不了。做官人的心性，那里耐烦得这许多。说一件准一件，只图耳根干净，面前清洁便罢了。所以游客有四种熬他不得的去处：

> 不识羞的厚脸，惯撒泼的鸟嘴。
> 会做作的乔样，弄虚头的辣手。

世上尊其名曰："游客"。我道游者流也，客者民也，虽内中贤愚不等，但抽丰一途，最好纳污藏垢，假秀才、假名士、假乡绅、假公子、假书贴，光棍作为，无所不至。今日流在这里，明日流在那里，扰害地方，侵渔官府，见面时称功颂德，背地里捏禁拿讹。游道至今大坏，半坏于此辈流民，倒把真正豪杰、韵士、山人、词客的车辙，一例都行不通了。歉的带坏好的，怪不得当事们见了游客一张拜帖，攒着眉，跌着脚，如生人遇着勾死鬼一般害怕。若是礼单上有一把诗扉，就像见了大黄巴豆，遇着头疼，吃着泄肚的。就是衙役们晓得这一班是惹厌不讨好的怪物，连传帖相见，也要勒压纸包。

我曾见越中一游客，谒某县令，经月不见同拜，某客排门大骂，县令痛恶，遣役

投帖送下程。某客恬不为耻，将下程全收，缴礼之时，嫌酒少，叱令重易大坛三白。翌日果负大坛至。某客以为得计，先用大碗尝试，仅咽一口，呕吐几死，始知坛中所贮者乃溺也。我劝自爱的游客们，家中若有一碗薄粥可吃，只该甘穷闭户。便是少柴少米，宁可受妻子的怨滴，决不可受富贵场内怠慢。闲话休提。

且说欧滁山一日送客，只见无数脚夫，挑着四五十只皮箱，后面十多乘轿子，陆续进那大宅子里去了。欧滁山道："是那里来的官家？"忙叫鹊渌访问，好去拜他的。鹊渌去不多时，走来回复道："是对门新搬来的。说是河间府屠老爷小奶奶。屠老爷在淮扬做道，这小奶奶是扬州人，姓缪。如今他家老爷死在任上，只有一个叔子叫做三太爷，同着小奶奶在这边住。"欧滁山道："既是河间人，怎么倒在这里住下？"鹊渌道："打破沙锅问到底，我那知他家的事故？"欧滁山骂了几声"蠢奴才"，又接着本地朋友来会，偶然问及河间屠乡宦。那朋友也道："这乡宦已作古人了。"欧滁山假嗟叹一回，两个又讲闲话才别。

次日，见鹊渌传进帖子来，道："屠太爷来面拜了。"欧滁山忙整衣衫，出来迎接。只见那三太爷打扮：

> 头戴一顶方巾，脚穿一双朱履。扯偏袖，宛似书呆出相；打深躬，恰如道士伏章。主人看坐，两眼朝天；仆子送茶，一气入口。先叙了久仰久慕，才问起尊姓尊名。混沌不知礼貌，老生怀葛之夫，村愚假学谦恭，一团酒肉之相。

欧滁山分宾主坐下，拱了两拱，说几句初见面的套话。三太爷并不答应，只把耳朵侧着，呆睁了两只铜铃的眼睛。欧滁山老大诧异。旁边早走上一个后生管家，悄悄说道："家太爷耳背，不晓得攀谈，相公莫要见怪。"欧滁山道："说那里话，你家老爷在生时，与我极相好，他的令叔便是我的叔执了。怎么讲个怪字？"只问那管家的姓名。后生道："小的姓徐。"欧滁山接口道："徐大叔，你家老爷做官清廉，可有多少官囊么？"徐管家道："家老爷也曾买下万金田产，至于内里囊囊，都是扬州奶奶掌管，也够受用半世。"欧滁山道："这等你家日子还好过哩。"只见三太爷坐在对面，哑嘴哑舌的叫道："小厮拿过拜匣来，送与欧相公。"又朝着滁山拱手道："藉重大笔。"欧滁山揭开拜匣，里面是一封银子，写着"笔资八两"。不知他是写围屏、写轴子、画水

山、画行乐。着了急，忙推辞道："学生自幼苦心文字海中，不曾有余暇工夫摹效黄庭，宗法北苑。若是要做祭文、寿文，还不敢逊让；倘以笔墨相委，这便难领教了。"三太爷口内唧了几十声，才说出两个字来，道："求文！求文！"倒是徐官家代说道："家老爷死后，生平节概，无人表白，昨日闻得欧相公是海内名士，特求一篇墓志。些微薄礼，聊当润笔。"欧滁山笑道："这何难？明日便有，尊礼还是带回去。"徐管家道："相公不收，怎么敢动劳？"欧滁山道："若论我的文章，当代要推大匠。就是本地士绅求序求传，等上轮个月才有。但念你老爷旧日相与情分，不便受这重礼，待草完墓志，一并送还。"徐管家见三太爷在椅子上打瞌睡，走去摇醒了，搀他出门。欧滁山进来，暗喜道："我老欧今日的文章才值钱，当时做童生，每次出去考，经营惨淡，构成两篇，定要赔卷子，贴供给。谁知出来做游客，这般燥脾，一篇墓志打甚么紧，也送八两银子来？毕竟名下好题诗也。不过因我是名士，这墓志倒不可草草打发。"研起墨来，捏着一管笔，只管摇头摆脑的吟哦，倒默记出自家许多小题来。要安放在上面，不知用那一句好。千踌躇，万算计，忽然大叫道："在这里了。"取出《古文必读》，用那《祭十二郎文》，改头换尾，写得清清楚楚，叫鹊渌跟了，一直到对门来。

徐管家迎见，引至客堂，请出三太爷来相见。欧滁山送上墓志，三太爷接在手里，将两眼觑在字上，极口的道："好！"又叫徐管家拿进去与奶奶看。欧滁山听见奶奶是识字的，毛孔都痒将起来。徐管家又传说："奶奶分付，请欧相公吃一杯酒去。"欧滁山好像奉了皇后娘娘的懿旨，身也不敢动，口中先递了诚欢诚忭的谢表。摆上酒肴，一时间山珍海错，罗列满前，真个大人家举止，就如预备在家里的。欧滁山显出那猪八戒的手段来，件件啖得尽兴，千欢万喜回去了。

迟不上几日，徐管家又来相请。欧滁山尝过一次甜头儿，脚根不知不觉的走得飞快。才就客位坐下，只听得里面环佩叮当，似玉人甫离绣阁；麝兰氤氲，如仙女初下瑶阶。先走出两个女婢来，说道："奶奶亲自拜谢欧相公。"滁山未及答应，那一位缪奶奶袅袅娜娜的。走将出来，女婢铺下红毡，慌得欧滁山手足无措，不知朝南朝北，还了礼数。缪奶奶娇声颤语道："妾夫见背，默默无闻，得先生片语表彰，不独未亡人衔感，即泉下亦顶不戴不朽。"欧滁山连称"不敢"。偷眼去瞧他，虽不见得十分美貌，还有七种风情：

　　　眼儿是骚的，嘴儿是甜的，身体儿是动的，脚尖儿是芈的。脸儿是侧的，颈儿是扭的，纤纤指儿是露出来的。

欧滁山看得仔细，那眼光早射到裙带底下，虚火发动，自家裤裆里活跳起来，险些儿磨穿了几层衣服。又怕不好看相，只得弯着腰告辞出来。回到寓中，已是黄昏时候，一点淫心忍耐不住，关了房门，坐在椅子上，请出那作怪的光郎头来，虚空摸拟，就用五姐作缘，闭上眼睛，伸直了两只腿，勒上勒下。口中正叫着"心肝乖乖"，不期对面桌子下，躲着一个白日撞的贼，不知几时闪进来的，蹲在对面，声也不响，气也不喘，被欧滁山滚热的精华，直冒了一脸。那贼"呀"的叫喊起来，倒吓了欧滁山一跳。此时滁山是作丧之后，昏昏沉沉，四肢瘫软，才叫得一声"有贼"，那贼拨开门闩，已跳在门外。欧滁山赶去捉他，那贼摇手道："你要赶我，我便说出你的丑态来了。"欧滁山不觉又羞又笑，那贼已穿街走巷，去得无影无。欧滁山只得回来。查一查银子，尚喜不曾出脱，大骂鹊渌。

原来鹊渌是缪家的大叔们请他在酒馆中一乐，吃得酩酊大醉，昏天黑地，睡在椿凳上，那里知道有贼没贼。欧滁山也没奈何，自己点了灯，四面照一照，才去安寝。睡便睡在床上，一心想着缪奶奶，道："是这般一个美人，又有厚贽，若肯转嫁我，倒是不求至而的安稳富翁。且待明日，向他徐管家讨些口气，倘有一线可入，黄缘进去，做个补代，不怕一生不享荣华。"翻来覆去，用心过度，再也睡不着。到四更天气，才闭上眼，又梦见贼来，开了皮箱，将他七百两头装在搭包里。欧滁山急得眼里冒出火来，顾不得性命，精光的爬下床来，口中乱喊："捉贼！"那鹊渌在醉香中，霎时惊醒了，也赤身滚起来，暗地里恰恰撞着欧滁山，不由分说，扯起钉耙样的拳头，照着欧滁山的脸上乱打。欧滁山熬不过疼痛，将头脸靠住鹊渌怀里，把他精身体上死咬。两个扭做一团，滚在地下。你骂我是强盗，我骂你是贼徒。累到天明，气力用尽。欧滁山的梦神也告消乏了，鹊渌的醉魔也打疲倦了。大家抱头抱脚的，歆跨睡在门槛上。直睡到日出三竿，鸡啼傍午，主仆两人才醒。各揉一揉睡眼，都叫诧异。欧滁山觉得自家尊容有些古怪，忙取镜子一照，惊讶道："我怎么脱换一个青面小鬼，连头脚都这般峥嵘了。"鹊渌也觉得自家贵体有些狼狈，低头一看，好似掉在染缸里，遍体染就个红红绿绿的。面面相觑，竟解不出缘故来。

一连告了几日养病假，才敢出去会客。那缪奶奶又遣管家送过四盘果品来看病。欧滁山款住徐管家，要他坐下。徐管家道："小的是下人，怎敢陪相公坐地？"欧滁山笑道："你好呆，敬其主以及其使，便是敝老师孔夫子，还命遽伯玉之使同坐哩！你不须谦让。"徐管家只得将椅子移在侧边，半个屁股坐着。欧滁山分付鹡渌，叫他在酒馆中取些热菜来，酒儿要烫得热热的。鹡渌答应一声去了。欧滁山问道："你家奶奶性儿喜欢甚么？待我好买几件礼物回答。"徐管家道："我家奶奶敬重相公文才，那指望礼物回答？"欧滁山道："你便是这等说，我却要尽一点教敬。"徐管家道："若说起我家奶奶，纱罗绸缎，首饰头面，那件没有？若要他喜欢的，除非吃食上橄榄、松子罢了。"欧滁山问道："你家奶奶原来是个清客，爱吃这样不做肉的东西。"徐管家嬉的笑起来。鹡渌早取了熟菜，摆上一桌，斟过两杯酒。二人一头吃，一头说。欧滁山乘兴问道："你家奶奶又没有一男半女，年纪又幼小，怎么守好节？"徐管家道："正是。我们不回河间去，也是奶奶要日后寻一分人家，坐产招夫的意思。"欧滁山道："不知你家奶奶要寻那样人儿？"徐管家道："小的也不晓得。奶奶还不曾说出口来，为碍着三太爷在这里。"欧滁山道："我有一句体己话儿对你讲，切不可向外人说。"忙把鹡渌叫开了，说道："我学生今年才三十一岁，还是真正童男子，一向要娶亲，因敝地再没得好妇人。若是你家奶奶不弃，情愿赘在府上。我虽是客中，要措办千金，也还供得你家奶奶妆奁。"徐管家道："相公，莫说千金万金，若是奶奶心肯，便一分也不消相公破费。但三太爷在此，也须通知他做主才妙。"欧滁山道："你家三太爷聋着两只耳朵，也容易结交他。"徐管家道："相公慢慢商量，让小的且回去罢。"欧滁山千叮万嘱一遍，正是：

　　　　耳听好消息，眼观旌节旗。

　　话说姜天淳晓得欧滁山得过若干银两，又见不肯起身，怕在地方招遥出事来，忙对起八两程仪，促他急整归鞭。欧滁山大怒，将程仪掷在地下，道："谁希罕这作孽的钱？你家主人要使官势，只好用在泛常游客身上。我们同窗同社，也还不大作准，试问他，难道做一生知县，再不还乡的么？我老欧有日和他算帐哩。"那来役任凭他发挥，拾了银子，忙去回复知县。

　　这叫做好意翻恶意，人心险似蛇心。我道姜天淳这个主人，便放在天平上兑一兑，也还算十足的斤两。看官们，试看世界上那个肯破悭送人？他吃辛吃苦的做官，担惊担险的趁钱，宁可招人怨，惹人怪，闭塞上方便门，留积下些元宝，好去打点升迁；

极不济，便完赃赎罪，抖着流徙，到底还仗庇孔方，保姆一生不愁冻饿。我常想古今慷慨豪杰，只有两个：一个是孟尝君，舍得三餐饭养士；一是平原君，舍得十日酒请客。这大老官的声名千古不易。可见酒饭之德，亦能使人品传芳。假若剜出己财，为众朋友做个大施主，这便成得古今真豪杰了。倘自负慷慨，逢人通诚，啴锄水火的小恩惠，也恶夸口，这种人便替孟尝君厨下烧锅，代平原君席上斟酒，还要嫌他龌龊相。但当今报德者少，负义者多。如欧滁山皆是另具一副歪心肠，别赋一种贱骨格。抹却姜天淳的好处，反恶声狂吠起来。这且不要提他。

话说缪奶奶屡次着人送长送短，百倍殷切。欧滁山只得破些钞儿，买几件小礼点缀。一日，三太爷拉欧滁山街上去闲步，见一个簇新酒帘飘荡在风里，那三太爷频频咽涎，像有些闻香下马的光景，只愁没有解貂换酒的主人。欧滁山见最生情，邀他进去，捡一副干净座儿，请他坐地。酒保陆续搬上肴馔来，两个一递一杯，直吃到日落，还不曾动身。欧滁山要与三太爷接谈，争奈他两耳又聋，只好对坐着哑饮。谁知哑饮易醉，欧滁山满腔心事，乘着醉兴，不觉吐露道："令侄妇青年人怎么容他守寡？你老人家该方便些才是。"那三太爷偏是这几句话听得明白，点一点头道："我天要寻一个好人物，招他进来哩！急切里又遇不着。"欧滁山见说话入港，老着脸皮，自荐道："晚生还不曾娶亲，若肯玉成，当图厚报。"三太爷大喜道："这段姻缘绝妙的了，我今日便亲口许下，你择日来纳聘何如？"欧滁山正喜得抓耳搔腮，侧边一个小厮，眼瞅着三太爷道："不知家里奶奶的意思，太爷轻口便许人么？"欧滁山忙把手儿摇着说道："大叔你请在外面吃酒，都算在我帐上。"把个小厮哄开了。离席朝上作了揖，又自斟一杯酒送过去。三太爷扶起道："你又行这客礼做甚？"欧滁山道："既蒙俯允，始终不二，便以杯酒为订。"三太爷道："你原来怕我是酒后戏言，我从来直肠直口，再不会说谎的。"欧滁山极口感激，算完店帐，各自回寓。

次日打点行聘。这缪家受聘之后，欧滁山即想做亲。叫了一班鼓乐，自家倒坐在新人轿里，抬了一个圈子，依旧到对门下轿。因是第一次做新郎，心里老大有些惊跳。又见缪奶奶是大方家，比不得秋葵丫头，胡乱可以用些枪法的，只得在那上床之时，脱衣之后，求欢之际，斯斯文文，软软款款，假学许多风雅模样。缪奶奶未免要装些身分。欧滁山低声悄语道："吉日良辰，定要请教。"缪奶奶笑忍不住，放开手，任他进去赴考。欧滁山才入门，一面谦让道："唐突！唐突！"那知就持太甚，倒把一个积年会完卷的老童生，头一篇还不曾做到起讲，便老早出场了。自家觉得惭愧，喘吁吁的赔小心道："贻笑大方，改日容补。"缪奶奶只是笑，再不则声。

过了数日，欧滁山见他房口箱笼摆得如密篦一般，不知内里是金银财宝，还是纱罗绸缎，想着要入一入眼。因成亲不久，不便开口说得，遂想出一个抛砖引玉之法来，手中拿着钥匙，递与缪奶奶道："拙夫这个箱内，尚存六百多金，娘子请看一看。"缪奶奶道："我这边的银钱还用度不了，那个要你的？"欧滁山道："不是这样讲，我的钥匙交付与娘子，省得拙夫放在身边。"缪奶奶取过来交与一个丫头。只见三太爷走到房门前说道："牛儿从河间府来，说家里的大宅子，有暴发户戚小桥要买，已还过九千银子。牛儿不敢做主，特来请你去成交易哩。"缪奶奶愁眉道："我身子不大耐烦，你老人家同着姑爷去兑了房价来罢。"欧滁山听见又有九千银子，好像做梦的，恨不得霎时起身，搬了回来，这一夜加力奉承财主奶奶。

次日备上四个头口，三太爷带了牛儿，欧滁山带了鹊渌，一行人迤逦而去。才走得数里，后面一匹飞马赶来，却是徐管家，拿着一个厚实实的大封袋，付与欧滁山道："你们起身忙忘记带了房契，奶奶特差小的送来。"欧滁山道："险不空往返一遭儿哩！还亏你奶奶记性快。"徐管家道："爷们不要耽搁，快赶路罢。"两个加一鞭。只见：

夕阳影里马蹄过，沙土尘中人面稀。

停了几日，已到河间府。三太爷先把欧滁山安顿在城外饭店里，自家同着牛儿进城，道是议妥当了，即来请去交割房契。欧滁山果然在饭店中等候。候了两日，竟不见半个脚影儿走来，好生盼望。及至再等数天，就有些疑惑，叫鹊渌进城去探问。鹊渌问了一转，依旧单身回来，说是城内百和坊，虽有一个屠乡宦，他家并不见甚么三太爷。欧滁山还道他问得不详细，自己袖着房契，叫鹊渌领了，走到百和坊来。只见八字墙门，里面走出一个花帕兜头的大汉。欧滁山大模大样问道："你家三太爷回来了，为何不出城接我？"那大汉啐道："你是那里走来的鸟蛮子，问甚么三太爷、四太爷？"欧滁山道："现有牛儿跟着的，烦你唤出牛儿来，他自然认得我。"大汉骂道："你家娘的牛马儿！怎么在我宅子门前歪缠？"欧滁山情急了，忙通出角色来道："你家小奶奶现做了我的贱内，特叫我来卖房子哩。"这句话还不曾说完，大汉早劈面一个耳掌，封住衣袖揪了进去。鹊涵见势头不好，一溜烟儿躲开。可怜欧滁山被那大汉捉住，又有许多汉子来帮打，像饿虎撺羊一般，直打得个落花流水。还亏末后一个少年喝住，

众汉才各各收了拳兵。

此时欧滁山魂灵也不在身上，痴了一会，渐渐醒觉，才叫疼叫痛，又叫起冤屈来。那少年近前问道："你这蛮子声口像是外方。有甚缘故？快些说来。"欧滁山带着眼泪说道："学生原是远方人，因为探望舍亲姜天淳，所以到保定府来，就在保定府娶下一房家小，这贱内原是屠老先生之妾。屠老先生虽在任上亡过，现有三太爷做主为媒，不是我贪财强娶。"那少年道："那个耐烦听你这些闲话？只问你无端为何进我的宅子？"欧滁山道："我非无端而来，原是来兑房价的，现有契文在此，难道好白赖的么？"少年怒道："你这个蛮子，想是青天白日见鬼。叫众汉子推他出去。"欧滁山受过一番狼狈的，那里经得第二遍？听见一声推出去，他的脚跟先出门了，只得闷闷而走。

回到饭店，却见鹘渌倒在炕上坐着哩。欧滁山骂道："你这贼奴才，不顾主人死活，任他拿去毒打。设使真个打死，指望你来收尸，这也万万不能够了。"鹘渌笑道："相公倘然打死，还留得鹘渌一条性命，也好回家去报信，怎道怨起我来？"欧滁山不言不语，连衣睡在床上，捶胸捣枕。鹘渌道："相公不消气苦，我想三太爷原姓屠，他家弟男子侄，那里肯将房产银子倒白白送与相公么？"欧滁山沉吟道："你也说的是，但房契在我手里，也还不该下这毒手。"鹘渌道："他既下这毒手，焉知房契不先换去了？"欧滁山忙捡出房契来，拆开封简，见一张绵纸，看看上面，写的不是房契，却是借约。写道：

> 立借票人屠三醉，今因乏用，借到老欧处白银六百两。候起家立业后，
> 加倍奉偿。恐后无凭，立此借票存照。

欧滁山呆了，道："我被这老贼拐去了。"又想一想道："前日皮箱放在内屋里，如何盗得去？"又转念道："他便盗我六百金，缪奶奶身边，千金不止，还可补偿缺陷。"急急收拾行李，要回保定。争奈欠了饭钱，被房主人捉住。欧滁山没奈何，只得将被褥准算，主仆两个，孤孤寂寂，行在路上，有一顿没一顿，把一个假名士，又假起乞丐来了。

趱到保定，同着鹘渌入城，望旧寓走来。只见：

> 冷清清门前草长，幽寂寂堂上禽飞。破交椅七横八竖，碎纸窗万片千条。

就像过塞无人烟的古庙，神鬼潜踪；又如满天大风雪的寒江，渔翁绝迹。入其庭不见其人，昔日罗帏挂蛛网；披其户其人安在，今朝翠阁结烟萝。

欧滁山四面搜寻，要讨个人影儿也没得。鹊渌呜呜的又哭起来。欧滁山问道："你哭些甚么？"鹊渌道："奶奶房里使用的珠儿，他待我情意极好，今日不见了，怎禁得人不哭？"欧滁山道："连奶奶都化为乌有，还提起甚么珠儿？我如今想起来了，那借票上写着屠三碎，分明是说'三醉岳阳人不识'，活活是个雄拐子，连你奶奶也是雌拐儿。算我年灾月厄，撞在他手里。罢了！罢了！只是两只空拳，将甚么做盘缠回家？"鹊渌道："还是去寻姜老爷的好。"欧滁山道："我曾受过恩惠，反又骂他，觉得不好相见。"鹊渌道："若是不好相见，可写一封书去，干求他罢了。"欧滁山道："说得有理。"仍回到对门旧寓来，借了笔砚，恳恳切切写着悔过谢罪的话，又叙说被拐致穷之致。鹊渌忙去投书。姜天淳果然不念旧恶，又送出二十两程仪来。欧滁山制办些铺盖，搭了便船回家。

一路上少不得嗟叹怨眼，谁知惊动了中舱内一位客人。那客人被他耳根聒得不耐烦，只得骂了船家几句，说他胡乱搭人。船家又来埋怨。欧滁山正没处叫屈，借这因头，把前前后后情节，像说书的一般，说与众人听。众人也有怜他的，也有笑他的。独有中舱客人，叫小厮来请他。欧滁山抖一抖衣服，钻进舱去。客人见欧滁山带一顶巾子，穿一双红鞋，道是读书的，起身来作揖，问了姓氏。欧滁山又问那客人，客人道："小弟姓江，号秋雯，原籍是徽州。因今岁也曾遇着一伙骗子，正要动问，老丈所娶那妇人，怎的一个模样？"欧滁山道："是个不肥不瘦的身体，生来着实风骚，面上略有几个雀斑。"江秋雯笑道："与小弟所遇的不差。"欧滁山怒目张拳道："他如今在那里？"江秋雯道："这是春间的事体，如今那个晓得他的踪迹？"欧滁山道："不知吾兄如何被骗的？"江秋雯道："小弟有两个典铺，开在临清。每年定带些银两去添补。今春泊船宿迁，邻船有一个妇人，看见小弟，目成心许。将一条汗巾掷过来。小弟一时迷惑，接在手中，闻香嗅气。那妇人不住嬉笑，小弟情不自禁，又见他是两只船，一只船是男人，一只船是女人。访得详细，到二更天，见他蓬窗尚未掩着，此时也顾不得性命，跳了过去。倒是那妇人叫喊起来，一伙仆从促住小弟，痛打一顿，骗去千金才放。小弟吃这个亏，再不怨人，只怨自己不该偷婆娘。"欧滁山道："老丈有这等度量，小弟便忍耐不住了。"江秋雯道："忍耐不住便怎么？小弟与吾兄同病相怜，何

不移在中舱来作伴？"自此，欧滁山朝夕饮食，尽依藉着江秋雯。到了镇江，大家上岸去走走。只见码头上，一个弄蛇的叫化子，鹊渌端相一遍，悄悄对欧滁山说道："这倒像那三太爷的模样哩。"欧滁山认了一认，道："果然是三太爷。"上前一把扯住，喊道："捉住拐子了。"那叫化子一个拳头撞来，打得不好开交。江秋雯劝住道："欧兄，你不要错认了，他既然拐你多金，便不该仍做叫化子。既做叫化子，你认他是三太爷，可不自己没体面？"欧滁山听了，才放手。倒是那叫化子不肯放，说是走了他的挣钱的儿子。江秋雯不晓得什么叫做挣钱儿子。细问起来，才知是一条蛇儿。欧滁山反拿出几钱银偿他。

　　次日，别了江秋雯，搭了江船，到得家里。不意苍头死了，秋葵卷了些值钱物件，已是跟人逃走。欧滁山终日抑郁，遂得膨胀病而亡。可见世人须要斩绝妄想心肠，切不可赔了夫人又折兵，学那欧滁山的样子。

第三回　走安南玉马换猩绒

中
国
禁
书
文
库

照
世
杯

百年古墓已为田，人世悲欢只眼前。

日暮子规啼更切，闲修野史续残编。

　　话说广西地方与安南交界，中国客商，要收买丹砂、苏合香、沉香，却不到安南去，都在广西收集。不知道这些东西是安南的土产，广西不过是一个聚处。安南一般也有客人到广西来货卖。那广西牙行经纪，皆有论万家私，堆积货物。但逢着三七，才是交易的日子。这一日叫做开市。开市的时候。两头齐列着官兵，放炮呐喊，直到天明，才许买卖。这也是近着海滨，恐怕有奸细生事的意思。市上又有个评价官，这评价官是安抚衙门里差出来的。若市上有私买私卖，缉访出来，货物入官，连经纪客商都要问罪。自从做下这个官例，那个还敢胡行？所以，评价官是极有权要的。名色虽是评价，实在却是抽税。这一主无碍的钱粮，都归在安抚。

　　曾有个安抚姓胡，他生性贪酷，自到广西做官，不指望为百姓兴一毫利，除了毫害，每日只想剥尽地皮自肥。总为天高听远，分明是半壁天子一般。这胡安抚没有儿子，就将妻侄承继在身边做公子。这公子有二十余岁，生平毛病是见不得女色的，不论精粗美恶，但是落在眼里就不肯放过。只为安抚把他关禁在书房里，又清一位先生陪他读书。你想旷野里的猧狪，可是一条索子锁得住的？况且要他读书，真如生生的逼那猧狪妆扮李三娘挑水，鲍老送婴孩的戏文人。眼见得读书不成，反要生起病来。安抚的夫人又爱惜如宝，这公子倚娇倚痴，要出衙门去玩耍。夫人道："只怕你父亲不许。待我替你讲？"早是安抚退堂，走进内衙来。夫人指着公子道："你看他面黄肌瘦，茶饭也不多吃，皆因在书房内用功过度。若再关禁几时，连性命都有些难保了。"安抚道："他既然有病，待我传官医进来，吃一两剂药，自然就好的。你着急则甚？"公子怕露出马脚来，忙答应道："那样苦水，我吃他做甚？"安抚道："既不吃药，怎得病

好哩？"夫人道："孩子家心性原坐不定的。除非是放他出衙门外，任他在有山水的所在，或者好寺院里闲散一番，自然病就好了。"安抚道："你讲的好没道理。我在这地方上，现任做官，怎好放纵儿子出外玩耍？"夫人道："你也忒糊涂，难道儿子面孔上贴着安抚公子的几个字么？便出去玩耍，有那个认得，有那个议论？况他又不是生事的。你不要弄得他病久了，当真三长两短，我是养不出儿子的哩。"安抚也是溺爱，一边况且夫人发怒，只得改口道："你不要着急，我自有个道理。明朝是开市的日期，分付评价官领他到市上，玩一会就回。除非是打扮要改换了，才好掩人耳目。"夫人道："这个容易。"公子在旁边听得眉花眼笑，扑手跌脚的，外边喜欢去了。正是：

> 意马心猿拴不住，郎君年少总情迷。
> 世间溺爱皆如此，不独偏心是老妻。

话说次日五更，评价官奉了安抚之命，领着公子出辕门来，每人都骑着高头大马。到得市上，那市上原来评价官也有个衙门。公子下了马，评价官就领他到后衙里坐着，说道："小衙内，你且宽坐片时，待小官出去点过了兵，放炮之后，再来领衙内出外观看。"只见评价官出去坐堂。公子那里耐烦死等？也便随后走了出来。此时天尚未亮，满堂灯炬照得如同白日，看那四围都是带大帽、持枪棍的，委实好看。公子打人丛里挤出来，直到市上，早见人烟凑集，家家都挂着灯笼。公子信步走去，猛抬头看见楼上一个标致妇人，凭着楼窗往下面看，便立住脚，目不转睛的瞧个饱满。你想，看人家妇女，那有看得饱的时节？总是美人立在眼前，心头千思万想，要他笑一笑，留些情意，好从中下手。却不知枉用心肠，像饿鬼一般，腹中越发空虚了。这叫做眼饱肚中饥。公子也这样呆想。那知楼上的妇人，他却贪看市上来来往往的，可有半些眼角梢儿留在公子身上么？又见楼下一个后生，对着那楼上妇人说道："东方发白了，可将那几盏灯挑下来吹熄了。"妇人道："烛也剩不多，等他点完了罢。"公子乘他们说话，就在袖里取出汗巾来。那汗巾头上系着一个玉马，他便将汗巾裹一裹，掷向楼上去。偏偏打着妇人的面孔，妇人一片声喊起来。那楼下后生也看见一件东西在眼中幌一幌，又听得楼上喊声，只道那个拾砖头打他。忙四下一看，只见那公子嬉笑一张嘴，拍着手大笑道："你不要错看了那汗巾，里面裹着有玉马哩！"这后生怒从心上，恶向胆边，忙去揪着公子头发，要打一顿。不提防用得力猛，却揪着了帽子，被公子在人丛里一

溜烟跑开了。后生道："便宜这个小畜生！不然打他一个半死，才显我的手段。"拿帽在手，一径跑到楼上去。妇人接着笑道："方才不知那个涎脸，将汗巾裹着玉马掷上来。你看这玉马，倒还有趣哩。"后生拿过来看一看，道："这是一个旧物件。"那妇人也向后生手里取过帽子来看，道："你是那里得来的？上面好一颗明珠。"后生看了，惊讶道："果然好一颗明珠。是了，是了！方才那小畜生不知是那个官长家的哩！"妇人道："你说甚么？"后生道："我在楼下见一个人瞧你，又听得你喊起来，我便赶上去打那·个人。不期揪着帽子，被他脱身走去。"妇人道："你也不问个皂白，轻易便打人。不要打出祸根来。便由他瞧得奴家一眼，可有本事吃下肚去么？"后生道："他现在将物件掷上来，分明是调戏你。"妇人道："你好呆，这也是他落便宜，白送一个玉马，奴家还不认得他是长是短，你不要多心。"正说话间，听得市上放炮响，后生道："我去做生意了。"正是：

　　　　玉马无端送，明珠暗里投。

　　你道这后生姓甚么？原来叫做杜景山。他父亲是杜望山，出名的至诚经纪，四方客商都肯来投依，自去世之后，便遗下这挣钱的行户与儿子。杜景山也做人乖巧，倒百能百干，会招揽四方客商，算得一个克家的肖子了。我说那楼上妇人，就是他结发妻子。这妻子娘家姓白，乳名叫做凤姑，人材又生得柔媚，支持家务件件妥贴，两口儿极是恩爱不过的。他临街是客楼，一向堆着货物。这日出空了，凤姑偶然上楼去，观望街上，不期撞着胡衙内这个祸根。你说，惹了别个还可，这胡衙内是活太岁，在他头了动了土，重则断根绝命，轻则也要荡产倾家。若是当下评价官晓得了，将杜景山责罚几板，也就是消了忿眼。偏那衙内怀揣着鬼胎，却不敢打市上走，没命的往僻巷里躲了去。走得气喘，只得立在房檐下歇一歇力。不晓得对门一个妇人蓬着头，敞着胸，手内提了马桶，将水荡一荡，朝着侧边泼下。那知道黑影内有一个人立着，刚刚泼在衙内衣服上。衙内叫了一声："嗳哟！"妇人丢下马桶，就往家里飞跑。我道妇人家倒马桶，也有个时节，为何侵晨爬起来就倒？只因小户人家，又住在窄巷里，恐怕黄昏时候街上有人走动，故此趁那五更天，巷内都关门闭户，他便冠冠冕冕，好出来洗荡。也是衙内晦气，泼了一身粪渣香。自家闻不得，也要掩着鼻子。心下又气又恼，只得脱下那件外套来，露出里面是金黄短夹袄。衙内恐怕有人看见，观瞻不雅，

就走出巷门。看那巷外却是一带空地，但闻马嘶的声气。走得几步，果见一匹马拴在大树底下，鞍辔都是备端正的，衙内便去解下缰绳。才跨上去，肢蹬还不曾踏稳，那马如飞跑去了。又见草窝里跳出一个汉子，喊道："拿这偷马贼！拿这偷马贼！"，随后如飞的赶将来。衙内又不知这马的缰口，要带又带不住，那马又不打空地上走，竟转一个大弯，冲到市上来。防守市上的官兵，见这骑马汉子在人丛里放箭头，又见后面汉子追他是偷马贼，一齐喊起来道："捉拿奸细！"吓得那些做生意买卖的，也有挤落了鞋子，也有失落了银包，也有不见了货物，也有踏在深沟里，也有跌在店门前，纷纷沓沓，俨有千军万民的光景。

评价官听得有了奸细，忙披甲上马，当头迎着，却认得是衙内。只见衙内头发披散了，满面流的是汗，那脸色就如黄蜡一般。喜得马也跑不动了。早有一个胡髯碧眼的汉子喝道："快下马来，俺安南国的马，可是你这蛮子偷来骑得的么？"那评价官止住道："这是我们衙内，不要罗唣。"连忙叫人抱下马来。那安南国的汉子把马也牵去了。那官兵见是衙内，各各害怕道："早是不曾伤着那里哩！"评价官见市上无数人拥护在一团，来看衙内，只得差官兵赶散了。从容问道："衙内出去，说也不说一声，吓得小官魂都没了。分头寻找，却不知衙内在何处游戏。为何衣帽都不见了？是甚么缘故？"衙内隔了半晌，才说话道："你莫管我闹事，快备马送我回去。"评价官只得自家衙里取了巾服，替衙内穿藏起来，还捏了两把汗，恐怕安抚难为他。再三求告衙内，要他包含。衙内道："不干你事，你莫要害怕。"众人遂扶衙内上马，进了辕门，后堂传梆，道是："衙内回来了。"夫人看见，便问道："我儿，外面光景好看么？"衙内全不答应，红了眼眶，扑簌簌掉下泪来。夫人道："儿为着何事？"忙把衣袖替他揩泪。衙内越发哭得高兴。夫人仔细将衙内看一看，道："你的衣帽那里去了？怎么换这个巾服？"衙内哭着说道："儿往市上观看，被一个店口的强汉，见儿帽赏上的明珠起了不良之念，便来抢去，又剥下儿的外套衣服。"夫人掩住他的口道："不要提起罢，你爹原不肯放你出去，是我变嘴变脸的说了，他才依我。如今若晓得这事，可不连我也埋怨起来？"正是：

不到江心，不肯收舵。
若无绝路，哪肯回兵？

话说安抚见公子回来，忙送他到馆内读书。不期次日众官员都来候问衙内的安。安抚想道：“我的儿子又没有大病，又不曾叫官医进来用药，他们怎么问安？”忙传中军进来，叫他致意众官员，回说衙内没有大病，不消问候得。中军传着安抚之命，不一时又进来禀道：“众官员说，晓得衙内原没有病，因是衙内昨日跑马着惊，特来问候的意思。”安抚气恼道：“我的儿子才出衙门游得一次，众官就晓得，想是他必定生事了。”遂叫中军谢声众官员。他便走到夫人房里来，发作道：“我原说在此现任，儿子外面去不得的。夫人偏是护短，却任他生出事来，弄得众官员都到衙门里问安，成甚么体统？”夫人道：“他玩不上半日，那里生出甚么事来？”安抚焦燥道：“你还要为他遮瞒。”夫人道：“可怜他小小年纪，又没有气力，从那里生事起？是有个缘故，我恐怕相公着恼，不曾说得。”安抚道：“你便遮瞒不说，怎遮瞒得外边耳目？”夫人道：“前日相公分付，说要儿子改换妆饰，我便取了相公烟墩帽，上面钉了一颗明珠，把他带上。不意撞着不良的人，欺心想着这明珠，连帽子都抢了去。就是这个缘故了。”安抚道：“岂有此理，难道没人跟随着他，任凭别人抢去？这里面还有个隐情，连你也被儿子瞒过。”夫人道：“我又不曾到外面去，那里晓得这些事情。相公叫他当面来一问，就知道详细了，何苦埋怨老身。”说罢便走开了。

安抚便着丫环，向书馆里请出衙内来。衙内心中着惊，走到安抚面前，深深作一个揖。安抚问道：“你怎么昨日出去跑马闯事？”衙内道：“是爹爹许我出去，又不是儿子自家私出去玩耍的。”安抚道：“你反说得干净！我许你出去散闷，那个许你出去招惹事非？”衙内道：“那个自家去招惹是非？别人抢我的帽子、衣服，孩儿倒不曾同他争斗，反回避了他，难道还是孩儿的不是？”安抚道：“你好端端市上观看，又有人跟随着，那个大胆敢来抢你的？”衙内回答不出，早听得房后夫人大骂起来，道：“胡家后代，只得这一点骨血，便将就些也罢。别人家儿女还要大赌大嫖，败坏家私。他又不是那种不学好的，就是出去玩耍，又不曾为非做歹，玷辱你做官的名声。好休便休！只管唠唠叨叨，你要逼死他才住么？”安抚听得这一席话，连身子麻木了半边，不住打寒噤，忙去赔小心道：“夫人，你不要气坏了。你疼孩儿，难道我不疼孩儿？我恐孩儿在外面吃了亏，问一个来历，好处治那抢帽子的人。”夫人道：“这才是。”叫着衙内道：“我儿，你若记得那抢帽子的人，就说出来，做爹的好替你出气。”衙内道：“我还记得那个人家灯笼上明明写着‘杜景山行’四个字。”夫人欢喜，忙走出来，抚着衙内背道：“好乖儿子，这样聪明，字都认识得深了。此后再没人敢来欺负你。”又指着安

抚道："你胡家门里，我也不曾看见一个走得出，会识字像他的哩！"安抚口中只管把"杜景山"三个字一路念着，踱了出来。又想道："我如今遽然将杜景山拿来，痛打一阵，百姓便叫我报复私仇。这名色也不好听。我有个道理了，平昔闻得行家尽是财主富户，自到这里做官，除了常例之外，再不曾取扰分文。不若借这个事端，难为他一难为。我又得了实惠，他又不致受苦，我儿子的私愤又偿了。极妙！极妙！"即刻遂传书吏写一张大红猩猩小姑绒的票子，拿朱笔写道："仰杜景山速办三十丈交纳，着领官价，如违拿究，即日缴。"那差官接了这个票子，可敢怠慢？急急到杜家行里来。

杜景山定道是来取平常供应的东西，只等差官拿出票子来看了，才吓得面如土色，舌头伸了出来，半日还缩不进去。差官道："你火速交纳，不要迟误，票上原说即日缴的，你可曾看见么？"杜景山道："爷们且进里面坐了。"忙叫妻子治酒看款待。差官道："你有得交纳，没得交纳，也该作速计较。"杜景山道："爷请酒，待在下说出道理来。"差官道："你怎么讲？"杜景山道："爷晓得这猩猩绒是禁物，安南客人不敢私自拿来贩卖。要一两丈，或者还有人家藏着的，只怕人家也不肯拿出来。如今要三十丈，分明是个难题目了。莫讲猩猩绒不容易有，就是急切要三十丈小姑姑绒也没处去寻。平时安抚老爷取长取短，还分派众行家身上，谓之众轻易举。况且还是眼面前的物件，就着一家支办，办量上也担承得来。如今这个难题目，单看上了区区一个，便将我遍身上下的血割了也染不得这许多。在下通常计较，有些微薄礼，取来孝顺，烦在安抚老爷面前回这样一声。若回得脱，便是我行家的造化，情愿将百金奉酬。就顺不脱，也要宽了限期，慢慢商量，少不得奉酬。就是这百金，若爷不放心，在下便先取出来，等爷袖了去何如？"差官想道："回得脱，回不脱，只要我口内禀一声，就是百金上腰，拚着去票一票，决不到生出事来。"便应承道："这个使得，银子也不消取出来。我一向晓得你做人是极忠厚老成的。你也要写一张呈子，同着我去。济与不济，看你的造化了。"杜景山立刻写了呈子，一齐到安抚衙门前来。

此时安抚还不曾退堂，差官跪上去禀道："行家杜景山带在老爷台下。"安抚道："票子上的物件交纳完全么？"差官道："杜景山也有个下情。"便将呈子递上去。安抚看也不看，喝道："差你去取猩猩绒，谁教你带了行家来？你替他递呈子，敢是得了他钱财？"忙丢下签去，要捆打四十。杜景山着了急，顾不得性命，跪上去票道："行家磕老爷头，老爷要责差官，不如责了下人。这与差官没相干，况且老爷取猩猩绒，又给官价，难道小人藏在家里，不肯承应？有这样大胆的子民么？只是这猩猩绒，久系禁物，老爷现大张着告示在外面，行家奉老爷法度，那个敢私买这禁物？"安抚见他说得有理，反讨个没趣，只得免了差官的打。倒心平气和对杜景山道："这不是我老爷自取，因朝廷不日差中贵来，取上京去。只得要预先备下。我老爷这边宽你的限期，毋得别项推托。"忙叫库吏，先取下三十两银子给与他。杜景山道："这银子小人决不敢领。"安抚怒道："你不要银子，明明说老爷白取你的了。可恶！可恶！"差官倒上去替他领了下来。杜景山见势头不好，晓得这件事万难推透，只得上去哀告道："老爷宽小人三个月限，往安南国收买了，回来交纳。"安抚便叫差官拿上票子去换，朱笔批道："限三个月交纳。如过限，拿家属比较。"杜景山只得磕了头，同着差官出来。正是：

> 不怕官来只怕管，上天入地随他遣。
> 官若说差许重说，你若说差就打板。

话说杜景山回到家中，闷闷不乐。凤姑捧饭与他吃，他也只做不看见。凤姑问道："你为着甚么这样愁眉不开？"杜景山道："说来也好笑，我不知那些儿得罪了胡安抚，要在我身上交纳三十丈猩猩小姑绒。限我三个月，到安南去收买回来。你想众行家安安稳稳在家里趁银子，偏我这等晦气。天若保佑我，到安南去容容易易就收买了来，还扯一个直。若收买不来时，还要带累你哩！"说罢不觉泪如雨下。凤姑听得，也惨然哭起来。杜景山道："撞着这个恶官分明是我前世的冤家了，只是我去之后，你在家小心谨慎，切不可立在店门前，惹人轻薄。你平昔原有志气，不消我分付得。"凤姑道："但愿得你早去早回，免得我在家盼望。至若家中的事体，只管放心。但不知你几时动身？好收拾下行李。"杜景山道："他的限期紧迫，只明日便要起身。须收拾得千金去才好。还有那玉马，你也替我放在拜匣里，好凑礼物送安南客人的。"凤姑道："我替你将玉马系在衣带旁边，时常看看，只当是奴家同行一般。"两个这一夜凄凄切切，讲说不了，少不得要被窝里送行，愈加意亲热。总是杜景山自做亲之后，一刻不离。这一次出门，就像千山万水，要去一年两载的光景。正是：

> 阳台今夜鸾胶梦，边草明朝雁断愁。

话说杜景山别过凤姑，取路到安南去，饥餐渴饮，晓行暮宿，不几时望见安南国

城池，心中欢喜不尽。进得城门，又验了路引，搜一搜行囊，晓得是广西客人，指引他道："你往朵落馆安歇，那里尽是你们广西客人。"杜景山遂一路问那馆地，果然有一个大馆，门前三个番字，却一个字也不认得。进了馆门，听见里面客人皆是广西声气。走出一两个来，通了名姓，真是同乡遇同乡，说在一堆，笑在一处。安下行李，就有个值馆的通事官，引他在一间客房里安歇。杜景山便与一个老成同乡客商议买猩猩绒。那老成客叫做朱春辉，听说要买猩猩绒，不觉骇然道："杜客，你怎么做这犯禁的生意？"杜景山道："这不是在下要买，只因为赏了安抚之命，不得不来。"随即往行李内取出官票与朱春辉看。朱春辉看了道："你这个差不是好差。当时为何不辞脱？"杜景山道："在下当时也再三推辞，怎当安抚就是蛮牛，一毫不通人性的，索性倒不求他了。"朱春辉道："我的熟经纪姓黎，他是黎季嫠丞相之后，是个大姓。做老了经纪的。我和你他家去商量。"杜景山道："怎又费老客这一片盛心？"朱春辉道："尽在异乡就是至亲骨肉，说那里话？"两个出了朵落馆，看那国中行走的，都是樵髻剪发，全没有中华体统。到得黎家店口，只见店内走出一个连腮卷毛白胡子老者，见了朱客人，手也不拱，笑嬉嬉的说得不明不白，扯着朱客人往内里便走。杜景山随后跟进来，要和他施礼，那老儿居然立着不动。朱春辉道："他们这国里，是不拘礼数的。你坐着罢。这就是黎师长了。"黎老儿又捐着杜景山问道："这是那个？"朱春辉道："我是敝乡的杜客人。"黎老者道："原来是远客。待俺取出茶来。"只见那老者进去一会，手中捧着矮漆螺顶盘子，盘内盛着些果品。杜景山不敢吃，朱春辉道："这叫做香盖，吃了满口冰凉，几日口中还是香的哩！"黎老者道："俺们国中叫做庵罗果，因尊客身边都带着槟榔，不敢取奉，特将这果子当茶。"杜景山吃了几个，果然香味不同。朱春辉道："敝乡杜景山到贵国来取猩猩绒。为初次到这边，找不着地头。烦师长指引一指引。"黎老者笑道："怎么这位客官要做这稀罕生意？你们中国，道是猩猩出在俺安南地方，不知俺安南要诱到一个猩猩，好烦难哩！"杜景山听得，早是吓呆了，问道："店官，怎么烦难？"只见黎老者作色道："这位客长官，好不中相与，口角这样轻薄。"杜景山不解其意，朱春辉赔不是道："老师长不须见怪，敝同乡极长厚的，他不是轻薄，因不知贵国的称呼。"黎老者道："不知者不坐罪。罢了！罢了！"杜景山才晓得自家失口叫了他"店官"。黎老者道："你们不晓得那猩猩绒的形状，他的面是人面，身子却像猪，又有些像猿。出来必同三四个做伴。敝国这边张那猩猩的叫做捕傩。这捕傩大有手段，他晓得猩猩的来路，就在黑蛮峪口一路，设着浓酒，旁边又张了高木扆，猩猩初见那酒，也不肯就饮，骂道："奴辈设计张我，要害我性命。我辈偏不吃这酒，看他甚法儿奈何我？"遂相引而去。迟了一会，又来骂一阵。骂上几遍，当不得在那酒边走来走去，香味直钻进鼻头里，口内唾吐直流出来，对着同伴道："我们略尝一尝酒的滋味，不要吃醉了。"大家齐来尝酒。那知落了肚，喉咙越发痒起来，任你有主意，也拿把不定，顺着口儿只管吃下去，吃得酩酊大醉，见了高木扆，各各欢喜，着在脚下，还一面骂道："奴辈要害我，将酒灌醉我们。我们却留量，不肯吃醉了。看他甚法儿奈何我？"众捕傩见他醉醺醺，东倒西歪的，大笑道："着手了！着手了！"猛力上前一赶，那猩猩是醉后，且又着了木扆，走不上几步，尽皆跌倒。众捕傩上前擒住，却不敢私自取血。报过国王，道是张着几个猩猩了，众捕傩才敢取血。那取血也不容易，跪在猩猩面前哀求道："捕奴怎敢相犯？因奉国王之命，不得已要借重玉体上猩红，求分付见惠多少。倘若不肯，你又枉送性命，捕奴又白折辛苦。不如分付多惠数瓢，后来染成货物，为你表扬名声，我们还感激你大德，这便死得有名了。"那晓得猩猩也是极喜花盆，极好名的，遂开口许捕傩们几瓢。取血之时，真一点不多，一点不少。倘遇着一个悭鬼猩猩，他便一滴也舍不得许人，后来果然一滴也取不出。这猩猩倒是言语相符，最有信行的。只是献些与国王，献些与丞相，以下便不能够得。捕傩落下的，或染西毡，或染大绒，客人买下，往中国去换货。近来因你广西禁过，便没有客人去卖，捕傩取了，也只是送与本国的官长人家。杜客长，你若要收买，除非预先到捕傩人家去定了，这也要等得轮年经载，才收得起来。若性子急，便不能够如命。"

杜景山听到此处，浑身流出无数冷汗，叹口气道："穷性命要葬送在这安南国了。"黎老者道："杜客长差了，你做这件生意不着，换了做别的有利息生意也没人拉阻你，因何便要葬送性命？"朱春辉道："老师长，你不晓得我这敝同乡的苦恼！"黎老者道："俺又不是他肚肠里蛔虫，那处晓和他苦恼？"杜景山还要央求他，只听得外面一派的哨声，金鼓旗号，动天震地。黎老者起身道："俺要迎活佛去哩。"便走进里面，双手执着一枝烧了四、五尺长的沉香，恭恭敬敬，一直跑到街上。

杜景山道："他们迎甚么活佛？"朱春辉道："我昨日听得三佛齐国来了一个圣僧，国王要拜他做国师。今日想是迎他到宫里去。"两信便离了店口，劈面正撞着迎圣僧有銮驾，只见前头四面金刚旗，中间几百黑脸蓬头赤足的小鬼，抬着十数颗枯树，树梢上烧得半天通红。杜景山问道："这是甚么故事？"朱春辉道："是他们国里的乡风。你看那活鬼模样的都是獠民，抬着的大树，或是沉香，或是檀香。他都将猪油和松香熬起来，浇在树上点着了，便叫敬佛。"杜景山道："可知鼻头边又香又臭哩！我却从不曾看见檀香、沉香，有这般大树？"朱春辉道："你看这起椎髻妇女，手内捧着珊瑚的，都是国内宦家大族的夫人、小姐。"杜景山道："好大珊瑚，真宝贝了。我看这些蛮娘妆束虽奇怪，面孔还是本色。但夫人、小姐怎么杂在男獠队里？"朱春辉道："他国中从来是不知礼义的。"看到后边，只见一乘龙辇，辇上是檀香雕成、四面嵌着珍珠宝石的玲珑龛子。龛子内坐着一个圣僧，圣僧怎生打扮？只见：

> 身披着七宝袈裟，手执着九环锡杖。袈裟耀日，金光吸进海门霞；锡杖腾云，法力卷开尘世雾。六根俱净，露出心田；五蕴皆空，展施杯渡。佛国已曾通佛性，安南今又振南宗

话说杜景山看罢了圣僧，同着朱春辉回到朵落馆来，就垂头要睡。朱春辉道："事到这个地位，你不必着恼。急出些病痛来，在异乡有那个照管你？快起来，锁上房门，在我那边去吃酒。"杜景山想一想，见说的有理，便支持爬起来，走过朱春辉那边去。朱春辉便在坛子里取起一壶酒，斟了一杯，奉与杜景山。杜景山道："我从来怕吃冷酒，还去热一热。"朱春辉道："这酒原不消热，你吃了看，比不得我们广西酒。他这酒是波萝蜜的汁酿成的。"杜景山道："甚么叫做波萝蜜？"朱春辉道："你初到安南国，不曾吃过这一种美味。波萝蜜大如西瓜，有软刺。五六月里才结熟。取他的汁来酿酒，其味香甜。可止渴病。若烫热了，反不见他的好处。"杜景山吃下十数盅，觉得可口。朱春辉又取一壶来，吃完了，大家才别过了睡觉。

杜景山却不晓得这酒和身分，贪饮了几盅。睡到半夜，酒性发作，不觉头晕恶心起来，吐了许多香水，才觉得平复。掀开帐了，拥着被窝坐一会。那桌上的灯还半明不灭，只见地下横着雪白如炼的一条物件。杜景山打了一个寒噤道："莫非白蛇么？"揉一揉双眼，探头出去仔细一望，认得是自家盛银子的搭包，惊起来道："不好了，被贼偷去了。"忙披衣下床，拾起包来，只落得个空空如也。四上望一望，房门又是关的，周围尽是高墙，想那贼从何处来？抬头一看，上面又是仰尘板，跌脚道："这贼想是会飞的么？怎么门不开，户不动，将我的银子盗了去。我便收买不出猩猩绒，留得银子在，还好设法。如今空着两只拳头，叫我那里去运动？这番性命合葬送了。只是

我拚着一死也罢，那安抚决不肯干休，少不得累及我那年幼的妻子出乖露丑了。"想到伤心处，呜呜咽咽哭个不住。

原来朱春辉就在他间壁，睡过一觉，忽听得杜景山的哭声，他恐怕杜景山寻死，急忙穿了衣服，走过来敲门，道："杜兄为何事这般痛哭？"杜景山开门出来道："小弟被盗，千金都失去，只是门户依然闭着，不知贼从何来？"朱春辉道："原来如此，不必心焦。包你明日贼来送还你的原物。"杜景山道："老客说的话太悬虚了些，贼若明日送还我，今夜又何苦来偷去？"朱春辉道："这有个缘故，你不晓得。安南国的人虽不晓得礼义，却从来没有贼盗。总为地方富庶，他不屑做这个勾当。"杜景山道："既如此说，难道我的银子不是本地人盗去的么？"朱春辉道："其实是本地人盗去的。"杜景山道："我又有些不解了。"朱春辉道："你听我讲来：小弟当初第一次在这里做客，载了三千金的绸缎货物来，也是夜静更深，门不开，户不动，绸缎货物尽数失去。后来情急了，要禀知国王，反是值馆的通事官来向我说道，他们这边有一座泥驼山，山上有个神通师长。许多弟子学他的法术，他要试验与众弟子看。又要令中国人替他传名。凡遇着初到的客人，他就弄这一个搬运的神通，恐吓人一场，人若晓得了，去持香求告他，他便依旧将原物搬运还人。我第二日果然去求他。他道：你回去时绸缎货物已到家矣！我那时还半疑半信，那晓得回来一开进房门，当真原物一件不少。你道好不作怪么？"杜景山道："作怪便作怪，那里有这等强盗法师？"朱春辉道："他的耳目长，你切莫毁笑他。"杜景山点一点头，道："我晓得，巴不能一时就天亮了，好到那泥驼山去。"正是：

　　　玉漏声残夜，鸡入报晓筹，
　　　披衣名利客，都奔大刀头。

杜景山等不得洗面漱口，问了地名，便走出馆出。此时星残月昏，路径还不甚黑，迤逦行了一程，早望见了一座山。不知打那里上去，团团在山脚下，找得不耐烦，又没个人几问路。看那山嘴上，有一块油光水滑的石头，他道："我且在这里睡一睡，待天亮时好去问路。"正曲臂作枕，伸了一个懒腰，恐怕露水落下来，忙把衣袖盖了头。

忽闻得一阵猩风，刮得渐渐逼近，又听得像有人立在跟前大笑，那一笑连山都振得响动。杜景山道："这也作怪，待我且看一看。"只见星月之下，立着一个披发的怪

物，长臂黑身，开着血盆大的口，把面孔都遮住了，离着杜景山只有七八尺远。杜景山吓得魂落胆寒，肢轻体颤，两三滚，滚下山去。又觉得那怪物像要赶来，他便不顾山下高低，在那沙石荆棘之中，没命的乱跑。早被一条溪河隔断。杜景山道："我的性命则索休了。"又想道："宁可死在水里留得全尸，不要被这怪物吃了去。"扑通的跳在溪河里，喜得水还浅，又有些温暖气儿。要渡过对岸，恐怕那岸上又撞着别的怪物。只得沿着岸，轻轻的在水里走去。不上半里，听得笑语喧哗。杜景山道："造化！造化！有人烟的所在了，且走上前要紧。"又走几步，定睛一看，见成群的妇女，在溪河里洗浴，还有岸上脱得赤条条才下水的。杜景山道："这五更天，怎么有妇女在溪河里洗浴？分明是些花月的女妖。我杜景山怎么这等命苦？才脱了阎王，又撞着小鬼。叫我也没奈何了！"又想道："撞着这些女妖，被他迷死了，也落得受用些儿。若是送与那怪物嘴里，真无名无实，白白龌龊了身体。"倒放泼了胆子，着实用工窥望一番。正是：

> 洛女波中现，湘娥火上行。
>
> 杨妃初浴罢，不乱此轻盈。

你道这洗浴的，还是妖女不是妖女？原来安南国中不论男女，从七八岁上就去弄水。这个溪河，叫做浴兰溪，四时水都是温和的，不择寒暑昼夜，只是好浴，他们性情再忍耐不住。比不得我们中国妇人，爱惜廉耻。要洗一个浴，将房门关得密不通风，还要差丫头立在窗子下，惟恐有人窥看。我道妇人这些假惺惺的规模，只叫做妆幌子。就如我们吴越的妇女，终日游山玩水，入寺拜僧，倚门立户，看戏赴社，把一个花容粉面，任你千人看、万人瞧，他还要批评男人的长短，谈笑过路的美丑，再不晓得爱惜自家头脸，若是被风刮起裙子，现出小腿来；抱娃子喂奶，露出胸脯来；上马桶小解，掀出那话儿来，便百般遮遮掩掩，做尽丑态。不晓得头脸与身体总是一般，既要爱惜身体，便该爱惜头脸，既要遮藏身体，便该遮藏头脸。古云说得好："篱牢犬不入"。若外人不曾看见你的头脸，怎就想着亲切你的身体？便是杜景山受这些苦恼，担这些惊险，也只是种祸在妻子凭着楼窗，被胡衙内看见，才生出这许多风波来。我劝大众要清净闺阃，须严禁妻女姊妹，不要出门是第一着。若果然丧尽廉耻，不顾头面，倒索性像安南国，男女混杂，赤身露体，还有这个风俗。我且说那杜景山，立在水中，肆意饱看，见那些妇女浮着水面上，映得那水光都像桃红颜色。一时在水里也有厮打的，也有调笑的，也有互相擦背的，也有搂做一团抱着，像男女交媾的，也有唱蛮歌儿的。洗完了，个个都精赤在岸上洒水，不用巾布揩试的，那些腰音间短阔狭，高低肥瘦，黑白毛净，种种妙处，被杜景山看得眼内尽爆出火来。恨不生出两只长臂膊、长手，去抚摩揉弄一遍。那得看出了神，脚下踏的块石头踏滑了，翻身跌在水里，把水面打一个大窟洞。众蛮妇此时齐着完了衣服，听得水声，大家都跑到岸边，道："想是大鱼跳的响，待我们脱了衣服，重下水去捉起来。"杜景山着了急，忙回道："不是鱼，是人。"众妇人看一看道："果然是一个人，听他言语又是外路声口。"一个老妇道："是那里来这怪声的蛮子，窥着俺们，可叫他起来。"杜景山道："我若不上岸去，就要下水来捉我。"只得走上岸跪着通诚，道："在下是广西客人，要到泥驼山访神通师长，不期遇着怪物张大口要吃我，只得跑在这溪里躲避，实在非有心窥看。"那些妇女笑道："你这呆蛮子，往泥驼山去，想是走错路，在枕石上遇着狒狒了。你受了惊吓，随着俺们来，与你些酒吃压惊。"杜景山立起了身，自家看看上半截，好像雨淋鸡；看看下半截，为方才跪在地上沾了许多沙土，像个灰里猢狲。

　　走到一个大宅门，只见众妇人都进去，叫杜景山也进来。杜景山看见大厅上排列着金瓜钺斧，晓得不是平等人家，就在阶下立着。只见那些妇女依旧走到厅上，一个婆子捧了衣服，要他脱下湿的来。杜景山为那玉马在衣带上，浸湿了线结，再解不开，只得用力去扯断，提在手中。厅上一个带耳环的孩子，慌忙跑下阶来。劈手夺将去，就如拾着宝贝的一般欢喜。杜景山看见他夺去，脸都失了色，连湿衣服也不肯换，要讨这玉马。厅上的老妇人见他来讨，对着垂环孩子说道："你戏一戏，把与这客长罢。"那孩子道："这马儿，同俺家的马儿一样，俺要他成双做对哩！"竟笑嘻嘻跑到厅后去了。杜景山喉急道："这是我的浑家，这是我的活宝，怎不还我？"才妇人道："你不消发急，且把干袍子换了，待俺讨来还你。"老妇人便进去。杜景山又见斟上一大橘瓢酒在面前。老妇人出来道："你这客长，这何酒也不吃，干衣服也不换么？"杜景山骨都着一张嘴道："我的活宝也去了，我的浑家也不见面了，还有甚心肠吃酒、换衣服？"老妇人从从容容在左手衣袖里提出一个玉马来，道："这可是你的么？"杜景山认一认道："是我的。"老妇人又在有的衣袖里提出一个玉马来道："这可是你的么？"杜景山认一认道："是我的。"老妇人提着两个玉马在手里，道："这两个都是你的么？"杜景山再仔细认一认，急忙里辨不出那一个是自家的。又见那垂环的孩子哭出来道："怎么

把两个都拿出来？若不一齐与俺，俺就去对国王说。"老妇人见他眼也哭肿了，忙把两个玉马递在他手里道："你不要哭坏了。"那孩子依旧笑嘻嘻进厅后去。杜景山哭道："没有玉马，我回家去怎么见浑家的面？"老妇人道："一个玉马打甚么紧？就哭下来。"杜景山又哭道："看见了玉马，就如见我的浑家，拆散了玉马，就如拆散我的浑家，怎叫人不伤心？"老妇人那里解会他心中的事？只管强逼道："你卖与俺家罢了。"杜景山道："我不卖，我不卖，要卖除非与我三十丈猩猩绒。"老妇人听他说得糊涂，又问道："你明讲上来。"杜景山道："要卖除非与我三十丈猩猩绒。"老妇人道："俺只道你要甚么世间难得的宝贝，要三十猩猩绒，也容易处，何不早说？"杜景山听得许他三十丈猩猩绒，便眉花眼笑，就像死囚遇着恩赦的诏，彩楼底下绣球打着光头，扛他做女婿的，也没有这样快活。正是：

有心求不至，无意反能来。

造物自前定，何用苦安排。

话说老妇人叫侍婢取出猩猩绒来，对杜景山道："客长，你且收下，这绒有四十多丈，一并送了你，只是我有句话动问，你这玉马是那里得来的？"杜景山胡乱应道："这是在下传家之宝。"老妇人道："客长你也不晓得来历，待俺说与你听。俺家是术术丞相，为权臣黎季犛所害，遗下这一个小孩儿，新国主登极，追念故旧老臣，就将小孩荫袭。小孩儿进朝谢恩，国主见了异常珍爱，就赐这玉马与人，叫他仔细珍藏，说是库中活宝。当初曾有一对，将一个答了广西安抚的回礼，单剩下一个。客长你还不晓得玉马的奇怪哩。每到清晨，他身上就透湿的，像是一条龙驹，夜间有神人骑他。你原没福分承受，还归到俺家来做一对。俺们明日就要修表称贺国主了。你若常到俺国里来做生意，务必到俺家来探望一探望，你去罢。"

杜景山作谢了，就走出来。他只要有了这猩猩绒，不管甚么活宝死宝，就是一千个去了，也不在心上。一步一步的问了路，到朵落馆来。朱春辉接着问道："你手里拿的是猩猩绒，怎么一时收买这许多？敢是神通师长还你银子了？"杜景山道："我并不曾见甚么神通师长，遇着术术丞相家，要买我的宝贝玉马，将猩猩绒交换了去。还是他多占些便宜。"朱春辉惊讶道："可是你常系在身边的玉马么？那不过是玉器镇纸，怎算得宝贝？"杜景山道："若不是宝贝，他那肯出猩猩绒与我交易？"朱春辉道："恭

喜！恭喜！也是你造化好。"杜景山一面去开房门道："造化便好，只是回家盘缠一毫没有，怎么处？"猛抬头往房里一看，只见搭包饱饱满满的挂在床棱上，忙解开来，见银子原封不动，谢了天地一番，又把猩猩绒将单被裹好。朱春辉听得他在房里诧异，赶来问道："银子来家了么？"杜景山笑道："我倒不知银子是有脚的，果然回来了。"朱春辉道："银子若没有脚，为何人若身边没得他，一步也行不动么？"杜景山不觉大笑起来。朱春辉道："吾兄既安南来一遭，何不顺便置买货物回去，也好趁些利息。"杜景山道："我归家心切，那里耐烦坐下这边收货物？况在原不是为生意而来。"朱春辉道："吾兄既不耐烦坐等，小弟倒收过千金的香料，你先交易去何如？"杜景山道："既承盛意，肯与在下交易，是极好的了。只是吾兄任劳，小弟任逸，心上过去。"朱春辉道："小弟原是来做生意，便多住几月也不妨。吾兄官事在身，怎么并论得？"两个当下便估了物价，兑足银两，杜景山只拿出够用的盘费来。别过朱春辉，又谢了值馆通事。装载货物，不消几日，已到家下。还不满两个月。

　　凤姑见丈夫回家，喜动颜色，如十余载不曾相见，忽然跑家来的模样。只是杜景山不及同凤姑叙衷肠、话离别，先立在门前，看那些脚夫挑进香料来，逐担查过数目，打发脚钱毕，才进房门。只见凤姑预备下酒饭，同丈夫对面儿坐地。杜景山吃完了，道："娘子，你将那猩猩绒留上十丈，待我且拿去交纳也，也好放下这片心肠，回来和你一堆儿说话。"凤姑便量了尺寸，剪下十丈来，藏在皮箱里。杜景山取那三十丈，一直到安抚衙门前，寻着那原旧差官。差官道："恭喜回来得早，连日本官为衙内病重，不曾坐堂。你在这衙门前各候一候，我传进猩猩绒去，缴了票子出来。"杜景候到将夜，见差官出来道："你真是天大福分，不知老爷为何切骨恨你，见了猩猩绒，冷笑一笑道：'是便宜了那个狗头。'就拿出一封银子来，说是给与你的官价。"杜景山道："我安南回来，没有土仪相送，这权当土仪罢。"差官道："我晓得你这件官差，赔过千金，不带累我吃苦，就是万幸。怎敢当这盛意？"假推了一会，也就收下。

　　杜景山扯着差官到酒店里去，差官道："借花献佛，少不得是我做东。"坐下，杜景山问道："你方才消票子，安抚怎说便宜了我，难道还有甚事放我不过么？"差官道："本官因家务事，心上不快活，想是随口的话，未必有成见。"杜景山道："家务事断不得，还在此做官。"差官道："你听我说出来，还要笑倒人哩！"杜景山道："内衙的事体，外人那得知道？"差官道："可知好事不出门，恶事传千里。我们本官的衙内，看上夫人房中两个丫环，要去偷香窃玉。你想，偷情的事，须要两下讲得明白，约定日

期，才好下手。衙内却不探个营寨虚实，也不问里面可有内应，单枪独马，悄悄躲在夫人床脚下安营。到夜静更深，竟摸到丫环被窝里去，被丫环喊起'有贼！'衙内怕夫人晓得，忙收兵转来，要开房门出去。那知才开得门，外面婆娘、丫头齐来捉贼，执着门闩、棍棒，照衙内身上乱打。衙内忍着疼痛，不敢声唤。及至取灯来看，才晓得是衙内。已是打得头破血流，浑身青肿。这一阵比割须弃袍还败得该事哩。夫人后来知道打的不是贼，是衙内，心中懊恨不过，就拿那两个丫环出气，活活将他皆吊起来打死了。衙内如今闭上眼去，便见那丫环来索命。服药祷神，病再不脱。想是这一员小将，不久要阵亡了。"

杜景山听说衙内这个行径，想起那楼下抛玉马的必定是他了。况安南国术术丞相的夫人，曾说他国王将一个玉马送与广西安抚。想那安抚逼取猩猩绒，分明是为儿子报仇，却不知不曾破我一毫家产。不过拿他玉马，换一换物，倒总成我做一场生意，还落一颗明珠到手哩！回家把这些话都对凤姑说明，凤姑才晓得断缘故，后来再也不上那楼去。

杜景山因买着得料，得了时价，倒成就一个富家。可见妇女再也不可出闺门。招是惹非，俱由于被外人窥见姿色，致起邪心。"容是海淫之端。"此语直可以为鉴。

第四回　掘新坑悭鬼成财主

我也谈禅，我也说法，不挂僧衣，飘飘儒袴；
我也谈神，我也说鬼，纵涉离奇，井井头尾。
罪我者人，知我者天。
掩卷狂啸，醉后灯前。

你看世上最误事的，是人身上这一腔子气。若在气头上，连天也不怕，地也不怕，王法、官法也不怕，霎时就要取人的头颅，破人的家产。及至气过了，也只看得平常。却不知多少豪杰，都在气头上做出事业来，葬送自家性命。又道活在世间一日，少不得气也随他一日；活在世间百岁，气也随他百岁。倘断了气，就是死人。这等看来，除非做鬼，才没有气性。我道做鬼也不能脱这口气。试看那白昼现形，黄昏讨命的厉鬼，若没有杀气，怎么一毫不怕生人？只是气也有禀得不同。用气也有如法，不如法。若禀了壮气、秀气、才气、和气，直气、道学气、义气、清气，便是天地间正气。若禀了暴气、杀气、颠狂气、淫气、悭吝气、浊气、俗气、小家气，便是天地间偏气。用得如法，正气就是善气。用得不如法，偏气就是恶气。所以老子说一个"元气"，孟夫子说一个"浩气"。元气要培，浩气要养。世人不晓得培气养气，还去动气使气，斫丧这气。故此，范文正公急急说一个"忍"字出来，叫人忍气。我尝对朋友说，那阮嗣宗是古来第一位乖巧汉子，他见路旁有攘臂揎袖，要来殴辱他，阮嗣宗便和声悦气，说出"鸡肋不足以容尊拳"这一句话来，那恶人便敛手而退。可见阮嗣宗不是会忍，分明是讨乖。看官们晓得这讨乖的法子，便终身不吃亏了。在下要讲这一回小说，只为一个读书君子，争一口气，几乎丧却残生，亏他后边遇着救星，才得全身远害，发愤成名。

话说湖州乌程县义乡村上，有个姓穆的太公，号栖梧，年纪五十余岁，村中都称

他是新坑穆家。你道为何叫做"新坑"？原来义乡村在山凹底下，那些种山田的，全靠人粪去栽培。又因离城遥远，没有水路通得粪船，只好在远近乡村田埂路上拾地残粪。这粪倒比金子还值钱。穆太公想出一个计较来道："我在城中走，见道旁都有粪坑，我们村中就没得，可知道把这些宝贝汁都狼藉了。我却如今想个制度出来，倒强似做别样生意。"随即去叫瓦匠，把门前三间屋掘成三个大坑，每一个坑，都砌起小墙隔断，墙上又粉起来，忙到城中亲戚人家讨了无数诗画斗方画，贴在这粪屋壁上。太公端相一番，道："诸事齐备，只欠斋匾。"因请镇上训蒙先生来题。那训蒙先生想了一会，道："我往常出对与学生，还是抄旧人诗句。今日叫我自出己裁，真正逼杀人命的事体。"又见太公摆出酒肴来，像个求文的光景，训蒙先生也不好推卸，手中拿着酒杯，心里把那城内城外的堂名，周围想遍，再记不出一个字。忽然想着了，得意道："酒且略停，待学生题过匾，好吃个尽兴。"太公忙把臭墨研起来，训蒙先生将笔头在嘴里咬一咬，蘸得墨浓笔饱，兢兢业业写完三个字。太公道："请先生读一遍，待小老儿好记着。"训蒙先生道："这是'齿爵堂'三个字。"太公又要他解说，这训蒙先生原是抄那城内徐尚书牌坊上的两个字，那里解说得出？只得随口答应道："这两个字极切题，极利市，有个故事在里面，容日来解说罢。"酒也不吃，出门去了。太公反老大不过意，备了两盒礼，到馆中来作谢。

训蒙先生道："太公也多心，怎么又破费钱钞？"太公道："还有事借重哩！"袖里忙取出百十张红纸来。训蒙先生道："可是要写门联么？"太公道："不是，就为小老儿家新起的三间粪屋，恐众人不晓得，要贴些报条出去招呼。烦先生写：'穆家喷香新坑，奉求远近君子下顾，本宅愿贴草纸'廿个字。"训蒙先生见他做端正了文章，只要誊录，有甚难处？一个时辰都已写完。太公作谢出门，将这百十张报条四方贴起。果然老老幼幼尽来赏鉴新坑，不要出大恭的，小恭也出一个才去。况那乡间人最爱小便宜。他从来揩不净的所在，用惯了稻草瓦片，见有现成草纸，怎么不动火？还有出了恭，揩也不揩，落那一张草纸回家去的。又且壁上花花绿绿，最惹人看。登一次新坑，就如看一次景致。莫讲别的，只那三间粪屋，粉得像雪洞一般，比乡间人卧室还有不同些。还有那蓬头大脚的婆娘来问："可有女粪坑？"太公又分外盖起一间屋，掘一个坑，专放妇人进去随喜。谁知妇人来下顾的比男人更多。太公每日五更起来，给放草纸，连吃饭也没工夫。到夜里便将粪屋门锁上，恐怕家人偷粪换钱。

一时种田的庄户，都在他家来趸买。每担是价银一钱，更有挑柴、运米、担油来兑换的。太公从置粪坑之后，到成个富足的人家。他又省吃俭用，有一分积一分，自

然日盛一日。穆太公独养一个儿子，学名叫做文光，一向在蒙馆读书。到他十八岁上，太公就娶了半山村崔题桥的女儿做媳妇。穆文光恋着被窝里恩爱，再不肯去读书。太公见儿子渐渐黄瘦，不似人形，晓得是儿子贪色，再不好明说出来。因叫媳妇在一边，悄悄分付道："媳妇，我娶你进门，一来为照管家务，二来要生个孙子，好接后代。你却年轻后生，不知道利害，只图关上房门的快活。可晓得做公公的是独养儿子，这点骨血就是我的活宝。你看他近日恹恹缩缩，脸上血气都没得，自朝至夜，打上论千呵欠，你也该将就放松些。倘有起长短来，不是断送我儿子的命，分明是断送我的老命了。"媳妇听得这些话，连地洞也没处钻，羞得满面通红，急忙要走开；又怕违拗了公公，说他不听教诲，只得低了头，待公公分付完，才开口道："公公说的话，媳妇难道是痴的、聋的，一毫不懂人事？只是媳妇也做不得主。除非公公分我们在两处睡，这才方便。"穆太公见媳妇说话也还贤慧，遂不做声。

到得夜间，叫穆文光进房道："我老年的人，一些用头也没了，睡到半夜，脚后冰凉，再不敢伸直两腿。你今夜可伴我睡。"穆文光托辞道："孩儿原该来相伴的，只恐睡得不斯文，反要惊动了爹爹。"太公道："不妨，我夜间睡不得一两个时辰，就要起来开那坑上的锁，若是你惊醒了我，便不得失晓了。极好的！极好的！"穆文光又推托道："孩儿两只脚，上床难得就热，怕冰了爹爹身体。"太公怒道："你这不孝的逆种，难道日记故事上黄香扇枕那一段，先生不曾讲与你听么？"穆文光见老子发怒，只得脱去鞋袜、衣服，先钻到床上去。太公道："你夜饭也不吃就睡了？"穆文光哏的回道："这一口薄粥，反要吊得人肚饥，不如不吃罢。"太公道："你这畜生，吃了现成饭，还说这作孽的话。到你做人家，连粥也没得吃哩！"太公气饱了，也省下两碗粥，就上床去睡。睡到半夜，觉得有冷风吹进来，太公怕冻坏儿子，伸手去压被角，那知人影儿也不见了。太公疑心道："分明与儿子同睡，怎便被里空空的，敢是我在此做梦？"忙坐起来，床里床外四周一摸，又揭开帐幔，怕儿子跌下床去，争奈房里又乌天黑地，看不见一些踪迹。总是太公爱惜灯油，不到黄昏，就爬上床去，不像人家浪费油火，彻底点着灯，稍稍不亮，还叫丫头起来，多添两根灯草哩！可怜太公终年在黑暗地狱里过日子。正是：

> 几年辛苦得从容，力尽筋疲白发翁，
> 爱惜灯油坐黑夜，家中从不置灯笼。

话说太公睡在床上，失去了儿子，放心不下，披着衣服，开房门出来，磕磕撞撞，扶着板壁走去，几乎被门槛绊倒。及至到媳妇房门前，叫唤道："媳妇，儿子可曾到你房里来？"那晓得儿子同媳妇，狮子也舞过一遍了。听得太公声气，穆文光着了忙，叫媳妇回说不曾来。媳妇道："丈夫是公公叫去做伴，为何反来寻取？"太公跌脚道："夜静更阑，躲在那里去？冻也要冻死了。我老人家略起来片刻，还在此打寒噤哩！叫他少年孩子，怎么禁得起？"依旧扶着墙壁走回来，还暗自埋怨道："是我这老奴才不是，由他两口儿做一处也罢。偏要强逼他拆开做甚么？"眼也不敢闭，直坐到天明。拿了一答草纸，走出去开门，却不晓得里外的门都预先有人替他开了。太公慌做一堆，大叫起来道："这门是那个开的，敢是有贼躲在家里么？"且又跑回内房，来查点箱笼，一径走到粪屋边，惟恐贼偷了粪去。睁睛一看，只见门还依旧锁着，心下才放落下千斤担子。

正要进去查问，接着那些大男、小妇，就如点卯的一般，鱼贯而入，不住穿梭走动，争来抢夺草纸。太公着急道："你们这般人，忒没来历，斯文生意何苦动手动脚。"众人嚷道："我们辛辛苦苦吃了自家饭，天明就来生产宝贝，老头儿还不知感激。我们难道是你家子孙，白白替你家挣家私的？将来大家敛起分子，挖他近百十个官坑，像意儿洒落，不怕你张口尽数来吃了去！"太公听他说得有理，只得笑脸赔不是，道："诸兄何必发恼，小老儿开这一张臭口只当放屁。你们分明是我的施主，若断绝门徒，活活要饿杀我这有胡子的和尚了。"众人见他说得好笑，反解嘲道："太公即要扳留我们这般肯撒漫的施主，也该备些素饭粉汤，款待一款待，后来便没人敢夺你的门徒。"太公道："今日先请众位出空了，另日再奉补元气如何？"众人才一齐大笑起来。太公暗喜道："我偶然说错一句话，险些送断了蒲根，还亏蓬脚收得快，才拿稳了主舵。"正是：

要图下次主顾，须陪当下小心。

稍有一毫怠慢，大家不肯光临。

你道穆太公为不见了儿子，夜里还那样着急，睡也不敢睡，睁着眼睛等到鸡叫，怎么起来大半日，反忘记了，不去寻找，是甚么意思？这却因他开了那个方便出恭的铺子，又撞着那班鸡鸣而起抢头筹的乡人，挤进挤出，算人头帐出算不清楚。且是别样货物，还是赊帐，独有人肚子里这一桩货物，落下地来，就有十中的纹银。现来做了交易，那穆太公把爱子之念，都被爱财之念夺将去，自然是财重人轻了。况且我们最重的是养生，最经心的是饥寒。穆太公脸也不洗，口也不漱，自朝至夜，连身上冷暖，腹内饥饱都不理会。把自家一个血肉身体，当做死木槁灰，饥寒既不经心，便叫他别投个人身，他也不会受用美酒佳肴，穿着绫罗缎胥。既不养生，便是将性命看得轻。将性命既看得轻，要他将儿子看得十分郑重，这那里能够？所以，忙了一日，再不曾记挂儿子。偏那儿子又会作怪，因是暗地溜到自家床上来睡，恐怕瞒不过太公，他悄悄开出门去，披星戴月，往城里舅舅家来藏身。他这舅舅姓金，号有方，是乌程县数一数二有名头吃馄饨的无赖秀才。凡是县城中可欺的土财主，没有名头要倚靠的典当铺，他便从空捏出事故来，或是拖水人命，或是大逆谋反，或是挑唆远房兄弟、叔侄争家，或是帮助原业主找绝价，或是撮弄寡妇孤儿告吞占田土屋宇。他又包写、包告、包准。骗出银子来，也有二八分的，也有三七分的，也有平对分的。这等看起来，金有方倒成了一个财主了，那里晓得没天理的钱，原不禁用的。他从没天理得来，便有那班没天理的人，手段又比他强，算计又比他毒，做成圈套，得了他的去。这叫做强盗遇着贼偷，大来小往。只是那班没天理的人，手段如何样强、算计如何样毒，也要分说出来，好待看官们日后或者遇着像金有方这等绝顶没品的秀才，也好施展出这软尖刀的法子，替那些被害之家少出些气儿。你道为何？原来金有方酷性好吊纸牌，那纸牌内百奇百巧的弊病，比衙内不公不法的弊病还多，有一种惯洗牌的，叫做药牌，要八红就是八红，要四赏四二肩，就是四赏四二肩，要顺风旗，就是顺风旗。他却在洗牌的时候，做端正了色样。对面腰牌的，原是一气相识。或有五张一腰的，或有十张一腰的，两家都预先照会，临时又有暗诀，再不得错分到庄上去。

近来那三张一腰的叫做"薄切"。薄切就要罚了。纵有乖巧人看得破，争奈识破他一种弊病，他却又换一种做法，那里当得起几副色样。卷尽面前筹码，就霎时露出金漆桌面来。故此逢场吊牌，再没有不打连手做伙计的。若是做了连手，在出牌之时，定然你让一张，我让一张，还要自家灭去赏肩。好待他上色样。有心要赢那一个人，一遇着他出牌，不是你打起，就是我打起，直逼得他做了孤寡人才歇手。你想，这班打连手的还如此利害，那做药牌相识人的，可禁得起他一副色样么？金有方起初也还赢两场，得了甜滋味，只管昼夜钻紧在里面。后来没有一场不输，拼命要去翻本，本却翻不成，反尽情倒输一帖，将那平日害人得来的银钱，倾囊竭底的白送与那些相识，还要赔精神、赔气恼，做饶头哩！俗语说的好，折本才会赚钱。金有方手头虽赌空了，却被他学精了吊牌的法子。只是生意会做，没有本钱，那些相识吊客，见他形状索莫，

挤不出大汤水来，也就不去算计他。反叫他在旁边拈些飞来头。一日将拈过的筹码算一算，大约有十余两银子。财多身弱，又要作起祸来，忙向头家买了筹码，同着三个人，在旁边小斗。正斗得高兴，只见家中一个小厮跑来，说道："乡间穆小官人到了。"金有方皱着眉头，道："他来做甚么？也罢。叫他这里来相会。"小厮便走出门去请他。我想，人家一个外甥来探望，自然千欢万喜。金有方反心中不乐，是甚么缘故？

原来穆太公丧妻之时，金有方说是饿死了妹子，因告他在官，先将穆家房奁囊橐，抢得精一无二。穆太公被这一抢，又遭着官司，家计也就淡薄起来。亏得新坑致富，重恢复了产业，还比前更增益几倍。那金有方为着此事，遂断绝往来。忽然听得外甥上门，也觉有些不好相见。正是：

昔日曾为敌国，今朝懒见亲人。

话说穆文光到得金有方家，舅母留他吃朝饭，小厮回来请："官人在间壁刘家吊牌，不得脱身。请过去相会哩！"穆文光就走出门，小厮指着道："就是这一家。小官人请立着，待我进去通知一声。"穆文光立在门前，见有一扇招牌，那招牌上写着："马吊学馆"。穆文光道："毕竟我们住在乡间，见识不广，像平时只晓得酒馆、茶馆、算命馆、教学馆、起课馆、教戏馆、招商馆，却再不知道有马吊馆。这马吊馆是甚么故事？"

正在那里思量，小厮走出来道："小官人进来罢。"穆文光转了几个弯，见里面是一座花园，听得书房里、厅里、小阁里、轩子里，都有击格之声。听那声气又不是投壶声，又不是棋子声，又不是蹴球声，觉得忽高忽下，忽疾忽徐，另是一种响法。小厮指道："那小阁里便是。"穆文光跨进阁门，只见内里三张桌儿，那桌儿都是斜放的，每张桌儿四面坐着秃头袤衣的人，每人手内拿着四寸长、二寸郭的厚纸骨，那厚纸骨上又画着人物、铜钱、索子，每人面前都堆着金漆筹儿，筹儿也有长的、短的，面前也有多的、少的，旁边又坐着一个人，拿了棋篓儿，内里也盛着许多筹码，倒着实好看。穆文光见了金有方，叫声："娘舅"，深深作下揖去。金有方一面回个半礼，手中还捏着牌，口里叫道："我还不曾捉。"慌慌张张抽出一个千僧来，对面是桩家，忙把他的千僧殿在九十子下面，众人哄然大笑。金有方看了压牌，红着脸要去抢那千僧，桩家嚷道："牌上桌，项羽也难夺，你牌经也不曾读过么？"按着再不肯放。金有方争嚷道："我在牌里用过十年功夫，难道不晓得压牌是红万，反拿千僧捉九十子么？方才是我见了外甥，要回他的礼，偶然抽错了。也是无心，怎便不肯还我？"桩家道："我正在这无心上赢你，你只该埋怨你外甥，不该埋怨别人。"众人道："老金，你是赢家，便赔几副罢了。"只见桩家又出了百老，百老底下拖出二十子，成了天女散花的色样。侧坐的两家道："我们造化，只出一副百老，虽的尽是老金包了去。"金有方数过筹码，心中不平道："宁输斗，不输错。我受这一遭亏不打紧，只是把千僧灭的冤枉了。"正是：

推了车子过河，提了油瓶买酒。

错只错在自家，难向他人角口。

原来那纸牌是最势利的，若是一次斗出色样来，红牌次次再不离手。倘斗错了一副，他便红星儿也不上门。间或分着一两张赏肩，不是无助之赏，就是受伤之肩。撞得巧，拿了三赏，让别家一赏冲了去。夺锦标倒要赔钱。可见鸽子向旺处飞，连牌也要拣择人家，总是势利世界，纸糊的强盗，还脱不得势利二字。金有方果然被这一挫渐渐输去大半筹码。穆文光坐在旁边，又要问长问短。金有方焦躁道："你要学吊牌，厅上现有吊师，在那里开馆，你去领教一番，自然明白，不必只管问人。"穆文光是少年人，见这样好耐子事，他怎肯放空？又听得吊牌也有吊师，心痒不过，三步做了两步，到得厅上。见厅中间一个高台，上面坐着带方巾、穿大红鞋的先生。供桌上，将那四十张牌铺满一桌。台下无数听讲的弟子，两行摆班坐着，就像讲经的法师一般。穆文光端立而听，听那先生开讲道："我方才将那龙子犹十三篇，条分缕析，句解明白，你们想已得其大概。只是制马吊的来历，运动马吊的学问，与那后世坏马吊的流弊，我却也要指点一番。"众弟子俱点头唯唯。那先生将手指着桌上的牌说道："这牌在古时，原叫做叶子戏，有两个斗的，有三人斗的，其中闹江、打海、上楼、斗蛤、打老虎、看豹，各色不同。惟有马吊，必用四人。所以按四方之象，四人手执八张，所以配八卦之数，以三家而攻一家，意主合从；以一家而赢三家，意主并吞。此制马吊之来历也。若夫不打过桩，不打连张，则谓之仁。逢桩必捉，有千必挂，则谓之义。发牌有序，殿牌不乱，则谓之礼。留张防贺，现趣图冲，则谓之智。不可急捉，必发还张，则谓之信。此运动马吊之学问也。逮至今日，风斯下矣。昔云闭口叶子，今人喧哗叫跳，满座讥讽。上一色样，即狂言'出卖高牌'，失一趣肩，即大骂'尔曹无状'。更有暗传声，呼人救驾，悄灭赏，连手图赢。小则掷牌撒赖，大则推桌挥拳。此

后世坏马吊之流弊也。尔等须力矫今人之弊，复见古人之风，庶不负坛坫讲究一番。"说罢就下台，众人又点头唯唯。

穆文光只道马吊是个戏局，听了这吊师的议论，才晓得马吊内有如此大道理，比做文章还精微，不觉动了一个执贽从游之意。回到小阁里，只见母舅背剪着手，看那头家结帐，自家还解说道："今日威风少挫，致令无名小卒，反侥幸成功。其实不敢欺我的吊法。你们边岸还不曾摸着。"众人道："吊牌的手段，只论输赢。你输了自然是手段不济。"金有方道："今日之败，非战之罪，只为错捉了九十子，我心上懊恼，半日牌风不来。若说手段不济，请问那一家的色样，不是我打断。那一家的好名件，不是我挤死？你们替我把现采收好，待老将明日再来翻本。"说罢，领了穆文光回家。在下曾有《挂枝儿》，道那马吊输了的：

> 吊牌的人，终日把牌来吊，费精神，有甚么下梢？四十张打劫，人真强盗。头家要现来，赢家不肯饶。闷恹恹的回来，哥哥还有个妻儿吵。

这穆文光住在舅舅身边，学好学歹，我也不暇分说。且说那穆太公，自儿子出门之后，只道是儿子躲往学堂里去。及至夜间，还不见归。便有几分着忙。叫人向学堂里问，道是好几日不曾赴馆。太公此时爱财之念稍轻，那爱子之念觉得稍重。忙向媳妇问道："我老人家又没有亲眷，儿子料没处藏身，莫不是到崔亲家那边去么？"媳妇道："他一向原说要去走走，或者在我父亲家也不可知"太公道："我也许久不看见亲家，明日借着去寻儿子，好探一番。只是放心不下那新坑。媳妇，我今夜数下三百张草纸，你明日付与种菜园的穆忠，叫他在门前给散，终究我还不放心，你若是做完茶饭，就在门缝里看着外边，若是余下的草纸，不要被穆忠落下，还收了进来要紧。"媳妇道："我从来不走到外厢，只怕不便。"太公道："说也不该，你不要享福太过。试看那前乡后村，男子汉散脚散手，吃现成饭。倒是大妇小女在田里做生活。上面日色蒸晒，只好扎个破包头；下面泥水汪洋，还要精赤着两脚去耘草。我活到五十多岁，不知见过多多少少，有甚么不便？"媳妇见太公琐碎，遂应承了。太公当夜稳睡，到得次日，将草纸交明媳妇。媳妇道："家中正没得盐用，公公顺便带些来。我们那半山村的盐，极是好买。"太公道："我晓得。"遂一直走出来，开了粪屋锁，慢慢向田路上缓步去。

约略走过十余里，就是崔题桥家。到得中堂，崔亲母出来相见，问罢女儿，又问女婿。太公见他的口气，晓得儿子不曾来，反不好相问，要告别出门。崔亲母苦留，穆太公死也不肯。辞得脱身，欢喜道："我今日若吃了他家东西，少不得崔亲家到我家来，也要回礼，常言说得好，亲家公是一世相与的，若次次款待，连家私也要吃穷半边哩！还是我有主意，今日茶水总不沾着，后日便怠慢了亲家，难道好说我不还席？"这穆太公一头走路，一头捣鬼，又记起媳妇叫他买盐，说是半山村的盐好买，他从来见有一毫便宜之事，可肯放空？遂在路旁站里买了。又见那店里，将绝大的荷叶来包盐，未免有些动火，也多讨了一个荷叶拿在手里。走不上一箭地，腹中微微痛起来。再走几步，越发痛得凶。

　　原来穆太公因昨日忍过一日饥，直到夜间，锁上粪屋门，才得放心大胆吃饱，一时多吃了几碗，饮食不调，就做下伤饥食饱的病，肚里自然要作起祸来。毕竟出脱腹中这一宗宝货，滞气疏通，才得平复。穆太公也觉得要走这一条门路，心上又舍不得遗弃路旁，道是："别人的锦绣，还要用拜贴请他上门来，泄在聚宝盆内，怎么自家贩本钱酿成的，反被别人受用？"虽是这等算计，当不得一阵阵直痛到小肚子底下，比妇人养娃子将到产门边，醉汉吐酒撞到喉咙里，都是再忍耐不住的。穆太公偏又生出韩信想不到的计策，王安石做不出的新法，急急将那一个饶头荷叶，放在近山涧的地上，自家便高耸尊臀，宏宣宝屁，像那围田倒了岸，河道决了坦，趋势一流而下，又拾起一块瓦片，寒住口子，从从容容系上裙裤，将那荷叶四面一兜，安顿在中央，取一根稻草，也扎得端正，拿着就走。可煞作怪，骑马遇不着亲家，骑牛反要遇羊，远远望见崔题桥从岸上走来。穆太公还爱惜体面，恐怕崔题桥解出这一包来，不好意思。慌忙往涧里一丢，上前同崔题桥施礼。崔题桥要拉他回家去，说是："亲家公到了敝村，那有豆腐酒不吃一杯之理？"那知穆太公在他家里还学陈仲子的廉洁，已是将到半途，可肯复转去赴楚霸王的鸿门宴么？推辞一会，崔题桥又问他手中所拿何物？穆太公回说是盐，崔题桥道："想是亲家果然有公务，急需盐用，反依遵命，不敢虚邀。"穆太公多谢了几句，便相别回家。心中懊恼道："我空长这许多年纪，再不思前想后，白白将一包银子丢在水里也不响。像方才亲家何等大方，问过一句便丢开手。那个当真打开荷叶来看？真正自家失时落运，不会做人家的老狗骨头。"穆太公暗自数骂一阵，早已将到家了。正是：

　　　　狭路相逢，万难回避。

　　　　折本生涯，一场晦气。

且说穆太公前脚出门，媳妇便叫穆忠在门前开张铺面，崔氏奉公公之命，隐着身体在门内，应一应故事，手中依旧做些针指。忽听外面喧嚷之声，像是那个同穆忠角口。原来喧嚷的是义乡村上一个无赖，姓谷，绰号树皮，自家恃着千斤的牛力，专要放刁打诈，把那村中几个好出尖的后生，尽被谷树皮征服了。他便觉得惟我独尊，据国称王，自家先上一个徽号，要村中人呼他是谷大官人。可怜那村口原是山野地方，又没得乡宦，又没得秀才，便这等一个破落户，他要横行，众人只好侧目而视。虽不带纱帽，倒赛得过诈人的乡宦；虽不挂蓝衫，反胜得多骗人的秀才；便是穆太公老年人，一见他还有六分恭敬、三分畏惧、一分奉承哩！偏那穆忠坐在坑门前，给发草纸，他就拿出一副乔家主公的嘴脸，像巡检带了主簿印，居然做起主簿官，行起主簿事，肃起主簿堂规，装起主簿模样来。那谷树皮特地领了出恭牌。走到新坑上，见穆忠还在那边整顿官体，他那一腔无明火，从尾脊庐直钻过泥丸宫，捏着巴斗大的拳头，要奉承穆忠几下，又想道："打狗看主人面，我且不要轻动衮尊。先发挥他一场，若是倔强不服，那时再打得他一佛出世，二佛升天。不怕主人不来赔礼。"指着穆忠骂道："你这瞎眼奴才，见了我谷大官人，还端然坐着不动，试问你家主公，他见我贵足踏在你贱地来，远远便立起，口口声声叫官人，草纸还多送几张，鞠躬尽礼，非常小心。你这奴才，皮毛还长不全，反来作怪么？"穆忠回嘴道："一霎时有轮百人进出，若个个要立起身，个个要叫官人，连腰也要立酸，口也要叫干了。"穆忠还不曾说完，那边迎面一掌，早打了个满天星。穆忠口里把城隍土地乱喊起来，谷树皮揪过头发，就如饿鹰抓兔。穆忠身子全不敢动弹，只有一张嘴还喊得出爹娘两个字。

崔氏看见，只得推开半扇门，口中劝道："小人无状，饶恕他这遭罢。"谷树皮正在那里打出许多故事来，听得娇滴滴声气在耳根边相劝，抬头一看，却是一位美貌小娘子。他便住手，忙同崔氏答话。崔氏见他两个眼睛如铜铃一般，便堆下满脸笑容来，也还是泥塑的判官，纸画的钟馗，怎不教人唬杀？崔氏头也不回，气喘喘走回卧室内，还把房门紧紧关住。那谷树皮记挂着这小娘子，将半天的怒气都散到爪哇国去了。及至崔氏不理他，又要重整复那些剩气残恼。恰遇穆太公进门，问了缘故，假意把穆忠踢上几空脚，打上几虚掌，又向谷树皮作揖赔不是。谷树皮扯着得胜旗，打着得胜鼓，也就洋洋踱出门了。

穆太公埋怨穆忠道："国不可一日无王，家不可一日无主，古语真说得不差的，我才出去得半日，家中便生出事端来。还喜我归家劝住，不然连屋也要被他拆去，你难道不知他是个活太岁，真孛星，烧纸去退送还退送不及，反招惹他进门降祸么？"又跑进内里，要埋怨媳妇。只见媳妇在灶下做饭，太公道："我也不要饭吃，受恶气也受饱了。"崔氏低声下气问道："公公可曾买盐回来？"太公慌了，道："我为劝闹，放在外面柜桌上，不知可有闲人拿去？"急忙走出来，拿了盐包，递与媳妇道："侥幸！侥幸！还在桌上，不曾动。煎豆腐就用这新盐，好待我尝一尝滋味。"崔氏才打开荷叶，只闻得臭气扑鼻，看一看道："公公去买盐，怎倒买了稀酱来？"太公闻知，吓得脸都失色，近前一看，捶胸跌脚起来，恨恨的道："是我老奴才自不小心！"又惟恐一时眼花，看得不真，重复端详一次，越觉得心疼，拿着往地下一掷。早走过一只黄狗来，像一千年不曾见食面的，摇头摆尾，啧啧哑哑的肥嚼一会。太公目瞪口呆，爬在自家床上去叹气。又不好明说出来，自叹自解道："只认我路上失落了银子，不曾买盐。"又懊悔道："我既有心拿回家来，便该倾在新坑内，为何造化那黄狗？七颠八倒，这等不会打算！敢则日建不利，该要破财的。"正是：

> 狗子方食南亩粪，龙王收去水晶盐。
>
> 公公纳闷看床顶，媳妇闻香到鼻尖。

为穆太公因要寻儿子回家，不料儿子寻不着，反送落一件日用之物，又送落一件生财之物。只是已去者，不可复追，那尚存着，还要着想。太公虽然思想儿子，因为二者不可得兼的念头横在胸中，反痛恨儿子不肖，说是带累他赔了夫人又折兵，却不晓得他令郎住在金有方家，做梦也不知道乃尊有这些把戏。

话说金有方盘问外甥，才知穆文光是避父亲打骂，悄悄进城的。要打发他独自回家，惟恐少年娃子，走到半路又溜到别处。若要自家送他上门，因为前次郎舅恶交，没有颜面相见。正没做理会处，忽有一个莫逆赌友，叫做苗舜格，来约他去马吊。金有方见了，便留住道："苗兄来得正好，小弟有一件事奉托。"苗舜格道："吾兄的事，就如小弟身上的事。若承见托，再无不效劳的。"金有方道："穆舍甥在家下住了两日，细问他方知是逃走出来的。小弟要送他回去，吾兄晓得敝姊丈与小弟不睦，不便亲自上门。愚意要烦尊驾走一遭，不知可肯？"苗舜格沉吟道："今日场中有个好主客，小弟原思量约兄弟去做帮手，赢他一场。又承见托，怎么处？"金有方道："这个不难，你说是那个主客？"苗舜格道："就是徐尚书的公子。"金有方道："主客虽是好的，闻得他某处输去千金，某处又被人赢去房产，近来也是一个踢皮儿哩！"苗舜格道："屏风虽坏，骨格犹存。他倒底比我们穷鬼好万倍。"金有方道："我有道理，你代我送穆舍甥回家，我代你同徐公子马吊。你晓得我马吊神通，只有赢，没有输的。"苗舜格道："这是一向佩服，但既承兄这等好意，也不敢推却。待小弟就领穆令甥到义乡村去罢。"金有方叫出穆文光来，穆文光还做势不肯去。金有方道："你不要执性，迟得数日，我来接你。料你乡间没有好先生，不如在城里来读书，增长些学问，今日且回去。"穆文光只得同苗舜格出门，脚步儿虽然走着，心中只管想那马吊，道："是世上有这一种大学问，若不学会，枉了做人一世。回家去骗了父亲赆见礼，只说到城中附馆读书。就借这名色，拜在吊师门墙下，有何不可?"算计已定，早不知不觉出了城，竟到义乡村上。

只见太公坐在新坑前，众人拥着他要草纸。苗舜格上前施礼，穆文光也来作揖。太公道："你这小畜生，几日躲在那里?"苗舜格道："令郎去探望母舅，不必责备他。因金有方怕宅上找寻，特命小弟送来。"穆太公听得儿子上那冤家对头的门，老大烦恼，又不好怠慢苗舜格，只得留他坐下，叫媳妇备饭出来。苗舜格想道："他家难道没有堂屋，怎便请我坐在这里?"抬头一看，只见簇新的一个斋匾，悬在旁边门上。又见门外的众人，拿着草纸进去。门里的众人，系着裤带出来。苗舜格便走去一望，原来是东厕。早笑了一笑，道："东厕上也用不着堂名。就用着堂名，或者如混堂一样的名色也罢。怎么用得着'齿爵堂'三个字?"暗笑了一阵，依旧坐下，当不起那馨香之味环绕不散。取出饭来吃，觉得菜里饭里尽是这气味。勉强吃几口充饥。倒底满肚皮的疑惑，一时便如数出而哇之。竟像不曾领太公这一席盛情。你道太公为何在这"齿爵堂"前宴客?因是要照管新坑，不得分身请客到堂上，便将粪屋做了茶厅。只是穆太公与苗舜格同是一般鼻头，怎么香臭也不分?只为天下的人情，都是习惯而成自然。譬如我们行船，遇着粪船过去，少不得炉里也添些香，蓬窗也关上一会。走路遇着粪担，忙把衣袖掩着鼻孔，还要吐两口唾沫。试看粪船上的人，饮食坐卧，朝夕不离，还唱山歌儿作乐。挑粪担的，每日替人家妇女倒马桶，再不曾有半点憎嫌，只恨那马桶内少货。难道他果然香臭不分?因是自幼至老，习这务本生意，日渐月摩，始而与他相合，继而便与他相忘，鼻边反觉道一刻少他不得。就像书房内烧黄熟香，闺房里烧沉香的一般。这不是在下掉谎，曾见古诗上载着"粪渣香"二字。我常道，习得惯，连臭的自然都是香的;习不惯，连香的自然都是臭的。穆太公却习得惯，苗舜格却习不惯。又道是眼不见即为净。苗舜格吃亏在亲往新坑上一看，可怜他险些儿将五脏神都打口里搬出来。穆太公再也想不到这个缘故。慌忙送出门，居然领受那些奇香异味。

正是：

> 鼻孔嗅将来，清风引出去。
>
> 自朝还至暮，胜坐七香台。

　　话说穆文光，心心念念要去从师学马吊，睁眼闭眼，四十张纸牌就摆在面前。可见少年人，志气最专，趋向最易得摇夺。进了学堂门，是一种学好的志气。出了学堂门，就有一种学不好的趋向。穆文光不知这纸牌是个吃人的老虎，多少倾家荡产的，在此道中消磨了岁月，低贱了人品，种起了祸患。我劝世上父兄，切不可向子弟面前说马吊是个雅戏。你看这穆文光，为着雅戏上，反做了半世的苦戏。我且讲穆太公，要送儿子进学堂，穆文光正正经经的说道："父亲，不要孩儿读书成名，便在乡间，从那训蒙的略识几个字，也便罢了。若实在想后来发达，光耀祖宗，这却要在城内寻个名师良友，孩儿才习得上流。"太公欢喜道："好儿子！你有这样大志气，也不枉父亲积德一世。我家祖宗都是白衣人，连童生也不曾出一个。日后不望中举人、中进士，但愿你中个秀才，便死也瞑目。"穆文光道："父亲既肯成就孩儿，就封下贽见礼，孩儿好去收拾书箱行李，以便进城。"太公听说，呆了半晌，道："凡事须从长算计。你方才说要进城。我问你，还是来家吃饭，是在城中吃饭？"穆文光道："自然在城中吃饭。"太公道："除非我移家在城中住，你才有饭吃哩。难道为你一人读书，叫我丢落新坑不成？"穆文光道："这吃饭事小，不要父亲经心。娘舅曾说，一应供给，尽在他家。"太公啐道："你还不晓得娘舅做人么，我父亲好端端一分人家，葬送在他手里。他又去缠他做甚？"穆文光道："孩儿吃他家的饭，读自家的书，有甚么不便？"太公见儿子说得有理，遂暗自踌躇。原来这老儿是极算小没主意的。想到儿子进城，吃现成饭，家中便少了一口，这样便宜事怎么不做？因封就一钱重的封儿，付与儿子去做贽礼，叫穆忠挑了书箱行李入城。穆文光便重到金有方家来，再不说起读书二字。

　　金有方又是邪路货，每日携他在马吊场中去。穆文光便悄悄将贽礼送与吊师。那吊师姓刘。绰号赛桑门，极会装身份，定要穆文光行师生礼。赛桑门先将龙子犹十三篇教穆文光读。谁知同堂弟子，晓得他是新坑穆家，又为苗舜格传说他坑上都用"齿爵堂"的斋匾，众弟子各各不足教师，说是收这等粪门生，玷辱门墙，又不好当面斥逐，只好等吊师进去，大家齐口讥讽。穆文光一心读马吊经，再不去招揽。

　　有两个牌友，明明嘲笑他道："小穆，你家吃的是粪，穿的是粪，你满肚子都是粪

中国禁书文库

照世杯

七四一

了。只该拿马吊经，在粪坑上读，不要在这里薰坏了我们。"穆文光总是不理。还喜天性聪明，不上几日，把马吊经读得透熟。赛桑门又有一本《十三经注疏》，如张阁老直解一般，逐节逐段替他讲贯明白，穆文光也得其大概。赛桑门道："我看你有志上进，可以传授心法。只是洗牌之干净，分牌之敏捷不错，出牌之变化奇幻，打牌之斟酌有方，留牌之审时度势，须要袖手在场中旁观，然后亲身在场中历练，自然一鸣惊人，冠军无疑矣！切不可半途而废，蹈为山九仞之辙。更不可见异而迁，萌鸿鹄将至之心。子其勉旃勉旃。"穆文光当下再拜受教。赛桑门因叫出自家兄弟来，要他领穆文光去看局。他这兄弟也是烈烈轰轰的名士，绰号"飞手夜叉"。众人因为他神于拈头，遂庆贺他这一个徽号。

穆文光跟他在场上，那飞手夜叉，移一张小凳子放在侧边，叫穆文光坐着。只见四面的吊家，一个光着头，挂一串蜜蜡念珠在颈上，酒糟的面孔，年纪虽有三十多岁，却没得一根胡须，绰号叫做"吊太监"，这便是徐公子。一个凹眼睛，黑脸高鼻，连腮搭鬓，一团胡子的，绰号叫做吊判官，这人是逢百户。一个粗眉小眼，缩头缩颈，瘦削身体，挂一串金刚念珠在手上的，绰号"吊鬼"，这人是刘小四。一个赖麻子，浑身衣服龌龌龊龊的，绰号"吊花子"，这便是苗舜格。四家对垒，鏖战不已。飞手夜叉忽然叫住，道："你们且住手，待我结一结帐，算一算筹码。"

原来吊太监大败，反是吊花子赢子。飞手夜叉道："徐大爷输过七十千，该三十五两。这一串蜜蜡念珠只好准折。"苗舜格便要向徐公子颈上褪下来。徐公子大怒道："你这花子奴才，我大爷抬举你同桌马吊，也就折福了。怎么轻易取我念珠？我却还要翻本，焉知输家不变做赢家么？"苗舜格见他使公子性气，只得派桩再吊。

将近黄昏，飞手夜叉又来结帐，徐公子比前更输得多。苗舜格道："大爷此番却没得说了。"徐公子道："另日赌帐除还，你莫妄心想我的念珠。"苗舜格晓得他有几分赖局，想个主意，向他说道："大爷要还帐，打甚么紧？只消举一举手，动一动口，便有元宝滚进袖里来。"徐公子见说话有些蹊跷，正要动问。苗舜格拽着他衣服，从外面悄语道："有一桩事体商议，大爷发一注大财爻，在下也发一注小财爻。这些须赌帐，包管大爷不要拿出己赍来。"徐公子听得动火，捏着苗舜格的手，问道："甚么发财事？"苗舜格道："坐在横头看马吊的，他是新坑穆家，现今在乡下算第一家财主。"徐公子道："我们打了连手，赢他何如？"苗舜格道："这个小官人，还不曾当家，银钱是他老子掌管。"徐公子道："这等没法儿算计他。"苗舜格道："有法！有法！他家新坑上挂一个斋匾，却用得是大爷家牌坊上'齿爵'两个字，这就有题目，好生发了。"徐公子道："题目便有，请教生发之策。"苗舜格道："进一状子在县里，道是欺悖圣旨，污秽先考，他可禁得起这两个大题目么？那时我去收场，不怕他不分一半家私送上大爷的门。"徐公子道："好计策！好计策！明日就发兵。"苗舜格道："还要商量，大爷不可性急。穆家的令舅，就是金有方。这金有方也曾骗过穆家，我们须通知了他才好。"徐公子道："我绝早就看见金有方来了，不知他在那里马吊？"苗舜格道："只在此处，待我寻来。"苗舜格去不多时，拉着金有方，聚在一处商议。大家计较停当，始散。正是：

> 豺虎食人，其机如神。
>
> 无辜受阱，有屈何伸。

　　话说穆太公好端端在家里，忽见一班无赖后生蜂拥进来，说道："太公你年纪老大，怎么人也不认得？前日谷大官人来照顾你新坑，也是好意。为何就得罪他？如今要掘官坑，抢你的生意。我们道太公做人忠厚，大家劝阻，谷大官人说道：'若要我不抢他生意，除非叫他的媳妇陪我睡一夜才罢。'"太公叫声："气杀我也！"早跌倒地下。众人都慌忙跑出门去。崔氏听得外面人声嘈杂，急走出来，见公公跌倒，忙扶公公进房。太公从此着了病，一连几日下不得床。崔氏着穆忠请小官人来家。穆文光晓得父亲病重，匆匆赶到义乡村，见太公话也说不出，像中风的模样，看着儿子只是掉泪。穆文光心上就如箭攒的，好不难过。向崔氏问起病的根由，崔氏也不晓得。穆文光道："我们该斋一斋土地。"也顾不得钱钞，开了厢子，取出几两来，买些猪头三牲果品、酒肴，整治齐备，到黄昏时候，叫穆忠送到土地堂里。穆文光正跪着祷祝，忽见一人大喊进来，道："祭神不如祭我。"穆忠看见，叫声："不好！小官人快回避。"穆文光如飞的跑出来，喘定了，问穆忠道："方才这是那一个？"穆忠道："这个人凶多哩！他叫做谷树皮，小人几被他一顿打死。前日他要同我家做对头，如今现掘起一个丈余的深坑，抢我家生意。"穆文光道："他不过是个恶人，难道是吃人的老虎？何必回避他？快转去。"穆忠道："小宫人去罢，我曾被他打怕了，死也是不去的。"穆文光道："你这没用的奴才，待我独自去见他，可有本事打我？"说罢，便从旧路上望土地堂来。听得里面声气雄壮，也便有三分胆怯，立在黑地里窥望。他只见谷树皮将一桌祭物嚼得琅琅有声，又把一壶酒，揭开壶，一气尽灌下去。手里还提着那些吃不完的熟菜，大踏步走出土地堂来。

穆文光悄悄从后跟着，行了数十步，见谷树皮走进一个小屋里去。迟得半会，听得谷树皮叫喊。穆文光大着胆，也进这小屋来一看，还喜不敢深入，原来这屋里就是谷树皮掘的官坑。不知他怎生跌在里面，东爬西爬，再也不起来。穆文光得意道："你这个恶人，神道也不怕，把祭物吃得燥脾，这粪味也叫你尝得饱满。"谷树皮钻起头来，哀求道："神道爷爷，饶我残生罢。"穆文光道："你还求活么？待我且替地方上除一个大害。"搬起一块大石头，觑得端正，照着谷树皮头上扑通的打去。可怜谷树皮头脑迸裂，死于粪坑之内。穆文光见坑里不见动静，满意快活，跑回家来。在太公面前，拍掌说道："孩儿今日结果了一个恶人，闻得他叫谷树皮，将孩子斋土地的祭品，抢来吃在肚里。想是触犯神道，自家竟跌在粪坑内。被孩儿一块石头送他做鬼了。"太公听说，呵呵大笑，爬下床来，扯着穆文光道："好孝顺的儿子！你小小人儿，倒会替父亲报复大仇。我的病原为谷树皮而起，今日既出了这口气，病也退了。"自此合家欢喜不尽。那知穆太公的心病虽然医好，那破财的病儿却从头害起。

一日，太公正步到门前来，不觉叹息道："自谷树皮掘了官坑，我家生意便这样淡薄。命运不好，一至于此。"正盼望下顾新坑的，那知反盼望着两个穿青衣的公差。这公差一进门，便去摘下齿爵堂的斋匾。太公才要争论，早被一条铁索挂在颈项里，带着就走。太公道："我犯着何罪？也待说出犯由来，小老儿好知道情节。兄们不须造次。"有一个公差道："你要看牌么？犯的罪名好大哩！"太公又不识字，叫出穆文光来。穆文光看见铁索套在父亲颈上，没做理会，读那牌上，才明白是为僭用齿爵堂，徐公子是原告。公差又要拉太公出去。穆文光道："诸兄从城中来，腹内也饿了，请在舍下便饭，好从容商议。"公差道："这小官倒会说话，我们且吃了饭。"着摆出饭来，又没大肴大酒，太公又舍不得打发差钱。公差痛骂一场，把太公鹰拿燕捉的，出门去了。

穆文光哭哭啼啼，又不放心，随后跟进城来。向娘舅家去借救兵。只见金有方陪苗舜格坐着，穆文光说出父亲被告的原因，便哭个不了。金有方道："外甥你且莫哭，我想个计较救你父亲，则个……"因对苗舜格道："吾兄与老徐相厚，烦出来分解一番，只认推看薄面。"苗舜格道："老徐性极急懒，最难讲话，如今且去通一通线索，再做主意。"苗舜格假意转一转身，就来回复道："小弟会着老徐，再三劝解一通。他的题目拿得正大。这件事，我想只有两个门路：不是拚着屁股同他打官司，就是拿出银子向他挽回。"金有方道："敝姊丈未必舍得银子，只好拚着屁股去捱官司罢了。"穆文光道："娘舅说那里话？银子是挣得来的，父母遗体可好损伤得？"苗舜格道："既要如此，也须通知你令尊。"

穆文光正牵挂父亲不知作何下落，遂同了金有方、苗舜格到县前来。寻到差人家里，见穆太公锁在门柱上，两眼流着泪。穆文光抱头大哭。

原来差人都是预先讲通，故意难为乡下财主的。金有方假怒道："谁不晓得我老金的亲眷，这等放肆无礼！"走出一个差人来，连连赔礼，把铁索解下。穆太公此时就像脱离了地狱，升到天堂的模样，异常感激金有方。金有方道："你不要谢我，且去央求苗兄要紧。这兄与徐公子相厚，方才我已曾着他去讨口气，你问他便知道了。"苗舜格道："老丈这斋匾，是那个胡乱题的？徐公子道是齿爵堂牌坊原是圣旨赐造，如今僭用圣旨，就该问个罪名。况又污秽他先考，这情罪非同小可。"金有方道："苗兄，你莫利害话，只是想个解救法儿出来。"苗舜格道："要解救法儿，除非送他轮千银子。"金有方道："你将银子看得这等容易？"苗舜格道："这场官司他告得有理。且是徐公子年家故旧又多，官官相护，令姊丈少不得破家吃苦。"穆太公恐怕决撒了，忙叮嘱道："老舅调停一个主意，我竭力去完局罢了。"金有方道："这事弄到后边，千金还费不出。依我预先处分，也得五百金送徐公子，一百金送县里销状，太少了也成不得。"穆太公道："把我拘锁在此，也没处措置。必须自家回去，卖田卖产，才好设法。"金有方道："这个容易。"随即分付了差人。

太公同着儿子回家，只得将零星熬苦熬淡，积分积厘的银子拿出来。自家为前次锁怕了，不敢进城，便交付与儿子，叫他托金大舅把官司收拾干净，一总酬谢。

穆文光领着父命，一面私自筹画道："银子分付送五百两与徐家，难道是少欠他的，定要五百足数？我且私下取百金，做马吊本钱，好赢那徐公子的过来，也替父亲争口气。"遂将销状的一封银子藏在腰里。见了金有方道："我家爹爹致意娘舅，说是拮据，只凑得五百金，千万借重娘舅布置。"金有方道："那一百金销状的，是断断少不提。"穆文光道："徐公子处，送他四百金，便可挪移出一百来。"金有方道："待我央苗舜格送去，受与不受，再做区处。"金有方拿了银子出门，会同苗舜格，到徐公子家每人分一百金。徐公子得了三百，拿个贴子去销状。金有方回家说道："事体虽然妥当，费我一片心面，你父亲也未必晓得。"穆文光道："爹爹原说要来酬谢的。"金有方道："至亲骨肉，要甚酬谢？"穆文光见官司结局，欢喜不尽，摇摆到马吊馆来，向飞手夜叉说道："我要向场中马吊一回，若是赢了，好孝顺师叔的。"飞手夜叉道："你才初入门，只好小吊吧"。穆文光道："大输大赢，还有些趣味。小吊便赢了，也没多光景。"飞手夜叉道："你有多少来历，就想大吊。"穆文光在腰间取出那百两一封来。飞

手夜叉看见了，道："徐公子正寻人大吊，为少脚数，你凑一脚，是极好的。只输后不要懊悔。"穆文光道："那懊悔的人，也不算一个汉子。"飞手夜叉便引他在着内里楼上，只见徐公子、苗舜格、冯百户先在上面。飞手夜叉道："我送一脚补救了。"徐公子晓得是穆小官，也不言语，大家派定坐位，拈桩洗牌。

穆文光第一次上场，红张倒不脱手，一连起了无数色样，偏是斗得聪明，把三家筹码卷得干干净净。飞手夜叉，在旁边称赞道："强将手下无弱兵，我家兄教出来的门生，自然不同。"众人道："暴学三年赢，他后来有得输哩！"飞手夜叉见穆光赢得多了，忙在桌下踢上几脚，叫他歇场。穆文光乖觉。到他做桩，便住手道："小弟初学马吊，今日要得个采头，且结了帐再吊何如？"飞手夜叉又道："说得有理。"众人还不肯放牌，见头家做主，遂静听结帐。

原来穆文光是大赢家，徐公子输去一百五十两。苗舜格所得的百金，手也不曾热，依旧送还穆文光。穆文光对飞手夜叉道："这两家的现物我都收下，那冯爷欠的送与师叔罢。"说罢拿着银子跑下楼去。徐公子与苗舜格面面相觑，只好肚里叫苦。正是：

闻道岂争前后，当场还较输赢，

攫金不持寸铁，但将纸骨为兵。

话说金有方听得外甥赢了二百多金到手，意思要骗来入己，假作老成，说道："我少年人，切不可入赌场。今日偶然得胜，只算侥幸。若贪恋在马吊上，不独赢来的要送还人，连本钱也不可保。你将财折放在我身边，为你生些利息。我晓得你令尊一文钱舍不得与你的。你难道房屋里不要动用么？闲时在我处零碎支取，后来依旧交还你本钱如何？"穆文光正暗自打算，只见穆忠来讨信，穆文光道："你来得极好。"便将自家落下与赢来的凑成三百两，打做一包，其余还放在腰里，向穆忠说道："这银子须交明太公，官司俱已清洁，不必忧虑。"穆忠答应一声往外就走。金有方黑眼睛见了白银子，恨不得从空夺去。又见穆文光不上他的钓竿，又羞又恼。早是苗舜格撞进来，说是徐公子要复帐，一直拖着穆文光到马吊馆来。

穆文光道："明日也好马吊，何苦今磨油磨烛，费精费神么？"徐公子怒道："你这龟臭小畜生，不知高低，我作成你这许多银子，便再吊三日三夜也不要紧，便这等拿班作势，恼动我性子，教你这不识抬举的东西吃点苦头！"穆文光道："你这个性子，便是你的儿子、孙子也不依着你，我又不是你奴才，犯不着打巴掌。"徐公子道："你这才出世的小牛精也挺触老夫了。你还不晓得□这□处日牵了你家老牛精来,一齐敲个臭死,才知我手段哩!"穆文光见伤了父亲,不觉大怒道:"谁是牛精?你这不知人事的才真是牛精!"徐公子隔着桌子,伸手打来,穆文光披头散发,走了出去。苗舜格道:"这一二天原不该同他认真顶撞着。"金有方进来的工夫,飞手夜叉道:"你们现有四人,何不吊牌?"众人叫声有理,各各按定坛场,果然吊得有兴。正是:

　　此标夺锦,彼庆散花,没名分公孙对坐,有情义夫妇圆来。旁家才贺顺风旗,谁人又斗香炉脚。说不尽平分天地,羡得杀小大比肩,莫言雅戏不参禅,试看人心争浑素。

　　话说徐公子正斗出一个色样来,忙把底牌捏在手里,高声喊道:"且算完色样,再看冲。"忽然哎哟一声,蹲在地下。众人不知道为甚缘故。争来扶他,只见衣衫染的一片尽是鲜血,个个惊喊起来,旁边一个人叫道:"杀死这奴才,我去偿命,你们不要着急。"众人看时,原来是穆文光。齐声喝道:"不要走了凶身。"疾忙上前拿住,又搜出一把小解手刀来,刀口上都是血。金有方道:"他与你有甚冤仇,悄地拿刀害他性命?"穆文光道:"说起冤仇来,我与他不共戴天哩!"金有方道:"他又不曾杀你父亲,甚么叫做不共戴天?"穆文光道:"他设计骗我父亲,比杀人的心肠还狠。"金有方道:"你却是为马吊角口起,讲不得这句话。"穆文光又要去夺刀,气忿忿的道:"我倒干净结果了这奴才罢。"还不曾说完,早赶进一伙人来,把穆文光锁了出去。

　　金有方跟在后面,才晓得是徐衙里亲戚、仆从击了县门上鼓,差人来捉的。那知县听得人命重情,忙坐堂审事。差人跪上去禀道:"凶身捉到了。"知县问道:"你黑夜持刀杀人,难道不惧王法么?"穆文光道:"童生读书识字,怎么不惧王法?只为报仇念重,不得不然。"知县骂道:"亏你读书识字的童生,轻易便想杀人。"忙抽签要打。穆文光道:"宗师老爷,不必责罚童生,若是徐公子果然身死,童生情愿偿命。"知县问徐家抱告,道:"你主人可曾杀死?"抱告道:"主人将死,如今又救活了。"知县道:"既经救活,还定不得他罪名,且收监伺候。"遂退了堂。金有方见外甥不曾受累,才放下心。那些公人赶着金有方要钱,金有方只得应承了。

　　次日清晨,到穆太公家报信。可怜那太公,闻知儿子下监,哭天哭地,几乎哭死过去。金有方道:"凡事要拿出主意来,一味蛮哭,儿子可是哭得出监的?"太公才止了哭声,里面媳妇又重新接腔换调哭起来。金有方道:"老姊丈分付媳妇莫哭,你快取百十两银子，同我进城，先要买好禁子，使你令郎在监便不吃亏。"穆太公取了银两，同金有方入城。

到得县门前来，寻着禁子，送了一份见面礼，便引着太公到监中来。父子抱头大哭。只见堂上来提穆文光重审，太公随后跟着。将到仪门边，内里一个差人喊道："犯人穆文光依旧收监。"禁子只得又带转来。穆太公问道："怎么今日不审？"差人道："新官到了要交盘哩！没工夫审事。"金有方附耳对太公道："这是你儿子好机会，我们且回家去罢。"太公遂住在金有方家，每日往监中看儿子。后来打听得新官行香之后，便坐堂放告，太公央金有方写了一张状子，当堂叫喊。知县看完状子，就抽签要徐某验伤，一面监里提出穆文光来审。知县见了穆文光年纪尚小，人材也生得倜傥，便有一分怜悯之心，因盘问道："你为何误伤徐某？"穆光跪上去道："童生是为父报仇，不是误伤。"知县指着穆太公道："既不是误伤，你这老儿便不该来告谎状。"穆太公唬得上下牙齿捉对儿打交，一句话也回答不出。知县见这个光景，晓得他是良善人，遂不去苛求。又见穆文光挺身肯认为父报仇，分明是个有血性的汉子，遂开一条生路，道："穆文光，你既称童生，毕竟会做文字，本县这边出一个题目，若是做得好，便宽有你的罪名。做得不好，先革退你的童生，然后重处。"穆文光忻然道："请宗师老爷命题。"知县道："题目就是'虽在缧绁之中，非其罪也'。"又叫门子取纸、墨、笔、砚与他。穆文光推开纸，濡墨吮毫，全不构思，霎时就完篇。

太公初见知县要儿子做文章，只道是难事，出了一身冷汗，暗地喊灵感观世音，助他的文思。忽然见儿子做完，便道："祖宗有幸，虚空神灵保佑。"两只眼的溜溜望着那文章送到知县公案上，又望着知县不住点头。

原来这知县姓孔，原是甲科出身，初离书本，便历仕途。他那一种酸腔还不曾脱尽，生性只喜欢八股。看到穆文光文章中间有一联道："子产刑书，岂为无辜而设。汤王法网，还因减罪而开。"拍案称赞道："奇才！奇才！"正叹赏间，忽然差人来禀道："徐某被伤肋下，因贴上膏药冒不得风，不曾拿到，带得家属在此。"知县道："既不曾死，也不便叫穆文光偿命。"遂叫去了刑具。徐家抱告票道："穆某持刀杀家主，现有凶器。若纵放他，便要逃走。还求老爷收监。"知县骂道："谁教你这奴才开口？若是你主子果然被伤而死，我少不得他来抵偿。"又问穆文光："你因何事报仇？可据实讲上来。"穆文光道："童生的父亲原不识字，误用徐某牌坊上'齿爵'二字做堂名，徐某告了父亲，吓诈银五百两。童生气不愤，所以持刀去杀他。"知县道："你在何处杀他的？"穆文光道："是在赌钱场上。"知县大怒道："本县正要捉赌贩，你可报上名字来。"穆文光恐怕累了师叔与娘舅，只报出苗舜格来。知县忙出朱签，叫捉苗舜格。不一时，捉到了，迎风就打四十板。又取一面大枷，分付轮流枷在四门以做示通衢。又对穆文光说道："本县怜你是读书人，从宽免责。但看你文章，自然是功名中人，今府县已录过童生，你可回家读书，俟宗师按临，本县亲自送你去应试。"穆文光父子磕头拜谢而去。

过了月余，值宗师按临湖州，知县果然送他去考，发案之时，高高第一名进学。报到义乡村，太公如在云雾中的一般，看得秀才不知是多大前程。将那进学的报单，直挂在大门上。自家居然是老封君，脱去酱汁白布衫，买了一件月白袖直裰，替身体增光辉。除去瓜棱矮综帽，做了一项华阳巾儿，替头皮改门面，乔模乔样，送儿子去谢考。正到宗师衙门前，听得众人说："宗师递革行劣生员。"都拥挤着来看，只见里面走出三个秃头裸体的前任生员来，内里恰有金有方。穆太公不知甚么叫做递革，上前一把扯住道："老舅，你衣冠也没有，成甚体统？亏你还在这大衙门出入。"金有方受这穆太公不明白道理的羞辱，掩面飞跑了去。穆文光道："娘舅革去秀才，父亲不去安慰他，反去嘲笑他，日后自然怀恨。"太公道："我实在不晓得，又不犯着他行止，怎便怀恨？"说罢，穆文光同着一班新进，谢了宗师。又独自走去拜谢孔知县提拔之恩。孔知县也道自家有眼力，遂认做师生往来。

以后穆文光养的儿子，也读书进学，倒成了一个书乡之家。至今还称做新坑穆家。可见穆太公亏着新坑致富，穆文光亏着报仇成名，父子倒算得两个白屋发迹的豪杰。

皇家藏古手抄真本

中國禁書

第四篇

春秋配

〔明〕不題撰人　撰

第一回 酒邀良友敦交谊 金赠偷儿见侠情

世上姻缘有定，人间知己难逢。堪欣全如又全空，何妨受些惊恐。只因闻名一韵，错讹正在其中。将功折罪荷皇封，孤鸾喜配双凤。

——右调《西江月》

话说大明天启年间南阳罗郡有段姻缘，真是无意而得，遇难而成者，其人姓李名花，表字春发，生得容貌端方，性情文雅。胸藏五车之书，才超众人之上。青衿学子，尚未登科。不料父母早亡，并无兄弟，孤身独处。中馈乏人，只有老奴李翼朝夕相伴。但他功名上不甚留心，林泉中却极着意。一日独坐书斋，恰当重阳时节。正是：

霏霏细雨菊花天，处处笙歌共绮筵。

九日登高传故事，醺来落帽是何年。

这李生在斋中寂寞无聊。偶尔闲步，见梧桐叶落，黄花正芳，不觉酒兴甚深，一声就叫李翼过来。李翼忽听主人呼唤，忙到面前说："相公有何吩咐？"李生道："今日重阳佳节，收拾酒肴，待我夜饮。"李翼道："饮酒登高方为避疫，正该白昼，何必夜饮。"李生道："你原不知九月九日，乃是李陵在番登台望乡之日，后人登高，依古托言避疫。饮酒最乐，你去沽酒，我在这里看李陵在番的古文一回。"李翼闻言，不敢怠慢，说："小人即去，安排酒肴便了。"竟自退去。李生打发李翼去后，翻阅了一回史书，又朗诵了一遍歌词。不觉夕阳在山，众鸟归林，已到黄昏时候。只见李翼走来，说："酒肴俱已齐备，请相公夜消。"李生道："你且回避，待俺自酌自饮，以尽九日之欢。"李翼应声去了。李生饮着一盅茱萸美酒，对着一盆茂盛黄菊，尽兴而饮。这且按下不提。

却说李生同学中一个朋友，姓张名言行。生得相貌魁伟，勇力过人。却是满腹文章，功名顺利。前岁乡试已竟登科，及至次年联捷又中了进士。不料场后磨勘，因查出一字差错，竟革去了前程。自此以后，居处不安，常常愤恨说："我有这等才学，何处不可安置。什么是先得后失，这样扫兴。难道就家中闷坐了结此生罢了。近日来，幸喜集侠山好汉请我入伙，倒是称心满意的事。所谓不得于此，则得于彼。不免打点行囊，飘然长往，有何不可。我想罗郡绅衿，唯有李花与我最厚，何不到他家一别，以尽平日交情。"竟移步走到李春发门首，叫声："有人么。"李翼闻听开了门，说道："原来是张相公。"忙报主人知道。李生急忙迎出道："仁兄从何处来，快请庭中一坐，少叙阔情。"张言行道："有事特来奉告。"二人遂携手进了中庭，分宾主坐下。李生忽见张言行满眼垂泪，问道："仁兄为何落泪？"张言行道："贤弟不知，愚兄自遭革除之后，居处不宁，幸喜集侠山众好汉请俺入伙，不久就要起身。你我知己好友，故此明言相告耳。"李生闻言，大惊失色道："集侠山入伙，岂是读书人做的事？诚恐王法森严，仁兄再请三思，不可造次。"张言行道："俺张言行入世以来，义气包身，奇谋盖世。既遭革退，功名无成，何年是出头日子。若碌碌终身，死不瞑目。"李春发道："不然，读书的人处在世间，趋福避祸，理之当然。忤逆之事，岂可乱行。况且富贵贫贱，凭天主张，何必如此激烈。"张言行拍案大叫道："俺生平不知道什么祸福，比不得古圣贤省身学问。我想愚兄抱些才略，自当雄壮其胆，做些人所不能为、不肯为、不敢为的事业出来，方能惊天动地，吓人耳目，才是英雄。若斤斤自守，受人挫折，实不甘心。主意已定，无烦贤弟拦阻，就此告别罢了。"李生又挽住衣袖道："仁兄执意如此，小弟也不敢苦劝。现成肴酒痛饮几杯，权当送行何如？"张言行道："这个使得。"李生吩咐李翼掌上灯，快将酒烫来。李翼答应，递过酒来。李生说："待我奉仁兄一杯。"张言行道："相交好友，何用套言。"李生道："遵命了。"二人坐定，饮了数巡。李生开口道："小弟有一言，还望仁兄裁夺。想老仁兄乘七尺之躯，那绿林中勾当，岂可轻易入伙。倘官兵一到，何处躲藏，到那时节悔之晚矣。况且仁兄具此才学，重新再整旧业，脱绿换紫，亦甚易事，何苦轻投逆类，岂不有玷家声。"张言行闻听鼓掌大笑道："贤弟真个是个书呆，出言甚是弱懦。但愿到集侠山，大事定妥，便可横行天下，何事不可为。方觉痛快，愚兄酒已醉了，就此告别。"李生又拦住道："夜已深了，请到上房同床夜话，俟明日早行，岂不两全。"张言行无奈，只得依从道："也罢，应是如此。"李生遂唤李翼铺设停当，两人携手同行，到了卧房，不肯就寝，重新摆上酒菜来同饮。说了些古人不得志话头，又讲了些豪杰本领不受人拘束的言语，甚是欢腾。听得谯楼二鼓声急。暂且按住不表。

却说罗郡中有个做贼的，姓石名唤敬坡，吃喝赌嫖，无所不做。每日在博场中输了钱财，手中困乏，即做那夜间的勾当。这日又因无钱使用，自言自语道："我石敬坡生来身似灯草，飞檐走壁，稳如平地。因母老家贫，没奈何做此行径。又缘赌博不利，偏偏要输钱。这两日甚是手乏，趁今夜风急月暗，闻听李花家产业丰厚，不免偷他些东西，以济燃眉之急。此刻已过二鼓时候，正好行事。"遂转弯抹角，来到李家门首。石敬坡望了一望道："好大宅院，待咱跳过墙去相机而行便了。"只见他将身一跃，已坐墙头上边。又将身一落，已到院内。虽然脚步轻巧，亦微有响声。只听得犬吠连声，惊醒院公李翼。闻得狗叫不比往日，慌忙起得身来，道："狗声甚怪，想是有贼，不免起去瞧瞧。"遂开了门，四下张望。却说石敬坡见有人开门，只得潜身躲在影身所在，装作猫儿叫了几声。这也是贼人惯会哄人的营生。李翼呸了一口道："原来是一只猫儿，将我吃了一惊。进房睡去罢。"石敬坡在暗中喜欢道："险些儿被这老狗打破了这桩买卖。"停了一时，见无响动，方敢跳出身来，向上房一望，灯尚未熄。怕有人未眠，不敢轻易上前，又在暗处暂避。这是什么缘故，只因张李二生，多饮了几杯，讲话投怀。已过三更时分，精神渐渐困倦，又兼酒气发作，二人竟倚桌睡去，哪里竟料到有人偷盗。这石敬坡站立多会儿，见寂无人声，便悄悄走到门边。并未关掩，又向里一张，见蜡烛半残，满桌子上杯盘狼藉，两位书生倚桌而眠。石敬坡暗笑道："原来烂醉了。待咱将竹筒吹灭了烛，现成肴酒等我痛饮几盅，以消饥渴，有何不可。"遂移步到桌边，把壶执定，托杯在手，然后吹灭了烛，自斟自饮，满口夸奖好酒，多喝几杯，壮壮胆气。又喝几杯，忽道一声："呀！不好，浑身都软了，想是有些醉意。"正然自己言语，只见张言行猛然惊醒，看旁边有人，遂大呼道："有歹人！看刀。你是做什么的？"李春发亦自惊起。吓得那石敬坡，战战兢兢，寸步难行。只得跪下说道："请爷爷听俺下情，小的石敬坡，既无买卖，又少田园，家道萧条，上有八十岁老母，忍饥受饿，无计奈何，做这样犯法的勾当，望爷爷可怜饶命。"张言行喝道："呸！定然是少年不作好事，诸处浪荡，任意赌博，才做这黑夜生意。待我杀此狗头。"才待要斫，李生慌忙扯住道："我劝仁兄且息雷霆，断不可结果他的性命，他也是为穷所逼，无法可施。这一次且将他恕过，仁兄且请坐下。"张言行放下刀，说道："太便宜他了。"李生遂叫李翼过来，快取白银三两，棉布两疋，与石敬坡拿去。李翼不敢违命，遂各取到，说："银布在此。"李生道："着他拿去。"石敬坡道："蒙爷爷不伤性命，感恩不浅，怎敢受此赏赐。"李生道："今日被擒，本当送官，念你家有老母，拿去供

养你母亲罢。"石敬坡叩谢道："他日不死必报大恩。"李生道："谁要你报，但愿你改过就是了。"李翼送他出去。这石敬坡因祸得福，携着银布千恩万谢，畅心满意而归。张言行方说道："愚兄告别。"李生道："天明好行。"张言行道："天明初十日，还要送舍妹到姑娘家去，没有久停的工夫。"李生道："仁兄可再住几日，容小弟饯送。"张言行道："贤弟既蒙厚爱，明朝到乌龙冈上相别罢了。"李生道："你我相交多年，一旦别离，小弟心中实不能忍。"张言行道："后会有期，何必如此。"李生道："只得遵命，到乌龙冈奉送便了。"二人移步出了大门，相揖而别。正是：

　　从来名士厄逢多，谁许拊膺唤奈何。
　　后会难期应洒泪，阳关把盏醉颜酡。

　　二生相别，不知后来还能会面否，且听下回分解。

第二回　张杰士投谋寨主
秋联女过继胞姑

话说张言行辞别了李春发，望家而走。只见疏星半落，天上残月犹挂，松梢披霜戴露。渡水登桥，慌慌张张，总是心中有事，哪肯少停，不多一时来到自己门首。敲了敲铜环，叫声贤妹开门。

却说张言行妹子，名唤秋联。因父母偕亡，依哥哥度日。生得容貌端庄，举止温柔。刺凤绣鸾，无所不能，无所不会。昨夜因哥哥不回，等到三更时分，方敢安寝。黎明时节忽听哥哥打门，急忙起得身来。尚未梳洗，应声走到门前。闪开门，说："哥哥回来了。"张言行道："回来了。"把门关上，回到房中。秋联问道："昨晚哥哥哪里去来？"张言行道："昨宵同李春发一处饮酒，不觉醉了，因而宿下，未曾回来。"秋联道："原来如此，哥哥可吃茶么？"张言行道："不用，你快收拾包裹带了钗环细软东西，姑娘病重，要去探望。"秋联道："想是侯家姑娘么？"张言行道："正是。"秋联道："她乃久病之人，不去倒也罢了。"张言行道："贤妹差矣，这一病比不得往常，定要去看。"秋联道："哥哥言语有些蹊跷，为何叫妹子带了钗环细软呢？"张言行闻言着急道："哎！贤妹哪里知道，恐怕到了他家多住几日，家中无人照管，不过为此。"秋联道："既这等说，待我梳洗完备，做了早饭，好随哥哥前去。"张言行道："这倒使得。快梳洗了用过饭，以便同行。"秋联遂归绣房，急急打扮。心中却暗想道："哥哥这般言语，到底叫人疑惑。数日来未曾提起，忽然这样催促。或好或歹，只得任凭哥哥主张。不觉潸然泪下。这张言行见妹妹归房之后，虽是赔着笑脸，却暗里带些愁烦。俺虽是铁石心肠，岂不念同胞之情。但我心怀不平，要入山落草。只得把手足之情，一齐抛撇。只俺自己知道，不敢明言。"正暗自忖度，忽见妹妹收拾妥当，将早饭摆在桌上。二人同吃了，然后锁了门户，扶着妹妹上了马，望侯家慢慢行来。走够多时，才到门首。张言行道："已到姑娘宅边，贤妹下马来，待我叩门。有人么，快开门来。"

却说侯老儿，名唤上官。听得有人打门，失了一惊道："听得马声乱嘶，人腔高唱，有什么事情，这等大惊小怪。"忽听门外又说道："姑爹开门。"上官方知是亲戚降临，开开门道："原来是贵兄妹们，快请里面坐。"张言行将马拴在槽上，然后同妹妹走上草堂。侯上官道："你看这草堂上几日未曾打扫，桌椅上落得灰尘如许，待我整理整理。"张言行兄妹方才施礼，说："姑爹万福。"侯上官答礼道："你兄妹二人可好。"张言行道："承问承问。"侯上官道："快请坐下歇息。"转身向内喊道："婆儿快下床来。"张氏道："我起床不得。"上官道："罗郡侄儿侄女看你来了。"张氏闻听又悲又喜道："待我挣扎起来。"气吁吁移下床时，险些昏倒。拄着拐棍，慢慢行来。说道："我儿们在哪里？"张家兄妹慌忙迎下草堂向前拦住，说："我们就到内室去看姑娘，为何勉强起来，若要劳碌着，反觉不便。"欲要施下礼去，张氏道："不许你们见礼，是什么风儿吹到吾家，今日相逢，叫人泪下。你二人来到刚刚凑巧，姑侄们见一面也得瞑目。"二人问道："姑娘病体较前如何？"张氏道："我这时候如草上之露，风中之烛，难保朝夕。论理这样年纪，也是死得着的，到不必较量。今日我们聚着也非偶然，只是有累你们远来，甚觉不安。"张言行道："理当问候姑娘，何必挂齿。侄儿到此一则探望，二则要贸易他乡，只是牵挂妹妹无人照料，意欲把我妹妹与姑娘做一螟蛉女儿，不知姑娘意下如何。"张氏道："这也使得，但未晓侄女肯与不肯，再作商量。"秋联道："哥哥既有此心，在家何不与妹妹商议明白呢。"张言行道："非不与妹妹说明，恐先与你告知，你不肯来，却耽搁了我的买卖，故此相瞒并无别意。况且姑娘这里胜似咱家十倍，晨昏相依，倒觉便宜。过来拜了父母罢。"秋联低头沉吟，心中自思，如不依从，是背长兄之命，无依无靠，一旦做了螟蛉，又恐怕将来没有下梢。正自辗转不定，只听哥哥又来催促道："过来快些拜了爹妈。"秋联无奈何，只得跪倒庭中拜了四拜。满眼含泪，却不好出声啼哭。起得身来，张言行随后也就双膝跪下道："我妹妹虽渐成人，但四德未备，还望当亲生女儿教训。侄侄儿时来运转，倘有发达日子，不敢辜负大德。"拜了两拜，侯上官扶将起来。张氏道："我是姑娘与她亲娘相争多少，你的父与我又是同胞，自然久后择个才郎招赘吾家，到老来时相为依靠，岂当外人相待。"侯上官接口道："我两口儿又无男，又无女，冷冷清清。得侄女为螟蛉，与亲生何异。将来得个美婿，结成婚配，我二老临终，难道他不发送我们。算来真是两全其美，难得难得。"不觉手舞足蹈起来。张言行又从怀内掏出五十两银的包袱，放于桌上，说："些须儿两银子，权为柴米之资。"侯上官不肯，道："你拿在路上盘费，我家中自会摆布。"张言行道："侄儿还有剩余，不必推辞。姑娘姑爹在上，侄儿就此告别。"侯上官道："贤侄多住几天再去不晚。"张言行道："起程在即，不能久停。"侯上官道："既然如此，不敢强留了。"张氏道："我抱病在身，不能送你。侄儿在路须晚行早宿。逢桥须下马，临渡莫争船。牢记牢记。"张言行道："多蒙姑娘吩咐，侄儿晓得。此去自有经营，无烦挂念，就此拜别。"秋联上前扯着衣衫道："哥哥千万保重，须早去早归，断不可久恋他乡，使妹妹盼望。"不觉流下泪来。张言行道："非是做哥哥的忍心远离，总因心怀不平，又有要紧事相约，不久几月就来看你，不必伤惨。在此好生服侍姑爹姑娘，哥哥在外亦好放心。"说完，把马牵出大门以外。侯上官随后拿着酒壶酒杯说道："我与贤侄饯别，多饮几杯，以壮行色。"张言行道："又蒙姑爹厚爱，待我领情。"接过杯来，连饮三盅，拜辞上马而去。正是：

　　劝君更尽一杯酒，西出阳关无故人。

　　这侯上官看着走得远了，方才把门关上。回到内室，满面堆欢道："不料今日有此喜事，婆儿你收了女儿，早晚有了依赖，侄儿又留上这些银子，我想坐食山空，也非长策，不如再凑办几两银子，并这五十两，出门做些买卖，得了利息，才好过得日子，岂不更好。"秋联道："母亲当这时候，爹爹还去做买卖，不如在家相守为正。"张氏道："哎！此话你莫向他说。如今有你伴我，任他去罢。你且扶我睡去。"秋联应声："晓得。"遂各安寝。过了数日，侯上官打整行囊，并带资本，又拿着刻名刀，以防不虞。出门经营去讫，落得母女在家相敬相爱。这张氏逢了喜事，倍觉精神，病体渐渐安和了。

　　不知张言行归山，侯老儿贸易后来如何，待后分解。

第三回 姜老图财营贩米 贾婆逼女自斫柴

　　且说罗郡中奎星街，有一姜公。名韵，表字德化。为人良善，处事老诚。娶妻刘氏，贤慧端庄。生下一女，因月间缺乳，觅寻奶娘代为抚养这女儿，起名秋莲。长到十五岁上，真个是身材窈窕，容貌端方。不料母亲偶染时疫，竟而亡故。

　　时下秋莲，幸有她奶娘晨夕陪伴。姜公因无人料理家务，又继娶了个二婚贾氏。这贾氏存心不善，性情乖张，碍着丈夫耳目，勉强和顺。一日独坐房中，暗自思量道："我自从嫁到姜门，并未生下一男半女。只有丈夫前妻，撇下一个女儿，从小娇养惯的，唯在房中做些针线，一些杂事并未一件替替老娘。平日说她几句，我丈夫又极护短，不许罗唣。我常怀恨在心，又不好说出口来。若是我亲生女孩，自然有一番疼热，她是旁人生的，终不与我一心。几次要磨难于她，只是无计可施。这却怎么了。哎，既有此心，终有那日。"正在自言自语的时候，忽听丈夫敲门，慌忙答应道："来了。"开开门，迎着面说道："今日你回来，为何这等慌张？"姜韵道："婆儿你哪里知道，运粮河来了一桩买卖，我已雇下车辆前去装米。急取银两口袋来。"贾氏道："既然如此，我去取来。怎不与女儿说声？"姜韵道："三五日就回来，何必说与她知。我去后须要小心门户，不可多事。"贾氏答道："这个自然，何劳吩咐。"

　　打发丈夫出去，把门闭上，转回身来，坐在房中道："趁老头儿不在家里，不免叫女儿出来，挫磨她一番。她若不服，饱打一顿，出出平日闷气，有何不可。"遂高声喊叫道："秋莲哪里？"这秋莲正在闺中刺绣鸳鸯，忽听母亲呼唤，急出绣房，应了一声。只觉喊叫声音有些诧异，未免迟迟而行。又听贾氏大叫道："怎么还不见来，气杀我也。"秋莲闻听，遂叫声："奶娘快来。"奶娘走来问道："大姐为何失惊呢。"秋莲道："母亲前边发怒，怎好见面。"奶娘道："虽然发怒，哪有不见之理，小心过去才是。"秋莲胆怯心惊，见了贾氏，道了万福。贾氏道："万福什么，三文钱一斤豆腐，可不气杀我也。"秋莲问道："母亲因何生气。"贾氏道："你还不知郊外有许多芦柴，无人去斫，如何不叫人发燥。"秋莲道："母亲不必性急，何不雇人去斫来。"贾氏道："哪有

许多银钱雇人，我想你倒去得。"秋莲道："母亲，孩儿闺中幼女，如何去得。斫柴倒也罢，恐怕旁人耻笑。"贾氏道："这是成家所为，有什笑处。"秋莲道："孩儿只会刺绣，不会斫柴。"贾氏大怒道："哎，你敢违母命么。"奶娘上前劝道："老安人息怒。大姐从来不出闺门，斫柴如何做得。"贾氏睁眼道："老贱人多嘴，还不退后。秋莲，我问你去也不去？"秋莲道："孩儿实不能去。"贾氏大怒道："你敢连说三个不去。"

秋莲道："孩儿不敢，只是不去。"贾氏把脚一跺道："哎哟，了不得了！你又不是宦家女，因何朝夕不出闺门，娇生惯养，一点不像庶民人家行径，生活之计，全不关心，岂不气杀了我。"秋莲道："奉劝母亲暂息雷霆，容孩儿细讲。二八女子，理宜在闺房中做些针指，采樵的营生，自是精壮男儿，才做得着。我平日是柔弱闺女，其实不敢应承。还望母亲思想。"贾氏道："应承就罢了，如不应承，取家法过来过来，打个样子你看。还是去也不去？"秋莲满面通红道："打死也不去。"贾氏道："你还是这等性硬，小贱人好大胆，还敢嘴强。母亲面前，怎肯容你作怪装腔，全然不听我的言语，实难轻饶。我如今就打死你，料也无妨。"秋莲道："就打死我，也不去得。那桑间濮上，且莫论三街两巷人谈笑，即是行路的人也要说长道短。况且女孩子家弓鞋袜小，如何在郊外行走。望母亲息了怒，仔细思量便了。"贾氏道："凡我叫你作事，定然违背。大约是你不曾受过家法，习惯心胜，才这等狂妄。"奶娘在旁劝道："大姐是嫩生生的皮肤，怎生受得这样棍棒。全仗老安人格外扶养，若是少米无柴，老奴情愿一面承当。请老安人且息怒，待我替大姐拾柴如何？"贾氏道："你怎么替得了她，她去也少不得你。秋莲还不去，去则便罢，不去定要打死。"奶娘道："大姐不必作难，我与你同去罢。"秋莲没奈何，说道："母亲，孩儿愿去。"贾氏道："既是愿去，你且起来。这是镰刀一把，麻绳一条，交与奶娘同去。下午回来，要大大两个芦柴，若要不足，打你个无数。阿弥陀佛，贪训女儿，误了佛前烧香。待我上香去便了。"奶娘方劝秋莲回房，快且收拾郊外走走。秋莲不敢高声啼哭，唯暗暗落泪而已。正是：

　　　　不如意事常八九，可与人言无二三。

　　不知秋莲与奶娘怎样打柴，所遇何人，且听下回分解。

第四回　秋莲女畏逼离阁
春发郎怜情赠金

话说姜秋莲忍气吞声回到绣房，罩上包头，换上蓝布衫裙，紧紧系绦，奶娘拿着镰刀、麻绳、扁担，两人哭哭啼啼离了家门。这秋莲从未出门的绣女，走到街前，羞羞惭惭，低着头儿。只得扯住奶娘的衣袖，奔奔跄跄，走出庄村。举头一望，四野空阔，一片芦苇，正是深秋天气。怎见得：

芦叶汀洲，寒沙带浅流。数十年曾度南楼。柳下系船犹未稳，能几日又到深秋。黄鹤断矶头，故人能见否。旧江山，都是新愁。欲买桂花重载酒，终不似少年游。

——右调《唐多令》

奶娘道："前面就到芦林，大姐快走。"秋莲眼中流泪道："奴家不知哪世罪孽，今日遭此折挫。若我亲娘尚在，安能受此。不如寻个无常，倒是了乎。"奶娘劝道："大姐休说此话，古人先苦后甜，往往有之。暂且忍耐，不必伤感。"说话中间，二人已到芦边。奶娘道："大姐你且坐在这边歇息，待我去斫柴。"秋莲依从，坐在草地，想起自己苦处，未免啼悲。

这且按下不提。却说李春发，与张言行约定在乌龙冈上送别。次日起来，用了早膳，乘着白马，行到冈上，下得马来。等不多时，只见张言行策着马走到跟前，慌忙离鞍道："贤弟真信人也。"李春发道："我们知己相交，岂同别人。"两人遂把马拴在垂杨柳下，草地而坐。李春发道："仁兄到寨，须要相机而行，不可久恋，恐生祸端。"张言行道："愚兄满腔愤恨，无处发泄，定要做些义气事才畅心怀。"李春发道："但愿仁兄如此，无烦小弟叮咛。"张言行起身来说道："紧弟只管放心，他日相逢，自见明白。这路旁非久谈之所，古人云：送君千里，终须一别。愚兄就此告辞。"李春发说："遵命了。"张言行将马解开，飞身上去，拱一拱手说："愚兄去也。"李春发立在冈

中国禁书文库

春秋配

七六五

上，又目送了一回，看不见踪影，方才自己上马旋转归家。也是天缘有分，恰好在芦林经过，忽抬头望见一个老妇人拾柴，一个幼女坐在尘埃不住啼哭。停住马，仔细向秋莲一望，心中惊讶道：你看此女，生得有沉鱼落雁之容，闭月羞花之貌。年纪不过二八，天生俏丽，并非小户女儿。不在闺中刺绣，却在这荒郊外，泪眼巴巴，真个诧异，其中定有缘故。不免下马，向老妈妈问个端底。遂滚鞍下马，向着奶娘道："老妈妈，小生有礼了。"奶娘答礼道："这个君子，非亲非故，向我施礼，却是为何？"李春发道："老妈妈身后那位大姐，因何在此啼哭？"奶娘答道："她是我家大姐，我是她的养娘。我主仆在此拾柴，何劳君子盘问。"李春发赔笑道："如此小生多口了。"奶娘道："真个多口。"李春发背身说道："你看她恶狠狠的直言应答，决非路柳墙花了。细看她云鬓齐楚，身体柔怯，尚是未出闺门的幼女，为何在此采樵，甚觉不伦。既是拾柴，又何必啼哭？内里定有蹊跷，还须问个明白。老妈妈转来，小生斗胆再问一生，那位大姐是谁家宅眷，还求向小生说个分明。"奶娘瞅了一眼，带着怒色道："这位相公放着路不走，只管要问长问短，是何道理？若再问时，定讨没趣。"李春发闻听，低头不语。暗自沉吟："本不该穷究，无奈心中只是牵挂，回家去定添愁怀，不如舍着脸皮，索性问个清白。"遂硬着胆向秋莲施下礼去，尊声："姐姐，小生有礼。"秋莲回答道："素不识面，不便还礼，相公休怪。"李春发道："非是小生多事，观看姐姐举动，不是小家模样。在此芦边啼啼哭哭，必有情由。姐姐姓什名何，求道其详。"秋莲道："自古男女有别，于理有碍，何敢轻言。"李春发道："在这荒野，无人看见，姐姐倘有冤屈事情，未必不能代为解纷，何妨略陈其故。"秋莲见李生说得体切，又是庄言正论，绝不带些轻薄嬉戏光景。况且李生生得风流儒雅，迥异非常，秋莲暗思道：何妨告诉他一番。遂启朱唇，慢慢地道："相公把马拴在树上，容奴相告。"李春发应命，将马拴定道："愿闻其详。"奶娘接口道："大姐不必细讲，说些大概罢，时候久了，恐外观不雅。"秋莲道："奴家住在罗郡，奎星楼边。大门外有几株槐柳，便是。"李生问道："老先生是何名讳？"秋莲道："我爹爹姓姜名韵，表字德化。"李生道："令尊小生素知，近来作何生理？"秋莲道："因家道贫寒，出外贩米。"李生道："令尊既不在家，自有养娘拾柴，大姐到此何为？"秋莲含泪道："在家受不过晚娘拷打，无计奈何，方到此地。"李生道："我听姐姐诉了一遍，原系晚娘所害。小生随身带有三两银子，与姐姐留下，拿回家去，交与令堂买些柴米，省得出头露面，受这辛苦。"奶娘道："相公休得恃富，留下银子莫不有什么意思。"李生道："老妈妈，小生一片恻隐之心，勿得过疑。如此说来，俺便去也。"牵马欲行，秋莲对奶娘道："请那生留步。"奶娘应命喊道："相公且转来。"李生停步说："老妈妈要说什么?"奶娘道："我家大姐有话问你。"秋莲道："奶娘替我问他来历。"奶娘道："晓得。"遂开口道："请问相公因何走马郊外?"李生道："小生清晨因送朋友到此。"奶娘道："相公贵府,坐落何街,高姓大名?"李生答道："舍下在永寿街内,姓李名花,字是春发。"奶娘道："原来是李相公,在庠在监呢?"李生道："草草入泮,尚未发科。"奶娘道："如此说来,相公是位秀才了,失敬失敬。"奶娘又问道："令尊令堂想俱康健。"李生道："不幸双亲早逝。"奶娘又问道："兄弟几人?"李生道："并无兄弟,只是孤身。"奶娘又问:"相公青春多少?"李生道："今年虚度十九岁了。"秋莲悄悄对奶娘道："问他曾婚配否?"奶娘遂问道："相公有妻室么?"李生背身说道："这女子问出此言,大非幽闺静守之道,待俺去也。"遂乘马而回。正是:

　　桃花流水杳然去,道是无情却有情。

　　奶娘向秋莲道："你看那生,见问出妻室二字,满面通红,竟自去了。真乃至诚君子。"秋莲亦赞叹道："果然稳重。"奶娘道："你看他将银子丢在地下,不免拾起回去罢了。"秋莲道："任凭奶娘。"奶娘道："芦柴其实不惯采拾,只斫得这些,待我捆起来,一同好走。"一路上极口夸奖道："大姐你看这佛心人,叫人可钦可敬。又疏财又仗义,真诚老实,绝不轻狂。"秋莲道："正是。与吾家从无半点瓜葛,亏他这般周济。"奶娘笑说道："大姐你若得嫁这个才郎,可谓终身有托了。"秋莲道："我与你是何心情,还讲此风话。至于婚姻,全凭爹妈主张,说他怎的。"二人讲话中间,不觉太阳将落,已到自己门首。

　　不知到家,贾氏如何相待,且听下回分解。

第五回　旷野奇逢全泄漏
高堂明毒起参商

　　话说贾氏打发奶娘同秋莲出外打柴，坐在屋中自己思量道：老娘嫁此丈夫，论心性倒也良善，只是家道艰窘，叫人操劳。每日清晨早起，哪一件不要老娘吃力，一桩照料不到，就要耽误。我想秋莲女儿生得娇养，还得奶娘伏侍，绝不怜念做娘的逐日辛勤。人道是如花似玉的娇娥，在我看起来，犹如刺眼钉一般。今日遣她去斫柴，非是恶意，也是叫她经历经历，后日到婆家好做媳妇。你看她们出去，定然不肯用力拾柴，若要拾得随了我意，将她饶恕。倘拾来一点半星，到反惹老娘生气。一定再挫磨她一番，也是教训她的规矩。猛然抬头，忽见日影西沉，归鸦乱舞。说道："这样时候，怎么还不回来，叫人如何不气。哎！只得闷坐等候她便了。"却说奶娘与秋莲，久已住定脚步，不敢擅入。秋莲道："奶娘你看这点芦柴，母亲见时，定有一番淘气，却怎么处？"奶娘道："丑媳妇终要见公婆的面，哪里顾这些许多。有我在旁承当，料不妨碍。"秋莲道："虽然有你承当，我只是提心在口，甚觉惊怕。"说完，又落下泪来。奶娘道："事到其间，也说不得，随我进来罢。"秋莲无奈，只得依从。奶娘前行，秋莲随后，进了大门。将近内院，听得贾氏喊道："这般时候还不回家，吾好气也。"秋莲闻听，慌张道："奶娘，我母亲正在忿怒之时，你我且在门外暂停片时，再作道理。"奶娘道："不必如此，少不得要见她的。"又听得院内喊道："天日将黑，还不见来呢。"秋莲扎挣向前说："孩儿回来了。"奶娘将柴放下，故意说道："竟是拾柴不得容易，一日才拾得这些。请安人看看如何？"这贾氏迎面早已瞧明，问道："你们拾得芦柴几捆几担？"奶娘道："安人息怒，柴却甚少，到有一件奇事。"贾氏道："就是黎柿也当不得一担芦柴。"秋莲道："不是黎柿，是一件希罕之事。"贾氏问道："有什么希罕之事，你两人快些说来。"秋莲道："孩儿不是说谎，但事甚奇，恐怕母亲不信。"贾氏道："你且讲来。"秋莲道："提起这件事，当今少有，世上无双。遇一后生郊外走马闲游，他不忍女儿郊外行走，忙丢下一锭银子，并不回头，飘然去了。"贾氏道："有这等奇事，银子现在何处？"奶娘道："银大我袖内。"遂把银包递过。"贾氏接来一看

说："果然是一锭银子。我想两不相识，哪有赠银子的道理。此事当真奇了。我且问你，那人怎生模样？"秋莲道："头戴青巾，身穿蓝衫，年纪不过十八九岁，与吾家并无瓜葛。白白赠下银子，孩儿本不承受，他那里竟不回头而走。"贾氏道："可问他姓名么？"秋莲道："他说他也是罗郡人家，家住在永寿街前，父母双亡，又鲜兄弟，只落他一个孤身，名唤李花，现今身列胶庠。"贾氏闻听，说："李花、李花，我也晓得他是个酸秀才，岂有银钱赠人。他后来又说何话？"秋莲道："别样事女孩儿家也不便深问。"贾氏道："且住！不便深问，想是做下伤风败俗的事么，可不羞死，气杀我也。"奶娘道："安人不要屈那好人，那位秀才端端方方，温温雅雅，一片佛心又兼老诚。虽是交言，然自始至终，并不少带轻佻，叫人心服。安人何说此话。"贾氏翻了脸喝道："胡说！自古来只有一个柳下惠坐怀不乱，鲁男子自知不及，他因而闭户不纳。难道又是一个柳下惠不成。一个是俊俏书生，一个是及笄女子，况且遇于郊外，又送白银一锭，若无干涉，哪得有此。我想起来，恐怕是一片芦林，竟成了四围罗帏，满地枯草，权当作八铺牙床，凤友鸾交成了好事。就是那三尺孩童也瞒他不过，何敢来瞒哄老娘。既伤风化，又坏门阁。如今做这出乖露丑的事情，我今日岂肯与你干休，我只打你这贱人。"秋莲道："母亲且住，别事拷打，可以忍受，无影无踪，冤屈事情，如何应承的。"贾氏道："也罢，我也管你不下，不免前去报于乡地，明早往郡州出首，到那时官府自有处置，方见我所说不错。"说完，怒恨恨走到房中，带了些零零碎碎银子，竟自闭门去了。吓得那秋莲女小鹿儿心头乱跳，两鬓上血汗交流，说道："这却怎么了，平地中起此风波。叫声奶娘，此事若果到官，一则出乖弄丑，二来连累李相公。却怎么样处呢？"奶娘答道："我仔细想来，别无良策，唯有一个走字。"秋莲忙问道："走往哪里好。"奶娘道："你只管收拾包裹，我自有效用。"秋莲道："走不利便，反不稳当。"奶娘道："若不逃走，就难保全无事了。"秋莲道："是呀，果然送到官府问出情由来历，形迹上面许多不便，若要严究起来，纵有口也难分诉。既然拿定主意，唯有偷逃一着。倒也免得官长堂上满面含羞，如何说出口来。"两人商议逃去，暂且不提。

却说贾氏行到地保家里，问了一声："地方大哥可在家么？"他家内应道："不在家，在外吃酒去了。"贾氏又问道："常在何处吃酒呢？"内又答道："大半在十字街头刘家酒楼上。"贾氏闻听，只得往前寻找。且说这地方姓张名恭，保长姓李名平，因公务办完，夜间无事，两人同到刘家酒楼上，一面饮酒，一面商量打应官府的事情。贾氏寻到楼边，问声："地保可在你们楼上么？"酒保闻听，对地保道："楼下有人寻你们

哩。"地方保长听说，不敢怠慢，下得楼来见了贾氏，问道："你是谁家宅眷，找我们有何事情？"贾氏道："随我同到僻静所在，有话与你们讲。"二人只得跟来。贾氏道："我住在奎星楼旁，姜韵是我的丈夫。有一事情，特来相烦。"地保道："原来是姜家大娘，有何话说？"贾氏道："丈夫不在家中，我遣女儿同奶娘郊外斫柴，不想遇着个酸秀才名叫李花，赠她银子一锭，必然有些奸情，意欲叫你们递张报单，以便送官。"地保道："清天白日哪有此事，我们又没亲眼看见，如何冒昧报官。奉劝贾老娘你是好好人家，不可多事，恐伤体面，请回去罢。"贾氏不肯，摸了几钱银子递与地保，说："些须薄仪，权为酒资。事完还有重谢。"地保接过来道："如何厚扰，但此事必先递了状子，我们从中帮助加些言语。至于报单，断然打不得的。"贾氏才问道："不知何人会作呈词？"地保道："西街上有位冯相公，善会画虎，绝好呈状。你老人家与他商量才好行事。"贾氏问道："不知住在第几家，好去寻问。"地保道："西街路北朝南，第四家门口，有个石蹬便是。"贾氏道："待我去寻他做了状子，你们明朝务在衙前等候，不可耽误。"地保答应道："这个自然，不用吩咐。"说完仍回楼上饮酒去了。这贾氏只得寻到西街门口，果然有个石蹬。停住脚步，敲了敲门，问声："冯相公在家么？"冯相公听得叫门，出来问道："是何人叩门？"贾氏道："有事奉访的。"冯相公开了门看见贾氏，说："原来是位大嫂，有何见教。"贾氏道："有件要事相烦。"遂从腰内掏出一块银子，约一两有零，递将过去，道："一点薄敬，买杯茶吃。愿求相公做张呈状。"冯相公接过银子，说："何劳厚仪。不知因何事情，请说明白，以便好做。"贾氏遂将遣女同奶娘拾柴，路遇秀才李花，无故赠金三两，想有些奸情在里头。我欲送官审理，特来求教，千万莫阻。冯相公道："谁是证见，有何凭据，怎好轻易告官呢。"贾氏道："那三两银子就是干证。保谓无凭？"这冯相公得了银两，哪管是非，遂答应道："也罢，待我替你做来，但不便让座，俟我做完以便拿去，且在门首等等如何。"贾氏道："使得。"冯相公遂转身回后，他是做惯此营生的，不多一时写得完备，走到门首，念了一遍与贾氏听。贾氏接过道声多谢，随即辞归。一路上欢欢喜喜，奔奔跄跄，已到起更时候，行到自己大门，竟入内室。对奶娘与秋莲说道："你们不要慌，也不要忙，我已告知地保，明早好送官去。秋莲你是正犯，老娘是原告，银子是干证，老贱人是牵头，再有何说。"只见她言罢然后把前后门上了锁，将钥匙收在自己房中，说："你们且自去睡，明朝再讲。"说罢，遂转身把房门关闭，犹自恨恨说："淫奔之女，断不可留，气死人也。"奶娘见她已竟关门，对秋莲道："咱们也回去再作道理。"领着秋莲哭哭啼啼回归绣房。秋莲叹口气道："嗳，奶娘呀，若有我生身母在世，既无打柴事情，更无送官道理，偏偏逢此继母，死作冤家，却怎生了得。"奶娘上前劝道："也是你命运多乖，才弄得人七颠八倒，又遇着你这样继母心肠俱坏，掘就陷人的坑，谋害大姐。但愿苍天保佑得脱罗网，便是万幸。"秋莲落泪说："嗄，好苦呀!"奶娘道："大姐再休啼哭，快些收拾包袱。若要迟延，生出事来怎能罢休。"秋莲道："晓得，待我捡点完备再议脱身之法便了。"正是：

万般皆命不由人，世上何须太认真。
若到穷途求活计，昭关也许度逃臣。

不知她俩人怎生脱逃，且听下回分解。

中国禁书文库

春秋配

第六回 同私奔乳母伤命 推落涧秋娘脱灾

话说那侯上官原是不安本分的人，自从那日离家出来做买卖，好好吃穿，又赌又嫖，不消数月本钱花了，落得赤手空拳难以回家见他妻女。遂自己寻思道：腰内困乏。不免走些黑道，得些钱财，方好回家。久闻罗郡中富户甚多，但路径不熟，未敢轻易下手，待我周围瞧望一番。遂到各街各巷行了一遍。到一街中有魁星楼一座，盖得甚是高大，朱红高？，却极幽静。这魁星楼，唯那文人尊敬，一年不过几次拜祷，哪同别的神灵不断香火，终岁热闹，所以冷冷清清人不轻到。这侯上官留神多回，说："这个所在倒好藏身。我且躲避楼中以待夜静时分，便好行事。"遂飞身上去，暗暗隐藏，不敢作声。这且按下不提。

却说秋莲依从奶娘之言开了柜箱，捡了些得意的钗环首饰，并衣服等类，将绸袄包裹起来。然后拿手帕包紧云鬓，随身蓝布衣裙，系上一条丝带，打扮得爽爽利利。又将绣鞋缠紧脚带，以备行路。奶娘也打整完备，说："大姐你且房中稍坐，待我往前边看看动静，回来好生法作越壁过壁的事件。"秋莲应道："正该如此。"这奶娘遂悄悄轻着脚步，走到贾氏门外听了一听，闻得房内鼾睡之声，阵阵聒耳。这是什么缘故，只因昨夜寻地方、求呈词，忙碌碌多时，所以睡得这等结实。奶娘心中暗道：这也是苍天保佑，令她这样熟睡，我们逃走，庶不知闻。抽身回到后院对秋莲道："妙极妙极。幸前边那贱物今正睡稳，倒得工夫安排走计。我想墙高如何能过，后边有个现成梯子，可以上墙。"闻听谯楼已打三更，奶娘将梯子搬到临街墙边说："大姐你先登梯上去坐稳在那墙头。"秋莲依从，上得墙来。说："哎呀，你看乍在高处，胆战心惊，令人害怕。"奶娘随即也扒上墙头，然后用力将梯拔起，顺手卸到墙外。定了定神，说："好了，脱身稳当，不可慌攻。大姐你且登梯下去，待我跟随。"二人到了街心，说："虽然闯出祸门，不知前去何处得安身之所。"奶娘道："事到其间，只好相机而行罢。大姐随我来顺着这条柳径，且往前行，再作道理。"正是：

青龙与白虎同行，吉凶事全然未保。

却说侯上官正在魁星楼上躲藏，忽听两个妇人在街心经过，唧唧哝哝，急走疾行。"如何三更时候还敢来往，其中定有蹊跷，非是急紧事情定是偷逃，身上岂有不带些东西的。将物抢来，却是采头。不免下楼去夺她包裹便了。"遂下楼来暗暗跟随。说："待我听她说些什么。"及走了两时余，只听奶娘说："大姐，你看星斗将落，月色微明，只得放正了胆子，管不得我们弓鞋袜小了。别说大姐难以走此路径，就是老身自幼到如今，也未曾经惯这等苦楚。"大姐道："奶娘我只是惊惧，心神不定。呀，你听哗喇喇柳叶乱飞，树枝摇动，把我魂灵几乎吓掉。"两人正在惊疑，背后有一个人赶来厉声喝道："哈，你们往哪里走，决非好事，快快说个明白，放你前行，饶你性命。"奶娘道："呀，爷爷呀，我母女是往泰山庙进香的，因未觅着下处，故尚在此行走，敢望见怜。"侯上官道："我不管你进香不进香，可把包袱留下。"奶娘道："哪有包袱？都是些香纸。"侯上官道："就是香纸我也要的。"奶娘道："你要我便不与你。"侯上官喝道："你若不与，我就要动手了。"奶娘道："清平世界，何得无理。你再不去，我就喊叫起来。"侯上官道："你要喊叫，我便是一刀。"奶娘发急遂喊道："有贼有贼，快来救人。"侯上官大怒，遂在腰中摸出刀来，说："这贱人不识好歹，赏你一刀去罢。"说时迟，那时疾，手起刀落，正中奶娘喉咙。听得扑通一声倒在尘埃，登时气绝，魂灵已归阴曹地府去了。竟把包袱拿去，吓得秋莲哎呀一声，说："不好了，强盗竟把奶娘杀死，又将包袱抢去。奶娘呀，你死得好苦啊！"不觉两眼流下泪来。侯上官道："妇人不要声长，稍有动静，也只一刀断送性命。快些起来跟我去罢。"秋莲道："你既杀了奶娘，夺俺包裹，就该逃去，又来逼我同行怎的？"侯上官道："这是好意，送你到前面草坡路径，莫要遗下踪迹，原无别的心肠。"及至趁着月色，仔细向秋莲观瞧，才知道是个俏丽佳人。不觉春心发动，心道："几乎当面错过。世上哪有此娇容，若得与她颠鸾倒凤，不枉生在世间。且住，已竟是笼中之鸟，难以脱逃，不免再吓她一回，看她怎样。"便问："妇人你可认得这地方么？"秋莲道："我哪得认的。"侯上官道："这就是乌龙冈，下面就是青蛇涧，幽雅僻静之所，你肯与我做得半刻夫妻，我便放你回去，你若不肯，一刀斫为两断。"秋莲背身暗暗说道："不想老天注定乌龙冈，竟是我丧命之所。如今失身于他，岂不伤风化，失节操，贻笑后世。到不如急仇寻个自尽，倒是正理。"正自沉吟，侯上官问道："你不愿么？"秋莲怒道："哪个从你，快速杀我。"侯上官思量道：一女子有何本事，何必问她。上前一把按倒在地，不怕她

不从。转身说道："我和你这段姻缘，想是前生注定的。你若不从，我岂肯甘休。当这僻静所在，就是你想求人救援，也是万万不能够的。犹如笼中之鸟，哪得飞去。"秋莲心中暗想道：我到此时，岂是蝼蚁贪生。但死得不明不白，有何益处。目下生个计策，倘或能把强人谋害，岂不痛快。若要不能，任他杀害，决不相从，也是保全名节。遂转身说道："也罢。事到其间，也说不得了。大王且请息怒，夫妻之事非我不从，只为无媒苟合，故此不从。"侯上官欢喜道："既要媒妁这也不难，你我拜了天地，就以星斗为媒何如。"秋莲暗想道：你看这贼，势不能止，不免将计就计，反害了他，才可保全。那高岸上面有数棵梅树，只说作亲也要些花草，哄他上岸折花，那时推他下去，岂不结果他的性命。就是这个主意。转脸说道："大王真个要做亲么？"侯上官道："全仗娘子见怜。"秋莲道："你且去将涧边梅花摘下几枝，插在那里。"侯上官道："要它何用？"秋莲道："指它为媒，好拜天地。"侯上官喜道："这个何难，我就摘去。不知你要哪一枝？"秋莲跟随说："临涧这一枝，开得茂盛。"侯上官走到涧边，只见树直枝高，难以折取，正在那里仰头痴望。秋莲一见想道：不趁此时下手，更待何时。哎，强盗休怪我不仁，皆因你不义。用手着力一推，只见侯上官翻个倒葱掉下涧去。半时不见动静，秋莲才放下胆，说："好了，此贼下去未曾做声，想已气绝。哎，可恨贼人心肠太歹，既然伤害奶娘性命得了包袱，又要逼我成亲，天地间哪有这等便宜事，都叫你占了。到如今你要害人，反遭人害了。看看天色将明，只得再奔前走，寻个安身所在便了。"正是：

劈破玉笼飞彩凤，顿开金锁走蛟龙。

再说石敬坡，自从李春发赠他银布回来，忽然改过，不敢再去偷盗，另寻了些经纪买卖，供养老母。这也亏李生感化他过来，才能如此。这日因赴罗郡有件生意，起身最早，行了多时，天已将明，不觉已到乌龙冈上。因想道：此处甚是荒郊，绝少人迹，又兼青蛇涧中多是贼人出没之所，恐遭毒手，须要仔细防备才是。踌躇中间，已到涧边，早听有人喊叫："救人，救人。"石敬坡惊讶道："如何涧底下有人叫喊，这是什么人呢？"又听得涧底下有哎呀之声，说跌杀我也。石敬坡闻听，不解其故，慌忙喝道："此处急且没人行走，你莫非是魑魅魍魉么？"侯上官在涧中道："我是人不是鬼，休得害怕。"石敬坡道："你既是人，为何跌在涧下呢？"侯上官道："我是客人，路经此地，被贼人推下涧来，把腿胯都跌伤了，望客人救一救命，自有重谢。"石敬坡闻言说："可怜，可怜。常言道，救人一命，胜造七级浮屠。"遂往下喊道："那人不必啼哭，我来救你。"又想了想道："嗄，你不是个好人，现有刀可证。"侯上官道："老爷休得过疑，我是买米客人，遇贼伤害，千万救我则个。"石敬坡道："待我下去看看再辨真假。"遂从乱石层叠之中寻找隙地，高高下下，弯弯转转，方得下来。只见那人卧在石边，真个伤了腿胯，满身血迹。问道："你既是客人，被贼抢夺，若要救上你去，将何物谢我呢？"侯上官道："还有一包袱东西，只要你救得我上去，全全奉送。"遂将包袱递过。石敬坡接过一看，俱是些钗环首饰衣服等类。竟反过脸来大声喝道："呸！你这狗头，明明是个强盗，不知害了多少人，今日恶贯满盈，失脚落涧，死亦应该，还来哄你老子。"侯上官哀求道："我实是客人遇贼的。"石敬坡喝道："狗头放屁！你若遇贼，这包袱便不在你手中了，况且内中东西俱是妇女们所用之物，岂是行路人带的么？还要犟嘴。"侯上官道："既不救我，还我包袱罢了。"石敬坡道："这也是来路不明的东西，不如送了你老子买些酒吃。此时不杀你，便是你的造化，还要别生妄想。"说完携着包袱，仍寻旧路走到岸上，洋洋得意而归，哪里管他死活。正是：

> 蚌雀相争两落空，渔翁得利在其中。
>
> 恶人还得恶人挫，自古冤家狭路逢。

这侯上官见石敬坡走近，叹了口气道："我也是天理昭彰，自作自受，既然贪人钱财也就罢了，为何又心起不良，还要作贱人家女娘，败坏人家节操，如今说也无用，只是身上跌得这样狼狈，何时扒上涧去，才得将养。咳，只得忍着疼痛，慢慢挨走便了。"看官们，你看这侯上官，忙了半夜，徒落一场空，毫无益处，真令人可笑。石敬坡从何处来，却能旱地拾鱼，倒得快活。也因他改过自新，上天加护的意思。

闲言休论，不知秋莲前途能得安身否，且听下回分解。

话说贾氏身体困倦，酣睡了一夜，到那钟鸣漏尽，东方渐渐发白的时候，猛然醒来。说："昨夜女儿事情，活活把人气死。我想她平日娇养，偶然叫她拾柴，不过要挫磨她的生性，哪知道她到那郊外做出这样丑事。如今送她到官审出真情，料她也怨不得我了。就是她父亲回来，也不能十分怪我。事到其间，一不做，二不休。呈状已曾写完，地保又与知会，怎好停止。常言道，任你们奸似鬼，也要吃老娘的洗脚水。那老贼人、小贱人你须准备，待我起来束妆停当，再到后面吓她们一吓。"及至收拾完备，走到角门口内便喊道："秋莲、乳娘，还不快些起来。"及喊了数声，绝没人答应。说："呀，因什么静悄悄的不闻声息，莫不是怕见官府露出马脚，心中害怕寻了短见么。待我推门一看，呀，不好了，人也不见，箱笼大开，许多衣裳撒得纷纷乱乱，想是逃走了。待我看看行踪，呀，后院放得梯儿，何如不见呢。再到园内去瞧，只见那墙头上面，砖瓦参差，一定是越墙而逃。这便怎么处，为今之计，只得到门外叫地保知道，再作商议。"

却说那地方听得有人呼唤，只得走向前来细问根由。看见贾氏，说："原来是姜大娘，为何这等惊慌，是什急事。"贾氏道："你们不知，就是我昨日所说的那个女儿，同着奶娘黉夜私自逃走了。我丈夫又不在家，少不得要劳列位，与我追赶一程，倘或赶上，自有重谢。"地保道："昨交姜大娘教俺们打报单，想来就是因此起的么。"贾氏道："正是。"地方道："待我们帮你去赶一赶，但不知从哪里走的?"贾氏道："从后园中越墙走的。"地保道："不像不像。这样高大墙院，她是两个妇人，怎么扒得上去。"贾氏道："家中梯儿今已不见，想是登梯子旋转过去的。列位请看看踪迹，便知端底。"贾氏遂领着地保从周围观了一遍。地保道："果然是越墙而走。不必说了，如今且不要忙，路上必有脚迹，让她妇人行走，料想不远。我们只望那柳道中寻找便了。"只见他们慌慌张张急忙乱跑，抬头一望，前面路旁影影绰绰似有人在地倒卧。地保嚷道："列位你看，前面恰像个人在那里睡哩。定然是个醉汉，待我上前唤他醒来。"

走到跟前，说："呀，不好了。呸呸，原来是贼盗杀死的一个妇人在此。"贾氏闻听心惊道："果然是杀死的尸首么。"地保说："难道谁来哄你不成，你也过来看看便明白了。"贾氏一见，心底明白，却嘀咕道："这是贱人奶娘。想是她们作了丑事，惧祸偷逃，却遭人暗算了。若论此事，全是我非，如今追悔也无及了。"转回脸来说道："列位请到俺家中从长计议何如。"地保道："这个理应。"遂跟定贾氏进了她门，共同计较。且按下不表。

却说姜秋莲将贼推下涧去，方得脱身。趁着星月之下，胡乱前奔。哪管金风透体，玉露浸鞋。行了多半夜，天色渐明，星光欲灭，才敢慢慢缓走。心中感伤，不觉泪下。说："哪料遭此家难，受这苦处。我爹爹回家知道，不知怎样痛楚。膝下没了女孩，又无音信，他岂肯甘休。想到此处，如何不叫人悲伤。再者与奶娘何干，情愿随我脱逃，实指望将来有了好处，定然报答她的恩情。谁想路逢强贼凶犯，持刀害命，死得可怜，岂不是我连累于她。倒不如我死在家中，却得明白，也省得遭害。"一路上自思自想，又恨又恼，悲悲切切。眼中的血泪，两只袖也拭不干净。走到太阳刚出，才停脚步道："奴家奔走一夜，体倦足麻，肚中饥饿，半步难行，如何是好。你看远远望见一片青堂瓦舍，是谁家宅院，倘可托身，亦未可定。只得上前再作区处。"及至走得将近仔细一观，是座庵院。怎见得：

> 大雄宝殿，鸳瓦层叠，真个气象巍峨。钟鼓楼台龙架高悬，果然摆列齐整。青松满院，翠生生阶砌铺荫。绿竹围墙，娇滴滴随风弄响，应是蓬莱仙境，不让金谷名园。

秋莲赞道："好个功果。"又抬头一望，见门上一匾，书着"青莲庵"三个大字。心内想道：但不知住持的是僧是尼，何敢轻于叫唤。正在迟疑，门里早走出一个尼姑来。秋莲一见，满心欢喜。想道：这是我的造化了，倘施慈悲尽可栖身。上前迎了几步，说："师傅见礼了。"尼姑慌忙答礼道："女娘稽首。"这尼姑向秋莲上下一观，腹内猜疑道：你看这女子生得俊俏，举止又极稳重，又甚温柔，为何容颜上带些忧愁的气色。待我盘问她一番，看是如何。遂开口道声："女子我且问你，仙乡何处，到此有何见教。"秋莲道："奴家因被继母赶出，路上又遇歹人杀我奶娘，抢去了所带包袱，奴家幸而脱身逃命，至此真是万死一生，敢望师傅大发慈悲，把奴打救，决不相忘。"尼姑闻言说："原来你是避难之人，可怜可怜。救人原出佛门，既是不嫌，请进里面见

了当家师傅，没有不收留之理。"秋莲道："如此多谢了。"尼姑道："女娘是客，请先

行。"秋莲道："还请师傅先行，奴家随后。"尼姑道："如此小尼引道罢。"两人进了
山门，转到二门，绕过韦驮庵，由阶而登，进入大殿。方知是观音圣像，倒身参拜。
尼姑把磬击了三下，然后领到方丈内，叩拜主教老尼。老师傅又盘问一番，甚是怜念，
遂叫安排斋饭，令秋莲用过，送在两间最幽静严密的房屋，叫她安置歇息。秋莲谢了

又谢，不胜感慨。心内暗说道：也是奴家大造化，得了安身所在。任凭那歪娘家中怎样处置，也顾不得了。正是：

明知不是伴，事急且相随。

不知秋莲怎生离得尼庵，且听下回分解。

第八回　清上官推情度理
作恶妇攀东扯西

从来听讼实难哉，两造陈情莫浪猜。

多少覆盆含屈处，全凭悬镜照沉埋。

且说贾氏那日领着地保进了家中，让在庭中坐下，遂往后边安排酒饭，送到庭中令他们用过，又送上两串大钱赠于地保，说："我们同到邓州递上呈状，只道遣奶娘买米被人杀害，把女儿拾柴等情，一切不要提起。叫他捉拿凶手。这便是列位用情了。"地保得了钱财，满口应许道："就是这样办法，姜大娘慎勿泄漏。"贾氏道："这何消说。"随身又带了零碎银子，同往邓州行来。不多几时，进了城门，走到知州衙门，只得喊叫起来说："小妇人冤屈，被贼人杀死吾家奶娘，求青天老爷急速拿人与妇人出气。"众衙役向前拦住，说："老爷尚未升堂，何得乱嚷。就有急事，也须我们代禀，为何这等不晓规矩。"贾氏只得前前后后诉了一遍，把秋莲事绝不提起。又问地保道："你们可有报单么。"地保道："早已写完，同来告禀。"众役道："自然虚实瞒不得你们，但公门中事体，就是尸主也当有些使费才是。"地保惧怕衙役，把贾氏扯在背地说："瞒上不瞒下，也得送些敬仪才得稳当。"贾氏闻听，将腰中银子掏与地保，说："凭你怎么打点便了。"地保接过，遂到茶馆中，房内若干，班里若干，分析明白，各各交付。众役得钱才与他禀报。

却说这知州，系浙江嘉兴府秀水县人氏，姓辛名田。考选邓州，居心善良清廉。但初入仕途，政务尚未练达。听得是人命事情，只得升堂坐下，先传地保来见。地保上堂跪到墀下，递上报单。辛知州阅了一遍，然后叫尸主进来。这贾氏进来跪下，把遣仆妇上市买米，过夜不回，被人杀死，求老爷开恩拿人，陈说已完。这知州见她是尸主，略略问个情节，遂上轿验了尸首回来，即差捕役拿票，捉获凶手，不得有误。令贾氏归家收殓尸首，静假获人后，再为审讯。贾氏叩头谢了，自去办理。知州已退堂不提。

却说捕役得了签票，只得往柳道各处寻访。既无干证拿获凶手，迁延月余，并无踪迹。只好打在路案，也无可奈何。熟知上司衙门得了详文，见人命重情，月余无信，便该参劾的。意料是邓州知州审不明白，故难结案。另着解到南阳府耿太守案下重审。这辛知州只得带领尸主贾氏并一切案卷亲送到府听审。及到府衙，尚未升堂，只得在外厅伺候。

却说这南阳太守，姓耿名仲，表字无回，江西南城人。也得了上司明文，着他办案。令人传出，就要升堂。那些房役闻听，早已预备停当。听得内里传点，不多一时，耿太守已到暖阁坐下。门子击一声点，众衙役两边摆列，呼应一声，连呼三次，然后闪了仪门，刑房将邓州文卷呈上。耿知府道："哎呀，原来是一案无头人命。传邓州知州进见。"众役传出，辛知州到堂行过堂参礼，又打恭下去。说："柳道一案，乃卑职之事。今反重劳大人，卑职多多有罪。"耿知府道："这是一件小事，贵州就不能审明么。"辛知州道："有大人清天在上，卑职学疏才浅，望大人鉴宥。"耿知府道："岂不知赌近盗，淫近杀。再加详察，自然明白。如今你且回避，本府自有道理。"辛知州闻言打了一恭，说："卑职告退了。"打发知州出衙，一声吩咐带贾氏上来。众役传呼一声，早有差人领着贾氏，从角门带进，走到堂下。说："贾氏当面。"耿知府一面翻阅文卷，一面问道："贾氏汝家奶娘是怎么样死的？"贾氏道："是人杀死的。"耿知府问道："死在哪里？"贾氏说："死在柳道。"知府又问："什么时候使她出门？"贾氏道："爷爷呀，因小妇人男儿不在家中，使她去买米，夜间出去，天明不见回来。因此找寻，才知被人杀死柳道。人命关天，万望爷爷伸冤。"知府点了点头道："且住，汝家无人，既是买米，何得夜间出门。我看这妇人言语狡诈，其中必有别故。将这妇人与我拶起来，快将实情供出，免动大刑。"两边衙役答应一声，齐来动手。一个将头发采住，两人将拶子套在贾氏手上，用麻绳缠紧，两下一挣，再夹上竹板，才用小板敲击。这贾氏心惊胆战，疼痛难禁，昏迷几阵，不能忍受。醒了半日，口中不觉吐露道："奶娘之死，实有所因，求太爷不加罪于小妇人，小妇人自当实说。"知府遂吩咐去了刑具，着招房细写口供，不可错误。招房答应："晓得。"知府喝道："你可实实说来。"贾氏道："小妇人有一女儿，小名秋莲，与奶娘同到芦林坡去拾芦柴，那时有一秀才，也到芦林坡来，见我女儿举动端雅，不像拾柴的人，有意施恩，竟送白银一锭。"知府又问："是谁见来？"贾氏道："是秋莲自己说的。小人心疑郊外受人银两必是做下歹事，意欲出首。秋莲闻知报官，因与奶娘黄夜逃走。天明小妇人得知，遂喊知地方寻至柳道，见奶娘已被人杀死，秋莲不知下落。她身边还带许多细软东西，想是俱被贼人抢去。小妇人句句实言，还求爷爷拿人伸冤。"耿知府道："你女儿多大年纪了。"贾氏道："一十六岁。"知府又问："可是你亲生的么？"贾氏道："她是前房所生，小妇人是她继母。"耿知府闻听发怒道："哦，是了。若是亲生，必不肯使她郊外拾柴。不贤之妇，与我再掊起来。"众役重新掊起。贾氏哀求道："爷爷呀，拾柴乃穷苦所迫，岂是得已，小妇人并无歹意的。"耿知府喝道："她既逃走，又带着钗环细软，必不是少吃没穿，为穷所迫的。总是你前房女孩，任意作践，你这不贤之妇，与蛇蝎一样阴毒，可恨可恶，还敢强辩么。众役且住了刑，贾氏，我问你，秋莲容貌若何？"贾氏道："不敢隐瞒，虽无天姿国色，也算绝代佳人。"知府又问："那赠银的秀才，你可知道他的姓名么？"贾氏道："他名字叫作李花。"知府又问："多大年纪呢？"贾氏道："听他说有十八九岁。"又问："家住哪里？"贾氏道："也是罗郡村中人。"耿知府道："我想秋莲既无寻着，一定藏在李花家中，奶娘一定是他杀害的。"贾氏道："青天爷爷，犹如神鉴。"耿知府暗自沉吟道："自古才子眷恋佳人，嫦娥偏爱少年。必定是要私奔，被奶娘相劝，这奸夫色胆如天，竟把奶娘杀死，也是有的。"贾氏道："爷爷详情，真同日月。"知府遂吩咐传谕邓州知州，将贾氏带回到李花家，搜寻秋莲，倘若没有，即带李花听审。差役答应，遂同领贾氏出衙散去。只见一役跪倒启禀："老爷，新任按院何老爷出京五天了。"耿知府道："莫不是探花何得福么，此人乃俊秀奇才，可见圣上明于用人。"遂吩咐工房，修理衙门，添补职事，不可耽误。又道："近日来山寇猖狂，劳攘百姓，又添许多军务之事，也只得努力办去才好。你们散去掩门便了。"

　　不知李花拿到如何分辨，且听下回分解。

第九回　石敬坡报恩惹祸　李春发无故招灾

镇日关门形影孤，挑灯夜读尽欢娱。

忽然平地风波起，犹记当年持赠无。

话说石敬坡自从李春发赠他银布，早已洗心，不做贼盗营生。如今改邪归正，寻些生意，得利养亲，这也算他好处。不料在青蛇涧中，夺了侯上官的包袱，遂即办了自己事情，转回家去，将包袱摆在面前，自己思量道：为人莫贪小利，富贵总得稳当，才觉放心。若像那拐诈诓骗，终不久长。我想乌龙冈抢的东西，是那人偷的，我却夺来，既不做贼，又平白劫人物件，甚是非理，却怎么安置才好。想了一回说："哎，有了。汉世漂母，留得韩信一饭，后来韩信封了侯，就酬他千金。自古来知恩报恩，原是有的。我如今将此物送与李相公，酬他周济之恩，有何不可。就是这个主意。但青天白日直径送去，未免招摇。纵然无事，李相公也未必肯受。我不如挨到夜间，倒觉便宜。"计较已定，遂与母亲同吃了午饭，收拾停当，然后起身前往。行到日落时分，才到永寿街前，进了茶馆歇下，沏了一壶茶，慢慢吃着等待时候。歇到起更以后，不好久坐，只得离了茶馆，寻个僻静孤庙，旋转多会儿，约将三更天时候，才寻找前去。到得李生门首，欲待敲门，说："且住。半夜三更，敲门打户，恐被邻舍人家听得不雅，反添扰攘。且将我旧日手段，再用他一用，遂即轻轻飞上房去，将包袱丢在院中，这不过是我一点穷心。"叫声："李相公，李相公，有人酬谢你来了。"李春发正在睡梦之中，听人呼唤，猛然惊醒，问了一声："是哪个唤我？"这石敬坡听得有人答应，便将身一跳，落在街心，说："既有人知觉，我且去罢。"

却说李春发？中问了一声，醒了多时，才疑惑道："这个时候，是谁叫我？"不觉纳闷起来。且说李翼也听得犬声甚急，恐有贼盗，慌忙披衣，开了房门，四下张望，忽见地下黑漆漆一片东西，却不知是何物件，只得近前细看。拾起一瞧，却是一个包袱，道："奇了，这是哪里来的。待我请起相公，决断决断。"李春发在房中问道："李

翼因何大惊小怪？"李翼答道："适才犬吠，小人梦中听得有人叫：李相公，有人酬谢你来。忽然一声响动，小人急忙起来看时，并未见人，只有包袱在地，不知是何缘故，请相公起来裁度一番。"李生开了门，说："这也奇怪，莫不是谁家被盗，遗在这里。你去外面打听，有人说得相投，即便还他。"李翼道："这也不定，待小人留心访问便了。"他主仆两人猜猜疑疑，天已明了，李生也就起来。

却说贾氏奉耿知府之命，率领差捕在李花家讨人，并索赃物。约有五更天气，才到门首。贾氏说："我们敲门，待他出来，好与他讲话。"差捕道："天尚未明，怎好敲他门户。"贾氏道："你是官差，怕他怎的。"差捕闻听，向前敲了几下。李翼听得，对主人道："果然有人打门，想是邻家被盗，特来寻问的，待小的出去看来。"走到门口问声："是何人叩门，有何事情呢？"差捕道："有件要紧事特来相告。"李翼闪开门，贾氏前行说："公差们，你两个把住在门，你二人随我进去。"李翼不知是何来历，不敢拦阻。贾氏领着两个捕突入内室。李生见他们来得凶猛，惊牙："，什么人，敢是贼么？"差捕道："不是贼，倒是拿贼的。我们是官差，你家隐藏逃犯，特来搜寻。"李春发大怒道："哪有这等事？"差捕道："奶娘是你杀死，姜秋莲定在你家窝藏，还有许多赃物，也是你家收存，何得推辞。"他们正在嚷闹，这贾氏早已在各房寻她女儿不见，走到房中，看见桌上搁着一个包袱，打开一看俱是女儿的衣服首饰，遂大叫道："列位，我女儿有了。"差捕道："果然么，在哪里？"贾氏道："你看这是什么？"差捕道："是首饰衣服。"贾氏道："这首饰衣服，俱是我女儿的。料想奶娘也是他杀的了。不然，这东西从何得来。赃已现在，快将我女儿献出，万事甘休。"李春发道："哪个是赃，哪个是你女儿，其中情由，叫人不解。哦，是了，莫不是有个仇人，做成圈套，将我陷害么。无端将人混赖，这是哪里说起。也罢，你们是奉官差，我却不知端底为着什么事情，列位也须说个明白。"贾氏道："你们的风流事情，今已败露，柳道中杀了奶娘，如今快快放出姜秋莲来，便与你甘休。"李春发大怒道："一片俱是胡说。我晓得什么秋莲春莲呢？"差捕道："不必多讲，老爷吩咐见秋莲极好，若是秋莲不见，即带李花回话。"李春发怒道："，我是学中秀才，又不曾犯法，如何将绳锁胡乱擒拿。你们休仗虎狼之威，也须分个高低，岂得孟浪。"贾氏道："不必听他咬文嚼字的，你们既执笺票，又奉老爷遣差，现今真赃实犯，论甚秀才。"差捕听她言词，一齐道："这也说得是，我们携着赃物，带他去见老爷，是非曲直，叫他自辩，我们何苦与他争论。"众公差上前把李生扭住说："李花走罢，没有工夫与你细讲斯文。"竟一拥而去，这李翼吓得目睁口呆，不敢作声。见他们将主人捉去，实不知为何。"姜婆领着衙役，平空将我相公拿去，这便怎么处。不免锁了门户，前去打听打听，再作道理。"正是：

终年闭户家中坐，那晓祸从天上来。

不知李春发此去吉凶何如，且听下回分解。

公堂上屈打成招
牢狱中协谋救主

且说耿知府政事精勤，不肯懈怠。因牵挂柳道一案，未审明白，黎明起来梳洗停当，穿上公服，即命击鼓升堂。坐在暖阁内，专意等候，说："昨晚差役带领贾氏前去李花家搜拿秋莲并李花审问，这时候想也就到。"

却说差捕同贾氏领着李花刚到衙前，差捕道："列位看这光景，料想太爷已经升堂。待进去禀过，好带人犯。"这差捕从旁边角门进去，走到堂前跪下禀道："奉差到李花家不见秋莲，只有一个包袱，贾氏说是她女儿跑时带出的，拿来呈验。今已将李花拿到候审。"耿知府道："带上李花来审讯。"众役答应一声，往下急跑，喊声带李花。差捕闻听，将李花推拥到大堂阶前，说："李花当面。"李花无奈，只得双膝跪下。耿知府抬头向李花一望，生得少年清秀，不似狡猾一流。只得开口问道："李花你可知罪么？"李生道："老公祖在上，生员朝夕只在书房，攻读书史，又不欠账，又不欠债，不知罪从何来？"耿知府道："哦，你拐藏秋莲幼女，杀害奶娘老妇，现在你家搜出包袱，赃证已真，又是拐案，又是人命，怎么你说无罪？快把那郊外如何赠银诱逃，柳道怎样行凶杀害，如今却把秋莲藏在哪里，一一从实供来，免动刑法。"李花闻听吓得胆战心惊，不晓来由，无处插嘴应对，唯说："叫生员从何处说起？"知府又催问道："你还不招么，看枷棍伺候。"李春发道："老公祖在上，容生员告禀，别事真不知道。若问起赠银事原有情节。那日生员因读书倦息，偶到郊外闲行，见个幼女同老妇，相对伤情，那时生员询问端底，她说为继母凌逼，因此伤感。俺一时动了恻隐之心，仗义疏财，赠她几两银子，其实并无他意。芦林遇唯有此举。至于秋莲私奔，奶娘伤命的事，一切不晓。求老公祖细细端详，笔下超生罢。"耿知府道："依你说来，全不知情。这包袱可怎么却在你家。不过恃有衣衿护身不肯实说。我今就申文学台，革去你的衣衿。左右与我夹起来。"众衙役如狼如虎的，将鞋袜退去，把夹棍搁下，一个采起头发，那两个把绳盘了几盘，喝喊一声，两边人将绳背在肩上，用力一紧，这李生便昏迷过去。你看李春发本是个柔弱书生，嫩生生皮肤，怎禁得这等重刑。大约心似油煎，全无主张。头如迸裂，满眼昏红。一个衙役，拿着一碗凉水噙在口中，照他头上啐了三遍，才苏醒过来。叹了一口气说："冤枉呵！"耿知府问道："你招也不招？"李生定神思量道：若就招承岂不污了一世清名，待不招时，这大刑其实难受。想来必是前生造定的了。耿知府道："若不招就要再夹了。"李生道："愿招。"耿知府道："既是招了，退去夹棍。且带去收监，听候申详定罪。"只见禁子走来，上了刑具，带领回去。说："这是人命重罪，须加小心。"众小牢子答应一声，照常例收拾起来不提。

却说李翼等候多时，知主人下监，走到狱门说："哎呀，我那相公啊！"禁子喝道："你是什么人？"李翼道："要看我家相公的。"禁子问道："是李花不是？"李翼道："正是。"禁子道："他是重犯，岂容你进去看视。"李翼道："大哥，我还有些须薄敬，望行方便。"禁子接过说："啊，也罢，我且行一时之方便，叫你主仆相会一面。"遂开了门，说："你进来切莫要高声，你家相公受屈的人，待我取盆水来与他洗洗。"李翼道："多谢大哥了。"说着看见主人，不成模样，不觉满眼含泪说："相公醒来。"李生闻听把眼睁开，哎呀一声，说："痛杀我也，我见了你犹如乱箭穿心，满腔忿恨，只是说不出来。"李翼说："相公曲直，久而自明，容小人访察清楚，翻了此案也未可知。且请忍耐，不必伤感。"主仆两人正在悲痛之际，忽听外边有人叫门，看官你道是何人？原来是石敬坡夜间送了包袱，到了早晨，听得街面上纷纷齐说，将李相公拿在衙门去了，他心内暗暗后悔道："早知包袱惹祸，断不送去。想那李相公是佛心人，遭逢倒运，怎能打此官司，不知何日才得脱身。不免买些酒肉，到监中探望探望，尽点穷心。"随即提着篮儿进到监门，叫声："禁卒哥。"禁子望外一看，说："做什么的？"石敬坡道："里边有个李相公么？"禁子道："有个李春发，你问他怎的？"石敬坡道："可将门开了，待我看看他。"禁子把眼一睁，说："咳，这是什么所在，你要进去？"石敬坡道："太爷我还有些薄敬。"禁子问道："多少呢？"石敬坡道："三百大钱。"禁子道："不够，再添。"石敬坡道："权且收下，俟后再补。"禁子道："也罢，快些进来。"石敬坡叫声："李相公我的恩人呀，你本是读书人，怎能受此苦楚，我今特来奉看，请吃一杯酒。"李生不知是何人，突然而来，说："我不用。"石敬坡说："吃一块肉罢。"李生道："也不用。"石敬坡道："李相公你的讳是春发么？"李生道："正是。我和你素不相识，怎好承情，却来看我。"石敬坡道："相公你再想想。"李生道："如此你敢是个拐子。"石敬坡道："我明明是个贼，他乃认成拐子。既不相识，枉费穷心，回去罢。禁卒哥开门。"李翼道："相公，他好像那夜在我家做贼的石敬坡。"李生道："是了，快叫他转来。"李翼赶上说："石大哥转来。"石敬坡道："认得了么。既然认的，不必细说。我蒙过相公厚恩，杀身难报，今送来一壶酒，聊表寸心。相公吃一杯罢。"李生道："拿来我吃一杯。"石敬坡道："再吃一块肉何如？"李生道："吃不下去。"石敬坡道："恩人所犯何罪，监禁在此。"李生道："连我也不知犯的何罪？只那晚屋檐上掉下一个包袱，认就谁家失盗，贼人遗下的。不料天明，姜婆就带领公差拿我，说我杀了她家养娘，窝藏她家女儿，名唤秋莲，偏偏包袱又现在我家，大老爷不问曲直，除名动刑，屈打成招，问罪收监。"石敬坡道："相公那杀人罪，你如何轻易承认。"李生道："刑法难熬，不得不然。"石敬坡道："恐怕杀人即要偿命，谁是你的救星。还有一件，秋莲寻不着，只怕责比你哩。"李生叹口气道："姜秋莲与你哪世冤家，害得我好苦，就死在阴司，也不甘心。"正说话间，只禁子走来，说："老爷查监下来了，你们快都出去罢。"李翼与石敬坡同道："相公放心养着，我们不时来看你。"遂出了牢门。石敬坡说："李翼哥我两人到僻静去处，有句话讲。"李翼说："使得。"二人到个孤庙中，石敬坡道："请问相公就没个至亲好友么。"李翼道："有个契交，在集侠山住。"石敬坡道："何不去求他相救。"李翼道："我也想去，就是牢中没人送饭。"敬坡道："这个有我。"李翼道："姜秋莲也要寻找。"敬坡道："这也有我。"李翼说："如此说石大哥转上受我一拜。"慌得敬坡扯不及，遂同拜起来。李翼道："感谢大哥慷慨，既允送饭，又寻秋链。倘我主人得脱牢狱，我主仆不肯忘你恩情的。"敬坡道："你说哪里话，我受过活命之恩，比不得陌路人，定要事事关心的。"李翼道："这叫做路遥知马力，日久见人心了。"敬坡道："李翼哥，集侠山之事要紧，不可迟延。"李翼道："这个自然。就是那秋莲之事，须烦留心。"敬坡道："在我身上，不消说了。"李翼道："我即刻起程去罢。"敬坡道："我送你一程何如。"李翼道："不可，各人办事要紧，请罢。"二人作别去了。

　　不知后事如何，下回分解。

第十一回　惧卖身私逃陷阱
　　　　　　因同名孟浪鸣官

　　话说张秋联自从过于姑娘为女，到也安静。只因姑夫侯上官出门去做买卖，不会经营，折损本钱，又兼年景萧疏，家道渐渐艰窘起来。这侯妈妈病体刚好，近又发作。一日坐在房中问秋联道："女儿，什么时候了？"秋联道："已到黄昏。"侯妈道："点起灯来。"秋联道："晓得。"母女二人，相守房中，讲些闲话不提。

　　却说石敬坡立誓再不作贼，只因许下与李生送饭，手中没有分文，自己思量道：腰中无钱，如何办事。天明就要送饭去，却哪里安排。罢罢罢，没奈何，将没良心的事，重新做遭，以为送饭之用。你看前面有一个人家，待我飞上他家屋檐，看看肥瘦如何。哎呦，这般兔儿，虽然毛长，却还有脬，只是灯尚未息。若要想他重利，除非等他熄了灯才好下手。那边来了个男子，我暂且回避便了。

　　这侯老儿走着说道："自从不做生意，无依无靠，家中每日少米无柴，如何度日。况且妻儿又病倒在床，怎么了得。"不觉来到自己门首，叫声女儿开门。秋联闻听，说："俺父亲来了。"侯妈道："我儿须问详细，然后开门。"秋联道："晓得。"走到门口，识得声音说："果然爹爹回来了。"遂开门一同进了内室。侯妈问道："弄的些柴米来否？"侯上官道："今晚没有，明日就用不了了。"侯妈道："今晚没有，难道明日有人白送与你么？"侯上官道："我把秋，"刚说得半句，看见秋联在旁，不往下说，对秋联道："我儿，与你母亲煮碗汤来充饥。"秋联会意，知他有碍口之言，答应去厨下煮汤，却暗暗躲在窗前，听他说些什么言语。侯上官见女儿出去，对老婆道："我已把秋联卖与娼门了。"侯妈闻听说："怎么，把女儿卖与娼门了？你如何这样忍心害理！"侯上官道："不过多图几两银子，你不要高声，看秋联听见。"秋联听毕，进得房来，说："恩父恩母，我虽是你螟蛉女儿，服侍你二人如同亲生，你怎忍将我卖与娼门呢？"侯上官忙道："我儿错听了，张公子要娶一妾，把你卖给张门了，怎么听是娼门。明日就要过门，你去收拾衣鞋，到他家享荣华去罢，强如在此忍饥受饿。"秋联暗自沉吟道：听他巧言花语，不怀好意，我的亲生母哪里去了，落得女儿无依无靠，有什么好下梢？

不觉啼哭起来。侯上官劝道："因你年纪大了，理应择婿，明日是你佳期，不必伤悲。"侯妈在床上长吁短叹道："不料今日做出这翻天覆地的事情来了。早知有今日之事，当初我决不留她。"这些话早被石敬坡尽都听去，暗暗喜道："听他言语始末，竟是姜秋莲无疑了。她既在此，便好救李相公性命。我如今也不偷他，再看姜秋莲行径如何。"只见张秋联走出房来，到自己卧室，满眼流泪道："我到此地位，恨天怨地，都是枉然。千思百虑，不如自尽，倒是了手。"又想了想说："且住，与其轻生寻死，不如收拾包裹，连夜逃走。倘遇女庵，削发为尼，到强似在尘凡之中，招惹风波，趁着今夜去罢。"石敬坡听了多时，想道：姜秋莲若再逃走得无影无踪，李相公这场冤枉，无日得伸了。不免我先到庄外，等她来时，扯她到南阳，以明李相公之冤，有何不可。正是：

　　踏破铁鞋无觅处，得来全不费工夫。

　　且说张秋联将包袱收拾停当，紧了紧包头，系了系罗裙，趁着爹妈睡熟，绕过草堂，开了大门，轻移莲步，慢慢离了家中。说："幸喜走出是非之地，又兼今夜月朗星稀，正好行路。"走犹未远，只见石敬坡迎面"呔！"了一声，说："那女子休走，你是姜秋莲否？"张秋联吓得口不能言，想要回避。石敬坡道："你只顾逃了，把李相公害得好苦。我和你到南阳辨明他的冤枉，你再走也不迟。"张秋联哪里肯去，石敬坡有近前之意，秋联无奈说："休得无礼，我随你去。"石敬坡道："快走，不可迟延。"这张秋联腹内说道：听他言语，令人不解。叫我随他，决非好意。看起来不如在家自尽了，倒得清白，如今悔之晚矣。正思念间，适遇路旁一井，遂将身往下一跳，唯听扑通一声，把石敬坡吓了一惊，回头不见秋联，方知是她跳在井中了。黑夜之间，一个人怎能捞他？痴呆了半晌，想道：我到南阳报官，领差役来捞她，有尸为凭，救李相公便不难了。想罢，竟向城中去了。

　　却说侯上官次早起得身来，见门户都开，就知秋联有八分逃走。各处寻找，果无踪影。慌忙对婆子道："不好了，女儿逃走了。"只听婆子在房内，安安闲闲答应道："走得好，免得我生气。"侯上官闭口无言，甚觉没趣。又舍不了这股财帛，急急出门，寻找女儿去了。

　　再表石敬坡跑了一夜，黎明到了府衙，进了大堂，慌慌张张捡起木槌，向鼓打了几下，口中却说："有大冤枉。"众役上前扯住，说："你是什么人，多大冤枉，擅敢击

鼓。"石敬坡嚷道："冤枉大着哩，烦你上禀。"役人走进内宅门说："启爷，有人击
鼓。"太爷吩咐伺候升堂。不多一时，知府坐在暖阁，众役排班，呼唱冲堂已毕。知府
说："把鸣冤人带上来。"石敬坡台下跪倒，说："太老爷冤枉呀!"知府问道："你有
何冤枉，须从实说来。"石敬坡道："太老爷，小人所禀是杀人的冤枉。因太爷把人问

屈了，小人代他伸明。"知府说："打嘴。本府问屈什么人，用你替他伸冤？"众役上来打了五个嘴巴。石敬坡道："太爷就打死小人，到底是把人问屈了。"知府怒道："本府问屈的是谁？你是他什么人，代他伸冤。"石敬坡道："太爷问屈的是李花，小的却不是他什么人，实是个贼。"知府道："看来俱是疯话，再打嘴。"石敬坡道："休打，小人不说了，任他含冤而死罢。"知府微笑道："我且问你，叫什么名字？"回道："小人石敬坡。"知府说："你口口说李花有冤，我且不打你，你就把他的冤枉说来。"石敬坡道："李花是一柔弱书生，安能杀人。况且平日行径端方。拐藏秋莲，也是必无之事。"知府道："他既招承，你何得代他强辩。"石敬坡道："经此大刑，安得不屈打成招？"知府大怒道："那李花私幼女以赠金，在柳道而杀人，他已招认，况有包袱为凭，你说他冤枉，果有什么确据呢？"石敬坡道："姜秋莲现在侯家庄，与人作女，怎说李花拐带。"知府道："姜秋莲既在，快带来审问。"石敬坡道："如今又逃走了。因她继父要卖她入娼，至夜竟自私奔。奈她不知路径，到半途掉在井里了。这是小人要往她家作贼，亲眼见的，才来禀知太爷。"知府道："她既落井，也罢，快唤贾氏来。"役人忙把贾氏唤到，跪在堂下。知府道："你女儿已有下落了。"贾氏道："现在何处？"知府道："在侯家庄投井死了。可同我人役去打捞尸首，回来报我。"吩咐已毕，遂退堂进内去了。衙役出来，叫地方给他备了一头驴儿，自己骑着，带领贾氏与石敬坡，叫他紧紧相随，往侯家庄而去。走了多时，贾氏忽然开口道："众位去罢，我不去了。"役人问道："你怎不去？"贾氏说："这些路径，我女儿如何到得那里？一定是石敬坡听错了。"石敬坡道："断然不错，我若听的不真切，安敢轻易报官，自取其祸。"役人道："你二人也不必争论了，既奉官差，谁敢不去。就明知不是你的女儿，也得走这一遭。这正是官身不自由了，速速走罢。"

　　未知如何，下回分解。

话说姜韵自从那日出来，贩籴粮米，来来往往，得些利息，不肯轻易回家。只等获利甚丰时候，才到家中看看去。这日买了几石米，雇的车夫姓徐，名叫黑虎，生得膂力过人，惯能推车，所以做了常常主户。一日从店中五更起身，黑虎推车，姜韵在后随行。离店走了六七里路，见星斗未落，月光尚明，天气还早，就停住小车，在路旁歇息歇息。二人取出些干粮，才待坐下去吃，忽听有人叫声："好苦呀！"徐黑虎往四下一看，并无人影，吓得猛然跳起道："不好，有鬼了。"姜韵仔细听了听，说："不是鬼，路那边像是一井，莫不是井中有人，待我去问他一声。"遂走到井边问道："井内莫非有人么？"张秋联听的有人问她，遂说："快着救我。"姜韵说："听她声音，原来是个女子，却如何救她法。"徐黑虎说："车子上有绳，解来缚住我的腰，卸下去捞她罢。"姜韵道："你少年人的力大，在上边好提拔，待我下去罢。"遂将绳系在腰中，叫黑虎慢慢卸下井去，摸着秋联，说："幸喜水不深，只泡得半截身。"忙将自己腰中绳解下，把秋联捆个结实。说："伙计，先把这女子拔上去，然后拔我。"黑虎听见，遂用力拔将上来，放在井边，替她解绳。趁着月色，向秋联细细一看，见她真有如花似玉之貌，暗自惊讶道：是仙是人，不料世间有这样女子。此日之遇，正是天赐姻缘，不可错过。正在踌躇之际，听得井内喊道："快拔我上去。"黑虎沉吟道：你若上来，必起争端。不如把他处死到井中，却是上策。看了看井旁有一木柱，上前搬倒，两手举起，叫声："老伙计站在中间，绳子下去了。"里边应了一声，桩脚早到头上，可怜姜韵性命，就丧在井中。秋联一见，说："呀，不好，又遇歹人了！"黑虎道："休嚷，我非歹人，那井中才是个歹人哩。我怕他上来难为于你，所以把他处死。待我把米袋也丢下井去，你上车来。你家在何处，我送你回家去罢。"这张秋联从井中出来，浑身衣服尽湿，水淋淋的，已觉心内抖擞，又见黑虎这般光景，惊得魂飞天外，暗自思量道：奴家刚离虎口，又遇豺狼，此时要再寻无常，他岂肯容。天呀！莫不是我的性命，该丧于此处。事到如今，任他言甘心险，我自宁死不辱罢了。只见黑虎把车子收拾停

当，催她上车。正在无奈，忽听一片声锣响，迎面而来。黑虎惊讶道："不知什么官府经过。"遂嘱咐秋联道："你且在车边站立，断勿多言。倘若问你，只说是过路的，推办人出大恭去了。再说别话，官府是要打嘴的。"说完抽身向前面躲避去了。秋联见天已大明，官府又到，说："我可有救星了，谢天谢地。"

却说这官府不是别位，是新巡按何大人，往南阳府去，从此经过。那职事鲜明，从役齐整，自不必说。单表秋联，等他职事过完，望见大轿，跪下路旁，叫声："老爷救命呀！"何大人吩咐住轿。问道："你是谁家女子，在此喊冤？"秋联禀道："民女张秋联，父母早亡，依靠姑娘度日，姑爹不仁，欲卖民女入娼，无奈黑夜逃出庄来，遇强人逼我投井，今早又遇二人捞出，井上人却把井中人害死，立逼民女上车，幸遇青天过此，望老爷救命。"何巡按道："我已明白，如今欲送你回去，又恐你姑爹卖你，却怎么处？人役呢？看看前面那林子里，是什么所在？"役人去了不多时，回来禀道："是一所青莲庵，庵中住持，俱是女僧。"何巡按吩咐把庵中老尼唤来，役人二番回去，把老尼唤到，跪在面前。何巡按道："你是庵中住持么？"答道："正是。"巡按道："本院路途收得一鸣冤女子，寄在庵中。本院到南阳府，差人送香金于你，你好好看顾她。"老尼叩头而起，领着秋联去了，不提。

且说何巡按问役中："有会推车的么？"叫他权扮车夫，自己也换了衣帽，扮成客人，吩咐人役道："本院前去私访。你们执事，仍走大路，也不可远离，以便呼唤就到。"众役齐应一声，各自前往。何巡按随着车子，却向旁路而走，说："我自出京来，行至河南路上，观风问俗，狡猾非常，我立意励精图治，三月之内，把一切贼盗，俱化为善良，才合吾意。"正自思量，忽见前面石桥底下，走出一个人来，向巡按拱拱手，问道："才过去的是什么老爷？"巡按答道："是新按院何老爷，已经从大路过去了。"又问道："有一女子喊冤，却怎么发落了？"巡按道："却不晓得。"那人又问道："你坐的车子，是买的还是雇的？"巡按道："却是路上拾的。"那人道："这车子是我的。"巡按道："何所见是你的？"那人道："我有暗记，车底下有我名字'徐黑虎'三字。你可看看，若无此三字，就算我赖你了。"巡按道："虽然有字，难以凭信。后边有人来了，待他到时，叫他平论一番，我便给你。"却说来人，正是众役中扮作行人瞧望巡按的。远远见车子被人拦住，有争论之意，慌忙齐到跟前，虚作劝解。见巡按把嘴一扭，即会意思。掏出绳锁，一齐动手把徐黑虎拴住。黑虎嚷道："怎么他坐我的车子，不肯还我，你们反倒拴我，太不公平。"众役喝道："瞎眼的奴才，休得嚷了。这是按院大老爷私行，特访拿你，你还撒野么？"黑虎听见，吓得开口结舌，半晌说不上话来，只是磕头。巡按问道："此车果是你的么?"黑虎道："不是小人的。小人因从前见过此车，上有'徐黑虎'三字，今日所以冒名充认。"巡按问道："你叫什么名字?"黑虎道："小人姓白，小名叫狗。"巡按笑道："正是黑虎立时化为白犬了。"遂吩咐众役："将车子推到南阳入库，把徐黑虎寄监，本院随后自行到府发落。"役人领命，将黑虎捆在车上，推向南阳而去。这正是：

　　　　黑虎霎时化白犬，粮车权且作囚车。

　　这巡按为何不就回去，仍是私行打扮？一则因井中尸首尚未捞出，再者还要访些事情。
　　未知访的如何，且听下回分解。

第十三回　错中错捞女成男
奇上奇亲夫是尸

话说奉官遣差打捞尸首的这一起人，在路上磨牙斗齿，七言八语。这个说："石敬坡多嘴，无端生事，叫人这样劳神。"那个说："若井中果是秋莲，到好消案，也不枉这番辛苦。倘或差错，石敬坡便不能无罪了。"贾氏抱怨道："石敬坡可知我女儿是怎个模样，却说的这般确切，真令人可恶。"石敬坡量着自己的见不错，却也不与争论。一路来到井边，石敬坡说："到了，就是此井。"公差方才下得驴来，贾氏早已走到井边，向里一望："白晃晃的又不是水，却是什么东西。"石敬坡闻言，急急近前一看，却也看不清白，说："这也奇了，为什么井桩也不见了。你看那边来了一个瘫子，等他到来，问个明白，便知端底。"却说来的瘫子，就是侯上官，久成残疾，挂着拐儿。因闻得巡按经过此地，又不知女儿逃往何处，恐弄出事来，时常在外打听消息。忽见一伙男女俱在井边，特来探视。石敬坡迎面问道："这汉子我问你，这是谁家的井？"侯上官道："就是我家的井，你问它做什么？"石敬坡道："这井桩哪里去了？"侯上官道："正是。日还在，今日为何就不见了？奇怪，奇怪。"石敬坡又问道："这侯家庄上有个姜秋莲么？"侯老儿道："张秋联是我的女儿，昨夜逃走了，你问她必有原故。"石敬坡又问："可是你的亲生女儿么？"侯上官道："不是亲生，却是螟蛉。"石敬坡拍掌道："列位如何，不是我错了。"贾氏向侯上官问道："敢是你把我女儿拐走了。"侯上官道："我也遭你骗了。"石敬坡拦住道："你二人不必吵闹，秋莲现在井中，捞起尸来，就明白了，何必如此。"侯上官道："想是你骗我女儿下井的。"贾氏道："不管他，我只问你要我的女儿便了。"公差喝道："不得乱嚷，且叫人下井去捞起来再讲。"遂对地方说道："下井捞尸是你的事了。"地方道："这个自然。"遂把地方卸下，地方细细一看，说："怪道上面看见雪白的些东西，原来是些白米，弄起去好换酒吃。"正在忙乱时候，这巡按也杂在众人里边，打听消息。只听众人又问井中捞着尸首没有，地方应道："捞着了，不是个女子，原来是男人。"石敬坡道："这是什么事情，你还只顾取笑。"地方说："谁与你取笑？你若不信，捞上来你看就是了。"说犹未了，早已将

尸扯到井口。石敬坡看了一看。遂跌脚道："好个成精作怪的东西，你害得我石敬坡好苦得紧。"贾氏向前一看，放声大哭，说："这尸首明明是我家男人，不知他怎么死于此处。"公差道："你认得真么？"贾氏道："我和他夫妻多半世，难道认不真切？"遂描述黄道黑哭起来说："我那屈死的丈夫，每日东奔西波，为名为利，不肯归家，今日被人陷害，你那名在哪里？利在哪里？徒落得死而不明，真苦死人也！"哭了一会，照着石敬坡道："这可是你把我男人害了！"石敬坡道："昨晚真真是个女子，如今变成白发老翁，只怕是井主移换了。"贾氏问瘫子道："是你把我丈夫害了么？"侯上官道："你看我这样残疾，还顾不过自己来，怎去害人？"公差道："说得有理，连我也弄糊涂了。"巡按插口道："我倒明白。"石敬坡道："你既明白，何不说个详细。"巡按道："我却不说。"公差齐道："人命关天，这案官司正没头绪，你既说你明白，就拴你去见老爷。"巡按道："我是秀才，你们拴不得。"公差道："命案重大，你既多言，便是案中之人，哪管你秀才不秀才。"上前竟自拴了。巡按暗暗说道：亏得是我，若是旁人，岂不惹出一场大祸来。我且带着此绳，同他到公堂，看他怎样发落。公差遂叫石敬坡和地方抬着尸首，同井主去见老爷。却说石敬坡，因井中尸首不是秋莲，又闷又悔，不敢回城见官，只推抬尸无力，故意迟延不走。公差一齐喊喊喝喝，往南阳城中而去。这且不表。

却说李翼那日别了敬坡，急急忙忙连夜往集侠山奔走，行了数日，早望见集侠山不远。极目观瞧，果然险绝，真是他们出没之所。渐渐行来，已到山口，早有人拦阻，说："你是什么人，辄敢到此。"李翼赔笑施下礼去，说："敢问大王可姓张么？"喽罗道："正是。问我大王有什话说？"李翼道："我是南阳府罗郡村，李相公门下院子李翼，有要紧事求见大王，烦为通报。"喽罗道："既是罗郡人，想是非亲即友。你在此少等，待俺去禀大王，自有回复。"李翼说："有劳了。"这喽罗急忙走到聚义厅上说："启禀大王，有罗郡李相公家人求见。"张言行道："李相公是我故人，快传那管家进见。"这喽罗答应一声，不多一时，把李翼领到堂前跪下。张言行认得李翼，慌忙走下厅来说："你主人可好？有何事情来到此处，快快说来。"李翼跪下，满眼流泪说："主人有难，特来求救。"张言行将李翼扯起说："你主人是读书人，有什祸事，叫人不解。"李翼将已往从前，现今入监，问成死罪，说了一遍："此来特与大王商议，设法解救，以全我主人性命，万勿推阻。"张言行闻言，大惊失色，说："我与他虽是朋友，犹如同胞，我不救他，枉生世间。但怎样救他法？"想够多时，说："有了。为今之计，唯安排下山劫他监狱，救出仁弟，一同回寨，共享欢乐，别无妙策。"遂叫："请你二

中国禁书文库

春秋配

大王来。"喽罗答应，去不多时，二大王王海走来，叙过礼，下面坐定。张言行便将仁弟李花遭难在狱，李翼求救来由，陈说了一遍。王海道："既是大哥的仁弟，即同我们己事一般，何敢推辞。不知哥哥如何救法?"张言行道："快点寨兵，速速下山，直攻南阳府城，劫他牢狱，便是长策。"王海答应，收拾器械，准备粮草，明日起马而去。

不知张言行能救出李春发否，且听下回分解。

第十四回 三拷下探陈叛势 两军前吐露真情

话说南阳探子，因巨寇张言行在集侠山带领群贼，在濮河安营，声言要攻打南阳府，贼势十分利害，特来报与本府太爷得知。衙役见探子禀见，急忙通报，知府升堂，问了详细，吩咐探子用心打听，再来报禀。探子应声去了。知府又唤中军过来："与你五百精兵，速去擒贼立功。"中军领令去了。众役又禀道："启老爷，小人押贾氏与石敬坡到侯家井中，打捞尸首，却不是姜秋莲，是一个白发男子。贾氏说是她的丈夫，小人只得把井主也带来了，一听太爷定夺。"耿太爷道："唤井主人来。"侯上官跪下。问道："你井内为何有尸首在内？"侯上官道："小人其实不知道。"知府吩咐且自收监。又叫石敬坡上来，知府问道："如今井内却怎么不是姜秋莲呢？"石敬坡回道："小人亲眼见她投井的，不知怎样变化了。"知府也吩咐收监。叫贾氏上来，贾氏跪倒。知府问道："井内的尸首，你说是你丈夫，你认得真么？"贾氏道："认得真。"知府吩咐："你且下去。"自己纳闷道："这桩事一发不得明白了。"公差跪倒爷："启老爷，有个秀才说，此事他倒明白，小人也把他带来了。"知府说："与我带上来。"只见那秀才摇摇摆摆，气昂昂的绝不惊忙，走到大堂檐前，挺挺的站立。虽然带着绳锁，一点不放心上。知府问道："你既是秀才，怎么连个礼也不行。"何巡按道："俺是读书人，自幼不入公门，又不曾犯法，行什么礼。"知府问道："你在庠在监？"何巡按道："也不在庠，也不在监，特奉主命来游玩河南的。"知府问道："你主是谁，要你往哪衙门去游？"何巡按道："在下何得福特蒙圣恩差俺巡按此处，有何专衙？"知府闻听，大惊失色，忙离了公座，上前打躬，说："不知大人到了，卑职有失迎接，望祈恕罪。"吓得那些公差，把绳锁摘下，只是磕头。何巡按道："唤我的人役来伺候。"正自吩咐，只见探子来报，贼势凶勇，攻打甚急，求老爷定夺。知府吩咐再去打探，探子飞马去讫，何巡按问道："莫非就是强盗张言行么？"知府答道："正是。"何巡按道："本院在途中，闻得贼势厉害，贵府若不亲临阵前，只怕众军性命难保，贵府便不能无罪了。"耿知府打下一躬，说："大人吩咐的是，卑职即刻出马。"保巡按道："理当如

此。本院暂且回到察院，听候消息。"知府遂唤人役们，送大老爷回察院，小心伺候，打发巡按上轿而去，才说："看我披挂来。"点过三军，一齐上马，摆开队伍，竟扑城外而来。

却说张言行那边，也有探望军情的，飞马来报说："启上大王，南阳刺史亲统三军，前来对敌。"张言行闻听大喜，说："李翼，你主人有救了。如今耿知府亲自出马，我这一去撞破重围，拿住刺史，何愁你东主不出来。"李翼道："总仗张爷虎威。"张言行遂令王海保定李翼，自己率领喽卒，一马当先，冲上前去。不多一时，两垒相对。耿知府挺枪临阵说："马上的可是张言行么？"张言行答道："既知是张爷爷，何不下马投降。"耿知府大怒道："好大胆鼠贼，朝廷有何负你，擅敢造反？"张言行道："我此来专为你这害民贼，轻薄绅士，屈陷人命。"耿知府问道："屈陷何人？"张言行道："邓州李花，犯的何罪，将他监禁在狱。"耿知府道："他有罪无罪，与你何涉，胆敢猖狂。我便擒你，和李花一处斩首。"张言行闻言如何容得。一怒杀来，混杀一阵。耿知府虽有军将，但从没对敌，如何能取胜。遂令鸣金收军，暂回城去。张言行见天色将晚，也随机归营。李翼上前说："闻听张爷阵上言语不好，恐反害了我主人也。"张言行说："怎么反害了他？"李翼说："张爷对耿知府说，因我主人起兵，知府这一进城来，必把我主人先杀了。这岂不是火上添油么？张爷且请再思。"张言行闻听李翼之言，觉也说得有理，急得遍身流汗，半日不语。踌躇一回，说："不该在阵前说出真言，果是算计不到，倘如李翼之言，岂不把李春发速速死也。这便怎么处？"寻思一回，说："也罢，事既到此，我便与李仁弟死在一处，也完了我心事。王海兄弟，如今你可埋伏要路，听我消息。"王海应道："遵哥将令。"张言行才道："李翼不必啼哭，我假作败兵，混进城去，打探你主人消息，以便救他。"李翼道："极蒙张爷高情，若到城中，也须相机行事，不可造次。"张言行道："何劳嘱咐。"遂吩咐众喽罗道："你们头目，即速挑选五六十名精壮的，随我前去。俱作百姓模样，或扮挑柴的，或装负米的，或作各色工匠，不拘哪行，任凭装点。须要前后进城，不露色相才好。入城之后，散乱照应，不可聚集。俱在府衙左右观望，以举火为号，便一齐杀出，不可有误。"众喽罗应声，各自预备，随身各带器械，外用衣服掩盖，杂在众人之中，挨进城去。却喜城门不甚防范，就在府衙左右等候。张言行也打扮败兵气象偷进城内，打听李春发消息。

不知可能救得李春发否，且听下回分解。

第十五回 重金兰擅劫法场
明大义逃归囹圄

且说耿知府见张言行兵势甚勇，领军回城思量道：贼势甚觉难平，却怎么处。不如告禀巡院，细细酌量，再作道理。遂急急上轿往察院去，来到辕门，巡捕官通报，巡院传见，请耿知府内书房相会，以便商议军情。耿知府见了，打恭施礼，巡院谦让一回，分宾主坐下。何巡按问道："贵府胜败如何？"耿知府禀道："贼势甚是凶勇，不能取胜。大人，原来那李花与他同谋，望大人早早处决，以免后患。"何巡闻听惊讶道："果然如此，事不宜迟，待我升堂，即速发落便了。"遂令传点坐在暖阁，众役排班，呼喝已毕，何巡按吩咐，叫刽子手伺候，快把李花提出，即时斩首。众役答应，疾快出衙，向府监提人。街面上俱一齐谈论道："此番提李花出狱，多凶少吉，可怜他是读书人，遭此重罪。"这张言行久在衙前，打探动静，闻得此信，遂招集众喽罗在僻巷一个破庙宇中，四顾无人，才商议道："不好了，我在衙前听得牢中提人，想是要斩李花。你们在左右观望，若见他有斩人光景，便随我上前一齐抢夺。杀出城门，不可有误。"众贼人道："我们晓得，不必长谈，恐旁人听见，又生祸端。"说完仍散在衙门左右，往来偷瞧，专等消息不提。

却说众役到监中提出李花，即往察院来，上前通报，说："李花提到。"李花跪在堂下，说："爷爷冤枉呀！"何巡按道："你冤枉什么，既与反贼同谋，那柳道杀人，是你无疑了。"李花道："大老爷，那集侠山叛逆贼寇，我与他虽是同郡，从未交游，日下小人既误犯重罪，披枷带，还指望青天开眼，得遇大赦，未必无出头日子。至于柳道杀人，俺是读书人，无此辣手。哪有一点影响，况敢与叛贼同谋，作这灭九族的事情。望爷爷法台前怜念儒生，格外详审罢。"巡按道："在我跟前，你不必巧言强口，枉自分解。既已杀人，又通山寇，罪不容诛。叫监斩官，即将李花绑起，插上标子，押赴杀场，速速开刀，勿得停留。"刽子手一齐动手，绑拴完备，巡按用珠笔点了名字，两人扶着，出了察院。正往前行，只见五六十个人，各执器械，随着一个烟毡大帽，手抡双刀的，将刽子手砍倒，解开李花缚绳，令个精壮小军，背将起来，领定众

寇，杀到城门。幸喜防御人不多，那些门军见势头来的凶恶，不敢十分争斗。这张言行大喊一声，说："你们各自回避，倒是造化，省做刀下之鬼。"一面说一面将护门军斫倒数人，把铁锁劈开，门拴扳起，开了城门，一拥出城，竟回大营而去。随后城内武官，点起军兵，齐来追赶。张言行领着众人，早已走出他们营盘齐楚，不敢再追。哪料王海埋伏之兵一直杀来，官军看得明白，不肯迎敌，暂且退回入城去了。王海也不追赶，竟自回营。

却说李花，一经捆绑，早已魂飞天外，昏昏迷迷，架到街心，又不知人从何来，忽然解缚绳背负而逃。只觉虚飘飘昏沉沉，也不晓得身首在一处，不在一处。荡荡悠悠满耳风生，一霎之间，携到一个所在，才觉有人与他披上衣服，心神稍觉安稳，只是有话说不出来。停了一会，耳中猛听有人唤他："贤弟醒来。"又听得说："相公醒来。"又苏醒了半时，猛睁开眼，见张言行身披甲胄，面前站立，又见李翼也在旁边，擦眼抹泪的哭，不知是何来历，才开口问道："张仁兄，这是什么所在？"张言行道："贤弟我为救你，领人马下山到此，与耿知府交战，那耿仲被我杀败，我便假做百姓，混进城去。不料贤弟正绑法场出斩，是为兄劫了法场，救了贤弟出城。这便是愚兄的营盘了。"李花道："原来如此，但我犯罪，自有一身承当。如今仁兄舍着性命把我救出固好，但只是劫了法场，非同儿戏。城中官员岂肯甘休，却怎么了得。再者我在邓州遭难，是何人传信，怎么得知的？"张言行道："我在集侠山，何等自在。你家李翼来说，我方领人马到此，受了多少劳碌，反惹你致怨。"李花闻听，向着李翼道："老奴才，我死自死，谁叫你来。你主人是朝廷俊秀，虽然犯法，想是前生冤业。如今做出这事，连累我的香名，反遗臭万年了。可恼可恼。"张言行闻听，含嗔道："这才是画虎画皮难画骨，知人知面不知心。贤弟休生埋怨，不必如此。到明日，再重新商议罢。"李花道："非是致怨仁兄，水火中救人，真是天高地厚之德，碎身难报。但人各有性情，不能相强。甘心就死，不肯为逆。倘朝廷不容，定来剿灭，仁兄设有疏失，岂不是小弟连累哥哥。于心何忍，实是不安，并非致怨。"张言行闻言，又转喜色道："愚兄岂不知此，但我两人，相交甚厚，所以轻生重义，哪有别心。"遂吩咐王海，令小卒打绑提锣，营外巡视，恐有劫寨之兵。急速摆上筵席，与李贤弟压惊。王海应声办理去了。张言行让李生上坐，自己下陪。众卒斟上酒来，随后大盘肉食，并山中野味，甚是丰盛。劝李花饮酒，李花不好却情，只得勉强应酬，说些得罪情由，感激话头。天已二更时分，李花辞醉不饮。张言行也觉身体困乏，说："贤弟也得将息将息，安歇一夜，明朝再讲，愚兄告别罢。"李花道："小弟困乏，也就去睡。"打发张言行安寝，自己心中有事，哪里睡得着，悄悄起来，看桌上现有令箭，我且拿去逃出营盘，再作道理。又听了一听，闻得张言行鼾声如雷，说："张兄既已睡熟，此时不走，更待何时。咳，虽是朋友好意，不肯忘旧，但是非之地，难以久留。趁着月色明亮，正好走路。"急急忙忙，正往前行，巡更的遇见，问道："什么人？"李花道："我是查夜的。"更夫问道："可有令箭？"李花道："这不是令箭。"更夫道："既有令箭，过去罢。"这李花逃出营来，无人查问，急往前去不提。

去说张言行醒来，不见李春发，遂问王海道："我李仁弟哪里去了？"王海应道："三更时候，更夫报道，有人拿着令箭，口称查夜，出营去了。"张言行道："想必逃走了，快备马来，待我追赶。传与三军，各执火把，快忙前去，赶他回来。"又赞叹道："我那仁弟，为人至诚忠厚。既做漏网之鱼，怎么又去吞钓。须要追赶回来，再劝他回头入伙方是。众小卒急急前追，不得迟延。"

且不说他们簇簇拥拥，急急追赶。说李花出得营来，不顾高低，哪管深浅，行了多时。说："你看夜沉露冷，戴月披星，又兼朔风阵阵侵骨，如今也顾不得了。只是张仁兄情意亲切，叫人难忘。但我的心肠坚如铁石，哪能移挪得动。"正思量着，见后面火光照耀，料想追赶来了，一时无处躲避，四下一望，见前面一片树林，不知是何所在，急急前去躲藏。

不知李花可得了避身之处否，且听下回分解。

第十六回 男女会庵中叙旧 春秋配救赐团圆

话说李春发急急行来，将近跟前一看，说："原来是个庙宇。大门紧闭，却怎么处。那边靠山门有棵柳树，条枝甚低，不免攀定柳条越墙而过，等到天明，再往前走。"随即攀定柳枝，蹬着墙头，飞身往下一跳，落在平地，定了定神，悄悄躲在墙根下。不提。

却说庵内道姑，闻听山门前忽有响动，又闻犬吠，一齐执灯出来探视。忽见墙边有人站立，一齐嚷道："不好，有贼人进院来了。快喊于邻人知道，齐来捉拿。"李花慌忙应道："我非贼盗，却是避贼盗的。"姜秋莲向前仔细一看，说："观你模样，莫非是罗郡李相公么。"李春发道："我正是李花。"姜秋莲对老尼道："师傅，他就是我同郡李秀才。"老尼道："既是李相公，且请到大殿上说话。"李生向老尼施下礼去说："请问这小师傅，如何认得小生。"姜秋莲道："芦林坡前，你赠银子与谁来？"李生猛省道："你莫非是姜秋莲么？"小尼答道："正是奴家。"李春发道："你为何私自偷逃？柳道之中，遇盗杀了奶娘，你的母亲却在邓州将我首告，因此解送南阳，受尽许多磨折，你却安居此地。"姜秋莲问道："你既遭官司，今夜如何到此。"李春发道："我有盟兄张言行，现在集侠山为王，闻我受屈，特提兵到南阳与耿知府交战，知府兵败进城，立刻将我处斩，又亏他劫了杀场，救我出城。但我想贼营岂可安身，因此逃出。他又随后赶来，望师傅们大发慈悲，遮盖俺一时，明日再走。"姜秋莲听他说了半日，不觉心中痛伤，腮边流泪，但不好言语。老尼见她这般光景，问道："贤徒为何落泪，含着无限伤感。"姜秋莲道："我想当日芦林相遇，悯我幼女，慨然赠金，是何等豪侠义气，况且自始至终并无一言半语，少涉邪淫。哪料回家告诉继母，她偏疑心起来，猜有私情，就要鸣官，那时恐分不清白，出乖露丑，无奈何和养娘越墙逃走，行至柳道，又遇强人杀了养娘，夺去包袱，又逼奴家同行，幸天赐其便，将贼人推下深涧，

方得脱身到此。自己受苦罢了，怎么连累李相公，遭此冤屈此官司，于心何忍。当日倒不如在家悬梁自缢，倒省惹无限风波。"李花问道："可知那杀养娘的叫什么名字？"姜秋莲道："那刀上有侯上官三字。"说话之间，那张秋联也来近前，听说侯上官三字，便惊道："侯上官是奴家的义父，如何却有此事。"李花道："敢问此位小师傅俗家住在哪里？"张秋联道："奴家也是罗郡人氏。张言行便是我的胞兄。"李花道："他乃我结义仁兄，如此说你是我的仁妹了。想必张兄临行，将仁妹寄托侯家庄上么。"张秋联道："正是如此。论亲戚侯上官是我姑爹，哥哥把奴家寄于姑娘家为义女，所以说是义父。那日就在侯家庄上兄妹分别，不知哥哥出去，竟做此绿林营生。姑娘待我还有骨肉情意，岂料姑爹不知在何处损坏身体，成了残疾。又心怀不仁，要卖奴为娼。是我无奈，只得黑夜逃走，却遇强人逼我下井，次日有二客捞救出井。他二人之中，又害了一人在井内，这人便逼我上车。却好路遇按院老爷，行到化俗桥下，是我喊冤，得蒙按台寄我在此，不知将来怎样结果。"李花道："石敬坡在南阳击鼓，说姜秋莲在侯家庄上，与人做了义女，莫非就是贤妹么。"张秋联道："那夜出庄之时，即遇一人问道：'你是姜秋莲也不是，我说你问她怎的，想那人便是石敬坡了。"李花道："正是他。贤妹尊名？"张秋联道："我是秋联。"李生道："是了。张与姜同韵，莲与联同音，也休怪他说错了。他如今也在狱中，谁知你二人皆在这里。他为我寻秋莲，不分昼夜，因错名字击鼓鸣官，遣他捞尸，勾引出许多口舌，现在狱中，秋后处决，可怜可怜。"这老尼听他们告诉情由，说得可伤，不觉流下泪来。道："你听他三人说得悲悲切切，来来往往，前前后后。有许多情节，巡按老爷竟把好人无故牵扯，我出家人听到此处，也替你们酸楚。都不必再言了，李相公且在这里宿歇，等到天明我领你两个同李相公，到按台老爷那里诉明就里，辨明冤枉便了。"李花与秋莲两人同道："全仗老师傅法力协助协助，感激不尽。我们等候天明以便前去罢。"

却说张言行率领众人，追赶数里，不见踪影，又恐营盘有失，只得怅怅而归，这且不表。到了次日，老尼领着李花等，一齐进城，同到巡按衙前，适遇按院升堂。李花竟直奔上堂去，双膝跪倒，说："老爷冤枉。"按院问："是什么人？"众役禀道："就是张言行劫去的李花，又来喊冤。"适耿知府也在堂边，说："必有诡计，快拿去斩了。"按院道："不可。他必有话说，待我问他，李花再向前来。"李花闻听，又爬几步，按院道："李花你既被劫去，为何又来喊冤。"李花禀道："老爷，小人虽与张言行幼年同学，实长而各别。他今造逆为叛，虽救我出去，但小人曾读诗书，祖宗清白传家，岂肯随他为逆。故此特来受死。"又将逃避庵中，遇着道姑，把冤枉对证明白的话，申明一番。按院闻听大喜道："为人谁不怕死，难得你诚厚如此。如今又证出杀人，是冤屈你。我即还你衣衿，却说张言行投降。本院代你启奏，加你官爵何如？"李花闻言欢喜，换了衣衿，拜谢道："蒙大人天恩，即往张言行营去，仗三寸不烂之舌，劝他归顺，即来复命。"遂出察院去了。

那姜秋莲、张秋联在外喊声冤枉，众役禀过，按院吩咐唤她进来。衙役领着她二人跪倒堂下。按院问道："那道姑有什么冤枉，叫什么名字？"姜姑道："俗名姜秋莲。"张姑道："俗名张秋联。"按院笑道："怎么一时出来两个秋连，住在哪里？"二人道："全是罗郡人氏。"按院又问："姜女有什么冤枉诉上来。"姜秋莲道："民女芦林拾柴蒙李花周济银两，及到家中，继母疑心，欲要送官究处，民女无奈，遂同养娘偷逃走至柳道，不料遇着歹人，夺了包袱，养娘喊叫被他伤害，又要奸骗民女，民女那时诱他在青蛇涧边折取梅花，就空推他跌死涧中。"巡按道："你可知那人姓名么？"姜秋莲道："就是张秋联的父亲。"按院问道："何以知道？"姜秋莲道："刀上现有侯上官三字。"巡按看是果然，吩咐将刀寄库。又问张女："你有何冤枉。"张秋联道："爷爷听禀，我养父卖我入娼，夜间逃出，不料冤业相随，叫声秋莲同我与李相公伸冤，吓得我投入井中。次日有二人将我救捞出井，又被匪人相欺，将一个同行的害于井里。救了我命，害了他身。后民女遇一官员喊冤，蒙恩送入庵去。今到台下，只得直陈。"巡按又问："你可是本院寄在青莲庵的么？"张秋联道："原来就是大老爷。"巡按道："这件事，本院已经明白，那老儿是徐黑虎害的。但逼你投井的却是何人？"耿知府道："那就是石敬坡。"巡按想了一想说："是了，他误以秋联为秋莲，却与威逼人命不同。唤石敬坡上来。"石敬坡跪于堂下。巡按问道："你可认得姜秋莲么？"石敬坡道："若会面也还认得。"何巡按道："这两个道姑你下去看来。"石敬坡道："此位好像是她。"巡按道："你且下去听审。唤人将徐黑虎提来。"不时提到。巡按道："此女你可认得？"徐黑虎向秋联道："我将你从井中救出，也要知恩报恩。"巡按道："救她之人，却被你害死井内，她却报谁的恩呢。且下去听审。唤侯上官。"侯上官上得堂来，巡按问道："张秋联在此，你认得么？"侯上官望了一望，说："是我女儿。"巡按又问道："那一个你认得么？"侯上官道：

"小人知罪，不必说了，小人成招罢。"巡按道："带他下去听审。"又将贾氏唤来，巡按问道："你可认得这道姑么？"贾氏道："是我女儿。"巡按大怒道："她是你女儿，一十六岁，还叫她去荒郊野外拾柴。你的丈夫是徐黑虎所害，你家养娘是侯上官所杀，你诬告李花，该当何罪？"贾氏道："爷爷，我家的包袱现在他家，不是他杀害，如何到他家？"石敬坡道："大老爷，那包袱小人倒晓得。"巡按问道："你怎么知道？"石敬坡道："小人那日到罗郡买货，起程早些。行到乌龙冈，见一汉子腰藏包裹，料想来历不明的，是小人抢了他的。小人往日曾受这李花恩惠，无物可报，就将那包裹撂在他家院内，不想反害了他。"巡按道："所遇汉子却是何人？"侯上官道："是小人。"石敬坡一看说："就是此人。"巡按道："这就是了。唤众犯听审：姜秋莲越墙逃走，乃继母所逼，与私奔不同。侯上官夺物杀人，心蓄奸淫，实为罪魁恶首，定了剐罪。张秋联惧卖为娼，夜逃遇盗，因而投井，是所当也。石敬坡虽逼女投井，乃无心之失。南阳击鼓鸣冤，慷慨可嘉。填入刺史麾下听用，以为进身之阶。徐黑虎慕色杀人，定了斩罪。贾氏嫉妒前妻之女，心如蛇蝎，发本州三拶，领夫尸埋葬。李花陷不白之冤，受无限之苦，不肯同友造逆，甘心投辕受死，本院断姜女与之为妻。淑女宜配君子，姜秋莲下去更衣。众犯画供押出行刑。贾氏发回本州。张秋联且回庵内，以便另寻配偶。"吩咐已完，只见李花前来禀道："启大老爷，罪人已说张言行自来投降。"巡按道："你今又有说寇之功，本院即上本保你，且自更衣。着张言行进来。"众役传呼。张言行跪倒，说："罪人该死，求大人饶恕。"巡按道："看你气象果然英雄，且起来，既已改邪归正，本院自当保奏朝廷，你今且领你妹到庵去候旨。"张言行道："求大老爷就将李花也成就妹子之婚，便是莫大之恩。"巡按道："这也说得是，你既与李花有朋友之谊，又可结郎舅之好。令妹何妨与姜女同配李生。且二女名皆秋字，李生名有春字，则春秋二字，暗中奏合，乃天生奇缘，谅非人力所成，可喜可贺。耿刺史为媒，本院主婚，就此同拜花烛。"耿知府道："大人处分真乃天造地设，分毫不爽。人役速唤鼓乐伺候。花红齐全，着宾相赞礼，即在大堂同拜了天地。"李花同姜张二女拜跪起来，又谢了巡按与知府。正在热闹之际，忽众役禀道："圣旨下。"巡按吩咐，快排香案。只见内使已到堂上，说："圣旨已到，跪听宣读。"皇帝诏曰："何卿奏言李花甘死投辕，不肯顺逆。又有说冠之功，免群黎之难，诚为可嘉。特钦赐尔为翰林学士。张言行输心投诚，改过自新，不愧壮士，封为平顺将军。姜秋莲、张秋联名节不污，同受花封，为贞烈夫人。石敬坡勇于改过，不没人恩，鸣冤报德，真有豪侠之情，着巡抚麾下听用。钦此。"何巡抚接旨后，众人无不欣喜。这时厅上早已鼓乐齐鸣。李春发同着双秋进了洞房，自是欢喜不提。

玉舍珠

［清］醒世居士　撰

第一段·惩贪色

好才郎贪色破钞
犯色戒鬼磨悔心

诗曰：

情宠娇多不自由，骊山举火戏诸侯。

只知一笑倾人国，不觉胡尘满玉楼。

这首诗是胡僧的，专道昔日周幽王宠个妃子，名褒姒，那幽王千方百计去媚她，因要取她一笑而不可得，乃把骊山下与诸侯为号的烽火突然烧起来。那些诸候只道幽王有难，都率兵来救，及到其地，却安然无事。褒姒此时哈哈大笑。后来犬戎起兵来寇，再烧烽火，诸侯皆不来救。犬戎遂杀幽王于骊山之下。又春秋时有个陈灵公，私通夏徵舒之母夏姬，日夜至其家饮酒作乐，徵舒愧恨，因射杀灵公。后来隋朝又有个炀帝，也宠萧妃之色，要看扬州景致，用麻叔谋为帅，起天下民夫百万，开汴河一千余里，役死人夫无数。造凤舰龙舟，使宫女两岸牵拖，乐声闻于百里。后被宇文化等造反江都，斩炀帝于吴公台下。至唐明皇宠爱贵妃之色，那贵妃又与安禄山私通，被明皇撞见，钗横鬓乱，从此生疑心，遂将禄山除在渔阳地面做节度使。那禄山思恋杨妃，举兵反叛，明皇无计奈何，只得带了百官，逃难至马嵬山下，兵阻逼死了杨妃，亏了郭令公血战，才得恢复两京。你道这几个官家，都只为爱色，以致丧身亡国，如今愚民小子，便当把色欲警戒方是。你说戒那色欲则什？我今说一个青年子弟，只因不戒色，恋着一个妇人，险些儿害了一条性命，丢了泼天家私，惊动新桥市上，编成一本新闻。

话说宋朝临安府，去城十里，地名湖墅，出城五里，地名新桥。那市上有个富户，姓云名锦，其母潘氏，只生一子，名唤云发，娶妻金氏，生得四岁一个孙儿。那云锦家中巨富，放债积谷，果然金银满箧，米谷堆仓，又去新桥五里，地名灰桥市上，新造一所房屋，外面作成铺面。令子云发雇一个主管帮扶，开下一个铺子。家中收下的

丝绵，发在铺中卖与在城机户，云发生来聪俊，粗知礼仪，做事朴实，不好花哄，因此云锦全不虑他。那云发每日早晨到铺中卖货，天晚回家。这铺中房屋，只占得门面，里头房屋，俱是空的。

忽一日，因家中有事，直至傍午方到铺中，无什事干，便走到河边耍子，忽见河边泊着两只船，船上有许多箱笼桌凳家伙，又有四五个人，将家伙搬入他店内空屋里来。船上走起三个妇人，一个中年胖妇人，一个是老婆子，一个是少年妇人，尽走入屋里来。只因这伙妇人入屋，有分教云发：

　　身如五鼓衔山月，命似三更油尽灯。

云发忙回来问主管道："什么人擅自搬入我房来？"主管道："她是在城人家，为因里役，一时间无处寻房，央此间邻舍范老来说，暂住两三日便去，正欲报知，恰好官人自来。"云发听了，正欲发怒，只见那小娘子走出来，敛袂向前，道个万福，方开口道："官人息怒，非干主管之事，是奴家一时事急，不及先来府上禀知，望乞恕罪，容住三四日，寻了屋就行搬去，至于房金，依例拜纳，决不致欠。"云发见她年少美貌，不觉动火，便放下脸来道："既如此，便多住几日也不妨。请自稳便。"妇人说罢，便去搬箱运笼。云发看得心痒，也帮她搬了几件家伙。那胖妇人与小妇人都道："不劳官人用力。"云发道："在此空闲，相帮何妨。"彼此俱各欢喜。天晚，云发回家，吩咐主管："须与里面新搬来的说，写纸房契来与我。"主管答应；不在话下。

且说云发回到家中，并不把人搬来借住一事说与父母知觉，当夜心心念念只想着小妇人。次日早起，换了一身好衣服，打扮齐整，叫小厮寿童跟着，摇摇摆摆走到店中来。那里面走动的老妇，见屋主来了，便来邀接进去吃茶，要纳房状。云发便起身入去，只见那小妇人笑容可掬，迎将出来，道个万福，请入里面坐下。云发便到中间轩子内坐着。那老婆子和胖妇人都来相见陪坐。坐间只有三个妇人，云发便问道："娘子高姓？怎么你家男子汉不见一个？"那胖妇人道："拙夫姓韩，与小儿在衙门跟官，早去晚回，官身不得相会。"坐了一回，云发低着头，瞧那小妇人。这小娘子一双俊眼，觑着云发道："敢问官人青春多少？"云发道："虚度二十四岁，且问娘子青春？"那小妇人笑道："与官人一缘一会，奴家也是二十四岁，城中搬来，偶遇官人，又是同庚，正是有缘千里来相会了。"那老妇人和胖妇人，看见关目，推个事故，起身躲避了。只有二人对坐，那小妇人便把些风流话来引诱云发。云发心下虽爱她，亦不觉骇

然道："我道她是好人家，容她居住，谁想是这样人物。"正待转身出去，这个小妇人便走过来，挨在身边坐住，作娇作痴，说道："官人，将你头上的金簪子取下，借奴看一看。"云发便除下帽子，正欲去拔。这个小妇人便一手按住云发的头髻，一只手拔了金簪，就起身道："官人，我和你去上楼说句话儿。"一头说，一头迳走上楼上去了。此时云发心动，按捺不住，便也随后跟了上楼，讨那簪子，叫道："娘子还我簪子，家中有事，就要回去。"那妇人道："我与你是凤世姻缘，你不要假装老实，愿偕枕席之欢。"云发道："使不得。倘被人知觉，却不好看。"便站住脚，思要下楼。怎奈那妇人放出万种妖娆。回转身来。搂住云发，将尖尖玉手，去扯云发的裤子。那时就任你是铁石人，也忍不住了。云发情兴如火，便与她携手上床，成其云雨。霎时，云散雨收，两个起来偎倚而坐。云发且惊喜，问道："姐姐叫什名字？"那妇人道："奴家姓张，小字赛金，敢问官人宅上做什行业？"云发道："父母只生我一身。家中贩丝放债，新桥市有名的财主，此间门首铺子，是我自己开的。"赛金暗喜道："今番缠得这个有钱的男子了。"原来这妇人一家，是个隐名的娼妓，又叫做私窝子，家中别无生意，只靠这一本帐讨生活。那老妇人是胖妇人的娘。这赛金是胖妇人的女儿。在先那胖妇人，也嫁在好人家，因她丈夫无门生理，不能度活，不得已做这般勾当。赛金自小生得标致，又识书会写，当时已自嫁与人去了，只因看娘学样，在夫家做出事来，被丈夫发回娘家。事有凑巧，此时胖妇人年纪将上五旬，孤老来得甚少，恰好得女儿接代，便索性大做了。原来城中居住，只为这样事被人告发，慌了，搬来此处躲避。不想云发偶然撞在她手里，圈套安排停当，漏将入来，不由你不落水。怎的男儿不见一个？但有人到他家去，他父子即便避开。这个妇人，但贪她的，便着她手，不知陷了几多汉子，当时赛金道："我等一时慌忙搬来，缺少盘费，告官人，有银子乞借五两，不可推故。"云发应允，起身整好衣冠，赛金才还了金簪。两个下楼，仍坐在轩子内，云发自思："我在此耽搁甚久，恐外面邻舍们谈论。"又吃了一杯茶，即要起身。赛金留吃午饭，云发道："耽搁已久，不吃饭了，少刻就送银子与你。"赛金道："午后特备一杯菜酒，官人不要见却。"说罢，云发出到铺中，只见几个邻人，都来和哄道："云小官人，恭喜。"云发红了脸皮，说道："好没来由，有什么喜贺？"原来外边近邻，见云发进去，那房屋却是两间六椽的楼屋，赛金只占得一间做房，这边一间，就是丝铺上面，却是空的，有好事者，见云发不出来，便伏在这边空楼壁缝偷看，他们入马之时，都看得明白亲切。众人见他脸红嘴硬，内中那原张见的便道："你尚要赖哩，拔了金簪子，上楼去做什么？"云发被他说着，顿口无言，托个事故，起身便走出店。到娘舅潘家讨午饭吃了，踱到门前店中，借过一把戥子，将身边买丝银子，秤了三两，放在袖中，又闲坐了一回。捱到半下午，方复到铺中来。主管道："里面住的，方才在请官人吃酒。"恰好八老出来道："官人，你去哪里闲耍，教老子没处寻，家中特备菜酒，只请你，主管相陪，再无他客，就请进去。"云发就同主管，走到轩子下看时，桌上已安排得齐齐整整。赛金就请云发正席而坐，主管坐在横头，赛金朝上对坐。三人坐定，八老执壶斟酒。吃过几杯酒、几盘菜果，主管会意，托词道："年来掏摸甚多，天将晚了，我去收拾铺中什物去。"便脱身出来。那云发酒量亦浅，见主管去了，只一女子相陪有趣，便开怀畅饮。吃了十数杯，自知大醉，即将袖内银子交与赛金，起身揽了赛金的手道："我有句话和你说。今日做那个事，邻舍都知道了，多人来打和哄。倘传到我家父母知道，怎生是好？姐姐依着我说，寻个僻静去住，我自时常看顾你，何如？"赛金道："说得是，奴家就与母亲商议。"说罢，免不得又做些干生活，云发辞别嘱咐道："我此去再不来了，待你寻得所在，叫八老说知于我，我来送你起身。"说罢，云发出来铺中，吩咐主管记帐，一径自回，不在话下。

且说赛金送云发去后，便把移居的话，备细说与父母知道。当夜各自安歇。次早起来，胖妇人吩咐八老，悄地打听邻舍消息。去了一会，八老回家哭道："街坊上嘴舌甚是不好，此地不是养人的去处。"胖妇人道："因在城中被人打搅，无奈移此，指望寻个好处安身。谁想又撞着不好的邻舍。"说罢，叹了口气，遂叫丈夫去寻房子不题。

话说云发，自那日回家，怕人嘴舌，瞒着父母，只推身子不快，一向不到铺中去，主管自行卖货，赛金在家，又着八老去招引旧时主顾来走动。那邻舍起初只晓得云发一个，恐子弟着手，尚有难容之意。次后见往来不绝，方晓得是个大做的。内中有生事的道："我们俱是好人家，如何容得这等鏖曹的？常言道：'近奸近杀。'倘争锋起来，致伤人命，也要带累邻舍，我们鸣起锣来，逐她去罢。"那八老听得此言，进去向家人说知。胖妇人听得，甚没出气处，便耸老娘道："你七老八老，怕着谁的？兀不去门前叫骂那些短命多嘴的鸭黄儿去。"那老婆子果然就走到门前叫骂道："哪个多嘴贼鸭黄儿，在这里学放屁？若还敢不听我的，拼这条老性命结识他，哪个人家没亲眷来往？辄敢臭语污人，背地多嘴，是何道理？"其时邻舍们听得，道："这个出精老狗，不说自家干那事，倒来欺邻骂舍。"内中有个开杂货店的沈一郎正要去应对婆子，又有个守份的张义明拦住道："且由她，不要与这垂死的争气，早晚赶她起身便了。"那婆子骂了几声，见无人睬她，也自入去了。然后众邻舍来与主管说道："这一家人来住，都是你没分晓，反受他来。他如今不说自家理短，反叫老婆子门外叫骂，你是都听得

的。我们明日到你主家，说与云大官知道，看你怎么样。"主管忙应道："列位息怒。不要说得，早晚就着他去就是。"说罢，众人去了。主管当时到里面，对胖妇人道："你们快快寻个所在搬去，不要带累我。看你们这般模样，就住也不秀气。"胖妇人道："不劳吩咐，我已寻屋在城，早晚就搬。"胖妇人就着八老，悄与云小官说知，又吩咐不可与他父母知觉。八老领诺，走到新桥市上，寻着云宅，站在对门候着。不多时云发出来，看见八老，忙引他到别家门首问道："你来有什话说？"八老道："家中要搬在城内游奕营羊毛寨南横桥街上去住。敬叫我来说知。"云发道："如此最好，明日我准来送家起身。"八老说了，辞回。次日云发巳牌时分，来到灰桥市上铺里坐下，主管将逐日卖丝的银了算了一回，然后到里面与赛金母子叙了寒温，又于身边取出一封银子，说道："这三两银子，助你搬屋之费，此后我再去看你。"赛金接了，母子称谢不尽。云发起身看过各处，见箱笼家伙都搬下船了。赛金问道："官人，我去后，你几时来看我？"云发道："我回家还要针灸日穴火，年年如此，大约半月日止，便来相望。"赛金母子滴泪别云发而去。正是：

　　　　此处不留人，自有留人处。

　　且说云发原有害夏的病，每遇炎天，便身体疲倦，形容消减。此时正六月初旬，因此请个医人，在背后针灸几穴火，在家调养，出门不得。虽思念赛金，也只得丢下不提。

　　话说赛金，从五月十七搬在横桥街住下，不想那条街上，俱是营里军家，不好那道的，又兼僻拗，一向没有走动。胖妇人向赛金道："那日云发小官许下半月就来。如今一月，怎不见来？"赛金道："莫不是病倒了？或者他说什么针灸，想是忌暑不来。"遂与母亲商议，教八老买两个猪肚磨净，把糯米、莲肉灌在里面，安排烂熟，赛金便写封字道：

　　　　贱妾赛金再拜谨启情郎云官人：自别尊颜，思慕不忘。向蒙期约，妾倚
　　门凝望，不见降临。贵体灸火疼痛，妾坐卧不安，不能代替，谨具猪肚二枚，
　　少申问安之意。幸希笑纳，不宣。

　　写罢，摺成简子，将纸封了，猪肚装在盒里，叫八老嘱道："你从他铺中一路而

去，见了云小官，便交他亲收。"八老携了提盒，怀着简书，走出武林门，到灰桥市铺外，看将入去，不见云小官，便一迳到新桥市云发门首坐着。只见他家小厮寿童走出，八老便扯寿童到僻静处说道："我特来见你官人说话，可与我通知。"寿童遂转身进去。不多时，云发出来，八老慌忙作揖道："官人，且喜贵体康健。"云发道："好。阿公，你盒子里什么东西？"八老即道知来意。云发遂引他到个酒楼上坐定，问道："你搬在那里可好？"八老道："甚是萧索。"遂于怀中取出束封，递与云发，云发接来看了，藏在袖中，揭开盒子，拿一个肚子叫酒博士切做一盘，吩咐烫两壶酒来。云发又买了张贴子，索笔砚，一面陪八老吃酒，一面写回书。吃完了酒，又向身边取出一锭银子。约有三两上下，并回书交与八老道："多多拜复五姐，过一二日，我定来相望。这银子送与你家盘费。"八老受了，起身下楼而去。天晚到家，将银束俱付赛金。赛金拆开看时，上写道：

> 发顿首复爱卿赛金娘子妆次：前会多蒙厚意，无时少忘。所期正欲趋会，因贱躯灸火，有失前约。兹蒙重惠佳肴，不胜感感。相会只在二三日间，些须白物，权表微情，伏乞收入。云发再拜。

看毕，母子欢喜不题。

再说云发，在酒店拿了一个猪肚归家，悄地到自己卧房，对妻子道："这个熟肚子，是个相知的机户送与我吃的。"当晚就将那熟肚与妻子在房中吃了，不令父母知觉。过了两日，云发起个早，告知父母，要去查铺，讨一乘兜轿坐了，命寿童打伞跟随。只因这一去，有分教：赛金断送了他的性命。正是：

> 二八佳人体似酥，腰间仗剑斩愚夫。
>
> 虽然不见人头落，暗里教君骨髓枯。

云发上轿，不觉早到灰桥市上，进了铺，主管相见。云发一心在赛金身上，坐了片时，便起吩咐主管道："我入城去收些机户赊帐，然后回来算你卖帐。"主管明知他要到那处，但不敢拦阻，只得道："官人贵体新痊，不可别处闲走，恐生他疾。"云发不听，一径上轿，在路预先吩咐轿夫，进艮山门，迤逦羊毛寨南横桥，寻问湖市搬来张家店面，指示寿童，前去敲门，里面八老出来开门，见了云发，忙入去报知。赛金母子迎接云发下轿，说道："贵人难见面，今日什风吹得到此？"云发欢然，里面坐下，叙了别情。茶罢，赛金道："官人看看奴家卧房。"云发便同她到楼上坐下，两个无非说些深情密语。当下安排酒肴，两人对饮，云发情兴如火，相抱上床。事毕起来，洗手更酌，又饮数杯。云发因灸火，在家一月不曾行事，今见了赛金，岂肯一次便休。这云发也是色大，不禁情兴复发，下面硬个不了，扯了赛金上床，又丢一次。正是：

爽口物多才作疾，快心事过便为殃。

事后云发自觉神思散乱，困倦异常，便倒在床上睡了。赛金也陪睡在身边。

却说云发睡了，方合眼，便听有人叫："云小官，你这般好睡？"云发睁眼，见一个胖大和尚，身披旧褊衫，赤脚穿鞋，腰束黄丝绦，对着云发道："贫僧是桑叶寺水月住持，因为死了徒弟，特来劝化官人弃俗出家，与我做个徒弟，何如？"云发道："你这和尚，好没分晓。我父母半百之年，只生我一人，如何出得家？"和尚道："你只好出家，若贪享荣华，定然夭寿。依贫僧说，跟我去罢。"云发道："胡说，这是妇人卧房，你怎么也敢到此？"那和尚瞪眼喝道："你去也不去？"云发也骂道："你这秃驴，好没道理，只管缠我则什？"和尚大怒，扯住云发便走，及走到楼梯边，云发叫屈起来，被和尚尽力一推，便倒下楼去，撒然惊觉，出一身冷汗。开眼时，赛金还未醒。云发连叫奇怪。赛金也醒来道："官人好睡，便歇了，明早去罢。"云发道："家中父母记挂，我要回去，另日再来。"

赛金细看云发，颜色大是不好，不敢强留。云发下楼，想着梦里，又觉心惊，遂辞了赛金母子，急急上轿。天色将晚，肚里又渐疼起，真个过活不得，此时怨自艾，巴不能到家。吩咐轿夫快走，挨到自家门首，疼不可忍。下轿来走入里面，迳奔楼上，坐在马桶大便，痛一阵，撒一阵，撒出的都是血水。及上床，便头眩眼花，四肢倦软，百骨酸疼。那云锦见儿子面青失色，奔上楼去，吃了一惊，亦在楼问道："因什这般模样？"云发假推在机户家多吃儿杯，睡后口渴，又吃冷水，肚疼作泻，说未了，咬牙寒战，浑身冷汗如雨，身如火热。云锦忙下楼，请医来看，医人道："脉气将绝，此病难医。"云锦再三哀告，医人道："此病非干泄泻，乃色欲过度，耗散元气，为脱阳之症，多是不好，我用一贴药，与他扶助元气，若服药后热退脉起，则有生意，我再来医。"于是撮了药自去。

父母再三盘问，云发只是不语。将及初更，服了药，伏枕而卧，忽见日间所梦和

尚又至，立在床边叫道："云发，你强熬则什？不如早跟我去。"云发只不应他。那和尚便没不由分说，将身上黄丝绦套在云发颈上，扯住就走。云发扳住床棂。大叫一声惊醒，又是一梦。开眼看时，父母妻子俱在面前。父母问道："我儿因什惊醒？"云发自觉神思散乱，料揣不过，只得将赛金之事，并所梦和尚始末，一一说了，说罢，哭

将起来。父母妻子，尽皆泪下。父亲见病已至此，不敢埋怨他，但把言语宽解。云发昏迷，几次复苏，泣谓浑家道："你须善待公姑，好看幼子，丝行资本，尽够过活。"其妻哭道："且宽心调理，不要多虑。"云发叹了口气，唤丫鬟扶起，对父母道："儿不能复生矣。也是年灾命厄，虽悔何及！传与少年子弟，不要学我非为，害了性命。我若死后，将尸丢在水中去，方可谢抛妻弃子、不顾父母之罪。"言讫，方才合眼，和尚又在面前。云发哀告道："我师，我与你有什冤仇，不肯放我？"那和尚道："我只因犯了色戒，死在彼处，不得脱离，昨日偶见你与那女子白昼交欢，我一时心动，便想你做个顶替。"言罢而去。云发醒来，又将这话与父母。云锦骇道："原来如此。"慌忙在门外街上，焚香点烛，摆列羹饭，望空拜告："求禅师大发慈悲，放回我儿，亲去设醮追拔。"祝罢，烧化钱纸。回到楼上，见儿子睡着，忽然翻身坐将起来，睁着眼道："云锦，我犯如来色戒，在羊毛寨寻了自尽。你儿子也来那里淫欲，我所以想要你儿子顶替，不然，求你超度，适才许我荐拔，我放你儿子，仍在羊毛寨等你，果来荐拔，能得脱生，永不来了。"云锦即合掌作礼，云发忽洒然而觉，颜色复旧，身上已住了热，及下床解手，便不泻了。天明，请原医来看，说道："六脉已复，定然得生，恭喜了。"撮下药。调理数日，果然痊好。云锦即请了几位僧人，在羊毛寨赛金家，做一昼夜道场。只见赛金一家做梦，见个胖和尚，带了一条拄杖去了。

云发将息半年，依旧在新桥上生理，那八老来寻，竟一直谢绝。永不复去，一日与主管说起旧事，不觉追悔道："人生在世，切莫贪色，我几乎把条性命平白害了。"自此以后，生男育女，常常训诫，不可贪色好淫。后来寿得八十之外而终。看官们牢记此段，以诫子弟，勿谓野史无益于人，不必寓目也！

第二段·戒惧内

大好汉惊心惧内
小娇娘纵情丧身

诗曰：

> 夫握乾纲图画中，未闻惧内受妻笼。
> 何事甘心俛首状，弄得臭名世世烘。

这首诗单表人间有夫妇，犹宇内有天地。天位乎上，主施；地位乎下，主受。夫以义率，妻以顺事，哪有丈夫怕妻子之理！无奈今之惧内者，自缙绅以逮下贱，习以成风，恬不知耻，即目击妻之淫纵，亦无奈何，无他，其祸皆起于"爱"之一字，盖人当初娶时，未免爱其色，而至于宠。宠之一成，就是：

> 堂上公言，似铁对钉。枕边私语，如兰斯馨。

虽神功妙手，孰能医治？狮子一吼，则丈夫无所措手足，因而成畏，此必然之理也。

话说南直隶本府城内莫有巷，有一人姓羊名玉，字学德。这人在地方，也是有数的好结朋友。若邻里有事，拉他出来说两句话，人都信服。只有一件，回家见了妻子，便像小鬼见阎王。论惧内的，他算是头一把交椅。他偏在人前说嘴道："做个人，岂有怕老婆之理？大凡人做事，哪得十全，倘有点差误，得那贤慧的点醒一番，也是内助之功，怎不听她？就是被老婆打几下，也不过是闺房中淘情插趣儿。你说那嫩松松的手儿，可打得疼么？难道也像仇敌，必要与她打个输赢不成？"因执了这个念头，娶妻华氏，生得十分美貌，年只二十多岁，且手里来得，口里道得，他便一心畏服，因而怕她。

却说羊学德，有一起串行朋友，一姓高名子兴，一姓希名要得，一小旦姓苟名美

都，俱是风流人物，都住在裤子巷右腹内。会吹弹歌唱，一到人家，妇女见了，未有不动心的，故老成人，断不容此辈上门。

却说苟美都，年方十五，父早逝，仅存母亲诸氏，年三十余岁，只看她儿子的美艳，便知其母一定是标致的了。况美都要学子兴的吹唱，日逐邀在家中，不分内外，孤既不孤，寡亦不寡，子母们未有不着手的。两邻见他哄进哄出，却也疑心。一日，高子兴来寻美都，偶遇美都出外，他便关门上楼。左邻有心，急去寻个壁缝瞧看，见子兴搂了诸氏，在醉翁椅上将屁股不住扭动，那诸氏乱颠乱播，子兴还要尽兴，诸氏恳求道："我的心肝。再一次定要死了。饶了吧！待明日与你尽兴。"高子兴道："你儿子又不在家。叫我去哪里完事？"诸氏道："随你哪里去。"子兴兜了裤子，下楼出门，那睄看的邻舍先在门口等着，叫道："老高，你好战法。"子兴道："我们串戏的，不过虚戳这几枪。有什么好。"彼此笑开去了。但一传两，两传三，裤子巷中，没有一个知道的，那诸氏还要假卖清，骂邻骂舍不了。一日，也是合当有事，那高子兴、希要得俱在美都家吹唱饮酒，兴尽归家。独子兴转回，走在诸氏楼上歇了。那邻舍恨诸氏嘴硬，打探明白，都暗暗在门口守候。及子兴开门出来，被众人一把拿住，又恐诸氏短见，叫两个老妇人去陪住。那美都忙去寻希要得与几个相知来调停。其中有一个叫杨蝌子，一个叫王榻皮，有这两个在内，再处不到。子兴便叫美都去寻羊学德来。到了天明，美都寻着学德，道知其事，因说道："特来请你老人家去调停，不然，我母亲就死了。"羊学德道："内中作梗的是谁？"美都道："是杨蝌子、王榻皮。"学德道："原来是这两个，不打紧，你去秤一两银子，做二包拿来应用。"美都即到家对母亲说了，秤银出门交与学德，方同他到家。学德见坐了一屋的人，便笑道："呵呀！好热闹！为什事来？"那杨蝌子二人齐道："你老人来得好。有一件败俗的事，高子兴与苟子美的母亲通奸也非一日，邻里们守候四五日，昨夜才拿住，正要送官。你老人家既来，有什处法？"那羊学德便捏了杨、王二人的手，将银包递过去了，乃从容说道："这奸是床上拿住的，是门外拿住的？"有几个道："虽不是床上拿住，然我们合巷皆知。"学德又道："依列位说，是真了。且问这捉奸的是他父族，还是亲戚？"众人道："虽非父族、亲戚，我等近邻，伤风败俗的事，人人都拿得。"那王榻皮与蝌子道："你们且静口，听羊兄处分，自有妙论。"羊学德道："大凡人隐恶扬善，是积福积寿的根本，至于把他人弄丑，害人性命，与己何益？俗语道得好：闲人撮闲蚌，不要闲人管。"众人听了这一席话，都顿口无言，内有一人道："我们与他本无仇隙，做什对头？只是他二人通奸，我们都是亲眼见的，那诸氏反骂邻骂舍，所以气她不过，与她出丑，如今你

老人家处千处万，随你吩咐，我们无有不依的。"羊学德道："这事也难怪众人，诸氏心性，不必说起，就是老高，在裤子巷中，硬头硬脑，列位岂有喜他的么?"众人都笑起来。他又道："如今你们把我当一个人，我怎敢忘情。我拿出几两银子来，叫厨子包几桌酒。"吩咐苟美都道："你快去发行头来，叫高子兴串一本戏文陪礼，这个使得么?"众人齐道："妙极。"于是众人各散。须臾，戏箱发到，搭了台，邻舍毕集，一同吃了酒饭。子弟，生、旦、丑、净，都扮起来，敲动锣鼓，演了一本《幽闺记》男盗女娼的戏文。那苟美都做了贴旦，标致不过，在台上做作，引得羊学德妻子的规戒顿忘，旧兴复发，见美都下台，便搂住道："我的心肝，你如此态度，不由人魂飞。到场毕，凭你怎样。要了了我的心愿去。"美都道："若奶奶知，粗棍抽你，我却救你不得。须自家打算。"学德道："休管她，粗棍抽我，我也将粗棍抽她。"高子兴听着，便道："那不费之惠，何难奉承。"苟美都道："肯定肯，只要他一个东道，明朝请我们，老希，你作中。"众人都道："是了。"学德应允。直待戏完，吃了散场酒。美都与子兴同送羊学德一路回家。已是三更时分，残月朦胧，学德扯了美都，落后一步道："我的小心肝，完了我的心事去。"美都道："到你家扰了东道。自然了你的心愿。"学德便一把搂住道："你这小油嘴，晓得我家里做不得，故意难我么?"于是扯到廊下，只见希要得轻轻掩在侧边道："狗打花，快拿些水来。"学德骂道："牢拖的。还不轻声。"不上一会，复走来道："老羊，东道休忘了。"学德道："死花子，奈何死人，说有便有了。"美都道："厌花了，还不快走。"子兴忙来拽他道："不要惹厌。"扯得去。须臾了事，各散回家。

学德到家门，腊梅开门放进，学德问道："妈睡了么?"腊梅点头。学德忙忙上楼，向床内去摸。那华氏伸手劈面一掌。道："入你娘的，这时候才来，你在外干什么事?"学德便坐在床前道："今日遇着一件奇事。"便把子兴奸诸氏，众人处不倒，我去一说便倒，一一说明。道："才看戏回来。并没走什野路。"华氏中报这些风流话，起来坐在床内道："这是真的么?"学德道："怎敢调谎。"于是二人因倦睡去。这正是：

　　　不耻奴颜婢膝行，甘心箠楚受妻禁。

　　　夫纲凌替一如此，犹向人前假卖清。

次日清晨，高子兴同苟美都、希要得齐来羊家索东道。宾主一见，高子兴便谢道："昨蒙恩哥费心，解我一结。"羊学德道："这个该当。"美都接口道："羊哥，我们今日来消昨日的东道。"学德道："昨晚敝房等我，熬了一夜的眠，如何好叫她动手？"苟美都道："何如，我说他会赖帐，我只问中人要。不然我是这等贱的？"高子兴道："就是一个东道。这狗屁股也不见贵。我有个故事说与你们听。当初羊头上无角，狗头上原有角，那羊想狗的角，央鸡居间借了。再不肯还，至今鸡尚道：'狗个角'，狗则云：'要要要'。羊一心图赖，口口道：'没没没'。"说罢，众人齐笑起来。学德道："待我进去问声。"学德进内，不料华氏已在中门后听了，见丈夫进来，便一把掯住胡须道："你昨夜原与小杂种干那个。我养你廉耻，不出去打他，你好好随我上楼。"学德道：我的贤慧娘，既全我的体面，休掯害我的胡须。"遂一同上楼。那外面苟美都爬在格眼上偷睄，下来对众人说知，众人即掩口进内窥听。只听华氏大发雷霆道："谁家长进的男子，做那腌臜的事。"学德道"娘，你是伶俐的，怎听这干人哄？"华氏道："别人或者有之，高叔这等人品，难道也会哄人？"学德忙膝行到华氏腿边道："如你不信，你整起东道来与他们吃，我若与那杂种贴一贴身，油一句嘴，便二罪俱罚。"华氏道："我的儿，他是我仇人，我到去整酒与他馈屁股么？"学德道："不是请他，他们笙、箫、提琴都带来了，无非唱曲耍酒。你在窗内听听，也是趣事。"华氏听得动兴，想他们那班人物风流可爱，便道："罢了，饶你这遭。快去买东西，我与你烹调。只不许你在外放肆。"学德道："不敢。"起来下楼，出外留住众人道："我房下闻得众位在此，又听我说各位曲子唱得好，她已应承亲手整治，众人同我去买些肴馔美酒来。"于是众人各个带笑，一齐出门，这下叫做：

　　家人嘻嘻是佳谋，妇子嘻嘻贞亦羞。

　　百意逢年犹未善，开门接盗赴妆楼。

　　羊学德四人买了肴酒，拿到厨下，华氏果然登时整出来，叫腊梅摆将出去，那高、希、苟三人，假逊了一回，然后坐定，叫一声："请嗄。"但见：

　　人人动手，个个衔杯。狼餐虎咽。就似与鸡骨头有什冤仇；马饮牛呼，却像与糯米汁是亲姐妹。正是吃一看三揭两，盘中一似云飞。眼睛近视的休来入座；牙疼的吃了一半大亏。

　　须臾盘光碟空。华氏窥见，又叫腊梅取些添换出来的。学德斟了一回酒，众人都道酒冷。学德便向内道："酒冷了。"又饮一巡，众人又道："还有些冷。"学德又向内

道："酒仍冷。"华氏起初听喊，心已不快；又听得喊叫，便十分大恼，下在中门后睃看，却好学德提酒壶进去换酒，劈头撞着。华氏正在气头上，就是一大巴掌，打得甚响，外面听真切。学德也不做声，向外走道："这等可恶，我专打你这个酒冷。"众人心中惧疑道："他平日极怕的，怎一时振作起来？"及众人饮得高兴，你唱我弹吹，我唱你弹吹，果然绕梁之音，声彻云霄。那华氏始听得妙，倚着门睃，后渐出中堂，立在屏后，或隐或见，引得这些小伙，越做出风流的样子来，及轮到高子兴唱，华氏便以手在屏上拍，隐隐赞妙。那高子兴刚在右手，坐在屏风侧边，正与玉人相对。他见此光景，弄得：

    心儿内忐忐忑忑，意儿上倒倒颠颠。

坐立不安。心生一计，将脚把垫桌的砖头踢去，见桌不平稳，忙向屏风角边去寻瓦片，轻轻将华氏绣鞋上捏了一把。然后垫好桌脚。他见华氏不动，知她有心，因一眼盯着华氏。华氏以手招他，便起身道："列位且坐坐，我解手就来。"学德道："不许逃席。"子兴道："我肯逃么？"于是走到后边，见门半掩，便身挨进去。华氏一见，便道："高叔，不去饮酒，来此则什？"子兴道："多扰大嫂，特来致谢。"华氏倒了一杯茶，带笑道："高叔，前闻得你好快活。"子兴道："她是过时桃杏，怎如大嫂是水上芙蓉。"华氏道："我最怪人在东说西。"子兴乃上前搂住道："我的心肝，对你焉有假心。"便去亲嘴接唇，华氏故意不允，把手内茶泼了一身，便道："你快出去。我明日打发胡子出去。你可早来，我与你说话。"子兴得了约，复出来赴席。不防那希要得早已窥破，见子兴说了出恭去后，他也说出恭，跟到后边，亦进了门，隐在暗处，听得明白，见小高出来，也不冲破。随来席上坐一会。各人方散。那学德回到内边赞道："我的娘，你真显得好手段。"华氏笑道："你不嫌我也罢了。"学德道："有什嫌你？只是这干人面前，不要你出头露脸。"华氏道："啐，你就不该引他家来，难到毡生在额角上，见了人就入了去不成？你既说这话，他们来时，我偏要出去见他，看你怎奈何我。"学德便以手自打脸道："又是我多嘴了。"可怜：

    玩夫股掌上，何事不堪为。

却说高子兴，因华氏约他，次日绝早，打扮十分齐整。悄悄而去。不料希要得在

家亦想道：“我哪些不如他，他两人眉来眼去，只要踢开我？若是大家弄弄便罢了。不然，我搅断他的筋。他今朝必然早去，等我先去候他。”便先去了。那子兴刚到羊家门首，去门缝里瞧，见有人在内，仔细一看，却正是小希。心下便如中一拳。道：“这鬼头，怎么先来了？”忙做不见，踱了过去。那小希看见，便急跑出门，叫道：“高大哥何往？打扮得像去做新郎的，有什好处，带挈我一带。”子兴道：“我去拜一朋友。”小希道：“小弟奉陪。”子兴道：“不敢劳。”小希道：“小弟没事，今日总要同你走走。”子兴千方百计，再洒脱不开，整缠了一日，到次日，子兴恨道：“这天杀的，误我一日，那人不知怎的恨我。今日休走大道，由小路去罢。”及到羊家中堂，又见小希早在。问他道：“你因什来？”小希道：“我的来就是兄的来。”子兴道：“我与羊哥有话。”小希道：“我也有话。”二人坐下一回，子兴道：“去罢。”小希道：“你何往？我同你去。”子兴便发性，要与他相打。小希又微笑道：“我不曾得罪大哥，何必如此发怒？你要打就打几下。我总要跟着你。”子兴无奈，只是往苟家，向诸氏告知其事。诸氏道：“这个不难，但你不可忘旧，你去买四色礼来。我代你羊家去。”子兴忙去办备。

且说华氏，见他两人缠个不了，好不痛恨，至第三日，忽见一乘轿。抬了半老佳人进来，见了礼，便道：“我姓诸，苟美都是我的儿，前蒙羊大叔全我性命，特备些须微物，来谢奶奶。”华氏道：“原来是诸奶奶，俱是通家，何必如此，请里面坐下。”却说希要得，又来羊家巡哨，张见诸氏在内，便惊道：“好贼头，这着棋倒与他下着了，待我去寻蝲子，叫老羊回来破他。”不多时，学德果回，见是诸氏，见礼毕，华氏道知来意。便留待饭，饭后，华氏道：“奶奶，今夜在这里歇，我还有知情话对你说。”诸氏道：“只恐羊叔怪我阻他的兴。”二人笑做一堆，便叫轿夫回去。晚间华氏多吃了几杯，便春心发露，向诸氏道：“我与你结姊妹，方好来往。我闻你小高有情，姊姊，你试说趣味我听。”诸氏欣然道：“妹妹，那小冤家的行货子，真与人不同，一阵阵丢去，也说不出那多少妙处。故此女人见他，便先狂了。”说行那华氏将身贴近诸氏道：“你果是真心事，我也不说假，我原约他来一会，弄我空等两日，却是何故？”诸氏道：“休要怪他。你们怎的露风，被小希杂种知了？抵死缠住，一步不离，所以来不得。今特着我来通信，明日接你到我家去，不知可否？”华氏道：“如此甚好。”遂叫胡子在楼下宿，她两个说笑一夜。到次早，梳妆饭毕，华氏叫丈夫寻两乘轿来。学德道：“娘，也要到那里去？”华氏道：“你管我做什？”学德道：“晚上好来接你。”华氏道：“谁要你接。”学德只得叫两乘轿，任她出门，不敢多问。诸氏同华氏到家，子兴已先在了。那华氏好脸皮，一把扯住道：“你害我在家等了两日。”子兴道：“我的娘，气死了人，被小希缠住不放，今日幸得见面，等不得了。"于是携手上床。华氏解了小衣，倒在床上。子兴正待寻花觅蕊，忽听是瓦上豁喇喇一声响亮，两人吓了一跳。却原来希要得约杨蝲子等，睄着子兴进门，后有两乘轿进门，便用此计策。子兴害怕，连忙下楼与苟美都大开了门，教一回曲子，然后回家。又生一计，叫美都来道："我雇一只灯船，

叫你娘同华姊姊俱男扮了。寂寂出门，上船玩玩。"美都去通知了。不想子兴叫着一只灯船，又是个行不出的光棍王炎的船。他家一小使，叫做王龙，也在裤子巷左边住。少停，二妇带了巾帻，苟子领着小船。饮未数杯，子兴与华氏便进船舱去了。王龙不见二人在席，只道他是弄哇子，向门缝一眺，原来下面是个妇人，那妇人不住地打寒噤，正在要死要活的时候。王龙忙跳上岸，叫家长王炎来，轻轻进舱，一把拿住。诸氏带得有银在身，忙买王炎释放，还争多道少。那希要得又去寻羊学德，说船内有二、三内眷干事，被人拿住，敬来邀你，赚他几两银子。羊老是吃这一碗饭的，便欣然同来，上了船，吃一大惊，只见华氏蹲作一堆，诸氏及高子兴都央求王炎。学德一时怒发，把王龙挥了几掌。那王炎、高子兴俱一溜烟走了，只存诸氏、美都。华氏已失了小衣。希要得也脱身真诚了。羊老气得话说不出，华氏反骂道："狗王八，你既是好汉，如何妻又被人诈害?"便装起势来，假要投河。羊老此时，羞极怒极，一推便落水了，诸氏母子，只是叩头，羊老道："都是我自己不是，不该惹着他们，与你无事，去罢。"可怜华氏，未极云雨乐，性命顷刻间。这也是自取了。羊老回家，遂移在清凉门去住。却恨小高不过，监中牢头禁子，都是平日相厚的，遇一起江洋强盗，便买嘱了他，一口咬定高子兴，后在狱中死了。你道内可惧的么? 惟惧了她，自然把你如掌中儿，何事不忍为? 人喜惧内，吾因集此段以为戒。

第三段·赌妻子

为吝财烧妹遭殃
因爱赌媒妻幸富

诗曰：

> 承恩借猎小平津，使气常游中贵人。
> 一掷千金浑是胆，家无四壁不知贫。

这首诗，单道古时赌博中，如晋桓温、袁耽，宋时刘裕、刘毅，皆赌博中豪杰，自后竟流为不肖之事。入其中者，未有不丧家败业，游手行丐。那笑话中。一人问道："女转男身，有何方法？"一人答道："将几个猪肚，缝成大袋，把女子盛在里头煮几日，便转男身。"问者不解。其人答道："终日在赌里滚，怕他不出臊子？"故不肖子弟，游荡多端，赌为第一，或有成家，也千中仅一，然终不可为训。

话说成化年间，句容县有个汉子，姓裴名胜，自幼好赌，立誓不赢一二千金家当，再不回头。自己也有千两家业，不上几年，断送在几粒骰子上去了。看看赌净，衣食不足。其妻杨氏，原是旧家女儿，极有姿色，又贤惠。早晚苦劝不要赌，裴胜哪里肯听，及见赌到这个地位，料后来没有好结局，一时间哭了一场，就要投河。那裴胜知道慌了，把妻子送到岳丈家去，安顿停当，便自己一溜走了。那杨氏虽住娘家，她那哥嫂，未免不喜。自恨丈夫不争气，也自忍气吞声。未及一年，爹娘都呜呼了，却是哥哥杨二当家。他做人，银钱性命样值钱，多一个人，茶也舍不得多吃盅的，如何肯供妹子。不上十多日，便道："妹子，留得爹娘在，养你过一世，如今爹娘没了，我又无什进头，人口添多，你妹夫又不回来，不知生死，何不趁你年尚青春，寻个好人家去，也是终身的事。"杨氏道："哥哥，论来要养我一口，也是易事，怎要我改嫁？况且妹夫未必死，若是嫁了，日后回来怎处？"杨二郎道："妹子是聪明人，俗语说得好，'宁增一斗，莫添一口。'你一个人单吃饭也须一日一升，一年也要三石六斗米，还有柴菜在外，一年极少也要六、七两银子，叫我哪里赚来？若说妹夫，千两银子都完赌了，光身出去，几根骨头不知落在哪里，焉有回家日子。依我早嫁为妙。"杨氏听说，也不好再应，只不做声，等哥哥转了身，垂泪道："丈夫不争气，原靠不得哥哥，如何怪得他。"正在抹眼泪，只见杨二郎又走来道："妹子，你不肯嫁，我还有好算计，你手里针指好，门首有间小屋，你一个尽好安身，替人家做些针指，我帮你些柴米，再等妹夫回来，却不是好。"杨氏信为真，满口应了，次日就搬出去。刚过了一月，柴米便不来济了。杨氏晚间便进去，见哥哥不出来，又去见嫂嫂，撇情不过，只得出来道："姑娘，敢是缺些米了？"杨氏道："正是。"嫂嫂进内，取出一块银子，约有钱多重，交与杨氏道："你拿去用，以后须自己寻些活路，全靠不得哥哥了。"杨氏接银道："当初哥哥有言在先，都是他包济，怎今说这话？叫我妇人家，哪里寻活路？"嫂嫂道："姑娘，你哥哥念兄妹情分，原说帮助你些，若是长要，不如养你终身更妙，何必要你搬出？"杨氏吃个没意思，便把银子交还嫂嫂，走了出去，愤气起来，寻了条绳子，要去自尽。只听有人敲门甚急，杨氏只道是哥子回心转意，连忙开门将灯照看，却是七八十岁的老人家。看他：

两眉白似银，双耳垢如漆。

角巾头上包，筇杖手中执。

举步先摇首，开口先打噎。

龙钟一老翁，腰驼背不直。

杨氏问道："我是寡妇，不知老人家半夜三更扣门则什？"那老者道："老汉是村头王老，平生恤孤怜寡，常周济人，今闻大娘子为哥嫂不肯接济，特送些钱米与你。"杨氏道："嫡亲哥嫂尚不见怜，我与你非亲非故，何敢受惠？"老者道："说哪里话。济人须济急，此老汉本心，米在门首，可收进去。"老者竟自走了。杨氏拿灯去门外照，并不见人，好生疑惑。回首一看，果然地下一大袋米，有一、二石多，袋结上挂着铜钱二千。杨氏想道："我若吃这米完，也得半年，必然丈夫回来了。这米钱不是人送，定是神助。"于是望空拜谢，也不自缢了，将钱米收拾停当，然后去睡了。

杨二郎见妹子两日不进去讨，心下想道："妹子要甘心饥死不成？"便着个小厮，出来打听了，回复道："姑娘房里柴米甚多，一发好过哩。"杨二郎吃惊道："是哪里来的？"其妻道："她人才甚美，要寻个帮主，也极容易，只是别人知了，我们如何做人。

但捉贼见赃，捉奸见双，事体未的，不可出口，你黄昏时看个下落，倘有动静，再摆布她，不怕她不改嫁。"杨二郎点头道："是。"到黄昏后，悄走到门首打听，不见一毫动静。连打听四、五个黄昏，俱没影响，又与妻说知。其妻道："养汉婆娘，极有算计，若待她做出事来，你我体面何存？不如趁早断送她个干净为妙。"杨二郎道："怎样断送她？"其妻道："这等败坏门风的，活在这里也没趣。待更深时，到她门首，放起一把火，岂不了帐？就是别人见了，也只道自家失火，岂不干净。"杨二郎拍手笑道："好计较，不怕她走上天去。"看官，你道一个妇人，独自住在门前，谁知至亲哥嫂去摆布她。正是：

> 青竹蛇儿口，黄蜂尾上针。
> 两般犹未毒，最毒妇人心。

那杨二郎听了妻子之计，就如奉圣旨，等不到次日，即吩咐厨下收拾干柴乱草，只等夜间行事，不料他夫妻算计时，那日游神已听得明白，飞奔奏与玉皇大帝去了，到了更尽人静，杨二郎便叫小厮搬了些草，到了妹子门首放一把火，这些茅草小屋，一时便烧得满天红。杨二郎正在那里看，只见火尾登时横冲入自己大屋，自己住屋也烧起来了，心下大惊，急赶进搬抢家伙什物。走到后门，懊悔不迭。及查看人物，烧坏两个小厮，妻子去抢衣饰，被火烟冲倒，活活烧死。二郎慌在一团，天明方知烧死妻子。此是后话。

却说杨二发火烧时，杨氏刚正睡着，忽梦中听得有人连叫火发，慌忙披衣起来，那火已烧在面前，心下慌得没主意，只是叫天。忽见那晚送米来的老者，从火里钻进来，道："大娘子，我求救你出去。"把杨氏驮在背上，从火里缓缓走了出去。直驮了一段路，才放下道："大娘子，这火是怎样起的？皆因前日我送你米，你哥哥疑你做什丑事，故夫妻设计，要烧死你。不料天理昭彰，你倒不死，他的房子却尽烧了，又烧死了个把人哩！"杨氏道："原来如此！蒙你老救我，真是重生父母。但如今到哪里去安身？"老者道："且到我家再处。"遂领着杨氏走到家里，推开大门，安顿一去处与杨氏，道："大娘子坐住，等我进去点光来。"那老者进去，杨氏坐了一会，一个瞌睡竟睡着了。天明醒来看时，原来不是人家，是个土地庙。那妆塑的土地，正与夜来救她的一般。杨氏醒悟道："原来公公救我，料我日后还有些好处，不然，屡屡救我则什？"便起来拜谢土地。刚刚拜完，忽见一伙人，拿香烛进来。内中一个，叫做张小峰，常与裴胜相好的，见了杨氏，骇问道："大娘子，怎么独自坐在庙里。"杨氏一头哭，便把丈夫不成器，出了门，及哥嫂逼嫁，放火烧我，感得土地救出的话，一一告诉。众人道："你哥家事颇好。休说你一个，就是三五个妹子，也供得起，怎下这毒手？"内中一个，是后来的，住在杨二后门，也说道："千算万算，天只一算，昨夜火起时，四邻俱看见，有人站在半空，把几面红旗，遮好四边房子，单烧杨二一家，天明找寻妻子，已烧得黑炭样子，还在那里哭老婆哩。"众人听了，都伸舌头道："直是虚空有神明。"张小峰又问杨氏道："裴胜哥出去几时了？"杨氏道："将有年半。前日闻得哥哥说，已死了，不知是真是假。"张小峰笑道："活活一个人在，怎么说死？"杨氏道："莫非官人知此信息么？"张小峰道："现在扬州钞关上，帮个公子的闲，终日骑马出入，好不阔绰哩。"杨氏道："几时见他？"小峰道："今年春头。"杨氏道："我要去，可寻得着么？"小峰道："一到扬州，就可见面。"杨氏道："这里到扬州多少路？"小峰道："有二三百里，还要过扬子江哩。"杨氏泣道："这等，我永世不得见了，不如寻个自尽罢。"小峰道："不要忙做，我不著加些盘费上去，我家媳妇，也是扬州人，明日要回娘家去，你搭了她船同去，岂不省便。"众人道："妙极！"遂登时叫了轿来，抬杨氏到张小峰家去。杨氏拜谢众人，嘱道："列位，奴家若寻得丈夫，回来再谢，但今日之事，切不可令我哥哥得知。"众人应允，散了，杨氏到了张家，次日，便同他媳妇下船。张小峰赶来，拿一封书交与杨氏道："见了裴兄，将此书交他。"杨氏拜谢。开船不多二三日，到了扬州，杨氏就借小峰媳妇家权住。那家知她贫穷守节，不胜哀怜，好好看待，逐日着人领她满街去撞，偏生不遇。一日，走到个小巷，见一个人手拿壶酒，托着几盘点心，身上穿得褴褛，忙忙走进一个人家去。杨氏仔细看时，正是丈夫裴胜。

　　原来裴胜跟个公子帮闲，好不兴头。但他虽落魄，旧家气骨犹存。那公子常倚势欺凌平人，裴胜背地与同辈说他短处，被公子听见，赶了出来，故此仍旧在赌场中奔走，博几个飞头钱过日子，那裴胜心下虽忙，眼却也清，一路进去，心里想道："奇怪，巷头那个妇人，好像我妻一样。"放下点心，忙走出来，恰正撞着，便大叫着："我的娘，千山万水，哪个同你到此？"杨氏哭道："人人说你发迹了，怎又是这个模样？"裴胜道："哪个对你说？"杨氏把小峰的书与他看，见上写道：

　　自从钞关叙别，倏尔又半年矣。想仁丈吉人天相，得意境界，欣慕欣慕。兹为尊阃夫人在令岳家苦守，令岳去世，日遭兄嫂阴害，几陷死地，幸神佑得全。某所目击，不忍坐视，特就便船送归教下，望乞欣留，不胜幸甚。

通家弟张峦拜启

方正看完，只见里边走个人来问道："这内眷是兄什么人？"裴胜道："那是贱内，特来寻我。"那人道："既是尊眷，怎不里面去坐？"杨氏便走入去看时，心如刀割，泪如雨下。原来裴胜在那家耳房安身，只一张床，一张破桌。裴胜等她停了泪，问道："往旧怎的，说与我听。"杨氏将前后一一说了，裴胜怒道："我迟日发迹，定摆布他。"那陪杨氏的小厮，也回了，是夜，裴胜夫妇不得苦中作乐一番，然后睡了。

且说裴胜睡着，梦见个白发老者叫道："裴胜，我救妻子来与你发迹，何不将妻再赌一赌。"醒来却是一梦，天明起来，忽有人叫裴胜出去道："外面俱传令夫人天姿国色，有个崔六郎，手头有几万银子，叫你把妻子与他赌，肯不肯？"裴胜听了，正合夜间的梦，连应道："好。"即写了"现赌活管"四大字，贴在壁上。那人便去约崔六郎来。六郎道："耳闻不如目睹，你把妻子与我看看，若果生得好，我就把一户当铺与你赌。"裴胜应允，遂引六郎到自己房边，远远站着，又设计把杨氏哄出来。六郎见了道："果然好，和你交易。"原来，裴胜包不得一掷赢他当铺，万一输了妻子，也好吃碗自在饭，那六郎是会弄手脚的，要稳赢他个标致老婆。两个立起文契、婚书，中见俱全。两个欢天喜地，把筹码摆出。不要裴胜随手掷的，都是快，那六郎越弄手脚越是叉，不上几掷，把六郎的筹码剿得精光。众人道："文契要花押了。"那六郎是爽利汉子，当下画了花押，把当铺交与裴胜而去。这裴胜方对妻子说出这事。杨氏甚喜，却骂道："我辛苦到此，若输时，你就送与别人，可见你赌博人终是不好。"又下泪起来，裴胜道："我的娘，你若不来，我不发迹，目今得了两千，已满我愿，此后再不赌了。"裴胜谢了中见，并谢了小峰的媳妇娘家，果然不复去赌，紧紧料理，做起人来。过了两年，将几百银子，买个官儿，夫妻轿马回到句容，一洗当日之羞，二去塞杨二郎之口。

其时是三月初头，那杨二郎自从那年放火烧妹，家业萧条，虽不至没吃没穿，也日逐支吾不来。闻得裴胜做官回家，心下大惊，想道："若说妹子失火烧死，邻舍并没见尸，讨起人来怎处？"过了二三日，只见裴胜带了杨氏，纱帽圆领，轿马凉伞，轩昂回来，杨二无奈何，只得出接，见了妹子，吃惊道："你一向在哪里，却同妹夫回来？"杨氏道："那日被哥嫂烧死，我跟这死鬼回来讨命。"杨二郎慌道："当初悔听妇人言，致行那事。然而自作自受，你嫂子也烧死了。还讨什命？"裴胜笑道："这等说，尊舅那骨头，也要像我当年了，你妹倒没死，火烧那夜，就有神人送到我那里。"二郎更觉羞惭，道："妹子，念同胞手足情，妹夫高抬贵手，往事休提。"说罢，双膝跪下。裴胜夫妻慌忙扶起道："你自不仁，我却不念旧恶。"杨氏掩口笑道："多承火攻，烧得我有个出头日子。"那二郎满面通红。话休烦絮。

却说裴胜，自己将银钱付于家人，买办食物，请客拜客，忙了几日，便一面寻张小峰，谢他三十两银，四个尺头，又捐资一百两，重建土地庙，夫妻亲去烧香设醮。那村中俱道："裴胜败子回头，杨氏知恩报恩。"称个不了。毕竟赌博是最下的，把妻子来赌，是下之极了。倘若输了，便作世世话柄，岂不可耻。吾谓裴胜幸有个妻子在，不然，不愁不输膦子。好赌者，吾集此以为鉴！

第四段·对不如

何瞎子听淫捉汉
火里焰远奔完情

中国禁书文库 玉含珠

诗曰：

> 人世姻缘亦最奇，变无为有甚难期。
> 饶伊防御千般巧，早出重垣向别啼。

这首诗，单表人的姻缘有个定数。由今看来，定数虽不可逃，其中变幻又不可测。明明是我妻子，偶起个风波，却失去了；明明不是我妻子，偶凑个机关，却又得了。其间离合，难以发举。

看官请听：话说湖州府清白镇地头，有百十户人家。内有一瞽者，姓何，起课最灵，远近皆来问卜，无有不验，因此人称他个号，叫做"赛康节"。每日间任你没生意，除食用外，也有两多银子余剩。时附近有个杜家，见他生意好，把个女儿，叫做羞月，与他为配，不知那羞月极伶俐，如何肯嫁瞎子？迫于父母的主意，纵没奈何，心下其实不快。赛康节自得了这老婆，眼虽不见，但听得人人喝彩，道："好个娘子。"他便爱惜胜如金玉，只去温存老婆，把生意都丢冷了，间有人来问卜，也不甚灵验，十分中只好一二分生意。还有好笑处，正在那里要起课，想着老婆，意摸了进去，任人在外边等候，就唤他亦不肯就出。因此生意更不济了。这叫做：

> 只贪恩爱好，哪顾名利高。
> 始信无锋刃，教人骨髓焦。

看官，你道何瞎子，只管摸进去做什？因他耳朵里常听人说瞎子的老婆，从没个不养汉的。他惟恐妻子做出这样事来，故此不时

摸将进去，这一日，羞月正在灶下烧火。何瞎走进房去，将手向床边一摸，不见，向马桶边一摸，又不见，复摸到吃饭的桌边，也不见。便叫道："娘子在哪里？"羞月对他一啐道："呸，你只管寻我做什？"瞎子道："我闻得像有脚步响呢。"羞月道："有这等奇，我卧房里哪个敢来？"那瞎子道："像有人说话响呢！"羞月道："呸，着鬼的，影也没有，却说恁般话，你不要痴，你老婆不是那等人，不是我夸口，我若肯养汉，莫说你一个瞎子，再添几个瞎子，也照管不来。"何瞎笑道："我方说得一句，就认真来。"依旧摸了出去。

正是：

只因一点水，惹起万波涛。

却说隔壁有个小伙，叫做乌云，绰号又叫"火里焰"。这乌云到处出热，凡有人央他，极冰冷的事，有了他就像火滚起来，故人取他的混名叫做火里焰。他与何家，只一壁之隔。何瞎因没了眼目，一应家使用的，都相烦他，遂做了通家弟兄。羞月叫他叔叔，他叫羞月嫂嫂，穿房入户，不以为意，这时何瞎夫妻斗口，他刚在厨下整饭，闻得羞月的话，心下忖道："怪不得我到那边去，嫂嫂频把眼儿睃我。我因好弟兄，不肯举意，这样看起来，我不要痴了，把块好羊肉，丢在别人口里去，等我去混一混看。"便悄悄走入羞月的卧房来。恰值羞月正在便桶小解，见乌云走来，忙把裙儿将粉白的屁股遮好。乌云笑嘻嘻地道："嫂嫂解手呵？"便向袖内摸出一张草纸来，双手递过去道："嫂嫂，头一张不要钱。"羞月劈手打落道："叔叔，这事你做得么？还不快走。"乌云应声道："是，就走。"及回头看羞月，并无怒容，却一眼看着他走。走回家想道："有趣，口儿虽硬，眼儿却送我出来，且不要忙，明日少不得要央我，那时随机应变。"到了明日，羞月果在隔壁叫道："乌叔叔，你哥要托你个事。"那乌云听得，便麻了三四分，忙应道："来了。"急跑过来道："嫂嫂，要做什的？"羞月笑道："昨日言语唐突，叔叔莫恼。"乌云道："怎敢着恼。嫂嫂就掌我几下，亦不恼。"便歪着脸过去道："嫂嫂，试打一下看。"羞月笑道："我有手，也不打你这涎面，与你说正经话，哥哥这会忙，有包碎银子，烦你去煎。"乌云道："当得。"接住银便去了。这羞月见他走了，叹口气道："我前世有什债，今世遭这个丈夫。多承乌叔叔在此走动，我看了他，愈伤我心。几时按纳不下，把眼去送情，他全然不解。陡的昨日走进房来调戏我，

我假意说几句，甚是懊悔，故今日又唤他来安慰他。天吓，这浅房窄户，且那瞎物又毒，半刻不肯放松，就是要做，哪里要做？"叹了口气，便靠在桌上假睡。不一时乌云煎了银子，竟奔羞月房里来。见她隐几而卧，便轻轻用手去摸她的奶，摸了这个，又摸那个。羞月只道是瞎子，摸惯的，不以为意。乌云见她不问，又把嘴靠在羞月的嘴边，把舌头捞一捞。羞月把头一扭，方见是乌云，忙起身道："叔叔，难为你。"只见布帘外，瞎子摸进来道："难为叔叔，快烧盅茶与他吃。"乌云答道："自家弟兄，怎说这话？"辞别回家，不胜喜道："妙，舌头还是香的，这事有七八分了。"暗笑道："这贼瞎，看你守得住否！"有诗为证：

> 为着佳人死也甘，只图锦帐战情酣。
> 致教踏破巫山路，肯使朝云独倚栏。

却说羞月见乌云去了，心下亦着忙道："亏我不曾喊出什的来，只说'难为你'三个字，幸瞎子缠到别处去，还好遮掩，若再开口，可不断送了他。冤家，你也胆大，摸了奶，又要亲嘴，我若睡在床上，连那个东西也干了去了。冤家，你空使了心，那瞎子好不利害，一会也不容你空闲，我就肯了，那个所在是戏场？你也怎得下手？"一头想，一头把双脚儿来缠。这乌云又走来，见地下一只红绣鞋儿，忙拾起来笑道："嫂嫂，好小脚儿。"宛似那：

> 红荷初出水，三寸小金莲。

羞月道："羞人答答的，拿来还我。"乌云就双膝跪下，将鞋顶在头上道："嫂嫂，鞋儿奉上。"羞月一笑来抢。乌云就乘势拦腰一抱，正要伸手去扯她的裤子，只听得门响，那瞎子又进来了。乌云忙放了手，把身往地下一倒，如狗爬了数步，闪到后窗，轻轻跳出窗外，向羞月摇手讨饶。只见那瞎问道："娘，和谁笑？"羞月道："我自家笑。"何瞎道："为什么笑？"羞月："我又不着鬼迷，你只管走进走出，岂不好笑？"何瞎亦笑道："今日没生意，我丢你不下，故来陪你。"一屁股就羞月身边坐下。乌云见支吾过了，始放心走回家去，恨道："贼瞎再迟一会进来，便被我上钩了。吃这贼瞎撞破，叫我满肚子火，哪里发泄。我看嫂嫂，十分有情于我，怎得个空，等我两人了了心愿，死也甘心。"想了一会，道："妙！妙！我看她洗香牝的坐盆，傍在我家的壁，

待我挖个孔儿，先遮好了。等她来洗时，把手去摸她一把，看她怎生答应。"忙去安排停当。侧耳听声，闻得倾汤水响，乌云便走去，拿开壁孔，瞧将入去，只见羞月把裤儿卸下，坐在盆中去洗。乌云看得亲切，便轻轻将手向屁股眼前一摸。那羞月只道是什虫之类，猛地叫一声道："呀，不好了。"何瞎忙忙摸来问道："娘，怎么来？"羞月转一念，晓得是乌云做作，便遮掩道："好古怪，像有虫在我脚上爬过。"何瞎听罢，也丢开去了。

却说乌云，把这双手闻了又闻道："种种香俱好，只有这种香气不同，真是天香，怎不叫人消魂。明日不到手，我须索死也。"想了一夜。次日早晨，晓得何瞎子生意是忙的，他便钻入羞月的房中去。羞月见了，笑道："叔叔，你心肠好狠，怎下得那毒手。"乌云跪下道："嫂嫂，可怜救我一救。"羞月道："冤家，不是我无心，那瞎就进来，如之奈何。"乌云道"此时生意正忙，有一会空，把我略贴贴儿，就死也甘心。"羞月见说得动情，便不做声。只听得脚步响，羞月道："不好了，来了。"忙推开，立起身来，一头系裤子，一头走到房门边立着，推乌云快去。乌云回到家中，又听了一会，瞎子出去了，乌云又走到窗子边道："嫂嫂，我再来完了事去。"羞月道："莫性急，弄得不爽利。我想一计，倒须在他面前弄得更好。"乌云惊道："怎地反要在他面前弄得？"羞月道："你莫惊，我已想定了，你下午来，包你饱餐一顿。"有诗道：

欲痴熬煎不畏天，色胆觊觎恣淫奸。

不怕人羞并人憎，又抱琵琶过别船。

其实乌云半疑半信。到下午走过来，见何瞎和羞月共凳儿坐着。羞月见乌云来，即对何瞎道："你去那边凳上坐坐，我要管只鞋儿，你坐在这里碍手碍脚。"何瞎应一声，便起身去。睡在春凳上。羞月向乌云点点头，乌云轻轻挨过来，就在那凳上，各褪下小衣，便不免隐隐有些响声。那瞎子目虽不见，耳朵是伶俐的，问道："娘，什么响？"羞月道："没什么响。"何瞎道"你听，响呢。"羞月道："是老鼠数铜钱响。"瞎子道："不是，青天白日，如何得有？"乌云见瞎子问，略略轻缓，那响亦轻，何瞎子便闭了嘴，乌云又动荡起来，此番比前更响。何瞎道："娘，又响了，你听得么？"羞月道："不听得。"何瞎道："你再听。"羞月道："偏你听得这许多响。"乌云此时不动，又不响了。何瞎道："好古怪。"乌云忍耐不住，那响声又发作起来。何瞎道："又响哩。"羞月道："我只道是什么响，原来是狗唦冷沽水响。"何瞎道："不像。"乌云又住手，歇了一会，渐渐又响了起来。何瞎道："明明响得古怪。"羞月道："嘎，是猫嚼老鼠响。"何瞎道："不是。"不想乌云弄在紧溜头上，哪里住得手？哪里顾得响？何瞎道："古怪，古怪，这响得近了，娘，你再听听。"羞月道也正在酥麻的田地，含糊答道："是响，是响，是隔壁磨豆腐响。"何瞎道："不是，不是，等我为摸看。"便立起身来。乌云早已了事闪开，羞月忙去坐在坐桶上，却是响声已歇了。羞月道："哪有

什响，偏你耳朵听得。"何瞎遂站住脚，侧耳一听，道："如今不响了。"却亦疑个不了。你道这大胆的事，也敢做出来，正所谓：聪明的妇人赛过伶俐汉。以后二人情兴难遏，又碍着瞎了，妇人便心生一计，把些衣服浸以脚盆内，假装在搓洗衣服。而瞎子闻知，却更不疑。

方明好了，不想两个淫心愈炽，日日要如此，便日日洗衣服；时时要如此，便时时洗衣。晴也洗，雨也洗，朝也洗，夕也洗。那瞎子不知听了多少响声，心下疑道："就有这许多衣服洗？"心中便猜着了九分九。一日又听得响，何瞎故意自己要出去，走在衣盆侧边过，约近，便装一虎势，突然扑将过去，果摸着两个人。便一把扯住衣服喊道："是哪个奸我的老婆？"死也不放。乌云晓得瞎子的厉害，忙把衣服洒下跑了。瞎子拿了这件衣服，跳出大门，喊道："列位高邻，有人行奸，夺得他的衣服在此，替我认认，好去告他。"只见走出几个邻居来，把衣服看了道："这是火里焰的。"瞎子听了，愈怒道："这狗骨头，我待他胜若嫡亲兄弟，如何也干那个勾当？"内中有一个人道："阿哥待得他好，阿嫂难道不要待他好的？"众人都笑起来。有一个老成的人劝道："何先生，我劝你。你是个眼目不便的人，出入公门，一不便，打官司，又要费钱，二不便，像这不端正的妇人，留在身边，她日后没有大祸，必有逃奔，三不便。依我众人劝你，叫乌云完了地方上的事，陪了你的理，把这个女人送回娘家去，别嫁了人，这是良便。若留在身边，你喜她不喜，恐你的身子不保。请自三思。"何瞎子听了这一段话，点点头道："这话有理，这话有理。"于是进内去，四围一摸，再摸不着妇人。那妇人反唠唠叨叨，说她的有理。被瞎子一把扯住那妇女的耳朵，都咬开了。正值她的娘家有了人来，便领回家去，那乌云浼出一个相知弟兄，安排几桌酒，请了地方邻里，又凑了几两银子，托了好弟兄，与何瞎讨了羞月，搬去他方居住去了。古来说得好，破粪箕对着破苫帚，再无话说。况何瞎是个瞽目之人，只该也寻寻个残疾的做对。讨这如花似玉的妻子，怎不做出事来？如何管得到底？看官你道是否？

第五段·做容娶

浪婆娘送老强出头
知勇退复旧得团圆

诗曰：

> 二八佳人体似酥，腰间仗剑斩愚夫。
>
> 虽然不见人头落，暗里教人骨髓枯。

这首诗，乃当日纯阳祖师，叹世人堕迷色欲，精髓有限，不知进退，致精竭髓枯，未有不丧身绝命者。

因说徽州府休宁县，有一人姓陈名简。家事甚殷，年至五十，才生一子，七岁时，便请先生命名上学，因对先生道："学生年老，只生此子，欲取一名，今观俗称，非金即玉，孩子恐折他福，须取低微些，非猫即狗，又近于畜生所生，求先生取一名，只要微贱些，不近于禽兽就罢了。"那先生道："便取为先生何如？"陈简道："又来取笑了，世上最尊贵者莫如师，小儿焉敢呼此。"那先生道："你不知先生的苦处，第一要趋承家长，第二要顺从学生，第三要结交管家。三者之中，缺了一件，这馆就坐不成了。如何不微不贱？"陈简道："先生戏言耳。也罢，'先'字改了'生'字罢，就叫做'生生'。"因取名为生生。这生生却也领意，读十余年书，虽不大通，粗粗文理，却也解得出。不觉十八岁了，生生嫌名字不好，又不好改了父的命名，只得去了一个"生"字，换个"鲁"字，叫名鲁生，父亲与他娶一房妻子汪氏，做亲一载，汪氏腹中有五个月身孕。徽州乡风，儿大俱各生理，陈简便打发鲁生出门，道是："男儿之志在四方，岂毙于妻儿枕边？"陈简即兑了五百余两本钱，交付鲁生。又托表弟蒋尚义与他作伴，并嘱规戒非为。择了日，鲁生只得拜别父母，安慰汪氏，哭离妻房，同了表叔而去。

却说他二人离了徽州，拿这五百两银本钱，走到地头倾销，买了南北生熟药村，去到北京货卖，到了下处，寻了主人，堆下药材，乱了两日，那鲁生自离了妻室，好

生难过。思量一知音朋友，或吹或唱，消遣度日，便与行主人说知，那主人就如敬父母一般，便举荐一个人来。那人姓马，插号叫做"六头"。为何叫做六头？

坐在横头，吃的骨头，
跟人后头，看的眉头，
睡的丫头，奉承的鼻头。

这马六头帮闲称最，蔑片居先，一进鲁生寓处，帮衬十分，奉承第一。那鲁生与他，竟成了莫逆，一刻不离。尚义有时劝戒道："此等人，不可亲近他。"只是不听，也只得罢了，不想二人说得入漆，便诱入那勾栏中去玩耍。鲁生偶见一个娼妇，生得身材小巧，骨骼轻盈，虽无五七分颜色，倒有十二分妆扮，灯下看来，俨然一位仙子。那鲁生便春光勃然，又有那六头在跟前，一力提掇，自然要上了这儿。鲁生便回了寓处，取了五十两银子，并换药材的四疋缎子，拿去院中，送与鸨儿，以为初会之礼。那鸨儿连忙定桌席，叫戏子，花攒锦簇，吹弹歌舞，做了三日喜酒。一应赏赐，俱出六头之手。因蒋尚义说话琐碎，吃酒也没他份了。一连就在他行中，耍了好几时。

不想这鲁生嫖的妓者，叫做桂哥，年纪一十八岁，却有一身本领，吹得、弹得、唱得、写得、吃得、饮得，所交俱贵介公子，在衖衖中也数七八的妓子。这鲁生不过生意人出身，吟咏不消说起，即打差之费，亦在鄙吝半边。那桂哥眼界极广，哪里看得在心。故此鬼脸春秋，不时波及。那鲁生又是聪明人，用了百十余两银子，讨不得一个欢喜，心中深自懊悔。一日回寓，对表叔尚义道："我不过因一时寂寞，错了念头，用去百十余两。讨不得半点恩情，反受了十分调谴，真是悔恨。"那尚义忙举手道："老侄恭喜，俗语道得好，时来撞着酸酒店，运退遇见有情人。老侄若怕凄凉，何不寻个媒人，娶个处女，早晚也可伏待。就是饮食汤水，也得如心。"鲁生欣然道："老叔之言，正合予意。快叫马六头来，寻媒说合，这实一时挨不得了。"尚义道："须另寻媒，这六头包会误事。"鲁生道："老叔不知，这些事他还周礼。"遂叫了六头，唤媒寻着一家，姓邬，名遇，只有二女，长年二十岁，次年十七岁。六头帮衬鲁生，相看中意了邬大姐，便择日行聘，入赘进门做亲，其酒水花红，俱鲁生打点银两送到邬家。及期进门，行婚礼毕，上床就寝，只见那邬大姑，先脱得赤条条睡在床上。鲁生认作闺女，事毕，将白汗巾讨喜。清晨一瞧，但见些膻点污秽，并无一毫红意。那鲁生心中甚是不悦，忙唤六头来问道："昨夜做亲，满望一个处子，原来是个破罐，媒人误事，乃至如此。六头道："我见人物尽好，又价廉功省，十分趁意，不知又是破的。我去寻媒人来问他。"去不多时，媒人便到。鲁生扯出外边轻轻地道："你如何将破罐子哄我？"媒婆道："这样一个女娘，没有二三百两银子，体想娶她。我见官人少年英俊，知轻识重的人，后来还要靠傍着你，故再三劝减，送这一位美人与你为伴。就有些小节，也须含糊过去，你倒争长竞短起来。"鲁生道："倒是后婚，却也无碍，若有了外遇，如何同得一块？"那媒人便笑嘻嘻地道："官人，你原不知她。她前夫病体沉重，必定要她过门冲喜，一嫁三日，新官人已死，我闻大姐说，他那行货，极其秒小，况病重人的，做得三日亲，进得不上一个头，后边这一半，还是含花女儿哩。"鲁生也笑道："倒是再醮，也罢了。"于是留媒人与六头饮酒。又做三朝五日，极其丰盛。

摆了几日酒，酒完，未免又动起色来。二人上床，这番交媾，非比前日，不觉两下俱丢。一次，鲁生问道："你如何干事，就要叫起来？"大姑道："我们这边乡风是这样，不像你们南边人，不出声不出气，有什情趣。"鲁生被此淫情所迷，于是把卖货的银两，都交她收管。那大姑陆续私积，一二年间，也偷了一二百金在身。那鲁生渐渐消乏起来。自五百余两出门，嫖了百十余两，讨在姑去了百十两，又被大姑私吞一二百两，况时运倒置，买的买不着，卖的卖不着，有多少利生出来？只剩得百十两银子，心中甚是惊，把银子依先自管，家中使费，亦甚俭薄。邬大姑一门，原是吃惯用惯的，如何受得清淡，便不时寻闹起来。鲁生无奈，只得以此物奉承，正合了邬宅的家法。那鲁生便渐渐黄瘦起来，染成一病。

一日，鲁生从窗下经过，听见里面唧唧哝哝说话。他便伏在窗下潜听。听得邬二姑道："我瞧姐夫囊中之物也不多了，又且病体恹恹，料没有久富之日，姐姐，你贪他什的？"不如照旧规送他上香。你年纪尚小，再寻一个富贵的，可不有半世的受用！大姑道："你言虽有理，但怎么下得这手？"二姑道："姐姐差矣！我北边女人，顾什么恩义。趁早解决了他，还有好处。再若执迷，被人看破，便没下稍了。正是，呜乎老矣，是谁之嗟。不可错了念头。"大姑道："好倒好，只是有病的人，如何肯兴起来？"二姑道："姐姐，你又不聪明了，病虚的人，虚火上升，只须把手去里弄，定是硬的，定要干的，今夜你莫完事，假意解手，我来替你上床，任他就是有手段。也要一场半死，断要上香了。"这叫做

隔墙虽远耳，窗外实有人。

她二人在房中计较停当，却被鲁生在窗下听得明白。不觉出了一身冷汗，惊讶道："好狠女子，竟要置我死地。原来是惯做此道的，悔也何及。"

于是急忙出去，对蒋尚义道："适才邬二姐对姐姐道我囊中有限，病又不好，莫若趁此病时，姐妹交替，送我上香，今晚就要行事，倘若她来，如何对敌？事在危急时，请你商议，有什计较，可以救我？"尚义道："老侄恭喜，还是你家祖宗有灵，使你闻知。但祸出你自作好色心胜，所以有此，也罢，侄妇即换妹子，老侄难道换不得表叔？若果真话，我便打磨军器，暗藏于房中，待她来时，着实杀她一阵，教她弃甲曳兵而走，以后再不敢上香了。鲁生道："准在今夜，老叔作速打点，千万救我一救。不然，千山万水出来经营，倒死于妇人之手，可恨可痛！"二人计较停当。蒋尚义便到药店中，撮了几品兴阳药料，自己修合应验良方。又把剪刀将毛剪去，只存一二分短毛在上，以便厮杀。

却说晚间，鲁生上床先睡。邬大姑随后上床，不觉春风已完一度，大姑便假要小解，走到妹子房中去了。鲁生忙掀帐子，爬下床来，换了尚义上床，不一会，二姑亦来上床了，两人搂在一块。亲嘴咂舌，那二姑只道是好吃的果子，不想吃这一下，便叫道："啊哟，轻些。"此时更难受了。遂哭出声来，哀告道："姐夫，你且停一会儿罢。"假姐夫道："原来是姨妈，我只道是你姐姐。既承姨妈爱我而来，毕竟还要饱我而去，还求忍耐片时，不然，去不把前边来意理没了么？"二姑只得忍了一会儿，真正是觅死觅活，再三哀告道："姐夫饶了我罢，我再不敢捋虎须了，不然，就要死了。"假姐夫见哀告苦求，哭将起来，量也够她受用了，临起身，又叮嘱道："姨妈，明日千万早来。"二姑道："且看。"于是一步一拐地去了，尚义亦换了鲁生上床，邬大姑也钻来睡了，当下两不提起。

次早，鲁生起来，对尚义道："老叔，昨夜若非你冲这一阵，我定为泉下之鬼了。我仔细想来。总不异娼家行径。倘后边又计较出什招数来。则我还乡不成了。想当初出门时，爹爹付我本银五百余两，在此三、四年，已耗去四百多了，有什颜面回家？莫若离了此妇，速往他乡，别寻径儿，赚得原本，也好回家去见父母妻子。"说着泪如雨来。蒋尚义道："老侄之梦醒了么？如今之计，作速写一离书，再送她几两银子，叫她另嫁，此为上策。"二人计定。

再说那二姑，要小解也解不出来，里面又急又胀，无法可疗。因对大姑道："亏你怎生当得他起？"大姑道："也只平常，有什凶猛？"二姑道："这个人如何得死，若要他上香，再一次我倒先上香了。"话犹未了，只见鲁生同蒋尚义进来。那尚义看住二姑，只是好笑。因道：“请邬爹出来说话。”邬遇出来。鲁生道：“小婿一为身体有病，二为本钱消折，不能养育令爱，；三为思乡之念甚切，今特拜辞岳丈，奉上离契一张，白银五两，乞将令爱别寻佳偶。我叔侄今日就要起身了。”邬老吃惊道：“你夫妻无什

言语，为何忽有此议？”忙叫大姑出来。那大姑便哭道：“我和你一心一意，又无别的话说，怎忍得去我而去？你就要回来，也多付些盘缠与我，好在守你。”鲁生道：“如

此反为不便，我若不来，你靠谁供膳？"遂将离书银两，付与老邬，立该收拾行李拜别。出门时只有铺盖二副，皮箱二只，拜贴盒三个，叫人挑了，离了北京，竟往湖广做干鱼生理，自此鲁生把妇人念头，竟如冰雪一般，与尚义将这百多银子，一心一意做了十余年，已赚起数千金来。二人装载在苏州阊门南蒉街发卖不题。

却说鲁生之妻汪氏，自丈夫出门，生了一子，名润发，已上十八岁了，汪氏见丈夫不回，便打发儿子，同公公出来寻访父亲消息，也做些干鱼，在阊门外发卖。心内急于寻亲，鱼一时又脱不得，他便对牙人道："我不过十余桶干鱼，要一时发脱，便贱个几两也好。"店主人同牙人道："这个容易。"鲁生偶在侧边听得，便大怒道："你几桶干鱼，折也有限，那行价一跌，我的几千两干鱼，为你一人折去多少？"彼此一句不投，便相打起来。润发就把鲁生推一跤。那鲁生便去叫了蒋尚义来，并跟随的人，赶到船边，要去扯出那小伙子来打，不想船舱里爬出一个老人家来，正是陈简，见了鲁生。喝道："谁敢打？"鲁生见了，忙向前拜见道："爹爹为何到此？"尚义亦向前相见。陈简道："适才那小子，就是你的儿子，叫做润发，同我四处寻你不着，故要贱卖，幸喜即你？"忙唤润发出来，拜了父亲，并拜了蒋叔翁。便一同到鲁生寓处，卖了干鱼，一齐回家，夫妻父子完聚。算帐时，赚了三千余两，鲁生即分一半与尚义，道："不是老叔救我，焉有今日。此后夫妻在家受享，润发出站贸易。看官：你道尚义虽识得妇人情弊，规谏无用。若非鲁生自己急流勇退，性命不保。客边宿娼娶妾者，可奉此段为鉴。

第六段·悔嗜酒

马周嗜酒受挫跌
王公疏财识英雄

诗曰：

> 酒能害德且伤生，多少英雄遭辱侵。
>
> 饮酒知术恶旨意，不为所困方称贤。

这首诗，单道人生不可嗜酒，醉来天不怕，地不怕，逢着财色，得这酒助起气来，每不能遏抑，任你不敢做的、不敢不说的、不便说的，都做出、说出，不知不觉，毕竟小则辱身败德，大则亡丧家。所以当日，那神禹患旨酒、武公悔过而作诗，至今垂为龟鉴。你道酒是可过饮的么？要必如至圣之不为酒困。无量不及乱方好，然世人未必能学。其次，则莫如知改。我今说个始初嗜酒，后来知改发迹，出人意料，与看官们听听。

话说唐太宗时，有一才子姓马名周字宾王，系博州庄平人氏。他孤身贫寒，年过三旬，尚未有室。自幼精通书史，广有志气谋略，只为孤贫无援，乏人荐拔，所以神龙困于泥潭，飞腾不得，每日抑郁自叹。却又有件毛病不好，生得一副好酒量，闷来时只是饮酒，尽醉方休，日常饭食，有一顿，没一顿，都不计较，单不肯少了酒。若没有钱买时，便打听邻家有喜丧酒时，即去撞捞坐吃，及至醉来，发疯骂坐，不肯让人。这些邻舍被他咶噪得不耐烦，没个不厌恶他，背地皆唤他穷马周，又号他："捞酒篱"。那马周听得，也不在心上，正是：

> 未逢龙虎会，一任马牛呼。

且说博州刺史姓达名奚，素闻马周明经有学，便聘他为本州助教之职。到任之日，众秀才携酒称贺，不觉吃得大醉。次日，刺史亲到学宫请教，马周被酒醉坏，爬身不

起，刺史大怒而去，迨酒醒后方觉，忙往州衙谢罪。被达公责备了许多说话，马周唯唯而退。每遇门生执经问难，便留同饮，支得俸钱，都付与酒家，兀自不敷，依旧在门生家捞酒，一日，吃得大醉，两个门生，左右扶住，一路歌咏而回，恰好遇着刺史了，前导喝他回避，马周酒愈醉，胆愈大，哪里肯避，瞌着两眼，倒骂起一个人来，此时达刺史见他醉得无礼，只得当街又发作了一场。马周当时酒醉不知，兀自口中骂人不止，次日醒后，门生又来劝马周去告罪。马周叹了气道："我只为孤贫无援，欲图个进身之阶，所以屈志于人，今因酒过，屡被责辱，有何面目再去鞠躬取怜，古人不为五斗米折腰，这个官儿，也不是我终身之事。"说罢，便把公服交付门生，教他缴还刺史，仰天大笑，出门而去，一路想道："我屡次受辱，皆因在酒上坏事，好不可恨，从今再不吃酒罢了。"一路自怨自艾。忽然想起"惟酒无量不及乱"句，不觉失声道："有了，此后只是减半罢了，我此去冲州冲府，谅来没什大遭际，除是长安帝都，公侯卿相中有能举荐，如萧相国、魏无知的，讨个出头日子，方遂平生之愿。"遂望西迤逦而行。

不一日，来到新丰市上，天色已晚，便拣个大客店，踱将进去。但见许多商贩客人，驮着货物，亦在进店安歇，店主王公，迎接指派房头，堆放行旅。众客各据坐头，讨浆索酒，王公着小二搬运不迭，好似走马灯一般。马周独自个冷清清地坐在一边，没半个人来睬他。心中不忿，拍案大叫道："主人家，你好欺负人，偏俺不是客，你便不来照顾么。"王公听得，便来收科道："客官，不须发怒，那边人众，只得先安顿他，你只一位，却容易的，但是用酒用饭，只管吩咐。"马周道："既如此说，先取酒来。"王公道："用多少酒？"马周指着对面的大座头上一伙官人道："他们用多少，俺也用多少。"王公道："那五位客人，用五斗好酒的。"马周道：'也用五斗罢。有好嘎饭，尽你搬来。"王公便吩吩小二，一连暖五斗酒，放在桌上，并肉菜摆下。马周举瓯独酌，约莫吃了三斗有余，按下酒肚，便不吃了，讨个洗脚盆来，把剩下的酒，都倾在盆内，脱下双靴，便伸脚下去洗濯，众客见了，无不惊怪。那五公暗暗称奇，知其为非常人，安顿他歇宿了。同时岑文本画得有《马周濯足图》，后有烟波钓叟题曰：

> 世人尚口，吾独尊足。口易兴波，足能跋尘。处下不倾，千里可逐。劳重赏薄，无言忍辱。酹之以酒，慰尔仆仆。令尔忘忧，胜吾厌腹。吁嗟宾王，见超凡俗。

马周安歇了一夜，次日王公早起会钞，打发行客登程，马周身无财物，想天气渐热了，便脱下狐裘，与王公作酒饭钱。王公见他是个慷慨之士，又嫌狐裘价重，再四不受，道："客官身不便，下回补还就是了，这个断不敢领。况客官将来大有发迹，心非庸流，岂是少此房钱者，小老已知矣。"马周见他执意不受。乃索笔题诗壁上曰：

古人感一饭，千金弃如屣。
匕箸安足酬，所重在知己。
我饭新丰酒，狐裘不用抵。
贤哉主人翁，意气倾闾里。

题罢"庄平人马周书。"王公见他写作俱高，心中十分敬重，便问："先生如今何往？"马周道："欲往长安求名。"王公道："可有相熟的寓所么？"马周道："没有。"王公道："先生此去，必然富贵。但资斧既空，将何存立？老夫有个甥女。嫁在万寿街卖鎚赵三郎家，老夫写封书，送先生到彼作寓罢了，更有白银三两，权助路费，休嫌菲薄。"马周感其厚意，只得受了，王公写之已毕，递与马周，马周道："'他日寸进，决不相忘。"作谢而别。

行至长安，果然有花天锦地，大不相同，马周迳问到万寿街赵卖鎚家，将王公书信投递，原来赵家积世卖这粉食为生，前年赵三郎已故了，妻子王波英在家守寡，管理店面。这就是王公的外甥女，年纪也有三十上下，却丰艳胜人，这王淑英初时坐店卖鎚，神相袁天罡一见大惊，叹道："此妇面如满月，唇若红莲，声响袖清，山根不断，乃大贵之相。他日定人一品夫人，如何屈居此地？"偶在中郎将常何面前谈及此事。常何深信袁天罡之语，吩咐苍头，以买鎚为名，每日到他店中闲话，挑拨王氏嫁人，欲娶为妾。王氏全不睬睬，正是：

姻缘本是前生定，不是姻缘莫强求。

却说马周未到头一日，王氏先得一梦，梦见一匹白马，自东而来，到她店中把粉鎚一口食尽，自己篝手赶逐，不觉腾上马背，那马忽化成火龙冲天而去，及醒来，满身上热。思想此梦非常，旦起直至将午，犹在想梦不休，恰好忽一堂堂书生进店，递上书信，王氏展开看了一遍，见来的姓马，又身空白衣，想起梦来，心中大疑，就留

下作寓。一日三餐，殷勤供给。那马周吃她的，便以理之当然一般，只是持心饮酒不敢过醉。这王氏始终不怠，甚是钦敬，不想邻里中有一班轻薄子弟，平日见王氏是个俏丽孤孀，常轻嘴薄舌，在言挑拨，王氏全不招惹，因而罢了。今见她留个远方单客在家，未免言三语四，生造议论。五氏是精细人，耳边闻得，便对马周道："贱妾本欲相留，奈孀妇人家，人言不雅，先生前程远大，宜高枝栖止，以图上进，若埋没大才于此，枉自可惜。"马周道："小生情愿为人馆宾，但无路可投耳。"言之未已，只见常中郎的苍头，又来买鎚。王氏想着常何是个武官，必定少不了个文士相帮，乃问道："我这里有个薄亲马秀才，乃博州来的，是个饱学之士，在此觅一馆地。未知你家老爷要得着否？"常苍头应道："甚好，待我去禀知来迎。"原来那时正值天旱，太宗降诏，凡五品以上官员，都要直言得失，以凭采择，常何亦该具奏，正要寻个饱学，请他下笔，恰好苍头回去，将王氏说话禀知。常何大喜。即刻具帖，遣人牵马来迎。

马周谢别了王氏，来到常中郎家。常何见他仪表非俗，好生钦敬，当日置酒相待，打扫书房安顿歇下，次日，常何取白金二十两，彩绢十端，亲送到书房中来，以作贺礼，方将圣旨求言一事与马周相议。马周道："这个不难。"即时取笔，手不停挥，草成便宜二十条，常何逐一看过，叹服不已，连夜命人缮写，明日早朝进呈御览。太宗皇帝看罢，事事称善，便问常何道："此等见识议论，非卿所及，卿从何处得来？"常何拜状在地，口称："死罪。臣愚，实不能明白，此乃臣家客马周所为也。"太宗问道："马周何在？可速宣来见联。"黄门官即赍旨，迳到常中郎家，宣了马周，到了午门，常何引进金銮见驾。拜舞已毕，太宗问道："卿何处人氏，曾出仕否？"马周奏道："臣乃庄平县人，曾为博州助教，因不得其志，弃官游于京都，今获觐天颜，实出万幸。"太宗大喜，即日拜为监察御史，钦赐袍笏、官带。马周穿了，谢恩而出，仍到常何家拜谢举荐之恩。常何重开筵席，把酒称贺。至晚酒散，常何不敢屈留他在书馆，吩咐备轿马送马爷到王奶奶家去。马周忙道："那王氏原非亲戚，弟前日不过借寓其家而已，此妇明眼施惠，理法自持，真令人可敬。"常何闻说，大惊道："御史公有宅眷否？"马周道："惭愧，家贫未娶。"常何道："那王氏看来具双识英雄的俊眼了，既然未娶，弟想袁天罡曾相此妇有一品夫人之贵，御史公若不弃嫌，明日下官即去作伐，何如？"马周感其恩待殷，亦有此意，便道："若得先辈玉成，深荷大德。"便仍歇下，次日马周又同常何面君，其时突厥反叛，太宗正遣四大总管出兵征剿，命马周献平虏策，马周在御前口诵如流，句句中了圣意，便改为给事中之职，常何举贤有功，赐绢百疋。常何谢恩出朝，吩咐从人，便路引到买鎚店中，要请王氏相见。王氏还只道常中郎来，是要强娶她做妾，急忙躲过，不肯出来，常何乃叫苍头找个邻妪来，将为马周求亲，并马周得官始末，俱托她传语进去。王氏方知情由，向时白马化龙之梦果验，即时应允。常何便将御赐绢定，替马周行聘，赁下一所大屋教马周住下，择吉与王氏成亲。百官都来庆贺，正是：

分明乞相寒儒，忽作朝家贵客。

王氏嫁了马周，把自己一家一伙，都搬到马家来了。人人称羡，也不在话下。

且说马周做官，不上三年，直做到吏部尚书。王氏淑英，封做夫人。这马周，太宗时时自召见议事，把从前嗜酒性情都改换了，绝不致酒醉误事。忽一日，新丰店主人王公，知马周发迹，特到长安，先去看外甥女，方知改嫁的是马周，王公大喜，忙到尚书府中投帖。马周夫夫妇知了。接入相见，设酒厚待，住了月余要回，苦留不住，马周只得将千金相赠。王公哪里肯受，马周道："壁上诗句犹在，一饭千金，岂可忘也。"王公方受了，作谢而回，遂作新丰富室。

再说达奚史，因丁忧回籍，及服满到京，闻吏部家宰即是马周，自知先时得罪，不敢去报名补官，马周知此情，忙差人再三请见，达奚无奈，只得入府请罪。马周扶起道："当年教训，本宜取端谨之士。彼时嗜酒狂呼，乃马周之罪。后已知过。改悔久矣！贤刺史无复追忆也！"即举达奚为京兆尹。京师官员，见马周度量宽宏，各各敬服。后来马周与王氏，富贵偕老，子孙显荣，看官，你道马周若不知节饮，则新丰店不礼于王公；即礼王公，粉鎚店断不礼于王氏。此二处即幸免矣，常中郎家岂乏美酒？为给谏时，宁少酒钱？当宣召见驾时，又不知作何狂呼矣。诗曰：

> 一代名臣属酒人，卖鎚王媪亦奇人。
> 时人不具波斯眼，枉使明珠混俗尘。

第七段·戒浪嘴

小光棍浪嘴伤命
老尼姑仗义报仇

中
国
禁
书
文
库

玉
含
珠

诗曰：

> 口锋轻试受刀锋，自是狂且种毒凶。
>
> 地下尚应锥刺血，人间哪可疾如风。
>
> 浴堂殿上辞何丑，猪嘴关边罪岂容。
>
> 不识如簧谁氏子，至今蓁菲玷英雄。

这首诗，单道人不可造言生事，自取其祸。若只胡言乱语，其祸犹小，至于造捏口语点玷闺门，必至丧身，昔日有张老开店生理，其女甚有姿色，对门鄂生流涎，百般求亲。张老因鄂轻狂，不许。又有一莫生来求，遂欲许之，鄂遂大怒，捏播莫与张女有奸。一日，莫生刚到张店买物，店中无人，莫因踅到里边望望。鄂在对门看见，便走过去，喊道捉奸。一时哄动地方，那莫生虽说明白回去，那女子却没意思，一索子吊死了，地方便把莫生申送到官，道是因奸致死，莫生无处申说，屈打成招。问成绞罪，整整坐了三四年牢。一日遇着个恤刑的来，看了招稿，出一面牌，亲要检尸。众人都笑道："死了三四年，奸情事从何处检得出来？"那恤刑临期，又出一面牌道："只检见枕骨。"众人一发笑疑不止，却不知女人不曾与人交媾的，其骨纯白，有夫的，骨上有一点黑，若是娼妓，则其骨纯黑如墨。那恤刑当日检看，其骨纯白无黑，知是枉断了。究出根原，放了莫生，便把鄂生去抵命。这岂不是自作自爱，但此犹有怨的，更是丝毫无涉，只因轻口浪舌，将无作有，以致离人骨肉，害人性命者，多有之。

话说嘉县有个人，姓应名时巧，绰号"赤口"，也是在闹汉行里走动的。生平好看妇人，那一张口，好说大话，替臁了作体面，以此为常，全不顾忌。往常与人角口生事，因加他个美号，叫做"赤口"，年近三十岁了。一日到街上闲踅，见一个讲命妇女，有许多人围着听讲。应赤口也挨进去，仔细看她，甚有姿色，又说得一口好京话，

八
五
五

赤口着实看了一会儿，走了开去，暗忖道："好个佳人，可惜我没带银子，若带得几分，好和她扳一通话。"正在路上自言自语，忽后面有人叫道："应大哥，看饱了么?"赤口回看时，却是隔壁做白日鬼的邹光。邹光道："这样妇人，虽然美好，终是人看乱的，也不值钱，一个所在，有位绝色的雌儿，你可看不?"应赤口道：："在哪里? 带我去看看。"邹光道："你看见包你魂散魄消。"赤口便垂涎道："千万带我看看。"二人说说笑笑，走到一个新开的巷里来。邹光道："在这里了，前面开了一扇避觑门的便是，你过去打一网看。"应赤口正颜作色，走去向门里一睄，睄见屏风后，果然有个妇人在那里闲话。生得何如? 但见:

风神妩媚，体态婀娜。眼如秋水澄波，眉若春风拂柳。金钗半鬟，乌云
上翠凤斜飞；珠珰双垂，缘鬓边明星正灿。轻笼玉笋，罗衫儿聚衬樱桃；缓
步金莲，绣带儿秀飘杨柳。真个是搯一搯消磨障，行一步可人怜。

应赤口看了几眼，果然标致非常，连忙走回来。对定邹光，把舌一伸道："我眼里见过千千万万的女子，从没这样一见消魂的。"邹光着："如此美人，看她一眼，准准有三夜睡不着哩，但我一向想来，再没一个入头，看来是没想的罢了。"应赤口道："有什没想? 只要有个入门诀，便包得停当。"邹光道："你说得容易，看你有什么入门诀，你若进去讨得盅茶吃，我便输个东道给你。"应赤口道："要到手也是容易的事，只吃她盅茶，有何难哉。讲定了，吃茶出来，东道就要吃的。"邹光应允。这应赤口便打点一团正经，慢慢地踱进门叫一声："大哥在家么?"那女娘全没小家子气，不慌不忙，略略地闪在屏风背后，应道："早间出去，还没有回来，官人有什话说，可便说来。"赤口假意道："怎么好。一件紧要事，要当面商量。特地许远走来，又会不着。"那女娘道："既有要紧话，请坐了，等会就来。"赤口暗想道："只是讨杯茶吃了走的好，若他丈夫回来，看破机关，像什么模样。"因道："我还有别的事要紧，没功夫在此久等，有茶乞借杯吃了。转转再来相见。"那女娘便走入去，叫小厮拿一杯茶出来。应赤口接来吃了，便起身出门，两个便去销东道，自不必说。

且说这女娘的丈夫，叫做林松，这女娘姓韩，原开大杂货铺，因林松折了本，改了行，出去贩卖药材，十数日前方才回来，新搬在此巷中居住。一向朋情，俱各不知。事有凑巧，这邹光有个分房哥子，名邹福，平日与林松最好，因林松去探他，邹福治酒与他接风。刚刚邹光同应赤口撞到，邹福便留住做陪客。酒至数巡，邹福便问林松

道："外面也有美貌女子么？"林松道："也有。但到底粗蠢。比不得我们这里的妙。"邹福道："老哥是好风月的，只怕长久在外，未免也要活动的了。"林松道："如今生意淡薄，哪有闲钱去耍，但我一向在外，不知我们这里，不知我们这里，也有个把儿么？"邹福道："我不听得说有。"应赤口便道："老尊台，敢是好此道么？这里有个绝妙的，几时同去看看。"邹光道："什么所在？"应赤口道："你也忘记了，就是前日去讨茶吃的那个。"邹光道："莫胡说，那是良家，怎么去得？"应赤口卖嘴道："不敢欺，区区前日已先打个偏手哩。"林松道："兄的相交，我们怎好去打混。"邹福道："此道中不论，明日大家去混混。"林松道："请问这家，住在哪里？"应赤口道："就在新开巷里。"林松便疑问道："这家门径是怎样的？"就赤口道："进巷三、四家，低低两扇新避觑门的就是。"林松听说。越生疑猜，却又问道："那妇几多年纪？"应赤口道："有二十三、四了，一副瓜子脸，略略有两点麻的。"这几句说得林松目瞪口呆，心中火发，暗道："罢了。我才搬到此外处，未上半月，便做出事来，则以前我出门后。不知做了几多了，今后还有什脸见人。"便作辞起身。那邹福又道："我们总吃到晚，一起人送老哥到那家去歇，何如？"林松道："我明日来邀罢。只恐此兄不在府上，没个相熟的名色，不好进去。"应赤口道："就说是我应时巧主荐去的便了，林松记了他名字，径自别了。正是：

　　轻薄狂生，两片飞唇。死堕拔舌。生受非刑，时时爽口，个个伤心。

　　却说林松听了就赤口那通话，走将回去，把韩氏百般凌逼，要她招出与应时巧通奸的事来。那韩氏不知来由，又不曾认得应时巧，陡然有这句话，竟不知从哪说起，任他狠打，无所承认，真是有冤难诉。要寻个自尽，又恐死了，此事越不得明白。哭了又哭，想了又想，这林松至次日，又狠打一顿，务要她说出来，韩氏捱到夜深，瞒了丈夫，竟一溜烟走了。林松次日起来，不见韩氏，左右邻家遍寻。俱说没有，只道应赤口做了手脚，把她拐去，连忙去寻那邹氏兄弟，告诉这段情由。邹福、邹光方才得林松新搬，赤口所说，即伊妻子，当日不该留他作陪，悔之不及，那邹光心下了然，只是不好说出指赤口去看情由。只得道："兄枉尊夫人了，那人平日嘴不好，无风捉影的话，不知说过多少，怎么认真起来，如今尊夫人既不见，他现在家，拐逃的事，也是决无的，但他口过陷人，就着他寻出，将功补罪也好。"那林松便向邻里取了干证，即是邹福兄弟。那知县立刻差人把应赤口捉到，当堂拷问，着实赤口不知一些情节，

玉含珠

此时赤口亦自懊悔不迭。知县见不肯招，韩氏在逃，歇不得手，遂把来监了，一面出张缉牌，差人严寻。整整缉了半年，并没影响。一日邹福兄弟来见林松道："尊夫人实不是应赤口拐去，他受苦也够了，我们意欲当官保他出来，慢慢把他去寻出尊夫人来。还兄罢了。"林松道："我如今也明晓得那一事是全假的了，只可恨他当日说得凿凿可据，以假作真，毫无顾忌，致我割破恩爱，妻子逃亡，也罢，如今看兄分上，凭二兄去保罢。"邹福兄弟忻然别了回去。次早，邹光出名，当常把应赤口保了出来，嘱他留心查寻林家娘子。不想赤口被他保出，料人难寻，惟恐再入，不上三日，便一溜风，也不知哪去了。林松心下便疑他们是做一路，特地放应赤口走的。又到县里递呈，把这事一肩都卸在邹光身上。知县大怒，便差人把原保拿去，打了二十板，发在监内，要等应赤口出来方放。这也是邹光不端，图奸韩氏，引起应赤口作这场祸祟，所以也受些风流罪过。报应报应。那邹光又坐了一年，韩氏、赤口俱无踪迹。邹福逐日去求林松，要他方便，林松肯了，那县官作对，决然要待两个拿得一个，方才释放，只得罢了。

且说应赤口大数将尽，逃去三个年头。一日想起，事经三年，料已歇下，且回到邹家探个消息看看，遂收拾起身回家。一日，走到慈定庵门外，不觉两足疼痛起来，心下想道："日间入城，有人识得，现在脚疼，不如在庵内歇息，等到夜黑好走。"及走入去，只见佛堂上，站着个后生师姑在那里烧香。仔细看去，生得甚得标致，不觉又打动往常时高兴，注目饱看。只见那佛堂后走出一个老尼来，见了赤口，似惊慌样，忙叫道："应官人，一向不见，哪里去来。"原来这些光棍，常在庵观闲撞，故此尼姑都认得他。赤口含糊答应。犹一眼看着那后生师姑不置。那老尼忽然笑容可掬，忙叫师姑道："拿茶来应官人吃。"时天色已晚，老尼道："应官人就在小庵吃些夜饭进城罢。"应赤口欢喜道："只是打搅不便。"心下暗喜道："若得那小师姑陪饮，死也甘心。"那老尼同小师姑进去片时，便掇出素果酒菜来，请应官人坐下。她两师徒左右奉陪，那应赤口竟魂飞天外，快乐不过，不竟吃得沉醉。老尼两个便道："应官人，我扶你去睡罢。"便叫三、四个尼姑有力，将绳索捆了他手足，扛到后面菜园放下，也弄了一二个时辰。那应赤口渐渐醒来，叫道："哪个捆住我，我不走，快解了，好用力奉承哩。"只见那俏师姑向前来就是一掌道："你原来就是应赤口，我不是别人，就是林松的妻子韩氏，我与你无冤无仇，你为何在我丈夫面前胡言乱语。捏我与你有奸，害我至此？我只道今生寻你不着，哪知冤家路窄。巧巧送来。"又是一掌，把口咬将下去，将应赤口肩头肉，整整咬了一块下来，那应赤口惊个半死，也不知痛，哀告道，哀告道：“我的娘，原来就是你，我也在监牢坐了半年，还饶不过我么。”那韩氏将鞋对他嘴上没命地打，赤口便喊地方："救人嗄。"老尼恐怕事露，反受其害，忙拿把利刀，走来对定赤口项下，尽力生割。正叫做：

霜刀应斩流言子，老尼谁媲侠气饶。

应赤口被老尼杀死了，这韩氏吓得抖做一团，道："如何处置？"老尼便吩咐："埋在园角里，不得走漏风声。"不题，原来韩氏，只因那年林松逼勒，逃在慈定庵出家，日夕烧香，惟愿谗人应赤口厚赐报应。三年来，日日如此，这一日应赤口回来，神使他入庵避早，被老尼看见，定计报仇，甚是快活。

且说邹光在监中，足足坐了三年，因赤口缉获不着。知县便把他顶罪。发去松山驿摆站。邹光和解人商量，歇了一夜："等我去哥哥家，讨些银子做盘缠。"解人晓得邹福是他哥子，他走不得的，便放他去，约在邹福家里会齐起身。邹光应声便走，心下想道："虽然相交几个兄弟，不过是酒肉往来的，哪个肯来资助。便去告求。也是枉然，不如放出旧时手段，更快稳些。"于是信步一走，走到城外慈定庵边来，此时天色已黑，只见庵内扯起天灯。便暗想道："一向听得慈定庵尼姑身边有钞，不如去捞他一遭，料没有空过的。"等到二更天，便爬上墙，从天灯竿上溜将进去，望见老尼，还在佛堂打坐。便向旁边巷里走进去，轻轻把恭门挨开，抓了把沙泥一撒，讨个马看，不想这头房间，就是韩氏的。那韩氏自见杀赤口之后，心惊胆战，惟恐有鬼。此时正朦胧睡着，听得沙响，便叫道："应赤口，我与你原是没仇，只因你平白污口，害我名节，逃此出家。鬼使你前日自来送死，我杀你报仇。还不伏罪么。好好退去，他日我做些功果超度你罢了。"那邹光听得明白。唬出一身冷汗，急依旧路，从墙上爬了出来，又爬城而入，走到家敲门，邹福听得声音，开门放入，问道："什么事？这等忙。"邹光便把发去摆站，寻取盘缠，在慈定庵得了韩氏、应赤口踪迹，一一说明，邹福欢喜道："如此也脱了你的身了，待天亮叫林松来同去。"兄弟睡了一觉。天色微明。邹福兄弟便去邀林松，说明前事，各各明白。三人一径走到慈定庵来，林松见妻子果在殿上做早功课。起头见丈夫走到，吃了一惊，道："我已出家了，你又来此为何？"林松故意唬道："特来为应赤口讨命。"韩氏面如土色，不敢做声。林松道："你且说来。尸首在哪里？"韩氏只得把前日赤口到此，老尼认得，杀他报仇，现埋在后园，一一说明。林松听得哭道："我的妻，你受了三年无头冤枉，今日我才解释矣。"韩氏见丈夫

回心了，遂大哭起来。邹福道："是我弟造化，省得解去了。"说罢，只见解差寻到。邹福说明情由，同一干人归家吃饭。商量一二。走到县前，正值坐堂，解人带了邹光，过去禀道："昨日解邹光起身，路过慈定庵，已得了应赤口、韩氏两人的消息。"知县道："既两个在一处，就该拿来见我。"解人道："韩氏做了尼姑，应赤口十日前傍晚，走到慈定庵内歇脚，老尼认得，说与韩氏，师徒将他杀了，尸首现存。"知县惊道：

"这等说来，他两个奸情，是没有的了，那吃酒时说话，因何而起？"邹光才把那年讨茶赌东道的话禀明。知县道："原来如此。"便差人到慈定庵，把韩氏、老尼唤到。韩氏将三年前劈空冤枉的事哭诉，又把前日应赤口进庵。老尼杀死禀过一遍。知县听了，甚是怜她。乃对老尼道："应赤口造语陷人，罪不至死。你既事焚修，当方便为门，只该把来见我，如何便杀了她，这须偿命的？"老尼道："自从韩氏到庵，三年日夕悲痛，冤枉无伸，老尼见了，恨不得一朝撞见，食其肉。寝其皮，彼时他来。韩氏不识，老尼说知，韩氏说冤家路窄。扭他拼。男女不敌。老尼气愤，藏刀杀死是实，杀一无义，伸一冤枉，甘心尝命的。"韩氏忙道："老尼虽然下手，原是为着妇人，自然是小妇人尝命，望爷释放老尼。"老尼又道："这个使不得你既非主令，又非下手，沉冤始白，又囚狱抵命，这是我害你了。青天爷爷，还是老尼抵罪为是。"韩氏又哭禀道："说哪里话来，我所以不死者，为死得不干净耳。漏夜逃到她庵，原图报仇，蒙她收留，供养至今，仇恨已报，无能报恩也罢了，哪有累她抵命之理。自然是小妇抵死。"二人争个不了，知县道："你两个不必争，听我公断：应赤口诬污良妇，致韩氏几于丧命，罪无可赦。老尼抱愤杀之。虽应抵命，而义侠可宽，拟准赎徒。着应族领尸，韩氏名下，追给埋烧银二十两。韩氏清洁无瑕，着林松领回完聚。邹光引领赤口看妇成狱，要宜拟徒，已受杖监已久，释放宁家。"当下立了案卷，众人叩谢出门。韩氏仍愿归庵，林松百般谢罪，老尼着实劝回。自此夫妻更加恩爱，这韩氏足迹再不到门前了。后来奉事老尼，胜似父母，及老尼死了，犹为之戴孝，终身不忘，以报其德。看官：你看应赤口，只一场说话不正经，把性命都送了，可见出好兴戏，招尤取祸，都从这一张口起。君子观应赤口之事，亦可以少儆矣。

第八段·蓄寡妇

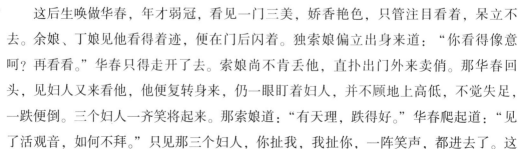
多情子渐得美境
咬人虎散却佳人

诗曰：

> 苦节从来世世难，况教美少倍更阑。
> 子规夜半窗前啼，唤得孤衾泪未干。

这首诗单说人家不幸，有了寡妇，或年至五十、六十，此时火气已消，叫她终守可也，若三十以下，二十以上，此时欲心正炽，火气正焰，如烈马没缰，强要她守，鲜克有终。与其苟做出事来再醮，莫若早嫁为妙。

话说沛县地方，有个善里，有一黄家，兄弟三人，各娶妻室，皆极少艾美丽，不料三弟兄相继而亡，留下寡母六十余岁，伴着媳妇过活。大媳妇索氏，年二十七岁，唤索娘，次余氏，盾二十三岁，唤做余娘，三丁氏，年十九岁，唤做丁娘，余、丁二氏无子，惟索娘生有一字，方才四岁，会说话了。这三个寡妇，念一时恩爱，俱誓不再嫁，共抚此子，以替黄家争气。

一时间，三个妇人同在门前闲玩，忽见一个后生走来，生得甚是俊俏，真不下那：

> 何郎傅粉日，陈平冠玉时。

这后生唤做华春，年才弱冠，看见一门三美，娇香艳色，只管注目看着，呆立不去。余娘、丁娘见他看得着迹，便在门后闪着。独索娘偏立出身来道："你看得像意呵？再看看。"华春只得走开了去。索娘尚不肯丢他，直扑出门外来卖俏。那华春回头，见妇人又来看他，他便复转身来，仍一眼盯着妇人，并不顾地上高低，不觉失足，一跌便倒。三个妇人一齐笑将起来。那索娘道："有天理，跌得好。"华春爬起道："见了活观音，如何不拜。"只见那三个妇人，你扯我，我扯你，一阵笑声，都进去了。这叫做：

空房悲独立，欣遇少年郎。

何必相勾引，私心愿与尝。

　　索氏归到房中想道："不知前世有什冤孽，今朝撞着这冤家，好叫奴摆脱不下，这要他交上不难。我想戏文上的西门庆、金莲都是做出来的，世上哪有不贪色的男子汉。只是我的房里，她二人常来玩耍，如何勾引得他来？"思量了一夜。及至天明，梳洗罢，吃了早饭，便出门去晒。只见那后生，却早在对门等着。彼此眉来眼去，比昨日分外看得火热。那华春便把头点唇努，索氏掩着口儿在门内笑。华春看见她笑，便逼近来。索娘又闪入去了，急得那华春如出了神的一般。少顷，索娘又抱个小孩儿出来，向那孩儿道："我的儿呵，你长大了，不要学那不长进的游花光棍，想香扑儿耍耍。"那华春会意，忙在袖中摸出副银牙挑来，对孩子道："哥儿，我与你换了罢。"便把香扑一撮，抢到手来。那孩子哭起来了，便把牙挑递与他。索娘道："儿呵，走过来，这是臭的，不要他。"以空手向外一丢，道："唷，飞去了。"便把牙挑藏在手里，又教孩儿道："你骂他狗贼，偷了我的香去。"那华春在门首走上走下，正要从门里跨来，索娘又抱孩儿进去了，华春只得退步。她又抱了出来，以手儿向外招了两招。华春正要走进去，只见一个婆婆，两个小妇人，一齐出来看街耍子。华春只得踱开了。正是：

花心故使人倾睡，惹得游蜂特地忙。

　　不题她婆媳进去。且说华春听她门首寂然无声，知她们已进去了，暗想："停会儿那个必定又来，待我贴着西首门旁，待她来时，打个措手不及。"立未久，只见索娘果又出来，正往门外一望。华春将身一闪，竟踉跄进来，便双关抱住，连呼道："我的娘，你急煞我。"索娘吃一惊，道："你好大胆，有人撞见，怎么了？"华春道："这是偏街，没人走的，亲个嘴去。"索娘道："还不快走，定要我叫起来？"早被华春的舌尖塞在口里了。那华春忙伸手去摸她，索娘忙把手一搁道："啐，忙做什的？你晚上来，我领你进去。"那华春便心花都开，欣欣地去了。到了晚饭后，即走去黄家左右守候。

　　却说那黄家，只有个七十多岁的老管家，又是耳聋的，将晚关门，早去睡了。索娘假意看管门户，把门轻轻地开了半扇。正要探望，只见华春已在面前，连忙扯入，

关了门，悄悄带他上楼，藏在房中。附耳道："我去就来，你不要动响。"索娘恐余、丁二人到房鬼混，因先去余娘房里坐下道："好闷人。日间到混帐罢了，怕的是晚，怕的是睡。"余娘道："睡不着，真个难过。"只见丁娘接口道："你们难过，便寻个什的弄弄。"索娘道："这件东西，有的时节倒也不值钱，如今没了，比宝还贵哩！哪里去寻？"大家笑个不了。华春听得火热，逐步挨到那板凳儿边去窥看。灯下见索娘固佳，而余娘尤佳，丁娘更佳。只听得索娘道："我坐立不牢，去睡罢了。"丁娘道："只是说睡，倒像有人在房里等你的一般。"余娘道："到是睄我们的那后生好。"索娘道："也用得着，你去叫来。"丁娘道："叫来有得与你？余娘自要受用了。"余娘道："她以私意窥圣人。"索娘道："不要争，明日都赏你们用用。"余娘、丁娘道："在哪里？"大家笑了一场。索娘忙回到房中，推倒华春在床上，只恨这裤儿脱得不快，两人掰得紧紧的，只碍隔壁有人，不敢大刀阔爷。怎见得：

蝴蝶穿花，金鱼戏水。轻勾玉臂硬帮帮，紧紧粘磨；缓接朱唇香喷喷，轻轻娇喘。一个久惯皮肉行，自能满意佳人；一个重开酒饭店，哪怕大肚罗汉。可惜贪却片时云雨意，坏了一世松柏心。

华春弄到兴头上，便有些动荡声息，索娘恐怕人知，忙以两手搂住，又把两脚勾住，虽是了局，终觉不畅。华春道："这样不爽快，有本事也使不出来，我的娘，你有什计策，把她们齐弄来，方得爽快。"索娘道："短命的，你吃一又要扒两了。"华春道："不是扒两，像这样碍手碍脚，如何做事？"索娘道："待我算计，只是太便宜了你。"将次天明，索娘打发华春去了。心下一想，便把一本《春意》放在房中桌上。余娘刚走进房来，索娘故意把那书向袖中一缩。余娘便道："什么书？与我看看。"索娘道："你看不得。"余娘道："你看得，我也看得。"便向她袖中摸出那书一看，笑道："你看这做什么？"索娘道："消遣耳。"余娘道："你差了，愈看火愈发，怎了？"索娘道："我还有个煞火的东西在。"余娘道："我不要，你自己用我看。"索娘道："你晚上来，我与你同睡，还有件最妙的试试。"两个遂散。

至晚，华春又来。索娘道："一个有些意思了，少停如此这般，我说来，你做着就是了。"华春躲过。只见余娘不招自来，说道："我来陪你睡，你把那个我看。"索娘道："你先睡了，我拿来弄就是。"余娘果脱了衣服上床。索娘吹灭了灯，同华春脱了衣裳，摸上床来。索娘把余娘双脚搋起，华春亦觉酥了，便伏倒索娘背上。余娘知是两人做作，到那极快活的田地，也将错就错，见二人压得太重，便轻轻溜只手，把华春的卵袋一挤。华春失声道："呵哟。"索娘便与余娘道："莫高声，实是那后生，我爱他，招他在此，怜你独宿，叫你来同乐尔。"余娘道："这是趣事，明说何妨。"于是三人一同睡了。次日天早，华春临别道："那位娘再弄得来，才好放心乐意。""你去，我们有计。"华春去了，余娘道："有什计？"索娘道："那人假卖清，又嘴硬，不肯把我们小耍的，我有一个角先生在此，我和你藏在她床里，她得了必然试验，我们在壁缝里见她弄时，跑去捉住，她自然入我的网来。"余娘称妙。两个拿了角先生，走到丁娘房里说些闲话，背地将那角先生藏在丁娘被里，然后各自散去。

到晚点灯时，余娘、索娘各自进房，丁娘亦归房就寝，因抖动眠被，抖出一件物来，此时丁娘拿在手里，摩弄不已。忽然芳心飘落，口中流涎，如十七、八个吊桶在心内，辘上辘下了，而又似蚂蚁钻咬的一般。不防余娘、索娘在壁缝里张见明白，便抢入房内，大家笑将起来。丁娘羞避不及，余娘即吹灭了灯，让华春入房，躲在背后。索娘跨上丁娘身上，丁娘道："古怪，且慢着，这是不假的。"余娘道："难道是真的？"丁娘道："明明是一个游方和尚，跑进跑出，把个包裹儿，不住在我后门口甩来甩去，岂是假的？"索娘、余娘都笑起来，两下按住道："是真的，就是你说的那后生。我们招他来此乐乐，不忍瞒你。"丁娘道："也该先通知我，怎的一直生做。"索娘道："若不如此生做，你如何肯伏？"华春见她得趣，遂分头与索娘、余娘，各各尽兴，四人滚做一处睡了。自此夜起，无夜不来轮流取乐。

偶一日，索娘的孩儿要和娘睡。众人见他年小，也俱不放在心上。索娘便吩咐他道："孩儿，你与我睡，须要静睡，切不要动，床里有个老虎，是咬人的。"那孩子应声，便睡在那里不动，把一双眼儿，却半开半闭，将床上四人的做作，都看在肚里了。当初一人做事，怕旁人看见，吹灭了灯。如今三人同心，便点灯列饮，肆无忌惮，饮酒玩耍，尽心人捣。都只道瞒着婆婆、老价便好了，不料这小孩子看了一夜，有些惊畏，到次日晚上，又要与婆婆睡了。那婆婆道："我被你吵得昏了，你与娘睡罢。"那孩子道："我要与婆婆睡，娘的房里有老虎，怕人。"婆婆道："怎样的老虎？"孩子道："会咬人的老虎。"婆婆急问道："怎样地咬？"孩子道："咬得狠哩，把娘的舌头也咬，奶也咬，又有一个尾巴，把娘撒尿的孔儿只管刺，我怕他，不去睡。"婆婆惊道："只咬你娘，别人不咬？"孩子道："二阿娘、三阿娘，个个都咬到。"那婆婆听了，叹口气道："我只道她们真心守寡，原来如此做作。如不早嫁，后边还要做出事来。"遂叫老仆去寻媒婆，劝三媳再醮。三媳失惊，俱不悦道："我三人同心，死作黄家之鬼，何婆婆又有此举？"那婆婆便道："你三人果肯守，则黄门有光矣。但恐怕床上有老虎，又来咬着你们，唬坏了我的孙子。"三妇听说，六目相对，哑口无言。当日俱打发回家，另嫁去了。

却说那索氏，嫁个过路客人，后有人见她在京都为娼，不知所终。余氏嫁得好，家道尽丰，但丈夫逐日眠花卧柳，不顾妻房。余氏又寻主顾，被丈夫知觉，致死了。丁娘嫁一个系赌博为生的，是打妻骂妇，去未半载身亡，华春后来逢流贼所杀。一个一个都遭其报。此乃天道恶淫，亦人所自取。但有寡妇者，亦不可不知，寡妇不容易做的。惟云我何等人家，有再嫁之妇？勉强留守，至于秽张丑著，始曰悔不早嫁，岂不晚乎？读此书真可为戒。